有爱的青春陪伴者

冬风吹又生

淳牙 著

江苏凤凰文艺出版社
JIANGSU PHOENIX LITERATURE AND ART PUBLISHING

图书在版编目（CIP）数据
冬风吹又生 / 淳牙著. -- 南京 : 江苏凤凰文艺出版社, 2025. 11. -- ISBN 978-7-5594-9941-7
Ⅰ. I247.5
中国国家版本馆CIP数据核字第2025BC2403号

冬风吹又生
淳牙 著

责任编辑　王昕宁
特约编辑　雪　人
责任校对　言　一
责任印制　杨　丹
出版发行　江苏凤凰文艺出版社
　　　　　南京市中央路165号，邮编：210009
网　　址　http://www.jswenyi.com
印　　刷　天津睿和印艺科技有限公司
开　　本　880mm × 1230mm　1/32
印　　张　11
字　　数　446千字
版　　次　2025年11月第1版
印　　次　2025年11月第1次印刷
书　　号　ISBN 978-7-5594-9941-7
定　　价　42.80元

目录 Contents

Dong feng chui you sheng

目录

Contents

第一章

/

幻象

Dong feng chui you sheng

跑货车的老段每次收车回来，第一件事不是回家，而是带着舟车劳顿的疲惫钻进位于市中心的一家澡堂。

他在这儿洗了二十多年的澡了，眼见着老板从姓“温”变成姓“余”，店面从一层扩到三层，名字从“老温浴池”改成了“温都水汇”，可他还是习惯叫它“澡堂子”。

工作日下午，人不算多，老段冲了个澡后，照旧去泡超过 40℃的高温汤池。

他选了个视野好的位置，叼着一根老冰棍，泡在热气腾腾的水里，看电视上转播的球赛。兴起时，他跟池子里脸熟的老乡们聊几句。赤诚相见，海阔天空，在球赛结束后，纷纷骂骂咧咧地各自去蒸桑拿。

他不喜欢汗蒸，只钟爱湿蒸。冷水浇在滚烫的火山石上，水汽蒸腾，云雾缭绕。他闭上眼睛，放下所有糟心事，想象自己是个即将羽化成仙的高人。等整个身体润透了，晕晕乎乎的他又迫不及待地去搓澡。

老段觉得搓澡才是泡澡堂子的灵魂，前前后后所有的准备都是为这二十分钟的享受。它能让你的肉体回归干净，灵魂得到升华，每一分钟都弥足珍贵。

这些年，别的浴池他也试过，大多数是应付了事，退猪毛一样，搓来搓去，还是温都水汇最地道。他在这里有两个固定的搓澡师傅，手艺没的说，只要往上一躺就舒心。

这也是为什么他虽然不待见那姓余的老板，也不妨碍在这儿办了一张金卡。

姓余的老板叫余凯旋，跟他是同龄人，年轻时是个臭名昭著的混混，人称“二凯哥”。老段记得初一那年冬天，就因为碰了下余凯旋的自行车，挨过对方两拳，横眉立目的，还抢走了他的午饭，满满登登一铁饭盒的羊肉烧卖。

不过，估计二凯哥早就把这茬给忘了。老段后来在温都水汇遇到过他好几次，他都憨笑着主动打招呼，油光满面、点头哈腰的，平日里不是忙着处理投诉和调解矛盾，就是领着客人在餐饮区蹦迪、跳舞搞气氛，全然没有当年流氓地痞的混横，倒是和蔼了不少，令人费解。

余凯旋命运的转折点就跟这个澡堂子有关。他娶了原来那位姓温的老板的女儿温雯，也不知道显了什么神通，后来他们离了婚，温老爷子绕过亲生女儿，把生意交给了余凯旋。

也是，老段想，那温雯也不是什么好玩意儿，年纪一大把了整天花枝招展的，正经事没有，处的对象一个比一个年轻，不够她嘚瑟的。

上次还是从儿子那里听说了温雯的事情。月初的时候，儿子说看见高中同学挎着温雯去看电影了，还专门选了最后排的位置嘀嘀咕咕的，好像引起不小的轰动，甚至还牵扯到了余凯旋和他现在的老婆。

后面的八卦，老段懒得听了，辣耳朵。他想幸好儿子早就结了婚，不然还得防着点余凯旋的妖艳前妻。

搓澡师傅弓起手，猛敲了一阵他的背，仿佛暴雨冲刷一般，密集而通畅，震碎了他的思绪。

结束后，老段先是上二楼吃了点水果，又去三楼做了个足疗。在做足疗的过程中，他睡着了。醒来后，天已经黑了，他换好衣服准备回家。

一推门，北方深冬一阵寒风兜头灌来，之前觉得凛冽难耐，此刻却沁人心脾，连续几天的疲惫一扫而光，只剩舒爽。

仿佛刚才踏入的不是澡堂，而是时光机器，俯仰之间年轻了好几岁。

老段的眼睛都清明了不少，隔着马路看到一个背着粉色毛绒大耳包的女孩，不用仔细瞧，也知道是谁。不等老段说话，那女孩先认出了他。

“段叔。”余九琪笑了下，眼睛弯弯的，两颗浅浅的梨涡若隐若现。

“小九，下班啦？”一向严肃的老段难得也跟着笑了笑。

也是，谁能不喜欢余小九呢？澡堂老板家唯一的好女孩。

有时候老段颇为羡慕余凯旋和温雯，不知道他俩上辈子积了什么德，反正这辈子都没干过啥好事，却摊上了一个这么好的女儿。

余小九的好几乎是大家公认的，乖、懂事、热心肠，大大方方又稳稳当当，永远一副喜气洋洋的笑模样。但让整个石城都记住她的，是一年前那起金融诈骗案。

去年秋天，石城来了一个专门针对老年人的诈骗团伙，专盯着子女不常在身边的老人下手，骗了不少养老金，丧尽天良。后来是银行柜员余小九发现了异常，一次次耐心地提醒那些老人，拦截了几单汇款，却也惹怒了诈骗分子，没少恐吓她。

可看着柔弱的余小九非但没有被吓到，反而联合派出所顺藤摸瓜抓到了诈骗主谋，人赃俱获一锅端，追回了大部分赃款。

这事市电视台还做了专题报道，副市长亲自率领受害者代表队去银行给余小九送锦旗。那天，老段也去了，因为他的丈母娘就是被骗的老人之一。他至今还记得余小九举着几乎跟她一样高的大锦旗，对着镜头边说边哭的可怜样。

至于当时她说了什么、为什么哭，老段都忘了。

他只记得锦旗上的字写得特给力，言简意赅——**天南到海北，余小九最美！**

心灵美，人也美。跟她妈温雯那种妖里妖气的美不一样，她妈是恶毒的皇后，小九是勇敢的公主。

想到此，老段又后悔让儿子这么早结婚了，不然就算摊上余凯旋和温雯这对极品亲家，他也要拎着大礼来澡堂子提亲。

他突然又想起，儿子虽然没这个福气了，家里还有个即将研究生毕业的外甥，跟小九也算同龄般配，便问了一句：“小九，你现在谈对象了吗？”

“还没呢，段叔。”女孩笑着说。

老段状似随意地提了句外甥的情况，语气淡淡，不想给女孩压力。

不想，她倒是痛快：“段叔要给我介绍吗？”

“就是不知道你介不介意。”

“当然不介意啦。”

老段当即把外甥的微信推给了小九，又嘱咐了一句外甥性格内向、话少、腼腆，让小九主动跟他聊聊。

这时，不知街上哪家烧烤店飘过来一阵香味，勾得老段饥肠辘辘。

余九琪走进温都水汇，穿过人来人往的一楼接待大厅，顺着金色的旋转楼梯，直接去二楼她爸余凯旋的办公室，一路上笑盈盈地跟几个熟人打招呼。

老熟客王姨问她抖音上团购的券怎么用，她接过手机看了一眼，说除了二楼的点餐区及三楼的 VIP 包房和棋牌室，这 188 元所有项目全包。

前台的小曼姐问：“小九，你的耳包在哪里买的？真粉、真好看。”她说：“好便宜的，我帮你带一个。”

楼梯上，她遇到准备交班的厨师徐哥。想起徐哥前两天偷偷地找她咨询过商业贷款的事，她从包里拿出特意带来的资料给他看看，说有不懂的再问她。

她又小声强调了一句：放心吧，我不会跟二凯哥说的。

徐哥连连道谢，让她一会儿去厨房，给她单独做个他拿手的糖醋丸子。过两遍油的那种，外面吃不到的，他从不给别人做，小九专享私房菜。

不知是不是室内温度太高了，余九琪瓷白的脸晕了两片红。她摆摆手，笑着说："谢谢啦，不过今天晚上二凯哥请我下馆子。"

余凯旋的办公室在二楼最里面，要穿过自助餐饮区才能拐进去。恰好赶上每天限量提供的海鲜刚做好，灯光暗下去，魔性音乐"轰隆"震起，楼上楼下拥来许多穿着同款淡紫色的汗蒸服的客人，踩着点扭来扭去，叽叽喳喳、热情洋溢，在冒着热气的螃蟹、鲍鱼、皮皮虾前排起长队。

余凯旋接手澡堂子后，顺应潮流逐渐把澡堂扩建成娱乐洗浴中心，并痴迷于研究各种服务项目，百无禁忌，越来越魔幻。其中他最得意的就是，把餐饮和蹦迪结合在一起，兴起时，他甚至会亲自当 DJ 领舞。

余九琪被人群堵在了楼梯口，一阵燥热。她摘下耳包，挂在手上，从挎包里拿出手机，处理未读信息。

一共就两条：一条是跑长途车的段叔给她推来了微信名片，余九琪只扫了一眼就退出了；另一条是来自一个叫"S"的人，纯黑色的头像，仔细看的话，右上角有一抹即将消失的猫尾巴，翘起一道毛茸茸的弧度。

发来的信息只有冷冰冰的一行字：给我转三千块钱。

余九琪下意识警惕地偏头看看左右，靠在反光的铜色墙壁上，长睫毛凌乱地扇了扇。她蹙眉低头，打开对话框，敲了个问号。

对面立刻会意，隔了几秒钟，发来一张照片。

余九琪心里"咯噔"一下，仿佛有什么东西在身体里打着结地向下坠。

照片明显在 KTV 里，酒、牌、果盘、烟灰缸和背景里正在旋转的夸张彩色灯球。照片正中是混在几十个啤酒瓶中的三瓶洋酒，和旁边镜子里只露出半张脸的拍照男人。

他穿着一件黑色的连帽卫衣，帽子罩着半个头顶，跷着腿坐在角落里。

虽然被挡住了大半张脸，也能从镜子里清晰看到他的侧颜。眉眼漆黑，鼻梁挺直，右手食指戴着一枚很宽的银色素戒。

他嘴角似乎勾着笑，浅浅地看向手机里随意选择的取景框，一副漫不经心得惹人恨的样子。

余九琪把耳包推到手臂上，两只手快速地回复：为什么又找我？

对面反问，透着明知故问的不耐烦：为什么？

对面又说：不是你主动的吗？

拇指略略悬在键盘框上，余九琪僵在那里，脑子里一片空白。

S：不给吗？那算了。

余九琪抿紧唇，按出转账界面，输入金额和密码，在转账发出去的那一刻，她整个头皮都是麻木的。

突然一声闷响，后脑挨了一下，她还以为是精神紧绷造成的幻觉，直到意识到眼前突然多了一堵花里胡哨的"墙"，才知道是挨揍了。

她抬眼看了看，花色短袖衬衫、卡其色短裤，挺着发福的啤酒肚跟着音乐灵活地左右摇摆，五官抖动，一双垂着眼袋的大眼睛却牢牢地盯着自己。

“爸。”余九琪赶紧收了手机。

“你紧张啥呢？”余凯旋夹着屁股跟着音乐晃，一点老板的派头也没有。

“我没紧张啊。”她紧急平复了一下情绪，把话题扯开，笑笑，“你敲了我，我当然吓一跳了啊。爸，你以后别老敲我脑袋，我最近都有点变笨了。”

余凯旋不吃她这套，刚才她对着手机咬牙切齿的样子，还是一个员工指给他看的。余凯旋用下巴点了下她的手机，刨根问底：“你跟谁聊天呢？”

“没谁。”

“真的？”

“真的。”

余凯旋不说话了，换了个舞步继续摇，扭扭捏捏的小碎步，一步一回头，眼神向下瞟着女儿，一副看透了她的样子。

余九琪有点疲惫，知道不交代点什么没法收场：“刚才在楼下办过金卡的段叔给我介绍了一个对象，他外甥，研究生。”她仔细回想司机老段的描述，争取做到一字不差，“人挺老实的，腼腆、内向……反正挺好。”

余凯旋冷哼了一声，说：“扯淡，腼腆、内向的话，你们这么快就聊上了？从楼下走上来才几步远？能说几句话？三两下就能让人咬牙切齿的，咋的，他跟你借钱了啊？”

余九琪暗暗一惊，迅速掩饰掉，装傻：“爸，你啥意思啊？”

“我的意思你多品品。”

音乐骤停，每天限量的海鲜被一抢而空。余凯旋放下踮着的脚，收起舞步，面色红润泛光，表情却认真了不少。他皱了皱眉，搂过余九琪的脖子，说了一番让她手足无措的话：“九，咱不着急，我余凯旋的闺女，整个温都水汇、整条街、整个石城最好的女孩，咱们配得上最好的。”

余凯旋看了一眼余九琪，小心翼翼地说：“你妈和小富的那个事，就算了吧？”

余九琪不知该说什么，也没敢看她爸的眼睛，茫然地看着已经空空荡荡的海鲜自助区，恍惚地笑了下，而后眨了眨眼，只说：“爸，我饿了，你不是要请我吃饭吗？”

余凯旋答应一声，说他去换个衣服，转身走了。

余九琪的视线从那几个空餐盘上挪开，移向来来往往的客人：外地来的游客、恋爱中的学生、蹭暖气的早餐店老板娘、离婚后在这里住了半个月的中学老师、举着手机直播的合作网红，还有许多单纯喜欢泡澡堂子的她大多数能叫出名字的石城老乡。

热热闹闹，满满当当，可她突然觉得无比孤独。

这时，手里的手机又振动了下，她慢悠悠地打开，看着刚收到的微信，神色冷滞。

S：哦，还不够，再给我转一千块。

余九琪知道余凯旋为什么要请她吃饭，他是来替温雯跟她缓和关系的。

她曾经非常喜欢单独跟余凯旋下馆子，特别是刚上初中那会儿。那年石城开了第一家西餐厅，她特别喜欢吃里面的意大利面和牛排，每周都缠着她爸来，一年之内胖了十斤。

余凯旋吃不惯西餐，他觉得那都是零食，吃不饱。好在那家店为了揽客，入乡随俗地增加了不少地方菜品，在美式装潢的西餐厅里，也能吃到正宗的锅包肉和酸菜血肠，甚至甜品那一栏里还有煮毛豆、煮花生。余凯旋很欣赏这一点，做生意就应该灵活变通，百无禁忌。

温雯几乎从不跟他们去，那两年她迷上了拉丁舞，睁开眼睛就泡在舞厅里。

不过泡在舞厅里的日子也没白费，她一个业余选手居然代表石城去沈阳参加了拉丁舞比赛，还得了个奖。温雯用奖金去香港玩了一圈，还看了谢霆锋的演唱会。回来后，她就突然大彻大悟了，说她想换个活法。

具体怎么活，她还不知道，她也不想知道得那么具体，未知的才有趣，人生就是一场探险。不过，她很确定的是，要获得新生，第一步就是跟余凯旋离婚。

如今温雯做出任何出格的事，余九琪都不会意外了。她就是说她想上天，余九琪都能沉默地目送。可在当年，这个没有丝毫回旋余地的残酷决定单方面宣布了三口之家的破碎，也彻底改变了余九琪的生活。

其中之一就是，从那之后她就很少单独跟爸爸一起吃饭了。

离婚后，余九琪跟着妈妈，余凯旋一个人搬了出去。姥爷去世后，把澡堂子交给了他，他就一心扑在澡堂子上。后来余九琪的学习任务越来越重，高中时，温雯把她送到了半封闭的寄宿学校。假期里她偶尔也去爸爸家，发现他谈了恋爱，没多久又再婚，她便很少去了。

再之后她去北京读了四年大学，即便毕业后回来，也忙着面试和考证。进了银行反而更不自由，上班坐柜台，下了班开会，闲下来还要应付各种考核，日子就这样不咸不淡地晃过了许多年。

如今即将二十五岁的余九琪回头望，突然觉得当年温雯那个残酷的决定也不是坏事，起码他们俩都各自找到了更舒适的生活方式。

而且跟那些离了婚就撕破脸的怨侣不同，他们反而比做夫妻时更融洽了。

至于她呢？余九琪吸了一口零下十几摄氏度的寒气，那寒气轻飘飘地蹿到了头顶，呛得她无暇多想。

她低着头，踏着紧实的积雪，跟着爸爸的脚步走在石城最繁华的美食街上。此刻，她唯一想做的就是搂住他的小臂，抱得紧一些，像是怕自己摔倒，也像是怕他再次溜掉。

余凯旋回头，拉了下女儿，一句话破坏了气氛：“咱俩一起喝点啊？”

“喝点呗。”余九琪笑起来时，眼睛亮亮的。

余凯旋问她想吃什么。也是巧了，她一转头就看到当年那个能点地方菜的西餐厅。如今这里不仅能点地方菜，还有羊肉串。余凯旋选了个下酒菜和烤串，又要了两瓶青岛啤酒。余九琪把之前喜欢的意面、牛排和小吃一一点了个遍。

爷俩先挑着喜欢吃的东西趁热吃个半饱，沉默着各忙各的，吃相出奇的相似。等酒喝了一半之后，余凯旋才切入今天的正题。

不过切入得一点也不丝滑，简单直接、横冲直撞。

他说："要不你还是搬回你妈那儿去吧？我昨天看见她了，憔悴了不少。她说她这些天都吃不好饭、睡不着觉的，估计她知道错了，你原谅她吧。"

余九琪啃着鸡翅，毫不意外她爸说起这茬，眼神无波无澜，说："我没不原谅她啊。"

"那你不回去？爸爸不是赶你走，你红姨也欢迎你住在我们那儿，但她毕竟是你妈。"

"我怕回去打扰她和小富总。"

"小富又不住在那儿。"

"你怎么知道不在？"

余凯旋有点激动："小九，我问你，你是不是还放不下小富？"

"放下了。"

"跟我说实话！"

余九琪扯了一张纸巾，擦了擦手，抬起头。女孩饱满精致的鹅蛋脸上缀着几颗小小的雀斑，一双清亮的眸子认真地看着她爸，说了一句实话："我跟他满打满算只吃过四顿饭，我对他没有那么深的感情。"

"那你就是怪你妈没分寸了。"余凯旋喝了口啤酒，"你妈这人啊，过了这么多年了，跟没长大似的，还是那么不着调。"

很有趣，余九琪从她爸的语气中听出一丝无奈、理解，甚至是纵容，像是老父亲提起他那不懂事的任性女儿，而不是抢了他女儿男友的混账前妻。

但这也不难理解，温雯身上一向有种令人羡慕的魔力。她能够一边光明正大、自私自利地欺负你，一边又能委委屈屈地让你心甘情愿地再为她卖命。

余凯旋就非常吃温雯这套，当年被她甩了后，在澡堂子里睡了大半年的狼狈经历，他已经忘光了，眼下一心忙着帮她平息这场狗血闹剧，挽回女儿的尊重。

这场堪称家丑的三角恋情，外人了解得不多，街坊邻居只知道温雯谈了个跟她女儿一般大的男友，姓富，是个坐拥两个商场的富二代。但很少人知道，小富总最初是余九琪的相亲对象，他甚至是通过小九认识的温雯。

余凯旋家里为这事闹翻了，不过带头闹起来的并不是余九琪，而是余凯旋后来娶的老婆孟会红，因为小富总就是孟会红介绍给小九的。

孟会红本来好心想为小九选个优质对象，千挑万选相中了小富总，为此还特意去跟小富总的妈妈打麻将攀关系，结果被温雯截了和。她两边都没法交代，面子上过不去，把温雯叫到温都水汇来谈一谈，本意是劝温雯要点脸别掺和，但没聊几句就动起了手，两人打了起来，闹得余凯旋不得不把三楼的棋牌室专区清空暂停营业。

打架那天是小曼姐联系的余九琪，她接到电话后，就急急忙忙地请假赶去温都水汇。在二楼就听到上面的吵架声，“噼里啪啦”，抑扬顿挫，翻小肠加上人身攻击，毫无逻辑和秩序，甚至都难以辨别她们吵架的重点。

明明只是两个女人，气势却不输千军万马。

当她一口气冲到三楼的棋牌室时，骂战已经接近尾声，她只捕捉到了两句跟这次核心矛盾并没有直接逻辑关系的攻击，却也是将骂战升级到肉搏的根本原因。

孟会红年轻时是个二人转名角，嗓门亮，气势足，即便吵起架来，基本功也没丢。余九琪还没推开棋牌室的门，就听到了孟会红带着唱腔的婉转音调，可说出来的话并不那么好听。

“啊，你还挺骄傲、挺自豪的是吧？三天两头换对象，还越换越年轻。行，你有魅力，你随便，可你不能去勾搭小九的对象啊！”孟会红宛如站在舞台中央一般踮了踮脚，又升了个调，“我看你就是那几辈子没碰过荤腥的不要脸的饿狼，饿急眼了连自己孩子的都抢！”

余九琪就是在这时推门进去的，看到在场所有人都倒吸一口凉气，眼神在两个当事人之间乱转，除了余凯旋，没人敢吱声。

可平日里在外面耀武扬威的二凯哥面对两任妻子的糊涂账也没了底气，他刚软绵绵地劝了一句：“行了，行了。”就被温雯一摆手挡了回去，意思是：你闭嘴，跟你没关系。

余九琪顺着温雯涂满鲜红指甲的手看过去，看到她冷笑了下，眼底一片红。那一刻，余九琪蓦地出了个不合时宜的神，感叹温雯即便吵架，也透着一股冶艳，怪美的。

美归美，她说出的话一样不好听。温雯眯起媚眼，语气带着轻飘飘的蔑视：“你好，你多伟大啊，你隔两年换一个地方唱戏，换一个地方就换个搭档，换个搭档就生个孩子。那些年你走到哪儿就在哪儿扔下个孩子，你跟那到处下蛋的母鸡有什么区别？”

所有人又倒吸一口凉气，而后一阵沉默，谁也没敢把那口气吐出来，生怕再催生出新一轮的厮杀。

可话说到这个份上，再怎么吵下去都没意义了，不动手打一架都对不起彼此的坦诚。不等余九琪和余凯旋上去拉着，她们俩已经扭打到一起。

先是孟会红抓着温雯刚烫的长发把她甩在墙上，温雯又随手拎起一个水杯砸向孟会红的额头。两人都急了眼，上了头，恨不得把对方生吞活剥。

孟会红有闯江湖的底子，娇生惯养的温雯显然不是她的对手。孟会红像豹子一般敏捷地冲过去，扑倒温雯，骑在她身上，扬起了巴掌。随着两声清脆的耳光声落地，温雯撩起瀑布般的长发，抹了一下嘴角，手上沾染了一点血丝。

当孟会红的巴掌再扬起时，余九琪突然冲过去，使出浑身力气挡住她的手，喊了句：“红姨红姨，算了！”

孟会红像是刚看到小九一样愣了愣，要推开她：“你起开，别怕，今天姨给你做主了！”

余九琪死死地抓着她的手腕：“这事不怪我妈，是我……是我的问题。”

“你有什么问题？”

“姨，我实话跟你说吧。”余九琪微微低头，看了眼温雯，见她一脸漠然，丝毫不在意自己，却还是一咬牙，压低声音继续说，“我不喜欢小富，我们俩不合适。他们在一起，我挺开心的，真的，我支持他们。”

余九琪一口气说完，声音越来越轻，轻到她都不知道自己在说什么。

孟会红恨铁不成钢地看着小九，又瞪着温雯：“你别管，就算没你这个事，今天我也要揍她！”

余九琪半跪在地上，眼圈通红：“求你了，红姨！”

孟会红看到小九蓄着泪的眼睛十分诚恳，又扫了一圈身后旁观的几个员工，明白她除了怕伤了温雯，更想给她妈在温都水汇留一点颜面，便忍下气，收了手，只低头对温雯说：“你这种人，真不配有这样的孩子。”

温雯猛地闭上眼睛，仰头倒在地上，长长地吸了口气，又似乎扯了下唇。片刻后，她忽而睁开眼，懵懂地站起来，抿了下嘴角的血，神色惊乱。

她忙问小曼：“小曼，小曼，我的脸没事吧？你快看看我的脸花了吗？”

小曼说没事，应该是牙齿出血了。

余九琪刚要上前跟温雯说话，想说带她去检查一下，温雯却径直绕过她，让小曼陪自己回家。

从始至终，温雯都没有跟余九琪说一句话。

那天之后，是余九琪留下来收拾了棋牌室，里里外外地打扫干净后，突然看到孟会红站在门口，不知道她在那儿站了多久，忍了半天才开口：“九，要不你搬过来跟我们住吧？”

余九琪没有答应，笑着说没事。

“这么多年了，你要迁就她到什么时候啊？”孟会红突然声音哽咽了，“她不做人了，也不想想你怎么做人。”

余九琪鼻子一酸，赶紧低头继续擦地，沉默半天才说了句：“没那么严重的，姨。”

“你到底怕什么啊？我不明白你到底怕她什么？”孟会红的急脾气上来，不顾分寸地嚷了一句，“就算她当年对你有恩……”

余九琪像是担心听到什么可怕的话一般，猛地抬头，打断她：“姨，这事我妈肯定不是故意的。”

孟会红干脆一摆手，说她懒得管了，转身就走了。

余九琪是真的认为温雯不是故意的，起码不会故意让她难堪，更没有故意伤害她的意思。跟之前很多次那样，回家哄哄她就好了。

她一回家，却看到温雯已经有人哄了。小富总坐在沙发上，温雯依偎在他怀里，一个软语哄劝，一个抽抽搭搭，谁也没注意到余九琪。

不，准确地说，小富总看到了她，冲她竖起一根手指，“嘘”了声，示意她别弄出动静打扰了他怀里的人。

她像一抹不该出现在这里的幽魂一般，蹑手蹑脚地回到房间，慢慢地把门掩上，不敢弄出一点声音。

余九琪是等夜深了，温雯和小富总都睡着了之后，才抱着行李箱离开的。

她把行李箱抱到楼下，出了楼道，才竖起来拖着走。

走了没几步，她就看到地面星星点点落了些雪，一抬头，一轮圆月之下，漫天雪花簌簌地向她袭来，无声无息，毫无征兆。

她就这样看了一会儿月亮，周身平静，只是有点冷。

然后她把行李箱摊在地上，从里面的夹层里拿出一盒烟，磕出一根，又在包里翻出火机，坐在行李箱上面，“噌”地点燃，娴熟地吸了口。

雪很快窸窸窣窣铺满地面，月光皎皎，映得人间宛如白昼。

眼前的微弱火苗像是白昼里唯一的光亮，不知怎么，让她想起童话里卖火柴的小女孩，看着马上落下的烟灰，仿佛是即将崩塌的幻象。

她忽然像被什么鼓动了一般，迅速拿出手机，点开微信，拨通那个被掩埋在通讯录里很久的黑色头像。

等了许久，在语音电话快挂断时，对方才接起。

他们先是沉默了一会儿，仿佛在通过电波传来的呼吸声问诊，揣度着彼此的心思，最终是余九琪先开的口，但显然对方猜到了她的来意。

她直奔主题：“你之前说过的话还算数吗？”

他声音很低：“算。”

“那你回来吧。”

“当真吗？”

她“嗯”了一声。

对面的声音紧了些：“你知道我回来意味着什么吗？”

“知道。”

“说出来，那你说出来。”

余九琪盯着眼前燃烧着的烟头，惊异这微弱的火星也可以如此耀眼：“在北京的时候，你问过我的，如果你能回到石城，我愿不愿意再试一试？”

对面寸步不让：“愿意什么？试什么？你说清楚点。”

余九琪坐得笔直，语气轻飘飘的，像是梦呓：“孙锡，这回我想好了，我愿意做你的女朋友。我们要不要再努力一下……”

雪越下越大，铺天盖地。

片刻后，他笑出了声：“但是我早就反悔了。”

烟熄灭，电话也被掐断。

第二章

/

借钱

Dong feng chui you sheng

余九琪拖着行李箱来到余凯旋家时，已经午夜一点多了。她有余凯旋家的钥匙，直接开门进来，站在门口就听见主卧里一组连绵起伏、互不打扰的呼噜声。

行李也没收拾，她胡乱地洗了洗脸，就窝在沙发上睡觉。余凯旋的房子是南北通透的三室一厅，有一间房是专门留给余九琪的，但她很少来住，床和衣柜里都空空荡荡的。

木质沙发偏硬，她睡得并不踏实，天没亮就醒了，悄悄地踩着主卧那阵已经统一了节奏的呼噜声出门，去早市买早餐。

得益于近期东北旅游业的爆火，加上各类短视频博主的宣传，即便如石城这样的三线城市的早市也比之前热闹得多。可热闹归热闹，昨晚那场大雪足足下了四个多小时，早起骤降到零下二十几摄氏度的气温可不是闹着玩的。

余九琪把长围巾绕了两圈缠在脸上，再拉高遮住半只耳朵。她绕过排着长队的网红面包和肉蛋堡店，径直去街尾买了些用苏子叶包着的黏豆包。余凯旋喜欢吃黄米的，红姨偏爱紫米的。卖黏豆包的老板娘认出小九是温都水汇家的姑娘，特意送了两个白米的，说蘸白糖吃的话，还是白黏米的最地道。

余九琪拉下围巾，露出一张亲和力极强的笑脸，跟老板娘攀谈起来。也就打包几个黏豆包的工夫，一来一往几句话就知道老板娘去年离了婚，一个人拉扯两个孩子，老大刚上初中，老二最近感冒了。别看现在早市火，但她的店面因为位置偏，生意都被抢走了。

拎着半兜颜色各异的黏豆包，余九琪又闷头走进街头的早餐店，要了几根刚炸好的酥脆油条，打包了三碗咸香卤子的豆腐脑，特地嘱咐有一碗不放香菜，然后带着满满登登的早餐踩着积雪回家。

刚走出早市，迎头一亮，余九琪抬眼，冬日早晨的阳光透过楼间明晃晃地洒在她脸上，像是来自神秘之境的一份偏爱，她心里“唰”地豁然开朗。

回到家，余凯旋和孟会红都起床了。暖气充足的屋子里开着加湿器，蒸气袅袅。小九的行李箱被擦干净了，放在她的房门口。房间门开着，里面已经换上了崭新的被褥。

三个人默契地什么话也没多说，张罗着吃饭。余九琪把那碗没加香菜的豆腐脑放在孟会红眼前。孟会红抓了一把白糖撒在黏豆包上，边吃边打量着小九。

“小九的头发长了……今天下了班来找我，年底了，我带你去做头发啊。”

余九琪笑呵呵地回：“姨，我今天约了人了。”

“谁啊？”

“就咱们浴池的小曼姐和玲玲她们。”

说完，余九琪将剩下的豆腐脑大口地喝掉，起身就要走，说银行今天有早会不能迟到。孟会红直起腰，刚要说什么，被旁边一口一个黏豆包的余凯旋拉住了。

可余九琪在门口换鞋时，还是听到了红姨刚刚忍住的那句话，她低声埋怨了一句：“这又是给她妈收拾烂摊子去了。”

余凯旋循着沉闷的关门声，看向空荡的门口，忽觉口中的食物索然无味。

余九琪并不认同孟会红的说法，她确实是打算给昨天那场狗血事件善后，但并不是替谁收拾烂摊子。她承认过去温雯闯下的祸她揽了不少，但这次不一样，这次涉及了温都水汇。

几十年的老牌浴池口碑，加上余凯旋大胆扩张后投入的宣传成本，让温都水汇在本地抖音和快手社区里都火了一把。老乡们给面子，也吸引了不少来打卡的游客，近两年温都水汇一直霸着石城洗浴中心排行榜第一的位置。

可危机也不是没有，后面随时撵上来的花样百出的新浴池且不提，口碑宣传这一块也不是没有风险。如今是短视频盛行的时代，每个人都可以是一个媒体，但凡出了差错闹出舆论来，再老牌的企业也有一夕崩塌的可能。这种事不仅出现在大城市大企业身上，小城市的小品牌也没少发生。

虽然昨天余凯旋及时清空了三楼，亲眼看见澡堂老板家这场闹剧的客人并不多，但当时棋牌室里除了家里人，还有几个员工也在。人言可畏，有时候内部传出去的风言风语杀伤力更强。

因此，余九琪花了三天，约了三顿饭，分批安抚那几个围观群众。

第一天约的前台小曼姐和三楼的服务员玲玲，余九琪早早就订好了一家美甲店，下班后三个人随便吃了点麻辣烫，就勾肩搭背兴冲冲地杀去做指甲。

每个女孩都选了个晶晶闪闪的新年款式，余九琪甚至在小曼姐的怂恿下，接了个延长甲片。

三人叽叽喳喳聊了一圈热门电影和娱乐八卦后,余下的时间就显得格外漫长，好在小姐妹们私密聚会的氛围还在，余九琪就适时地提到昨天的事情。

她先说：“昨天多亏了小曼姐联系我，要不是我过去解释一下，我妈和红姨的误会就越闹越大。这两人啊，一个比一个脾气急。”

然后，她又说：“就那个小富总，我根本就不熟。红姨倒是跟我提过他，我也就远远见过一次吧，但我一眼就觉得他跟我妈挺适合的。哈哈，你们知道的，我妈就喜欢那种又乖又奶的小帅哥。”

话说到这里，两个员工也都明白了，连连附和：“对，就是误会。”

余九琪放心了些，结账的时候，又故意提了句：“我妈在这里充值了，她说她请我们。”

第二天请的是大堂经理徐铭和按摩技师马叔。徐铭当时帮忙维持浴池的秩序，马叔是劝架拉架的主力。余九琪专门选了家烧烤店请他们，去之前投其所好一人送了一份礼。

她知道徐铭最近正为游客伴手礼的事发愁，自从各家浴池开始搞伴手礼大战后，他前后提了几个方案，都因为预算太高被余凯旋驳回了。最后一次还惹得二凯哥拍了桌子，交代他两天之内必须拿出既有地方特色又省钱的最终方案来。

余九琪忽然想到早市上仅有一面之缘却已经深入了解生活方方面面的黏豆包老板娘，去找她谈了谈，问她愿不愿意在旅游季以批发价给浴池提供一批黏豆包。谈妥了后，她又去找徐铭，说：“没什么比五颜六色的正宗东北黏豆包更物美价廉的伴手礼了，哥你考虑考虑哈。”

而技师马叔那边，余九琪听说他媳妇工作的加油站上个月倒闭了，家里除了房贷，还得养两个孩子和四个老人，整天愁眉苦脸、唉声叹气。

余九琪特意去餐饮部里里外外一通打听，得知采购那里恰好缺个人，便偷偷试探地问马叔介不介意加入温都水汇双职工队伍里，她可以去跟二凯哥说。

如此一来，烧烤店这顿饭就事半功倍了。

徐铭是跟了余凯旋好多年的人精，一眼就看出小九的意思，带着马叔敬了她一杯酒，先是十分认真地说：“她们吵架这事多多少少传出去了，但具体咋回事我保证不让外面知道！”然后又半开玩笑半认真地说，“以后我们就听小余老板的了。你指哪儿打哪儿。”

余九琪红着脸笑得腼腆：“啥小余老板啊？”

“那不是早晚的事嘛！”

结账的时候，他们把小九推到一边去，面红耳赤地争了半天。

隔了一天，余九琪就把游客的伴手礼和马叔媳妇的工作都安排好了。那天她一走进温都水汇就备受欢迎，前前后后遇到十几个员工，脸熟的、脸生的都主动跟她打招呼。她也来者不拒，一一回应。

她又不免担心缘由，悄悄地问小曼姐：“咋回事啊？我的人气这么旺了吗？”

小曼姐笑着说：“是啊，都知道你是温都水汇的社交悍匪了。”

余九琪低头琢磨，倒也没反驳。不过，如果真要坐实“社交悍匪”这个名号，她还得安排好最后一顿饭。

接着，余九琪单独约了曾经的相亲对象兼妈妈的现男友——小富总。

余九琪挑了几个吃饭的地方发给小富总，最终他选了火车站旁边的一家毫不起眼的冷面馆。余九琪跟冷面馆的夫妻也认识，两人是高她几届的高中校友，一对金姓朝鲜族夫妇，他们结婚的时候，她还随了份子。

这个夫妻店没啥名气，菜品单调，口味也一般。余九琪知道小富总选择这里就是因为客人少，毕竟数九寒天的降温日子里没几个人来吃冷面，当然他们这种心虚的除外。

小富总迟到了一刻钟，一进来就礼貌地道歉。他摘了口罩、围巾和帽子，冲余九琪严谨地笑笑。他披着一件修身的毛呢厚大衣，很瘦，官方身高一米七六，但余九琪粗略估量了一下他抓高的头顶和厚底皮鞋，上下都忽略的话，应该把数字的零头抹掉吧。

“坐吧。你吃什么吗？我只点了冷面和小菜。”余九琪说。

“这就行。”小富总脱了鞋，坐上矮炕。

这家店只有一个矮炕包间，为了聊天私密性，余九琪把位置占了。小富总一上炕，就把推拉门拉上，里面瞬间安静不少，气氛也凝滞下来。

余九琪倒并不尴尬，饶有兴致地看着小富总多少带着些羞怯的神情和闪躲的眼神，任他原地辗转忐忑煎熬了半天，才步入正题。

“我没别的意思，就是想针对之前的事情，跟你统一一下口径，你看行吗？”

小富总握着手里的大麦茶瓷杯，点点头。

余九琪接着说：“我跟别人是这么说的，我俩根本不算正式相亲过，没约过会，没任何关系。我这边都交代好了，不会出差错的。”

“好的。”他忙点头。

“那你看，你能不能跟你家里人也说清楚？我不是不放心你家里人啊，只是大家统一口径了，省得传出不必要的闲话是不是？”

余九琪就是不放心小富总家里，尤其是他妈。小富总的妈妈是石城最活跃的阔太太之一，不喜欢旅游、逛街、囤奢侈品，倒是常年游串在各大麻将馆里，热衷于嚼舌根和聊八卦。

小富总对此没有异议，点头说：“放心吧，我明白。”

余九琪终于放松了些，以为大功告成，随便夹了点小菜吃，余光瞄见小富总跪坐在炕上，神色紧张，像是要说什么重要的话。

“那个……”

"嗯？"

这时，外面突然有人急急地敲了两下推拉门，不等里面的人答应，一把将门拉开，是冷面馆的老板娘金嫂子。她一张脸急得涨红，恳切地看着余九琪："小九，你能不能帮嫂子一个忙啊？"

"什么事啊？"

"就是那个该死的老金，我让他去接孩子放学，不知道又被哪个狐朋狗友拉去喝酒了，电话也不接。我儿子以为爹妈都不要他了，站在学校门口号呢，还要找警察报警抓我们。不行，我现在就得去接孩子！"金嫂子边骂边脱下围裙，扔给余九琪，"你帮我看一会儿店啊，想吃什么自己去后厨拿！"

饶是余九琪这样的社交悍匪也惊呆了："来客人了怎么办啊？"

"对了对了，门口还有一桌客人点了一碗冷面……你给他随便做吧，汤啊、配菜啊厨房里啥都有。我得走了！"金嫂子像风一般夺门而出。

在小富总惊讶的注视下，余九琪还真的系上围裙，淡定地说了一声："那你等我一会儿，我去忙一下。"理所当然地去了后厨。

余九琪不觉得这波操作有多离谱，她倒是宁愿去做饭，也不愿跟小富总挤在那个狭小的炕上。况且做一碗冷面也没什么难的，她扫了眼后厨，果然汤料都是备好的，只需要煮好面，再加上配菜就行了。

荞麦冷面她煮了两遍，特意挑出一根试试口感后，才过凉水，再浇上酸甜的汤底，特意多加了些酱牛肉和苹果片，还是怕被挑剔，干脆擅自做主又送一瓶汽水。

又检查了一遍卖相后，她才端着餐盘走向正厅，一眼就看到门口坐着一个低头玩手机的男人。

她略略扫了眼，他穿着深灰色的毛衣，黑色的羽绒服被折好放在旁边的椅子上，一头打理得当的黑短发，弧形的刘海半遮眉眼，显得鼻梁尤为高挺。

也说不上为什么，余九琪有些紧张。

她心想，可能是头一遭当服务员业务不熟，赶紧组织好招呼客人的话。可当她微笑地端着餐盘，走到餐桌前时，却突然定在那里，什么话也说不出。

浓密的睫毛微微扇动，一双亮晶晶的杏眼定定地向下滑去，落在那客人的右手上，像被粘住一般，再也挪不动。

那是一枚约一厘米宽的银色素戒，仔细看的话，上面有线性的复古纹路，边缘柔润，材质偏厚，戴在右手食指根部，在并不算明亮的白炽灯下极为显眼。

也极为熟悉。

熟悉到什么程度呢？

余九琪知道那上面的纹路其实是一朵云的形状，准确地说，是夜幕下的乌云。

她也知道材质是古铜配银，有银的亮度和古铜的纹理感。

她还知道戒指下面是一圈疤痕，没记错的话，是深褐色的、不规则的，跟戒指差不多宽，是只要轻轻滑过她的皮肤就能激起层层粗粝痛感的。

是曾经穿透了血肉、险些被割掉整根手指留下的。

她仿佛看到了当年被血染红的他的白毛衣，也看到后来她把这枚戒指给他戴上时，他的神情。

余九琪就这样出神地站在那儿，怔怔地看着那戴着熟悉戒指的手停止刷手机，在屏幕上点了点。而后戒指的主人像是感觉到什么，抬起头，眼神锋利地看向她。

余九琪还没来得及看清他如今的容貌，就看到他徐徐地皱起眉，一脸惊异地盯着自己。

然后是孙锡先开口，语气却淡淡的，他说：“你是看到鬼了吗？”

余九琪在这一刻很确定她才不是什么社交悍匪，她此刻只盼着哪个无聊又好心的超级英雄轻轻地打个响指，让她灰飞烟灭。

如果余九琪仔细听的话，孙锡淡淡的语气中藏着明显的不自在。

可她根本没在意他说了什么，而是紧张地扫了一圈大厅，还好没有别人，只有他们俩，暗暗地松了口气。

然后，她才小幅度地低头，侧耳问：“什么？你刚才说什么？”

孙锡的不自在更明显了些，视线向下一转，黑漆漆地落在小九已经端了半天的、沉甸甸的餐盘上。

余九琪了然地“哦”了一声，腾出一只手，慢慢地把他点的餐一样一样地拿下来：一碗冷面，辣白菜、花生米和小蛋卷三碟小菜。她的手腕又酸又僵，脑子却异常活跃，混乱的思绪仿佛炮仗一般接二连三地炸成一片。

归根结底一句话，已经离开石城九年的孙锡怎么会突然出现在这个仅有十平方米的小破冷面馆里？

余九琪能猜测出许多理由，顺着也能编出合理的前因后果，但其中排在最前面的那个她不愿意面对。

怎么可能呢？余九琪又偷偷瞥了一眼孙锡，脸更瘦了些，眸子黑亮，眉目依旧沉郁，不说话的时候，看着有点凶。

他明明说过他反悔了的。

“回来啦。”余九琪尽量自然地招呼孙锡，像是偶然遇到一个脸熟的老乡。

“嗯。”鼻音有点重。

“你哪天回来的？”余九琪的声音飘了飘。

“前两天。”

“哦。”余九琪默默算着时间，希望自己没惹祸，“回来……”

话还没说完，孙锡突然打断：“我没点这个吧？”

余九琪看了看，明白他指的是那瓶北冰洋汽水：“哦，这个啊，这个是我送的。”说出来，又觉得怪别扭，“不是，我不知道是你，我就帮忙看个店，第一次做冷面怕做不好。”

孙锡神色不变。

余九琪想到过去，恍然：“我给你换一个，还是冰镇的矿泉水吗？”

说着，她随手拎起那瓶汽水要走，可僵硬的手一顿。瓶子磕到桌面，又顺势砸在地上，“嘭”地应声而碎，裹着白色泡沫的橙色果汁蔓延在地砖上，也溅到了他挽着裤脚的牛仔裤和运动鞋上。

零下20℃的天气，他居然还像年少时那样只穿单裤，余九琪在扑鼻的橙子汽水气味中，不合时宜地想。

“对不起啊。”余九琪抽了两张纸巾给他，又转头去拿立在门口的、用来擦雪水的拖把。

孙锡接过她递来的纸巾，指腹不小心刮到她延长的甲片上亮晶晶的钻。

他把纸巾握在手里，也准备起身，这时突然听到包间里传出一声清脆的喊声，随后“咚咚”的脚步声匆匆响起，来人跑过来，着急地问：“什么声音？怎么啦？”

小富总走近后，看了看满地狼藉，却只站在两步远的位置，脖子倒是伸长了：“需要帮忙吗，小九？”

余九琪看了眼孙锡，本能地、尽量自然地、慢悠悠地挪到他身前，用身体把他挡住。忙乱中，她勉强笑笑，对小富总说：“不用，没事，我自己收拾就行。”

小富总却越过余九琪，瞄着她身后那个冷冷清清中透着些危险的年轻男人，像是在辨认什么，蹙眉。

余九琪忽然有些烦了，她一时也搞不清楚自己是心虚，还是害怕，抑或想保护谁，罕见地冷声打发小富总：“那个，要不你先回去吧？我还得等金嫂子回来，指不定要等多久呢，你去忙你的吧。”

小富总却不动：“我的话还没说完呢。”

“好，你说。”

“我要单独跟你说。”

余九琪回了一下头，眼神一乱，那么巧撞上孙锡的。但他马上自然地移开目光，拿起一双一次性筷子，掰开，骨节分明的手指上的那枚素戒晃了下。

“行，你等我一下。”余九琪垂眸。

“你想跟我说什么？”

包间里的矮炕是定时通电的，隔两个小时要重新开启一下，现在时间早过了，炕上冰凉，即便坐在棉花蒲团上，也难免冻脚。可余九琪连弯腰按一下电热炕的开关的多余心思也没有，只想速战速决把他弄走。

小富总却不紧不慢地握着热茶杯，愣愣地看着推拉门。待余九琪又敲敲桌子提醒，他才回过神，却突兀地说：“刚才那个男的怎么有点眼熟？”

余九琪一惊，又压住：“你就是想跟我说这个？”

“不是。”小富总放下杯子，规规矩矩地跪坐在她面前，一脸郑重，“那我说了啊，你有点心理准备。”

“好。”

“你别太惊讶。”

“不会的。”

“我想跟雯姐结婚。”

“谁？”

“就是你妈，温雯。”小富总定定地看着小九，逐字逐句地、字正腔圆地说道，“我打算跟她结婚。”

余九琪怔了怔，而后低头抿紧嘴唇，像是在思考，又像是克制着什么，紧绷了一会儿，然后“扑哧”一声，她笑了。

小富总虽说是土生土长的石城人，但自中学起就被父母送去香港读书，后来又到新加坡留学。去年他爸脑梗住院，作为独生子的他才回来考虑接手家里两个商场。说起来，他对石城并不算了解，对石城交口称赞的好女孩余小九也不算了解。

人人都说澡堂老板家的余九琪是个单纯善良的姑娘，有温柔可爱的皮囊和清澈见底的灵魂，可他尽管只跟余九琪吃了几顿饭，并不完全认同外界对她的评价，总觉得她在遮遮掩掩地活着。

他自认还算是一个心思敏感细腻的人，可也看不懂余九琪遮掩的是什么，只是偶尔会被她暴露出来的不属于好女孩的那一丝冒犯震慑到，比如现在。

小富总看着余九琪突然绷不住的笑容，看到了赤裸的嘲讽，笑他自不量力。

于是，他匆忙自证地说：“也许说这个不合适，但我跟雯姐是相爱的。她说她爱我，当然我也爱她。”

余九琪抬眸回视小富总，稳了稳神，认真地看着眼前这个只比她大三岁的石城头号黄金单身汉，眼神里充满平静的慈悲。

她慈悲地想，要不要挽救一下这个即将为了爱跌入火坑的可怜人呢？

可是该如何告诉他呢？她此刻爱你，下一刻也可以爱别的什么东西，她只是不断地用疯狂的爱恨来维持自己的生命力。

包括你，也包括曾经的我，一次次的我。

如果小富总足够聪明的话，此刻应该能从小九的脸上看到“快跑”两个大字。

然而他没有，他用力地眨了眨无辜的大眼睛，用破釜沉舟的勇气说：“而且我知道雯姐的过去，我知道她跟孙家人的事情，我特别同情她、心疼她。在这件事情上，我永远挺她。”

余九琪身体僵硬，面无表情地看着他。

他的胆子却越来越壮，一脸坚毅：“她的敌人，就是我的敌人。”

“我没听懂。”余九琪语气平静。

“也没什么，”小富总白皙的脸因为激动染了两坨红，像个信誓旦旦的男学生，“看我的行动吧。”

包厢里似乎更冷了，余九琪转头看向小小的天窗，发现外面已经黑透了。有昏黄的路灯投进来，晃出一片薄薄的阴影。

记得刚刚送餐时，天色还没有这么暗。

吃一碗冷面能需要多长时间呢？

余九琪转回头，语气瞬间恢复一贯的和气，笑了笑：“那你跟我说这些，不会是想让我帮你跟我妈求婚什么的吧？”

“那倒没有，我知道该怎么做。”他顿了顿，又说，“只是如果你不介意的话，我想拜托你在你家里人那边帮我们说说话。我知道你爸妈虽然离婚了，但其实你们一直当一家人相处，雯姐也说过你爸是她很重要的亲人。”

他诚恳地看着余九琪：“可以吗？”

余九琪轻轻地眨眨眼，只说：“我明白了。”

小富总倒是识趣，没再啰唆。他知道小九这里点到为止就行，他最需要努力争取的是温雯的态度，最后又礼貌地谢了谢小九。

那个可怜的年轻人离开后，余九琪沉沉地叹了口气。整个冷面馆恢复安静，只能听到外面挂钟拨动的“嘀嗒”声。

有点过于安静了。

她缓缓地走出包间，环顾正厅，果然空无一人。

桌上的那碗面已经被吃光了，只剩小半碗混杂着芝麻和辣椒油的汤底，小菜倒是没怎么动，整齐地摆在桌子上，桌面干干净净的。

一阵烦闷，她去收银台翻了翻，找不到一根烟，更烦了。

她索性随便找了个位置坐下，在空无一人的冷面馆里，看着外面街上零星的人，想梳理清楚刚刚发生的一切，尽量找出一个可行性方案，可仿佛飘浮在没有尽头的宇宙中一般浑身无力，毫无头绪。

愣怔中，直到有几个学生模样的男女走进来，站在店门口。

打头的男生用力地咳了一下，余九琪静静地端坐，茫然地看过去，像丢了魂似的眨了眨眼。

“你好，请问现在有吃的吗？”男生问。

“吃啥？”

“冷面和拌饭。”

“几个人？”

“四个。能做吗？”

“我不知道啊。”

“啥叫你不知道啊？”

“我说不准啊。”

“啥叫你说不准啊？”

余九琪顺着男生的目光也低头看看，发现自己还系着金嫂子的围裙，恍然：“哦，我不是饭店的，也是来吃饭的。要不你们谁会做，自己去做吧？”

几个人你看我，我看你，还真扭头低声商量起来。

这时，余九琪的手机振了一下，她拿起来看了眼，忽然一阵紧张，像是终于从飘浮的空气中挣扎着落了地，腾地站起来。

其中一个女孩也站出来：“实在不行，要不我试……”

“行！”余九琪没等女孩说完，就快速脱下围裙扔给她，拿起自己的羽绒服，走出去，留下一句，“你们帮我看一会儿店啊，我马上回来。”

年轻的学生们站在原地，睁圆了眼睛。不过很快他们就接受了这个魔幻的现实，一边往店里走，一边讨论着刚才那位匆匆跑出去的漂亮姐姐遇到了什么事吓成那样。

把余九琪吓到的，是来自小富总的那条微信，就一句话：我想起来了，刚才门口那个男的是不是孙家的儿子？那个人渣？

余九琪在冷面馆前后找了找，连个人影都没看到。她站在街上左右看看，身后隔着一条街的是高铁轨道，前面是通向市中心的路，周遭冷清到连一辆车也没有。

冷风把她灌个通透，她裹紧羽绒服，恍惚不知道自己在干什么、奔向哪个方向、去哪里找。

好在她还知道要去找谁，拿起手机快速拨了个电话过去。

孙锡接得很快：“喂？”

余九琪有点乱，一时僵住。

“怎么了？”他的声音听上去有点哑。

“那个，你刚才结账了吗？”不知怎么，她憋出这句话来，想死。

“我扫码了，你可以查。”

余九琪深吸一口气，清醒了些：“孙锡，你为什么回来？”

他轻轻地咳了下：“我不能回来吗？”

“不是，我是说……我那天的电话打错了。”

“打错了？”

余九琪低着头走来走去，脚踩积雪的摩擦声给了她一些底气：“我那天不理智了，冲动了，你就当我酒喝多了，开了个玩笑。我不是那个意思，真的，我……”

孙锡突然打断她，语气极冷：“你以为我是为了你回来的？”

他似乎轻笑了下：“电话里我不是回复你了吗？”

是啊，余九琪站在一盏低矮的路灯下，看着白色积雪上自己短小臃肿的倒影，像个十足的蠢货。

沉默了好久，手机里静悄悄的，刚想拿起来看看他是不是已经掐断了，就听到他简短的解释。

“我家里有点事。”

“哦，怎么了？”余九琪松了口气，假惺惺地客气上了，“我能帮忙吗？”

“你要帮忙？可以啊。”孙锡笑得更直白，毫不掩饰，“那你借我点钱。”

“……多少？”

“我看看，我需要一点食宿费，还有这几天办事的开销。”他顿了顿，“先给我拿五千块用吧。”

余九琪觉得身体在一点点往下沉。

“够吗？”

“不够我再找你。”

余九琪不算有钱，但也没怎么缺过钱。

像大部分那个年代的独生子女一样，小时候余九琪身上就没断过零花钱。温雯一向不小气，余凯旋总是担心女儿在同学面前没面子，两人也不互相通气，随时随地问小九零花钱够不够花。

余九琪来者不拒，问就是不够，给就要。加上偶尔姥爷也会偷偷塞给她十块八块的，长久下来攒了个不大不小的金库。

但她对钱没概念，直到八岁那年夏天一家三口去青岛旅游，温雯在服装店看上一条做工繁复的波西米亚长裙，可当时他们身上的现金花得差不多了，还缺两百多。余凯旋撸起袖子跟店员激情地砍价，温雯站在一旁双手环胸，脸色越来越差。这时，小九从小书包的夹层里掏出一大把零钱，怯生生地问老板，加上这些够不够。

裙子买下来后，温雯费劲地把圆滚滚的小九抱起来，腾空转了两圈，又狠狠地亲了两大口，用不知从哪里散发出来的香喷喷的气息夸她：“我宝宝怎么这么好？我宝宝真是小天使！妈妈好爱你啊，爱死你了！”

余九琪被温雯按在怀里，快透不过气来，第一次对金钱有刻骨切身的体会，钱是好的，是香喷喷的，是令人眩晕的，是能轻轻松松地让妈妈对全世界呐喊着爱她的。

而最重要的是，她感受到了被需要的安全感。

八岁的女孩也明白那个浅显的道理，被需要就是有价值，有价值就不会被轻易丢弃。

自那之后，余九琪热衷于攒钱给温雯花。

父母离婚后，她理所当然地收两份零花钱，大多数都攒起来，赶上节假日就买些礼物送温雯和余凯旋。余凯旋一向很容易满足，买袋花生米给他当下酒菜就知足了；温雯难伺候得多，除了要用心，也不能太寒酸。

不过，余九琪一向能精准拿捏温雯的喜好，她喜欢的服装款式、电子产品，甚至是她平时看电视时提过一嘴的明星，小九也能辗转通过无数个粉丝群给她买到签名照。

她倒不觉得钱花得可惜，反正都是父母给的，花在他们身上也正常。后来回来工作了，小城市银行的工资不算高，好在在石城也没什么大开销，除了照旧把大部分的钱花在温雯身上，她自己也存了一点。

她的钱都统一存在工资卡上，她知道钱不多，可也没数着数字过日子，进进出出的那些消费短信她都很少留意余额。

直到最近，她才能准确地说出所有存款的数字——9811.25。

这个数字是怎么算出来的呢？

很简单，是她一次一次转空了之后轻松得出来的。

第一次是在金嫂子的冷面馆对面的路灯下，余九琪挂了电话后，已经冻得泛红的手指笨拙地划开手机屏幕，在延长甲片敲击屏幕的“咚咚”声下，眨个眼睛的工夫，给那个黑色头像转过去5000元。

然后迎面看到金嫂子牵着一个哭得上气不接下气的邋遢孩子回来，余九琪赶紧过去，跟她说了说店里的事。过程中，手里的手机振了两下，她隔了一会儿才看，一条是银行的转账短信，一条是微信的收款提醒。

一天后，余九琪在银行坐了一上午柜台，午饭时才得空看一眼手机，看到两个小时前黑色头像发来两条简洁的微信：一张照片和一句话。

照片拍的是几张医院的检查清单，显示病人患了病毒性感冒，还有输液单和一些处方药。

下面那句话是：还需要几百元。

余九琪咬着三明治，直接转过去1000元，关了手机。

再之后就是她去温都水汇找余凯旋吃饭，被蹦迪的人群堵在二楼楼梯口时，心里已经咆哮着骂人了，还是为他在KTV里的啤酒、洋酒、纸醉金迷付了3000元。

只不过最后他又提出的那一笔，她没有理会。她退出微信，挽着爸爸的手臂，踏着积雪去吃年少时最爱的馆子。

就到此为止吧。

余九琪清楚孙锡不是一个好招惹的人，但凡沾上了他，即便能挣脱掉，也会扯下一片皮肉来。

但她想孙锡应该也清楚，她如果真的急了，那扯下来的是谁的皮肉也说不定。

她不在乎这点钱，钱是她自愿转的，除了多少补救一下那通电话惹下的麻烦，她只当是为过去买单了。

就算我欠过你的，就算你想用这种方式跟我讨债，也到此为止吧。

跟过去一样，再纠缠下去就不好收场了。

可她无论如何也没想到，一个多小时后会在西餐厅里再次见到孙锡。

混搭的西餐吃到一半，在余凯旋直截了当地劝余九琪回家跟温雯和好后，小九放下手里卷好意大利面的叉子，认真地琢磨要不要告诉爸爸，她不方便回家住其实是怕打扰了小富总计划跟温雯结婚这件事。

小富总就算没明确说，小九也看得出来他已经有具体的计划了，说不定早就实施一部分了。他专门来跟她打招呼，除了拉一个同盟，多少也是让她给点空间的意思。

可是转念一想，也犯不着拿八字没一撇的事让二凯哥徒增烦恼，要是再牵扯上红姨，就更要命了，拉倒吧。

余九琪又把那口意大利面塞进嘴里，冲她爸涎皮赖脸地笑了笑，突然有个念头滋生出来，或许她也应该一个人搬出来住了。

就在这时，身后一阵寒气卷来几声皮鞋踏在地砖上的脆响，随后一个熟悉的声音传过来。

“爸！您老人家怎么在这儿？”嗓门透亮，中气十足，精心打理过的寸头脑袋又转过来，“小九也在啊！”

余九琪不用看也知道来人是谁，是红姨的儿子——葛凡。

孟会红一共结过三次婚，葛凡是她第二段婚姻的孩子，一直跟着她生活。她跟余凯旋结婚没两年，葛凡就改口叫了爸。

葛凡这声爸叫得心甘情愿，他很崇拜余凯旋，年轻时笑傲江湖、侠肝义胆，中年后乐观知命、大智若愚，是男性的楷模，毕生的偶像，比他亲爸还亲。

葛凡还真琢磨过跟余凯旋姓，但他在哈尔滨小剧场唱戏的亲爸知道后，连夜辗转坐了八个小时火车过来，拿擀面杖揍了他一顿。葛凡被打得脑震荡住了半个月院，出院后再也不提这茬了。

不过，这也丝毫不妨碍他孝敬他精神上的父亲，总是周周到到、恭恭敬敬，一点不差事。

葛凡扫了眼餐桌，皱皱眉，提了下九分裤的裤腰，探头对不远处柜台的服务员喊：“美女，再给我爸来杯啤酒，不要这种的，换成黑啤，然后再把这些鸡翅、薯条、炸鱼排，一样给我妹来一份。”

服务员嘟囔：“哥，咱家的黑啤没有了。”

葛凡眼睛一转：“那这样，你帮哥去隔壁精酿酒馆接一扎，钱我单独转给你呗，我爸好不容易来一趟。”

服务员撇撇嘴：“不是我不去啊哥，店里咋整啊？”

葛凡一笑，明明长了一双桃花眼，笑起来却有几分痞气：“你看，我在这儿你怕啥，再说我爸你不认识吗？温都水汇的余老板，余老板在这儿，比你供个关二爷都好使，还咋整？”

服务员探身看过来，高声说道：“哎呀，我刚才没认出来叔！行，叔您等着啊，我马上回来！”

余九琪听着都想乐，但也见怪不怪了。

余凯旋虽说早就不混社会了，但二凯哥的名号还在。这些年做生意三教九流他都认识，也出面主持过一些社会上的事，石城的老百姓提起余凯旋和温都水汇，都知道那是不好惹的地方。

葛凡一番操作下来，余凯旋显然很受用，像只憨厚的笑脸猫一般，笑容层层加码铺满了脸，欣慰地问了句：“你一个人来的？”

“不是，跟个朋友，他在停车呢。”

“哪个朋友啊？”余凯旋话里有话，以为葛凡谈恋爱了。

“没有。”葛凡抓抓脑袋，看了一眼余九琪，“就是在我们KTV认识的新朋友，喝过两顿酒，人不错。”

“哦，石城的吗？”余凯旋随意地问。

“老家是这儿的，他从外地回来，我看他那车牌号，好像是北京的。”

余九琪不自觉心里一抖，当下有个不祥的预感，可又无法自圆其说，只希望是她心里有鬼胡思乱想。

葛凡站在过道中央，扫了眼店里，发现没位置了：“爸你们吃着，我去对面对付一口吧。酒和菜不够再加啊，我在这儿有卡。”

余凯旋大手一挥，也没征求小九的意见，爽快地说：“你们不就两个人吗？一起吧，也坐得开。”

“行。”葛凡更爽快，“正好好久没跟爸喝酒了。”

余九琪心里的不安还没有散去，但碍于爸爸在，只好识趣地起身，走过去坐在余凯旋旁边，把位置让给他们。

可刚一落座，她就看到门口走进来一个穿着黑色立领羽绒服的年轻男人。

他在门口停了下，跺了跺脚，似乎要跺掉鞋底沾着的雪。头微微垂着，额前几缕乱发遮住了眼，高低有致的侧颜线条极锋利。羽绒服不算特别厚，肩膀看上去却很宽厚。像是怕挡住行人，他侧了侧身，转头看向店里。

其实根本不用看他的脸，只一个侧影，余九琪就认出了孙锡。

不是她心里有鬼，也不是她胡思乱想，是那个连续跟她借了几次钱的人阴魂不散。

余九琪觉得整个世界都在“隆隆”作响，像是为她的愚蠢唱赞歌，至于吗？

怎么还跟我哥喝上酒了？怎么还追到这里来了？难道还要跟爸爸再喝一顿吗？

他怎么敢？

“孙锡，这儿呢！”葛凡冲他一招手，朗声叫他的名字。

他闻声看过来，脚步忽地顿住。

余九琪坐在最里面，隔着几乎整个店面的距离，在喧闹中、烟火里，他们对视一眼，随即触电般断开。

下意识地，余九琪微微撇头，看向旁边的余凯旋，看到他听到那个名字后，整个身子明显一僵，虚握着啤酒杯的手也下意识使了些力。

随后，余九琪听到余凯旋从齿缝里挤出一句话：“他怎么回来了？”

葛凡没听清，转头问：“爸，你说什么？”

余九琪这才谨慎地看了眼爸爸的脸，他被葛凡恭维出来的笑意早就消失不见了，眉心皱起，脸色随着沧桑的纹路一起沉下去，露出她很久没见过的冷厉。

那种冷厉，是属于年轻时混横的二凯哥的。

余九琪来不及思考，趁着孙锡还没有走过来，迅速拿出手机，翻出他的微信，点出转账页面，输入“1000”和银行密码，可显示的是——余额不足！

又翻出银行短信，看了下上次转账后的余额，也就是这时候，余九琪才准确地知道她所有现金资产是多少。

她毫不犹豫地把剩下的 811.25 元全部转过去，又连发两条信息：

——这是我所有的钱了，都给你。

——赶紧滚，不要过来。

孙锡此时刚好走到中间的位置，手里攥着手机，听到提示后拿起来，打开看了眼，而后站在原地，一动不动。

过了漫长的几秒钟后，他才缓缓抬起头，视线直直地看过来，淡淡地落在余九琪脸上。

虽然不是第一次见孙锡了，但这一刻余九琪才认真地直视他，彻底看清他如今的容貌。

他那双眼睛，和许多年前一样，好像一头狼的啊。

第三章 / 刺眼

无视前方明里暗里的敌意，孙锡还是迈着长腿走过去，尽管他很清楚自己并不受欢迎。

孙锡垂眸不再看余九琪，不受欢迎这种事，他早就习惯了。

“爸，我朋友孙锡。”葛凡拍了下孙锡的肩膀，丝毫没察觉到突然凝滞的气氛，玩笑着介绍，“孙锡，这是我爸、我妹。不是亲生，胜似亲生。”

孙锡比自称身高一米八三的葛凡高出半个头，礼貌地冲余凯旋点头打招呼，叫了声叔，然后略略扫了眼余九琪，在她对面坐下，自然又疏离。

自然到好像真的只是跟朋友的家人拼桌吃个饭，疏离到像是根本不认识她。

堪比挑衅。

余九琪咬着后槽牙，眸光划过他搭在桌角的手指，在那枚戒指上稍作停留后，她拿起手机，靠在椅背上，低头“噼里啪啦”地敲字。

孙锡承认有那么一刻他以为小九的信息还是发给他的，他还故意把手机挪到桌子下方看了眼，却始终静悄悄的。

而旁边的葛凡已经张罗着加菜加酒了，对面明显带着情绪的动作还没停。

此时收到余九琪信息轰炸的是温都水汇的大堂经理徐铭。徐铭正在招待来洗澡按摩的林业局刘副局长，正在想办法给他安排一个独立包间时，小九半是请求半是指令的长句子接二连三地冒出来。

大概意思是说余凯旋在外面遇到老熟人被拉去喝酒了，她担心他喝多了对心脏不好，对方还拎着三瓶五粮液，又要了两箱啤的——要了命了，徐哥，你赶紧想办法把我爸忽悠回去，全靠你了！

刚刚保证过对小余老板指哪儿打哪儿的徐铭回复：明白了！

这边顶着冷风从精酿酒馆接了一扎黑啤的服务员刚把酒送过来，余凯旋就接到徐铭的电话，说是三楼包房腾不开了，晾着人家副局长不好，问他能不能回来一趟。毕竟他一个大堂经理的级别还是低了点，况且刘副局长还带了两个脸生的同事过来。

余凯旋挂了电话，脸色依旧阴沉，说浴池有事先走了。

不等大家反应，他又特意点了下余九琪：“你跟我一起回去吗？”

“回。”

葛凡表示不理解：“小九，你着啥急啊？”

“我也有事。”

“你有啥事啊？”

余九琪站起来，边穿羽绒服边支支吾吾，一时给不出合情合理的理由，这时已经穿戴完毕的二凯哥冷然地开了口。

“不是有人要给你介绍对象吗？那个办过金卡的？”余凯旋有意无意地向下瞟了眼，努力回想之前小九的表述，争取做到一字不差，“就那个什么外甥，腼腆内向，博士后。”

“研究生。”余九琪纠正。

“研究生也行，学历也不低。”二凯哥清了清嗓子。

“对……”余九琪不想在这里继续多留一秒钟，“那赶紧走吧，爸。”

葛凡连声再见也没来得及说，尴尬地目送那对父女迈着坚定的步伐匆匆离开，多少有点抹不开面子，怕冷落怠慢了孙锡。

葛凡笑呵呵地解释：“我们家的人就这样，一个两个的都是急性子，你别介意啊。”一转头，瞥见旁边始终沉默的人似乎冷笑了下。

那冷笑转瞬即逝，他恢复一贯的淡然，看不出丁点情绪：“没事，凡哥。”

这声“凡哥”瞬间安抚了葛凡的忐忑，虽然跟这位看着不太面善的同龄人只喝过两顿酒，但对他印象极深，说是佩服也不为过。而且论起来葛凡也就大他一个月，可他人前人后都叫哥，让葛凡怪不好意思的。

这个兄弟，我交定了。葛凡把那扎黑啤推到孙锡面前，在他的肩膀上拍了下。

孙锡抿唇笑了笑，而后微微转头看向窗外，看到一抹细细的身影如羽毛般划过。

余九琪埋头跟着余凯旋的脚步朝温都水汇的方向走。美食街离市中心不远，走路也就十几分钟的距离，可不知为何，回去的路比来时要格外漫长煎熬。

走到街角，余凯旋突然停步，回头，被冷风吹红的脸又严肃了几分。犹豫了片刻，他才沉沉地开口，直接问：“他找过你吗？”

余九琪忽然明白为何时间如此漫长，因为她一直在等待爸爸回头问她这句话。她自知逃不掉，斩钉截铁地答：“没有啊。”

“他回来后一次都没有找过你？”余凯旋看着她。

“爸，怎么可能呢？”余九琪笑了笑，像是听了一个离谱的笑话般故意调侃，“他找我干吗啊？是要办信用卡，还是要搓澡票啊？”

“你不知道他回来？”

“不知道。”

“你们一直没联系？”

“没有。”

“那你们过去……”

余九琪突然打断他：“爸，那都是小时候的事了。”

余凯旋盯着小九看了一会儿，尽管她脸色不红不白，像是问心无愧的样子，可二凯哥还是看出她心里揣着一块沉甸甸的大石头，睁眼说瞎话。

余凯旋很想继续拷问小九，想问问她如果心里没鬼，为什么隔老远让徐铭想方设法把他弄回去。要是看不出来她那点小心思，二凯哥不是白混了？

冷风卷起街头雪堆上浮着的一层细雪，飘到父女俩中间，又蔓延散去。余九琪缩了缩脖子，两只手从兜里拿出来捂着脸，冲她爸笑盈盈地眨了眨眼，似是求饶。

余凯旋叹了口气，最后只说：“要是他真找你麻烦，你告诉爸爸。”

“知道啦。”余九琪突然莫名鼻酸，低头走在前面，“快走吧，冻死了。”

余凯旋丝毫没有放下戒备，他对当年那场事故依旧记忆犹新，无论如何都不会让往事重演。

算起来已经过了整整九年，他怎么回来了？

不知哪家商户在门口泼了水，结了一层冰，余凯旋拽了下险些滑倒的余九琪，忽然觉得有必要搞清楚那小子为什么回来。

巧的是，险些滑倒的余九琪此刻也在琢磨同一个问题。她渐渐地从刚才一连串的意外状况中缓过神来，纳闷孙锡刚刚回来就跟葛凡走得那么近，葛凡会不会知道些什么。

第二天下午，葛凡先联系了小九，问她晚上有没有时间帮忙拍个段子。

余九琪快下班了，才看到信息，想了想回他：还是在你们 KTV 拍吗？

葛凡除了是石城最大的 KTV 经理，也是近期在短视频领域初露头角的颜值段子网红。

葛凡十几岁时才跟着孟会红在石城落脚。那时他刚初中毕业，毕业成绩惨不忍睹，孟会红托人又花钱把他转到石城二中。可他念了一年多就被劝退了，理由是连续三次考试三大科加起来不到一百分。自知不是念书的料，孟会红就把葛凡送到山东去学技术。

也就三四年的时间，葛凡几乎把那所全国著名的职业学校里的所有专业体验了个遍，钱花了不少，事也没少惹，最后还是没拿回来半个文凭。

不仅文凭没拿回来，人都差点回不来。

余九琪记得那年秋天的一个晚上，红姨接到一通山东区号的座机电话后，跟余凯旋连夜急匆匆地坐火车走了，半个月后才把葛凡带回来。对于葛凡在那边到底发生了什么，三个人都默契地闭口不谈。

葛凡回来后消沉了一阵子，整天混迹在温都水汇楼上的 KTV 里，朋友圈里都是抽烟、喝酒、蹦迪的夜生活。红姨着急上火，甚至揍过他，也偷偷张罗给他找份正经工作。可某一天葛凡突然神采奕奕地给大家发了一圈名片，说他已经被 KTV 高薪聘为主管了。

后来短短一年，他从主管升为 KTV 经理，微信里的客户就有几千个，遇事随便一摇人都是一车一车地来，在石城大小也是个玩得转的凡哥。

凡哥最常挂在嘴边的话就是人各有志，喝多了时，曾经搂着小九的脖子说："你哥没啥本事，不，可以说啥也不是，你哥成功的秘诀就是两个字——快乐！"

"我快乐，我也能让别人快乐。人活着图个啥？不就是图个乐吗？"然后他转头郑重地问，"你快乐吗，小九？"

余九琪笑呵呵地点头，说："快乐啊！怎么不快乐？"

葛凡一双醉眼认真地观察她，半天后，摇摇头："不，你不快乐。"

余九琪不跟他争，就笑："那你教教我什么叫快乐？"

当时他们在 KTV 里给余凯旋过生日，大人们都东倒西歪喝醉了。葛凡晃晃悠悠地起身，醉眼惺忪地整理了一下他专门找人代购的西装，来到点歌台，点了首歌，一脸正经地坐在灯光下，拿起麦克风，认真地说"接下来这首歌送给我妹"。

可前奏一响，唢呐一起，余九琪就笑了，用手机给葛凡录了一段视频。

那段视频她转给了葛凡，葛凡觉得把他拍得挺帅，就发在自己的抖音账号上。没料到，两天后那条视频上了热门，爆了。

热门词条和热门评论都与一个词有关——# 东北霸总 #。

前一秒西装革履、醉眼迷离的深沉帅哥，下一秒吊着嗓子抑扬顿挫地唱起了地方戏，还唱得特别浪，兴起时，甚至摇头晃脑地冲着镜头抛媚眼。这种纯纯的禁欲系反差让葛凡一夜之间暴涨几万粉丝。

葛凡很兴奋，倒不是因为看到流量背后的经济利益，而是为能给那么多人带来快乐由衷地自豪。他把所有评论来来回回翻了个遍，决定将这种快乐继续无私地送给大家。

自那之后，他又陆续拍了几个东北霸总的系列段子。小九成了他的摄影师，有时也挡着脸出镜，或者用变声器与他对话，主角都是那个品位独特、口音明显，却时刻拗造型耍帅的自恋霸总。

他们数据比较好的两条视频，一条是一身笔挺西装的葛凡站在一片绿油油的田间，自信地看着远方，再慢慢地转向镜头，用最霸气的姿态说最土的话："这几亩苞米地都是咱家的，怎么样，满意吧？”

另外一条是小九扮演的女主被路人推了一下，葛凡突然冲过来，身姿俊逸又敏捷地接住小九，然后冲着镜头皱眉，一脸冷厉地说：“干啥呢？谁允许你扒拉她的？手是不是欠？”

不过这两条视频的数据加在一起都没有KTV那条高，葛凡为此很困惑，猜测是粉丝们对他在KTV的表现念念不忘。

所以余九琪以为今天会在KTV拍，甚至因为无法说出口的好奇，有点期待他在KTV拍。可过了几分钟，葛凡给她发来一个咖啡厅的地址。

葛凡：来这儿，今天霸总拍吃播。

余九琪问：吃啥？

葛凡回复：来了你就知道了。

东北霸总的吃播当然跟普通人不一样，路上葛凡简单地跟余九琪对好了脚本，因为咖啡厅的老板只同意让他们拍半小时，必须争分夺秒到了就干活。

葛凡今天倒是没穿西装，而是套了一件不知从哪儿弄来的Prada黑色薄羽绒服，化了点淡妆，腕表和金丝边眼镜都是老一套，再配上那个悉心精剪过的寸头，坐在精致的牛排、沙拉和马卡龙小蛋糕前，从镜头里看确实像个有品位的霸总。

余九琪把手机取景框对准他的脸，比了个“OK”的手势。只见镜头里那位霸总看了眼面前的晚餐，挑剔地挑了挑眉，质问：“你就给我吃这个啊？”

余九琪捏着嗓子问：“那总裁想吃什么？”

霸总把手里的刀叉一扔：“这也不下饭啊，给我整点蘸酱菜！”

下一个镜头，余九琪扮演的服务员把一大碟红红绿绿、原汁原味的蘸酱菜拼盘和两小碟食材不同的酱摆在他面前。

接着，霸总用叉子优雅地扎起一截黄瓜，蘸点鸡蛋酱，放进嘴里，终于满意地咧嘴笑了：“我就愿意吃点蘸酱菜！”又用干豆腐卷了点葱叶和婆婆丁，吃完笑得更灿烂，“还是得这玩意儿！香！”

拍完之后，两人都很满意，又点了两杯饮料，把拍摄用的那些西餐糕点和蘸酱菜当晚饭吃了。葛凡边吃边剪辑视频，最后配上音乐，定格在他角度最好看的笑容上，发了出去。

这条编辑为“#就愿意吃点蘸酱菜#东北霸总#颜值主播#”的段子刚发布，几乎立刻就收到不少点赞和留言。

葛凡盯着一排排涌上来的评论，埋头激情地一一回复。余九琪在对面自顾自地吃着一截黄瓜，看向窗外来来往往的行人发起了呆。

不一会儿，突然听到葛凡随口说了一句：“粉丝挺识货啊，都夸我这衣服好看呢。”

“是不错。”余九琪瞟了眼他身上的大牌羽绒服，胸口暗红色的倒三角金属Logo相当明显，材质肉眼可见的轻盈，轮廓却修身笔挺，不像是假的，于是问他，“从哪儿弄的？”

"跟孙锡借的。"

余九琪忽地蒙了下，但瞬间就缓了过来，意识到这是一个良机，便自然地说："你跟他是怎么认识的？KTV 里吗？"

"嗯，他来找老王喝酒。"葛凡低头说，"老王把我也叫去了，就这么认识了。"

余九琪知道老王是葛凡的老板王贺元，一个社会油子，但不记得过去孙锡跟王贺元有来往："他找你们老板干吗啊？"

"办事呗。他叔那个工程不是出事了吗？我们老板能说上话。"葛凡挑了挑眉，赞叹说，"他挺有诚意的啊！老王就喜欢能喝酒、会来事的。孙锡那天还重感冒呢，愣是一点没怵，舍命陪着喝了两个通宵，我是真服。"

余九琪盯着葛凡的脸，顿了好久，才找到重点，继续问："他叔做的什么工程？"

"好像是给商场提供建材，说是从中赚回扣了，导致一楼塌方，好在没伤到人，但商场开口要两百万。"葛凡手上还在回复评论，"老王不是那商场老板的小舅子嘛，能说上话。"

"哪个商场？"

"还能是哪个？富安呗！"

富安商场是石城最大的连锁商场，也是小富总家的商场。

余九琪的思绪极混乱，这时眼前忽然闪过亮光。放在桌面的手机响了下，她拿起来，是一条微信转账被原路退回的系统提醒。

那笔她仅剩的 811.25 元，孙锡没有收。

余九琪盯着那条提醒信息，思绪逐渐清晰了些，让她清晰地回忆起在冷面馆的矮炕包厢里，小富总提到要跟温雯结婚时志在必得的神情和那句关于孙家的话。

他说：她的敌人，就是我的敌人。

同一时间，孙锡也收到了微信的系统提醒，提醒他由于 24 小时内没有领取，那笔有零有整的转账已经原路退回到一个叫"九"的联系人账户里。

"九"是余九琪自设的微信昵称，孙锡没有加过任何备注。

他也没有对那则提醒过多留意，单手握着手机，食指按下熄屏键，想走出包房去迎一下他约好的客人，可突然间，手机又闪了闪。

面部识别自动解了锁，他毫不费力地一眼看到那条新的微信，来自同一个人。只有一句简短的话，平平无奇，他却愣怔着花了一点时间来来回回逐字看了一会儿，然后漆黑的眸子平行移向旁边，落在她的头像上。

就是那种银行工作人员统一款式的正装照，低饱和度的蓝色背景和标准的着装发型，可能唯一不同的是她的笑容。

并不是那种敷衍的职业微笑，而是极具感染力的灿烂笑容，嘴角上扬划出两道圆润的弧度，两颗缀在嘴角的梨涡浅浅淡淡，与弯弯的眉眼相称呼应，极有亲和力。

也极其刺眼。

门外突然传来短促的敲门声，不等孙锡答应，一个年轻的男服务员推门，探头进来，对他说：“哥，你约的客人到楼下了。”

“好。”孙锡关掉手机，长腿大步迈出去。

他走出那个处于西北角的隐秘包房，绕过一扇巨大的中式屏风，顺着实木楼梯下去，来到茶楼的一楼，还没到门口，就看到 KTV 的老板王贺元带着一个穿得毛茸茸的瘦高女孩进来。

孙锡快走两步迎上去：“王总。”

王贺元有些凸起来的眼睛一竖，保养得当的瘦脸却堆起一抹笑来，故意挑剔孙锡：“你看你，说了以后叫叔的。”

“王叔。”

孙锡识相地改口，但并没多亲切，只淡淡地抿了抿唇，眼神从那位穿着貂皮大衣配高筒靴的女孩脸上匆匆划过，又向后扫了扫，问：“小富总没跟你一起来吗？”

“哦，他呀？他说他等一会儿过来。”

王贺元讨好似的对那女孩笑笑，对方却冲他翻了个白眼，老王却毫不在意，继续敷衍地回答孙锡：“他让我们先来。”

“那上楼坐吧。”孙锡了然地说。

这栋位于石城开发区的中式茶楼在当地颇为神秘，环境和装修与东北格格不入，消费还奇高，平时冷冷清清的，没什么客人，却经营了快十年仍屹立不倒。有人说老板背景深厚，熟客都是充值巨额会员费的大人物，来这里的人没有单纯喝茶、吃饭、唠家常的，都揣着无法在平价饭店说出口的秘密互相交易的。

孙锡之所以选在这里约王贺元，是因为连续两个通宵周周到到的伺候打点后，王贺元答应把他外甥小富总约出来，从中调和一下孙锡的叔叔工程赔偿款的事。

可进了包房不到半小时，孙锡就觉得不太对劲了。

这半小时内，王贺元就窝在沙发里一边嗑瓜子一边跟那穿着貂皮大衣的女孩玩手机。女孩摆明了不想搭理他，他却觍着脸凑过去问东问西，旁若无人地打情骂俏，惹得那女孩大声呵斥了一句“不要脸”，老王笑嘻嘻地说“要那玩意有啥用”。

孙锡就忍到这里，突然打断他们：“小富总还能来吗？”

孙锡说话的声音并不大，可以说算是北方男人里比较低的，但因为他偏冷硬的音色和动物一般幽亮坚定的眼神，哪怕于喧哗中随便一开口也很难被忽视。

王贺元从沙发里直起腰，心里多少有点不爽，不爽这个毛头小子表面客客气气的，可那眼里明晃晃藏着不耐烦。要不是看他除了肯花钱，还豁出命去陪自己喝到位了，也不会揽这个闲事。

“我打个电话问问啊。”他连忙说。

电话只打了几秒钟，哼哼哈哈中很快挂断，然后他一脸歉意地笑笑：“我这个外甥最近也不知道咋回事，天天在外面忙，我姐都逮不着人。估计是刚从他爸那儿接手家里的生意，忙着适应吧。”

孙锡一个字都懒得听，知道自己被耍了：“这样不好吧？叔。”

“怎么了？”王贺元也严肃了几分。

孙锡的两只手肘撑在腿上，略略弯着腰，毛衣袖子堆在手肘处，线条紧绷的小臂自然松弛地垂下，隔着一张巨大的玻璃茶几，看向对面大他十几岁的中年男人，整个人透着一股黑压压的戾气。

王贺元也不是没见过世面的，看这架势以为这小子要闹起来，可他突然眸光一收，语气也轻松了些。

“好吧，小富总要是一步都不肯让的话，我们也就一分钱不赔了。”孙锡说。

“不赔了？”王贺元打量他，看不出他说的是真是假，“你开玩笑吧？”

“赔不起当然就不赔了。”

“他是要两百万。”老王倾身，也放低了声音，“我不是答应你了嘛，我多少能帮你讲一讲的。”

“讲到多少我们也拿不出啊。”孙锡索性靠在沙发上，眯着眼睛看对面，“我叔的那房子、货车、存款，浑身上下值钱的玩意儿，加在一起不到五十万。家里还有老人和孩子，日子还过不过了？”

王贺元精明地看着他：“这不还有你吗？大侄子帮亲叔叔，也算天经地义。”

“我拿回来的那点钱，除了赔偿坍塌的那家商户，其余的花在哪里了，叔你是清楚的。”孙锡盯着他，平静地交代，“我没有钱了。”

王贺元转转眼睛，算了下账，赔笑：“你这就谦虚了，你在北京混了这么多年，能没攒几个钱？”

“没攒，月光族北漂。”

“那你那车，没大几十万下不来吧？”

“车还贷着款呢。”

“你这里里外外穿的可都是好牌子，普拉达我能不认识？真的假的我能看不出来？”

“年轻人都虚荣，要不怎么月光呢？”说着，孙锡流里流气地看了眼那位穿貂皮大衣的女孩，女孩瞪了他一眼。

“我不信，你就跟我闹。”老王呵呵笑道。

“真的，不瞒你说我最近的生活费都是借的。”孙锡扯起嘴角笑了下，像是讲了个笑话般自然地说，“还是跟女人借的。”

他甚至又加了一句：“你想看看转账记录吗？”

不等王贺元回应，穿貂皮大衣的女孩突然扬声骂了一句：“真垃圾，还跟女人借钱！”

孙锡无所谓地看着她，没生气，似乎也毫不在意。

那女孩的火气被拱上来了，又怼孙锡：“人家女孩凭什么借你钱？”

“不知道啊。”孙锡轻笑，像是自嘲一般，又添了一句浑蛋话，“可能爱我吧，要不就是欠我的。”

那女孩再也忍不了了，冲孙锡甩下一句露骨的脏话，起身拎包走了。老王想去拦她，她把老王也骂了一顿。

王贺元突然一阵懊恼，倒不仅仅是因为刚认识不久还没泡到手的姑娘跑了，更多的是发现自己小看了孙锡。

之前只觉得他比同龄人成熟些，话少，有眼力见，办事也周到妥帖，虽然看着有点唬人不好惹，但长成这样的帅哥有点性格也正常，总体上还算是个从大城市回来的体面人，怎么突然摇身一变露出这混账面目来？

跟女人借钱这种事也不算稀奇，但能大大方方说出来的男的没几个。吃软饭的窝囊废他见过不少，软饭硬吃还理所当然的，如果不是纯粹的浑蛋、渣男，那就是心理素质极强的狠人了。若一开始就知道他这个德行，老王也不会担心，可今天这种场合他突然故意变脸，就不得不谨慎了。

王贺元跟小富总来往不多，但也猜得到他大外甥打的什么如意算盘，虽然不知道具体原因，但无非想从孙家人那里多弄点钱来。

那建筑工程是一年前的项目了，当时就是局部整修，孙锡的叔叔确实干了偷工减料以次充好的勾当，也造成商场一楼咖啡馆顶棚塌方，进而引起大楼的电路短路。但说白了直接损失顶多二十万，可小富总以此为由要配合消防彻底整修整个商场的电路，间接损失也要孙家出，出多少也没个标准，完全他说了算，摆明了就是讹人。

他本来不想掺和这件事，那孙家也没什么油水，但听说他们家在北京混的侄子回来了，王贺元便动了心思看看能不能从中多少捞点，可没想到碰到的是这种混货。他忽然觉得，他大外甥的如意算盘也打错了，见好就收吧。

孙锡就安静地看着对面的中年男人原地纠结腹诽，不动声色地等了一会儿，像是完全判断出他在想什么一般，在王贺元打定了主意时，孙锡突然起身，拎起羽绒服要走。

“行，既然这样，这事我就不管了，我回北京上班了。”

“你等等！”老王匆忙叫住他，“我再打个电话。”

这次的电话他是出门打的，打了足足十几分钟。回来后，他笑着说小富总在一个聚会上被拖住了，等晚一点散了就过来，他对天发誓，小富总肯定能来。但这茶楼快打烊了，不如移步到乐胜煌，在那儿开个包间等。

孙锡依旧是一个字都懒得信，但他的目的达到了，看了看老王，说：“可是叔，我在你那儿消费不起了。”

“没事，今晚我请。”

乐胜煌就是王贺元的 KTV，算是石城比较大的娱乐场所了，里面倒是没有那些乌七八糟的花式服务，赚钱主要靠酒水。孙锡这几天的酒钱也没白花，摸透了老王的生意经，酒水定价高得离谱不说，大部分还都是假的，尤其洋酒水更深。

可即便这种不值钱的假酒，王贺元也舍不得拿出来请客，他只开了一个小包厢，送了两兜啤的，说一会儿叫两个男服务员陪孙锡唱歌聊天，自己找个借口出去吃烧烤了，让他喝着玩着等小富总来。

孙锡只点点头，躺在包厢的角落里，滴酒未沾，头枕在一只手臂上，看着头顶的彩色灯球发呆。

彩灯一共有五种颜色，交错分布在灯球表面。如果较真算的话，孙锡还真的数了数，金色和红色更多一些。灯球随着音乐有规律地转动，五颜六色的射灯此起彼伏如竞赛般闪着强光，投在包厢的角角落落，也径直投在孙锡的眼睛里。

明明是毫无美感的俗气彩光，他却投入地盯着看了一夜。

这一夜一共进来三拨人，打断了他三次。

第一拨进来两个闲着的服务员，看孙锡无聊，就在旁边唱歌给他解闷。接着没多久，葛凡也来了。

葛凡听说孙锡来店里了，把那件大牌羽绒服拿来还给他，顺便跟屋子里的同事们炫耀了一番他最新的段子几个小时内就创下流量新高，相当成功。以至于他已经把各个社交平台的签名都改成“就愿意吃点蘸酱菜”了，说着葛凡还把那条视频翻出来，推在孙锡眼前，逼着他看。

短短三十秒左右的视频，孙锡来来回回看了四遍，点点头，把手机还给他。

“拍得挺好吧？”葛凡嘚瑟。

“挺好的。”

“我们家小九掌镜的。”

“嗯。”孙锡想了想，说，“看到了。”

葛凡外面还有工作要处理，说了几句话就走了。他走后，孙锡又躺下看灯球。不知过了多久，他好像已经眯着睡着了，最后一拨人才进来。

不是小富总，是小富总连夜请的律师。

律师看起来年纪不大，也就三十岁出头的样子，挂着浓重的黑眼圈，穿着一套正装走进来。关了音乐和彩灯，律师郑重地坐下，从公文包里拿出几张复印资料一一摆在孙锡面前，并仔细地解释这些资料一部分是孙锡叔叔与富安商场签的工程合同，一部分是孙锡叔叔与几个下游供应商的采购收据，加在一起就是他在工程上以次充好造成商场重大损失的证据。

孙锡抬眼，皱眉看着律师。

律师严谨地总结说，现在他的当事人要以合同欺诈罪起诉，已经在走流程了，他就是特地来告诉一声的。

孙锡泛着幽光的眼睛盯着他，那律师突然有点发毛，收拾东西准备走，又想起还有最后一件事。

“对了，我当事人还有句话让我转告你。”

孙锡淡然地看他。

“他说，他不要你们的钱了，要让你们也去坐牢，让你们孙家人在牢房里团聚。”

孙锡什么话也没说，只是浅浅地笑了下。

律师离开后，孙锡把那些复印件卷起来握在手里。接着他走出包厢，一层一层走楼梯从四楼下来，直接走出乐胜煌的侧门。一出来，兜头一阵寒风将他吹醒，这才注意到天已经亮了，他看看时间，快七点了。

他就站在KTV侧门的胡同里，没着急走，点了一根烟，缓解一下这一夜的疲惫，然后转头看向另一侧宽敞的、铺着红毯的金色大门，看到有两个在浴池过夜的游客赶早出来，每个人手里都提着一袋金色字体的“温都水汇”伴手礼。

乐胜煌就在温都水汇楼上，一共五层的方方正正的商业大楼，KTV在上面两层，下面三层是温都水汇。两家各有自己的正门，都通宵营业，但互不打扰，共同撑起了石城市中心最繁华的娱乐大道。

孙锡低头吸了口烟，再抬头时，突然一束晨光从楼宇间迎面照过来。绚丽的金红色晨光铺到眼底，洒到脸上，带起一阵惹人痒意的暖，可孙锡忽然躲了起来，站到墙角的阴影里，待眼前恢复冷寂幽暗，才适应了些。

很好笑，不知为什么，他常常觉得美好的东西都格外刺眼。

他能忍受夸张俗气的彩灯直射，却见不得半分温暖灿烂的冬日朝阳。

待他再抬眼时，看到朝阳已经散开了，均匀地平铺在城市里。然后在明亮的光线中，他看到一个纤细的身影走向温都水汇的大门，头发高高地绾起在头顶，乱蓬蓬地扎了个丸子，白色的长围巾遮住半张脸，却也能辨别出高高的鼻梁和明亮的眼睛。她步伐轻盈，推开温都水汇的大门进去。

今天是周末，休息日，她可能是来浴池帮忙的。

孙锡揉了揉眼睛，一手夹着烟，一手拿出手机，看了看昨天晚上转账退回去后她发来的那条信息，只有一句话。

九：我刚听说了你叔的事，你有空的话，我们聊一下吗？

孙锡又盯着看了很久，没回复。

余九琪顶着冬日早晨的第一缕阳光走进温都水汇。一进门，值夜班的前台小姑娘招招手把她叫过去，神神秘秘地说昨天晚上客房部那边可热闹了，说是有个演过古装剧的明星过来玩了，不知道是谁。

余九琪眼睛一亮，问：“那你没上去看看啊？”她说看了，但不认识。余九琪撇撇嘴，说那就不是啥大明星，你快去交班吧，去二楼吃点早点再回去补觉哈。

小姑娘点点头，又问：“你今天咋来这么早啊，小九？”

“睡不着，过来干点活。”

她眨眨眼：“红姨又该亲得你满脸口红印了。”

余九琪笑笑，跟她摆摆手后，直接上楼。余九琪先去二楼余凯旋的办公室，把羽绒服和包扔到沙发上，从办公桌的抽屉里找出昨天刚到货的采购清单，然后回到一楼，跟一个负责采购的员工一起，去库房一一清点。

清单上是温都水汇除餐饮之外其他消耗类用品，包括每天都需要更新的毛巾、拖鞋、汗蒸服和一次性内衣，定期添置的洗浴用品和搓澡工具，按摩中心要的香薰精油、足浴包，客房部的床品，有时也根据需要临时采购一些装饰品和小家具家电。餐饮因为需求量大且有固定的供应商，由餐饮部独立负责。

余九琪核实好今天的清单后，分门别类标注好，打印了两份，一份留在余凯旋的办公室存档，一份待员工上班后交给财务，用来跟相应的供应商核对款项。

接着等保洁打扫完整个洗浴中心，她再带着两个员工把刚采购的用品按需发给各个部门，收拾妥当，用整洁崭新的面貌迎接今天的客人。

对于温都水汇这样的大型娱乐洗浴中心来说，每天上午看似冷冷清清的清点、清扫工作反而是最重要的，只有充足严谨的准备，才能保证这热气腾腾的一天不出差错。

这种需要耐心细心的工作粗枝大叶的二凯哥一向不擅长，余九琪虽然能做，但也不能天天来，况且她毕竟经验少，遇到棘手问题也抓瞎，平时负责这个事的是孟会红。

今天余九琪专门起个大早，帮红姨把一天中最重要的工作快速干完。等孟会红来到温都水汇时，发现里里外外都已经收拾得焕然一新了。

她还楼上楼下从库房到各个部门的区域都检查一遍，甚至连男更衣室都没放过，才彻底放心，可以说是非常满意，而时间才刚过九点。

“小九呢？我美丽、善良、无可挑剔的田螺姑娘小九呢？”

孟会红用标志性的婉转音调高声即兴唱了句，旁边的人对她这种想唱就唱、说来就来的表达方式早就见怪不怪了，淡定地回答说在三楼。

此时忙了一早晨的余九琪刚喘口气，在三楼水吧煮了一杯浓咖啡，坐在吧台椅子上，薄薄的脊背绷直，转了转细长的脖颈，小小地啜了口咖啡，再顺便划开手机看看。

没有特意关注，也谈不上期待，但她还是忍不住算了算时间。

已经过去整整十二个小时了，孙锡没有任何回复。

余九琪快速地扫了眼这几天跟他的聊天记录：两通尴尬的通话、若干勒索一般的图片、文字，以及几条不同心境的转账记录。她闻着咖啡的醇苦香气，忽然稍微释然了些。

她曾以为是雪夜里那通电话把孙锡招回来的，以为是她闯的祸，以为他说家里有事是借口，以为借钱是赤裸裸的讨债，可能是她想多了。

也是，这么多年的偷偷摸摸和分分合合，早耗光了期待，就算有亏欠，也没有多余力气讨了。

她甚至有些不合时宜地庆幸，庆幸他真的是回来帮家里解决麻烦的。

只是如果这个麻烦不是她想象中的那样就好了。

“你在这儿呢！”

余九琪匆忙按灭手机。不等她说话，红姨径直快步走过来，猛地捧起她的脸，猝不及防地在她脸上狠狠地亲了一大口。

待余九琪与她稍微拉开点距离一看，红姨那涂着车厘子色号口红的唇上果然浅了一大块，就知道如前台小姑娘所料，她脸上又被戳上口红印。

孟会红抒发情绪的方式一向很直接，高兴了就唱，不高兴就骂，如果喜欢什么人就会大大方方地拥抱、亲吻。

而且她从不会喜怒无常，她的爱恨都有坚实的逻辑支撑。

她歪着头，又看了余九琪一眼，笑着说："你看你这孩子，你把活都干了，姨今天干吗呀？"

余九琪说："打麻将呗。"

孟会红正中下怀，笑得更开心："不好吧，大周末的。"

"周末才应该打麻将呢！"

"说得也是！"

孟会红一刻也没等，马上在群里通知大家她今天有时间了，不一会儿牌友接二连三就响应起来，很快敲定半小时后在温都水汇的棋牌室见。她的麻将搭子都是一群注重养生的中年妇女，牌局都是从上午开始，晚上八点准时回家睡觉。

在这群麻将搭子里，余九琪格外关心一个人，问："飞霞姨来吗？"

"来啊。"孟会红看看她，"你要是别扭，就逛逛街去。"

"我不，我陪你们玩。"

余九琪笑得坦率真诚，仔细看甚至有些期待。

飞霞就是王飞霞，王贺元的亲姐，小富总的亲妈，石城最爱聊八卦、嚼舌根的没心没肺的阔太太。而且她不单单八卦别人，自己家的事也从不掖着瞒着，性格跟她那个谨小慎微的独生子截然相反。余九琪之前陪她们打过两场麻将，趁着飞霞姨手气好、心情佳，也就两三圈的工夫，就把小富总的人生经历摸透了。

总之，想打探小富总和富安商场的事情，没有什么比跟王飞霞热热闹闹地打一场麻将更高效的了。

这也是余九琪今天起个大早帮红姨干活的原因，她想凑成这个局，想了解得更多，想验证那个麻烦是不是像她想象中的那样。

麻将机"嗡嗡"一打开，四个身着同款汗蒸服的养生妇女坐好后，余九琪一趟一趟地从外面的餐饮区运进来茶水、果盘和花生、瓜子，分成小碟放在每个人身边，还专门给王飞霞挖了两个她爱吃的哈根达斯冰激凌球。

王飞霞接过冰激凌，并排戴着两枚沉甸甸的金戒指的手拍了拍小九的背，圆润富态的脸布满遗憾，含糊着说："我那儿子啊，估计是瞎了。"

然后她又哼了一声，吃一口冰激凌，伸手摸牌："不管他了，爱玩玩吧，玩够了就好了。"

余九琪坐在红姨旁边的椅子上，尴尬地扯出一个笑容。但有那么一刻，她心里是不适的。

她当然听得出来王飞霞话里的意思，在座的各位，甚至大半个石城的人现在都知道小富总跟温雯在一起了。这个跨辈分的老少配组合早就是大家茶余饭后，甚至是麻将桌上的热门话题，作为小富总的妈妈自然没法逃避，索性直率地面对，先姿态高高地抛出她的态度。

玩够了就好了，翻译过来就是，我们可没当真。

可在温都水汇的棋牌室里，当着温雯女儿的面阴阳怪气，多少有些刻薄了。

不等小九说什么，孟会红打出一张牌，用力地磕在桌子上，一声钝响：“我可要和了啊，小心点炮！”

那一局孟会红果然和了个大的，王飞霞点的炮。余九琪倒不觉得出了口气的舒畅，如果说舒畅，她倒是更期待小富总通知王飞霞他要跟温雯结婚时的情景。

她又抿唇笑了下，然后起身把各位阿姨的茶水满上，坐下来后，自然地问了句：“飞霞姨，开发区的那个富安商场怎么要关门了啊？我在那里还有不少充值卡呢。”

王飞霞低头看牌，闷闷地说：“不是前段时间一楼坍塌了嘛。”

“就一楼坍塌，怎么还把整个商场关了啊？”

“修电路，大修。”

“哦……为啥啊？”

王飞霞打出一张牌来，还没来得及回答，坐在对面的孟会红把牌一推，又和了。王飞霞“哎哟”一声，后悔大意了打出这张险牌，懊恼地说：“看来还是不能分神，小九你别缠着我唠嗑了啊。”

纵然是全城最养尊处优、不差钱的富太太，在牌桌上输了几局也上头，已经连续点了几圈炮的王飞霞“闭麦”了，一句话不说，埋头看牌，悉心研究战术。

可一个多小时过去了，她依旧一把没赢过。

这么拖下去也不是办法，余九琪皱着眉头琢磨了半天，只能牺牲一下红姨了。她偷偷出去了一趟，把早晨清点过的采购清单送到财务室，但在送去之前做了点小手脚，把一项货品的数量抹去了一个零。

果然半小时后，财务秦姐来敲棋牌室的门，为难地跟孟会红说咱们订的一次性内衣的数量对不上，供应商那边闹起来了，这钱怎么付啊？

孟会红说“知道了，我去看看”，又转头瞅了眼手里清一色的漂亮牌局，遗憾地嘟囔了句：“这麻将还没打完呢……”

这时候，余九琪站起来：“没事姨，你去忙吧，我帮你打！”

那一局王飞霞连着给余九琪点了两次炮，余九琪都没和，反而拆了自己的牌喂她，最终绞尽脑汁地反过来让王飞霞和了把大的。

自那之后，王飞霞的手气就好了起来，当然，这里面大多是余九琪的功劳。

掐着时间算算红姨快回来了，钱也输得快见底了，趁着王飞霞和牌后心情好，余九琪赶紧将刚才的话题巧妙地扯回来。

于是她见缝插针地又提起：“商场电路大修的话，得花不少钱吧，飞霞姨？需要贷款找我啊，我还能冲冲业绩。”

王飞霞笑了笑：“钱不用我们出。”

余九琪问：“那谁出啊？”

“当然是那个工程方啊，坍塌事故就是他弄的，证据确凿，他不认都不行。”

余九琪刚要继续问，可左右两位对石城的大小八卦同样了如指掌的阿姨把话接了过去，七嘴八舌地就这个话茬聊了起来。一来一往的，倒是省去了余九琪很多力气。

左边的阿姨先提起来："工程方不是西丰街的孙家吗？他们家那条件，哪出得起这个钱啊？"

右边的阿姨又说："我听说他们家现在都乱套了。"

"怎么了？"

"老太太住院了，孩子明年还要高考，出了这么个事，好像那两口子又闹离婚分家了。"

"那更拿不出钱了。"

"肯定拿不出。"

余九琪眼睛转来转去，大脑也同时飞速旋转，一边希望她们说慢点，一边又期待她们说更多。短暂的停顿后，她瞄到对面的飞霞姨扯起嘴角，轻笑了下。

王飞霞摸了一张牌："他们没钱，他们的大侄子有啊。"

"谁呀？"

"孙誉文的那个儿子吗？"

"孙誉文的儿子回来了？"

王飞霞在她们惊讶的目光中，不动声色地打出一张牌："嗯，听说他这些年在北京混得还不错呢，人模狗样的。"

余九琪心不在焉，轮到她时胡乱地摸了一张牌，看也没看就打出去，被左边的阿姨捡了回去。

她谢谢余九琪送了张好牌，又打出一张，同时冷哼了声，继续评价刚才话题中心的那个人，说："真晦气，他怎么还回来了？"

右边的阿姨接上，语气更刻薄："要我说，你们富安商场就该教训他们一顿。"

王飞霞笑了笑，没说什么。

左边的阿姨又问："那要是他们铁了心就赖着呢？"

"听我儿子说请了律师什么的。"王飞霞又抓了一张牌，满意地塞到中间。

"对，告他们。"

"对杀人犯他们家没必要手软！"

余九琪的脑子"嗡"地麻掉，眼前花花绿绿的麻将牌瞬间糊成一片，又扭曲折叠，在她眼里映出一阵眩晕来。

就在这时，放在旁边的手机响了一下，短促的提示音像是一记警钟，提醒她不要失态。余九琪稳了稳神，拿起手机看了眼，麻木感又翻涌着袭来，游向四肢。她有些僵硬的手指点开对话框，看到各位阿姨正在讨论的那个不受欢迎的人回复了她一个字：好。

她又笨拙地扫了眼上下文，花了一点时间才理解了这个字的意思，隔了整整十五个小时了，不知为何他突然回复了。

发生了什么？

余九琪愣怔地看着那个字，突然看到他又发来一条：晚上你有时间吗？

"小九，到你了。"

余九琪懵懂地抬起头，才知道轮到自己抓牌了。她匆忙收起手机，胡乱地解释刚才同事给她发信息问工作上的事，可一伸手，连去哪里抓牌都搞错了。

几位阿姨自然看出余九琪的反常，突然想起不该在这里聊杀人犯他们家的事，一阵懊悔，互相递了个眼神，就此把这个话题打住。

可气氛明显僵滞下来，好在红姨如救命菩萨一般掐着点回到棋牌室，一进门就对余九琪说："小九，你爸找你呢。"

"好，我这就去。"她赶紧走。

余九琪以为她篡改采购清单的事情暴露了，但无非挨顿骂，跟此刻令她惶惶不安的事情相比根本不算什么，完全没放在心上。

可一走进余凯旋的办公室，发现他坐在沙发角落里，弓着背，手里攥着手机，整个人看起来罕见的别扭。

余九琪站在爸爸面前，低头看着他头顶的白发和眼角皱纹，忽然有了极强的预感，她屏住呼吸，告诉自己别乱。

于是余凯旋接下来的话，她并没有那么意外，只听他一如既往地直奔主题："小富要告孙家，你知道了吗？"

余九琪不能否认刚才在棋牌室里听到的一切，点点头。

余凯旋皱眉，谨慎地说："你最近少往外面跑，这个事就算有人找你，也别掺和，知道吗？"

余九琪眨眨眼，用很小的声音问："为什么？"

余凯旋纠结了一番，才回答："因为这是你妈的意思，是你妈让小富告他们的。"

余九琪又问："我妈为什么突然……"

余凯旋打断她，凛然地看向她："还不是因为孙锡回来了。"

早晨那根烟孙锡没有抽完，抬手捻在胡同的墙上掐灭，也打定主意不再上钩。

他左右看看，居然找不到一个垃圾桶。旁边倒是有个脏雪堆，上面零星浮着几个深浅不一的烟头，和不知被谁摔碎的半截啤酒瓶。

他沉默了一会儿，两指稍一用力，把烟头弹进那半截酒瓶里，逆着朝阳走出乐胜煌侧门的胡同，走向对面的停车场。

这时，他接到了婷婷的电话，边接通，边在雪地上蹭了蹭鞋底，不知在哪儿粘了一层灰。

"你能回家一趟吗？"电话里，女孩的声音有点虚，像是不敢问。

"怎么了？"

"我爸和我妈打起来了。"

孙锡看了眼鞋底，继续往停车场走，手里还攥着小富总委托律师连夜送来的几张证据复印件。

"行。"

"你还记得咱家的地址吗？"女孩的语气明显轻快了些。

“记得。”

他没有用导航，沿着主干道，凭记忆从市中心一路驶向老城区的方向。

老城区在西边，十几年前曾是石城最繁华的地段，后来城市朝东一步步开发，一栋栋越来越高的楼盘拔地而起，商业、娱乐和餐饮都跟着往东移。西边除了一些旧小区和农贸市场，就靠几条简陋的商业街撑着了。

专门做建材生意的西丰街就是其中之一。整条街呈S形，长约几百米，错落分布着大小规模不一的几家建材店，两边住着的也多半是做建材生意的人家。不过因为这些店规模都不大，水也深，质量和信誉良莠不齐，这些年石城好一点的项目基本都被大城市下来的承包商揽走了，他们的日子都过得紧巴巴的。

孙锡花了半个多小时才开到西丰街的一个小区，中间他绕了远路，小时候常去溜冰的人工湖不知何时被填平了，建了一栋妇幼医院兼月子中心。他转了一圈，才找到驶向过去的路标。

还是低估了这九年的变化。

车停在路边，进小区后，他熟悉了些，径直走向最后面那栋斑驳破旧的六层居民楼。路上遇到一对正在收拾储冬白菜的老夫妻，他不经意间与他们对视了一眼。

那对老夫妻露出惊讶的神色来，而后缓缓地，惊讶变成鄙夷，并毫不避讳地讨论起来。

这时，一句清脆的骂声朝他们直接飙过去：“那么大岁数要点脸吧，管好你自己家那几棵大白菜得了！”

孙锡循着声音，看到单元门口站着一个戴鸭舌帽的、染着蓝色头发的女孩。

“哥。”孙婷婷大声喊了句。

孙锡看了眼她帽檐下那几绺深蓝色的头发，又发现她的运动套装外只套了一件棉服，脸已经被冻红了：“在这儿站多长时间了？”

“没多长时间。”孙婷婷打开单元门，“怕你忘了楼栋号嘛。”

孙锡跟着婷婷沿着狭窄昏暗的楼道向上走，盯着脚下水泥台阶上融化了的雪水污渍，只随口问了句怎么回事，婷婷就“噼里啪啦”一步一回头地说起来。

“就今天早晨我爸接到富安商场那边的电话，说是要告我们，然后我去医院给我奶奶送个早饭的工夫，他俩就打起来了。

“我妈把我爸的脸抓破了，我爸把我妈的头发薅下来一大绺。

“我妈的鼻子都出血了。

“我爸的牙被打掉了一颗。

“我妈又说要离婚分家，我爸就去厨房拎了一把菜刀。”

孙锡一惊：“然后呢？”

婷婷停步：“然后我就出来了，给你打电话了。”

他们刚好走到五楼，隔着防盗门就听到里面的争执声。门并没有锁严，婷婷推门就进去了。孙锡在门口稍微停顿了下，没急着进门，却也清晰地捕捉到里面的争吵声。

九年，这座小城已经变化到让他迷了路，可这扇门后面的争吵声像是从过去飘过来的，一丝一毫都没变。

粗俗、直率、不计后果，又指桑骂槐。

他以为离开之后，这一生都不会再听到这些难堪的话，却随着他踏入这套老旧的小两居，劈头盖脸滚烫地朝他袭来。

孙锡站在玄关口，看到他叔叔孙正武手里拿着菜刀，婶婶李芳手里握着水果刀，两人隔着小餐桌互相责骂是对方将家庭推到这般绝望的境地，叫嚣着同归于尽。

孙正武骂李芳财迷心窍，要不是她贪心想出这个以次充好的馊主意，也不至于惹这么大的祸，见钱眼开，败家娘们。

李芳说："当初你也是同意的，出了事就怪我一个人了？再说人家富安商场为什么揪着这事不放，你心里没数吗？我倒了血霉嫁到你们孙家来，我恨不得把孩子原路塞回肚子里，跟你一刀两断。"

孙正武急眼了："你放屁！"

李芳说："我早跟你过够了。"

孙正武扬起刀吼："我看你就是挨揍挨得少了。"

李芳冷笑："那你揍我啊，你砍死我啊，你们老孙家杀人犯法的事干得少吗？"

"别吵了！我哥来了！"婷婷大声喊。

孙锡先是缓缓地吸口气，再抬眸，迎向九年未见的叔叔婶婶的目光。

"叔，婶。"他的声音依旧低沉平稳。

孙正武愣愣地看着他，上下打量，嘴唇颤了颤想说什么，酝酿半天只憋出来一个"啊"字。

李芳突然捂着脸，坐在沙发上哭起来。

而后，这对刚刚冲对方比画过刀子的夫妻只花了十几分钟就收拾好了情绪，双双坐在蓝色粗布的三人座弹簧沙发上，齐齐看向站在旁边的、眉目幽深的年轻人。

他当年离开时身高绝对不算矮，但因为瘦得薄薄一片，还习惯弓着背，不觉得有多显眼。如今他的个子又蹿起来不少，身板也结实硬朗了，光是站在那儿就显得客厅拥挤了许多。

九年的时间让他蜕变成了大人模样，走在街上甚至不敢认。仔细看的话，他浑身上下只有眼神还跟过去一模一样。

一样的幽亮锐利，透着一股无情无义的冷峻，再配上一双成熟男人的臂膀，格外有压迫感。

孙正武收起观察侄子的目光，咳了一声，生疏地开口："那个，你这几天在哪儿住的？"

"酒店。"

"啊……吃饭呢？"

"随便吃点。"

“啊……”

李芳看不下去了，瞪了孙正武一眼，把话接过去。她像是不太敢直视孙锡的眼睛一样，只盯着他头顶的墨黑短发，提出她早就准备好的质问：“孙锡啊，之前在电话里你说过，这个事你回来解决。那婶就要问你了，你怎么解决的啊？本来也就是赔点钱，现在咋还得打官司了？”

孙锡没回答，他倚着餐桌站着，两手向后虚虚地扶着桌角，眸光倾斜着向下扫去。

几平方米见方的客厅内狼藉一片，摔碎的花瓶、磕坏的桌角、地上两团被扯下来的棕色头发，还有一堆用来擦鼻血的废纸巾，再略略向上，看到脸上被抓出两道鲜红血渍的叔叔和蓬头垢面的婶婶。

加上空气中那股干燥的隔夜油烟味，让他恍惚地以为还活在年少时的幽暗里。

李芳见他不吱声，又委屈地说：“这官司可不能打啊。这些年你可能不知道，外面有多瞧不起咱家，明着暗着骂啥的都有。你叔那个店一年赚不了几个钱，也就靠那几个老客户撑着，都不如在农村种地。要是再打官司，更别干了。

“如果官司再输了，你叔叔真坐牢了，我都不敢细想，你说我们在石城可怎么活？你奶奶还住着院，你妹妹还没上大学呢……”

婷婷一直坐在阳台角落里的小凳子上，黑着脸刷手机，这时才硬邦邦地插了句嘴：“妈，差不多行了，你念经啊一天天的？大不了这大学我不考了。”

李芳闻言，又捂着脸哭了起来，边哭边从指缝里打量孙锡，见他还没反应，身子一颤，用手肘碰了下旁边的人。

孙正武立刻会意，接力赛一般打起精神来，抬头问孙锡：“是不是钱没谈拢啊？”

孙锡这才开口：“根本没谈到钱。”

孙正武叹气：“要是两百万不行的话，要不你再说说多拿一点呢？”

“拿多少？”

“三百万你总有吧？”他直了直腰，“我听说你在北京还买房了呢。”说完，似乎也觉得尴尬。

孙正武眼神躲闪着左右飘了飘，又抬手用力地狠狠抹了一把脸。

他这一抹脸，孙锡愣了一下，突然低头抿唇笑了，眉眼压下去，脸上那股冷冷清清的薄凉一览无遗，像是一个冷眼旁观的外人。

李芳皱眉问：“你笑啥？哪句话好笑？”

孙正武按了下李芳的手：“孙锡，你这个态度可就伤我的心了，从小是不是你叔叔和婶养的你，你不懂感恩的吗？”

“现在不是钱的事了。”孙锡看着沙发上昂着脑袋盯着自己的两人，说，“我来也是想问问你们与工程合同相关的具体情况，他们给了我一些资料，不知道真假。如果这些证据不属实，或者有别的隐情的话，就算打官司也不一定会输，不至于赔那么多钱。东西在我车里，我去拿一下。”

“不用了，别去了，我知道是啥证据。”孙正武突然叫住他，皱眉，“那打比方啊，假如啊，属实呢？”

孙锡沉默片刻，已经有了判断，没戳破，只说：“也得找个律师咨询一下。”

孙正武慌了，扯高嗓门：“那五百万呢？要不你直接给小富总五百万试试呢？”说完，他又胡乱地抹了把脸。

这次孙锡彻底没忍住，扯了下嘴角，笑出了声。

李芳被激怒了：“真有意思，你还捡个乐。你是回来专门看你叔笑话的？”

孙锡脸上依旧挂着笑，不掩饰，也不解释，直率而混横地看向她。

李芳虚了虚，又问：“还笑，你笑什么？”

“我笑什么？”孙锡又看向孙正武，语气玩味，“叔，你脸上的伤被你抹掉了。”然后又加了一句，“怎么这么不注意呢？”

李芳突然转头看向旁边的人，果然看到他脸颊上那两道参差不齐的血迹已经消失不见了，裸露出来的皮肤完好无损，甚至还格外白嫩了些，像是刚被撕掉一层有护肤功能的涂抹面膜。

她张大了嘴巴，哑然无语，站在原地尴尬地愣了一会儿，脑子一抽，居然伸手要去遮住那块皮肤。

孙正武嘴里“啧啧”骂了两句，把妻子的手打下去，摸了摸自己的脸，又看看自己的手，纳闷那几块结了痂的假血渍掉到哪儿去了。

同时围过来的还有孙婷婷，她倒是没去关心她爸的脸，而是踢了一脚地上成堆的、染着血的废纸巾，又捡起一团被薅掉的棕色头发看了一会儿，然后她突然弯着腰，崩溃地尖叫一声。

刺耳尖叫过后，六十平方米的局促小两居里，所有人都齐刷刷地看向她。

她似乎也觉得尴尬，垂着头在原地站了一会儿，思考着要不干脆躲回房间里算了，她尤其不想在哥哥面前丢脸。可又一想，这一屋子里的人谁还要脸了，她忍不了了。

于是，婷婷先是小声嘟囔了一句：“我真是受够这个家了！”

然后，她抬起头，垂着眼，看向父母：“你们俩真行啊！你们连我都利用是吗？什么牙掉了、流鼻血了、脸抓破了，都是装的是吗？你们知道我会叫我哥回来，故意在这儿装是吗？还有这头发，这是你的头发吗，妈？”

李芳的声音弱弱的，做最后的挣扎：“我这头发不是染过吗……”

“它就不是真头发，手感都不一样！”说着，婷婷一把扯掉鸭舌帽，揪掉一绺接上去的蓝色假发，一起扔给她妈，“你看看是不是一样的？你当我缺心眼吗？这是我的假发！”

李芳闷闷的，不吱声了。

婷婷看了眼冷然地站在一侧的孙锡，又说：“我哥回来这几天，也就我见过他一次，你们俩都没有把他叫到家里来吃顿饭。现在怕坐牢了，把人家骗回来，三百万、五百万地要，凭什么啊？我都嫌磕碜！”

孙正武冲女儿骂了句，骂她没大没小。

李芳余光瞟了眼孙锡，索性豁出去了：“凭什么？这钱就得他出，因为这事说到底就是他们家的事！”

孙锡站姿僵硬，略略侧头向斜下方看。

李芳迎过去，大胆地直视他：“孙锡，你别怪婶说话难听，这话我也憋了很久了。我直说了，那小富总跟温雯什么关系，你知道吧？在他俩没好之前，你叔这个事已经论好了，就是赔三十万。怎么温雯一出场，富安那边就说一楼塌方把整个商场的电路系统都整坏了，得重修。怎么就这么巧？还非得说是我们的责任，还直接把商场停业了，不让我们查。一开始开口就要两百万，现在又想要我们的命！”

孙锡怔怔的，一动不动。

李芳继续：“你觉得这是小富总的意思吗？不是，是温雯！

“那你觉得温雯想要谁的命？谁欠她的？

“你自己说！”

孙锡就听到这里，抬腿转身走了。防盗门被轻轻带上，关门声缓慢沉重。

外面刮起了大风，呼啸着从四面八方卷过来。孙锡走出单元门后，把立领的羽绒服拉链拉到最上面，下巴埋下去，顶着刺骨的冬日冷风走出小区，一步也没回头。直到过了马路，走到停车位，他才发现婷婷跟了出来，就站在狭窄的路对面。孙锡站住，看着她，皱眉用眼神询问。

“哥，对不起！”她在大风里喊着，清脆的声音四散后又聚集，像拳头般砸向孙锡，“是我爸妈让我来跟你说声对不起的！”

孙锡看似无动于衷，只说：“你回去吧，快回家。”

他绕过车头，打开车门，却看到婷婷还站在那里不动。风吹起她的头发粘在素净的脸上，眼神坚毅，鼻子通红。

孙锡没再说话，不想管了。可就在他要上车时，听到婷婷又喊了一句：“都怪澡堂子那家人，我恨他们！”

“什么？”孙锡神色一凛，终于有了情绪。

“如果不是澡堂子那家人，我们家也不会过成这样！温雯、余凯旋，还有余九琪。”婷婷眼泪“噼里啪啦”地往下掉，边哭边说，“我恨他们。我恨澡堂子那家人。”

…………

孙锡是在车里呆呆地坐了半个多小时后，才决定给余九琪发信息的。

他先是觉得冷了，发现暖气没开，开了一会儿暖气，又盯着车窗外被大风卷起来的两个塑料袋看了一会儿。

看它们高高飞起，互相缠绕，又陡然分开，四散而去。

看它们没有一刻掌握住自己的命运，却没有一刻怀疑这一切。

他点开余九琪的微信，回复她：好。

他觉得不如干脆爽快一点，又问：晚上你有时间吗？

不到一个小时，他就收到余九琪的回复：现在就可以。

第四章

/

丧家犬

Dong feng chui you sheng

余九琪对石城大大小小的饭店、餐吧都非常了解，了解到什么程度呢？她身边的人但凡纠结不定去哪家，第一时间都会想去问问她，她都能根据对方的需求推荐几家店，很少有踩雷的情况。

她倒不是对吃和探店感兴趣，一方面是工作需要，她除了坐柜台，也开始接触商业贷款业务，其中餐饮商户是重要的客户群体之一，要精准开发和定期维护；另一方面是因为温雯喜欢尝鲜，口味又挑剔，乌烟瘴气和酒色财气的地方她都不爱去，浓油赤酱和热量炸弹的东西她也不爱吃，小九就定期去挖掘一些别致的馆子，总能让她惊喜愉悦。

她常常觉得，温雯都能伺候得了，就没什么能难得住她的了，直到孙锡在微信里问了一句：我们在哪里见？

余九琪闷头足足研究了半个多小时，把手机翻得滚烫了，也没找到合适的场所来与他碰面。

自他们最后一次在北京吃的那顿不欢而散的炒饭，余九琪算了算，他们已经有三年多没有单独相处过了。

说长不长，说短不短，三年足以改变一个人的心境，却无法将横亘已久的深渊弥合分毫。

待手机的温度冷却下来后，余九琪给他回了一句：想不想吃草莓？

孙锡坐在车里，暖气烘得他的脸颊有些发烫。他盯着那句话看了一会儿，回复：你定吧。

很快，余九琪给他发了个地址：那在这里见，我大概一个半小时后到。

孙锡的手指悬在打字框上，犹豫了一下才回：好。

退出微信后，他在导航上搜了一下，那个地址距离他只有四十分钟的车程，便没着急出发，点开目的地介绍翻了翻，又再三确认，忍不住哼笑了下。

那是一个偏远的、荒凉的、差评如潮到只有两颗星的户外草莓采摘园。

甚至第一条差评下面还有一段精彩的对话。

顾客打了一星，说：家人们避雷吧，秧子蔫不啦唧的，草莓都没我姥种的樱桃个头大。老板小个不高还贼横，谁去谁是冤大头。

下面是店主回复：谁小个不高？你两百来斤，非得在我园子里吃饱再走。咋的，我还不能骂你了？

那位顾客又回：还骂我？你咋不打我呢？给你能的！

店主紧追了一句：你来，你现在来，你看我打不打你就完事了！

孙锡已经很多年没有直观感受到这种豪放又生猛的、独属于他家乡的表达方式了，谈不上亲切，也没有不适，只是稍稍觉得陌生。

他提前半小时来到草莓采摘园，花了一点时间对那番对话做了个判断，一部分准确，一部分略显夸张了。

老板确实是个冷言冷语的矮个子中年人，但草莓并没有像评论中那样惨不忍睹，一搭眼还是能从参差不齐的绿色叶子中找出几颗红红白白的果实来。虽然品相不怎么样，但跟偏低的价位成正比。

可能余九琪最看中的是，这里荒凉冷清没有人吧。

余九琪是掐着点准时来的，她从一辆出租车下来，绕过车尾走向采摘园入口的大堂。孙锡就站在大堂外的窗户下抽烟，险些没认出她来。

她穿着很厚的白色长款羽绒服、雪地靴，嫩黄色的围巾在脖子上绕了两圈，戴着针织帽和大大的口罩，浑身上下只露出那双亮晶晶的杏眼。她淡淡地瞄了眼孙锡，去跟坐在收银台的矮个子老板说话。

此时风已经停了，空气虽干冷，但下午的阳光还在，孙锡并不认为她是单纯因为怕冷才穿成这样。她这副遮遮掩掩的打扮，倒是大大方方地给他传递了一些信号。

孙锡抽着烟等她，不知怎么，突然想起他们在北京重逢后的那个跨年夜。

北京的深冬虽不如东北骇人，夜里的气温也有零下十摄氏度。他们随着黑压压的人群在世贸天阶下面胡闹，她却只穿了一件灰色的羊羔绒外套，里面是一套黑色的半身毛线长裙和短上衣套装，跳起来时，甚至隐约露出腰线。

孙锡走在余九琪身后，问她冷不冷。

当时她轻盈地转回头，脸上化着精致的淡妆，眼尾微微上扬，看了他一会儿，似乎在思考着什么，而后听着新年的钟声，问了他另一个问题。

她说：“孙锡，我忘了，这是我们一起跨的第几个年了？”

…………

“孙锡？”

孙锡陡然愣了下，回过神来，掐了烟，看向眼前拎着两个塑料篮子的、臃肿打扮的人，皱眉询问，意思是你刚才说什么。

“我说走吧，摘草莓。”余九琪简单地重复，径直走在前面。

采摘园一共有四个草莓大棚，几乎都没人，余九琪却直接把孙锡带到最里面的那个。她推开温室大棚低矮的塑料门，走进去，递给孙锡一个塑料篮子，然后把口罩摘下来，围巾松了松。

室外滴水成冰，干燥凛冽，大棚内却有一股湿土和果蔬混杂的新鲜气味，加上空旷又闷室的环境，有一种与世隔绝的真空感，虚幻缥缈，连说出来的话都回荡着轻薄了许多。

她素着一张脸，室内和户外的温差让她白皙的皮肤添了点红，不多，恰好把两颊那几颗细细的雀斑稀释变淡。她抬手捋了一下额前的碎发，弯了弯嘴角，眼神和语气都客客气气：“随便摘吧，摘完放进篮子里，完事了再去外面称重。”

孙锡接过那个水粉色的、已经磨旧了的破篮子，不动，问了一个问题：“你来过这里？”

“没有啊，我第一次来。”

“你现在喜欢吃草莓了？”

“也还好。”

问过两个问题后，他便不再说话了。

余九琪走在中间的那条窄路上，弯腰低头摘了两颗草莓，都不算小，但有一颗红白相间没有熟透，另一颗沾了湿泥有些腐烂。四周安安静静的，她想趁机提醒孙锡摘草莓的窍门划破尴尬，一抬头，看到他长手长脚地坐在地头的一把小塑料椅子上，手肘撑着膝盖，微微侧头看向塑料大棚外。

不知他在想什么，但她很确定，他就像很多年来很多次一样，用堪称挑衅一般的沉默、疏离来表达不满，或掩饰不甘。

余九琪后悔刚才应该撒个谎的，就说她经常来这个破采摘园，也喜欢吃这些半生不熟的水果，撒谎圆谎这种小事她不是应该早就得心应手的吗？

起码让气氛融洽些，她才能说出她约他来这里的真正目的，干吗不继续装下去呢？

余九琪低头继续找草莓，视线落在稀稀拉拉的温室植物上，浑身却散发出无形的触角敏锐地刺向孙锡的方向，而后仿佛随便唠家常一般，徐徐开口，循循善诱。

“你的感冒好了吗？”

她耐心地等了一会儿，才听到他“嗯”了一声。

“你回来有一周了吧？”

“差不多。”

“那酒店那边呢？”

“陈木霖先管着。”他语气很平静，“我向他要了个年假，说回趟家。”

余九琪点点头，又问：“你俩还是一人分管一家吗？”

“嗯。”

“你还是在海淀那家酒店？”

“嗯。”

“那现在应该很忙吧？陈木霖顾得过来吗？”她尴尬地笑笑，随手摘了一颗半生不熟的，“年底了嘛，旅游旺季，各种节假日扎推，我爸那浴池每天都满满当当的，酒店当然更忙了，哈哈。”

孙锡可能觉得她的笑声刺耳，转头看向她，没说话。

“那你打算在石城过年吗？”

孙锡依旧没说话。

“嗯……留下过个年也挺好的……毕竟你这么多年没回来了……”

“很快我就走。”他突然打断她，又利落地补充，“你放心。”

余九琪收起触角，敏感地站起来，直直地迎向他灼灼的目光：“我不是这个意思……”

“你能别装了吗？”

“什么？”

“你跟我犯不着这样，余九琪。”他眯着眼睛，黑压压地看着她，“你有话可以直说。”

余九琪转头看向另一侧，沉缓地轻叹一口气，忽然一阵难过，却也说不清在替谁难过。她看向混浊透明的塑料大棚外，天色比刚才暗了些。时光一刻刻向前推移，亮了又暗，暗了又亮，什么都会过去的，她想。

于是她转回头，微微低眸看向坐在小塑料椅上的孙锡，只说：“你应该猜得到，是我妈让富安商场那边告你叔的吧？我妈和小富总，哦，小富总就是那天在冷面馆里……”

“我知道他是谁。”

余九琪又说：“那你知道我妈什么时候，又为什么突然要告你叔吗？”

孙锡紧盯着小九，眼神幽亮：“因为我吗？”

“对，因为你回来了。”

中午在余凯旋的办公室里，他告诉她他刚给温雯打了电话，绕着圈子问了半天才弄明白，温雯之所以赶尽杀绝，就是因为孙锡回来了。如果孙锡不回来走动这件事，她也没想把事情闹大。

温雯的原话：“他不回来，我还觉得没劲呢，要斗就要找一只翅膀硬的蛐蛐斗啊，是不是？这多有意思。”

余九琪当时还想问余凯旋另一个问题，权衡后又没说出口，只含含糊糊地答应他不会再惹事了。一转头，却还是给孙锡回了信息约见面。

她不觉得自己在惹事，正相反，她和大部分人一样希望这场恩怨到此为止。而且她清楚没有人比她更适合出面谈这件事，哪怕是偷偷摸摸，她也可以把事情办好。

余九琪简洁明了地说了她所知道的一切后，看着塑料大棚内只隔了两步远的孙锡，等待他的反应。

他先是沉默了一会儿，似乎并不意外：“所以，只要我走了，她就会放过我叔了？”

这个问题，也是余九琪在爸爸的办公室里没有说出口的那句话。

她看着他，默认。

孙锡依旧坐在那张有些滑稽的塑料小椅子上，但坐姿僵硬，浑身绷紧，看上去极为别扭。他就那样别扭着又僵持了一会儿，晦涩不明地盯着余九琪，天渐渐黑了，他的眼睛尤为亮。

“你折腾这一圈，就是为了告诉我这些？”他压着声音说，“就是为了让我走？”

余九琪始终没逃避他的眼神，站在那里，手里拎着那个装了几颗草莓的塑料篮子，说：“是的。”

“行，那你还有别的事吗？”

“没有了。”

“那我走了。”

孙锡忽地站起来，推开旁边低矮的塑料门，弯腰大步走出去了。门晃了回来，摆了两下才关上。

余九琪轻轻地吐了一口气，在原地站了一会儿，拿出手机看看时间，又慢悠悠地走过去，捡起孙锡那个空荡荡的篮子，准备去老板那里把这几颗草莓称一下。虽然看上去并不好吃，她也根本不爱吃草莓，但人家采摘园的规矩还是要守的。

可突然，门又被推开，她以为是老板见孙锡提前走了过来看看，怕他们逃单什么的，刚要转头解释，一愣，看到那双像狼一般的眼睛又出现在眼前。

孙锡喘了两口粗气，似无奈地说：“我先送你回去。”

“啊，不用。我打车。”小九客气地说。

“这里太偏了，不好打车。”

“我约好了的。”余九琪躲了一下，没看他，“就我来的时候坐的那辆出租车，我跟他约好了一个小时后来接我，差不多快到时间了。”

空气瞬间安静下来，连呼吸都听不到，而后突然响起一声冷笑划破沉寂。接着他像是终于忍不了了，站在门外，居高临下地看着她，语带讥讽地压着声音胡乱地说了一通话。

“你还真的是安排周全，你不累吗，余九琪？你把我约到这没人来的荒郊野外，捂得严严实实，装模作样摘什么水果，还早就约好了回去的车，还定时，就一个小时，笑死了，你不累吗？

“你做这些，不就是想让我走吗？那你像之前一样发个信息让我滚就行了啊！反正过去这么多年，他们谁也不知道你跟我好过，还不止一次地好过。

“对了，我差点忘了，那天晚上又是谁打电话让我回来的？”

余九琪本来低着头想忍着，理亏，不还嘴，忽然就被刺激到了，猛地看向他：“那个电话我不是解释过了吗？我说我喝多了，我不清醒，我胡闹了！你还让我怎么解释？”

孙锡靠近一步：“胡闹就给别人打电话要谈恋爱？要复合？”

余九琪不躲：“我知道你不会同意的。”

孙锡紧盯着她：“那我要是同意呢？”

余九琪也寸步不让：“你说你反悔了的。”

他看着她，眼神里某些晦暗一闪而过，下意识地攥紧了拳：“我不能反悔吗？你凭什么觉得我还能等你？你一通电话，我就得回来，你觉得凭什么？”

她低下头，像是不敢看他，冷冰冰地低声说：“行，是我做错了，对不起，行了吧？”

“我用你道歉了吗？”

“那我不是还借你钱了吗？”余九琪忽然抬眸，眼里一片森然，“钱我都不要了，行吗？你能别说了吗，孙锡！”

孙锡看了她一眼，转身走了，再也没回来。

…………

余九琪并没有担心什么，她知道孙锡没有真生气。她见过他真正动怒的样子，此刻远不及十分之一。

她一个人去简单结了账，没花多少钱，然后看看时间，出租车应该快到了，就站在采摘园的路口等。北方冬天，天黑得早，此刻天色已经暗下去了，她选了一盏路灯下站着，多少会醒目些。

到了约定的时间，出租车没有来，余九琪跺了跺脚，搓搓手暖和暖和。出门时，她还觉得穿多了，此刻却庆幸她因为做贼心虚把自己捂得严严实实。人生总是这样，她忽然感叹，再糟糕的决定回头看都有它的道理。

过了二十分钟，出租车还是没来，她站在空无一人的马路中央，身后是已经熄了灯的采摘园，左右都没什么亮光，来来往往的车辆也都急速而过。

她有点心慌，脸也冻得生疼。

余九琪把围巾又缠了一圈，裹住大半张脸，然后拿出手机，翻出之前存的出租车司机的电话，拨了过去。对方接通后，连连抱歉，说路滑他刚才在市区跟一辆私家车撞上了，现在在交警队扯皮，可以找个同事去接她，但要再等半小时。

手机响起警报，余九琪拿起来一看，电量只有百分之十了。

她心里忽然涌出一股巨大的悲哀，泄了气一般颓下去，倒不是担心人身安全，而是有一种被遗弃的恐惧，让她无比绝望。

突然，毫无征兆地，右侧的一条砂石小路上亮起了两束刺眼的光芒，倾泻般地朝她射去，“唰”地照亮一小片天地。像是绝境之地的神迹，极不真实，却也吓了她一跳。

她稳了稳神后，半捂着眼睛看过去，是两束汽车的远光灯，再仔细辨别，那车的型号和车牌她都认识。

几乎没有犹豫，她走向那辆京牌的奥迪 SUV。

孙锡在余九琪走到跟前时，打开车锁。她直接开了后座的车门，坐在他的斜后方。

扑面而来的冷气随着余九琪卷进车里，她什么也没问，孙锡便什么也没说，调高了暖气，直接开车回市区。

沉默许久，路过一座加油站时，孙锡才开口说话，但已经全然没有在采摘园里的尖锐，恢复了一贯的平静、理智、冷漠，惜字如金又言简意赅。

他说：“你放心，我走。”又补充了一句，“像九年前一样。”

余九琪坐在后面，看着窗外：“好。”

“还有，”他看了眼后视镜，眉眼下压，“如果男人喜欢你，是不会跟你借钱的。”又强调了一遍，“喜欢你的男人是不会跟你借钱的，知道吗？”

余九琪忽然很想哭，小声说：“我知道。”

第二天下班前，余九琪接到葛凡的电话，说他正在开发区的火锅店给孙锡送行，问她下了班后要不要来。

那家火锅店余九琪认识，老板是她的商贷客户，去年因为经营不善拖了一笔贷款，还是余九琪帮忙走的补贴通道，就告诉葛凡可以提她的名字让老板优惠，肯定好使，然后盯着电脑上密密麻麻的流水数据，脑子放空了一会儿，慢悠悠地说：“我不去了，我又不爱喝酒。”

“那你就不喝呗。孙锡明天早晨就走了，就吃顿饭。来吗？”

“不去。”

“咋的？”

“跟他也不熟。”

“行吧。”

余九琪明白葛凡只是客气地问一问，他组局的首要原则就是人多、热闹、情绪价值必须拉满，凑不齐的时候就叫她，可也不会特别在意她来不来。即便如此，余九琪还是在挂电话之前，解释了一下：“我下了班要去温都水汇，快到圣诞、元旦了，爸和红姨他们这两天挺忙的。”

“你这跟打两份工有什么区别？得跟他们要工资啊。”

余九琪面无表情地皮了一下：“我一个洗浴中心富二代，差钱吗？”

葛凡大笑两声："没毛病。"

挂了电话后，余九琪疲惫地愣了好久，直到周围的同事提醒她才回过神来。

而另一边，挂了电话的葛凡还在笑，笑得两肩发颤，对面的人就随口问了句："谁啊？"

"哦，我妹。"

葛凡一语带过，没多解释，看了眼面前这位仅仅认识几天的好兄弟，发现他比之前憔悴了些，可还是帅的，衣服架子身材，风流倜傥的脸，偏偏气质还稳，坐在那儿半天一句话没说，火锅店里来来往往的小姑娘们都朝这边看，他可没自恋到认为她们是看自己的。

孙锡低头在菜单上随便画了几道推荐菜，递给葛凡，又随口说："她相亲相得咋样？"

"相亲？"说完，葛凡才联想起来，他指的是上次在西餐厅里余凯旋提到的小九回去相亲那茬，接过菜单，又添了些肉菜，才说，"没戏，这两年好多人给她介绍，都没成。"

"是太挑了吗？"

"那肯定得挑啊，她不挑我都得帮她挑挑。余小九那条件差啥啊？人家是洗浴中心富二代，是吧？"说完，他又笑了。

笑完，葛凡又说："主要是现在年轻人都往外走，这些年东北人口流失多严重啊！就像你，咱们石城方方正正、土生土长的大帅哥，都跑去建设首都了，留下那些歪瓜裂枣大多数都配不上我们小九。"

孙锡笑笑："那你觉得我这样的，就能配得上吗？"

葛凡半掀眼皮，瞄了他一眼，拿不准他这话的深浅，客气地说："关键是你不在石城，这才是问题的关键。"

"假设我在呢？"他不经意地转头，看向窗外树上挂着的装饰灯。

"在的话，也许吧。"葛凡皱眉，觉得孙锡今天有点反常，礼节性地随口敷衍说，"也许我能介绍你们聊聊。"

隔了一会儿，孙锡的目光才从窗外挪回来，说："算了，估计你会后悔。"

葛凡突然直视对面，不知是不是这家火锅店的灯太暗了的缘故，给孙锡脸上镀了一层浓雾般的墙。他也说不出哪里不对劲，就是觉得孙锡今天脸横，说话也不太好听，总之，跟之前印象中始终保持淡淡礼貌的人不太一样。

他突然很庆幸，刚才余九琪拒绝过来。

但局既然已经组了，葛凡就不会让彼此的面子掉在地上，反正孙锡明天一早也就回北京了，下次见面指不定猴年马月，先把这顿饭好歹吃完，再说多个朋友多条路，江湖上的事也不好说。

葛凡本来计划叫五六个人过来一起热热闹闹地喝一顿的，但不知怎么提起孙锡就没人爱接茬，最后只勉强叫出来两个 KTV 的同事，一个是看凡哥的面子勉为其难出席的，一个纯粹是馋酒了，问能不能管够喝，管够就来。

酒肯定是管够的，他直接叫了两箱啤的摆在那儿，踩箱喝。

就着热辣的火锅，四个年轻人很快喝掉了一箱。滚滚的蒸汽在玻璃窗上留下一层密密的水雾，酒意也不同程度地熏红了他们的脸。

大家先是胡乱地瞎聊了一圈 KTV 里的杂事，把听到的、看到的那些奇闻趣事互相分享个遍。葛凡见坐在窗户旁的孙锡始终默默听着，不咋主动说话，便自然地把话题扯到今晚的主角身上。

熟练地将酒瓶口磕了下桌角，葛凡又打开一瓶啤酒，递给对面的人，顺便说："我听说你在北京是做酒店的啊？"

孙锡接过酒，跟大家碰了下："小酒店，朋友投资的，你们去的话来玩。"

葛凡点点头："怪不得呢，你叔跟富安商场那点事这么快就解决了，你有这实力。"

"没解决呢，"孙锡喝了口酒，"我不管了。"

葛凡扫了眼另外两个朋友，都一愣。听说孙锡要走，大家理所当然地认为一定是事办成了，可他不痛不痒这么一说，多少有些意外的尴尬："也是，富安那边狮子大开口，那么多钱搁谁都很难一下子拿出来，慢慢来。"

"不是钱的事，"孙锡强调，"是我不管了。"

他的胳膊肘撑着桌子，眸光投向滚烫的火锅，淡淡地解释起来："没脑子，还贪财，自己惹了一堆烂事，还让我回来收拾，收拾不好还骂我。你们不知道，他们还演苦情戏给我看，呵，我懒得管了。

"他们赔不赔钱、坐不坐牢的，跟我有什么关系呢？

"不识好歹，有那钱我不如打赏打赏那些给我唱歌、跳舞、讲笑话的主播。来，喝酒。"

孙锡又举起杯子，但在座的三位没人跟他碰了。大家面面相觑，欲言又止，每个人脸上都憋着不痛快。

纵然都是在娱乐场所见惯了人情冷暖的小年轻，表面可以嘻嘻哈哈不在意，可心里都揣着一杆道德良知的秤。

若是平时在工作场合听到这番浑话，他们都能做到不闻不问，可今天是私人聚会的场合，又都喝上了头，就搂不住了，总要说点什么。

葛凡看出来另外两位小兄弟也有意见，怕他们吵起来，他便先去调和，帮孙锡找补找补。

葛凡抓起酒瓶，跟他碰了下，清清嗓子，硬着头皮一顿输出："孙锡，你也别说气话，长辈们也是人，是人就都有说错话、办错事的时候。人无完人嘛。其实我个人特别能理解你……"

"你能理解？"孙锡生硬地打断葛凡，一点面子没给，"他们又不是跟你要三百万、五百万，你一个外人，能理解什么呢？"

葛凡脸色一变，尽管火锅热气蒸腾，整个酒桌温度却骤降。

"你有点给脸不要脸吧！"不等葛凡说话，坐在他旁边已经喝高了的小庄扯着嗓门骂了句，又拍了下桌子。

孙锡幽幽的目光斜斜地扫向他，没说话，蹙了蹙眉。

小庄急了，也不遮拦了："我知道你，当年在西丰街打架斗殴，人怕狗嫌，差点整出过命案的那个坏种是不是就是你？我之前没跟你提过，我家也是西丰街的。我小你几岁，可你的事我也听过一些。"他挺直了腰，脖子涨得通红，"现在你人模狗样地回来了，又是奥迪又是普拉达，尽装相，小时候要不是你叔叔和婶婶养你，你早饿死了！"

孙锡依旧面不改色："所以呢？"

"所以呢？"小庄见他这副浑样，更气了，"所以你得感恩啊！"

"你那么有情有义，要不你去管管？"孙锡居然抿唇轻笑了下。

"跟我有啥关系？"

"那你就闭上嘴。"

小庄一上头，那句话脱口而出："杀人犯的儿子果然没啥好玩意！"

葛凡的脑子"嗡"的一声，看向孙锡。

孙锡手里还握着酒瓶，冷飕飕地瞅了眼小庄，不似动怒，但脸色绝对不好看。

他手上使了点力，骨节泛白，像是要拎酒瓶。可没等他动手，小庄眼疾手快地把手里的瓶子朝孙锡摔过去，随口又送他一句脏话。

葛凡伸手想去拦着那酒瓶，可已经晚了。孙锡躲了一下，酒瓶砸到窗台上。炸裂的碎片划到葛凡的手，顿时割出一道血迹。

"哥，你没事吧？"小庄站起来，可醉到站不稳。

"没事，都乐乐呵呵的，别整事啊！"葛凡扯了纸巾按着伤口，还在控场。

但小庄已然醉到听不进去了，瞪圆了眼睛盯着孙锡。除了刚才被孙锡一顿奚落憋的气，小庄把他大哥葛凡的伤也归罪到孙锡头上，牙一咬，心一横，又拎起一瓶未开封的啤酒狠狠地砸在孙锡头上。

一个实打实的啤酒浇头后，任葛凡再劝，场面也失控了。

而后在热辣蒸腾的一团雾气中，伴随着火锅店循环播放的东北 DJ 舞曲，葛凡甚至分不清敌我双方和站队立场，混乱地跟朋友们打在一起。酒瓶"乒乓"四溅，热烈地宣告他组的这场送行局彻底失败，魔幻收场。

余九琪接到火锅店的电话时，正在温都水汇前台给排着长队的团购客户扫码消券。

她一个一个耐心地讲解团购券适用范围，又一个一个送上手牌和对应额度的伴手礼，额头上渗出一层细汗。

为了给接下来的圣诞、元旦双节预热，余凯旋斥巨资砸了宣传费，当天就奏效了。这样的长队在前台排了两条，她跟小曼姐一人负责一条。

余凯旋的宣传手段很简单，他前一阵子专门去长春跟本地一个 MCN 传媒公司谈了合作，签了个大单，让他们旗下的几位台柱子网红在温都水汇拍视频，引流后再做直播卖不同规格的团购券，从今天开始，像接力赛一般连着直播三个晚上。

今天来的是一个百万粉丝的搞笑女网红，正在二楼直播，排着队的顾客有一大半是闻风而来的粉丝。余九琪感叹如今这素人网红的带货能力确实厉害，动起了念头不如好好培养一下东北霸总，那不就省了二凯哥的宣传费了。

一想起葛凡，正在回答顾客问题的余九琪突然出了个神，不知他那顿饭结束了没。

就在这时候，她接到了火锅店老板的电话，说葛凡跟一起来的朋友打起来了，啤酒瓶碎了满地，脑瓜子打破好几个。老板又说："点菜的时候，他说是你哥，我才寻思先联系你，就别报警了，你看要不要过来劝劝？"

余九琪把手里的活交给前台的另一个服务员，走到后面的员工休息室，一路忐忑着七上八下，慢慢地捋顺了思绪，才说："别报警，我去看看。他们有几个人？都打坏了吗？"

"四个，没一个没见血的，你赶紧过来吧。"

等余九琪打车赶到开发区那家火锅店时，四个伤员只剩两个。葛凡和孙锡每人拿着一条染了血的毛巾捂着脑袋，隔着两张桌子各自坐着。地上一片狼藉，店里空了大半，却也有两桌心大不怕事的还在涮肉吃。

他俩几乎同时看到了余九琪，葛凡意外地问了一句："你怎么来了？"

孙锡只是歪着头看她，没说话。

余九琪忽地被什么东西晃了一下，有些刺眼，再仔细看，是他食指上的那枚银色宽素戒。

他抓着毛巾按在头上，戒指抵在一束泛白的顶光下，灼灼闪闪，直入人心。

她有些生气，也不理解，按昨天的约定，他只要直接走就可以，为什么要故意搞成这样？

当然是他故意的。余九琪清楚葛凡遇事往往都是和事佬，绝不是挑事打架的人，是孙锡故意的，可为什么？

看得出来两人都是皮外伤，倒是没大碍。余九琪简单地跟火锅店的老板沟通了下，知道另外两位都被家里人接走了，葛凡也大致赔付了店家的损失。老板说其他的就不用管了，把人弄走就行，他好收拾收拾，后半夜还得继续做生意呢。

余九琪说行，谢谢哥。然后，她走过去扶起烂醉的葛凡，说先回家，全然没管后面坐着的孙锡，尽管她感受得到他投来的目光。

葛凡踉跄着站起来，也注意到后面那道直白、粗鲁的目光。他倒是没忍，怼了一句："瞅啥？"

余九琪低声劝："走吧。"

葛凡低头，有点伤心地看了眼余九琪："我跟你说，小九，这小子自私自利、六亲不认，说他有钱宁可打赏主播，都不帮他叔他婶。我还把他当朋友呢，这不就是个浑蛋嘛！"

听完这一番话，余九琪恍然明白了什么，心底阵阵发紧。但眼下她顾不上别的，只揽着葛凡的胳膊，用力扯他，想赶紧走，突然听到身后一声夹杂着冷笑的反问。

他音量不高，却字字清晰：“你说我是浑蛋？”

余九琪转回头，看了眼孙锡，神情恳切，希望他就此打住，不要再说了，没必要再说了。

可他微微偏头，突然坦率地看着余九琪，眼神流里流气：“你不知道吧，刚才你哥差点把你介绍给我这个浑蛋。”

说完，他又抿唇轻笑了下，似调笑，似自嘲，似混横的戏弄。

葛凡终于暴怒，骂了一句，甩开余九琪，冲孙锡奔过去，挥起拳头，用力砸下去。孙锡没躲，也没还手，像是等着挨这一拳。

余九琪大步过去拉扯葛凡，葛凡忽地没站稳，按着桌子滑下去，她也跟着滑了一下，脚下失控，身体也栽倒。

这时，突然有一只手接住余九琪的肩膀，而后下滑，握着她的手把她撑住。

她看过去，看到孙锡弯着腰，隔着桌腿看了她一眼，眸光凛凛，晦涩不明。

可她突然就明白了，什么都明白了。

她明白他今天就是来当一个浑蛋的，一个六亲不认的杀人犯逆子，一个流里流气的混账流氓，一个自私自利、谁也不在乎的人渣。

这样一个烂到骨子里的人，没有软肋，没有底线，谁也没有办法通过伤害别人来伤他。

他不仅要走，而且必须要作为一个浑蛋走，所有人才能安生。

像九年前一样。

那只手忽然松开了她，余九琪下意识地抓了一下，什么也没抓住，反而狠狠蹭了下那枚素戒，粗糙的边缘纹理在指腹留下钝重的疼痛。

那钝重的痛感直到他们离开也没有消失。

余九琪在火锅店门口拦了一辆出租车，把葛凡塞进去，却站在外面停住。

她忽然意识到，这可能是告别了吧。

她转回头，向店里看了看，几乎空空荡荡，人已经不见了。

余九琪把葛凡送回了余凯旋家。没多久红姨和余凯旋也回来了，围着脑袋被砸坏的葛凡忙前忙后，她始终站在旁边，平平静静。

就连葛凡义愤填膺地重复了一遍孙锡今晚的浑蛋事迹，她也毫无表情。

后来她在洗手间里，洗弄脏的毛巾和衣服。没一会儿，余凯旋走了进来，打开水龙头洗了洗手，而后边擦手边说：“这回你妈斗不了蛐蛐了，蛐蛐跑了，还斗啥？也挺好。”

他瞥了眼余九琪。

指腹忽然一抽一抽地疼，她从水里抬起手来一看，白白的指节上什么也没有。

孙锡是连夜离开石城的，他加了双倍价钱叫了一个长途代驾，坐在后座角落里，把羽绒服脱下来盖在身上，闭上眼睛。

中途他只给孙婷婷打了个电话。

他言简意赅地、冷静地交代婷婷，他已经给商场一楼坍塌的那家咖啡厅赔了三十万，也签了和解协议，在医院奶奶的账户里存了十万，回头再给婷婷转五万块钱，让她留着大学艺考用。

他又说，让你爸妈放心，对方应该不会告他们了，但西丰街的生意暂时别做了，铺子可以兑出去干点别的买卖，听不听随他们。

最后他简单地说，我走了，回去了。

挂电话前，似乎听到婷婷哭了，哭着说了句什么话，孙锡太累了，没在意。

很快，他躺下睡了。

车行驶在午夜的高速上，长途代驾司机又喝了一罐红牛，看了一眼导航，还有八个小时能到北京，疲倦的眼睛用力地瞪大了些。他想要不是这位奇奇怪怪的大帅哥给钱敞亮，打死不接这活。

他看了一眼后视镜，正好看到那敞亮的帅哥蜷缩着身体躺在后座，眉头紧皱，碎发凌乱，脑袋上还有伤。

忽然觉得，他怎么有点像一只丧家犬。

第五章

/

来自过去的暴风雪

Dong feng chui you sheng

葛凡早晨是被一阵按不掉的电话铃声活活吵醒的，按了又响，响了又按，如此往复几次，他腾地从床上弹坐起来，眯着眼睛划开电话，就准备骂人。

可对面一句低低柔柔的问候就让他哑火了：“凡哥，早上好啊！那什么我就是问一下，我们家小九在她爸那儿不？我给她打电话也不接。”

葛凡万万没想到是温雯，使劲地揉揉眼睛：“雯姐啊，你等会儿，我看看去。”

他掀开被子起床，穿着睡衣睡裤从余凯旋家朝东的次卧出来，两步走到朝南的次卧看了眼，门半开着，床铺收拾得规规矩矩，又瞅了眼时间：“她应该上班去了，估计今天又坐柜台吧，没空接电话。你有事啊？”

这话问的，没事能连环夺命 Call 吗？葛凡揉了两下昨天被打坏的脑子，疼得龇牙，又说：“你咋知道我住我爸这儿了呢？”

“我啥不知道？我是谁呀？”她哼笑两句，挂了电话。

葛凡也抿嘴笑笑，一转头，看到孟会红正拿着一个粉扑，站在卫生间门口化妆，眼神像是能飙语音一样上下瞅了瞅他。孟会红对葛凡和温雯之间没大没小的称呼早习惯了，此刻是嫌弃他昨天脑袋差点被好兄弟开了瓢，今天还能一觉睡到九点半，心真大，最后又狠狠地在他脸上剜了眼。

“瞅啥？我才住一宿就招人烦了？晚上我就回宿舍去。”葛凡摸了摸肚子，“早晨吃啥？”

余凯旋已经吃完早饭去浴池了，餐桌上摆了几样吃剩下的包子和油炸糕，旁边电饭锅里煮着小米红枣粥，煮鸡蛋还剩三五个，两碟小咸菜也快见底了——一碟楼下熟食店买的八宝菜，一碟孟会红自己腌的青脆爽口的糖醋萝卜。

葛凡剥了个鸡蛋，用筷子从中间夹断，拿起一半，在蛋黄上放两块裹着糖醋酱汁的萝卜，一口塞进嘴里。糖醋萝卜的清爽和蛋黄的香腻互相抵消又互相作用，开胃又提神，这种吃法他是跟余凯旋学的，一口就敲开新世界的大门。

可吃着吃着，他就想起了昨天那些烂糟事，忽然就觉得吃啥也不香了。

孟会红刚涂完口红，穿上羽绒服，拿起挎包准备去温都水汇，一转头看到葛凡绷直了肩膀坐在那儿发呆，嘴里还塞着鸡蛋，嚼不动，也咽不下的。

“咋的？咬到舌头了？”

葛凡看向她：“妈，你说我是不是个傻子？”

“这不是废话嘛。”

葛凡也没在意，咽下鸡蛋说：“这都一个星期了，我怎么就没想到孙锡的孙就是那个孙？我差点跟他拜把子，还领他跟我爸和小九吃饭，纯傻子。我早就该想到的，他要不是那个孙，雯姐和小富总能往死里讹他们家吗……”

孟会红懒得听了，去门口换鞋。

“而且我从头这么一捋，妈，这个事归根结底得怪你。”

“跟我有啥关系？”孟会红问。

葛凡来劲了，伸长脖子说：“要不是你一开始非得把小富总介绍给小九，小富总也不会认识雯姐，就没这么大的事，孙锡也不能回来，我这脑袋也就不能被砸坏。是不是这么回事？”

孟会红气笑了：“我不也是好心吗？我寻思小富的条件那么好。”

“好什么好？他跟个蔫黄瓜似的。”

“就你好，你是那顶花带刺的黄瓜，也没看你领回来半个对象。”

“对象那玩意不有的是吗？着啥急？”

“有的是这么多年也没见你处过啊，你是不是有啥毛病啊，儿子？”

葛凡急眼了，不吃了，也有点口不择言：“又来了，又来了，你又不是只生了我这一个，别对着我一个人催啊，有这工夫你去管管祝多枚去！”

孟会红脸色“唰”地一变，低头穿鞋，一句话没说便甩上了门。

葛凡说完就有点后悔，趿拉着拖鞋回房间，坐在床上憋闷气。他随手翻翻微信，看到小庄早晨发了一条阴阳怪气的朋友圈：装相贩子终于滚了。

下面配的图是奥迪和 Prada 的商标。

底下一串点赞鼓掌，葛凡没吱声。

他退出朋友圈，找出余九琪的对话框，给她发了一条：雯姐刚才找你呢，不知道啥事。

然后，他又发了一句：你几点走的？早晨吃饭了吗？

余九琪始终没回复，他也没等，收拾收拾准备上班去。出门的时候，看到门口的鞋凌乱摆着，平时孟会红都会收拾整齐的。

葛凡叹口气，咬牙给孟会红的微信转了个“520”。孟会红秒收，随后回了个“OK”的手势，这事就算过去了。

余九琪是几个小时后才看到葛凡的微信，但在此之前，她已经见到温雯了。

临近年底，余九琪清楚早晚要去见温雯的，为此她还悄悄地打探过温雯的行踪。温雯几乎不发朋友圈，抖音、快手也很少互动，她倒是在石城二中对面有个小化妆品店，但大部分时间都是店员张盼在忙。小九专门问了，温雯这几天一次都没去过。

余九琪昨晚没怎么睡觉，徒劳又杂乱无章的思绪中，她顺便想通了跟温雯的这场冷战如何收场，很简单，像过去很多次一样，厚着脸皮去请温雯吃个饭哄哄就好了。

她甚至已经选好了地方，不知道哪位从大城市回来的文艺青年在石城开了一家爵士清吧，余九琪赌这家小资情调的清吧在野蛮粗犷的石城开不到半年，也赌这半年里温雯一定是流水贡献最大的顾客。总之，带温雯去那里，她一定是满意的。

余九琪计划得好好的，却想不到温雯先来找的她。

今天是一家大型药企发放养老金的日子，对那些退休老人来说，社保账户里的数字远远不如攥在手里的现金实在、安全，一大早就排着队来取钱。最近气温又降了，怕老人们排队冻坏，余九琪和两个同事特意提早开门，让他们在暖气充足的大厅里等着，然后用最短的时间坐上柜台，争取上午就把养老金的业务办完。

大概办了一多半，刚应付完一个眼神和脾气都不太好的大娘，余九琪头昏脑涨，胡乱地喝了口速溶咖啡，再直直坐好，只瞟了眼外面说：“您好，社保存折和身份证都带了吗？”

她先是闻到了一股馥郁的脂粉香，茶花混杂茉莉的味道顺着弧形的玻璃窗口弥散进来，都不用她刻意呼吸辨别，那香味轻巧地钻进鼻腔里，惹出一阵本能的应激反应。她心中警铃大作，混沌一上午的脑子突然清醒，仓皇地转头。

温雯穿着一件夸张的黑色羊滩毛短皮草外套，弯腰站在窗口前，小小一颗脑袋贴近玻璃窗口，蓬松茂密的长发挡住两颊，只留下中间一小条极为精致的五官，媚眼、翘鼻，润泽的唇先是抿了个弯弯的弧度，而后随着眼波微动，明媚地笑着说：“挺忙的呗，九。”

“妈，你怎么来这儿了？”余九琪“唰”地红了脸。

“妈妈不来这儿，也找不到你人呀。”后面有个老头催了下，温雯回头笑，“你等会儿，我跟我女儿说句话就走，着什么急呀？钱在银行里还能长腿跑了？”

余九琪要疯了，小声求她：“妈，你快先回去，我这儿好多人呢。等会儿休息了，我给你打电话好吗？你先走。”

温雯像没听见一样，只看着余九琪："这几天想我了吗？"

余九琪知道不哄她，她不会走，只好乖乖地答："想了。"

温雯捂着胸口表达感动，又说："那你下班来找我，我领你玩去。"

"行行行，你快走吧，妈。"

温雯走的时候，还跟余九琪隔壁坐着的同事打了个招呼，像逛了趟菜市场一般悠然地走出银行大厅，留下一阵浓郁芬芳的香气和一串指指点点的异样眼神。

余九琪面不改色地继续工作，看似对里里外外的杂音熟视无睹，心底却"隆隆"作响。虽然早就已经习惯了温雯的喜怒无常，可她在这个节骨眼，迫不及待地主动来示好，一定是发生了什么。

早晨余九琪看到了葛凡 KTV 同事发的朋友圈，知道孙锡已经走了。温雯也认识不少乐胜煌的人，当然也知道她一心想斗的蛐蛐跑了。

然后呢，她是来追责的吗？

余九琪那一整天都在不安和混沌中度过的，忘了联系温雯，下班前温雯给她发了个地址，让她直接过来。余九琪点开一看，正是那个叫多米诺的爵士清吧。

清吧一共两层，两层都是 U 字形的座位区，中间直接打通，挂了一盏巨大的欧式吊灯。吊灯下面是中央舞台，每周这里会有几场爵士乐表演。

温雯坐在一楼最中央的位置，摆摆细长的手臂招呼余九琪。两人挨着坐下，余九琪发现她在皮草下面穿了一条蓝色的丝绒长裙，屋子里暖气非常足，她又是不怕冷的体质，虚虚地披着皮草外套，两截细细长长的胳膊露在外面，白得过分。

余九琪脱掉羽绒服，里面是一件素色的短毛衣，虽显得身材纤细，但坐在雍容的温雯旁边就是纯纯的路人。

温雯问女儿吃什么，余九琪说随便，她便点了两份招牌沙拉和拼盘小吃。温雯晚上一向严格控制饮食，她这副好身材也不是轻轻松松维持这么多年的。

真正坐下后，母女俩之间的气氛反倒有些诡异。温雯不像上午在银行那样任性胡闹，而是忽然冷淡很多，斜坐着听舞台上并不算专业的爵士乐队表演，偶尔跟着音乐轻晃身子，可脸色郁郁沉沉的，没跟余九琪说一句话，仿佛身边坐着个陌生人。

余九琪跟这里大多数老乡一样，根本听不懂爵士乐。她转头看了看，周围有嗑瓜子的、刷短视频的、谈情说爱嬉嬉笑笑的，甚至远远还听到了二楼喝酒划拳的叫声。整个场子里，只有温雯最为投入。

直到一曲结束，温雯才转回头，却也没搭理余九琪，就看了眼桌上的吃的。余九琪立刻会意，把一盘沙拉挪到她面前。

温雯转了转眼睛，细长的手指只捏起沙拉里那半个煮鸡蛋，又夹了两块酸黄瓜，蘸了点沙拉酱，小心翼翼地放在蛋黄上，然后，递给了余九琪。

余九琪忽然一阵窝心，接过那半个精心搭配的鸡蛋，吃下去。

温雯歪头看着她："好吃吗？"

余九琪的鼻子有点酸："好吃。"

余九琪小时候很挑食，尤其不爱吃鸡蛋，总觉得蛋黄是臭的，怎么都不肯吃，愁坏了余凯旋。温雯一向不太操心小九生活上的事，可有一天早餐，她逆着光坐在小九对面，慢悠悠地切开一个水煮蛋，拿起一半，在那上面一根一根地摆了几圈极细的糖醋红萝卜丝，最上面又轻轻缀了一小块沾了酱料的火腿。然后问小九，你看这像什么？

当年六岁多的余九琪说，像鸟巢。

温雯夸她聪明，却在小九殷切的眼神中，一口把那个精致搭配的"鸟巢"吃掉，而后睁圆了眼睛，连连点头，说："鸟巢原来是这个味道啊，像一群小鸟在嘴里叽叽喳喳跳舞一样。宝宝，你要不要试一试呢？"

余九琪那天一口气吃掉了四个"鸟巢"。自那之后，每次吃煮鸡蛋，她都会搭配上喜欢口味的小东西，咸菜、火腿，甚至是蜂蜜、水果，不断开发新奇的口味体验，也渐渐不挑食了，甚至爱上了吃鸡蛋。

久而久之，余凯旋也学着她这样吃。这种简单粗暴、毫无技术含量的食物搭配方法，因为温雯一时兴起的尝试，成了他们家独创的食谱。

酸黄瓜和沙拉酱的搭配，她倒是第一次吃，说实话，并没有太惊艳，离童年时的那枚可以在嘴里叽叽喳喳跳舞的"鸟巢"差十万八千里。可小九仍旧觉得满足，觉得幸福，同时也更加内疚。

她埋头，努力调动浑身能量去抵抗那股内疚，尽量自然地说："这几天银行里的事特别多,我爸那里也忙,住在他那儿方便一点,就没回家。妈,你最近咋样？"

温雯用叉子戳沙拉，戳来戳去，也不吃："你指哪方面啊？"

"心情。"余九琪本想调侃下她恋爱的事情，毕竟过了这么久，彼此早就消化了那场狗血关系，"心情挺好的呗。"

"一会儿好一会儿差吧。"她还在戳菜，"昨天我的心情还挺好呢，今天早晨就很烦。"

余九琪细细地咀嚼一块胡萝卜，垂眸眨眨眼，忽地意识到可能逃不过那个拷问了，便顺着说："怎么了呢？"

温雯歪头看着她，像猫一样精透的眼神在她脸上转了转："小九，那谁回来了，你知道吗？"

"你是说孙锡吗？"余九琪抬起眼，淡定地回应温雯，"知道，我还见到他了。"

温雯倒是不装了，盯着她审："在哪里见的？"

"就我小时候常去的那个西餐厅啊，葛凡带他来吃饭碰到的，我跟我爸饭都没吃完就提前走了。昨天晚上，他俩打完架，火锅店的吴大哥给我打电话，我去接葛凡，也见到了。"余九琪字斟句酌地谨慎交代，又说，"对了，还有在火车站那边的冷面馆里，那天小富总也在。"

"就见过三次？"

"嗯，三次。"

“就这些？”

“就这些。”

“是吗？”

“妈，我没撒谎。”

温雯锁着余九琪的眼睛，一动不动，眼底的几缕血丝极其醒目，甚至仔细看的话，丝丝缕缕的，似乎有蔓延生长的势态。

余九琪立刻败下阵来，不敢再看那双眼睛，胡乱地盯着妈妈的脸：“妈，我真的没骗你，我跟他没有私下来往过。过去的那些事早就过去了，我不是跟你保证过吗？我肯定不会再犯错了。我发誓，妈，我不会了。”

余九琪最后像是要哭出来，温雯微微敛起眼神：“那他怎么连夜跑了？”

余九琪听到自己的声音轻飘飘的，在爵士乐的烘托下，如鬼魅般恶毒：“他那种人渣，连他叔家的死活都不管，跑了不挺好吗？”

温雯似乎仍旧不信，在清吧昏暗的灯光下，偏执地审视余九琪脸上的每个细微表情。

于是余九琪只能说出那句话：“妈，我如果那样做，怎么对得起你？对得起小姨和姥姥呢？”

温雯眼睛瞬间红润一片，她狠狠地吐出一口气，仰头枕在高高的椅背上，茂密的头发散在毛质蓬松细软的羊滩毛皮草上。两种极具光泽度的毛发交相辉映，衬得她那双红透了的眼睛极其冶艳，也极凶狠。

她就这样凶狠地盯着头顶的吊灯，发泄般踹了一下桌子，抿紧唇，咬着牙，蹦出一句不甘心的脏话。

余九琪并没有被这句话吓到，她仿佛被掏空了灵魂一般，转头看了看桌子，她们的柠檬水洒出来一些，弄脏了桌面，她慢悠悠地扯纸巾去擦。

转头扔垃圾时，余九琪看到温雯哭了，一行泪淌进头发里。

中央舞台上又换了一首歌，是一首在东北非常流行的民歌改的爵士版。台下的老乡们一听耳熟，跟着互动合唱，楼上楼下渐渐热闹起来了。整个清吧里，大概只有她们这一桌安安静静的。

那首歌结束后，温雯的手一摆，搭在旁边余九琪的腿上，然后突然牵起女儿的手。

发现余九琪的手冰凉，温雯就放在手心里揉了揉、搓了搓，等她的手暖和了一些后，又拉着塞进自己的怀里，然后突然侧过头，哭着说了一句话。

她说：“小九，你恨妈妈吗？”

余九琪试图摇头，不知做到没有。

她的眼泪又淌下来，紧紧抓着余九琪的手：“如果恨，这次能不能也只恨一点点？”

余九琪抬手帮她擦了下眼泪。

温雯认真地看着女儿，眼泪“噼里啪啦”地继续掉，眼里充满真诚的歉意和自责，说：“抱你回来的时候，我是想当个好妈妈的，我真的是那样打算的。

“可做妈妈比做人难太多了。

“何况妈妈连人也做不好。”

余九琪当天晚上就搬回了家，像那个似乎已经很遥远的雪夜一样，她一个人拖着行李箱，趁夜从爸爸家出来，搬到妈妈家。

她搬走的时候，余凯旋和孟会红都还在温都水汇，就分别给他们都发了个信息说一声。余凯旋明白母女俩的关系破冰了，回了小九一排竖大拇指的表情包，说他回头请客一家人聚一下。孟会红隔了一会儿才回，只说她房间里的东西都不动了，她随时想来就来。

余九琪回到家时，温雯已经睡着了。她还专门透过主卧的门缝瞅了眼，见温雯搭在床边，头发铺在脸上，呼吸沉沉。小富总不在，家里连他的鞋和衣服也看不到，她就悄悄进去，给妈妈盖好被子，抱着妈妈的头挪到床中央，又整理下妈妈的头发。

后来在爵士清吧里，温雯又哭了一会儿，哭烦了，眼泪一擦，摆摆胳膊，胡闹着冲舞台上喊：“能不能点歌啊？”台上那半吊子的爵士歌手，用纯正的东北口音问：“想听啥？”温雯说：“泰勒·斯威夫特的歌会不会呀？”

那是温雯这几年最喜欢的歌手，去看一场她的演唱会，也是温雯这几年最大的愿望。没想到人家真会唱，音乐一响起，她就跟着晃起来，后来干脆冲到台上。

余九琪看着妈妈一身丝绒长裙，长发撩起又铺下，盖住薄薄的肩头，在巨大的吊灯下轻摇慢晃，不顾任何人的目光，陶醉浅笑，天真又性感。

跳完舞，她又喝了点酒。温雯酒量一般，很快醉了。醉了后，她就搂着余九琪又哭，说了很多胡话。最后不知怎么，说起小九晚上爱尿床的事，说她都六七岁了还尿床，家里的被子得准备好几套——你爸给你准备没有啊？你在你爸家有没有尿床啊？你爸是不是都不管你啊？没事，你尿床了，也别哭，别怕，没啥不好意思的，跟妈说，妈妈给你送被子去。

余九琪就是在那一刻决定搬回去的，她说：“妈，我晚上回家住，我想你了。”

离开清吧之前，温雯又充了几千块的卡。余九琪怎么拦都没拦住，然后余九琪开着温雯的车，把她先送回家睡觉，自己再去余凯旋家拿行李。

那一夜余九琪睡得还算踏实，但醒得很早。醒来后，她看着自己房间里简单的陈设，一阵恍惚，好像什么都没发生过，日子还是一样无趣漫长，一眼能看到尽头。

窗外的天空浅蓝浅蓝的，缀着几朵极不真实的云。天还没有亮透，冷橙色的阳光照过来，被结了一层霜花的玻璃窗挡住大半，却也隐隐地预兆着一个深冬晴天。余九琪伸了个懒腰，告诉自己心怀感恩。

家里的暖气没有余凯旋家的好，她披了一件毛衣开衫，去收拾需要换洗的衣服，把外套一件件从行李箱里拿出来，抖了抖，从那件白色的长款羽绒服里掉出来一张纸质收银单。她捡起，打开一看，忽地怔了很久，是来自那个偏远荒凉的草莓采摘园的。

只有 48.5 元，仿佛一记早就候在那里的耳光，将刚才自欺欺人的静好击碎，又将四起的硝烟翻滚着抽到她面前。

她愣了一会儿，把那张收银单随便团了团，转身扔进垃圾桶。

然后一回头，手机“嘀嘀”响了几声，是家庭大群里的信息。余凯旋张罗着今天要请客吃饭，让大家把晚上的时间空出来。

这个名叫“狂拽炫酷群英荟萃”的家庭大群里一共也就五个人：余凯旋和他的两任妻子、小九及葛凡。之前祝多枚也在群里，后来跟孟会红闹翻了就退群了。之后大家也拉她进来过，一进来她就退群，一秒都不留。

余凯旋在群里专门艾特了葛凡，让他问问祝多枚晚上有空不。隔了一会儿，葛凡回：哎，祝多枚这个神经病把我拉黑了！接着葛凡又艾特小九，让她去问。

余九琪倒是没被拉黑，可祝多枚一直没理她。直到下班前，余九琪又厚着脸皮问了问，她才回了两个字：不去。余九琪狗腿子地回：好嘞，姐。

温雯本来也扭捏着不吱声，看似不太积极，但余凯旋给了她一个没法拒绝的理由。每到年底备受尊敬的二凯哥都会收到不少来自亲朋好友的年货，在琳琅满目高中低档的各种礼物中，余凯旋尤其心仪原汁原味的农家山货，元旦还没到，家里就已经囤满了榛子、蘑菇和土猪肉。

这次他专门贡献出二舅送来的野榛蘑和远房表侄女家养的农家溜达鸡。他知道温雯从小最爱吃小鸡炖蘑菇，那是温老爷子的拿手菜，就把两张食材原料的照片往群里一发，静等她的反馈。

隔了一会儿，温雯只问了一句：谁做啊？孟会红没吱声。余凯旋说：要不我做？这时，孟会红冒头秒回：家里的抽油烟机坏了。群里安安静静的，窒息了几分钟，好在葛凡脑子转得快，说：要不去我朋友饭店吧？我让他们的后厨好好炖！

然后，葛凡小窗私聊余九琪，发了句：下班等我，咱俩一起走。

余九琪回了他一个“这个家没你得散”的表情包。

晚上，葛凡开着他那辆二手别克来的。银行已经关门了，余九琪在寒风里冻得直跺脚，一上车就嫌弃他爱迟到，早知道还不如自己打车去呢。葛凡赔礼道歉，说有事跟她商量。

“是不是我妈和红姨在群里较劲的事？”余九琪了然地说。

“多吓人啊，我都怕她们撕起来。”

“她俩又不是没撕过。”

葛凡没有亲眼看见前段时间温雯和孟会红那场恶战，但对其惨烈程度有所耳闻，也明白今天这顿饭不单单为了吃正宗的农家菜。余凯旋是想借此机会缓和一下家庭关系的，便跟小九说，晚上一起打个配合，别让两位女士再干起来。

余九琪当然也知道今天这顿饭的用意。余凯旋热衷于组织家庭聚会，总是用各种由头把大伙聚在一起吃吃喝喝，打麻将或者旅游，她甚至觉得，比起把温都水汇经营得红红火火，二凯哥更希望将这个复杂的家庭搞得热气腾腾。

手脚暖和了很多，余九琪问他具体怎么配合。

葛凡轻轻地咳了下。

余九琪这才看他一眼："你咋还化妆了？"

葛凡明显抹了一层粉底，修了眉，薄薄的寸头喷了点发胶，耳钉和锁骨链是配套的。他龇牙笑了笑，痞中带憨："我这不寻思等会儿要是闹起来，你就给我拍段子，当场拍，把他们都调动起来，都忙活起来了，就没空干仗了。"

余九琪笑："你是真有事业心，你得大红大紫。"

一路上也就十几分钟时间，葛凡啰啰唆唆现攒了几个脚本，没一个靠谱的。余九琪到后来都懒得听了，一到地方赶紧卸安全带下车。这时，忽然听到那个让她浑身一凛的名字，猝不及防。

"你有孙锡的微信吗？"葛凡突然说。

"啊？"

"你加过孙锡的微信吗？"

余九琪按了两下，才把安全带卸下来，说："没有啊。怎么了？"

"没事。"葛凡下车，关门，等绕过来，才继续说，"我就是看看他是不是把别人也删了，我早晨看了下，朋友圈就剩一条杠了。"

余九琪低头跟上葛凡的脚步："那你发个信息不就知道了？"

"不发，那要是没删，就屏蔽了，我尴不尴尬？这点事无所谓。"

葛凡在这家主打家常菜的饭店订了一个包间，一进门就有相熟的服务员招呼他，把他领去二楼最里面。余九琪跟在他身后，刚上楼梯，忽然一阵冲动，翻出孙锡的微信，顺着头像点进去，并不是一条杠，而是一张图片。

孙锡的朋友圈一直都是设置的三天可见，不过他一年最多发两次，但今天发了一条。

早上八点半，一张图片，图片里是一枚很大的彩色灯球，问：谁知道哪里有这个吗？

她点开照片看了眼，没什么特别，就是KTV和迪厅里用的那种灯球，随处可见。

莫名其妙。

葛凡突然转回头，挡在她面前。余九琪吓了一跳，收起手机，左右看看。他们走到包房门口了，葛凡迟迟不进去，而是一脸无奈地说了两个字："废了。"

余九琪用眼神询问他怎么了？

"小富总也来了。"

听到这个突如其来的变化，余九琪第一个念头是，今天精彩了；第二个念头是，小富总惨了。

根据过往的经验来看，每个单枪匹马地跟余凯旋全家聚餐的人，如果没做过充足的心理准备和背景调查，都很难全身而退。小富总显然是被温雯临时拉过来的，群里提都没提过他。

一进包间，格局和氛围就暗流涌动。两对关系复杂的男女分别坐在桌子两边，中间空出四张椅子。四个人面面相觑无话可说，每个人脸上仿佛都刻着不同字体、字号的“尴尬”两个字，直到看见葛凡和小九进来，才有了点生气。

其中最为激动的是二凯哥，朗声说：“你俩咋才来？去跟服务员说，把菜炖上吧！”

葛凡转头冲门外的走廊，喊了一声“炖吧”，不知从哪儿老远就有人答应一句“好嘞哥，这就下锅”。然后两人杵在门口站着，不知怎么坐。

这时，一身中式夹棉套装的孟会红一招手：“小九，来，你坐红姨旁边。”

接着穿着一套紫色的修身毛呢裙的温雯笑了笑：“那凡哥，你来姐这儿坐着。”

单单一句开场白，几个错综杂乱、排不出辈分的称呼，小富总就已经蒙了。余九琪坐下时，瞥了一眼他，见他一脸茫然地挨个瞅瞅，显然已经被刚才那几个哥、姐、姨难住了。

可真正难的才刚开始。服务员陆续端上来一些点好的家常菜。余凯旋今天高兴，又要了一瓶水井坊。葛凡起身，给大家挨个倒上。轮到小富总时，他点点头，对小他一年的葛凡说了句：“谢谢哥。”

葛凡一愣，在座的各位都偷偷地瞧了一眼，谁也没吱声。

“哥，”温雯突然开口，却看向余凯旋，“今天不用在浴池盯直播的事啊？”

小富总顺着温雯的眼神，惊讶地看向对面，让他讶异的当然不是这句话，是称呼。他知道温雯和余凯旋离婚后还当家人相处，却不知这些年他们一直以兄妹相称。

几乎在国外长大的小富总不太懂本土的人情世故，又遇上这么个复杂家庭，这句“哥”让他更凌乱了。

余凯旋说：“前两天我们都看了，人家团队全程都挺专业的。浴池这边把握好团购套餐的定价和订单量就行了，别亏了，也别接待不下。”然后，他谄笑着看了眼旁边的孟会红，“这还得亏了你姐。你姐为了咱们晚上能好好吃饭，跟徐铭忙了一天。”

姐？小富总幽幽地看向孟会红，见孟会红小幅度地白了余凯旋一眼，抿抿红唇。

温雯跷着二郎腿，不冷不热地看过去，显然那场恶战的余波还在：“我姐是女中豪杰，能者多劳，等会儿两个鸡腿都给你。”

孟会红不爱听：“我是劳累命，但脑子不行，吃个鸡心得了。”

剑拔弩张的气氛瞬间飙起来了，葛凡冲对面的余九琪使个眼色，意思是赶紧想办法转移注意力。可余九琪刚要说话，温雯把话抢了过去：“反正都是那溜溜达达爱下蛋的鸡，你熟，你随便，想吃啥吃啥。”

“对，你就专门吃蘑菇吧。蘑菇你爱吃，也没少采。”

“孟会红，你说谁采蘑菇？”

“那你骂谁是溜达鸡呢？”

“我点你的名了吗？我就说吃饭的事呢！”

“我还用你点啊？再说，你来吃饭就好好吃，你把他领来干啥？”孟会红又赶紧看小富总，语气瞬间柔和，“小富啊，我没有针对你的意思啊。我看你在那儿坐着难受，我也别扭。我跟你说，她没安好心。”

“我怎么没安好心了？就上次那点破事，我挨顿揍，还没说啥呢，你没完没了了是不是？”

孟会红挺直腰又要怼回去，这时服务员忽地推门进来，端上今天的最后一道菜，也是重头主菜，放在中间，满满一大瓷盆的香气浓郁、荤素搭配的余凯旋专门从家里拎来的小鸡炖蘑菇。

为了这道菜，凑了这一桌人，可桌上的人齐刷刷看向这盆东北名菜，突然谁也吃不下去了，一口都没人夹。

这时，葛凡和余九琪都没了主意，还得二凯哥稳场子。他的眼神从那盆菜里抬起，看向对面，“呵呵”干笑两声，标准的社交假脸，突然扯开话题：“小富啊，你开发区那个商场恢复营业了？”

余九琪心底一紧，尽量自然地看向小富总。

小富总瞟了眼温雯：“嗯，明天正式营业。”

余凯旋点点头，也轻描淡写地化解了在座大部分人无法说出口的忧虑：“行，挺好。”然后又寒暄，“你爸的身体咋样了？”

“还行，就是得雇人照顾着，还不能自理。”

“那慢慢康复吧。”

“嗯。”

把场子稳住后，余凯旋端着酒杯，看了一圈家里人，想提一杯，却谁也不敢惹了，最后只好又落在小富总身上，心里甚至有点感激这小子来了，说：“小富，不好意思了，你看你头一次跟我家吃饭，让你见笑了啊。”

小富总突然站起来，他一身板板正正的米色 Polo 领毛衣，头发一丝不苟，白嫩圆润的脸微微泛红，端着小酒杯，站在那儿踟蹰了一会儿，说：“没有，真没有，我说实话，我还挺羡慕你们的。”

大家都一愣，看向他，十只眼睛默契地露出同样的质疑，说啥呢？有病吧。

小富总忽略那十只眼睛，继续说：“吵归吵，打归打，但你们还能因为一个菜坐下来吃这顿饭，就很难得。谁也不是真为了一个菜来的，是不是？来之前，我很难想象你们这种关系，再加上我，能太平地吃顿饭，结果确实不太平，但是我反而觉得挺好。

“我在国外总是一个人，回来我爸生病，我妈天天打麻将。今天这顿饭，是我这几年吃过的最热闹的、最像家的。”

说到最后，他甚至有点感动，低头控制了下情绪，才满眼期待地抬头，他有九成把握这番发言也能打动大家。

可这种表达方式并不适用于一向粗犷直率的东北家庭，大家默默低头不敢看他，也不敢笑，忍着都不吱声，仔细看，甚至有些害臊。

最后，还是余凯旋拿起酒杯碰了碰桌子，大声张罗：“好好好，说得挺好。那什么，今天难得，都多喝点……都在酒里了！”

这才是在座各位熟悉的酒桌文化，大家纷纷举杯，欢笑、热络、狼藉。

说着夸张的醉话，没人细究真假。挑拣喜欢的菜，可滋味只有自己知道。

而后，像之前很多次一样，余九琪在最热闹的时候，又渐渐抽离出来，灵魂腾起飘在空中，看着下面一团美好。窗外是皎皎冬色，她生命里重要的人齐聚一堂，她忽然想通了一件事。

她想她应该狠下心，将那些缠绕着她的东西，那些收银单、灯球、你来我往的亏欠、未竟的爱恨，将它们一粒一粒地如眼前的花生、瓜子一般吃掉，再留下满地残壳，随风散去，随火泯灭，不留痕迹。

人生理应如此，不该回溯过去。

她重新回到喧哗里，热腾腾地钻进现实中，然后看向正在接电话的爸爸，忽然看到他脸色一变，已经沧桑的容貌瞬间又颓了几分，扯着嗓子对电话里吼了几句，脸部肌肉抖动着，看向对面，看向温雯。

余九琪努力调动听觉系统，听清了爸爸歇斯底里的话。

生活着实荒诞可笑，你不愿回溯，可来自过去的暴风雪终会席卷重来。

简而言之，在今晚澡堂老板家聚餐的同时，温都水汇最后一场直播活动中，有一个黄色头发的男网红在直播间互动时，说了这样一番话：

“宝子们是不是好奇温都水汇的老板为什么姓余啊？为什么温老爷子没把浴池给他女儿温雯，却给了离了婚的前姑爷啊？有人想知道澡堂老板家的秘密吗？”

他举着手机，找了一个僻静的地方，继续说：“因为啊，温雯年轻时谈了个男朋友，这男的是个杀人犯，她妹妹和她妈妈都死在他手里了。你说，温老爷子能原谅她吗？

“那杀人犯，叫孙誉文，不信你们可以搜。”

此时，不远处休息区的懒人沙发上，一绺蓝色头发的女孩抿唇笑了下，往嘴里塞了一颗樱桃。

第六章

/

奶茶

孙锡之所以发那条寻找灯球的朋友圈，是因为他已经连续两天无法入睡了。

当时他一身浅灰色的家居服，光脚坐在客厅窗前的地板上，乱糟糟的散发虚虚地遮住睫毛，眼睛却一眨不眨，就看着窗外星移斗转，昼夜更替，看着时间一秒一秒地在他眼前不紧不慢地划过。他撑着腿，驼着背，明明是宽厚紧实的臂膀，却拗出一个无力绝望的姿势。

其实在太阳刚升起时，他头晕眼皮重，眯着大概率能睡一会儿的，可突然来了一个邮政快递的电话，说是有个文件包裹，放在楼下的存储柜里了。

孙锡“嗯”了一声，挂了电话，然后仅存的那一点点睡意也消失了。窗外天色大亮，无灰无霾，北京难得的冬日晴天。

他疲倦地吐了一口气，又要挨好久才能轮到天黑。

这几年他经常失眠，最高纪录曾经三天四夜没怎么睡觉，仗着年轻身体好都没太影响精力。但这次不一样，可能是刚患过重感冒，又连喝了几顿大酒，整个人突然就垮掉了。

回来的长途车上，他根本没睡着，明明累得要死，脑子里却都是那些不争气的事。他不愿再去纠缠身后那座城市的一切，打开后车座的车载电视，连着看了十几集《甄嬛传》，熬到北京。

回来后，先去酒店转了一圈，他经营的是一栋四层楼的独栋主题酒店，在海淀西侧的几所大学之间，客流量很稳定，口碑也不错，比自如、7 天那种连锁酒店规格高不少，但跟隔了两条街的希尔顿和西苑饭店没法比。他去看了看这几天的流水，跟经理沟通一下双旦和春节期间的销售策略，本来想叫上几个同事吃个午饭，可突然就说不出话来了。

就是那种刚刚开口，却忘了要说什么的迟钝，像个智障。

胃口也丝毫没有，连口水都不想喝，他想他连自己都懒得应付，社交就更费劲了。他干脆把车扔在了酒店，打车回家，拉紧所有的遮光窗帘，吃了助眠药，暖气调到最舒适的温度，闷头睡觉。

可他一秒钟都没有睡着，浑浑噩噩的，煎熬到第二天早晨。

他曾以为像死去一样平静地活着，就能熬过人生大部分的磨难，可突然就受不了了，败给了身体最本能的生存需求。

他坐在窗前的地板上，垂眸盯着阳光一寸一寸地向屋子里移动，黑暗逐渐让渡给光明。等阴影全部消失时，他觉得自己大概率会融成一摊烂泥。

然后，他开始回想上一次真正睡着是什么时候、为什么，有没有经验或技巧可以借鉴。沿着时间向前追溯，没用多久，他就找到了答案。

很讽刺，居然是在石城那个 KTV 包间里。

就是在等待小富总的那个晚上，他仰头躺在沙发上，看着那五颜六色的俗艳彩灯凌空旋转，在对比每个颜色的数量时，居然睡着了，甚至身边有人在唱战歌，也没影响他短暂陷入深度睡眠，才积攒了足够的精力应付接踵而来的寒意。

他要找到这个灯球。

他要睡觉。

一刻也没等，他搜了一张几乎一模一样的图片后，立刻发了一条朋友圈。发的时候，他照惯例屏蔽了石城的人。他的朋友列表里，石城的并不多，但每新加一个，就拖进那个唯一的未命名分组里，将他们永远屏蔽。

倒不是意气用事的报复心态，作为一个被家乡排斥的不祥之物、一个屡次灰溜溜地以混账姿态逃走的人，他只是不想碍别人的眼罢了。他的叔婶、婷婷都在此列。

但这里面，不包括余九琪。

余九琪。

孙锡平静地捏着手机，任凭自己陷进蔓延而来的明亮里，好像只是单单想起这个名字，阳光就没有之前那么刺眼了。

然后，电话响了起来。

“罗密欧，出来吧，我马上到你家楼下了。”

“去哪儿？”

“你想去哪儿？”

孙锡没空应付他的胡闹：“我再请两天假可以吗，老板？”

“快点出来吧，”陈木霖的嗓门还是那么大，“带你找灯球去。”

孙锡朋友圈里那种体积巨大、但塑料感很重的灯球在北京并不常见，陈木霖以为他只是找个概念图意思一下，直接开车带他去东五环的家具家电城转转，足足逛了两小时，高中低档各个装饰灯球都看了一遍，他一个没选。

陈木霖耐心耗尽，以为他就是给酒店布置节日氛围用的，大可不必这么较真，让他抓个阄，随便选个得了。

孙锡这才不紧不慢地跟前这位年长他几岁的富贵闲人，他酒店真正控股的老板，也是他在北京最好的朋友说了实情，说他只要那种夸张俗气、转起来贼刺眼的 20 世纪 90 年代的大灯球，一点都不能差，因为本质上那是治疗他失眠的药。

陈木霖笑道：“那你直接找个东北风的 KTV 就行了。”

“哪里有？”

陈木霖皱眉，刚想反问“你作为东北人，居然问我一个南方人哪里有东北风的 KTV”，又压下去了，问了也白问。孙锡除了模样像个北方的，口音和生活习惯上都没有东北痕迹，甚至这么多年了，还是第一次见他回老家。

陈木霖时常觉得，他像是在刻意抹去什么一样。除了三年前狠狠地摆了他一道的余九琪，从没见到孙锡生活中出现过属于过去的东西。

想到余九琪，他上下扫了一眼睡不着觉发疯找灯球的人，话里有话地问：“你这失眠有三年了吧？”

孙锡顿了顿，只说：“没数过。”

“跟我走吧。等会儿你请客啊。”

孙锡跟着陈木霖来到通州的一家 KTV。这里离他住的地方近，旁边也有一家他投资的同品牌酒店，这家更大一些，陈木霖自己管着。孙锡见他熟门熟路地走进 KTV，跟前台说了几句话，然后直接去了一间名为“漠河舞厅”的包房，就知道他没少来。

陈木霖家里是在包邮区做实业的，很有名，挤进过全球五百强那种。不过他前几年退出家族企业，换了些钱，在北京凭喜好做点生意，平生最大的爱好就是交朋友和玩。

但孙锡不太一样，孙锡是朋友，从不跟他一起玩。陈木霖和孙锡的交情始于一场险些要了他命的阴谋，从某种程度上，孙锡是他的救命恩人。

陈木霖关了包间的灯，按了两下门口独立的开关，而后指着头顶旋转闪耀的灯球问：“这个像吧？”

大概有七成像，灯球上红色和金色的彩灯不够多，材质不够粗糙，转起来也不够野蛮，孙锡却点头：“挺像。”

他实在走不动了，平躺在沙发上，长腿交叠，一只手臂垫在后脑，盯着头顶那个机械滚动着的还挺赏心悦目的东西，棱角锋利的脸在璀璨的灯光下色彩斑斓，忽而是冷调的银，忽而是浓郁的金，明暗之间那双幽深的眸子又沉了几分。

陈木霖看他那样子着急，终于按捺不住，坐在旁边八卦：“回去见到朱丽叶了？”

孙锡僵硬地反应了一下：“见到了。”

“有联系吗？”

“嗯。”

“说什么了？”

“借钱。”他盯着灯球，没什么表情，“我跟她借钱。”

“你有病吧？”陈木霖一脸问号，“你就那么缺钱，跟前女友借？借了多少？”

孙锡缓缓地吐了一口气，慢悠悠地转着迟钝的脑子在计算：“五千……一千……三千……一共九千，差点把她借破产。”

“你纯有病！你一趟一趟地借这点零钱，你这是不故意的吗？故意恶心人家吗？你可真行！还了吗？”

“没有。”

陈木霖嫌弃地瞪了他一眼，又骂了句更难听的，可也知道这应该不是孙锡的本意。两人认识这么多年，陈木霖多少了解他，他那张凶巴巴的脸像是一张浑蛋面具，下面遮遮掩掩藏着他不愿意示人的底牌。

宁愿招人恨，也不要被可怜。

“你以为你故意这样，故意当坏人，她就……理所当然了？”

陈木霖本想揭一揭他的底牌，可还是把话收回去一些。他本来想说的是，她就能理所当然有足够充分的理由怪你、否定你，让你滚蛋了，而不是像三年前那样绞尽脑汁地想和平收尾，却闹得差点搭进去两条人命。

孙锡没接话，只换了一只手臂垫在脑后，神情依旧平静，也依旧没有丝毫睡意。

“有个事我一直不太理解。”陈木霖拿出烟，递给孙锡一根。见孙锡摇头，他便自己点上了，“我不理解，这都什么年代了，还有人因为上一代的事为难自己吗？你得反抗、斗争啊，实在不行，爱谁谁你们过自己的啊！”

孙锡动动眼皮，黑漆漆的眼睛看着他。陈木霖懂他这个眼神，意思就是没你说的那么简单，快闭嘴吧。

可陈木霖毕竟是他老板，这点迎难而上的胆量还是有的：“我看你们还不如罗密欧和朱丽叶呢，人家还能冲破家庭的枷锁，为自由反抗，多酷、多牛！要不怎么说人家是名著呢！”

“嗯，是。”他的语气无波无澜，甚至有点玩笑意味地说，“可罗密欧与朱丽叶哪有好下场。”

“你下场好？”陈木霖瞟了一圈这“漠河舞厅”包间，“跑 KTV 里找灯球，没有灯球睡不着觉，你下场好？你快疯了你！”

孙锡没再说话。

没一会儿陈木霖接了个电话，像是有人约他打球。他答应了声，把剩下两口烟抽完，说他先走了。走之前，他纠结了一会儿，留下最后几句话，是他花了大半天陪孙锡胡闹着治疗睡眠的结论，也是他作为朋友的肺腑之言。

他说：“我认识你也有七年了吧？说句矫情的，你最好的时候，还真是那一年。你自己都忘了，那时候你是什么样了吧？”

他又说：“人应该自私一点，你俩都应该自私一点。”

陈木霖走了之后，整个大包房瞬间空空荡荡。孙锡想起在石城 KTV 的那个晚上，有人在旁边唱歌，他想或许需要一点噪声才能睡着，随便在点歌台选了几首热门战歌，重新躺回去，平静又无望地等待着。

战歌循环了一遍，他身体昏昏沉沉的，头脑却越来越清醒。他清醒地回想着刚才陈木霖说的那些废话，轻哼了下，难道他不懂吗？还是他没尝试过？

他也是花了很大的代价才明白，生活不是屏幕里战歌唱的那般简单，不是凭借一腔热血就可以披荆斩棘，更不可能仅仅因为孤勇就会被爱。

陈木霖那句话倒是让他很好奇，那个时候，那一年，他是什么样，他确实不记得了。好像这么多年了，他只保留下狼狈和伤疤。

他下意识地转了转食指上的那枚素戒，稍一用力，似乎还隐隐作痛。他便干脆狠狠地按着它，又使劲地贴着皮肤转动，疤痕被粗重地碾磨过后，激起一阵刺激痛感，随着神经钻入脑髓，而后突然地，他顺延着想起一段往事。

想起那年在世贸天阶下跨年，他随着人群跟在余九琪后面，低头问她冷不冷，她却回头，笑着在新年钟声中，问他另一个问题，她说：“孙锡，这是我们一起跨的第几个年了？”

孙锡当时想都没想：“第五个。从世界末日那年到今天，第五个。”

她眼睛里盈盈泛着光，甚至比头顶天幕上的人造星河还璀璨明亮，长睫毛微微扇动，波光粼粼：“那我们认识好多年了啊。”

他沉默了片刻。

她察觉到什么，回头看他。

他才回应：“嗯。”

“你不开心吗？”

几个头戴新年发卡的年轻人从他们身边笑闹着跑过去，险些撞到余九琪。孙锡上前一大步，手臂揽着她的腰一捞，把她带到旁边一处狭小的高地。那里勉强贴着能站两个人，便没放开她，细细腰线上的手紧了些。

她任由他带着、揽着，只抬头盯着他的脸，还是问：“你不开心吗，孙锡？”

孙锡低头撞了下她的额头：“没有。”

“那你怎么不笑呢？”她倒是一直在笑，笑起来时，两枚小小的梨涡若隐若现。

“为什么一定要笑？”说完，他发现那两个小梨涡消失了。

“因为我喜欢看你笑。”她歪着头，梨涡又冒出来。

孙锡躲了下她的眼神，费了点劲，抿唇，弯了弯嘴角应付她，想让她放过自己。他不是一个爱笑的人，那是他当时能露出的最大弧度的笑容了。

"不是这样的，你别糊弄我。"她干脆伸手，手掌抚在他脸上，轻轻地向上提拉皮肤，留下一阵冰冰凉凉的滑腻感，"这样笑，大笑，开心地笑，使劲地笑，不要皮笑肉不笑。"

孙锡低头看了她一会儿，看她聚精会神地非要在自己脸上扯出一个她满意的笑容，像个不甘心的新手赌徒，又像个淘气的任性孩子。直到她滑腻的手指胡乱地摩挲到他的眼睛，孙锡终于忍不住了。他垂眸，脑神经牵引面部的肌肉群，突然不受控地嘴角上扬，眼角弯弯，露出一排牙齿，甚至低低地笑出了声。

可他突然觉得难堪、害羞，似乎这样本能的笑是不应该的、不配的、糟糕的，赶紧用力躲开她的手，把头偏向一边。

余九琪却固执地扳正他的头，一脸惊喜，像是看到什么奇迹："你都不知道吗？你笑起来特别好看、特别可爱、温暖，有点天真，还挺萌的。"

她又说："我好多年没看你这样笑了，真好。"

孙锡受不了她这样说话，受不了这些形容词，更受不了她这样凝视自己。他觉得余九琪像个技巧高超的巫女，在用古怪又残酷的刑罚往死里折磨他，可脸上的笑像是被她施了魔法一般止不住，徒劳又懊恼。

他别无选择，松开箍在她腰上的手，又想逃，可一松手，她失重地向后倒去。

余九琪低头向下看看，轻轻地惊呼，随后感受到腰上的力量又回来了，重了些。她抬头，看到他眼底一片灼耀。

孙锡想也没想，无路可逃了，一手再把她捞回怀里，一手捏着她的下巴，把人稳住，吻了上去。

那个吻在世贸天阶的银河天幕下，在熙熙攘攘的欢闹人群中，在许多像他们一样自顾自庆祝新年的情侣间，旁若无人的、坦荡无畏的，吻得悠悠转转、深深浅浅，又漫漫长长。

然后他终于大方地笑了，肆意地笑着看了她一会儿，问她这次怎么不脸红了？

她说，因为穿得少，太冷了。

他抱着她，在新年第一天拥挤的凌晨，把她紧紧裹在怀里。

…………

孙锡睡着了，睡了四个小时。

他很久没有如此长时间的深度睡眠了，醒来时，看到手机上有四个未接电话，居然一个都没听到。他看了一眼，是陌生号码，所属地是他家乡的省份，八成是无关紧要的推销广告，没搭理。

他去前台结了账，准备离开时，手机又响了，还是那个号码。充足的睡眠让他脾气好了很多，点开接通。

是个女孩子的声音："请问是孙锡吗？"

"对。"

"太好啦，你终于接电话了！"她的语气异常兴奋，"我自我介绍一下，我是咱们石城的一个网红博主，你可以搜我，我的账号叫'忘了她吧我炸鸡架养你'，我能找你拍个作品吗？线上就行。”

孙锡一个字也没听懂，皱眉：“找我干什么？为什么找我？”

她倒是直率：“就是拍个抖音作品，聊聊你的事。”

“聊我的什么事？”

“你爸的事。”

“我爸？”

“你爸不是孙誉文吗？我有预感，今晚之后他在石城会大火，是个涨粉的好机会！”

孙锡刚踏出KTV的大门，天已经黑透了，凉飕飕的夜风让他瞬间极度清醒和警惕。

“你从哪儿拿到我的手机号码的？”

“你妹妹，婷婷，是我朋友！”

孙锡站在北京的冬夜里，商圈的霓虹灯在他脸上投下一片蓝光，明明灭灭中，蓝光又变成红色。他沉浸在红蓝之间片刻，突然想起一件事。

他想起在离开石城的高速公路上，给婷婷打了个电话。他简单地交代完家里的事之后，婷婷哭了，还哭着说了一句话。当时他太累了没在意，而此刻，睡饱了的他全部想起来了。

当时婷婷哭着说：“哥，澡堂子他们家也太欺负人了！我不会放过他们的！哥你等着，我不会放过他们的！”

同一天晚上，当余凯旋领着一家人浩浩荡荡地从饭店回到温都水汇时，所有直播都结束了。人流熙攘，声音嘈杂，他一进门就沉声叫人：“徐铭！”

正在前台忙活的徐铭闻声赶紧过来，瞄了眼二凯哥阴沉的脸，急急地解释：“哥，这事我实在是没料到，本来直播流程都对好了的，红姐也是知道的，谁寻思那小子……”

余凯旋往楼梯走，打断他：“人呢？”

“我没让走，大利正看着呢，在会议室。”

“那网红也在？”

“都在。”

余凯旋点了下徐铭，又对旁边的孟会红说：“咱仨上去。”然后，转头看了眼虚虚地揽着温雯的余九琪，“你带你妈去我的办公室待一会儿，等完事了，我找你们去。”

余九琪说“行”。

温雯却轻轻地反驳：“我也要去。”

“你喝了那么多酒，别去了。”余凯旋略严肃，“这事我心里有数。”

温雯挣脱开余九琪的手，直直地站着，像是要去凑跟她无关的热闹一样，居然笑了笑：“我真没喝多。”

余九琪知道温雯这是铁了心，谁劝也不好使，一般这种情况，也就自己能稳住她，便说："爸，那我也去吧。"

余凯旋蹙着眉，还在犹豫。他倒不是担心等会儿那网红再说什么话刺激温雯，而是怕温雯真疯起来不顾分寸，反而落人口实。他自然是不会放过那兔崽子的，不需要温雯出面。

孟会红看了眼温雯脸上僵硬的笑容，一时心软，对余凯旋低声说："这么多人，没事。"

余凯旋点点头，除了喝多了的小富总和送小富总回家的葛凡，他带着其他人，踢踏着上了旋转楼梯，直奔二楼的会议室。

小富总的酒量连温雯都不如，奇差无比，也就喝了一圈酒，在直播间出事之前就栽倒在桌上，人事不省，最后是被葛凡背走的。

葛凡走之前，还特地跟余九琪交代了一句，说等会儿要真是云福汤泉那边故意整事，打起来的话，给哥打电话，哥摇人，哥有的是人。

一开始听到这起直播事故，大家都以为是行业内的恶性竞争，怀疑是常年排在温都水汇后面的云福汤泉搞的鬼。

毕竟正当元旦、春节旅游旺季，又赶上今年东北旅游热，各家洗浴中心都想把握住这难得的文旅流量赚一把，为此也免不了内卷和竞争，以云福汤泉最甚。上个月底为了抢一个南方来的旅游团，云福汤泉甚至在温都水汇的宣传链接下造谣余凯旋年轻时砍过人蹲过监狱。

严格说起来，这个谣言对了一半，二凯哥年轻时确实动过刀，但没蹲过监狱。他动的就是云福汤泉幕后的老板大诚哥，大诚哥当年心虚不占理，忍着窝囊气，连警都没敢报。可他一直记着仇，后来找了个靠山，翻身后没少折腾余凯旋和温都水汇，算是死对头。

温家的那个案子是二十多年前的事了，茶余饭后拿出来聊的都是些老人，年轻人大多隐约听说过而已。而一个二十岁出头的年轻网红，也不是石城人，若不是有人刻意指使交代，怎么会如此狠辣又精准地攻击温都水汇最难堪沉重的往事。

总之，这次碰到了余凯旋的底线，他是打定了主意刚到底的。如果真是大诚哥干的，就算旺季生意不做了，也要往死里斗一斗，就拿这几头烂蒜开个刀。

不过，他一推开二楼会议室的门，迎面而来的诡异气氛瞬间让他意识到，或许他猜错了，幕后的人不是大诚哥。

因为一见余凯旋带着几个人气势汹汹地进来，从长春请来的那家 MCN 传媒公司的经纪人、运营，加上惹祸的黄毛网红，三个年轻小伙子一起，齐刷刷地"扑通"一声跪了下来。

腰板绷直，跪成一排，大小不一的眼睛里带着一模一样的恐惧和惊慌，看看余凯旋，又看看他身后的人，磕磕巴巴地说了些毫无尊严的恳求话。

先是带队的经纪人抬头说："余老板，叔，我知道我现在说啥都晚了，但您也得听你侄儿说句话。我对我太姥发誓，我们肯定不是故意要整咱们浴池。我们就是挣点互联网的钱，靠流量带带货，把浴池整黄了，对我们有啥好处啊！我知道叔您在石城是有能耐的人，我们几个打工的，都是苦孩子出身，长了几个胆啊？敢得罪您老人家！

“还有，我真不知道这小子临时发挥胡咧咧。您说多损、多没素质啊！早知道他是这样的人，我就不该签他！”

说着，那经纪人狠狠地瞪了黄毛网红一眼，又不解恨地伸手要打他。黄毛网红歪头躲了下，他隔着运营没打着。

那运营倒是伶俐，劈头就照着旁边跪着的黄毛网红脑袋上打了两巴掌，嘴里骂着“让你胡咧咧，小王八羔子净惹事”。

然后，运营看向余凯旋：“您放心余老板，我已经让公司把他的账号停了，无限期停！有一些直播录屏什么的，我们也在拦截，见一个投诉一个！”

“对，亡羊补牢！”

“给个机会！”

余凯旋随便拉了一把椅子坐下，看看眼前的三个夙货，很清楚这不是大诚哥干的。大诚哥再怎么没品，也找不出这么掉价的几头蒜。

那么，是谁呢？

这时，温雯倚着会议桌，插嘴问了句：“你认识孙家的人吗？”

余九琪忽然看向温雯，见她直勾勾地盯着那一头黄色短发的男网红，眼睛一眨不眨，怕错过任何一丝微动。

她的长发略散乱，脸上的妆也花了些，像是褪去一半皮的响尾蛇，露出还没生长好的斑驳底色，脆弱苍老，却也散着丝丝毒意。

她扬扬小巧的下巴，点名问：“那黄毛，我问你呢。”

男网红凛然地看过来，眼圈通红：“姐，你说的是哪个孙家？”

余九琪收回眼神，目光落在地板上，看着地板缝隙里经年沉积的灰，听到妈妈语气飘忽地说出那个名字，很奇怪，她无波无澜。

她说：“孙誉文家啊。”

“不认识。”

“那谁告诉你这个事的？”

“就是我直播前搜资料，看到石城贴吧里有人提到那个案子，还有链接，我顺着一点，就搜到了。当年这事是有新闻报道的，那都是公共资源，我没偷没抢，你不信，我可以把链接发给你！”

温雯幽幽地盯着他看，不说话。

“真的，姐，我跟你说实话吧，我就是想直播涨点粉。我们这行看着钱好赚，可真是连狗都不如！我本来是个干美发的，就因为长得还行被他们忽悠去干直播了。你说我会啥啊？我唱歌不行，表演也不行，完了公司还天天说我流量低、流水差。你说他们都舍不得给我投点 DOU+，我上哪儿整流量去？”

然后三个人互相骂起来，骂着骂着又打起来。

温雯转身出门，后续的事情，她不在乎了。

余九琪看了余凯旋一眼，立刻跟出去，一路跟着她下楼，走出温都水汇。

在门口时，温雯突然回头，几绺黑长发散在脸上，显得脸色肃穆苍白。她看着愣在原地的女儿一会儿，眸光凛凛地问：“你信他说的话吗？”

不等余九琪说，她自己答：“我可不信。”

一阵强劲的寒风卷过来，门口刚贴好的圣诞装饰晃了晃，似乎还有银铃脆响，“叮叮当当”宛如警钟。

余九琪见温雯眯起眼睛，又忽地睁开，神色兴奋，像是已经获得新生的响尾蛇晃着它漂亮的尾巴，静待猎物。

“等着瞧。

“这回是他们惹我的，等着瞧。”

第二天中午，“孙誉文”三个字在石城抖音社区搜索榜飙到了第三，快手搜索榜第二。

他火了。

起因当然是昨天晚上温都水汇的直播事故，尽管那家传媒公司确实拦截了一部分录屏视频，但架不住好事的闲人多，想趁机搞温都水汇的竞争对手也不少，录屏视频依旧到处可见。但让“孙誉文”三个字成为流量密码的，是石城本地的一个网红发的爆款视频。

那条视频很简单，就是用图文加踩点音乐的方式，结合当年那起案件，介绍了一下孙誉文这个人。

关键词有三个：杀人犯、诗人、斯文败类。

谁能想到臭名昭著的杀人犯居然是个诗人，写得一手好字、好情诗，似乎只要读上两行诗，就能透过那泛黄信纸上的俊逸字体，窥见一个深情敏感又偏执脆弱的灵魂。

而这样一个复杂的人，又偏偏是个眉目坚毅、气质忧郁的大帅哥。

他那几张清晰的、不同角度景别的照片一夜之间被大家争相转载，下面纷纷讨论他长得多像那位以性张力著称的韩国男星，也在分析他如何在 20 世纪末的东北就能把老钱风穿得优雅低调。

人类的道德标准有时候是很虚伪的东西，如果抛去社会身份，遮上这张脸，于阴暗处都想肆无忌惮地与恶魔携手，献上鲜花、崇拜，甚至爱。

余九琪在爆款视频下面，刷到许多冒着星星眼的表白和幻想，说他或许被逼无奈，或许身患隐疾，说他只是杀人案的从犯之一，或许不应该遭受这般审判。

只是因为他是一个长得好看的诗人，杀人犯都成了魅力加成项。

她按下视频的暂停键，定格在孙誉文的脸上，放大，再放大，眸光清冷地在那张二十几年前的、像素不高的照片上扫过：浓眉压着眼睛，微微带着驼峰的高鼻，折角锋利的下颌，抿成一条线的薄唇。

很难不让人想到另一个人，除了眼神里散发出的气韵不同，五官单拆出来几乎都一模一样。

用下面高赞评论的话来说，孙誉文的眼神里有着神经质般的破碎。而孙锡呢？余九琪拼凑着语言来形容，可拼来凑去，都不如一种动物贴切。

反正就是一张大部分时候都不让人痛快的脸。

她也曾恨过这张脸。

恨到什么程度呢？

余九琪记得，刚上初中那年，尤其是父母正式通知她要离婚时，起初她很难接受，甚至害怕。就去澡堂问姥爷："我妈为什么一定要离婚呢？是她爱上别人了吗？还是我们做错了什么？"

姥爷当时正在佛堂给小姨和姥姥的遗像换香，没有搭理小姑娘的问题。直到过了很久，见她哭了，他才闷闷地说了一句她当时没太听懂的话。

姥爷说："谁也没错，是你妈还留在过去没回来。"

这句话余九琪琢磨了很长时间，还是无法感同身受。但里面有个字眼她是懂的，她知道"过去"两个字指的是什么。

那时候，余九琪早就了解了那起如阴影般笼罩在全家人头顶的案子，也知道罪魁祸首是谁，甚至很多年前就认识了样貌极相似的罪人的儿子。

那张脸，如今时不时就会出现在学校的走廊里、操场上、回家的公交车站，和常去的奶茶店后门。一看到，就令人厌烦。

余九琪知道作为众人口中乖巧善良、讨人喜欢的好女孩，应该怀揣善念去对待他人，不能对本身无辜的同龄孩子带有恶意。可她做不到，就是恨，恨那张脸，恨到阴暗地渴望看到它受伤、流血，甚至被毁掉。

似乎看到那张脸受尽折磨，就能消解一些她无法示人的叛逆和压抑。

在很长一段时间里，那是她唯一的情绪输出口，起码当时她是那样认为的。

而巧的是，那段时间他脸上经常挂着伤，大伤小伤不断，常常是旧伤还没好，新伤又叠上去了，脸上就没干净过。余九琪听同学们聊起过他经常打架的事，据说三两个人都近不了他的身，但他没有任何同伴，只要凑齐五个人堵住他，那就是随便揍了。

心里不是没晃过一丝酸涩，但她还是不受控地想欣赏他的痛苦。

所以，那些走廊里、操场上、公交车和奶茶店后门的偶遇根本不是巧合，像是中了什么蛊，上了瘾一般，她小心翼翼地设计一场场擦肩而过。在短暂重叠的瞬间，她的余光细细瞄一眼他额头上的瘀青、脸颊上的红肿、嘴角上一抹猩红的新伤疤，或者鼻梁上染着黄色药水的灰白纱布。

偶尔，他也会注意到她，冷冰冰地瞅过来一眼。她就大方地看回去，甚至会礼貌客气地笑一下，点到即止。

有那么几次，夜幕沉沉，同一辆公交车上，两人碰巧前后排挨着坐。余九琪只要稍稍侧头看向窗户，就能捕捉到他的脸。公交车急急缓缓地驶向老城区，让人头脑昏沉。她看着窗外，愣怔地放空脑子休息。一个颠簸让她忽地醒来，眼睛还落在窗户上，却撞上另一道眼神。

直白的、大胆的、灼亮莽率的眼神。

她慌忙躲开，佯装只是偶然，他也转回头，像是什么都没有发生。

但并不是每次都能这样相安无事。

那年深冬，学期末的一个下午，余九琪又去了奶茶店。她照旧用了一张优惠卡，买了一杯热的茉香奶绿，不在店里喝，捧着它绕过街道拐角的雪堆，嘬了一口，再抬眼随意看向奶茶店的后门。见他敞怀披着一件羽绒服，坐在后门口的小木椅上，里面的白毛衣上系着围裙，围裙上是奶茶店的名字。

奶茶店是他一个远房舅舅的，他偶尔来帮忙，赚点零花钱。

没事的时候，他喜欢坐在后门，打游戏、发呆、睡觉，或者像此刻这样，给伤口换药。

她浅浅地瞄了眼，只见他右手腕有大片的红肿，正用左手笨拙地在绑纱布，动作很重，应该很疼。

"哎，"他突然喊了一声，声音不高，却够沉，说出的话客客气气，"能帮我一下吗？"

余九琪看了眼四周，没有别人，才确定他在向自己求助。

她知道帮什么，便走过去，蹲下，接过他左手的纱布。她看了眼他的伤口，大概因为沾了不干净的水，肿得略高，甚至有几处渗出粉色血泡来，应该很疼。

余九琪眼神认真，手腕灵巧地翻转，将纱布缠了两圈，在伤口背面打了一个死结，没用什么力气。

"胆子还挺大的。"他晃了晃手腕，说。

余九琪不确定他指的是什么，也没问，准备走。

"谢谢。"他抬头看她。

"没事。"

在她走之前，他突然又问："你下周有空吗？"

余九琪停步，一愣："哪天？"

"周一晚上。"

"干什么？"

"请你喝奶茶。谢谢你。"他用眸光轻点了一下她手里的茉香奶绿，"我们家用的过期奶精，少喝。我知道哪儿有更好的。"

她低头，握着奶茶杯的手稍微用了点力，然后抬头，皱眉，想起一件事："周一好像是 31 号……"

她的话没有说完，准确地说，周一是 12 月 31 日——跨年夜。

"那天小广场那边有烟火表演。"他倒是坦率。

"哦。"

"去吗？"他黑漆漆的眼睛看过来。

“喝奶茶吗？”她需要确定一下。

“去跨年。”

该怎么拒绝？

快想！快！

…………

一阵急促的铃声打断了遥远又艰难的选择，谢天谢地。

余九琪正坐在银行的办公室里，快到下班时间了，办公室里昏昏沉沉。她看了眼手机，是葛凡的电话。她叹了口气，揉揉肩，才慢悠悠地接起电话。

葛凡的嗓门很大，咆哮了一句：“小九，你没事吧？”

余九琪莫名有种糟糕的预感：“咋了？”

“啊，就是我听说你妈开车把人撞了，我寻思你也去了呢……”

她脑子“嗡”地炸了：“她撞谁了？”

“一个网红，咱们这儿的。”

“谁啊？”

“哎呀，就那个，不知道你认不认识，‘忘了她吧我炸鸡架养你’。”

余九琪知道这个奇怪的名字，就是昨天发布那条把孙誉文捧为高颜值的文艺杀人犯的账号。

准确地说，温雯并没有开车撞那位名叫“忘了她吧我炸鸡架养你”的网红，而是撞翻了她家的鸡架店。

事情是这样的，下午温雯一个人来到开发区高速路口附近的一家以鸡架为主的小吃店，要了一份炸鸡架和一份凉拌鸡架。她坐在正对小吃店门口的位置，手机、车钥匙放在桌上，两只手都各戴了两双一次性手套，一边盯着门口的动静，一边慢条斯理、极细致地拆解每一块鸡架，将肉剔得干干净净，骨架整齐地码在旁边。

店里只有一对中年夫妻在忙活着，客人也不多。两份鸡架吃完后，还没等到期待的人，温雯打着饱嗝，又要了一份。鸡架也就才被拆了一半，见一个成熟打扮的年轻女孩走进来，她笑了笑，把一次性手套摘下。

而那女孩一见到温雯，仿佛见了鬼，冲里面的中年夫妻喊了句“爸妈”。可来不及了，温雯两下就把她推搡在角落里，堵着她，没问别的，就问：“谁让你发那条视频的？”

炸鸡架女孩踩着高跟长靴，勉强站稳：“我自己啊！”

“资料谁给你的？”

“我找的！”

“从哪儿找的？”

“不告诉你。”

温雯没废话，转身低头，随手拎了一张凳子。可还没等她摔过去，那对中年夫妻满手油腥地从身后过来，一个扯着温雯的头发，把她拉到一边，一个夺下她手里的凳子，举起来威胁她，让她滚。

温雯丝毫不怕，这张小破凳子根本吓不住她，冲身后的人说："你轻点拽，我的头发刚烫的。"然后看向女孩，说，"你回答了我的问题，我就走。"

炸鸡架女孩向前走了两步，一脸浓妆的皮肤干燥卡粉，笑脸在白炽灯下有几分瘆人。见身后有父母撑腰，她便有了底气，梗着脖子说了让她很后悔的话。

"你管我从哪儿弄的呢？我的视频里又没提你的名字，下面那些评论谁骂你，你找谁去，找我干啥？我看你就是心虚，挑软柿子捏。你有这工夫冲我拎凳子，还不如去给你妹、你妈多烧点纸呢。要不是你恋爱脑，引狼入室，就没这些事了！"

"你再说一遍。"

"我说你自作自受，疯婆子。"

温雯什么话也没说，甩甩肩膀挣脱他们，拿起手机和车钥匙出门。车本来停在鸡架店门口的，她专门开出去，绕了一大圈，然后掉头，停在鸡架店正对面，狠狠地按了几下喇叭，最后干脆按着不松手，叫嚣一般。

直到确定店里那一家三口注意到她，也知道她想干什么，其他零星的几个客人也吓跑了后，才猛踩一脚油门，径直开过去。在一家人仓皇的惊叫声中，温雯那辆去年提的凯美瑞直直地撑向鸡架店的小门脸。车头陷进去，撞翻了招牌和门口的桌椅，差点擦伤跑得慢的那位年轻网红。

而她仍旧稳稳地坐在车里，看着那女孩，眸光冷重，精致的脸平静得像是一个假人。

有人报了警，但辖区派出所离鸡架店比较远，倒是余九琪工作的银行更近，她是在警察之前赶到的。

她到的时候，看到车头还陷在店里。门口一片狼藉，她从旁边两元店的后门穿过去，才找到几位当事人。

很诡异，并没有她预料的剑拔弩张，大家面对面地坐着等警察，桌上甚至摆了一盘花生，异常和谐。但仔细看的话，温雯在气场上明显占据上风。见余九琪来了，她居然笑着招呼了一下。

"九，你咋来了？又请假了？饿不饿？这家的鸡架还挺香的。"

余九琪立刻意识到温雯今天不对劲，打了个冷战，纳闷室内居然比外面还森寒，羽绒服也没脱，坐在她旁边，犹豫着要不要通知一下余凯旋。

又想起刚刚在温都水汇的工作群里，看到余凯旋在暴躁地安排人处理退单和投诉的事，忙得焦头烂额。

昨晚的直播事故之后，前几天在直播间卖出去的团购券遭到大量退单。这场宣传计划彻底失败，细算的话，甚至是赔了。虽然没有直接关系，但大家花了钱都是想来热闹喜庆地过节的，多少忌讳这种事。况且，能选择的娱乐场所也不止温都水汇这一家，除了真心爱洗澡的老客人，拉新的退单率很高。余凯旋也没补救，告诉员工积极处理。

算了，反正警察来了无非调解和理赔，余九琪觉得自己可以处理。

这时候听见温雯突然开口，她看向对面还处在惊恐中的年轻女孩，语气平静：“其实我知道孙誉文的资料是谁给你的。”

女孩抬眼，又垂下，没吱声。

“那么多个人照，还有从合影里剪下来的，网上肯定搜不到，那都是他家里的。”温雯不紧不慢，继续说，“还有那几首诗，都没发表过。那信纸，就是草稿纸，那几首诗都是他当年看不上，堆在那儿垫桌脚的。”

余九琪有点慌，劝了一句：“妈，你别说了。”

温雯依旧盯着女孩，像是要把她往死路里逼：“你居然能弄到手，难不成垫的是你家的桌脚？

“哦，那等会儿警察来了，就得说道说道，详细地捋捋了。”

女孩终于破防，服了：“姨，我知道错了。”

温雯立刻反攻：“到底谁给你的？”

然后，温雯一个一个地点名，查探女孩的态度。第一个，她提到孙锡，然后是孙正武、李芳、孙老太太，最后想了半天，才想起那个名字，问道：“是孙婷婷吗？”

提到孙婷婷，那女孩突然弓着腰，把头低下去，像是要哭出来。

温雯只是轻轻地叹了口气，说原来是那孩子啊，然后又说，去下卫生间。

大概不到一分钟，余九琪就意识到不对劲，追到鸡架店后门的卫生间。果然温雯不在里面，而此时前门传来两道粗嗓门的男声，显然是派出所的人来了。

余九琪也就犹豫了几秒钟，转身也溜掉了。她知道警察会来找她们，甚至会面对更严重的处理，但相比起来她更忌惮温雯接下来要做的事。

她很清楚，温雯此刻会去哪里。

余九琪跑到百米外的十字路口，才费劲地拦了一辆出租车。凭多年前的记忆报出一个地址，她本以为早就忘记了，居然还记得如此清楚。

她来到西丰街那个旧社区，刚下车，还没进小区，就看到温雯从低矮的侧门走出来，便让出租车停一会儿，稍等一下。

天已经黑透了，老社区的路灯偏暗。冷风呼啸，如刀子一般刮得脸疼，温雯却只在厚丝袜外面套了一条长皮裙。

余九琪猜她应该是扑了个空，逆着风冲她喊：“妈，风大，先回去吧！”

温雯迎着风，看了眼余九琪，似乎并不意外她能找到自己，什么也没问，走过来。风把她的长发吹到脑后，一张肃穆的脸逐渐清晰，她说道：“你别管我了。”

“他们都不在家是吧？”余九琪逆着风问。

“肯定是躲起来了。”

“那回头再说吧。”

“我知道去哪儿找他们！”

说完，温雯突然快步绕过余九琪，走向等在路边的出租车，钻进去，快速关门，跟司机说了句什么。不等余九琪追过去，出租车已经载着温雯走了，把她扔在冷风中。

在与温雯漫长的、明里暗里的较量中，像现在这样被她当成绊脚石而甩掉的时候并不少，余九琪淡淡地扫了眼这条少年时期偷偷来过多次的街巷。尽管夜灯昏暗，一搭眼，还是能瞥见最后面那栋矮楼。她知道只要是涉及那户人家的事情，温雯是不信任自己的。

不过，余九琪也不介意她的不信任，甚至理解她的不信任。抛去曾经证据确凿的那些背叛，单单在母女俩你来我往的较量里，小九也并非像她看上去那样乖巧听话。

到底是被她亲手养大的孩子，多少还是学会了一些另辟蹊径的发癫本事的。

余九琪站在风中，没着急追人，而是打了个电话，号码只有三个数字。

她报了警，让警察去抓她妈。

她也不是跟警察胡闹的，报警的理由很充分，先是主动交代温雯就是刚刚在开发区把车开进鸡架店里的人，动机问问那卖鸡架的网红就知道了。把人家店铺撞翻了后，见警察来了她就跑了，跑去找孙家的女儿算账，可孙家没人。

警察听到这里问："那她会去哪儿啊？"

余九琪说："去医院，石城市医院，去找孙家奶奶了。跑得了和尚，跑不了庙，孙家的庙从来不是这栋房子，而是老太太。"

警察最后问："你是温雯的什么人？"

余九琪恍惚了一下，才说："她是我妈，我是她女儿。所以你们相信我，我是这世上最懂她的人。我知道她什么也不在乎，什么也不怕，什么都干得出来。"

余九琪赶到医院时，正巧遇上了刚停在门口的警车，跟警察前后脚跑向住院部的三楼。

余九琪先跑上来的，站在走廊里，就看到肾病科的一间病房门口围了几个人。除了护士和围观群众，最瞩目的就是一身黑色的温雯。她倚着门，抱着肩膀站着，像是在死等什么人。

温雯听到跑步声，就转过头来，看到小九后，只是眨眨眼，而后看到她身后跟着两个警察，扯起嘴角笑了下，转个身，看样子是不等了，一脚踹开了病房的门。

余九琪跑过去，走进病房，看到温雯依旧抱着肩膀，盯着坐在病床上的、一头乱糟糟短发的老太太。余九琪也看过去，看向她好多年没见过的、曾经狠狠地利用过自己的孙锡的奶奶。

孙老太太前几年确诊了尿毒症，最近才排到了肾源，住院等着做手术。她脸色蜡黄，干瘪枯瘦，可一双凸起的眼睛还像过去一样仿佛能喷出火来，狠狠地盯着眼前的温雯。

余九琪常常想，在两个家庭这场跨越二十几年的恩怨中，留在过去还没回来的人不止温雯一个，孙家奶奶也一样，全靠从过去积攒来的不甘和怨憎吊着活着。

她们只交换了几个眼神，带着心照不宣的铭心恩怨，在警察出面前的很短时间内，交锋般地说了几句话。

先是温雯开口，轻飘飘地说了句："哦，你还没死呢。"

孙老太太声音有点抖，却极响亮："你不也是吗？还觍着脸活着。"

温雯笑了笑，看上去毫不介意："你一点没变，还那么硌硬人。"

孙老太太哼了下，这才转头看了眼余九琪，上下打量一番，沉默了一会儿，说："野孩子长漂亮了。"

温雯厉声道："嘴巴放干净点！"

孙老太太的混浊视线这才落回温雯身上："你也没变。"

余九琪看到温雯的嘴角动了动，想说什么，似乎又把话咽了回去。

最后，她只是轻声叮嘱般咬牙说："你好好活着，好好看着，你看着。"

这时，警察站出来，大概提前了解了两家的关系，说了几句调和的车轱辘话，又说："有什么事情年轻人坐下来好好说，别打扰老人养病休息。走吧，先回趟派出所，鸡架店的事还得说道说道呢。真猛啊，把车撑到人家店里。"

温雯踢踏着跟着走，插了句嘴："我女儿更猛，报警抓她妈。"

警察被整笑了，说确实头一次遇到这事，又说看来这孩子性格随妈啊。余九琪"呵呵"笑了笑，温雯却突然不说话了，一句也没有。

到了派出所，她还是懒得说话，倒不是不配合，警察问什么，她就说什么，怎么理赔都随便，但指望她和和气气地道歉门都没有。余九琪冲在前面跟派出所和鸡架店几拨人周旋，讲道理说好话，她就在旁边跷着腿刷手机。余九琪瞟了眼，她居然在看网文。

鸡架店那对夫妻见温雯态度松散，余九琪又是个拉不下脸的年轻姑娘，故意虚虚实实地报了个狠数。余九琪急了，就差上桌子跟他们吵起来，互相扯皮算账嚷了半天，对方寸步不让，余九琪也没占到便宜。

局势胶着时，余凯旋和小富总前后脚来了。

与此同时，突然，余九琪倒扣在桌子上的手机振起来，是一通微信语音电话。

她淡淡地瞄了眼，又将手机扣上。

是孙锡。

其实去派出所的路上，她先收到了他的信息，简短地问：方便通个电话吗？

余九琪没回他，大约一小时后，他又发了一条：没别的。说两句今天的事。

余九琪猜他肯定是知道了医院那场闹剧，吵架扯皮的工夫抽空回了两句。

九：我在忙。

孙锡问：忙什么？

九：在派出所。

然后，他的电话就打了过来。

余九琪没有立刻接，跟余凯旋说了下眼前的情况。二凯哥跟副所长认识，有些交情，稍微盘一盘道，又故意整点社会腔，挺着肚子，凝重地皱眉，往那儿一坐，鸡架店夫妻就心虚了些。

稍微放心后，余九琪思忖片刻，觉得今天这事说到底是两家的矛盾，他好奇也属正常，是有必要沟通一下，起身离开，走出派出所。

她没走远，绕过两三个在门口抽烟闲聊的民警，来到小停车场。那里停着两辆警车，四下黑黢黢无人。她将羽绒服的帽子兜到头顶，点开手机。亮光在线条流畅的脸上投下浅淡的阴影，她眨了眨眼，才拨回去。

他几乎是秒接。

开口之前，余九琪突然后悔没跟门口那几个抽烟的民警要一根烟。

“喂。”她嗓子莫名的紧。

他那边很安静：“派出所那边怎么样了？”

“没什么事了。”她猜孙锡想知道得更具体，又解释了下，“现在就是商量赔点钱，是其他人赔，没有牵扯到你家，你放心。”

他沉默了一会儿，才低声说：“我知道是婷婷惹的事，我会跟她说说。”

“她能听你的话吗？”

“我尽力。”

“那行，希望这事到此为止吧。”

“嗯。”

“那麻烦你了。”

他又陷入了沉默，余九琪看看手机，还在线，刚想找个借口说外面挺冷的，挂了，孙锡突然问：“大学时办的那张建行卡，你还在用吗？”

余九琪反应了一下，不懂他什么意思。

“我把钱还你。”

还钱？

“那先挂了。”他最后说。

喉咙干涩，余九琪还是去要了一根烟，又借了个火，笑盈盈地谢谢人家，夹着烟慢腾腾地回到停车场。

手机突然响起一声短促的提示音，她低头看，是一条银行转账提醒消息，9打头的一串0，想必是他转来的，看了眼就退出。

烟有点呛，吐出来的雾也浓厚，在零下20℃的冷空气中笨拙到散开，缕缕分明。她凝视着越来越细的烟雾，思考着他为什么突然还这个钱。

大概是听到她提理赔的事，觉得他们家多少有点责任吧。

除此之外呢？

蓦地，余九琪忽然想起之前被打断的，初中那年他在奶茶店后门邀请自己去跨年的记忆。

当时余九琪是拒绝了的。

借口也没用，就是不想去。

他还坐在门口的小椅子上，点点头说：“也行，那明天我请你喝奶茶。”

“也不用。”

“比这家好喝很多的奶茶。”

“不用。”

“那我怎么谢你？”他晃晃手腕上的纱布。

“不用谢。”

“我不愿意欠别人的。”

当时余九琪离他两步远站着，垂眸看见那张令人厌恶的脸突然严肃许多。

“我不喜欢欠别人的。”少年时代的孙锡又强调，“欠了就要还，不还就是债，债就会让人不得安生，让人时时刻刻都记在心里。你想让我时刻惦记着吗？”他突然锁着余九琪的眼睛，“还是你想记着我？”

“还清了就好了吗？”

“对。”

…………

那根烟辣得余九琪咳嗽起来，便掐灭了，扔入垃圾桶，从兜里拿出一颗常备的薄荷糖，边吃边往派出所走。

还清了就好了。

余九琪松口气。

哦，不对！

她忽然又想起什么，拿出手机，再翻开那条银行转账短信，细细地看，一遍遍地看，看 9 后面的那一串 0。

她数了好几遍，确定不是眼花，0 的个数比他应该给的多了！

为什么给这么多？

第七章

你跟他不像

Dong feng chui you sheng

2012 年是传说中的世界末日，可直到那一年快结束了，这个世界劳顿中的人依旧精疲力竭，惊惧中的人还在惶惶不安，时光如常运转，恩怨还在循环，什么也没有发生。

余九琪放学后，先给温雯发了个信息，说去同学家写作业，然后坐上离家反方向的公交车，来到东边郊区的一家旧商场。高领毛衣推到最高，毛线帽压到最低，她缩着肩膀，闷头小步快走。路过一家美发沙龙时，看到门口贴了一张号召大家去剪头的海报：**世界末日，也是新的开始！**

年少时期的余九琪怔了下，然后微微转头，看到了瘦高的孙锡，孤零零一人。

因为想了断那场本不该发生的牵扯，余九琪最后答应第二天来跟他喝奶茶。

他身上还是那件敞怀穿的羽绒服，白毛衣、牛仔裤，肩上背着一个瘪瘪的书包。他看了余九琪一眼，眼睛带钩一般向后瞄了下，自己走在前面，示意她跟着。

冬天夜来得早，放学时间天已经黑透了，没太看清他的脸，但似乎跟昨天不一样了。

他们隔着两米远的距离，一前一后地走到商场侧门的一家奶茶店。他直接推开玻璃门进去。余九琪走到门口时，透过窗户见他正在点单，确定周围没脸熟的人，连人都不多，才跟进去。

奶茶店是孙锡推荐的，在石城共有两家，一家就在他们中学附近，另一家在偏远的东边。下午上课时，孙锡发信息把地址都告诉她，让她选。那时候还没用智能手机，她看着短信框里的几行文字，选了这个远的。

孙锡隔了一会儿才回她，确定吗？她说，确定。

孙锡发，那里真的偏，不害怕？

余九琪盯着那条短信，不明白他说的害怕具体指的是什么，也没问，回了句“没事”。

孙锡又发，分开走？余九琪回，分开走。

孙锡最后回，行。

余九琪后来回忆时发现，他们从一开始就有心照不宣的默契，谁也没有提起，谁也没有质疑，从第一次跨越半个城市去郊区喝一杯奶茶起，漫长的隐秘中，无法光明正大地走在一起是他们没有说出口的约定。

至少余九琪是这样认为的。

虽然店里几乎没人，余九琪还是精心选了个不容易被发现的位置，背对着窗户，手肘垫在桌子上，双手托着下巴。

孙锡取好奶茶，扫了一圈，一眼看到坐在角落里、捂得严严实实的女孩，露出来的那一点点侧颜在装饰灯下白得发亮。他握了下两杯发烫的饮料，走过去。

他把奶茶放在小桌子上，撕开一根吸管戳进去一杯。手指骨节分明，指甲剪得很短，干净，却新新旧旧落了不少伤疤，轻握着那杯奶茶，推给对面垂眸的女孩。

余九琪接过来，抬头：“谢谢。”

然后，她忽地愣在那里，盯着他的脸看。他倒是没什么异常，慢条斯理地去撕另一根吸管的包装，掼进奶茶杯，而后才回视她，狭长黝黑的眼睛里散发着光。

“怎么了？”他皱着眉。

余九琪淡淡地扫了眼他鼻梁上新鲜的红肿、眼角黄豆粒大小的破了皮的伤，和左下颌处沁出血丝的大创可贴，低头喝了口奶茶：“没事。”

昨天还没有的，是新伤，今天弄的吗？

看伤口的数量和程度，至少被三五个人揍吧？

一定很疼。

奶茶有些烫，烫到尝不出特别的滋味，孙锡点的还是茉香奶绿，喝起来跟之前那家用过期奶精调制的没什么大区别，余九琪却还是点点头说：“挺好的。”

“什么挺好的？”

“挺好喝的。”

孙锡看了她一眼。桌子很小，他们都倾着身子喝奶茶，距离近到可以感受她轻轻嗤笑时，鼻息传来的温热，也能看到她不自知地挑眼尾时，眼神里的狡黠，跟她平常那副乖女孩面孔略有差别。莫名地，他来了兴趣，想戳破点什么。

“是我脸上的伤挺好的吧？”

余九琪忽然看向他，他音量不高，却字字落地有声，弹起来，再砸下去，带着一股刻意的挑衅和逗弄。

那时候的余九琪还不是如今玲珑周到的余小九，她还处在学习如何讨人喜欢的阶段，还不会掩藏恶意，也不擅于情绪管理，一句话让她“轰”地红了脸，上了头，也微微动了怒。

于是她也故意问：“你为什么打架？”

“因为不想挨打。”

“别人为什么打你？”

“我欠揍呗。”

“哦，这样啊。”

他又看看她，抿了一下唇，似乎轻笑一下。余九琪却觉得他笑得很僵硬、难看，让那张本就惹人厌烦的脸更丑陋了几分。

时间真难熬啊，她在心底哀怨地感叹着。

奶茶为什么这么烫？桌子为什么这么小？他又为什么还在看我？

“你也很想揍我吧？”他突然说。

“没有啊。”余九琪低头。

“有也没关系，”他叼着吸管，看了她一眼，像是把她看透了，“我能理解。”

余九琪浑身不自在，彻底装不下去了。她想反正喝完这杯奶茶两人就再没有交集，索性暴露出一丝本性里的逆反来，冷然地反问：“你理解什么？”

“理解你现在的态度。”

“我什么态度？”

“恨不得马上就走的态度。”

“呵，那为什么呢？”

他一顿，露出一丝遇到对手般的惊喜，又抿唇僵硬地笑了下，眼神轻飘地看向窗外，脸上的伤让他看起来有些疲惫。虽然他刻意轻描淡写，但说出的那句话却透着一股莫名哀伤：“因为我是杀人犯的亲儿子啊，而你……”

余九琪瞪着他，他一顿，便把后面的话收了回去。

“你跟每个人都这样说话吗？怪不得会挨揍。”女孩的胆子更肥了些。

“你不怕我吗？”

“怕什么？杀人犯的儿子，又不是杀人犯。”

他怔了一下，眼里有光一闪而过。

“可我长得跟他像。”

“是很像。”

余九琪受不了了，简直有病，低头一口气把奶茶吸溜光，吸管在瓶底戳出一阵暴躁的脆响：“我喝完了，先走了。”

她真的先走出去，把毛线帽压得更低，盖住大半只耳朵，埋头匆匆地走向公交站。公交站离奶茶店有点距离，又入了夜，附近本就萧条，深夜就显得更空旷，周围偶有路过的汽车，疾驰驶过后留下一片森然。

森然中，余九琪听到身后一阵有规律的脚步声，声源始终离她两米远的距离，不近不远，不疾不徐，像是两个步履一致的陌生路人，恰好一前一后地走在同一方向上。她有点意外，那么瘦的一个人，脚步声却坚实稳重。

头顶一轮浊黄的弯月，旁边稀疏几颗亮不起来的星星，雾霭薄薄地低悬在远空，没有风，气压非常低。这是每个东北孩子都极为熟悉的深冬天气，低沉、静闷，预示着一场大雪即将来临。

她加快脚步，想赶在下雪前回家。

可突然听到路边一声痛苦的干呕，像一记嘹亮的鸣笛划破大雪前的宁静。

余九琪循着声音看向右侧，看到一排木栅栏边的雪堆上倒着一个中年男人，身材高壮，一身军大衣棉服、夹棉雷锋帽，似乎吐了一口酒，然后栽倒在雪里，不动了。

周围没有行人，车也是零星而过，商场已经离得很远了，栅栏那边是冬荒的菜园。每个东北孩子也都知道，酒鬼如果睡在暴雪天的马路上，是会被活活冻死的。在东北，冻死并不是一个夸张的比喻。

可余九琪还是犹豫了一下，虽然很想救人，但也不免有担心和顾虑。就在她原地纠结那一小会儿，身后那个瘦高的人忽然大步走过去，去晃了晃那栽倒的中年男人。晃不动，他把男人的脸扭过来看了看。

不知他看到了什么，身子一顿，然后两只手夹着那醉鬼的腋下，费劲地把醉鬼往外拽，似乎要拖着走。可那人着实沉重，孙锡显然很吃力，费了半天劲才堪堪将人挪出雪堆。

余九琪有一瞬意外，她看得出来孙锡在救人，而且不同于自己的纠结，他没有多余的担心和怀疑，几乎在看到醉鬼的第一刻，出于本能下意识地过去查看。

这种本能，身为好女孩的少年时代的余九琪不愿意承认，那或许是谁也不能料到的、与他骨血里流淌的基因全然相反的、他本人都羞于承认的良善。

想到此，余九琪挪步走过去，站在旁边。一开始她还没有表现要帮忙的意思，只是说："报警吧，警察会管的。"

孙锡答："来不及了。"

孙锡把人拉出雪堆后，让他平躺在地上，摘下厚重的雷锋帽，又把棉衣的扣子解开几颗，使劲向下拉毛衣领子，露出通红的脖子和胸口，然后探了探他的鼻息和脖子上的动脉。

余九琪见那人眼睛半闭半睁，嘴唇张开，却不见呼吸的动静，看着颇为瘆人，问："他怎么了？"

"休克了。"

孙锡站起来，朝四周看了看，突然抬腿两个大步腾空翻过木栅栏，从冬荒的菜地里找到一辆闲置的、两个轱辘的农用手推车。他简单地清理了一下上面的积雪和杂物，拉着走过来。

余九琪忽然明白他要做什么，不再犹豫，再没有理由不去帮忙。她左右看了下，找到木栅栏的小门，赶紧去打开。孙锡从门里把推车拉了出来，拉到醉鬼旁边，弯腰去抬人。

“我帮你吧！”余九琪站在那人的脚边，语气坚定。

孙锡抬眸看了她一眼，略意外。余九琪却依旧稳稳地看向他，带着一种被鼓动的决心。

于是孙锡才说：“我喊‘一二三’，咱们一起用力，要保证他的身体是平的。”

“好。”

余九琪的两只手握住那人的脚踝，孙锡的两只手放在他的腋下。雾越来越重了，他们隔着大雪前的浓重雾霾，弯着腰看着彼此，眼神定定，藏着本不属于他们的明晃晃的笃定和信任。

“一，二，三！”

两人咬着牙，同时使出最大力，将人稳稳地抬起，又轻轻地放在手推车上。可推车太滑，人又太重，醉鬼慢慢地向下滑去。余九琪眼疾手快地握住推车的尾部，举起来，把人控制在平面上。孙锡立刻将车头的拉杆向下按，给后面的余九琪省了些力气。

然后他们才又看向彼此，带着那股莫名而来的、心照不宣的默契。

孙锡说：“我知道前面有个社区医院，医院里有急诊，但是要过两个红灯才能到，不算近。”

余九琪没废话：“你在前面走，我跟着你，在后面抬着。”

孙锡也没废话：“你不用抬那么高，那样费劲，我会往下压，把重量给我。”

“我挺有劲的。”

“要是觉得没劲了，你喊我。”

“知道了，走吧。快下雪了。”

孙锡转回身，骨节分明的手用力地拉着拉杆，再微微低着头，稳步向前走。当他觉得手上的力气轻了时，在保证两个车轱辘平衡的同时，狠狠地下压。

余九琪抬着推车尾部的两个抓手，小心翼翼地跟着他的步伐，盯着车上不知是倒霉还是幸运的醉鬼，手上没觉得多沉，心底却有种奇特的充盈感。

她略略向前看了下，见他佝偻着背，因为用力肩胛骨耸起，显得宽大的羽绒服更加空空荡荡。

他微微侧头看一下路，余九琪瞥到了他脸颊上那沁着鲜血的创可贴。有那么一瞬间，她突然觉得看倦了他的伤。

很多年之后，余九琪才意识到，就从那一刻开始，孙锡以他自己的模样扎在她眼里。

他们来得很巧，社区医院门口就有一个值班医生和护士。看到门外一对少男少女拉着一个不省人事的中年人，那位慈眉善目的女医生放下手中的保温杯，推门出来。

“咋啦这是？”她大声问。

“他喝多了，休克了。”孙锡答。

“这是你俩谁的爹啊？”

“都不是，他倒在路上了，我们遇到的。”孙锡答。

女医生吃惊地看了看孙锡，又看了看余九琪。余九琪在碰触到她的目光时，突然想起自己正跟孙锡同行，怕被认出来，更怕传出去，于是把脸埋下去，下巴缩在高领毛衣里。

女医生又把目光放在那醉鬼身上，简单地查看了下，夸他们处理得挺好，送来得也及时，看生命体征问题不算大，但得赶紧输液，整不好还得洗胃——快点先把人弄进去，张罗一个抢救室出来。

这次没用余九琪，医院里又跑出来一个男人，跟孙锡一起把人抬进去。她本来转头就要走的，可那醉鬼的雷锋帽忘在推车上了，鞋也掉了一只，她捡起帽子和鞋也跟了进去。

把东西搁在前台后，她低头刚准备走，却被匆匆跑过来的女医生叫住，说了一段让她浑身战栗的话。

“哎，你俩，那两个孩子，你们把姓名、学校、联系方式都留一下。没别的，别害怕啊，就是这好人好事我得通知你们学校和家长啊！得给你们记功奖励啊！说不定能升学加分呢！完了等病人醒了，也得让他谢谢你们啊！专门去学校给你俩送锦旗！大合影！裱起来！”

每一个字都让余九琪窒息！每一个字！

“不用了。”孙锡看了眼旁边的余九琪，回答说。

余九琪瞟了他一眼，没说话。

“不行！不行！”女医生指了指前台的护士，“你赶紧给他们倒杯茶水，登记一下！”

那护士从前台转出来，笑呵呵地要把两人迎到里面的休息室。余九琪一阵紧张，不知所措。这时孙锡挪了两步到她身边，紧挨着她。

突然，他牵起她的手。

余九琪惊疑地转头，抬眸看他。

“跑。”他几乎没发出声音。

她却懂了，点头。

然后孙锡紧紧握住余九琪的手，拉着她灵活地绕过门口的护士，大步跑出社区医院，随便选了个方向，一头扎进大雪前的夜幕里。

身后有喊叫声，其实并不迫切，也没有人追上来，可他们还是疯狂地向前跑，像是要拼命逃离什么，也像是要努力奔向什么。

他拉着她，没有回过头，手却越来越紧，也越来越热。

余九琪很不理解，明明都在深冬的寒夜里奔波了那么久，为什么他的手热得发烫，自己却指尖冰凉。

最后他们停在一个公交站旁，喘着气。他依旧拉着她的手，他们对视了一眼，也不知想起什么来，两个人忽然一起笑了，大笑起来。

余九琪第一次见到孙锡脸上露出那样的笑容，敞开的、放肆的、本能的笑容，看着看着，她就突然愣住了，弯了弯手指。

孙锡手心一阵冰凉的触感，看到她诧异地看着自己，才反应过来自己还在牵着她，赶快松开。

可公交站的路灯下，大雪即将来临的深夜里，余九琪却还在看他。

“怎么了？”他蹙眉，突然变得敏感。

“你的笑……”

“我的笑怎么了？”

余九琪脑子里一瞬间筹措出许多形容词来，可她都说不出口，辗转尴尬半天，直到她等的末班公交车开了过来，在他敏感又严肃的目光中，在最后时刻，她才随意找了个解释。

她说：“你笑起来，跟他不像。”

公交车的门打开，她转身上去。

恍如雷击的感觉让孙锡愣怔片刻，然后用尽全力去抵抗掉。很短的时间内，他做了个决定，大步上前，抓住她的手腕。

正在上公交车的余九琪回头。

孙锡死死地按着她：“去吗？”

“去哪儿？”

“跨年。”

“看烟花吗？”

“对。”年少的孙锡眼神如狼一般炽热，再次发出那个坚定的、赤诚的，也开始改变他们人生的邀请。

“跨年那天，我在小广场等你！”

第八章 / 敌人

Dong feng chui you sheng

余九琪的电话打来时，孙锡正在停车。他瞥了眼手机上的来电显示，微微皱眉，急打方向盘，绕过一辆磨磨蹭蹭的电车，把车稳稳地停在北五环一个小区的停车场。

他单手握着还在振动的手机，下车，站在北京深冬的夜里，没有立刻接。他看了眼时间，十一点二十分，忽然想起上次那通电话也是这个时间打来的，一分都没差。

她是掐着点找他的吗？以为是烧香许愿吗，还择良辰吉日？

跟上次一样，孙锡完全猜得到她这通电话的用意。这么多年隐秘的分分合合，尽管他们故意扮演冷淡和敌意，故意像陌生人一样假装不熟，但讽刺的是，他们可能也是最了解彼此的人。

他知道上次雪夜里的那通电话她不是认真的，她是不负责任的、冲动的、无助的，是像过去很多次一样拿他当成一个情绪出口来消遣的。

曾经他甘愿装傻让她消遣，可他后来厌恶自己那不值钱的样子了。

他当然反悔了，凭什么不能反悔？而且他反不反悔本质上也改变不了什么，干吗再遭一次自作自受的罪。

在电话铃声即将结束的时候，孙锡点开手机接起来，跟上次一样。

“喂。”语气莫名生硬、烦闷。

“你方便说话吗？”她声音低柔又谨慎。

“怎么了？”

“没什么，就是你今天打给我的……”

“稍等一下，”孙锡突然打断她，“我现在有点事，二十分钟后给你回过去可以吗？”

“……行。”

挂了电话后，他站在小区里抽了一根烟，将刚才那股烦闷一口一口地吐出去后，才上楼。

他的房子不大，标准的小两居，但地理位置好，交通便利。虽然不算新，但权衡下来价格也不贵，是被许多房产博主排在性价比榜单前面的楼盘。但孙锡买的时候根本没考虑那些，他当时只是迫不及待想拿出点实质性的证据，来证明自己有能力，配得上。

搬进来后，从没装修过，家具家电只保证最基本的生活需求，没任何装饰，整栋房子空空荡荡，又死气沉沉，和他本人一样，即便攒齐了所谓的外在价值，内里仍是一片废墟。

他开了一盏顶灯，坐在铺在地面的弹簧沙发上，掌心紧攥着手机，盯着腕表上的时间。在秒针最后拨动一下后，他拨了回去。

他当然清楚她为什么突然来电话，对这通电话他一点也不意外，甚至比他预想的晚了许多。

余九琪很快接通：“喂。”

听声音她似乎在户外，有室外空旷的环境音，单单一个字就带着短促的寒气，不是在外面，就是在阳台上。

孙锡问了句：“你在外面呢？”

“没有。”

那就是在她家阁楼的户外阳台。三四平方米大小，独立，隔音，离楼下温雯的房间很远，却刚好有一个小窗户可以观察到温雯房间门口的动向，过去他们那些长长短短的电话，她大多是躲在这里打的。

只是今天那边又降了温，阁楼朝北，北风最骇人，孙锡主动点破她来电的目的：“你是想说钱的事吧？那个数我没打错。”

他又解释：“晚上我叔给我打了电话，应该是警察也联系过他们了。他跟我大致说了今天的事，那家鸡架店就算不大，被撞得严重，也得赔不少，你们家……你先拿去用吧。你可以说这是你理财攒的钱。”

他中间停顿那一下，本想说他知道她们家的大部分开销都是余九琪揽过去，又觉得没必要提。

余九琪压着声音，也能听出来着急的语气：“这钱怎么能让你出呢？跟你没有……”

孙锡打断说：“这次归根结底是婷婷的责任，这事赖她，我们出点钱是应该的。”

“可是也太多了。”

“你们最后谈到多少？”

“还没最终定呢，还要约时间再调解一次。”

“那看最后结果再说吧。”

她突然沉默了，只有通过遥远信号传来的冷空气中微微的呼吸声，孙锡也没说话，沉寂着，手机轻轻地贴着耳朵，在耳边那匀净的呼吸中，转头看向客厅一角。

那么巧，看到唯一的一个玻璃橱柜里，唯一的一张照片。

准确地说，那不是照片，是那年在北京参加一个业余划船比赛，他俩得了情侣组银奖，主办方要把情侣合影做成照片奖杯，可他们自从年少那场事故后就很少拍合照，又觉得拒绝人家不太好，最后孙锡说那就刻文字吧。

余九琪说，那你想一句话。他笑笑，跟主办方交代了一句。一天后，余九琪收到这个银质的、方方正正的照片奖杯，上面用遒劲的字体刻着——**天南到海北，余小九最美。**

记得她当时还是很高兴的，一下子蹦起来蹿到他身上。他托着她的腰臀，稳稳地抱住。她低着头，捧起他的脸，看了半天后，笑着问：“孙锡，你爱我吗？”

…………

“孙锡？”

电话里一声急促的呼喊将他唤回来，他皱紧眉头，收回眼神，努力压制住心底一股灼烧般的酸痛，突然很后悔当初就应该让她把那破奖杯也扔掉、砸掉，让她像毁掉可耻可怖的证据一样一把火把它烧掉。

“你说。”

“孙锡……我觉得……”她吞吞吐吐、欲言又止，似乎也在狭小的阳台上走来走去，“我觉得我们之间还是别再……”

“余九琪，”他冷声打断，他太知道她接下来要说什么，与其让她为难，不如自己来当这个混账，“你别多想，我没别的意思，我也是想了结这些事。”

他又说：“这些破事你不烦，我都烦了。我都已经滚回来了，还没法安生，我真的是受够了。那钱你爱怎么用怎么用，我就当一点赔偿，图个清净。”

话说完，他在心里狠狠地捶了自己一拳。

对面显然也被激怒了：“什么叫赔偿？你想图个清净？你认真的吗？”

“对。”

“你给我钱，就是想要个清净吗？”

“对！”

“谁不想呢？谁不想呢？”她突然低吼起来，像是被积雪压弯了的羸弱枯树，

“轰”地倾塌折断，“这里面所有的人，这么多年所有的人，谁不想要个清净呢？包括我妈，难道她不想要个清净吗？可她为什么不能清净呢？”

她声音哽咽了些，往下压了压，才接着说话：“轮得到你赔偿吗，孙锡？你赔偿什么呢？”

孙锡攥紧了拳头，浑身紧绷：“你以为是什么就是什么吧。”

“呵！”她冷哼了下，“那你这九十万赔不起，连零头都不够。”

“那要怎么样才够？”

“我不知道。”

“我除了这个什么都没有了。”

他莫名自嘲地笑了笑，重复一遍：“余九琪，我真的，除了这点钱什么都没有了。”

对面又陷入一阵沉默，刚才拱火说的话戛然而止，有那么一刻，好像心跳也停了。

孙锡忽然无比后悔说出这番话，他觉得自己像是主动剥掉壳的刺猬，哪怕再努力做出防御姿态，丢了刺，也来不及了。

时间变得漫长，他的手肘撑着膝盖，盯着不远处刚拆封不久的邮政快递包装壳，心里阵阵懊恼。他知道她也不好过，她也不愿意听他说这种话，他的本意是不让她为难，可结果为了自己痛快，亲手把刀插在她身上。

他又开始厌恶自己，觉得眼前一切都是活该。

“余九琪？”他低声叫她的名字。

“嗯。”她的鼻音有点重。

“对不起，我只是想为今天的事做点什么。”

“我知道。”

“我肯定不会再回石城了。”他转头看向窗外，看着北京璀璨却孤独的夜，“希望这一切早点结束吧。”

“嗯。”她的鼻音更重了些。

“你还好吗？”

她深吸一口气，那口气听起来颤颤巍巍的。

他就又问了一遍：“你还好吗？”

她顿了顿，只说：“那等理赔完了，剩的钱我退给你。”

“随你吧。”

“再见。”

“再见。”

孙锡那晚依旧失眠，到了后半夜四点仍旧毫无睡意。他忍无可忍，马上下楼开车去了通州那家KTV，等了一小时才排到“漠河舞厅”包间，点了几首歌，关灯，打开旋转灯球，躺下来带着一股阴鸷不甘狠狠地盯着。

可两个小时后，外面天都亮了，他仍旧睡不着！

点的歌单又循环了一遍，这个能容纳二十人的大包房安安静静的，只剩头顶那个耀眼的灯球还在转动，像个尴尬的小丑。

他沉沉地叹了口气，终于认了，他知道今天这个觉是睡不着了。

难免有些绝望，他以为这个七成像的冒牌灯球是最后的良药，可才仅仅一天，就失效无用了。他好像又漂回了四下无依的深海里，之前以为抓得住的浮木，只是海市蜃楼。

有那么一刻，他承认，他有点想石城。

可他说不再回石城也是认真的，没有人愿意回到从不欢迎自己的地方，没有人愿意被当成老鼠，被当成鬼魅，被当成害群之马、不祥之物，哪怕那里还有丝丝缕缕无数条扯着他的线。

可那些线太羸弱了，不堪拉扯，不足以将他拽回去。

脑子清醒了许多，大概是昨天在这里睡了个好觉的缘故，他并不觉得有多累，看看时间打算直接去酒店上班了，这时突然收到孙婷婷发来的几条微信。

她先是发来三张照片，是三幅铅笔素描作品，两幅人物肖像和一幅静物画。虽然笔触还不算老到，但惟妙惟肖，也看得出来颇有天赋。

婷婷是打算参加明年美术专业艺考的，已经看中了广州一所重点大学。她的文化课成绩一向不错，只要好好打磨专业课，通过年后的专业课考试，考大学问题就不大。

戴着素戒的手指划动手机屏幕，他简单看了看三幅画，这时婷婷又发来几条语音。

“哥，给你看一下，这是我这一期的模拟考试作品，我们祝老师说还挺好的。祝老师平时贼高冷，很少夸人的，她第一次夸我，我觉得今年有戏！哈哈，我忍不住发给你看看！”

孙锡点开下一条，语音依次继续播放。

——“哥，我想了一夜你昨天电话里说的话。你说的话也有道理，如果我们再这样掐来掐去的，谁家也没有好日子过。”

——“哎呀，我当时就是太生气了，想报复刺激他们一下。我知道是他们家逼你走的，我觉得很不公平，凭啥他们家容不下你，你连石城都不能待？连家都不能回？”

——“我是真整不明白你为什么这么怕他们，但我不怕。这次我是听你的话，我可以让我朋友把那些视频都删了，我也不去惹她们了，但这并不代表我怕他们家任何人！”

——“哥，你放心，我会加油的，你也要加油，我们家会好起来的，不会一直被人看扁！”

最后，婷婷发了个努力奋斗的老虎表情包。

孙锡坐在灯球正下方，斑斓的彩光投在他脸上，明明暗暗中，那张幽沉的脸微微动容，抬手回了孙婷婷一行字：那几幅画不错。

婷婷立刻回：你喜欢吗？喜欢我送你！

孙锡回：好。

婷婷：那我给你寄过去！

孙锡回：好。

从 KTV 出来后，孙锡直接开车去了酒店，在门口就看到行政部的经理娟姐带着一个新来的员工在布置圣诞树。

他突然一怔，对了，三天后就是圣诞节了。

酒店大厅不算宽敞，前台和小吧台就占了一半地方，如今塞进去一棵两米多高的圣诞树，显得更拥挤了。那两人个子都不高，站在凳子上勉强挂彩灯。孙锡大步走过去，说我来吧。

娟姐笑笑，热情地说："那就让锡总来，还是腿长好啊！这腿咋长的呢？"娟姐是陈木霖老婆家的亲戚，他从老家带来直接塞到酒店管行政和财务。孙锡心里清楚，陈木霖就算把自己当朋友，在生意上也是要留一手的。

"陈木霖不是说放你一个大年假吗？这才几天啊，咋这么快回来了？"娟姐算起来是陈木霖姑姑辈的，就直呼大名。

孙锡站在凳子上，挂完了一串灯，觉得不够，问："还有吗？"新来的员工答应一声，说去库房找找。

然后，他才回应娟姐："年底酒店忙，我就回来了。"

"忙我们也顾得开啊，有啥事你远程安排就行了。这么多年了，就没见你放过假，三百六十五天全勤，年年三十晚上都是你值班。好不容易有个长假，你还不歇一歇？"她话里有话，"年轻人，也得有点生活。"

兜里的手机响了下，孙锡赶紧拿出来看，正好躲了娟姐的话，他一向不喜欢无意义的寒暄和客套。

信息还是婷婷发来的，很诡异的一句话：哥，对不起。

孙锡心里有个不好的预感，回了一句：怎么了？

员工又拿来一组彩灯，孙锡挂到一半的时候，手机又响了。他停下来，赶紧看了眼，婷婷发来一张照片。

照片里还是那三张素描，不过已经被毁掉了，看样子不像是被撕碎的，而是被揉皱了、弄脏了，团成几团扔在地上。

本来是干净精致的画作，照片里看起来就像是擦了什么脏东西的废纸。

孙锡刚要继续问，婷婷连续发过来两条。

——画不能寄给你了。

——他们家欺人太甚了！

孙锡立刻把手里的活交给娟姐，什么也没说，沉着脸走出去，站在酒店侧面的吸烟区，给婷婷回了个电话。

婷婷接得很快，但接起电话就哭，哭得很厉害，完全停不下来。孙锡走到一个没人的地方，大声喊了她两句，她才停下来。

孙锡直接问："画怎么回事？"

婷婷哭着说："是温雯那个疯老娘们儿，她找来我们画室了。她明明知道那是我的画，还拿来擦鞋！"

孙锡不耐烦地皱眉，沉默片刻才问："就只毁了画吗？"

"毁了画还不够吗？她还想咋的？要我的命啊？再说这画是我答应送给你的！"

"你在哪儿呢？"

"在画室。"

"她呢？"

"她们刚走了，被祝老师撵走了。"

"她们？还有谁？"

"她领着余九琪，两人一起来的。"

孙锡忽然一怔，瞬间不知该说什么，停顿片刻，听到婷婷说了一句让他震惊的话。

"哥，那老娘们儿疯起来连自己的姑娘都打！"婷婷似乎笑了下，大声说，"她把余九琪打了！"

孙锡的声音极冷："为什么打她？"

"不知道，就吵架的时候，我说了几句话，说着说着，她突然就冲余九琪去了。哥，你没看见，那么大的一个玻璃瓶，直接砸在余九琪的脑袋上，下手真狠！"

"你都说什么了？"

"那余九琪也不躲，一下被她砸蒙了！"

"我问你都说什么了！"他喊了起来。

"不知道，不就那些事吗？"

孙锡紧攥着手机，带着一股怒气大声地说："孙婷婷，你仔细、具体、一个字一个字地给我回忆，你到底说了什么！"

婷婷那边忽然没动静了，似乎被吓到了。片刻后，她才说话："就是，我就说……我说她家不讲理，她家赶你走的。你本来跟我说你请了好多天年假，可从那个草莓园回来之后突然走了，是不是有人在草莓园……"

孙锡严厉地问："你怎么知道我去了草莓园？"

"我朋友看见你的车从那儿开出来了，京牌挺乍眼的，还看到里面还有个人……"婷婷声音微弱，"哥，草莓园咋的了？"

孙锡咬着牙，下颌紧绷，半晌后，才平淡地说："没事，跟这无关。"

"行，先不说了，我爸妈来了，这事我跟温雯没完！哥，你好好上班吧，不用回来管了，我自己干她！"

婷婷挂了电话。

孙锡在户外的吸烟区站了很久，午饭后，周围多了些出来抽烟的人。

有熟人问他借个火，他才似回过神来。

他根本没理那熟人，转头给陈木霖拨了个电话，也没废话，只说自己还得再回去一趟。

关于温雯打了余九琪的事情，经过孙婷婷的描述，大体上是准确的，但有个别细节略有出入。首先一点就是，并不是温雯领着余九琪去画室的，而是余九琪带她来的。

只不过来的时候，余九琪根本不知道婷婷是画室的学生。她以为温雯只是想找祝多枚，而祝多枚平时根本不搭理温雯，全家人中祝多枚唯一有往来的只有小九。

祝多枚是石城一家非常著名的艺考机构的美术老师，每年石城考上重点艺术院校的美术生几乎有一半是她辅导出来的。她在教学上苛刻严厉，为人也脾气古怪，明明是个瘦瘦高高的艺术型美女，却酷爱买貂、喝酒和看网文，以及隔三岔五跟她妈干仗。

祝多枚的妈妈就是孟会红，她是孟会红第一段婚姻的孩子，葛凡同母异父的亲姐，余凯旋的继女，“狂拽炫酷群英荟萃”家庭群里的边缘分子。

因为早年父母走江湖唱戏，把祝多枚扔给聋哑的奶奶，让她遭过一些难堪的罪。哪怕后来父母回来了，她也像个冷血的狼崽子一样谁也不认，奶奶去世后就一个人逍遥过日子。

孟会红虽然不承认，但她后来带着葛凡在石城定居多少是为了拉近跟女儿的关系。可祝多枚一点面子也不给，两人见面没说几句话，她就能掀桌子，连高情商的和事佬葛凡都拿他姐没招，倒是小九能跟她沟通。

余九琪也不明白祝多枚为什么对她不一样，她想可能因为自己有亲和力、没攻击性，而且从没想过为祝多枚疗愈痛苦，或者施舍同情吧。

毕竟说起来，这个家里每个人身上都或多或少地带着不愿示人的疤。

余九琪是在上午上班的时候，接到温雯的求助电话。她说有个朋友的孩子想学美术，让小九带她去祝多枚的画室问问。余九琪看看时间，说中午能休息一个半小时，温雯说够了。

中午温雯打车来接她，余九琪路上才知道温雯事先联系过祝多枚了。为了套近乎，还投其所好专门给她分享了几篇热门网文，约她喝酒，就差给她买貂了，可祝多枚理都没理。

余九琪给祝多枚发了信息，说明情况，不一会儿，她就回复了。

余九琪转头对旁边的温雯说：“姐说她在画室呢，让咱们过去。”

温雯眼睛放光，抬手捏了下余九琪的脸：“太好了！还得是我的九！”

“妈，你哪个朋友的孩子啊？”

“哦，你不认识。”

余九琪认真地看了眼温雯，见她一脸按捺不住的雀跃，哪怕妆容没有往日那么精致，兴奋的神采就遮掩了昨天折腾到半夜的疲态。

其实当下余九琪就怀疑过温雯去找祝多枚只是借口，怀疑她昨天从孙家奶奶病房出来后，短暂的平静只是假象，她还是揣着被撕破伤疤的不甘和屈辱，计划着去找罪魁祸首胡闹。

但余九琪太疲惫了，一整天东奔西跑和据理力争，加上与孙锡那通偷偷摸摸的、耗尽了力气的电话，几乎一夜未眠后，她勉强还能打起精神上班，可没有多余的精力去研究她妈脸上的蛛丝马迹来破案了。

太累了。

在去往祝多枚的画室的路上，她转头看着窗外，放空脑袋休息，正巧看到冬日露天的集市。

一到年底，街上也热闹起来，烤红薯的摊位旁边摆了一排冻货，冻带鱼、冻梨、冻柿子，最后散放着几箱雪糕。零下二十度的天然冰柜，什么都可以冻住保鲜。余九琪忽地眨眨眼，难道跨越二十多年的恩怨也可以吗？

似乎每到深冬，这样的撕裂就要重来一次，每个人都跟着疼一回。

好像只要冬风一吹，就能把遥远的、来自过去的恩怨无声无息地卷过来，落地，生根，钻入骨髓。

与之有关的人们只能像那些冻货一样，被恩怨结结实实地冰冻住，于酷寒中熬着、忍着，半死不活地等春天。

可春天好遥远啊。

余九琪在车上眯了一会儿，到了地方是被温雯叫醒的。她之前来过这家艺考机构，熟门熟路地带着温雯去二楼祝多枚的画室。

祝多枚刚上完课，她在这儿有一间小办公室，叫她们去喝她研制的新口味咖啡。余九琪正好头昏脑涨、混混沌沌，笑呵呵地点头说："那敢情好，祝老师的咖啡肯定好喝。"温雯对咖啡没兴趣，不冷不热地跟祝多枚打了个招呼，说她想去画室转转。

当时谁也没料到画室里发生的事，就随她了。祝多枚只打量了一下温雯身上的黑色羊滩毛皮草，掀起眼皮，淡淡地说："别打扰学生就行。"

温雯略略看了看祝多枚身上的白灰色水貂绒大衣，险些翻个白眼，笑着说："我就瞅瞅，溜达溜达。"

余九琪揽着祝多枚的小臂，说"快点吧，姐，我馋死咖啡了"，把她拽到办公室，然后翘首等了十几分钟。祝多枚在小茶几上一通捣鼓，递过来一杯黑棕色的液体。余九琪赶快尝了尝，差点没被呛到。

"这是咖啡，还是酒啊？"

"咖啡就酒啊。"祝多枚抱着肩膀，自己也喝了一口。

"啥酒啊？"

"朗姆、白兰地，都有一点。姐招待你的肯定是好玩意，喝吧。"

"你这大白天上班就喝酒啊，祝老师。"余九琪笑。

"这哪是酒？是'自由多枚冰美式'。"

“叫啥？”

“自由多枚冰美式。”

“啊……”

余九琪睁大眼睛看着祝多枚，不想大白天的被一杯咖啡灌醉了，刚想问问我妈溜达到哪儿去了。这时突然有人没敲门直接进来，是一个男生，紧张兮兮地看着祝多枚。

“老师，画室里有人打起来了。”

“谁呀？这一天天的，真闹心！”祝多枚那张标致的美人脸瞬间垮下来。

“不认识啊，那女的穿得跟一只座山雕似的。”

余九琪惊呼一声“哎呀，是我妈”，然后把那杯“自由多枚冰美式”放下，站起来，急急地跟着男生出去。隔着半个走廊，听到对面画室里传来一大一小两个女人的吵架声。

还没看到人，仅从她们争吵的只言片语来判断，余九琪就知道是谁了，心下大骇，责怪自己大意了。

她刚走进画室，就看到地上散着几团弄脏的素描画、两张被踢倒的椅子，以及虎视眈眈地盯着彼此的对战双方。她俩的争吵重心自然是围绕着那个爆料视频，只不过重点不一样了。

孙婷婷眼底蓄着泪，吼道：“我都说了我等会儿就让他们把视频删了，我也愿意给你道个歉，还不行吗？你还想咋的？你明明知道那是我的画，还当抹布擦鞋！”

温雯倚着桌子，不咸不淡地看她：“视频删不删无所谓了，我也不用你道歉，我就问你，下面那高赞评论是不是你发的？谁让你发的？”

“什么高赞评论？”婷婷低头，似是心虚，“我不知道，我只提了孙誉文，没提另外那个人，是有人扒出来的。再说扒出这个人不难，谁不知道主谋是那个连环……”

温雯一个凶狠的眼神瞪过去，像一只嗜血的母豹。婷婷瞬间把后面那三个可怕的字生生地吞了回去。

那三个字虽然没被说出口，却萦绕盘旋在所有知情人的眼前，瞬间让气氛变得更加冷冽，甚至带着一股悲怆。

温雯已经没了刚才胡闹的精气神，脸色凝重，盯着孙婷婷。余九琪刚想开口劝一句，突然听到温雯脆生生地提到一个人。

“是不是你哥让你发的？”

“不是！”婷婷攥着拳，怒视她，“跟我哥一点关系也没有！”

“那他为什么突然跑了？他怕啥？”

“我还想问你呢！我哥好好的长假没休完，怎么去一趟草莓园，第二天突然就回去了？”

听到草莓园，余九琪脑子里“嗡”的一声，心一抖。她默默祈祷着这只是婷婷随口一说，大家也就随便一听，没有人会在意这个地点。可她僵硬地一撇头，猛地迎上温雯冷漠的眸光。

温雯盯着余九琪，问婷婷："什么草莓园？"

"不知道，就东边郊区的。"婷婷确实是随口一说，立马忘了这茬，看向祝多枚，带着哭腔说，"祝老师，这疯子把我的画毁了！"

祝多枚挨个瞪了一眼，骂骂咧咧的，像轰小鸡一样把大家往外撵："走走走，都赶紧走，滚出去！"

余九琪心如死灰，但表面硬撑着，挤出一个难看的笑容，看向温雯："妈，咱们……"

话还没说完，温雯随手拿起旁边桌子上一个绘画静物道具玻璃瓶，砸向余九琪。

余九琪没来得及躲，准确地说，她也没打算躲，玻璃瓶隔着两米距离径直砸在她的脑袋上，"嘭"的一声巨响，又掉在地上，炸裂而碎。

余九琪一阵耳鸣，她先是捂着耳朵，而后才感觉到左脑剧痛，一声闷哼，猛地低下头，闭上眼，狠狠皱着眉，用力按着。待疼痛缓过来之后，她才观察周围，见温雯已经被祝多枚轰走了，她也赶紧追了出去。

她捂着脑袋，踉踉跄跄地追到艺考机构的门口，一路上痛骂自己不够细心，犯了多年前那个致命错误，为什么不把那个采摘园的收银单撕掉、冲掉，甚至吃掉！

前一天晚上温雯刚刚在爵士清吧审过她，第二天她就大意了！太蠢了！

她明明知道只要涉及孙锡的事情，温雯从不信任她，也不是第一次翻她的垃圾桶了，为什么还不长记性？

一阵刺骨的寒气劈头袭来，酷寒冻得人眼睛生疼，却也稀释了头上的疼痛。余九琪眯着眼看过去，看到一身黑的温雯站在路边招手打车，她紧跑两步赶过去。

事到如今，她也不装了，直接解释："妈，那天我只是想让他走，他就不应该回来！我只是去劝他走的！真的，我怕告诉你，你多想，就没说。"

温雯突然回头，失望地看着余九琪："我多想了吗？"

余九琪愣怔着，心虚到说不出话。

"我多想？"温雯哼了下，喘出一口淡淡的雾气，"你们俩一直有联系，是我多想吗？"

余九琪答不上来。

于是，温雯接着问：

"中学时，他追过你，是我多想吗？

"你俩偷偷摸摸去约会，不止一次，是我多想吗？

"我告诉过你别理他，你还跟他去跨年，是我多想吗？

"如果不是我跟你爸出面，当年他差点把你拐跑，把你弄死，是我多想吗？"

余九琪的眼泪"唰"地落下来，眼神慌乱无助："妈，不是那样的……"

温雯冷声打断她，眼底通红一片：“九年前我跟你爸那么做，你以为是为了谁？不是为了你吗？”

余九琪垂下头，哭出声来。

温雯吸了吸鼻子，审视她：“你们现在是什么关系？在一起了？”

余九琪低着头，使劲地摇头。

“他还在追你？”

她用力地摇头。

“你喜欢他吗？”

她更用力地摇头。

温雯却看不出丝毫放松的迹象，紧绷着说：“余九琪，你是知道的，我这一生绝对绝对不会原谅他们家的人。你以为他们无辜吗？他们家在这个时候搞出这些事，安的什么心？明天是什么日子，你知道的吧？”

余九琪还在低着头哭，听到这话，顿了下，抬起了头，胡乱地擦了下脸上的眼泪和鼻涕，带着浓重的鼻音说：“知道。妈，我知道。”

说着，余九琪轻轻地去拉了一下温雯的手，抓着她两根纤细的手指握住，蹭了蹭，晃了晃。

温雯感受到余九琪手上冰凉的温度，忽然瞬间红了眼眶，几滴泪扑簌簌地落了下来，她把头撇到一边。

然后，她极小声地、哆哆嗦嗦地、似乎在自言自语般地说了句：“那你知道……你知道当时他们是怎么对小雅的……”

“妈！我知道，我知道的，妈妈。”余九琪快速打断温雯，不忍心让她继续说下去，温柔地搓揉着她的手，看着她的脸，目光却渐渐涣散开来。

她涣散地看着眼前被仇恨摧残到无声落泪的妈妈，余光扫到周围的环境，灰白色的街道、几棵挂着节日装饰物的枯树、对面小店房檐下的冰凌、身旁已经冻硬实的雪堆。很短的时间内，她浅浅地吸了一口干燥的冷空气，替换上另一副皮囊，连着灵魂也交出去，机械地说了一番她过去说过无数次的话。

她知道如何把这番话说得真诚、感人，才最奏效。

她说：“妈，我怎么会做出对不起小姨和姥姥的事呢？

“如果不是小姨和姥姥，你那时候也不会把我捡回来。

“要是你不把我捡回来，我早就死在河边了。

“我懂的，妈。

“我和孙锡只能是敌人。”

…………

下午余九琪回到银行上班，头上虽然肿了一大块，但她天生发质蓬松浓密，又特意把丸子头抓得乱蓬蓬的，外人看不出来。

她也不觉得疼，一整个下午，她就像行尸走肉一样，屏蔽了没用的感知和情绪，用经年累月锻炼出来的演技，将那个谁也挑不出毛病的好女孩余小九演下去。

下班之前，余凯旋给她打了个电话。她试探了两句，发现余凯旋对今天画室的事不知情，看来祝多枚没说。余凯旋联系她，是问她明天去坟地祭奠用的贡品和纸钱什么的准备好了没有。

明天是小姨和姥姥的忌日。

余九琪说还没有，下了班去买。余凯旋说“不用，我去买吧”，但这种东西不能放温都水汇，他家离墓地又远，说是买完先送到温雯家，明早他再开车来一起带去坟地。

余九琪说：“行，那我在家等你。”

余凯旋很晚才过来，满满一后备厢的纸钱、纸元宝和用来烧的纸扎礼物，后座还堆满了水果、糕点等贡品。父女俩一趟一趟地爬到六楼送上去，放在客厅里。

温雯始终在房间里没出来，余凯旋大声地招呼她一下，她没吱声。余九琪只说她累了，睡了。余凯旋看了眼小九，点了点头。

走的时候，余九琪送爸爸到楼下。余凯旋从身上翻找出两根棒棒糖，说是一个老客人送的喜糖，给她一根，自己吃一根，然后上车。

可走之前，他突然又降下车窗，喊了她一句。

“九。”

余九琪回头，看向降了一半的车窗。

余凯旋沉默片刻，却只问：“最近工作挺好的？”

“挺好的啊。”

“要是有业绩压力，跟爸说。”

“行，我不带客气的。”

“你跟你妈挺好的？”

“挺好的啊。”

“要是你妈再作你，你也跟爸说。”

“知道啦。”

“九……”

“啊？”

“没事了，你上楼吧。”

余凯旋升上车窗，余九琪突然喊了句：“爸。”

余凯旋看她。

余九琪也看着爸爸，那一刻她突然有好多话想说，好多问题想问，从活着到死亡，从责任到自我，从爱到恨，从恩到怨，她想把自己想不明白、做不到却也放不下的那些事情、那些人、那些折磨她许多年的压抑问题，一股脑地抛给爸爸，想问爸爸，到底怎么样，才是对的。

人到底怎么活，才能不孤独？

到底怎么做，才能真正快乐？

可最后，辗转了几秒钟，她却笑盈盈地堆出一个标准的、属于余小九的笑脸来，说：“爸，你少吃点糖吧，忘了体检时医生咋跟你说的了？”

余凯旋看了看女儿，想说什么，却没说出口，直接开车走了。

看着爸爸的车彻底消失后，余九琪才松了口气。

愣了一会儿，她突然蹲下来。

与此同时，几米开外的马路对面，一棵挂满了红、紫、蓝相间的装饰灯的桦树后，阴影里，站着一个肩宽腿长的男人。

这已经是他抽的第三根烟了，他吸了一口，缓缓吐出，坚定地看着对面马路边。

看着她假笑，看着她发呆，看着她蹲下去，抱着肩。

看着她把头埋在膝盖里，大口喘气。

看着她后背阵阵发抖，垂下的手指微微发颤。

他又忍了一会儿，直到听到了细弱的哭声。

他把烟头狠狠地摔在地上，火星四溅，抬脚用力碾灭。

他大步走了过去，还不够，又跑了起来。

第九章

/

祭日

Dong feng chui you sheng

2012 年的最后一天，温雯一时兴起要去姥爷家涮火锅跨年，下午六点，余九琪陪她在超市买食材时，收到了孙锡的一条短信，简明扼要：烟花十点开始，九点我在小广场后面的步行街等你。

她说：我不去了。

他没回复。

菜买完后，余九琪和温雯拎着几大兜青菜、丸子、牛羊肉去姥爷家。洗菜的工夫，姥爷和温雯吵了起来，余九琪也被牵扯其中，最后菜被扔出去，母女俩也被赶了出来。

温雯把弄脏的菜捡起来扔进垃圾桶，捋了捋脸上的碎发，鬼魅般地笑了笑，说她要去舞厅跳舞，塞给小九一百块钱，让她去买点好吃的回家看跨年晚会。

余九琪看看手机上的时间，正好八点。

她说："妈妈，我去同学家行吗？"温雯没多问，说行，又塞给她一百块。

余九琪转头往家走，脚步越来越慢，而后停下，给孙锡发短信：步行街哪里？

孙锡秒回：书吧门口。

余九琪直接拦了一辆出租车，赶到熙来攘往的步行街时，刚好八点四十分。

她在步行街入口下车，书吧在出口，走过去刚好二十分钟，九点整。

步行街在当年是石城最潮流时尚的约会圣地，一面是一排网红小店，一面是一排夜市小吃摊，头顶是彩灯装饰的穹顶，脚下是熙熙攘攘的人群，不远处的音像店循环播放当年的流行金曲。烧烤铁板的油烟、酱香和棉花糖的甜腻混杂在一起，丝丝缕缕地引诱着人盲目向前。

“余九琪！”

走到炸串摊位时，她突然听到后面有人叫她名字，不是孙锡的声音，却也不陌生。

她回头，看见身后三个脸熟的高年级男生，跟孙锡是同级，也都是西丰街的，孙锡脸上的那些伤大部分都是他们弄的。三人一人手里拿着一根淀粉肠，饶有兴致地看着她。

哦，余九琪想起来了，打头的那个满脸青春痘的叫袁轩，他爸就是跟余凯旋结过梁子的大诚哥。小时候他们就见过，只不过大诚哥现在傍上了石城最大的开发商，嚣张多了。

“你长个了！”袁轩走过来，上下打量她。

余九琪勉强笑笑。

“也白了。”袁轩吃掉最后一口淀粉肠，将竹扦扔在一边，“咋这么白呢你？是不是缺营养啊？我领你吃点东西去？”

余九琪在学校里并不算很招风的人，也不觉得袁轩盯上她了，大概就是跨年夜无聊想撩个人，算她倒霉。可这种时候，她也不想硬碰硬，笑了笑说：“谢谢了，我约了人了。”

“你约了谁啊？”

这时候，袁轩后面的矮个子同学碰了他一下，朝前面扬扬下巴：“看，那坏种也来了。”

与此同时，余九琪收到一条新短信：要我过去吗？

她微微转头，看到前方两个摊位外，给她发信息的人森然地站在书吧门口。对面铁板烧的烟雾飘到他身前，朦胧一片，辨不清他脸上的情绪。

他换了一身装束，半长的黑色羊角大衣，里面是加厚的灰色帽衫，头发像是剪过了，几乎贴着头皮，短了很多。

“他盯着咱们干啥？”那矮个子同学小声嘀咕。

“又犯病了吧？”袁轩也压低声音。

“要不走吧？”矮个子同学突然㞞了。

“真晦气。”袁轩的眼神躲了下。

余九琪忽然觉得不对劲，很不对劲。她低头，先是给孙锡回了个信息：没事。

然后她抬头，微笑着看向袁轩，在他走之前叫住他，故意惊讶地说：“不是吧，你们难道还怕他啊？”

“怕谁？怕他？”袁轩不屑地笑笑，“我怕他，我是他孙子！你去西丰街打听打听，我跟他打的那几场恶仗输过没有？哪次不是让他破点相才算完？”

余九琪皱眉，低头扯了下嘴角，抬头又笑盈盈地说：“那你们咋看见他就跑？”

“累了。”

“累了？”

“打累了。”

余九琪盯着他满脸的青春痘，不解。

“就是，就这段时间，总觉得他老是故意那什么……”袁轩支支吾吾。

“故意什么？”余九琪追问。

“哎呀，就故意找揍！”那矮个子同学说。

几个叽叽喳喳的女孩子笑着并排走过来，冲散了他们。余九琪再看看周围，袁轩已经走了，她被勾起的好奇和还没来得及问的关键问题，就这样戛然而止。

可说不清为什么，脑海中凌乱闪现孙锡最近这段日子脸上大大小小的伤，那些新鲜的血迹、青肿和伤口，那些吸引她一次次靠近的东西，突然莫名变了味道。

有人在人群中轻轻地碰了她一下，她仓促地回头，是孙锡。余九琪特地仰头看了下他的脸，伤口愈合能力倒是挺强的，也就才短短三天，脸上就干净了不少。也可能是夜深灯暗，不仔细看的话，几乎看不见之前的疤。

“走吧。”他微微撇头。

余九琪走在前面，他保持一步远的距离，跟在后面。

“你想吃什么吗？”说话的声音也保持两人能听见的最小音量。

“不用。”

“喝什么吗？”

“不用。”

他顿了顿：“烟花还有四十分钟，我们去看台那边？”

余九琪点头。

看台就是几排高低不同的阶梯长椅，长椅从中央把小广场一分为二，一面是装扮齐全且自带乐队的秧歌队，一面是整齐划一的群众广场舞，都算是烟花秀之前的助兴娱乐节目。毕竟数九寒天的年底，闹起来、蹦起来才不觉得太冷。

长椅两边都可以坐，大家自由选，想看哪边的节目就朝哪边坐。烟花是在不远处的河边放，两边观看角度没什么区别。

余九琪和孙锡随着人群一前一后地走到同一排长椅，孙锡朝向广场舞那一侧先坐下，而后余九琪转过去，朝向秧歌队，坐在他旁边。

他们倒是紧挨着，中间只隔了一掌的距离，但面朝不同方向，任谁看都是一对互不打扰的陌生人。

阶梯长椅上渐渐坐满了，年轻人居多，有披着毛毯凑一起嗑瓜子、吃零食的，有各自捧着一杯热奶茶嬉闹聊天的。周围越来越嘈杂，大伙都各顾各的热闹，只有背对背、各怀心思的他们还在沉默着。

孙锡先打破了沉寂，他微微转头，小声随口问她：“你不是说不来了吗？怎么突然又来了？”

“没地方去了。”余九琪也随口答。

“怎么了？”

“我妈和我姥爷吵起来了，我妈就去跳舞了。”

“你爸呢？”

“搬到澡堂子去住了。”余九琪的音量又低了些，“他们要离婚了。”

孙锡瞄了她一眼，没说话，也不知该说什么，有点后悔问这种傻帽儿问题。

余九琪却没就此打住，她突然觉得憋闷，仿佛罩了一层层密不透风的网，有些话和情绪不吐不快。而且不知为何，似乎如果她此刻不反抗一下，就再也没机会制衡那些压着她的烦闷了。

可能是喧闹的节日夜晚给了她一些安全底气，也可能是前两天两人一起救了那个醉鬼后，她对孙锡多少有些改观，没多防备，也不管他怎么看，她像是讲故事一般，接着刚才的话题继续：“我姥爷不同意他们离婚，说我妈对家里不负责，对我爸也不公平。我妈就急了，说怎么不公平？我姥爷说你当初为什么跟人家余凯旋结婚，我妈说不结婚怎么给小九上户口？她一个捡来的孩子，当年的政策就是得结婚才能养！”

孙锡大幅度地回头看她，见她目光直视前方的跳舞人群，侧颜干净又肃穆，眼神却空洞。

余九琪的身世在石城并不是什么大秘密，孙锡自然早就知道，可听她这样毫无预兆地提起，仍觉震动。

余九琪倒没什么，语气诡异的平静：“我姥爷说，那你得对小九负责任啊，你养了她就得有始有终。我妈说，我也没说不管她啊，小九肯定是跟我的。我姥爷说，你问过小九的意见吗？她同意你离婚吗？她愿意跟你还是跟她爸，你问过吗？”

孙锡有些难耐，刚想开口让她打住，可余九琪的语速越来越快。

“然后我妈就把我从厨房里拽出来，问我他们离婚行不行？如果我不同意，她就不离。她说她虽然跟我爸过够了，但愿意为了我忍。然后又问我，如果他们离了婚，我跟谁，说如果我选择我爸，她就立刻出门让车撞死。

“你猜我怎么说的？我说，妈，我早就想好了，我支持你的选择，离婚能让你更开心那就离，不用管我。而且我当然选你，我不会离开你。”

余九琪冷笑了下，语速越来越快，吐字清晰，声音却颤抖了许多，一口气说到最后。

“我姥爷急眼了，把我拉过来。他说，小九你别害怕，你那天不是哭了吗？你不是跟姥爷说不想让他们离婚吗？你不是说你觉得跟你爸更自在吗？你该说说，我在这儿，你怕啥？你有话直说，想哭就哭，想闹就闹，想跟谁就跟谁。

“我姥爷还说，你不用非得当个懂事的孩子，不用非得当个好孩子。你别怕，没人会再把你扔了。你别怕，你说实话。

“他说，小九，做人就得混账一点，啥事都得先寻思自己，自私点！

“可你猜我怎么说的？我一点没犹豫，我说，姥爷，我说的都是实话，我真心地支持我妈。我妈她不容易，她当年那么苦了，还费劲地把我救活、把我养大不容易。

“我姥爷更生气了，他指着我妈的鼻子骂，说我妈把孩子养废了。我妈也急了，说我姥爷就是恨她，还因为多年前的事恨她。我姥爷说，你就是招人恨，没有你，你妈和温雅也不会死，然后就把我俩都赶出来了。”

广场上，不知谁领的头，突然一阵欢呼呐喊，原来是一个石城本地名人混进了秧歌队。

“然后，我就来找你了。”欢呼声中，余九琪长叹一口气，拖拽出丝丝缕缕的颤音。

她慌忙地吸了下鼻子，看看周围，突然问：“烟花怎么还不开始？”

孙锡始终歪着头，余光看着她，整个人绷紧，小心翼翼地说：“还有十几分钟。”

“那么久啊……”余九琪嘀咕，“不等了，我走了。”

“不看烟花了？”孙锡突然转头。

“我本来也没有很想看。”

余九琪突然不明白自己为什么要来，在说了那番话后，甚至有些后悔来了。

可她刚起身，手突然被人按住，温热的掌心扣住她的几根手指，按在长椅上。

孙锡按着那冰凉的手指，盯着她，不让她走，却也绷着脸不知该做什么。

“我去给你买一串糖葫芦？”

“不要。”

“棉花糖？烤冷面？”孙锡观察她的脸色，“奶茶？茉香奶绿？”

“都不要。”

她想把手指抽出来，却没抽动。

孙锡干脆握住，他知道如果此刻让她走了，就真走了。

“你松开我，孙锡。”

“你真要走？”

“对。”

“行，那不能白来，至少看点你喜欢的再走。”

孙锡突然松手，起身，两个大步迈下几张长椅，跳到地面，直奔秧歌队的人群中去。

余九琪闹不明白他要干吗，挺直身子向下看。见他钻进混乱的秧歌队里，一度以为他要扭秧歌，结果没一会儿，人群里传出一声尖叫，而后一个男孩子被几个人踹出人群。

余九琪忽地站起来，没费什么劲，就辨别出被打的人是孙锡，而打他的就是袁轩那三个蠢货。

她急急地向下走了几步，而后怔在那里，看到孙锡丝毫没有还手，连挡一下脸的防御也没有，被他们用脚踢，用拳头打，用不知从哪里弄来的树枝抽了两下。

直到在附近巡逻的保安过去，撵走了袁轩那几个人，他才从地上站起来，随便扫了下弄脏的衣服，而后回头，抬眸，漫不经心地看向余九琪。

就在这时候，一阵阵欢呼尖叫声中，第一束烟花簌簌而起，凌空炸开，星星点点照亮整片天空。余九琪在那绚烂的天幕下，低头回视孙锡，清晰地看到他鼻子下流的血、颧骨上破掉的皮，以及那双比烟花还亮的锐利眼睛。

她打了个冷战，一瞬间觉得他那机敏锋利，却也暗藏卑微的眼睛，像极了一匹幼狼的。

在另一簇烟花炸开时，她忽然明白了，她曾以为自己是个收获满满的垂钓者，实际上那都是他抛出来的饵。

那些学校的走廊里、公交站和奶茶店后门漫不经心的偶遇，他脸上新新旧旧重叠的、引诱人靠近的伤，余九琪此刻站在高处，回想起来，都是另一番酸楚况味。

他明知道她厌恶那张脸，明知道她恨他，明知道她曾经把观赏他的疼痛当成压抑情绪的输出口。

他还是撒下了饵，哪怕那饵是从自己身上割下来的肉。

可，为什么呢？

这个问题余九琪问过孙锡许多次，他都没有正面回答。

烟花秀之后，步行街角落的一家小药店里，孙锡坐在凳子上，余九琪站在他面前，用刚买的药水给他涂伤口时，就曾问过他，为什么？

为什么做这么幼稚、愚蠢又发神经的事？

孙锡仰着头，眼睛却不肯落在她脸上，沉默了一会儿，只说："以后不会了。"

余九琪不放弃："为啥以后不会了？"

他抿唇笑了下："不用了呗。"

"为啥？"

"就，烟花也看完了。"他笑得更厉害了些。

余九琪也乐了，脸莫名红了些。

他这才敢看她："除非明年你还不愿意来。"

药店里的暖气反常的热。

"明年？"

"嗯。"他笑起来时，眼神没那么凶，"今年烟花没看好，明年再补上。"

余九琪慌忙地垂下眼睛，捏着蘸着药水的棉签擦向他破皮的颧骨，一时没了轻重，他"嘶"的一声，躲了一下。

"很疼吗？"

他抿抿唇，没说话。

"永远不要为了别人，让自己疼。"余九琪垂眸，自言自语般地说。

孙锡只是看着她，依旧没说话。

2012 年的最后一天，在新年即将来临时，余九琪没有许过任何愿望，也没有任何期待。可她很清楚，生活似乎开始变得不一样了。

有些东西消失了，也有些东西在发芽。

她当时还未曾预料到后来他们经历的那些事情，以为世界末日真的也可以是新的开始。

2013 年正式到来的那一刻，他俩已经各自回到了家里。零点时，余九琪收到了孙锡的短信。

他说：新年快乐。

她回：新年快乐。

他又说：那句话，你说得对。

她知道他指的是什么，回：共勉。

…………

像很多随口说过的话一样，余九琪渐渐把这一句淡忘了。直到 2023 年深冬的夜里，在小姨和姥姥忌日的前一天，她才又回忆起来。

她站在家楼下的马路边，看着爸爸的车驶过消失后，蹲在地上，很久都没有力气站起来。而他突然不知从哪里冒出来，带着一股烟草混杂浅淡香水的味道，捧起她的脸。

余九琪愣怔地看着眼前的人，眼睛有点看不清，还以为又是即将崩塌的幻象。

于是，她问："是孙锡吗？"

他皱眉看着她："不是我。"

余九琪吸了吸鼻子，胡乱地擦了擦眼泪："你怎么在这儿？你怎么又回来了？"

他没回答，他总是不爱回答别人的问题。

孙锡抬眸，左右查看她的头，随后落在她左边的脑袋上，手指轻轻地碰了碰。

余九琪"嘶"的一声，躲了一下。

"很疼吗？"他问。

"不疼。"

孙锡一只手落在她的脖颈上，一只手轻轻地拨开她散乱垂下的几绺头发看了看，眸光一紧，忽地有些生气。

"为什么不躲？"他盯着她问。

"因为我妈……"

孙锡突然严肃："管她是谁！当年不是你说的，你说……"

后面的话孙锡没说出口，可余九琪看着他，忽然就想起那句话来，心底揪着疼了下。

"跟我走。"

孙锡突然牵起余九琪的手，把她拉起来，拉着她离开。

"去哪儿？"余九琪的腿有点麻，踉踉跄跄地跟着走几步，想拽他，又拽不回来。

于是，她又问了句："去哪儿？"

孙锡只是把她的手攥得更紧了些，步子更大了些，还是不回答。

直到一阵冷风将余九琪彻底吹清醒了。

风是从她每天上下班都路过的穿堂窄巷里袭来的，凛冽而锋利，一下子刺破了刚才的所谓幻象，让她恍然意识到他们此刻就在自家楼下，孙锡正牵着她，而温雯正在楼上。

几乎用上最大的力气，仿佛剁下的刀一般，余九琪猛地甩开孙锡的手。

孙锡始料未及，竟被她向后拽了一大步，险些站不稳。他手上空了一瞬，想把她抓回来，她却灵敏地躲着后退。一番小幅度的纠缠失败后，他蹙着眉，站在原地远远地看她。

"你怎么又回来了？"余九琪又问了一遍之前的问题。

孙锡轻吸一口气，正要开口，余九琪忽然明白了："哦，画室的事是婷婷跟你说的？"她算了算时间，他几乎是没耽搁立刻回来的，她的眼神躲了下，"我也没想到会这样，我不是故意领我妈去画室的，我不知道婷婷在里面。她那几幅画重要吗？会影响她艺考什么的吗？"

"去医院了吗？"孙锡突然插话。

余九琪明白他的意思："我没事。"

"你家里有冰袋吗？"

余九琪支吾了一下。

"我车里有。"他把手缩回来，放进羽绒服的兜里，看起来冷静了些，"你那脑袋肿得挺厉害的，不知道吗？"

余九琪今天特意弄散了头发遮住，连余凯旋都没看出异样，不知他怎么两眼就瞅准了。余九琪没工夫琢磨太多，当务之急是赶紧撤，别被熟人看见。她本想找个借口闷头回家算了，又觉得他回来得蹊跷且突然。

"你把车停在哪儿了？"

"前面的路口。"

"那走吧。"她直接领路，还催了句，"快点走。"

路口也就百米远，他倒是一点没避嫌，大大咧咧地停在最显眼的中间位置。余九琪甚至觉得如果把脖子伸得足够长，从家里的阳台一眼就能看见。

余九琪先上的车，直接坐在后座。孙锡从后备厢拿出一个医药箱，又绕到前面，打开驾驶座的车门，问了句："冷吗？"不等她回答，他自顾自调高了空调的温度，然后弯腰从车载冰箱里取出一个冰袋，关上车门，绕了半圈，钻进车里，坐在她旁边。

说起来，这辆几年前的爆款 SUV 最初还是余九琪看中的。

那年她上大四，实习的广告公司正好在给这款车做宣传片，她只是随口提了一句，说公司门口就停了一台，挺酷的，外形流畅霸气，视野好，车载空间大，后座放平了，轻轻松松可以睡两个人，比她宿舍的床舒服多了。

当时，孙锡搂着她的脖子，走在四月底春风沉醉的北京三环路夜晚，说：“想试一下吗？”她说：“试什么？”孙锡没回答，沉默了一会儿，又说：“可以试一试。”

余九琪再问：“试什么？”

他坏笑着，使劲地揉了揉她的头。

…………

“你过来一点。”

孙锡一坐进来，余九琪顿时觉得后座的空间局促许多。那些所谓的品牌宣传，看来是夸大其词了，有时候空间大小与否并不取决于客观条件，更多的是难以量化的情绪反馈。

她抬手熟稔地调亮了后座的车灯，没往前去，反而后缩了一点，伸手晃了晃：“给我吧，我自己来。”

孙锡看了她一眼，见那双清澈、伶俐的眸子里藏着明晃晃的戒备，了然地“嗯”了声，把手里的冰袋给她，又从医药箱里找出两盒消肿消炎的药，放在她旁边的座椅上。

“谢谢。”

余九琪把冰袋贴在左脑那块红肿上，歪着头，简单地打量了下他。还是上次回来的那身衣服，只换了一件浅灰色的毛衣内搭，脸色不是太好，眼底透着疲惫，冒出一层浅青的胡楂，便客气地问了句：“你最近没休息好吗？”

孙锡本能地想掩饰点什么，认真地想了想，硬生生地逼自己面对：“不算太好。”

余九琪略觉意外，想起他花九十万来换一时清净的癫狂壮举，再联想到他突然出现在自家楼下，怀疑是这一波又一波的糟心事把他惹急眼了，一个疑问一闪而过，她张嘴问了出来：“你是不是来找我妈？”

“我找她干吗？”

“婷婷让你来找我们算账的？”

“不是。”他又逼了自己一把，“婷婷不知道我回来。”

“那你怎么……”

“你觉得呢？”孙锡抬眸看她。

余九琪躲了一下，按着冰袋，说：“你要是长假没休完，找个好地方休息休息多好。”

“哪儿是好地方？”

“去三亚，那儿暖和，石城多冷。”

孙锡看了她一眼，刚想说你就算想赶我走，也没必要一杆子甩到三亚去，听到余九琪突然“哎呀”一声，弯腰朝他扑过来，嘴里还念念有词：“有人，孙锡，外面有人！”

说着，她下半身蹲下去，上半身伸到孙锡那一侧，想把自己完全藏起来。可偏偏他腿长，打着弯也霸着大部分空间，她只能趴在他的腿上，头磕在他的膝盖上。

孙锡还来不及闹明白怎么回事，怕她磕到红肿的伤口，用手垫了一下她的左脑，正好握着她扶着冰袋的手，没松开。

“她还在吗？”余九琪低声问。

“谁啊？”

“窗户外面，卖烤冷面的大姨！我们单元一楼的！”

孙锡朝她那一侧的窗户看了眼，窗外确实有一个推着烤冷面、炒饼的小摊车路过。一身臃肿的厚棉服又戴着头巾的中年妇女走过来，正朝他车里看，然后低头，捡起一个不知谁扔在这儿的空塑料瓶，两手掐扁，又折了下。

“她走了吗？”余九琪的脸贴着他的腿，又急急地叮嘱，“你别盯着她看，别被她认出来！偷偷看一眼，她走了告诉我！”

孙锡有点想笑：“你放心，她看不见你是谁，我这车玻璃贴过一层保护膜，不是全透明的。”

狼狈的突发状况反而让人放松了，余九琪想起今天的倒霉遭遇，没忍住跟他斗起嘴来：“拉倒吧，你是不是被贴膜的骗了？上次在草莓采摘园，婷婷的朋友就看到车里有人了。要不我这脑袋也不能肿！”

他的语气也松弛了些：“不是没看出来是你吗？”

“没看出来，我不也挨揍了吗？”

“你妈怎么知道的？”

“买草莓的收银单被她发现了。”

孙锡想到了很久之前：“不长记性。”

余九琪小幅度地转头：“那是我活该了？”

孙锡握着她的手，稳定住：“不是。”

“不是？”

“怪我。”

然后，下意识地，孙锡的拇指轻轻摩挲着蹭了蹭她的小手指，滑出一股让两人都立刻陷入难言尴尬的熟悉的酥麻来。

余九琪瞬间屏住呼吸，大脑飞速运转，小指小幅度地远离他的拇指，想假装刚才那一个亲密的动作是她的错觉。

可头顶突然连呼吸都听不到的沉静，和他越来越僵硬的身体又告诉她，别自欺欺人。

僵持了一会儿，余九琪小声问：“她还没有走吗？”

孙锡偏头看着外面，看到那位大姨已经把车推远了。就这样沉默了一会儿，他才说：“走了。”

余九琪立刻抬起头，坐直，理了理头发。她将冰袋拿下来，微微瞥了眼旁边看起来若无其事的人，忽然觉得这以宽敞舒适、空间大著称的SUV就是赤裸裸的虚假宣传，应该上315晚会曝光它。而且怎么莫名有些热，她忍不住松了松脖子上的短围巾。

与此同时，孙锡突然起身，弯腰探身到前座，调低了一点空调的温度，又冷不防退回来，正好与整理围巾的余九琪碰了一下，碰到她的胳膊。

余九琪急忙挪了下位置。可不知是这车的空间实在是局促，还是怪孙锡偏偏是个宽肩腿长占地方的身材，两个人一番辗转腾挪想回避对方，却偏偏毫无默契地又碰到了。孙锡的肩膀用力地擦了下她脑袋上的伤。

她闷哼了一声，皱眉偏过头。

他意识到后，又说对不起，说自己没注意到，问她碰疼了没有。

余九琪突然没来由地一阵烦躁。她一时也说不清烦躁的原因是什么，就是觉得装不下去了，也不想装了。

她可以招架他一次次勒索般地纠缠借钱，然后转头加了两个0还自己。也能找借口搪塞她那通告白电话只是一时糊涂，更能对他在另一通电话里暴露出来的脆弱熟视无睹。

甚至他今天就因为这点破事开了十个小时的长途车回来，她也可以绕着弯地找理由说服自己不内耗。

可此刻，她突然就绷不住了。她忍受不了跟他再待在这密闭的空间里，想走，想立刻开门离开。可走之前，她又觉得有些话该挑明的挑明。

于是，她的语气不再客气了："孙锡，其实你真的没必要再回来，没什么大事，没人需要你回来。"顿了一下，狠心地说，"这些年你在北京过得也挺好的，你好好过你的日子就行了。"

孙锡先是怔了下，而后了然地抿唇。他太熟悉她这副冷硬的心肠了，人人都说余小九温暖、周到、心地纯良，可她在孙锡这里常常是那个手起刀落的刽子手。

而他呢？余光瞄了眼她冷冰冰的侧颜，顺着那挺翘倔强的鼻尖，看到窗外路旁不知哪个孩子堆的一个头快要掉下来的丑雪人，他忽然觉得，自己就是那个主动捆绑双手，又把脖子伸长放在她铡刀下的犯贱蠢货。

于是他咬着牙问："好在哪里？"

余九琪没明白孙锡的意思，皱眉看他。

"你说我在北京过得好，那你说说看好在哪里？"孙锡突然饶有兴致地盯着她，眸色幽深，"你能说出三个来吗？"

"三个什么？"

"三个我在北京过得好的证据。"

余九琪清楚他在胡闹，知道再聊下去没有意义了，整理一下衣服："不早了，我得回去了，明天要早起。"

而后像是怕孙锡再纠缠，不等他说话，她突然转头，郑重地强调了句："明天我们要去乡下的祖坟，去祭奠我小姨和姥姥。"

孙锡瞬间败下阵来，铡刀落下，头落地，又滚了几圈，他甚至能闻到自己体内喷涌出来的灼热血腥味。

那股血腥味还没有散去，余九琪就快速开门下车，药也没拿，低头离开。

孙锡偏过头，下颌绷着一道锋利的折角。

余九琪回到家时，已经夜里十一点了。温雯的房门还是关着，只门口留了一盏小灯。

她的羽绒服都没脱，在客厅里待了一会儿，确定温雯睡熟了，悄悄地走上阁楼，来到户外的阳台。在冻得结结实实的各种杂物中，她迈了两大步，来到垂着冰凌的栏杆前，伸头看了眼，果然能看到路口。

长睫毛上下扇动，呼出的淡淡白雾很快被冷凝空气吞噬掉。

那辆车已经消失了。

像从来没有出现过一样。

虽然定了七点半的闹钟，余九琪第二天早晨六点多就醒了。天还没亮透，她开着床头灯走出去，看到温雯已经穿戴整齐，在客厅里忙活了。

她把余凯旋买的那些祭奠用的东西分门别类地收拾好，算算贡品的种类和数量，挑挑拣拣选择一些好的带走，又数了数纸钱、元宝那些祭奠用品，嘀咕着买多了。

她这一嘀咕，余九琪趁机主动开口缓和关系，尽量自然轻盈地说：“没事妈，都带过去吧，反正我爸开车。”又赶紧说，“我给我爸打个电话，问他起来没，别晚了。”

“不用了，我联系过他了，他在路上呢。”温雯眼睛四处飘着，没落在小九的脸上，语气轻柔，却也带着一丝疲惫，“我下楼一趟，你爸买的馒头不新鲜了，我去买点新的。”

“我去吧，妈。”

“不用，你快洗脸吧。”

温雯随手披着余九琪挂在门口的羽绒服出去了。余九琪过去看了眼被她淘汰的不新鲜的馒头贡品，饱满圆润，也没馊，只是隔了夜稍微有点硬而已。她又忽然想起刚才妈妈离开时的样子，眼睛似乎都是肿的。

心底涌起一股酸酸胀胀的暖流，也不知顺着哪根神经上去的，瞬间熏疼了眼睛。

余凯旋不到八点就到了，三个人也没多说话，沉默着花了点时间把东西运下去，还是一部分塞到后备厢，一部分放在后座。安顿好后，就直接出发，余九琪坐在后面，温雯坐副驾驶座。余凯旋上车后，从座位底下拿出一包零食来，说这是孟会红给准备的在路上吃的。

每年他们都要回乡下祖坟祭奠两次，清明时，孟会红也会跟着来，但忌日这天只有他们一家三口。祖坟在百余公里外的县城农村，那是温老爷子的老家，乡下的路不好走，加上冬天路滑，开车过去至少要两小时。

温雯一上车就歪在座位上，长发散着遮住脸，侧头看着窗外，偶尔嚼一嚼手里的零食，全程沉默着没说话。怕爸爸开车无聊，余九琪倒是一路上找各种话题

说个不停。

余九琪一向很擅长搞气氛聊天，总能精准地找到让对方提起兴趣的话题。对余凯旋她就更能拿捏了，只要稍微提一句他年轻时的辉煌江湖史，不用多说，二凯哥自己就能来段声情并茂的单口相声。

余九琪也就偶尔捧个哏，爸爸就兴奋地聊了一个多小时。车子渐渐地驶入乡下的路段了。余九琪朝窗外看去，荒地里皑皑白雪，远处山脉盘旋错落，雪盖在青松上，青松又埋在雪里。天亮透了，阳光洒在白茫茫的林间和田地，像是撒了一层碎水晶，荡起一片银亮。

“九，你看那个大山坡！”

余凯旋突然喊了句，指着窗外一个陡峭的、被积雪掩盖的山坡：“你还记不记得，你小时候我带你来这儿玩过雪。你表舅自己做的铁爬犁，我把你拴在上面，从坡上推下去，把你吓得‘嗷嗷’叫。你妈知道后，差点没用雪把我活埋了！”

余九琪看了眼斜对面的妈妈，见她微微地哼笑了下，便说：“我当然记得！还有一年也在这儿，那年雪下得特别大，比市区大。我的腿陷进去就拔不出来了，站在那儿哭。你俩就站在旁边笑，也不管我，把我气坏了。”

余凯旋“哈哈”笑：“你非得说雪里有人参娃娃拽着你，我跟你妈都笑岔气了。”

余九琪也笑笑，眯着眼睛看着窗外姥爷老家的冬景：“爸，你说，那时候的雪咋那么大呢？好多年都没看过那么大的雪了。”

“是啊。”余凯旋也转头看着窗外，不知想起什么，“我也好多年没见过了。”

车里沉默了一会儿，路越来越颠簸，然后不知怎么，摇摇晃晃中，余九琪突然想起昨天晚上她没有面对的事情和那个拒绝回答的问题。

银亮的雪晃得眼睛酸麻，她蓦地生出一阵自责和懊恼。

她似乎总是将本性里最糟糕的那一面，留给孙锡。

她太知道如何刺痛他，只要她狠得下心，就可以歹毒地让他挫败，这么多年几乎从未失手。

也许虚伪，但坦诚地讲，她这样做只是不想再让他受一次之前的苦。他是个无辜的人，他已经失去很多了，他应该去奔赴新生活，而不是回石城接受过去的审判。

思忖了一番后，她才点开手机，在车驶向姥爷的村子时，字斟句酌地编辑了几条微信发给孙锡。

——孙锡，我想了一下，我是真心认为你在北京生活挺好的。

——你看，你在那边有房有车，有不错的工作，是可以稳定下来的。

——你也有朋友，陈木霖有时候不着调，但对你是够意思的。

——还有，那里没人知道石城这些事，你不用在意别人的眼光，可以活得更自在。

——真的挺好的。

信息发出去后，迟迟没动静，前排的温雯突然回头，伸出纤细的手，晃了晃，递过来一包她正在吃的橡皮软糖。

余九琪怔了下，见妈妈的眼睛还没消肿，眼底那一抹讨好的歉意却一览无遗，伸手拿了一颗青苹果味的，盈盈地对她笑了笑。

她以为一切都在变好。

这时，孙锡回复了：你真的这么认为？

九：对啊。

孙锡：真有这么好？

九：有啊。

孙锡：扯淡。

余九琪微怔。

孙锡：你当年甩我的时候，可不是这么说的。

三口人到姥爷老家的村子里时，刚好上午十点。余凯旋直接把车开到祖坟山下的庙里，远远地，就看到表舅和他的两个儿子穿着厚重的棉大衣等在那儿，看到二凯哥的车连连招手。

简单寒暄闲唠几句，就把用来烧的祭祀用品先搬进庙里。庙里有个火坑，专门用来烧纸钱。早些年还能把东西拿到山上去烧，后来怕引起森林火险，林场管得严，就统一在山下烧，烧好后将灰烬打包好，带到坟前。

余凯旋先在火坑底部铺了几层竹浆黄表纸，表舅又浇上薄薄一层汽油，划燃一根火柴扔进去。火腾地燃起，而后温雯一件一件地将准备好的“邮寄”给亡者的心意扔进去。

一沓又一沓的纸钞、一袋又一袋的纸元宝、成捆的黄表纸、从殡葬店买来的假书、假电脑，甚至还有假的粉色 iPhone15，温雯统统扔进去，她说那是小姨会喜欢的东西。姥姥生前最爱养花养草，温雯让小九一朵一朵地将纸扎的牡丹和月季扔进火里。余凯旋甚至买到了纸扎的多肉植物，温雯不让烧，说太丑了，姥姥会嫌弃。

火足足烧了近一个小时，大家沉默地看着琳琅满目的天价礼物烧成灰烬，每个人脸上都是红彤彤的肃穆，仿佛那火是神奇的媒介，真的能将生者的满腔怀念和亏欠，熊熊灼烧着送到逝者那一端，让他们饱餐、富足，最好比活着还要体面。

最后余凯旋拿树枝搅拌着灰烬，待完全冷却后，用加厚的袋子装好，又带上贡品，一行人出发上山。

温家的祖坟在半山腰，不算高，但因为积攒了半个冬天的雪，也没有人清理，路极其难走。表舅带着两个儿子走在前面，他们都常年在家务农，一把子力气，也熟悉山道，带他们走一条相对轻松的路。偶尔遇上雪厚的地方，就用随身带的铁锹清理一下。

快到中午时，他们才来到祖坟前。姥姥和小姨的坟紧挨着，当年修得不算好，坟头小而乱，前几年温雯花大价钱新换了超大的墓碑，看起来有点滑稽。但她不管，她就要将这坟地里的其他祖宗都比下去。

简单清理了一下附近的杂草和积雪，清出一块空地来，摆上准备好的水果、糕点、馒头等贡品，将烧好的灰烬撒在坟头，又放上两束假花。而后余凯旋倒了两杯酒，洒在坟包上，嘴里念念有词说了一通祭奠时的开场白，他也是熟能生巧了，张嘴就来。

最后，也是最重要的，他们要轮流跟亡者说说话，每年都如此。

首先是余凯旋，坟前铺着一块厚棉垫，他跪在上面，腰背挺直，先冲着姥姥的坟磕了两个头，朗声说了一段每年都大同小异的话。他说："妈，托您的福，我们今年也都挺好的，温雯挺好的，小九挺好的，浴池也挺好的。您在那边享福吧，不用惦记我们。"

然后，他再转过来，看了眼旁边小姨的墓碑，语气温柔下来，像是哄小孩般说："小雅啊，你这一年过得咋样啊？算起来，今年你也四十出头了吧。哎呀，一晃眼连你都到中年了，在那边成没成家呢？要找就找个对你好的、年轻的、帅的，钱不钱的不重要，缺钱了跟哥托梦，哥给你送。还有那手机，可劲用，明年出新款了，哥再给你买。"

余凯旋突然停顿了下，声音抖了抖，又沉了沉，继续说："小雅啊，哥年年都说这话，你别嫌烦，可要是不说的话，心里堵得慌……当年就晚了一步，我每天每夜都后悔，要是早点去就好了。你别怪哥……哎呀，不说了！"

余凯旋狠狠地抿了下眼角，猛地站起来，仰头吹山间的冷风，说："到你了，小九。"

余九琪利索地跪下来，恭恭敬敬地冲两边各磕了几个头，然后说了一番她早就准备好的话。

她说："姥、小姨，我前一阵子还梦到你们了。你们跟照片里一样，一点也没变，姥您还是那么会打扮，小姨还是白白净净的那么好看，就是头发长了。你们在梦里问我，小九，最近你妈还是那么瘦吗？还经常哭吗？"

余九琪微微转头看了眼身后的温雯，见她的身子颤了颤，转回头，继续说："当时我被闹钟吵醒了，就没回答你们。姥，小姨，我妈现在好多了，没以前那么不爱吃饭了，也不咋哭，她还挺会给自己找乐子的。你们放心，我会照顾好我妈的。"

然后，她又磕了两个头，站起来。

最后是温雯，她站了一会儿，慢腾腾地跪下来，却跪不直。山里一阵冷风卷着细雪吹来，吹乱了她的散发，宽大羽绒服里的身子似乎也跟着晃了晃。

她微微歪着跪了一会儿，轻轻地吸了一口气，才堪堪开口，一出声就语无伦次，又颤颤巍巍。她说："妈，又过了一年了……妈，快二十五年了，怎么这么快啊……妈，您腰还疼吗？我最近也开始腰疼了。"

她说到这里，突然就此打住，又艰难地转个头，看向另一侧，什么话也没说，眼泪就落了下来。她咬着唇，惨白的脸小幅度地颤抖着。就这样过了一会儿，她才能说话，却只说了几个字。

她哽咽着说："雅，姐来了……"

然后，温雯突然呜咽着哭出声来，整个人跪坐在地上，哭声越来越大，呜呜咽咽变成了撕心裂肺。周围所有人都垂着头，或看向别处，没有立刻去劝，各自控制着自己的情绪，也任由她发泄一会儿。

所有人都明白那个道理，沉重悼念亡者的意义，是让活着的人脚步能轻盈些。

哭声越大，越响亮，活下去就越有力气。

余九琪没见过温雅，但曾经在温雯的床头柜里看过她的照片和私人物品。

照片是两张合影，一张是姐妹俩的，一张是母女三人的，应该是同一天照的，还是夏天，背景是一窗台的绽放的鲜花，可没有一朵美得过她们的笑容。温雯长得更像姥姥，明艳风情。温雅像姥爷多一点，是个文静端庄、笑起来肉乎乎的小姑娘。

温雯还收藏了一张温雅高中同学录上的自我介绍，就是一张信纸大小的表格，除了星座、血型，还有兴趣爱好，甚至有一栏问最崇拜的人是谁，当年十七岁的温雅填的是姐姐。还有一栏问最爱的人是谁，她填的还是姐姐。

那张纸已经皱巴巴的了，温雯依旧放在床头柜里，一打开，就能看到。

余九琪知道她每天醒来都会打开那个床头柜，坐在那儿沉默一会儿，才开始一天的生活。

像是被判了某种长期刑罚，逼迫自己不要忘记每一个人，也不要原谅每一个人，甚至包括她本人。

过了许久，让温雯独自哭了一会儿，直到她明显疲惫了。余凯旋冲余九琪使了个眼色，她过去扶着温雯起来，说：“妈太冷了，跟姥姥、小姨告个别吧，咱们得下山了。”

温雯依着余九琪，握着她的手，借力站起来。走之前，她最后看了眼小姨的墓碑，自言自语地低声说了一句话，说得并不清晰，有气无力的，可余九琪一字不落地听到了。

温雯说：“你等等我，等我把他熬死了……”

余九琪一震，险些站不稳，慌忙紧紧地抓着妈妈的手。母女俩十指相扣，不知是谁在支撑谁。

下山倒是很快，正赶上午饭。表舅妈在家预备了一桌子农家菜，还专门拿出自己酿的白酒。可三口人都没啥胃口，余凯旋也推托不喝酒，回去还得开车，不放心让温雯和小九开乡下的雪路，简单吃了点饭就回去了。走之前，余凯旋给表舅的两个小孙子一人封了一个大红包。

回去的路上几人安安静静的，温雯在车里睡着了，余凯旋放了一张他爱听的二人转专辑，是孟会红的师父唱的。余九琪也听得懂，咿咿呀呀地讲了一段久别重逢夫妻团聚的感人故事。

余九琪歪着身子坐在后面，眯着眼睛看着窗外发呆。中途她拿出手机看了眼，在那句戛然而止的嘲讽上停了停，想过要不要说点什么，终究没回复。

到市区已经下午四点多了，余凯旋直接把车开到温都水汇，说他已经让徐铭安排了最好的搓澡师傅，咱们都好好泡一泡洗一洗，然后热闹一下。

东北民间有个不成文的习俗，每次扫完墓或祭奠祖坟后，都要去浴池狠狠洗顿大澡，把晦气洗掉，霉运搓光，继续精神抖擞、乐乐呵呵地过日子。

森寒凛冽和热气腾腾，本就是人生的一体两面。

温都水汇大大小小不同温度和功效的汤池加在一起差不多十几个，整个近两万平方米的洗浴中心，光汤池总面积就占了五分之一。余凯旋照旧去人多热闹的老式大池子，温雯喜欢泡四十多度高温的，余九琪受不了太热，选了个相对独立的药池。

泡完后，几人一起在汗蒸房蒸了一会儿，躺在滚烫的岩石地板上各自玩手机，没说话，等汗流浃背蒸透了，分头去搓澡。

搓澡的大姨是看着余九琪长大的，也知道今天是什么日子，边搓边逗她，给她讲南方游客慕名来搓澡闹的那些段子，乐得余九琪笑个不停。旁边趴着的温雯倒是没啥反应，只跟身后的搓澡师傅说使点劲，我吃劲。

完事后，孟会红在家庭群里吆喝一声，说都来三楼的第四间棋牌室。她让厨房开小灶做了点烧烤，过来吃点喝点。温都水汇的棋牌室共有五个，除了基本配备的麻将机和桌游，每间棋牌室还有各自特色，比如台球桌或者剧本杀，第四间是 KTV。

等余九琪和温雯过去时，大家都已经聚齐了，连葛凡都闻着烤味从楼上下来了，端着一盘毛豆一边吃一边坐在点歌台前唱歌。唱完了，他还抱怨温都水汇的 KTV 效果差。

余凯旋不爱听了，穿着大裤衩盘腿坐在地毯上撸串，问："效果咋不好啊？"

"爸，不是我说，你这歌单也太老了，音响效果也差，完了麦克风的信号还不行，两米之外就磕磕绊绊没动静了。"葛凡躲着二凯哥过来，顺了一根羊肉串，赶紧走远，"跟我们乐胜煌比，可差远了啊！"

余凯旋瞪了他一眼，又咬牙向上看："就你们那破 KTV，早晚也得归我。"

"快了。"葛凡哼了声，"我听说老王最近手头紧，工资都快发不出来了，整不好真把 KTV 兑出去。"

"那你留点心，打听打听！"

"行。"

孟会红撇撇嘴，不同意："悠着点吧，步子迈大了容易那啥？有三层楼的生意够做了，再加两层，你也不想想成本得多大？"

余凯旋对扩张温都水汇的事有很深的执念，虎视眈眈地盯着楼上那两层很久了，就连拿下后怎么布局都想好了。他不止一次地念叨过要把客房部独立出去，单独做酒店式管理，再添加一个儿童乐园和私人影院，这才是他心目中综合娱乐洗浴中心的标配。

可今天这场合，余凯旋也不想掰扯这事，一撇头，嘟囔了一句："唉，你啥也不懂！"

"还我不懂？"孟会红抓起一只小龙虾扒，朝对面扬下巴，"不信你问问她，靠不靠谱？"

对面的温雯一直专心地嗑瓜子，兴致不高没搭话，却也知道孟会红故意递话给她，只说：“我不管，别耽误我分红就行。”

温老爷子当年虽然把浴池给了余凯旋，但还是给温雯留了一小部分股份，不多，也够给她的生活托底。

孟会红呛了句：“哪年少你的了？”

温雯较真：“今年第二个季度的给我了吗？”

余凯旋说：“那不是给葛凡买婚房先用了嘛，过了年给你。”

温雯一愣：“葛凡要结婚了啊？”

始终在一旁默默拣乐的葛凡万万没想到吃瓜吃到自己身上，下意识地先抬眼看了看对面同样在围观长辈们斗嘴的余九琪，莫名急了，吼了句：“谁用你们买婚房了啊？谁要结婚啊？没这事啊！”

可没有什么比年轻人的婚恋八卦更能激起家长们聊天的热情了，尽管葛凡扯着嗓子坚决地反抗，话题还是越演越烈，一扫这一整天萦绕在全家人面前的阴霾，气氛终于热络起来。

孟会红说怕葛凡找不着对象，想着先把房子买了更好找媳妇。温雯点点头说有道理，然后眼睛一亮，说前台的小曼还单身呢，要不撮合撮合？孟会红彻底精神了，上心了，转头问余九琪：“你跟小曼关系好，你去帮姨打听打听她乐不乐意？”

不等余九琪说话，葛凡突然站起来，暴躁了，说：“小九，你跟哥出来一下！”

余九琪笑得不行：“干啥？”

葛凡支吾了一下，说：“温都水汇的烧烤干巴巴的没味，去美食街买两只烤鸽子去！”

余九琪不情不愿，被葛凡拉着出去，换上羽绒服往外走。路过一楼前台的时候，见小曼姐在，她闹着说要不去问问。

葛凡一把将她拉过来，勾着脖子，硬生生地把她拖了出去。

一推门，冷风顺着敞开的领口灌进来，余九琪两手拢着羽绒服的毛领，笑着打趣他：“你咋还急了呢？”

“没急啊，馋烟了，出来先抽根烟。”葛凡随口问了句，“你要不要？”

余九琪愣了一下，眨了眨眼：“我不会。”而后又岔开话题，“小曼姐不挺好嘛，你刚才是害羞了？”

这时，马路对面突然传来一声急促的汽车鸣笛，突兀地划破冷空气刺来，像是催促，又像是叫嚣。

葛凡却还勾着余九琪的脖子没松手，没理那鸣笛，转头问她：“你真觉得我跟小曼合适？”

余九琪缩着脖子，点点头：“合适啊。”

葛凡手上的劲儿突然重了些，把余九琪勾近了点，刚要说什么，那急促的鸣笛声隔着几米开外的马路又响起。

一次又一次，惹人暴躁。

葛凡猛地转头看过去，忽地顿了顿，闷声自言自语般地问：“他怎么回来了？”

“谁啊？”

“孙锡。”

余九琪陡然一惊，顺着葛凡的肩膀瞄了眼。见孙锡那辆黑色SUV就停在对面，车灯亮着，半降车窗，他转头，黑压压地看过来。尽管有些距离，可那双灼亮的眼睛依旧让人难以忽视。

心底“隆隆”作响，他疯了吗？为什么堵在这儿？

葛凡突然松开余九琪，说：“这小子估计来找我的，我去看看。”

余九琪没吱声，就看着葛凡几个大步走过去，站在孙锡的车前，隔着半降的车窗，跟他说了什么，中途还回头看了眼她。而后不知为何，葛凡竟然绕过去，坐上副驾驶座。

孙锡按上车窗，同时转头意味不明地看了她一眼，然后开车载着葛凡走了。

他到底想干吗？

余九琪杵在那儿僵持一会儿，在那辆车消失后，点开手机，快速给葛凡发微信问：你怎么跟他走了？

葛凡回：他说有事。

紧接着他又说：你先回棋牌室吧，外面冷。

余九琪追问：他有什么事？

过了漫长的几分钟，手机才闪了一下，葛凡突然毫无预兆地问：孙锡怎么说你有他的微信？

余九琪脑子“嗡”的一声：他说啥？

葛凡回：他说你们认识很久了，说你俩挺熟的。

余九琪觉得手都是抖的，进进出出的熟人有跟她打招呼的，她却连个假笑都挤不出来。

她镇定一下，退出与葛凡的对话框，翻出孙锡的，急急地发了两条。

她知道孙锡这个浑蛋就在等自己的信息。

那就如他所愿。

她先问：孙锡，你这是在干吗？你跟我哥说什么了？

她又认错：好吧，昨晚是我的语气不好，今天上午的话，我也通通收回。我承认我虚伪、我自私、我反复无常，我对不住你，对不住你好几次，行了吧？

她再哄：你冷静一下，我们好好聊聊，可以吗？

孙锡没回复。

余九琪在温都水汇门口走来走去，不知走了几个来回了，手机才亮了。

她打开，却是葛凡发的消息，只一句话：你俩私奔过吗，小九？

余九琪面如死灰，咬着牙，沉默了一会儿，给孙锡发了最后一条。

她说：孙锡，你敢毁掉我的生活试试！

第十章

/

失败的幽会

再次见到葛凡是两个小时后了，其间余九琪就坐在温都水汇的大厅等着。她假装轻松地跟来来往往的人闲聊，时不时如鹰一般紧盯着大门口的位置。葛凡的包还在楼上，她知道他早晚得回来。

中途她也频繁地查看手机，却一点动静也没有。那两个仅凭几条信息就让她提心吊胆一整晚的人都消失了，谁也没有再回复她。

小富总中途来了，上去棋牌室坐了坐，没一会儿又带温雯出去吃夜宵。余九琪只是送了送，借口帮红姨打探小曼姐有没有意向给她当儿媳妇留下，但很快忘了这茬，因为几乎前后脚，葛凡裹着一身阴云回来了。

余九琪没理会那阴云从何而来，走过去扯着葛凡的胳膊，把他拽到一楼的员工休息间，关上门，转头就直接问：“你们去哪儿了？他都跟你说什么了？”

葛凡没吱声，把羽绒服脱下来，用了点力气随手摔在椅子上，又腾地跳起，坐在桌子上。他的两只手撑着桌沿，抬眸看她，罕见的严肃。

他看了一会儿余九琪，才问：“你之前为啥骗我，小九？”

“我骗你啥了？”

“你说你跟他不熟、不认识、没微信。”

余九琪眨了眨眼，倚着他对面的墙，虚虚地低头说：“这人有病，跟咱们家还结过梁子，你别听他胡说。”

“那你紧张啥？”葛凡盯着她。

余九琪又抬眼，紧攥的手心微微出汗，心一横，半真半假的话脱口而出：“他那种浑蛋，滚了没几天莫名其妙又跑回来，还跟你胡说八道我的事，我不该紧张吗？我冷静得了吗？刚才气得我都想叫上大利哥他们堵他揍一顿了。”

见葛凡转了转眼睛，似乎开始信了，余九琪赶紧趁热打铁，继续问：“他都跟你说什么了？”

“我都告诉你了。”

“就那些？他怎么跟你说的？”

葛凡眯着眼睛看小九，认真地打量她：“一上车，我随口提到你，他就说你跟之前变化挺大的。我问咋回事？他说你们过去很熟，说他当年换智能手机后，第一波微信加的就有你。”

余九琪见他突然停了，自然地问：“然后呢？”

葛凡皱眉：“我刚想接着问，老王突然来了一个电话。”

“你们去找老王了？”余九琪脑海中闪现小富总的亲舅，楼上乐胜煌的老板。

葛凡心不在焉地回答：“他约了老王跟人喝茶，那人市政府的，老王要拿两瓶茅台招待人家，我有他家的钥匙，让我跑一趟，孙锡来接我。我办完事，就先走了。”

“他们还在喝茶吗？”

“不知道。”

本想再问问他们在哪儿喝茶，可一想如果他约了政府的那位朋友，余九琪心里就有数了，垂眸沉思片刻，转身要走：“我回家了。”

葛凡急声道：“我送你。”

“不用。”

“外面天黑了。”

“我打车。”

余九琪正要开门出去，葛凡突然从桌子上跳下来，喊了一句：“你等等！”

然后他两个大步走过来，堵住门口，把她留在里面，问：“你俩真私奔过吗？”

余九琪猝不及防一怔，虽有心理准备，仍不由得紧张。

葛凡义愤填膺，恨恨地说：“他竟然开这种玩笑，要不是当时人多，我差点揍他！”说完，一低头，见她不说话，又莫名泄了气，“……有这事吗，小九？”

余九琪没回答，使劲地拽了下他的毛衣：“你走开。”

“到底怎么……”

“这跟你有关系吗？”余九琪突然冷冰冰地打断他，抬起头，眉头平整，眼底却似蒙着一层霜般冷漠，语带嘲讽，“还你差点揍他？你怎么没揍他？”

在几乎朝夕相处的这么多年里，葛凡再三确认，他从没有见过余九琪此刻这般疾言厉色的样子，像是人畜无害的兔子摇摇尾巴，瞬间换了一张老虎的皮。他甚至已经忘了此刻该问下去的问题，仓皇地避开她眼里的怒意，让开了。

余九琪开门，走之前又回头，语气瞬间柔软许多：“今天这事别跟我爸妈说，最近家里够乱的了。”

然后，她又特意看着他，商量一般微笑一下：“行吗，哥？”

葛凡突然闪过一个大胆的猜测，或许老虎皮才是余九琪的本质，而她瞬间切换回来的那乖巧懂事的皮囊只是她生存所需的伪装。

独门独栋的元泰茶社在石城最北侧，正对面是一小段松花江分支过来的江畔，背后是以滑雪基地闻名的北山公园，地势开阔，风水极好。虽然不如烧烤店、澡堂、麻将馆受老百姓欢迎，客流量不大，门口的车位就没停满过，但为数不多的几辆车个个都有神秘来头。

在一辆招摇的库里南和一辆低调到连车牌都没上的红旗轿车之间，余九琪站在茶楼一侧的角落里，一眼就看到中间那辆昨晚突兀地停在她家楼下路口的、让她羞愤到口不择言才全身而退的SUV。

他果然在这儿。

看了眼茶楼门口，有迎宾员热络地接待刚来的两个客人，余九琪便没靠近，直接给孙锡打了个电话。

电话只响了两声，被掐断了。

蓦地，头顶闪过一瞬亮光，余九琪抬头，看到茶楼二楼中间的窗户忽然打开一条小缝隙，漏出些散白的光来。窗前空无一人，垂着的窗帘似乎小幅度晃了晃。

而后手机来了一条微信，耍着她胡闹一晚上的人终于出现了。

他丝毫没意外她会找来，只说：进来大厅等。

余九琪努力压制想骂人的冲动：你出来。

孙锡：我现在走不开。

九：不耽误你太久。

孙锡隔了一会儿，才说：你进来开个包间，我一会儿去找你。

又是这样！

余九琪很熟悉这种鬼鬼祟祟的接头方式，过去无法公开示人的那些时光里，他们无数次用这样如特工接头一般的滑稽方式偷偷见面。她承认也曾从中体会过隐秘的甜蜜、偷欢般的心动，但此刻只觉得搓火、烦躁。

门口的人莫名多了几个，余九琪翻遍了身上的兜，后悔没拿个口罩出来。她跑到对面的街道，去超市里买了个超大的口罩，戴上后才走进去。

二楼那扇窗户又闪了闪，忽地，窗帘被拉紧。

余九琪选了个偏僻的小包间，随手把包间名发给孙锡，然后先进去，点了个最低消费的功夫茶套餐，摆在那儿，只随手扒了一颗送的开心果，狠狠地嚼碎，咽下，哼出一口气，冷静了些。

然后她突然很后悔刚才失态发了脾气，倒不是对孙锡，他活该，而是对葛凡。

她完全可以更从容自若地面对那个问题，以她这么多年遮遮掩掩活着的成功经验，脸不红心不跳地随便撒几个逻辑缜密的谎，随便把葛凡糊弄过去也不是什么难事。

可怎么了呢？

余九琪像泄愤般一颗颗地嚼着坚果，牙齿骨骼的规律运动激活了大脑，仿佛放电影一般回忆起人生中为数不多的几次歇斯底里的愤怒，大部分都是由他而起。

即便是温雯，在轻而易举地让以情绪稳定为荣的小九崩溃这件事上，也没赢过他。

真了不起啊。

门被推开的时候，她刚好吃完小碟子里的最后一颗开心果。

他身上带着淡淡的酒味，呼吸粗重地过来，席地坐在铺着地暖的棕色地板上，挨着她，也没说话，自然地拿起还没烧热的水壶，倒了一大杯水，一口喝下，像是渴坏了。

他随手将杯子推到一边，眸光在茶几上扫了下，再转向她，突然问："开心果要再来一份吗？"

余九琪坐得比他高一点，垂眸看他。他的头发比昨天乱了些，发丝细细软软地铺在头顶，脸色比平时白。他酒量很好，酒精代谢功能却一般，喝了酒脸会白，但此刻不是最白的时候，说明没喝多，可那漆黑的眼睛里糊成一片，也难辨有几分醉意。

见余九琪不说话，只瞧着他，他就又问："还要吗？"

余九琪恍惚了下，睁圆眼睛："要什么？"

他斜斜地坐着，肩膀靠着余九琪身旁的布艺沙发，似故意学她："嗯？"

余九琪瞥了眼旁边："你是说开心果吗？"

他还是用那种眼神看她："那你以为什么？"

余九琪莫名更心烦，转过头，刚才好不容易扑灭的怒意又像重见火星的残灰，星星点点的，又开始躁动。

"生气了？"他又重重地喘口气，语气自然了些，也似正常了点，主动点破她来找自己的目的，不遮不掩，"我没跟他说太多，他也未必全信，你跟他好好解释解释吧。"

余九琪看不惯他轻描淡写的态度，冷冰冰地问："我怎么解释？"

"还用我教你吗？"他瞄了她一下，自嘲般地说，"像以前一样，就说我是浑蛋、人渣、流氓，还有什么词来着？哦，天生坏种。然后说我一直痴迷你、暗恋你，像一只狗一样缠着你。"

余九琪坐远了点，挺直脊背，略意外地看着他。

他说完那番话后，无波无澜，靠着沙发，头微微垂着。茶室里亮着几盏暖黄的散灯，他的侧颜恰好陷在半明半暗的阴影里，漫不经心，惹人恨。

虽然从某种程度上他说的话是事实，但余九琪还是想骂人。她想骂他有病、活该，想骂他与其这样自轻自贱说自己，不如痛快点，直接骂她虚伪、自私算了。

但她咬咬牙，忍了忍，想尽量理智地沟通："你没必要说这种话。我知道这段时间你很烦，我也一直在尽力想办法让事情平息。你回来一趟，应该也不想让情况变得更糟是吧？有什么事我们可以商量，你针对我干什么？"

他突然敏锐地揪出关键字："我怎么针对你了？"

余九琪恨孙锡装傻的样子："你为什么跟葛凡说那个事？"

他盯着她问："什么事？"

余九琪下意识地看了一眼他右手食指上的戒指："2014 年的事。"

孙锡微微仰头看着她，眼里的醉意缓缓地散开，沉默了一会儿，又如乌云般地聚齐。他似乎逼了自己一把，才眯着眼睛回答："我不说你会来吗？"

余九琪莫名怔了怔，一小阵慌乱，稳了稳，才字斟句酌地回答他："你如果想找我，我没有不见你。分开的时候，我就说过，我们可以是朋友，也可以见面，有事情也是可以正常沟通的。"

"是，是可以见。"孙锡撇过头，不再看她，轻描淡写地说道，"见面也是为了赶我走。"

"关键是你留在石城干什么？"终于还是没绷住，余九琪提高音量，"你只能添乱。"

"我添乱？"

余九琪盯着孙锡，愤愤地说："难道不是吗？你就不应该回来。上次如果不是你回来，我妈也不会跟你叔打官司，你一走，她也就算了。还有今天，孙锡，你觉得我活得很轻松吗？我好不容易……"

余九琪忽地停顿了一下，眨了眨眼，话锋一转，咽下那些啰唆无用的话，干脆直接说出找他的真实目的："今天我们家好不容易和和气气地吃个饭，一切都在变好，都回归正常了。我只是想保持这个现状，也很满意这个现状。我不希望再闹出别的事了。如果你真的休长假无处可去，非要留在石城也行，请你不要……"

"不要毁掉你的生活是吗？"孙锡平静地打断她，像是知道她要这么说一样，笑了笑，似觉得荒唐，一步步地反驳。

"真逗，余九琪，你的生活是我毁掉的吗？你还满意这个现状，你是认真的吗？"

余九琪屏息，气愤地瞪他。

孙锡知道她真生气了，还是咄咄逼人、有理有据："你那么满意，你脑袋会被人打肿吗？你会蹲在路边哭吗？你会整天小心翼翼地跟你们家所有的人撒谎吗？"

余九琪攥紧拳头，脑中仅剩下一丝理智的弦绷着。

他混横地看过来，最后作死一般地说：“你会给我打那个电话吗？”

余九琪几乎咬牙：“我说过那个电话……”

孙锡嗤笑，不屑听。

那根弦突然就断了，余九琪腾地站起来，立刻要走，她怕跟他再待在一起会揍他。她之前说想揍他，甚至希望葛凡揍他，不是开玩笑的气话。

而且在过去撕扯更惨烈的那些日子，她也不是没揍过他。

可空间狭窄，他们挨得又近，孙锡的长腿挡住了她的路，她再不想跟他多说一句话，抬脚踢了他一下，意思是你滚开点。

孙锡诧异地抬眸，瞪她，意思是你踢我？没动弹。

余九琪又用力地踢一下。

见他还不动，她索性随手抄起旁边一个抱枕，快速地朝他砸过去，想趁他防御收腿时溜走。

抱枕上的金属拉链狠狠地刮到孙锡的鼻梁，他忍着疼，皱眉，腿却丝毫没动，忽地抬头，眼神里明晃晃地藏着不爽，显然也急眼了。

余九琪见他脸色变了，按照之前的经验，知道这场架避免不了了。她紧捏抱枕，正要再动手时，孙锡腾地站起来，把抱枕夺过来。

余九琪被他拽了一下，一个不稳，跌坐在沙发上。见他要过来，她便伸腿去踹他。

孙锡结结实实地挨了两脚，沉着脸过去，胡乱地把她的腿先压住，又把人按在沙发上，手脚并用，用一个奇怪的姿势把她锁在身下。

余九琪试图挣扎了一下，依旧动弹不得，越挣越紧。夹杂着丝丝缕缕酒精的呼吸粗重地落在头顶，她便用力地扭头，把脸埋在布艺沙发的里侧。

他的一条腿死死地压着她的腿，另一条腿紧贴在她身侧，一手伸到沙发下握着她的腰，另一只手按着她的肩，头垂在她的脖颈上方，呼吸灼热炙人，硬生生地熏出一些薄汗来。

整个茶室瞬间安静下来，窗外也没任何噪声，显得一轻一重两个交错紊乱的呼吸越发清晰、粗重，惹得人心躁乱。

过了一会儿，余九琪耐不住了，轻轻地扭了下身。

按着她肩膀的手突然用点力，身体却僵持着，像弓一般绷紧。他的呼吸近了些，也更重了些，握着她腰的手也紧了些。

到底是扎扎实实地滚在一起谈过恋爱的，即便分开那么久，两人的身体一靠近，凭细微的反应就能捕捉到残存动念。

余九琪突然翻身，用最大的力气想逃离，却被硬生生地按了回去。而后她猛然抬头，对上那双不知被酒精还是什么惹红了的眼睛。

余九琪是有直觉的，可以说心知肚明接下来会发生什么，但没有及时阻止，就任凭孙锡抚着她的脸，突然低头吻上来。

他唇齿粗重碾磨的力度、手指上那枚戒指抵在脸颊的冰凉，还有他的气息、他的重量，杂糅在一起冲散了她的理智。

直到他变得放肆，不满足于浅尝辄止，撬开她的唇，试探而入，余九琪忽然就清醒了，明白此刻正在发生什么，逼迫自己抽离、面对。

余九琪默默地警告自己，警告自己今天不能白来，她是来解决问题的，是来划清界限的。她想要维持现状，她害怕再走一遭过去的路，也没有勇气再受一遍那个苦。

三年前，她几乎剥了一层皮才回来，再来一遍的话，她没有信心扛得住。

而九年前他所承受的一切，余九琪忽地闭上眼睛，也不忍心再让他那般狼狈。

可眼下那呼之欲出又摇摇欲坠的情愫，黏腻又多余的纠缠，她无法忽视，也不容忽视，都是成年人，索性利落点好了。如果需要这样一场任性酣畅的仪式来填补遗憾，才甘心了断的话，那就顺其自然。

于是余九琪突然用力地咬了下孙锡的舌头，在他吃痛退出时，她的两只手推开他的身体，低着头，没看他。

然后她轻轻地喘了口气，用只有他俩能听见的声音，小声地问了句："孙锡，你这次是因为我回来的？"

他没说话，呼吸依旧紊乱粗重，甚至夹杂着一些暴躁。

她也没追究答案，又接连着问：

"你现在是单身吗？

"你这三年，谈恋爱了吗？"

余九琪突然抬头，修长的脖颈早就染上淡红。V 领毛衣被他拉扯着，露出一截突兀的锁骨，白得发亮。

孙锡眼睛不知该放在哪里，似乎哪里都藏着诱饵，都是陷阱，都危险。最后他只艰难地盯着她的脸，见她缓缓地吸了口气，然后似乎轻笑了下，问了他最后一个问题。

像是发出一个轻飘飘的邀请，也像是抛出一个冷冰冰的条件。

她说："你想跟我去开个房吗？"

第二天上午，余九琪戴着降噪耳机，一口灌掉一大杯浓咖啡，头发随意地绾在头顶，埋在银行的格子间里，激情地研究地方种猪场经营许可政策和年出栏 100 头肉牛的放款条件时，突然接到葛凡的电话。她盯着手机愣了几秒钟，才接起来。

葛凡一反昨天的严肃，松弛轻快地说道："九，上班呢？我没别的事，中午有空没？"

余九琪小声回答，声音听上去懒懒的："要是拍那个杀年猪的段子的话，改天吧。"

"占用你一点午休时间就行。"

"我今天特别忙。"

“哦……”他莫名拖了个尾音，“工作忙啊？”

余九琪轻叹一口气，看来有必要解释：“我最近请太多假了，积压了好多事，有几个农村商贷业务必须得在元旦前处理完，没几天了。”

葛凡扬声道：“再忙你中午也得吃饭吧，就在你们银行附近，请你吃全家桶，今天是圣诞节呢！”

对，余九琪抬眼看了看电脑上的日期，今天是25号，圣诞节。

“行。”

她将手机扔到一边，低头继续整理那几家养殖户的贷款资料。养殖户都是县城农村的老乡，养的都是些种猪、肉牛或者梅花鹿什么的，数量不等，资质参差，最头疼的是贷款申请填得乱七八糟，甚至胡闹敷衍。但各个银行到年底都卷商贷业务，尤其是农业商贷，这个钱她必须得合理合规地贷出去。

其实这也不算余九琪积压的工作，是因为最近频繁请假，商贷组的同事们把轻松简单的业务都分走了，剩了几个难啃的骨头扔给她。

早上组长还特意点了她一下，说明年能不能彻底从柜员转岗做客户经理，就看这一“哆嗦”了。

脖子有点酸，余九琪抬手按了按，又想去冲杯热茶。她端着水杯，绕过两个短走廊，来到大厅的水吧。正想拿一包红茶时，一抬眼，她怔了怔，略显疲色的眸光寡淡地落在那张被隆重装裱起来的大幅照片上。

就是去年秋天她帮忙破获的那起养老金诈骗案的表彰照。

余九琪站在中间，一边是行长，一边是副市长，后面一排是特意来感谢她的老人家属，周围还有几个关系好的同事。她眼睛肿着，笑得僵硬，手里举着几乎跟她一般高的红底黑字的大锦旗。

那件事被当成银行的荣誉事迹重点报道，照片也摆在荣誉墙最中央，每天都能看到。可即便如此，此刻的余九琪无意中捕捉到锦旗上那几个字，仍觉得心底一紧。

在配合警察破获那起诈骗案的过程中，她也不是没害怕过，有几次诈骗犯带着老人们来取钱，她要假装配合来套取信息，坐在那儿尽量自然地完成警察交代的任务，可一站起来，腿都是抖的。后来案子破了，也有诈骗犯的家属威胁过她，威胁短信露骨粗俗又悚动，可她都撑着没乱。直到那天看到副市长拿来这面锦旗，看到那几个字，她忽然就绷不住了。

当然是他，一定是他。

除了他们都相识的那位朋友就在副市长的团队里，单单这几个字唤起来的清晰回忆，余九琪就知道是孙锡。

那天她哭了又笑，笑了又哭，照片拍了好几遍才过。所有人都觉得她是太激动了，她也没解释，只是在热闹结束后，一个人躲回格子间，给他编辑了一条微信，只有两个字——谢谢。

可辗转片刻，她又删掉了。

当时她觉得他们之间除了遥远的距离，还隔着漫长的时光，隔着二十几年的暴风雪，隔着整整一座城。而这座城，她不肯离开，他也无法回来。

像注定会随着河流的支流各自漂走的两条鱼，怀揣着温暖的情分，于汪洋大海的两端，遥遥相望一眼就够了。

即便此刻，余九琪依然这样认为。

她不确定孙锡这次回来的具体打算，但有必要先了断他们之间的事。

昨晚那场可以称为肉搏的幼稚战争后，他们以一种诡异的姿态拥在茶室的布艺沙发上，暗流如潮水般细碎地涌动，终于惹来一个漫长湿漉的吻，甚至要用疼痛才能结束。而后她提出了那个暧昧的邀请，也知道他听得懂是一个冰冷条件后，等了半晌，头顶没有动静。

直到沙发上一阵突兀的振动敲碎宁静，余九琪的手机响了，他们仓促地分开，她接起葛凡那通疑心重重的电话。

葛凡解释他打电话只是商量拍下一个段子的事，好几天没更新了，都掉粉了，说正好最近大家都在囤年货，想拍一个东北霸总杀年猪的视频。不等余九琪回答，他说："你在家吗？我正好在附近吃消夜，这家的辣炒年糕挺好吃，给你带点不？"

余九琪整理了下被孙锡扯歪的V领毛衣，拿起羽绒服往外走，跟电话里的人说她还在外面，马上到家了，年糕不用了。挂电话时，她已经在茶室门口了，手按着门把，微微转头，看到他弓着背坐在沙发上，沉默着，无声无息。

"我走了。"

"嗯。"

余九琪犹豫要不要再确定一下，或者解释点什么。

他突然抬眸，黑漆漆地看过来："明天我联系你。"

"好。"她心里沉了沉。

可直到今天中午，余九琪跟葛凡坐在银行斜对面的肯德基，全家桶都吃掉一半了，也没收到了任何孙锡的消息。

圣诞节吃全家桶也不算什么特别的规矩，就是有一年圣诞节她跟葛凡和祝多枚在余凯旋家斗地主，玩到后半夜在客厅"嗷嗷"地乱叫，吵得二凯哥和红姨急眼了赶他们走，他们就转战到肯德基斗了个通宵，顺便吃了两个全家桶。自那之后，每逢圣诞，不吃全家桶就像少了点什么。

余九琪赶到肯德基时，穿着一件潮牌卫衣的葛凡已经点好餐等着了。她问了句咋没叫祝多枚一起，想到之前葛凡被他姐拉黑的事，又说那我喊一声姐。

葛凡赶紧打断，说："别，祝老师忙着呢。"她问："忙啥？"葛凡说："你没听说吗？祝多枚最近跟老王打得火热。"

余九琪一惊，到了嘴边的名字还没来得及蹦出来，葛凡咽下一口吮指原味鸡，伸出一根手指点了一下，说："对，就是那个老王，他追祝多枚很久了，这回下了血本，貂皮大衣都买了好几件。"然后，又说，"你可千万别告诉你红姨，不然就是两场恶战。”

余九琪晃了晃可乐里的冰，一阵“哗啦”脆响后问：“怎么还两场？”

葛凡说：“我妈知道后，不可能不插手，只要一插手，跟祝多枚又得干起来。往好了说，是不欢而散，但大概率两败俱伤。你说你红姨能甘心吗？不甘心怎么整？不得冲到楼上去找老王，到时候就是温都水汇和乐胜煌火拼了。”

余九琪想了想那画面，笑了半天，问：“那你咋整？楼上楼下一个老板一个亲妈，你站谁？”

葛凡一晃脑袋，说：“那还用想吗？肯定当个尽职尽责的内应叛徒，趁机帮二凯哥把楼上两层拿下了啊！”

余九琪乐得不行，说：“行，挺讲究，爸没白栽培你。”

葛凡抬起一双桃花眼，轻落在余九琪的脸上停了停，也跟着笑笑。他喜欢看别人开心，更喜欢逗别人开心，尤其这个人是小九。

这是他为数不多的能引以为豪的技能，除此之外，他想不到还有别的办法能更丝滑地消解掉昨晚的剑拔弩张。

他很后悔，居然用审问的姿态对待她，也觉得自己够蠢，居然以为那样对待她就能得到答案。

放下手里的鸡块，擦了擦手指，葛凡拆开一盒鸡米花，递到余九琪面前，顺便又瞄了一眼她。见她含着笑的眼睛轻巧地在手机上停了停，手机放在桌面，安安静静的，黑着屏，而后眸光又移到窗外，眼里被他惹出来的笑意忽地散了，添了一抹焦虑。

葛凡也不是真傻，当然看得出余九琪有心事。他不确定是不是自己想的那样，也绝不会再贸然盘问。正相反，他觉得有必要装一回傻，先把昨晚系上的疙瘩解开。

于是他趁着氛围还算松弛，主动点破：“昨天那事，我想了想，孙锡上次回来碰了一鼻子灰，小庄他们把他的脑袋打坏了不说，他叔的生意后来也干不下去了。肯定怪咱家，更恨雯姐。他又不敢冲雯姐去，欺软怕硬捡软柿子捏，就编派你，够浑蛋的！我也是缺心眼，居然还信了！”

余九琪观察着葛凡，难辨他这话是不是另一种试探。不过他既然提了，她就先半真半假地把这事糊弄过去：“他说的也不全是假的。”

葛凡意外地看着她。

“我确实有他的微信。”余九琪平静地解释，“我们初中是一个学校的，他大我两级，有一年学校运动会还是什么活动，我忘了，当时我们互相留过电话号码，后来注册微信，通讯录里导过来的，顺便就加上了。”

葛凡若有所思：“哦，这也难怪。”

“但是我们没联系过。”余九琪神情自然，甚至笑了笑，“我微信里的银行客户加上浴池的客人，七七八八算起来有上千个好友呢，朋友圈都看不过来，他就垫底了，我都忘了。”

葛凡机械地点点头，没等他说什么，桌上突兀地袭来一束亮光，是她的手机。

葛凡敏锐地瞄了眼，一条绿色提醒，新微信。

她立刻拿起来，点开手机，眼神略微向下，淡淡地停在一处，不知看到了什么，睫毛上下扇了扇。

葛凡见她盯着手机不动，蓦地想刺破点什么："有事啊？"

"嗯？"余九琪看他，蹙眉，又撇撇嘴，"我们领导，蔡姐，问我啥时候回去，说有一个我负责的项目放款额度要重新定一下。"

葛凡扫了一眼桌面："你也没吃多少啊，吃两块鸡再回去。"

余九琪点头，随便拿了个什么东西塞进嘴里，然后抬手在手机上敲字，"噼啪"两下，短促地回复，之后仍盯着手机。

从葛凡的角度看过去，小九一身休闲打扮，坐在挨着窗户的小椅子上，宽松的白毛衣，杏色的针织阔腿裤，头发松松垮垮的，坐姿也尽量散漫。可当她拿起手机那一刻，不自觉绷紧的脊背和吃东西时机械诡异的咀嚼频率，他不是什么研究微表情的专家，却也看得懂不是领导催她回去上班那么简单。

他心里闪过一些揣测，却暗自希望都是走火入魔的游思妄想。

余九琪不知葛凡一番几乎识破了她的腹诽，还以为自己装得很好。毕竟面对这样一条如利刃般直搅人心的信息，她已经尽最大努力不露出情绪破绽了。

发消息的自然是让她惶惶焦虑了一天的人，来意也很明确：今天晚上可以吗？

余九琪当然明白他指的什么：可以。

而后看到对话框上显示"对方正在输入"，等了片刻，余九琪等来一个疑问句：地方你定还是我定？

这时，对面的葛凡突然甩过来一句话："你们现在就定吗？"

余九琪震惊地看向他，头皮瞬间麻了，不确定脸是不是红的："啊？"

葛凡抬起下巴，点了下她的手机："我是问，你跟领导现在就在定什么额度吗？"

余九琪僵硬地拿起可乐，喝了一口，才说："嗯，领导在问我的意见呢。"

葛凡点点头，审视地看着她。

余九琪的目光重新落在手机的对话框上，不想操这个心，回：你定吧。

孙锡说：你有什么要求吗？

要求当然有，她的两只手"噼啪"打字：别在市中心，别去人多的地方，可以偏一点，但也不要太偏。我想了一下，酒店不行，小旅馆也容易遇到熟人。你定吧，我没别的什么要求了，然后最好监控摄像头也少一点。

孙锡沉默了很久。

余九琪以为他要撂挑子不伺候了，最后一句话才弹出来：定好了联系你。

余九琪按灭手机，一口喝光剩下的可乐，说她得回去了。葛凡说"你等等"，余九琪一愣，然后看到他捏着肯德基送的一个毛茸茸的圣诞老人公仔，递给她，笑着说"拿去玩吧"。

余九琪笑盈盈地接过来，离开了。

看着那抹细细直直的身影消失后，葛凡也不吃了，去前台买了一个汉堡套餐打包，直接回到乐胜煌。一进四楼大堂，他随便逮了一个服务员问：“小庄呢？”服务员说：“好像在 VIP 包房里调酒呢。”葛凡皱眉，说：“你去把他替下来，让他来办公室找我。”

葛凡没有独立的办公室，就是一个排气扇坏掉的包房改装的临时休息室。他收拾得规规矩矩，偶尔叫大伙过来开会唠嗑。

小庄很快过来了。葛凡把打包的套餐扔给他，小伙子也没客气，坐在那儿撕开包装就吃，自然也知道凡哥找他定是有事，鼓着腮帮子说：“哥，有啥事你吩咐就行。”

葛凡使劲地揉了一下脸，沉了沉气，眯着眼睛，直接问：“你家不是西丰街的嘛，上次你说孙锡以前差点闹出命案，咋回事？”

小庄也没多打听，直接答：“我也是听说的啊，毕竟过去这么多年了，具体咋回事我也不知道，就是他当年好像差点把一个同学弄死。”

“男同学还是女同学？”

“男的，也是个刺头，小混混。”小庄又说，“当年影响挺大的好像，从那之后他就走了，离开石城了。”

“哪年的事？”

小庄狠狠地想了想：“那年我应该是六年级，哦，2014 年！正好九年前！”

“2014 年什么时候？”

“年底。”小庄斩钉截铁地说，“跨年夜。”

“跨年夜？”

“对，那事就发生在跨年夜。”

葛凡脑子里一团乱，一时之间不知再从哪儿问起，便直奔重点：“他之前有和他关系好的女孩吗？小时候？”

“没听说过。”

“处过对象吗？”

小庄猛摇头：“不可能，他当年可不像现在这么招风，那时候人人都躲着他！哥，你想想，变态杀人犯的儿子，长得跟他爸还一模一样，甚至看着更凶、更瘆人，哪个小姑娘愿意跟他玩？虎啊？不是有毛病吗？”

葛凡皱着眉，心绪更乱。

小庄又坚定地表态：“除非什么天上下凡的救苦救难、感化恶魔的天使小姐姐，正常女孩不会跟他玩的！”

葛凡龇牙笑：“还天使小姐姐。”

小庄耸耸肩。

不知想到了什么，葛凡的神情忽地又凝重了些。

下班前，余九琪收到了孙锡根据她的需求选定的幽会地点。不过当时她正忙着跟电话里的养牛专业户掰扯贷款流程的事，扯着嗓子吼了半小时，直到那养牛大爷说“不跟你磨叽了，我得去圈牛喂牛了”，才挂了电话。

余九琪喝了口水，翻了下手机，一眼看到孙锡发来的地点。

呵呵，她没忍住笑出了声。

他发来的是北山公园后门的定位，那里说偏不偏，但在石城算是个鬼都绕着走的地方，而且周围没有商圈，民宿、酒店、招待所都离得很远。

余九琪回了个问号。

他领会得很快，也准确，回复：在车里你介意吗？

余九琪盯着那句话看了一会儿，心里慌慌乱乱的。

他又发来一句更不饶人的：记得你以前是不介意的。

拳头又硬了是怎么回事？

孙锡似有感应，又发：还是你不满意这个地方？

余九琪重重地喘口气，心一横，回他：满意。

九：鬼都不敢来捉奸的地方，特别好！

发完这句，余九琪把手机扣上，继续埋在堆成小山一样的资料里。不一会儿手机又振了一下，还是孙锡。

她忽地烦了，怎么还没完没了了？

占上风的风凉话说多了就招人恨了，等会儿不管他再说什么，她打定主意骂回去。

她划开手机，恨恨地看了眼，一顿，只有一个表情符号。

就是那种手机系统自带的、龇牙微笑的浅黄色小表情。

余九琪说北山公园后门是鬼都不敢来抓奸的地方，并不算夸大其词，那里确实是石城最诡异的邪气之地。

邪到什么程度呢？老头老太太吓唬熊孩子，会添油加醋地说，再不听话就把你扔到北山公园的后门，让小鬼把你当萝卜啃了，那些小鬼，一人一口就把你啃干净了。小年轻们酒后吹牛，常常扯着脖子叫板，敢不敢跟我去北山公园后门住两宿，走啊去啊，不去的是孙子，以后撞见我，都叫声“好爷爷”。

那里之所以这么邪性，跟北山公园无关，要归功于后门的一片荒地。荒地面积不小，远眺能看到石城最大的墓地。墓地其实不算什么，最诡异的是前些年有人想开发荒地，挖出几具抱成团的尸骨，没当回事给拆开了，交给警察处理了。可也就三五天时间，挖尸骨、拆尸骨的工人和开发商都离奇倒了大霉。自那之后，工程就停了。

风水先生来过好几拨，看了都直摇头，说弄不了，久而久之就没人管了。白天没啥人，晚上就更空旷，大家都躲着走。年初有个婚车车队糊里糊涂地从那儿绕了一圈，气得新娘子当天晚上就要离婚。

而孙锡，就把余九琪约到了那里。

余九琪当然不会认为是孙锡离开石城太久不了解本地情况，正相反，这一定是他认真研究了石城角角落落后，根据她的需求精挑细选的接头宝地。

难怪他那么得意。

下班后，余九琪又被那难缠的商贷养牛大爷拖住了，车轱辘话跟他磨了半天，直到孙锡在微信里催了一下，她才打住。

孙锡也不是明着催，只是问了句“用不用去接你”？余九琪赶紧说“不用，我刚忙完，马上走”，然后急匆匆地敷衍了下那位大爷，往包里塞了点文件资料，想着回去得早，还能加个班。武装严实后，她闷头走到人少的路口，见四下没熟人，招手拦了一辆出租车。

出租车把她送到后，一句多余的话也没有，掉头一溜烟跑了。

北山公园后门最初是按商圈规划的，马路不算窄，但都荒废了。路灯还是早些年的低杆单臂灯，也没有繁华市区那些花花绿绿的新年装饰，两面没遮挡，冷飕飕又黑黢黢的。余九琪缩着肩膀扫了一圈，没见到人，给孙锡打了个电话。

对面的人很快接通，余九琪直接问：“你在哪儿呢？我没看到你啊。”

这时两束光从身侧的马路对面袭来，他开了双闪。

“看到了，看到了。”见车门似乎有动静，她赶紧说，“你不用下来，我走过去。”

孙锡在电话里“嗯”了声，低声说：“路有点滑。”

余九琪看看脚下，积雪没铲干净，已经冻结实了，便放慢了脚步。

一扭头，又看到十字路口那里远远有个简易的招牌灯箱，是一家营业的小超市。她边磨磨蹭蹭地走，边皱眉小声地问他：“你晚上吃饭了吗？”

孙锡说：“我吃过了。”

“那你想吃点别的吗？”

“零食我车里有。”

“喝的呢？买点水吗？”

“我车里有水。”

余九琪蓦地缓了缓脚步，支吾了一下：“那……”

“都有，”他像是完全知道她在想什么，强调了一句，“我都准备了。”

余九琪静静地呼了口气，细细的白雾弥漫在冷空气里。她的眼睛垂落在积了雪的地面，慢吞吞地避开有摔倒风险的地方，脚步平稳，可整个脏腑里都凌乱得颠三倒四。

不能说是尿了，只是多少有些怯场。

而且余九琪有个没出息的毛病，每次遇到怯场的事，胃都酸胀难受，倒不严重，要是能有瓶苏打水就好了。可她已经走到了孙锡的车旁，打开后座的车门，心一横上去了。

也就刚坐稳，驾驶座上穿着一件粗针黑毛衣的人转个身，递过来一个什么东西：“这个给你。”

余九琪一看，是一小瓶柠檬味的无汽苏打水。她忽地想起，喝苏打水来中和胃酸的办法还是他教的。

她抬眼往上，见他的气色明显比昨晚好，头发打理得利落得当，似乎刮了胡子，散过来的还是那股雨后森林般的淡香。他的眸光落在她的脸上，仔细辨别的话，平日里那锋利的眼神此刻柔和许多，甚至当他再次晃晃手腕递过来那瓶水时，嘴角轻抿，下巴跟着点了点，极有耐心，像是哄着即将下锅烹煮的猎物最后饱餐一顿放松一下。

余九琪没来由地懊恼，明明是她的主场，她才是出题判题的考官，怎么有一种被学渣压中题后，反客为主的憋闷。

她爽快地接过苏打水，说了句“谢谢”，然后拉下羽绒服的拉链，脱掉，随手扔在一边，漫不经心地瞟了他一眼：“你不过来吗？不到后面来吗？”

然后，她看了眼手机：“我妈跟小富总去看电影了，九点多就结束，抓紧时间吧，也就一个小时了。”

孙锡错愕了一瞬，手凭空停了停，再落下，骨节分明的手指屈着搭在椅背上。他看她一眼，转身开门下车。

车门“嘭”的一声闷响，在他还没有钻进来前，很短的时间内，余九琪快速做了个微不可察的深呼吸，压制不住的心慌让她开始怀疑这个事最初的动机和目的是否纯粹。

这个念头一闪，瞬间刺得浑身胀麻，以至于听觉都失了敏锐，手机在包里唱了半首《疯狂动物城》的主题曲，她才听到。

准确地说，是孙锡先听到的，他裹着一股凛冽的淡香，一钻进后座，就瞅了眼她的包，说你手机响了。余九琪拿出来一看，两眼一黑，还是那个缠着她掰扯了几乎一整天的养牛大爷。

遵从着商贷业务员随时随地无条件服务客户的隐形工作要求，余九琪冲孙锡举起一根手指竖在唇前，睁圆眼睛恳切地看看他，意思是我接个电话，你先别吱声，一会儿就完事。

孙锡懒散地靠着椅背，长腿屈起朝向她那侧，安静地等着。他以为就是一个不合时宜的骚扰电话，没想到她一接起来，就激昂聒噪地聊了半个多小时。

一开始，他还是极有耐心的。

虽然他不了解他们所谓的商贷项目具体怎么回事，可也听得懂矛盾点在哪儿。无非那位大嗓门的养牛专业户想尽快拿到钱，余九琪却认为他抵押资质不足，暂时只能批一半的额度。本来几句话的事，对方突然威胁，不行的话换家银行，余九琪就尿了，从包里拿出一些资料表格来一一跟他核对讲道理。

孙锡离得近，留心瞅了几眼她的工作文件，见上面用不同颜色的签字笔标出不同重点，旁边字迹娟秀地做了些笔记。她两指捏着手机，弓着背坐着，大部分时间在聆听，偶尔态度和气地解释两句，看似耐心，可眼底的无奈、疲惫一览无遗。甚至在对方咆哮起来时，她低着头，拿笔在纸上画着一个一个的简笔画来舒缓情绪。

小幅度倾身过去，孙锡看仔细了，看到她画的是一朵一朵的四叶草，互相堆积、叠加，不一会儿就密密麻麻混成一片。本来可爱清新、寓意吉利的图案，变得越来越暴躁、恐怖。

而后看着她已然失了神采的侧颜，不知怎么，他忽地想起三年前那个明媚的春天。

那是余九琪大四的下学期，她正在一家跨国 4A 广告公司实习，第一次带着小团队去甲方公司参加提案会。

孙锡记得那天上午阳光特别好，难得路况也通畅。前一天余九琪住在他家，他早早起来弄了早餐，吃完就开车把她送到国贸三期，陪她走到甲方的大楼楼下。像送即将进入高考考场的家长一样，他拿出准备好的苏打水和巧克力，递给她。

当时余九琪穿着一套米色的休闲套装，宽松的阔腿裤和利落的小西装，踩着六厘米的高跟鞋，站在黑蓝剔透的摩天大楼下，吃着喝着孙锡喂过来的一切。她嘴里鼓鼓的，看着远方的一线白云，淡妆勾勒下的杏眼瞪得圆圆的。

她又把手轻巧地递到他面前，问：“我要是搞砸了怎么办？”

孙锡揉着她的手给她放松，刚想安慰她别紧张。

“怎么可能呢！”她突然又振奋起来。

孙锡逆着楼宇间的阳光看她，见她脸上毛茸茸的一片金，惹得人心细痒。她眼底又熠熠一片，闪着盈亮自信的光，整个人笔挺干练又精致，十足的神采飞扬都市丽人。

“全公司那么多人竞争这个案子，我一个实习生是第一，不会搞砸的。”她坚定地看着远方。

“我准备得那么充分，不会搞砸的。

“我这么优秀，更不会搞砸的。”

他只点头，又笑笑，抬手抹了下她嘴角的一颗水珠。

“我们总监说了，如果这次的案子过了，我就能转正，拿到正式的 Offer。”她回眸看着他，“我就能留下来。”

“你想留下来吗？”他意有所指地问。

她看了他一会儿：“我想！”

然后她拎着电脑包，转身走进国贸大楼。

孙锡盯着她的背影，看了好久。

他从没有因为一个人，感到那样幸福和骄傲。

…………

“不是，大爷，您贷这个款到底是为了养牛，还是给儿子结婚用啊？”

“你别管我咋用，钱我指定连本带利按时还就完事了！”

孙锡被一阵浓浓的家乡口音的争执声拉回现实，恍然愣了一会儿，还没弄明白话题怎么进展到如此魔幻的地步，就见旁边以好脾气著称的人也蹙着眉吼了起来：“可我们这是农业商贷业务啊，大爷！这钱是给你养牛的！”

“我不管，我等不了了，再拿不出彩礼我儿子这婚事就得黄！”

“你儿子的婚事跟牛是两回事。”

“实话跟你说吧，小余，我儿媳妇怀孕了！”

“你儿媳妇怀孕了跟牛也没关系啊！”余九琪说完，才意识到不对劲。

对面的大爷急了：“不是，你怎么说话呢？小姑娘年纪轻轻的，说话这么难听。我儿媳妇跟牛能有什么关系？你这不埋汰我啊？我找你领导投诉你！”

孙锡听不下去了，凑过去小声跟余九琪说：“别跟他废话了。”

余九琪推了他一下，意思是你别插嘴，可对面的暴躁大爷敏锐地听到了旁边的男人声音。

“你旁边有人啊？”大爷扬声道，“是不是你领导？你让你领导接电话，我跟他唠！”

余九琪刚想解释，孙锡干脆凑到手机前：“现在是下班时间，你看看都几点了，有事明天再说吧。”

“你是谁啊？”

孙锡皱眉：“谁也不是。”

“领导啊？”

“不是。”

“那你是她对象啊？”

孙锡掀开眼皮，没了耐心，瞪着手机上那个命名为“梅安县80头肉牛户高万福”的来电界面，沉着一张脸。在那个字就要脱口而出时，余九琪快速地按了挂断键，掐了电话。

而后她转头，瞥了他一眼，假装根本没看出来他差点冲动地蹦出来的那个字，烦乱地收拾一下散在座位上的工作资料，闷声说：“现在几点了？”

他冷硬清脆的声音砸在头顶：“快九点了。”

余九琪的手顿了下，没抬头：“抓紧时间吧。”

头顶沉默了，半晌没动静。

余九琪也放慢了手上的动作，慢腾腾地把最后一张文件纸装好后，才缓缓抬头。虽然她有心理准备，但还是被他那仿佛看傻狍子一般的嫌弃眼神惊到了。

毕竟有点心虚，她便主动解释：“啊，我也没想到这电话打这么久……”

孙锡看不惯她那虚头巴脑的样子：“你也可以不接，或者早点挂。”

余九琪瞄他：“最近我的业绩压力大，现在优质客户不多，你理解一下吧。”

“贷款给儿子结婚也算优质客户？”他嗤笑。

怎么还瞧不起人，她回道：“怎么不算？就这都抢手！你刚才差点把人家得罪了，回头我还得去道歉。”

“我哪儿得罪他了？”

“你刚跟人吵架，忘了？”

“那不是你先吵的吗？”

“我没有吵啊！”

“是不是你先说他儿媳妇和牛的事，才吵起来的？”

余九琪见他梗着脖子，脸还红了些，蓦地有点想乐，转头看向窗外，闷闷地说了句：“我得回家了！”

孙锡盯着她修长的脖颈，细细的一条，忽地有点想把她拧断：“那你走吧！”

“你先把我送到前面的加油站那儿。”余九琪审时度势，语气软了些，“我不敢从这儿走。”

车门先是“嘭”的一声，一阵冷气袭来，又是“嘭”的一声，他钻进驾驶位，启动车子，疾驰离开这个倒霉的邪气之地。

他真的在一公里外的加油站停下了，也没说话，向后略略转个头，意思是到地方了下车吧。

余九琪识时务地收拾东西立刻下车，顺便说了句谢谢，把门带上。她看了眼周围，好在有一辆出租车正在加油，便直接走过去。路过孙锡的车尾时，她无意地瞄了眼，忽然愣住，停步。

她又仔细看看，确定没有看错，突然跑过去，跑向他车子的驾驶位，想问他一个问题。可孙锡一脚油门，跑了。

那个问题没有说出口，也来不及说出口，余九琪站在加油站通亮的橘色招牌下，眉头紧紧蹙起，想不明白。

她想不明白，他为什么换了车牌？

他卸下了原来的京牌，换了一个石城本地的车牌，为什么？

余九琪到家时，以为温雯不在，结果一推门，就闻到一股浓重的酒味，然后看到小富总规规矩矩地坐在沙发上刷手机。他看到余九琪后，立刻起身，小声解释圣诞档电影刚开场，温雯就嫌无聊，非要闹着去喝酒，自己灌自己，没一会儿就喝多了，他就把温雯送回来了。

余九琪看了眼温雯的卧室，见她已经睡着了，一张小脸略带疲惫。她并不意外妈妈故意把自己灌醉，每年他们祭奠过小姨和姥姥后，温雯都会大醉两天，用酒精麻痹掉被唤醒的疼痛，也顺便将无用的亏欠稀释光。

小富总见余九琪回来了，就说先走了。余九琪试探了一下他的口风，确定温雯今天没遇到别的事情，看来还不知道孙锡回来，刚刚悬起来的心沉下一些。

可也没沉下去太多，那个被他一脚油门甩在后面的问题依旧折磨人。她匆匆洗漱后，躺在床上，翻来覆去纠结一阵，给他发了个信息：睡了吗？

他回得还挺快：没有。

余九琪坐起来，咬着唇，想了想还是先客气一下：在干吗呢？

孙锡：躺着。

九：要睡了吗？

孙锡：没有。

然后他又发了一条：躺着看灯。

看灯？看什么灯？

懒得琢磨了，客套够了，是时候直奔主题了，余九琪抿着唇，手指灵活地“噼啪”打字，横冲直撞，一鼓作气。

——那个，我没什么事，就是刚才下车的时候，我注意到你把车牌换了，咋还换成本地牌照了？

——这样你回去还得再换回来，多不方便啊。

——反正过两天你就回去了，是不是？

孙锡很久没回复。

余九琪怀疑他又不高兴了。

此时的孙锡躺在乐胜煌的小包房里，确实沉着脸，不太高兴，尽管头顶就是那个他心心念念惦记了好几天的俗艳灯球。

毕竟收到那几条看似委婉周到、却摆明了让他早点滚蛋的信息，谁也高兴不起来。但这并不是让他突然不回信息的原因，而是有人来找他了。

突然大大咧咧地走进包房的人，是乐胜煌的老板王贺元。

孙锡动也没动，依旧躺在沙发上，长腿相叠，下巴压下去，眼睛挑起，黑漆漆地看着他。

王贺元似乎喝了点酒，对孙锡这副混横完全不把自己放在眼里的嚣张做派，已经见怪不怪了。他红着脸，瘫坐在孙锡对面，哼笑了下，说：“算你小子狠啊！”

孙锡不动声色，听他继续说。

老王长叹一口气，看了一圈小包房，像是破罐破摔了，一脸挫败地说：“行，我认了，就按你上午说的，那个数，再加一成，两天内打给我，乐胜煌就是你的了。”

孙锡没回应，任他在原地难受了一会儿，才说：“那是上午的条件，现在不一样了。”

老王急了：“少一分都不行！乐胜煌你不想要了吗？”

孙锡抬头看了眼灯球，不知道想到了什么，恍惚一下，突然说：“稍等，我回个信息。”

然后，他划开与余九琪的对话框，上下扫了眼她撵自己滚的话，抬手快速地回复，也横冲直撞，一鼓作气。

——我会走的。

——但不能白回来一趟。

——总得达到了目的才甘心走啊。

——明天我会再找你。

熄灭手机，扔到一边，他再次黑漆漆地看向王贺元，眼里闪着晶亮的光，回答刚才王贺元最后的问题。

他说：“要啊，当然要，这次回来，我什么都要。”

第十一章

温都水汇大战乐胜煌

一开始决定回到石城时，孙锡根本没想打乐胜煌的主意。

结束与婷婷那通意外的电话后，他在酒店北侧的户外吸烟区站了一会儿。那天北京不算冷，又是正午最暖的时候，穿堂而过的微风只是扫乱他额前的碎发，他忽地紧皱眉头，像是也被什么东西结结实实地砸了一般闷疼。

决定回去多少有些冲动的成分，好像多年前那个莽撞孤勇的愣头青少年又回来了，不顾现实，又不计后果，天真地以为仅凭一厢情愿的奔赴就可以挣脱命运的锁链。

教训和代价不想提了，一次次被赶了出来，并发誓再不回去。

可现在，孙锡不由得哼笑了下，他居然毫不犹豫地逆着当初离开的方向，几乎用最快的速度开回家乡，荒唐。

更荒唐的是，九百多公里，十个小时的车程，他有很多次机会可以下高速择路返回，可那个念头刚刚闪现，就被疾驰倒退的冬风席卷带走。

过了山海关后，看着高速两旁越来越厚的积雪，独属于家乡的凛冽气息逐渐过渡而来，孙锡终于面对现实。虽不是深思熟虑，动机也并不那么纯粹，但他打算回来了，而且已经回来了。

躲不掉，就不躲了。

可直面暴风雪，是需要足够的御寒装备的。

长途行程过了大半，天色暗下后，他凝视前方如细雪飘扬一般的冬日雾霾，尽量耐心理智地梳理眼下棘手的状况。当务之急是先排除风险，再给自己谋取筹码。

也是凑巧，一个小时内，他陆续接到两个电话。

第一个电话他并不意外，是他叔叔孙正武打来的，无非添油加醋说了一番婷婷在画室里被欺负的遭遇，倾诉这些年被澡堂子一伙人按在地上摩擦的苦。话里话外将责任推给他，并静待他解决问题的诚意。

孙正武当然不算是一个尽责的长辈，他胆小、算计、自私又贪婪。孙锡明白本质上孙正武从没有把自己当成真正的家人。在孙正武眼里，年少的孙锡是随时给他惹祸的负担，此刻的孙锡又成了他平息祸端的倚仗。

这种家庭里权力交接带来的直接变化就是，这段时间孙正武无论大事小情都依赖他、盘剥他，同时也小心翼翼地惧怕他。

孙锡知道这一点，却从不点破。但此刻不同了，他要先掐掉可能扰乱他的风险，于是忽然变脸，冷漠地说："这事说到底就是婷婷惹的祸，她受点教训是应该的，再放任她不管，还会捅更大的娄子。真斗起来的话，温雯先不说，你们斗得过余凯旋吗？而且这跟我有什么关系？是你们当父母的没管好孩子。"

见孙正武没动静了，似被吓到了，孙锡的态度又缓和些，说："见好就收吧，婷婷再惹事耽误了艺考就来不及了。你们西丰街的生意黄了也不可惜，本来也不赚钱，不如干点别的。"

孙正武被他连吓带哄整了个措手不及，想想也是这个道理，踟蹰了半天，说"明白了，婷婷我们会看紧，又说最近也琢磨着去县里找个事做，你婶她三舅那边正好缺人"。孙锡懒得再听，挂了。

没隔多久，他又接到王贺元的电话。

他瞅了眼来电显示屏上"乐胜煌王贺元"那几个字，烦得不行，嘀咕怎么忘了把他删了，没理。可立刻，第二个电话又打进来，他刚按了接听，没等说话，车载蓝牙里蹦出一串由不同拟声词构成的热情表达方式。

王贺元自然知道自己在孙锡这儿没什么好脸，豁出脸皮一顿赔笑、寒暄、套近乎，漂亮的场面话不要钱似的往外甩，甚至忘了之前让孙锡管他叫叔，直接降辈跟他称兄道弟起来，说："兄弟，你哥哥我现在遇到点事，需要你搭个桥。我知道你跟市政府那徐秘书挺熟的，能不能介绍我们认识一下？"

孙锡想起上次回来找他办事，确实提过徐秘书的名字，随口问了句："什么事？"

KTV 干了这么多年，老王也是在社会上摸爬滚打蹚过不少人情河的，一肚子心眼子，自然不会跟孙锡交底，只可怜兮兮地含糊说工商税务出了点小状况，找徐秘书请教一下，要不然他的宝贝疙瘩乐胜煌保不住了。

当时孙锡也没有惦记老王的宝贝疙瘩，敷衍地说“我问问吧”。挂了电话后，正好驶入石城的高速路段，他将这茬抛到脑后，关了导航，凭着记忆，用最短的时间，走了最快的路，来到年少时无数次藏身的地方——她家单元楼对面的那棵桦树下。

站在那儿半小时，抽了三根烟，他犹豫过要不要过去，也不确定她希不希望自己出现。

换成上次回来，他不会冒这个险，但既然躲不了，也确实不想躲了，不如逼自己一次，赌一把。

那样的结果并不意外，也不是他遭遇过的最难堪境地，被甩都不止一回了，起码这次没人流血留疤，也没人声嘶力竭。这种程度的被拒绝、被切割，对他来讲是常态，理应习惯了。

他以为是这样。

把车停在高速路口，几乎坐了一夜，天亮时第一缕阳光平铺着没有任何遮拦地直照过来，一抬头，一片耀眼，本能地又想回避，却发现无处可遁。

于是他坦荡地直视过去，耀眼过后是一片冷橙的光。远方天色分割成几层，浅色的黄、浓炽的红，最下面是一片白皑皑的冰雪，冷暖交相呼应，撑起独属于家乡深冬的、壮丽的冬日朝阳。

他静静地看了很久，看着太阳渐渐升起，冷橙褪去，日光灼耀，忽然觉得，原来美好的东西也未必刺眼。

就在那一刻，他决定抓一点筹码留住这一切，拐着弯地想起了乐胜煌。

孙锡真的安排了王贺元期待的这次会面，还强调专门为了他亲自回石城一趟，只不过徐秘书忙，晚些才能来，在此之前他们先喝点茶等着。老王多少被他这一番诚恳的说辞打动了，便放松警惕，提前露了一些底。

毕竟是石城老牌 KTV 的老板、富安商场的小舅子，如果不是真的山穷水尽、走投无路了，怎么会去求一个多少结过梁子的、不好惹的浑小子。一壶茶的工夫，孙锡就弄明白了他如此狼狈的根源了。

老王这几年痴迷于在网上玩比特币，前后赔了不少钱，平时又大手大脚开销惊人，账上早就一团乱了，也跟他姐借过不少，转头又赔进去。上头的时候，甚至偷偷拿王飞霞的两处房产办抵押贷款，被他姐爆打了一顿，之后就不给他填窟窿了。小富总一向不待见这个老舅，跟他也不亲，找也没用。老王实在是没辙了，在 KTV 上动起了歪心思，卖假酒，做假账，偷了不少税。

前段时间工商税务普检，被抓了个正着。处理结果也很简单，要么补税、交罚款，要么摊上官司坐牢，元旦假期后，就得给个说法。徐秘书是石城官场近两年的红人，业务上又是主抓直属工商税务工作的，人情社会，说得上话。老王也不是让徐秘书犯错误，就是帮着通融一下，拖延一点时间让他筹钱。

孙锡问补税和罚款加在一起多少钱，老王报了一个小七位数。然后见孙锡忽地蹙眉，点点头。老王正想问什么，徐秘书到了。

为了招待徐秘书，当然也是想支走孙锡单独跟领导拉近关系，老王又拜托孙锡去找葛凡。葛凡有他家的钥匙，去拿两瓶他珍藏的飞天茅台来。

也就半小时，奉承领导的开场白刚讲完，孙锡就回来了。不知为何，老王觉得他出去一趟后，脸色阴了许多。他挨着窗户坐下，跟徐秘书一唱一和地铺垫政府工作忙、管理严，没一会儿徐秘书找个借口就先走了，留孙锡跟他喝酒。

王贺元当下就有被耍了的预感，但领导毕竟出来打了半小时的照面，就真的开了瓶茅台。他后来万分懊悔，搭了一瓶好酒事小，让孙锡步步为营把他的乐胜煌骗去了最可恨。

老王之前对孙锡的直觉和评价都没错，他就是没底线的浑不懔，可恶的是还有脑子。这种聪明的混账，如果诚心想要什么，想算计什么，只要肯下功夫，十有八九都会得手。

他的手段也没有多高明，就是够阴够狠。茅台喝了半瓶时，孙锡假装热络地说要帮这个忙，甚至为了打消老王的疑虑，还主动要点辛苦费。见老王答应了，他又说领导不方便跟你直接聊太多，但你可以把乐胜煌工商税务的真实材料给我，一定要真实。我再让领导想办法，拖延点时间不算啥，看看能不能一劳永逸。

王贺元信了，给了，转头第二天上午，孙锡把材料也还给他了，顺便说了两句话：一句是徐秘书解决不了这事，一句是他能解决。

解决的办法也很简单，那小七位数的漏洞他可以补上，但老王要把这两层楼的乐胜煌打包给他。不给也行，他几乎是当面威胁，说你那些卖假酒、做假账、偷税漏税的证据，我不小心复印了一份。

“小崽子，跟我玩这套，这跟抢有什么区别！”王贺元哪吃过这么大的亏，是真打算跟孙锡拼了。

孙锡低头算了下，市中心上下两层几千平方米的店面，哪怕是在经济相对落后的东北小城，也有点抢劫的意思，耐心地说：“叔你别急，要不，我再给你加一成？”

“滚！”王贺元狠狠地瞪他，“你去打听打听，我这些年是白混的？信不信我弄死你！”

孙锡只是看他暴躁，歪着头沉默一会儿，似无奈一般叹口气：“行，我打听打听，完了你要是有时间，也可以打听打听我。”

王贺元当时狠狠地朝他吐了口痰，心里咒骂这个找死的小王八犊子，用徐秘书当幌子来诈骗，八成跟人家也没什么实际交情。这里可不是北京，在石城偷摸弄一个人也不是稀奇事。老王是真打算收拾孙锡，也真的稍微打听了一下他。

老王以为无非前几天闹得沸沸扬扬的、二十多年前他亲爸杀过人这点事，咋的，还能越狱出来护犊子啊？

可一打听，问出一件九年前他亲自干的事，不仅让老王重新认识这个浑不懔，也坐实了孙锡跟徐秘书确实交情匪浅。

王贺元自己灌了一瓶茅台，前后认真地想了一下，他是有些社会人脉，可大多是酒肉朋友，徐秘书这种级别的，他是惹不起的。再说就算东拼西凑把钱还上了，乐胜煌接下来的经营怎么办？他的兜比脸都干净，下个月员工工资都拿不出，店里几款酒断货了都补不起，每天都在硬撑，不能细琢磨。

虽然屈辱，但似乎也没有别的法子，老王甚至哭了一会儿，忍痛认了。他知道孙锡在四楼开了个小包房，便醉醺醺地过来，将他的宝贝疙瘩拱手让人。

可谁想到这浑小子居然又反悔，那一成也不想给！

…………

“也不是不能给。”

孙锡依旧躺在那儿，眼神瞥向对面，头顶杂乱俗艳的彩灯在他脸上斑驳地晃动，忽明忽暗。

“有话你就痛快说！”王贺元吼他。

“你现在就给我立个字据，还是那个条件。”他强调说，“就现在，明天都不行。”

孙锡临时反悔就是想把老王扣死，毕竟人为了留住可能失去的东西，都会短暂失了理智。这种蠢事，他不止一次做过。

老王嘴上骂骂咧咧的，还真的开门，冲外面喊了一嗓子，让人拿纸笔和印泥过来。没一会儿，葛凡推门进来了。

孙锡没料到来人是葛凡，怔了一下，却也觉得不是坏事。

葛凡是知道孙锡在的，没好气地瞅了他一眼，又好奇他跟老王到底搞什么勾当，站在旁边没走。

王贺元也没避嫌，直接将纸按在茶几上就写，一边写，一边泄愤一般把这屈辱的条件一个字一个字大声地念出来。一式两份，他就念了两遍。

孙锡躺在那儿，一边听一边偶尔指出一两个时间和数字上的重点，强调他想要的就是半个月内陆续将手续办完，钱也分批次给。当然手续越快，钱给得越快。说话的时候，他根本没看老王，眼神始终飘忽在葛凡的脸上，像是观察，也似挑衅。

葛凡眼见着王贺元将他辛苦打拼多年的 KTV 打包便宜卖给孙锡，站在那儿已经蒙了。他当然不认为孙锡是想在投资环境欠佳的家乡做生意，可来不及琢磨孙锡的动机，老王已经按上手印，将字据推到一边，让他给孙锡送过去。

孙锡坐起来，从葛凡手里接过纸笔，还说了声谢谢，一个字一个字地检查，拿起笔准备签字。

葛凡满腹疑问和不甘，甚至有冲动阻止他。这时王贺元突然说了一句话，让他瞬间宛如雷击一般定在那里。

王贺元的那句话是冲孙锡说的，也不知抽了什么风，或许是想泄泄愤过个嘴瘾，他扯了个笑：“你说，爱杀人是不是也遗传啊？你跟你爸挺像啊。”

孙锡抬眼黑黢黢地看他，抿紧唇。

老王更来劲了：“不是你让我打听打听吗？我打听了，2014 年年底那个杀人未遂的事干得挺狠啊。”

孙锡绷着脸，先签了字，然后漫不经心地说：“不是杀人未遂。”

“你没用砖头把那孩子砸瘫痪吗？”

孙锡抬头，眼神冷凝，没否认，只拣了一个不重要的细节解释：“不是砖头，是水泥块。”

“水泥块砸两下就能砸成那样？”

“不是两下，是七下。”

老王一震，那瓶茅台的醉意似乎散了：“那徐添挺有能耐啊，这都能让你脱罪。”

徐添就是徐秘书，他比孙锡大一轮。

孙锡没理他，低头按手印。那根戴着素戒的手指轻轻蘸了一下红色印泥，重重地戳下去，银戒轻晃。

老王心里有气，故意刺他：“你跟徐添到底啥关系？他当年豁出前程那么保你，咋的？你救过他的命啊？”

孙锡没救过徐添的命，却救过他父亲的命。

徐添的父亲就是2012年那个大雪即将来临的夜晚，他们喝完奶茶后，在郊区马路上救的那个醉鬼。虽然当时没留下信息，徐添始终想找到他们，通过社区医院监控记下那对小恩人的容貌特征，然后在2014年那次意外中，认出了孙锡。

这么多年了，徐添是孙锡在石城唯一的朋友，唯一还有联络的老乡，也是唯一知晓他和余九琪年少时那段经历的人。

余九琪。

孙锡忽然没来由地失去耐心，见事情也办完了，留下一张字据，另一张推给老王，问：“还有别的事吗？没事的话，你们出去吧。我累了，想休息了。”

他真的又躺下了。

葛凡先出去，短短半小时，小包房里的爆炸信息量让他喘不过气来，转头又被几个VIP客户拉走，说是有人刚离了婚想庆祝一下。他就陪着喝了一会儿，状态奇差，一打啤酒就醉了。

醒来时，已经是第二天上午，他揉了揉脑袋，昨晚的记忆忽地涌上来。葛凡理智地想了下，无论为了谁、出于什么缘由，他都要搞清楚孙锡的目的。

他立刻去小包房，里面已经没人了，问了下前台，说是小包房的客人刚走。葛凡没追，而是来到四楼西侧的窗户向下看，看看他的车是否还在。

一探头，看见孙锡就站在车旁，像是在抽烟。可烟就夹在手里，半晌没动，头朝向温都水汇的正门口，似乎在出神地看着什么。

心底一紧，不知为何，葛凡以为小九来了。

可他打开窗户，顺着孙锡的目光，头伸出去看，不是小九。

正走向温都水汇门口的，是余凯旋。

他在看余凯旋。

葛凡的手机突然响起来，可他完全没心思接，脑子里想的全是另一件事。

他忽然想起，孙锡上次回来，他们在乐胜煌一起喝酒、玩桌游时，他似乎无意中说了句不该说的话。

手机还在响。

葛凡烦了，也没仔细看，胡乱地接起来，像炮仗一般吼了句谁。

万万没想到是他姐祝多枚。

祝多枚也没废话，说："你开车来接我一下，我要去趟乐胜煌，找王贺元那个浑蛋。"

葛凡没工夫管他姐和老王的事，让她自己来。

祝多枚叹了口气，说："我带着炸药呢，挺沉的，自己扛不动。"

葛凡还没来得及消化他姐这句话，瞄着楼下正盯着余凯旋的孙锡，仓促间，他跟孙锡说过的那句话先浮了上来。

他当时说的是"我爸早就看上了楼上这两层KTV，心心念念，志在必得"。

圣诞节第二天，葛凡在肯德基里逗小九时说的温都水汇大战乐胜煌的画面就上演了。

余九琪这天在银行上班，没坐柜台，偶尔还能瞅两眼手机。中午时，她就看到温都水汇的工作小群里，有人神秘兮兮地说，祝多枚在乐胜煌点了一把火。小九当时正在给客户打电话解释各种手续和政策，没顾得上问，以为无非祝多枚跟王贺元的绯闻闹开了。

午饭时，群里就沸腾了，"噼里啪啦"如接龙一般直播战况，一会儿说孟会红上去了，一会儿又说好像二凯哥也去了。有人听到楼上有人哭有人喊，也有人听到警车往这边来的声音。

到了下午，余九琪蓦地心慌，点开群里又看看，忽然看到在温都水汇门口迎宾的小伙子发了一句：哎？姓孙那小子怎么也来了？

下面有个餐饮区的服务员问：哪个姓孙的？

迎宾的小伙子拍了一张背影照片发在群里。

都不用点开大图，单单那个抬腿走向乐胜煌侧门台阶的懒散姿态，和那件黑色的立领薄羽绒服，余九琪就认出了孙锡。

他怎么会在那儿？怎么还到处裹乱？

群里的服务员没认出来：这人是谁啊？

迎宾的小伙子楼上楼下人脉广，显然知道孙锡这个人，回了一句让余九琪立刻炸掉的话：别管了，反正小道消息说他现在是乐胜煌的新老板了。

余九琪坐不住了，收拾东西，拿起外套，冲到组长工位，说家里又出事了，请半天假。

组长蔡姐一脸无奈，咆哮着问："你家能不能让人省省心啊？这又咋的啦？你妈又开车撞人了？还是你后妈又在棋牌室干仗啊？"

余九琪支吾了一会儿，从刚才群里一系列的劲爆信息中提取一个相对说得出口的，说："没啥事，就是我姐要烧人家的铺子。"

出了银行，余九琪急匆匆地拦了一辆车。等不及去现场了，一上车她就给葛凡打电话问怎么回事，挑重点说。

葛凡正在洗手，"哗哗"的流水声中，似乎在忍着疼，闷声说今天这场仗过瘾，楼上楼下都到齐了，差点惊动警察，从头捋的话，得从祝多枚说起。

上午葛凡接到祝多枚那通威胁要炸了王贺元的电话后，一刻没耽误就去找她了。他当然不信祝多枚真有炸药，但也很清楚他这位同母异父以胆子大、脾气怪、敢想敢干著称的亲姐，如果真的想炸谁，根本用不上武器。

可他如何也没料到，祝多枚所说的拎不动的炸药是一堆不同材质、花色和款式的皮草大衣。

葛凡走进祝多枚那间租来的公寓时，看到这样一幅诡异的画面。橙色的皮沙发上铺了几层毛茸茸的皮草大衣，黑白灰的水貂、斑马条纹的花貂、动物本色的貉子皮大衣、黑亮黑亮的狐狸毛斗篷，还有挑染的粉色、绿色彩貂绒，满满登登，如展览一般铺在沙发上。

而祝多枚一身黑色修身内搭，跷着二郎腿，黑发高高扎起马尾，两手摊在身侧，一手抚摸狐狸毛，一手端着一杯她自创的冰美式，像个被战利品包围的女土匪一般，冲葛凡晃了晃杯子说："把这些貂卷一卷，帮我还给王贺元。"

葛凡猜到大概都是老王送的，摸了摸，材质还不错："你们吵架了？谈恋爱吵个架，也没必要啥都往回退啊。"

"谁跟他谈恋爱了？"祝多枚那张标准的瓜子脸垮下来，"你们是不是都以为我跟他谈恋爱呢？"

葛凡不敢说话了："不是吗？"

祝多枚也没废话，站起来，一手夹着两件貂："走，剩下的你扛着，去乐胜煌找他。"

葛凡拉着他姐和满满一车的貂回到乐胜煌，一人扛着一身下来，没敢走正门的电梯，悄悄地从侧门爬上去，一路上也引起不少回头率。

葛凡自知他一个冉冉升起的搞笑网红博主，也算是个豁得出脸皮的，可狼狈地披着一身动物皮毛走在众多同事小弟面前，多少有些害臊。他姐却毫不在意，昂首挺胸地在前面带路，熟门熟路地拐到五楼 VIP 包房，推门进去。不知道看到什么，她将手里的貂往地上一扔，回头摆摆手，招呼葛凡。

葛凡过去一瞧，见王贺元歪在沙发上还没醒，隔得远远的另一张沙发上还睡着一个年轻女孩。他们倒是衣衫整齐，灯也是亮着的，看桌面狼藉一片，也不像是两人单独聚。祝多枚没在意，随手拣了一个空酒杯，往王贺元身上扔过去，说醒醒。

老王和那女孩同时醒的，看到祝多枚和满地的貂，两人都傻了。老王赶紧解释他啥也没干，对天发誓，拿他祖宗发誓，激动时，如果葛凡没拦一下，他就跪了。那年轻女孩快哭了，说本来好几个朋友一起，这帮孙子走了，也不喊她，嫂子，我跟王哥真的啥事都没有！

祝多枚听不下去，翻了个白眼，平静地说："停，我不是你嫂子，我谁的嫂子也不是，我跟王贺元一点关系也没有。"

王贺元觍着脸笑："你看你，净说那话。"

祝多枚恶心坏了，高高地站在那儿，垂眼看着他："我来就是跟你确认一下，咱俩也就是约过几次会的关系，那都是你缠着我求我的，你连我的家门都没进过，我也明确说过不喜欢你，咱俩不是男女朋友关系。你再出去胡说八道，我把你的嘴撕了。"

然后，她突然又想到什么，转头看了眼那女孩身上的托斯卡纳小卷毛皮草，说："老妹，我提醒你一下，他这些皮草都是从长春皮草节尾货里批发的，没啥好玩意，一买买一车，遇到一个女的就送。以后喜欢啥自己买，别把这当回事。"

那女孩闷着头，不说话了。

老王还想努努力："你这是啥意思啊，多枚？"

"这些貂还你，我一件没穿过。"

"可这都我的心意啊，多枚！"

"我没兴趣要。"

"那你一把火烧了吧！"老王激动地一摆手，"烧了得了，反正我是不能往回收！"

祝多枚认真地看了他一眼，说好吧，转头从后面的格子酒柜里挑挑拣拣，选了一瓶最烈的、酒精浓度最高的伏特加，磕在桌角砸碎，将酒洒在那堆皮草上。她又随手拿了一包火柴，划开，扔上去，没动静。再划一根，扔上去，火苗很快熄灭。

她不屑地嘀咕一句，连这便宜酒也卖假的，干脆扯了几张纸巾，堆在皮草上。葛凡和王贺元这时都看出来她是动真格的了，赶紧上去拦着，可来不及了，祝多枚点燃纸巾，又将燃烧着的纸巾塞进皮草中央。

火势虽不大，也很快被扑灭了，没引起消防警报，但店里的客人和胆小的员工一听说有人放火，逃难似的"扑通扑通"往楼下跑。

楼上的动静自然惊动了下面的温都水汇，由此这场大战才拉开序幕。

孟会红当时正在一楼的洗浴部开会，有几个技师想重新排班，她挨个询问意见。这时楼上的八卦通过各种渠道传下来了，大伙都认识祝多枚，自然不能瞒孟会红。孟会红脸一沉，衣服都没换，穿着一身清凉的汗蒸服直奔楼上。

孟会红是听说过祝多枚和王贺元的事的，但因为过去插手过祝多枚的感情生活闹得很不愉快，自知由她出面会适得其反，旁敲侧击地让葛凡去提醒他姐那老王不是个靠谱的，可转头葛凡也被拉黑了。

祝多枚从小就是个又倔又硬的犟种，奶奶去世后，她又独来独往惯了，性子暴躁、脾气差，整天看什么都不顺眼，得谁跟谁斗。孟会红常常觉得，她心情不好时，和路过的狗都能干一仗。

可孟会红也明白，这都是因为童年那段糟心的经历。她那么小的年纪，爸妈就离婚了，妈妈很快再婚漂在外地，爸爸去日本打工联系不上。她一边照顾聋哑的奶奶，一边还要跟欺负她的大爷大娘斗智斗勇。孟会红后来才知道，那些年她走南闯北唱戏寄给大女儿的钱，都被她第一个婆家的哥嫂藏起来了。最艰难的时候，为了给奶奶买一条新棉裤，祝多枚去偷过东西。

那次她就被一个小偷团伙盯上了，要挟她跟他们继续偷，不听话就挨打，听话就有钱拿。隔年春天，孟会红在辽宁乡下临时搭建的戏台上唱戏时，突然接到警察的电话，说她九岁的女儿偷东西被抓到了，当时她的腿就软了。

脸上的戏妆都没卸，孟会红第一时间换乘几趟长途车回家。在派出所见到祝多枚，也不知怎么，她甩手先给孩子一个耳光。祝多枚狠狠地盯着她，隔着已经花掉的戏妆，认出了几年没见过的妈妈，也没哭，上来照着孟会红的手腕咬了一口，像小畜生一样。

虽然没跟任何人说过，孟会红每次回想那一幕都很自责，自己应该先拥抱她的，告诉她别怕，妈妈回来了，妈妈会给她做主，不该打她的。

她带着葛凡来到石城定居后，在跟祝多枚的相处中，无数次警告自己要有耐心，要理解童年那段遭遇对孩子的影响，要克服作为母亲的控制欲，柔软一点、温和一点，但可悲的是这么多年她也改不掉性格里的粗暴。

甚至今天，孟会红听到女儿跟一个油腻、嗜赌的老男人撕起来后，紧张到几乎踉跄地跑过来，气喘吁吁地看到眼前狼狈的景象，听别人重复了一遍事情经过，转头看看女儿对自己不屑一顾的脸，尽管再三提醒自己要维护她，可张嘴说出来的话变了味。

孟会红瞅了眼祝多枚，问了句：“不想跟人谈恋爱，收人家这些衣服干什么？”

一句话就点爆了祝多枚：“你这意思，是我的错了？”

“我不是说你错了，”孟会红努力压着火，“我是说你压根别收就得了，又不是买不起。”

“那就还是我的错。”祝多枚哼了下，“我贪婪、虚荣，老毛病不改，就爱拿别人的呗。”

孟会红蹿起火来：“你说这些干啥！”

祝多枚忽然一阵鼻酸，又使劲地瞪向一边，压制住后，转头说：“行，今天我就把话说明白，这都是他硬塞给我的，不是我要的。”

她指着老王，激动了些：“他还专门当着我学生家长的面塞给我，让人家误会我们是一对。结果转头，用我男朋友的名义跟我学生的家长借钱，找他们办事，还让人家来 KTV 充卡！搞得都以为我在变相收礼，在单位头都抬不起来。”

孟会红气愤地看着老王，不等她说话，葛凡突然冲在前面：“我姐说的是不是真的？”

老王的小眼睛转了转，冲后面的孟会红笑笑，转移话题：“姨，您是明白人，您说祝多枚她收了我的貂……”

葛凡伸手推了老王一把，打断：“我问你呢，你是不是用我姐的名义借钱了？”

老王没见过葛凡真生气，没当回事，甚至笑笑。他这一笑，葛凡忍不了了，狠狠地挥了他一拳，觉得不够，再挥一拳。

王贺元身材瘦小，又宿醉刚醒，被葛凡按在沙发上打，可也不甘吃亏，骂骂咧咧地冲外面喊人。乐胜煌里，他也是有不少小兄弟的，闻声过来都要上。这时，孟会红突然拦在中间，拎着一瓶没开封的啤酒。

“我看谁敢动我，动我下试试？”然后，她转头对身后的葛凡说，“儿子，你给我揍他，狠揍，揍坏了，妈负责！”

孟会红这么一说，葛凡拎着王贺元的领子把人一甩，甩在后面的格子酒柜上，各式各样的洋酒倒下来，摔碎。老王倒在地上，心疼地胡乱看了眼，骂了句脏话，随手操起一个碎酒瓶朝葛凡身上扎。

祝多枚见老王对她弟弟下黑手，咬着牙过去，粗跟长靴朝王贺元手上一踹，把凶器踹掉。

见此情景，与葛凡相熟的几个小伙子立刻站队，站到孟会红旁边，但显然不如对方人多。孟会红跟小庄使了个眼色，小庄会意，悄悄地溜下楼，去温都水汇叫人。

没等小庄下楼，余凯旋就带着两个人上来了。他没多带人，甚至还拦下了几个要跟上来的员工，说别把事情闹大。说是这么说，二凯哥心里是有谱的，他带的这两个人都不是好对付的，一会儿如果自家人没吃亏还好，倘若吃了亏，他们仨也弄得过 KTV 那帮瘦猴。

余凯旋沉着脸走进包房，一眼看见他的二婚妻子孟会红像个女战神一般带着葛凡的几个同事拦在中央。前面是一群同样穿着 KTV 制服的小年轻，后面葛凡和祝多枚姐弟俩把王贺元按在地上打，看着都有点可怜。

二凯哥早不是年轻时要面斗狠的小伙子了，见明显家里人占了便宜，也怕把人打坏，再把警察招来更麻烦，就过去冲那姐弟俩吼了两句，说算了，别打了，甚至友好地拉了王贺元一把。

场面稳下后，余凯旋当着所有的人表态，说了番听起来不偏不倚的话，大意是今天这事就算扯平，大家一个楼里做生意，和和气气的，互相都别计较。王贺元也不傻，自然不答应，哭哭啼啼地说：“挨揍的是我，还砸了我这么多好酒，不能这么算了。”

葛凡的手被划破，流了不少血，刚才又沾了酒，疼得厉害。见余凯旋在控场，他也懒得听老王叽叽歪歪，就去卫生间洗洗手。

这工夫，接到了余九琪的电话。

跟余九琪复述这场大战的前后经过时，他又去了趟办公室，从医药箱里翻出点纱布把手缠上。最后跟她说现在没事了，别担心，有爸在呢。

可电话里，余九琪突然问了句：“孙锡也去了吗？”

葛凡皱眉，没吱声，他现在只要听到小九提这两个字就闹心。

余九琪又解释一句：“我看到群里有人说他去了。”

“我去看看。”

葛凡挂了电话，往回走，猜到如果孙锡真的来了，那应该是老王叫的。

事实确实如此，王贺元自知今天干不过温都水汇了，又不甘心，想找个更狠的来收拾这家流氓土匪，想了半天，论够浑够狠，他最近只服一个人。

于是他两手一摊，说：“乐胜煌我已经兑出去了，打包卖的，你们砸的这些名酒可都是人家的了，跟我没关系，等我把新老板叫来，你们好好论一论，看人家让不让你们赔！”

然后他打了个电话，说稍等，人马上来。

此时，余九琪刚到乐胜煌楼下，小跑着从正门的电梯上去，同时拨了孙锡的电话。

电话倒是接通了，可电梯里信号不好，她轻声叫了下他的名字，听不到任何回应。

电梯停在五楼后，信号终于好些，她快步走向出事的包房，同时正要开口阻止电话里的人出现，突然一抬头，原地怔住。

她看到那个人就站在走廊另一端，与她只隔着几米距离，手机放在耳边，眼尾挑起，目光落在她脸上。

KTV 走廊里的环形壁灯在两人之间隔出一道蓝紫色的光，宛如一种警喻。

他们在明暗之间看着彼此，呼吸声被清晰的手机信号放大，这端急促，那端平缓。余九琪看着他，很短的时间内，虽然知道来不及了，也未必有用，还是恳恳切切、极小声地对着电话说：“别去。”

孙锡却只是重重地看了她一眼，眸光闪了闪，似致歉，又似宣战，而后收起手机，回避眼神，继续向前走。

余九琪蓦然打了个冷战，知道这场混乱不可避免，战争才刚刚开场。

也知道他们之间刚刚重拾起来的那微不足道的信任和默契，从此刻开始，消失清零。

当孙锡和余九琪偶然地、碰巧地，几乎同时从不同的方向走到包房门口时，在场所有人都看过去，瞬间极其安静，眼神互相乱撞，撞出无数的复杂情绪。

这是孟会红第一次见到孙锡，她有点意外，心想这 KTV 的新老板年纪轻轻的，气质倒是极沉稳。

同样盯着孙锡的还有祝多枚，她仔细看着那张危险却还挺诱人的脸，总觉得眼熟。

葛凡就简单多了，了然地瞪了眼孙锡，又看向小九，眼睛在他俩之间转了几个来回。

而余凯旋只是淡淡地看了他一眼，什么也没说，嘴角轻抿，眼底阴沉一片。

哦！祝多枚终于想起来，她见过这个新老板！

前段时间王贺元约她去一个茶楼，他也在，好像是求老王办事，她印象很深，当时这男的说他跟女人借钱，她还骂了他一顿。

祝多枚又迎向他的目光，见他蹙了下眉，看来也认出了自己。

可突然，不知是不是她的错觉，这个跟女人借钱花的人渣短暂地露出一瞬惧色，不动声色地瞄向一旁。

祝多枚顺着他的余光看去，看到另一侧的小九。

“看来也不用我多介绍了，你们互相应该都挺熟的吧！”

王贺元肿着一张脸，瘫坐在KTV豪华包房的地上，手肘撑着沙发，看热闹一般幸灾乐祸地期待这一屋子冤家斗起来。他当然知道孙锡跟澡堂子这家人的恩怨，前几天关于孙誉文的那几条爆款短视频，他也没少看，把孙锡叫来，也是想看他们狗咬狗，咬得越凶越好。

“行，那我再正式介绍一下，这位帅哥以后就是乐胜煌的新主人了。”王贺元咧嘴笑，一笑被打肿的眼睛牵扯着疼，他强忍着，大声说，“叫孙锡！西丰街老孙家的孙锡！”

孙锡掀起眼皮瞅了下王贺元，没什么异样情绪，眼神在几人的脸上略略扫过，最后落在余凯旋那儿，他礼貌地点个头，打了个招呼：“叔。”

包房里安静了几秒，余九琪隔着几步远，看向爸爸，见他罕见地露出真正严肃的神情。

二凯哥平时遇事也常沉着脸，但大多数是故意拿捏的派头，吓唬人用的，这些年能让他称之为威胁的人已经很少了。

余九琪最近看到爸爸这样正颜厉色，一共有两次，两次都是因为偶然遇到孙锡。

她心里沉了沉，片刻间，眼前忽地闪过九年前那场暴雪中，他们之间更残酷的对峙。

余九琪清晰地记得，当时年少的孙锡跪在平整的雪地上，手指上的血一滴滴落下，染红了白毛衣，又滑落着渗入半指深的雪里。

他哭得那样撕心裂肺、那样悔恨，又那样无助。他跪在那儿恳求余凯旋，他说：“叔，我错了，我也没想到会这样，我错了。”

正值壮年的余凯旋弯腰，大力揪起他的毛衣领子，几乎把他凌空拎起来，恶狠狠地说：“以后你滚得远远的，别让我看见你，也别再碰我女儿，听明白了吗？”

他茫然地点头，余凯旋才把他摔在地上，扯着已经哭不出声音的余九琪，像扯着一个没有灵魂的纸糊的玩偶一般走了。

余九琪记得她当时踉踉跄跄地摔了一跤，无意中回头，看到孙锡还跪在雪地里，伏在地上，身上也白茫茫一片，像一座和雪地融为一体的坟墓，只有几缕鲜红刺眼。

那画面仿佛被镌刻在她眼底，只要轻轻眨一眨眼睛，就会唤醒。

…………

“他说你现在是这儿的老板了？”余凯旋蹙眉，扫了眼满地的碎洋酒瓶，“这些确实是我们摔的，你看怎么弄吧？”

余九琪眨眨眼，垂眸，忍下多余的情绪，挪了两步，挪到爸爸那一侧，站在角落里。

孙锡还站在门口，所有人都像躲着他一般，给他让出一块空地。他看也没看满地的狼藉，回答说：“这里现在还不算是我的店。”

余凯旋不耐烦地看了眼他，又看看老王：“到底是不是？”

不等老王说话，孙锡先回答：“正在走合同。”

余凯旋盯着孙锡，问：“打算回来了？”

余凯旋这句话问得冷硬、突然，明显不善。

余九琪顺势看向孙锡，这样的场合下，她不敢传递任何信号，尽量保持自然，小心探查他的表情，思考假设他再说出什么混话，她该如何收场。

在他们谨小慎微的这些年，除了那次事故，从没有此刻这般剑拔弩张，甚至可谓是公开行刑。

余九琪觉得身体轻飘飘的，像是已经看到死神走来的垂暮之人，只要他恶劣地朝她招招手，她也就活到头了。

此刻她唯一庆幸的是，谢天谢地，满屋子人里没有温雯。

“也不算是回来吧，就是想在这边投资一点生意。”

孙锡回视余凯旋，神情谨慎，语气也带着点小心，说：“就当个副业，看看能不能赚点钱。”

说完，他直挺挺地站在那儿，两手垂在身侧，站姿和说出的话一样规规矩矩，与平常判若两人。像是那死神转了个圈摇身一变，走过来一个改邪归正、人畜无害的良人。

可在场的几乎所有人，除了余九琪的所有人，都不会相信孙锡跟“良人”两个字有半毛钱关系。

“石城这破地方有什么好投资的？”葛凡突然插话，“哪有你北京那大买卖好。”

孙锡居然认真地思考了下：“石城的投资环境是一般，但这里不错，市中心、位置好，又挨着口碑好和客流量很大的商户，经营好了稳赚不赔。”

说完，他的眸光转回到余凯旋那儿，眼神比这番话看起来还真诚。

余凯旋依旧绷着脸，冷然地问：“你是早就相中了？”

孙锡一怔：“相中什么？”

余凯旋咬牙，更不耐烦：“乐胜煌！”

孙锡先是“哦”了一声，然后隔着大半个豪华包房，看向里面鼻青脸肿的老王，眸光忽然紧了些，极有压迫感：“也是赶巧，王总生意做了这么多年没新鲜感了，疲了，我运气好吧，刚好碰上他想出兑。”

王贺元冷哼一声，想反驳他睁着眼睛说瞎话，被那威胁意味的眼神硬生生地吓回去了。

可他这番冠冕堂皇的话骗不过葛凡，扬声问：“你会干 KTV 吗？”

“确实没有太多经验，得靠凡哥了，对了，还有各位。”说着，他扫了一圈外围的 KTV 员工，甚至对曾经拿啤酒瓶砸过他脑袋的小庄点点头，温和地说，“以后仰仗大家了，只要看得起我，愿意留下的，我都非常欢迎。”

这话一说，一圈小年轻开始互递眼神。毕竟换老板是板上钉钉的事了，与其为了不相干的人打群架，不如打打自己的小算盘，紧张的局面忽然松弛下来。

余九琪瞄了眼爸爸，见他丝毫没被孙锡这番友好和气的说辞打动，一脸冷厉，甚至更警惕了些。他盯着孙锡看了一会儿，轻飘飘地开口，却说了句重话。

余凯旋说：“石城可不是北京。”

孙锡立刻会意：“我知道，石城有石城的规矩。”

“在这儿做生意可没那么简单。”二凯哥眯起眼睛。

孙锡点点头：“我是有很多不懂的地方。”

“那你还敢回来？”

余九琪听到此，倒吸一口气。

可孙锡却迎上去：“那叔，我可以向你请教吗？”

“请教？”

“请教怎么在这儿做生意。”

“我没什么可以教你的。”

孙锡突然低下了头，像是躲什么一样，然后小声回了句前后逻辑并不严谨的话，像是在回应别的问题。他说：“我明白。”

余九琪那口气缓缓地吐出来，像是缺氧一般，一小阵眩晕。

老王突然觉得不对劲，很不对劲，他把孙锡叫来是斗澡堂子的，这小子怎么还在这儿拜上码头了？

昨天晚上他一副谁也不服的混横嚣张样，怎么今天一见余凯旋，尾巴一夹跟个哈巴狗似的净拣好听的说，完了人家还不领情，三两句话被人怼得头都抬不起来了，熊成这样？

不知道的还以为是窝囊姑爷头一次见老丈人呢！真丧气！

王贺元把话题扯回：“哎哎哎，我这酒怎么算啊？孙锡咱们可不能就这么算了啊？你以后还咋混啊？咋服众啊？”

孙锡轻轻地笑了下，不紧不慢地说：“王总，也没啥值钱的东西，不至于伤了和气。”

王贺元更怒了：“你啥意思？”

孙锡淡淡地说道：“你要我当着大家明说吗？不好吧？”

王贺元想到了什么，看看一圈的人，忽地咬牙不吱声了。孙锡见此情景，觉得今天这场闹剧也该收尾了，便主动说：“别耽误楼上楼下的工作，我正好也想跟王总盘点下店里的东西，可以连这酒一起算算。”

余凯旋沉声接话，让葛凡清点一下损失，回头报个数给他，然后扫了眼余九琪、孟会红和祝多枚，意思是先走。

沉默许久的祝多枚抱着肩膀，虚虚地坐在小吧台的高椅上，始终瞄着门口的孙锡，露出个意味不明的神情，说她留下，毕竟是她惹的事。

而余九琪二话没说，紧跟着爸爸的脚步走了。在门口时，她与孙锡擦肩而过，虽然故意回避，但在身影短暂重叠的那一秒，仓促间，她余光划过，见他仍是那副沉稳的模样。

敛眸，抿着唇，周身冷冽，只脖颈上突出的喉结滚动一下。

刚刚那场混乱中，余九琪很确定，他一次都没有把目光放在自己身上。

一次都没有。

“你怎么来了？”

刚走进温都水汇的大厅，余凯旋支走其他人，转头严肃地看向余九琪，盯着她问。

余九琪预料到爸爸的反应，早就准备好了解释，说她在小群里看到打架直播，不放心来看看，甚至搜出群聊天记录来证明。

孟会红没在意余凯旋的紧张，她自然早就看出孙锡就是这段时间闹得全家鸡犬不宁的杀人犯的儿子，但从刚才短短的接触来看，他似乎并不像大家说的那样不堪，气场是有点唬人，可说话办事是有分寸的，还挺尊敬余凯旋。

红姨一瞬间忘了孙锡曾经把她亲生儿子的脑瓜子打坏的事，直爽地说：“我看这年轻人还挺懂事。”

“你知道啥？”余凯旋不耐烦，“你根本不了解他！”

“他爸犯法，他又没犯过事，不至于一竿子打倒。”

“你知道他没犯过事？”

“犯过吗？”

余凯旋刚要说什么，忽地打住，转头又盯着余九琪，说：“这小子专门回来把楼上的店盘下来，太反常了。我这边倒没事，就是你妈你得盯着点，她如果知道了，指定还得闹。”

余九琪最担心的也是温雯。这两天余九琪小心谨慎地关注着温雯，从她常去的舞厅、清吧，到石城二中对面那家化妆品店，甚至耐着性子时不时跟小富总闲聊来掌握妈妈的行踪状态，就是怕她得知孙锡又回来的消息。

余九琪清楚忌日祭奠之后，温雯像是即将冬眠的猛兽一样陷入疲倦期，烈酒和爱情都不再能让她振奋，唯有仇恨，能唤醒她的生命力。而温雯的生命力，是散着毒意的，是具有破坏性的。

就是因为害怕这种破坏性带来的不可预知的后果，余九琪用一种近乎愚蠢的方式试图掐灭根源，还天真地认为她有这个能力，她可以做到，如今想来那股自以为是的盲目像是个可悲的笑话。

他明明就不想走。

他换了车牌，盘下楼上的店，又口无遮拦地跟葛凡说那些话，他都是故意的。

他做这些，就没打算轻易走。

非要这样吗？非要拉着所有人不得安生吗？

余九琪回神，顺着爸爸刚才的忧虑，给出她深思熟虑的应对方案。她说："爸你能不能去跟我妈聊聊？现在就去，把这件事尽量平和地告诉她，早晚是瞒不住的，只能稳住她的情绪。在这件事上，她会更听你的。我知道你浴池还有工作，要是不复杂的话，我帮你做。可以吗，爸？

余凯旋清楚他的女儿并不像表面看上去那样柔弱，但偶尔也会被她暴露出来的坚韧强大的内核震慑到。不知是不是作为父亲的私心作祟，比起小九此刻的懂事和周到，他更希望她任性一点、娇蛮一点，把本不属于她的责任甩远一点。

"爸，可以吗？"

"好。"

余凯旋立刻联系温雯，得知她跟小富总正打算去吃一家新开张的蒸汽海鲜，随口说他也在附近，蹭顿饭。红姨不想掺和，又去忙活技师排班的事。余九琪上楼，在余凯旋的办公室里坐着。其实没有什么特别的工作，她还是挨到了下班时间，以防临时有情况需要处理，顺便把爸爸的办公室细致地打扫了下。

大概晚饭后，她接到了一通电话。

以为是余凯旋或者温雯，她惶惶不安地接起来，却不料是祝多枚。

祝多枚说她正在温都水汇斜对面的精酿酒馆喝酒，手机快没电了，店里的充电宝也被扫光了，问她在不在附近，方不方便送个充电宝过去。

余九琪松了口气，发现接电话时，额头冒出一层细汗，嘲笑自己过于紧张，神经兮兮。

她随便披了一件余凯旋的羽绒服，来到精酿酒馆，循着吧台扫了一圈，看到扎着高马尾的祝多枚正和阴影里的人聊天。她走过去，拍了下祝多枚的肩。待祝多枚回头，她手里的充电宝还没递过去，就愣在那里。

她没有神经兮兮，也不是过于紧张，她甚至感叹自己过于强大的第六感，能准确地预感到她的生活从此无处不是意外，或陷阱。

阴影里的人，是孙锡。

"一起喝点吗，小九？"

祝多枚让出弧形吧台边缘的位置来，又瞄了眼孙锡，简单地介绍因为下午孙锡在乐胜煌维护了家里人，最后处理得也很得体，就请他喝点东西，算是交个朋友。祝多枚交朋友从不设限，顺眼就行。从某种程度上，她和葛凡社交上的随心所欲都遗传自孟会红。

“孙锡人挺好的。”祝多枚以为她顾忌孙锡的身份，密长的睫毛下的眼睛观察余九琪，“你应该不会跟你妈似的，因为八百年前的事牵连无辜吧？啧，都什么年代了？”

余九琪笑笑：“我浴池那边还有事呢，姐。”

祝多枚撇嘴：“浴池没了你，还不转啦？在这儿陪姐待一会儿。”

余九琪也说不清是余凯旋的羽绒服太厚，还是怪精酿酒馆嘈杂、闷窒，或者是斜对面那抹直白的目光过于烫人，只觉浑身燥热，异常口渴，正想找借口马上溜掉，忽然听到一句让她无法动弹的话。

祝多枚揽了下余九琪，说：“就陪我喝完这杯，等我八卦完孙锡跟他前女友的事，我们一起走。”

余九琪搞不清楚自己是怎么答应的，怎么坐在椅子上的，怎么脱掉厚厚的羽绒服，糊里糊涂又合情合理地留下的。

等她回过神来时，听到斜对面那人幽幽地抛过来一句无波无澜的话，低沉柔和：“你喝点什么吗？”

余九琪这才看向他，看他那双如动物般幽亮的眼睛此刻散发着光，聚在自己的脸上，耐心询问的神情就像对待一个陌生人。

见余九琪没吱声，他就又客客气气地问了句，像是习惯照顾女性的绅士：“苏打水？”

他到底要干什么？

“苏打水，”他对不远处的服务员说，“不带气的。”

“刚才说到哪儿了？”祝多枚呷了一口精酿黑啤，没注意到两人之间微妙的气场，先给余九琪解释，“对了，忘记跟你说了，我第一次见到孙锡的时候，他说他跟女人借钱。”

余九琪觉得自己要石化了。

祝多枚打量余九琪：“我当时也跟你现在一样，震惊了，我还骂了他一顿！刚才聊起来才知道，那是他前女友。”

服务员把罐装的苏打水放在吧台上，余九琪盯着，胃里翻腾，喉咙干涩，好想喝，可孙锡将苏打水拿了过去。

祝多枚接着说：“他那前女友，当年断崖式分手，把他狠狠甩了，跟他动过刀不说，还报警告他。结果两人分手没几年，大半夜骚扰他，打电话要复合，孙锡就跟她借钱，让她死心。精彩吧？”

余九琪浑身无力，她怀疑自己会晕倒在这里，又觉得晕倒了也不错。

祝多枚解释完了，又转头看孙锡：“后来钱你还她了吗？”

孙锡慢条斯理地打开那罐苏打水，倒进一个玻璃杯里，推过去，推到小九面前，瞄了眼她：“还了。”

“都还了？”祝多枚问。

“嗯。”孙锡靠在椅背上，放空视线。

“也是，”祝多枚点头，“人跟人之间不亏不欠的最好。”

余九琪大口喝水，眼神落在吧台一抹幽蓝的光影里，以为这场煎熬到此为止了，忽然听到祝多枚又问了一句更要她命的。

“你俩为啥分手？”

孙锡说：“哪次？”

祝多枚说：“还有好几次吗？”

“最后吗？”孙锡沉默了一会儿，似乎在思考，手肘撑着吧台，半晌后，才慢吞吞地、一字一字地说了句刻意不带任何情绪却暗藏汹涌的话。

“她说她离开我会过得更好。”

“结果呢？”祝多枚问。

余九琪眼睛一阵酸，吧台上那抹光影瞬间模糊了些。她低头埋在装着苏打水的玻璃杯里，一丝一毫都不敢动。

胃里平静了些，身体恢复能量，周遭的噪声减退，于是她也变得耳聪目明起来，清晰地感受到那三个字砸过来的力量。

“她没有。”

孙锡斩钉截铁道。

第十二章

/

那我们为什么要分开

Dong feng chui you sheng

三年前他们不是和平分手的，分个手差点搭进去两条人命的玩笑话，严格说起来，也不算特别夸张。

起初余九琪是计划和平分开的，她找了很多理由和借口试图证明他们之间没有未来，她说她想要正常的婚姻和家庭，不想永远这样背着父母偷偷摸摸。又说她也没那么喜欢大城市、大公司所谓的自由和前途，也许那个寒冷萧条的东北小城更适合她。

孙锡通通不信，一一反驳。这些理由都无法说服他甘心接受这场突如其来的断崖式分手。余九琪又与他冷战，不接电话，敷衍地回信息，偷偷辞了已经转正的工作，买了回家的机票，却骗他那天要跟同学毕业旅行。

可是在前一天晚上，孙锡把她约到家里来，只说要给她做之前答应的什锦炒饭。可她一踏进那套他刚买的用来向她求婚的两居室，就被他关在里面。前后大概五六天，他没让她出去半步。

解释，吵架，改签机票。又吵架，砸东西，再改签机票。改签不了时，退掉，重新买，手机被抢走。从卧室吵到客厅，又从客厅追回卧室。最后他把她圈在床上，控制在怀里，像是穷途末路的困兽一般毫无尊严地求她、哄她，一会儿说爱她，一会儿又恨她。一会儿细数他当年如何为了她逃离家乡，一会儿又怪她来北京主动招惹自己。

趁她短暂安静下来时，又吻她，用他所有的技巧讨好她、取悦她。他甚至把自己物化成一个供她消遣的工具，可换来的是冷冰冰的嫌弃。于是穷途末路的困兽露出凶相，他摘下那枚戒指，露出经年留下的丑陋的疤痕，恶狠狠地说："余九琪你看，这是你欠我的。"

余九琪立刻冲去厨房，拎出一把水果刀，说："那我也割掉一根手指，可以吗？这样可以扯平了吗？"孙锡去抢那把刀，他一阵锥心的疼，却说不清那疼痛的根源是他确定小九真的会伤害自己，还是她宁愿伤害自己也要离开他。

刀被抢了下来，却划伤他的手臂，伤口不算深，她看起来很担心，要他去医院，他不肯。她又去找被他藏起来的手机，说要在网上订一些处理伤口的药。可她刚拿到手机，就躲在次卧里，锁上门，打了 110，说她的变态前男友把她关起来了，报上名字，又报上地址，说"你们快来，不然我会死在这个人渣手里"。

孙锡当时站在客厅，一转身，看到简易的穿衣镜里的自己，一身皱巴巴又空荡荡的家居服，乱糟糟的头发，几天没刮的胡楂和肿着的眼睛，像个吃人的恶鬼，又像个可怜的乞丐。

他一瞬间想不通为什么会把人生搞成这样，自嘲又苦涩地笑了笑。

民警来了之后没多久，他就让她走了。

那是初秋的一个雾霾天，星期二，下午三点半。那是他们在北京见的最后一面。

认真算起来，到今天为止，正好三年零三个月。

此刻的孙锡在距离北京近一千公里外的石城，坐在市中心一家美式风格的精酿酒馆里，手肘虚虚地撑着黑色的玻璃吧台，听着略有些格格不入的抖音神曲背景音乐，又时不时捕捉几句家乡口音的嬉闹喧哗。在一片深蓝色调的暗光下，他一手轻握啤酒杯，一手搭在腿上，微微歪着头，漫不经心地看一眼斜对面。

看着曾经不止一次用最残酷的方式，用诋毁他人格和尊严，甚至让他见血留疤的方式与他分手的前女友。

看她端着那杯已经快喝光的苏打水，头埋在玻璃杯里，脸色诡异的惨白，匀称的手指紧紧握着杯子，因为过分用力，指节多了一层青色。

很难受吗？余九琪。

我比你更难受。

你也许觉得此刻的煎熬很难挨。

但这三年以来，我几乎每天都在咀嚼类似程度的痛苦，只多不少，只增不减。

你曾有过一丝好奇吗？

"我接个电话！"

说话的是坐在两人之间的祝多枚，她的手机振了半天，挂着余九琪专门送来的充电宝接起，似嫌音乐太吵，她站起来，走到安静处去说话。

祝多枚一走，余九琪忽然把头抬起来。

余九琪迎向孙锡散漫的目光，直直薄薄地坐在吧台的高椅上，看到那张陷在幽蓝阴影下的脸正对自己，棱角折叠成细细的一条，仅有的一丝光线恰好勾勒出他锋利的眉眼，罕见地、水汪汪地闪着荧光。

为什么是这种神色呢？你不是应该得意吗？

还是你只是在欣赏和可怜我的败相。

好看吗？孙锡。

我栽在你手里，生死全凭你一句话的样子，好看吗？

“葛凡说他一会儿也过来！”

祝多枚坐回来，喝了一大口啤酒，没注意到两人仓皇分开的已经缭乱失态的眼神，说刚才电话里葛凡说王贺元去医院验伤，要告他们姐弟俩。祝多枚骂了句随他的便，让葛凡该干吗干吗别理他，又顺便说她正忙着跟孙锡、小九喝酒呢，葛凡一听这话，说他也要来，这就来。

余九琪在原地缓了一会儿，才消化掉祝多枚这番话，忽然意识到决不能让葛凡也裹进来，于是匆匆地站起来，说她得走了。她急急地抓起余凯旋那件宽宽大大的羽绒服，低头穿上，边穿边又小声地说：“你们接着聚吧，我得走了。”

祝多枚见她慌慌乱乱，有点奇怪，问：“怎么了，是有什么急事吗？出什么事了吗？你怎么了，小九？”

余九琪只是低着头，手忙脚乱地拉拉链。可二凯哥这件专门找人从上海买回来的限量羽绒服不知怎么了，破拉链怎么都拉不上。她摇摇头，回答姐姐的问题，说没事，继续用力拉，仍旧失败。

算了，不管了，随便一裹就这样走，可她才迈出去一步，就与一个周身裹着冷冽空气的人撞个满怀，一抬头，是刚刚跑进来的葛凡。

葛凡气喘吁吁，低头看了眼余九琪，皱眉：“你怎么了？”然后下意识地看了看坐在阴影里的孙锡，眸光狠厉。

孙锡丝毫没在意葛凡眼里的敌意，顺着那敌意，滑向余九琪。看到她眼睛里润晶晶的通红，像是要哭出来，他心底骤然一紧。

她还真的抬抬手，轻巧地抹了下眼睛，然后说：“我的拉链拉不上了。”

葛凡弯腰，轻松地给她拉上。

她就站在那儿，两只手悬空垂着，像个假人，脑子里在思考该如何结束眼下这危险局面。她必须走，葛凡也不能留下。她有足够理由怀疑孙锡这趟回来是加倍跟所有人讨债的，他不会让他们任何人好过。

于是她问：“哥，你的车在附近吗？”

“嗯。”

“你送我回家吧，我妈在家等我呢。”

“好。”

葛凡虚虚地搭着余九琪的肩膀，先是不耐烦地瞅了眼祝多枚，又狠狠地瞟了眼孙锡，干脆勾着小九揽过来，搂着她离开。

祝多枚当下是觉得奇怪的，本来就是认识了新朋友聊聊天的事，把小九、葛凡叫来也是人多热闹，还能多喝点，而且他俩平时都是大方敞亮、爱交朋友的人，说白了他们这一家子有一个算一个个顶个的社交达人，怎么今天遇到孙锡，这两人从里到外异常别扭？

她转头看了眼孙锡，见他侧着头，眼神紧跟着刚走出门的那两人，嘴角扯起浅浅一道锋利的弧线。

祝多枚也看过去，见葛凡依旧搂着小九，走向对面，怀疑是这兄妹俩冷淡的态度让孙锡下不来台了，就随口找补了一句："我们家很有意思，小九一遇到她那个疯妈的事，就如临大敌；葛凡一遇到小九的事，就慌手慌脚，以前他还顾忌点，现在像是开窍了。"

孙锡回头，看向祝多枚，皱眉。

祝多枚耸耸肩，以为他没听懂，无所谓地笑笑："他们又不是亲的。"

孙锡垂眸，什么也没说。

祝多枚又喝了口酒，忽觉小九一走，周遭气场冷凝不少，有点扫兴。

余九琪在回家的车上就收到了孙锡的信息轰炸，分开也就十分钟不到，她刚从市中心出发，三个简短的、逻辑并不算严密的问句就"嗡嗡"传来。

——不是说约今天吗？

——你刚才是哭了？

——真回家了？

余九琪坐在葛凡这辆二手别克的副驾驶座上，只低头略略看了眼，意思都懂，连起来却猜不透他背后的真实意图。她也懒得猜了，只觉得厌烦和刺眼，又莫名地无助和委屈起来。

葛凡余光瞄了眼余九琪，见她看了眼手机后，脸色更僵白些。虽然她快速地锁了屏，垂着的眼神却迟迟没有抬起。他满腹暴躁和疑问，转头盯着急速倒退的街景，硬生生地按了下去，缓了口气，尽量自然地开口："我也是昨天晚上才知道他把老王的店盘下来了，好像用了点手段，连坑带骗的，胆子不小，也够阴的。"

余九琪没说话，也不知道该说什么。

葛凡不想逼她，就只强调自己的态度："反正我是不会给他打工的，过两天我就辞职。你看着吧，他在这儿干不长，爸不会让他有好日子过的。"

余九琪忽然想起什么，在葛凡娴熟地转向她家街区的方向时，看时间已经九点多了，距离余凯旋去跟温雯吃那顿蒸汽海鲜已经三个多小时了，她给爸爸打了个电话，想问问他是否成功地跟温雯铺垫了这些糟心事。

可余凯旋没有接。余九琪心急如焚，正打算再拨时，弹出了两条微信。

像索命鬼一般，他阴魂不散地又发来两条更让人窒息的。

——晚上能出来一下吗？

——算了，我一会儿去找你。

葛凡把车停在小区门口，温雯家那栋楼紧挨着门口，他便没开进去，停好车后，也卸下安全带："我送你上去。"

余九琪断然拒绝："不用了，你回去吧。"又觉得语气生硬，解释，"我可能得跟我妈聊聊，你在的话不方便。你快回去吧哥，开车慢点。"

下车后，她一步没停，快步走回去。一进楼道，用力地跺脚，借着感应灯边往上跑，边给孙锡回信息，她知道他是说到做到的人。

他说会来找她，就一定会来。

可是手指突然笨拙得不听使唤，半天打不成句子，她干脆发个语音："滚远点，我跟你没话说了。"

跑到六楼时，她的头皮冒出一层细汗。开锁，推门进去，屋里漆黑一片，温雯没回来，不在家。她站在门口，重重地喘着气，也稍微放松了片刻。

但也只有片刻，马上，进来一通微信语音电话。

她以为是余凯旋，她多希望是余凯旋，可手机界面是那个黑漆漆的、只有一截猫尾巴的黑色头像。她觉得自己被逼到了极限，坠到谷底，却也凭空被唤起身体里潜藏已久的无畏。

她按了通话键，凛然地问："我不是让你滚了吗？"

他毫不在意，听声音在车里："我在去你家的路上。"

余九琪攥着拳："我妈在呢，你不怕她下去把你撕了？剁了？"

"你让她来。"他音量不大，却字字咬着牙说，"我早就躲够了，你让她来弄死我，你让她来。"

余九琪一阵发抖，又想到什么："你是在开车吗？"

孙锡愣了下，似乎预料到她的意图。

"信不信我报警？"

孙锡哼笑，混横地说："你也就能拿警察治我。"

然后沉默一会儿，他又说："我到了。"

"到哪儿？"

"你家楼下。"他又恶劣地、轻飘飘地问，"你下来还是我上去？"

余九琪只觉浑身血液沸腾，冲上阁楼，来到冻得结结实实的户外阳台，都不用费劲查看和辨别，一眼就看到他那辆黑漆漆的车像蛰伏的猎豹一般停在对面街上，就挡在他年少时常躲着的那棵桦树前。

只不过有一个穿着代驾公司棉服的人骑着电动车，从他车后刚刚离开。余九琪忽然更绝望了些，倒不是不能用酒驾的名义把他关起来，而是意识到他并不是凭着酒精的刺激冲动发疯，而是经过缜密思虑的。

他是有备而来的。

于是她丧了气，说出的话听上去也似求饶："你不觉得你太欺负人了吗？"

手机里半晌没动静，沉寂片刻后，他闷闷地说："你先下来。"

余九琪没说话，轻轻地吸了口气，又磕磕绊绊地吐出。

“你先下来。”他重复了一遍，语气柔软了些，“行吗？你先下来。”

余九琪忽地鼻酸，也重复了一遍：“孙锡，你不觉得你太欺负人了吗？”

“是吗？”他狠了狠心，“你也知道这种滋味了。”

不知是不是太冷了，眼睛硬生生地被冻得酸痛，余九琪小声地吸了吸鼻子，明白跟他这样耗下去，也没有意义，心一横正要说什么，进来一通电话。

是余凯旋。

二凯哥听起来似乎喝了酒，说他刚跟温雯和小富总聚完，事情他说了，不过是在喝了半箱啤酒后才说的。那时候温雯都醉了，也就刚听明白咋回事，就栽倒了。那小富总也没酒量，陪着喝了两瓶就迷糊了。这两人都睡着了，他就让徐铭给弄到温都水汇，今晚就住在客房部那边，不回去了。

挂电话之前，余凯旋又醉醺醺地跟小九说：“你妈最后听到孙锡回来后，直接就要找你，说不能让他再打你的主意，不能让他再坑你一次。她说我们既然当了你的父母，你叫了我们二十多年爸妈，我们就得为孩子的未来做打算。就算不是为了过去那些恩怨，只为了你，那个杀人犯的儿子也绝对不可以接近我的女儿半步！”

电话里，余凯旋叹了口气，说：“她可能又得折腾一阵子了，但你别怕，有事跟爸说，有爸在呢，别自己一个人扛着。”

余九琪抬起两根被冻红的手指用力地按着眼角，紧紧蹙眉，先挤出一个笑来，然后尽量轻盈地跟爸爸说：“我知道啦，你别担心我了，爸，你早点睡吧。”

“你没事吧九？”余凯旋像是听出了什么，突然问。

“没事啊。”

“你在家吗？”

“对啊。”

“要不你来爸这儿住？”

“不去，你家离我们银行太远了。明天我还得上班呢。”

余九琪最后匆忙地挂了电话，怕没压住的那声哽咽被爸爸听见。

在客厅里坐了十几分钟后，余九琪收拾好了情绪，给孙锡发个信息，说她这就下去。

她又换了身衣服，黑色的长款羽绒服、黑色的超大羊毛围巾、毛线手套、雪地靴。在门口停了下，看了眼家里，关了灯，走出去。

孙锡坐在车子的后排，只开了一小盏顶灯，捏着手机，屏幕对话框停留在她终于答应要下来的位置。他转头看着她家那栋楼，看她熄了灯，一层层走下，拐出来，一身比冬夜还浓的黑色，脚步沉沉地朝他走来。

他在欺负她吗？从某种程度上来说，他承认，是的。

浑蛋吗？他不否认。

后悔吗？好像并没有。

如果非要说后悔的话，他反而后悔没有早点这样做，起码上次接到她那通电话回来时，他就应该这样做。

早就应该接受那个事实的，他的人生除了灰溜溜地逃跑和放弃，想得到任何东西都不是容易的。

余九琪打开后座的车门，见孙锡坐在那里，顿了下。

孙锡把车钥匙递给她，余九琪了然地接过来，走到驾驶位，坐进去。这不是她第一次开孙锡的车，也不是第一次给喝了酒的孙锡当代驾。

启动车子后，余九琪平视前方，淡淡地问：“我们去哪儿？”

“都行。”后面的人说。

“都行？”

“听你的。”

余九琪茫然地看着前方天际线下的冬夜雾霾，氤氲厚重，迫在眼前。

她忽然觉得此刻的他们，像是巨大牢笼下的两只蚂蚁。

当余九琪回过神来时，发现她已经把车开上了高速。

她并不是故意的。

起初她只是想尽快离开她家的街区，绕到东西向主干路后，直接驶向开发区，到了开发区却发现人声嘈杂，哪儿都是人，全国各地拥来的小年轻们像不怕冷也不睡觉一样出来闹，临近午夜甚至堵了车。她不禁感叹今年东北旅游真是实打实的火爆，就连一向萧条冷清的石城也沸腾起来了。

堵了二十分钟后，她绕过一个冰雕小广场，从几个不伦不类的卡通冰雕下疾驰而过，沿路又躲过南方游客尤其钟爱的玩滑冰和雪橇的人工湖，一转向，直奔西边的国营制药厂。药厂是石城数一数二的大型企业，占了西边很大一块地，此时早就下了班，只大楼前侧亮着灯，周围空旷安静，远方天际边的雾霾又压了过来。

余九琪凝视前方，盯着那层层叠叠的冬夜奇观，底层一小圈淡蓝，上面压着沉厚的深灰，有风刮过，深灰翻滚着向下侵蚀，遮天蔽日般吞噬掉微弱的亮色。

余九琪轻踩油门，在那抹亮色彻底消失前，带着孙锡钻入迷雾中去。

等她再回过神来时，发现已经驶入石城开往延吉的高速。

全程一个半小时的车程，孙锡始终斜斜地坐在后面，没说一句话，只有时轻时重的呼吸穿过车里氤氲的热气拍打过来，提醒小九她看似在领路出逃，实则是被挟持逼迫。

她就近下了高速，开到一个县城的入口处，倒不是临时起意，是前方发生了交通事故暂时封路。

车停在一条荒废掉的宽敞砂石路，左边是加油站，右边是一个有着浓厚地方风韵的农家院。隔着车窗，能看到院子雪地上的篝火，听到阵阵笑闹声。

也许是车里太安静了，那群年轻游客的笑闹尤为清晰。不知哪个青涩的小伙子在表白，在众人的起哄下，那三个字喊得真诚又响亮，一遍又一遍。

余九琪就是在这时打破沉默，主动说出她思考了一路的决定：“鸡架店理赔的事情，我问过了，最终调解方案这两天就能定下来，最多也就十五万。就按十五万算，我们一人出一半，再扣掉那九千，剩下的钱我回头转给你。”

后面的人沉默着，没动静。

“因为是大额转账，我得在柜台办理，最快也得明天。”

孙锡还是没说话。

余九琪继续说：“你是想留在石城也好，回去也罢，都是你的自由，你自己决定吧。我承认之前是想劝你走的，我那些话都不真诚、很自私，甚至恶劣，我向你道歉，孙锡。这里也是你的家乡，也有你的亲人。九年前我爸妈赶你走就很不应该，我还变本加厉。”

他动了下，一阵皮质座椅的摩擦声，呼吸也重了些。

余九琪没停，又说：“但是如果你一定要把乐胜煌买下来的话，你得清楚，以后我们两家就都没消停日子了。我爸非常在意温都水汇，他会认为你在楼上是威胁。我妈就更不用说了，她连跟你呼吸一同片空气都受不了。他们一定会去找你麻烦的，我知道你也不会躲了。要真是那样，真闹起来的话……”

余九琪一阵难受，忽然停顿。孙锡倾身过去，似乎要说什么打断她。

她却猛然回头，对上黑暗中他的眼睛：“真闹起来的话，我会站在我爸妈那边的。”

孙锡在黑暗中看她，见她目光凝重，果决坚定，不由得靠近些。

余九琪忽略他的压迫感，再次强调：“就算你威胁我，你把我们的事告诉所有人，说我跟你谈过恋爱、睡过觉……”

孙锡凑过去，压着声音不让她说：“余九琪！”

余九琪仍是盯着他：“我还是会站在我爸妈那边的。”

孙锡伸手，想去抓她的手，余九琪缩了一下。这时，突然有人敲驾驶位的车窗，“咚咚”两声敲碎车内煎熬的纠缠。余九琪转回身，降下一半车窗。

是旁边农家院揽客的伙计，穿着一身红色的大花袄，戴着印有农家院名字的棉帽，手里拿着打印出来的小红书、抖音宣传页面巨幅广告，堵在高速岔路口，看到停下的车都来问问，一张娃娃脸冻得通红，笑得却热情洋溢。

“美女，过来旅游的不？吃饭没？咱们这农家院就在旁边，啥都有，铁锅炖、杀猪菜、烧烤小串样样齐全！”

余九琪笑着说：“不用了哥，我不是旅游的。”

花袄伙计不放弃：“那玩游戏不？咱家一会儿有篝火晚会，跳舞、唱歌、喊麦、直播的都有，拍照也出片，拍出来就跟电影大片似的，买三十块钱的烧烤就能参加。”

“不用了。”

花袄伙计还要继续说什么，后座的车门突然打开，走出来一个沉着脸凶巴巴的男人。他“哦”了一声，眼睛一转，又说：“住宿也有，纯农家火炕，单间，烧柴火的，可热乎了。”

孙锡绕到副驾驶位置，没上车，手肘轻轻地撑在车上，蹙着眉看过去，不耐烦地直直盯着花袄伙计，什么也没说，有些瘆人。

那花袄伙计忽地笑不出来了，搞不明白这帅哥身上的火气和戾气从何而来，自觉他客客气气啥也没干，还挺无辜。他又看了眼驾驶座上这个和善礼貌的女孩，一个杀气腾腾的满脸挫败，一个笑意盈盈又暗藏疲惫，好奇，也有点担心，也知道别多管闲事，点点头，奔向另一辆车。

孙锡坐上副驾驶座，关门，松了松衣领。看着前方围在篝火前跳舞的几个游客，他沉沉地缓口气，脸色在火光下渐渐褪去急躁，眸光收紧，又移向旁边。

他话锋一转，不顺着她聊：“那会儿你是哭了吗？”

见余九琪不答，他又说：“对不起了，把你气哭了。”

余九琪吃不透他突然这样是什么意思：“我没哭。”

孙锡轻笑：“刚才不是挺坦诚的吗？你说的是不是真心话，我是能看出来的。”

余九琪不否认，她精湛的撒谎技巧在孙锡这里一向行不通。这也是为什么不到迫不得已，她不敢也没有必要跟孙锡装傻。

“你都已经故意约祝多枚聊那些事了，怎么不直接说那个人就是我呢？那样不是更痛快吗？”余九琪语带嘲弄。

“不是我约她的，是她叫我的。”孙锡瞄她一眼，沉默片刻，试探地问了句，“假如我真的说了呢？”

“你想说就说好了。”

“你想过后果吗？”

余九琪眼前晃过一些尸横遍野、众叛亲离的画面，她还真的想过：“无非被我妈打一顿，赶出去，我爸也会很失望，他们会说我忘恩负义，说我背叛家庭。我做不成那个澡堂老板家的好女儿了，我大概率就没有家了。”

余九琪以为他想咀嚼她的败相，满足他：“所以你想说就去说吧，孙锡，无非这个下场。”

可他又问：“那如果我没回来呢？不回来，或者像前两次那样灰溜溜地离开呢？你会怎么样？”

怔了片刻，她莫名其妙：“我继续生活啊。”

“什么样的生活？”

篝火前的游客换了一拨，一对夫妻带着两三个孩子。孩子跟着同龄人玩得热闹，那对夫妻却疲惫地站在外围，隔得远远的，都看着熊熊火光发呆。余九琪恍惚地眨眨眼，觉得生活的真相都摊在眼前。

于是她颇为真诚地回答他：“就那样呗，上班下班，结婚生子。”

“那别的呢？”

“别的还有什么？”

“你开心吗？”孙锡大幅度转过身，紧紧锁着她被篝火映红的眼睛，“这样活着你自在吗，余九琪？”

余九琪恍然一震，忽然看向孙锡，沉默了一会儿。她想起也曾用这些听上去很矫情的问题拷问自己，或者渴望更睿智的人为她答疑解惑。她为此痛苦过，也挣扎过，但事实证明，都不如屏蔽感官，随波逐流更轻松。

“这些重要吗？”

“不重要吗？”

余九琪轻笑，眼神涣散，说出一番她无数次用来说服自己的话：“孙锡，你不要太理想化了，大家都是这样活着的，这个世界不是围绕谁转的，谁能真的做到随心所欲呢？你那些问题，不觉得很可笑吗？那些东西真的不重要，没有用，它只会让你活得更混乱。不如简单一点，管好自己，别给别人添麻烦就得了！”

余九琪瞪着他，最后一句似警告。

孙锡却眸光跳跃：“所以你承认了是吗？”

“承认什么？”

“承认你过得并不好，不快乐、不自在，甚至不幸福！”

“那又怎么样？”

“到底是不是？”他逼问。

“是！那又怎么样？”

“那又怎么样？那又怎么样？”孙锡突然按着车座，起身过去，凑近她，眼底一片凶色。

他恶狠狠地说：“那我们为什么要分开？”

不等余九琪反应，孙锡捏住她一只手。余九琪想抽回，孙锡却死死地按住，握在手里，整个人用一种诡异的姿态半罩在她身上，将她圈在驾驶座，压着声音狠狠地说：“那年在北京我为什么答应让你走的，你记得吗？你说你不想跟我在一起，你说你不快乐了，你说你回来才能真正开心。我问你，我说……”

“孙锡！”

余九琪忽然明白他刚才那番循循善诱的意图了，也知道他想说什么，她不想听，也不敢听，用另一只手去推他，也被按住，扣在一起。

余九琪凛然地抬眸，对上那双已经失控的、像狼一般的眼睛。

“你听我说完！”孙锡几乎贴着她的脸，滚烫的鼻息烤得人心躁乱。

他盯着她，继续：“当时我问过你，我当着那么多人问你，问过你好几遍，你是不是真的确定离开我会过得更好？如果你确定，我就让你走。你说你确定！你说你确定！所以我才答应分手！我才让你走的！可是九，宝宝……”

他突然哽咽了下，贴近她，几乎擦着她的唇，哄她，又似蛊惑她：“……如果事实是这样，那我们为什么要分开呢？”

你并没有过得更好，那我放你走的意义是什么呢？

我们都没有更幸福，那为什么要分开呢？

余九琪突然很想哭，甚至已经哭出声来。孙锡瞬间不忍，抬手试图摸她的脸。余九琪却趁着孙锡松手，用力推开他，慌忙下车。

孙锡咬着牙，转身也下车，追出去。

余九琪当然记得。

她当然记得三年零三个月前，北京初秋的一个雾霾天，星期二，下午三点半。

在她打电话报了警后，民警和小区的保安一起上来，软硬兼施地做孙锡的工作，让他别执迷不悟，让他接受分手。

孙锡一身狼狈，手臂上流着血，紧抓着余九琪的手不放。他们一高一低地坐着，她转过头，不忍心看他那样难堪，却忍心说最难听的话。

她说："我受够你了，我不想跟你苟且生活，不喜欢你的房子，也不想留在北京。你看看你的样子，你是在哭吗？孙锡，你真的让我好累，我只有离开你才会快乐，才会过得好！"

然后，他一遍一遍地问，她攥着拳，一遍遍地答。

在走出他的家门时，余九琪一步也没停，更不敢回头看。她在心里替他诅咒自己，如此恶毒地去践踏一个人，会遭报应的。

所以不快乐、不幸福，是我应得的。

我畏畏缩缩地活着，面目模糊地活着，胆战心惊地活着，都是我应得的下场。

是我背弃爱人的报应。

你应该高兴才对。

余九琪忽然觉得冷极了，发现下车时没有穿羽绒服，抱着胳膊，大步直奔不远处红彤彤的篝火而去。她甚至想冲进火里，埋进火里，像一缕散灰一样扬在火里。

有人从后面拉住了她，准确地说，是把她拖住、抱住，用羽绒服裹住，手臂揽着她的腰，紧紧地塞进自己的怀里。

他的下巴抵着她的头顶，用力地蹭了蹭，低声跟她说话，鼻音有点重，难得温柔。

孙锡说："我不是要毁掉你的生活，只是想戳破点真相。"

余九琪看着熊熊的火堆，看着火苗像跳舞一般腾腾跃起，渐渐没那么冷了，心里也静了些。周遭真实的欢闹声将她拉回现实，背后紧实有力的心跳声显得咄咄逼人。她眨了眨眼，回应他那句话。

"然后呢，孙锡？"

她转过身，离他远了些，他想过来，她又退了一步。

他们之间似乎一直这样，从年少时开始，那一步远的距离就如诅咒一般悬在他们之间，只要抱着侥幸心理试图靠近，就会得到两败俱伤的反噬。

于是她攥着拳，哽咽地问："看到我过得糟糕、失败、不快乐，然后呢？"

孙锡没料到她这样，愣在那里。

"然后你来救我吗？"

孙锡转头看向篝火，半晌才回头，眼底的红比火还浓。

余九琪吸了吸鼻子，轻轻地说：“可你看到了，你只能让我的生活更混乱啊。”

孙锡上前一步，告诉自己不能让，如果此刻让步，就都输了：“我可以注意点，不让他们发现……”

余九琪懂他的意思，后退一步，忍着鼻酸：“那多委屈啊。”

“不委屈。”

“可我觉得委屈。”

孙锡眼眶热辣，再上前一步，伸手，又试图靠近她。

余九琪觉得快到绝路了，语无伦次起来：“你能别这样吗？如果你真的想让我过得好，难道不应该听我的吗？我想要你好好过自己的生活，离开，走，或者……”

忽然愣住，她很震惊自己会说出这样的话。

孙锡停步，脸惨白得不像话。

余九琪低头，小声地自言自语般说道：“或者我来！”

余九琪突然侧身，绕过他，跑掉。

孙锡恍惚一下，才明白她话里的意思，转身就要追过去。可不知从哪儿跑来几个孩子，挡住了路，他绕了半天，再抬头，她已经跑远了。

于是他就看着风将她散着的头发吹起，白色的宽松毛衣迎风鼓动，看着她穿过院子，穿过一小片空无一人的野坡，像一面奔向自由的旗帜，跑向他的车子。

孙锡大步追过去。

余九琪上了车，立刻发动车。可县城入口的路灯不够多，周围的车和人流也杂，她浑浑噩噩的，躲过两辆车，再往前时，突然看见一个人冲到车前。

孙锡跑到车的正前方，在夜色下，定定地看着她。

他疯了吗？

余九琪脚下没有停，她知道一念之差，几秒钟，就真的撞到他。

他没有躲。

余九琪在车里，终于绷不住了，大哭起来。

可几乎立刻，她突然躲过他，紧急转向。

她狠狠地踩下油门，直直向前，“轰隆”一声，撞到一棵粗壮的槐树。

第十三章

/

我跟你走

Dong feng chui you sheng

雾霾沉沉地压下来，气压骤降，夜空跟着下坠，一场暴雪近在眼前。

一声巨响和随之响起的刺耳警报震碎迷雾下的躁动，游客们停下手中的娱乐，纷纷看向事故发生地。世界仿佛静止片刻，除了腾腾燃烧的篝火，只有一道踉跄又钝重的脚步声尤为清晰。

像是跋涉在泥泞里，又仿佛踩在轻薄的大雪中，孙锡用尽全身力气跑向那辆车。到车前时，他才想起忘了呼吸。他重重地吸了一口气，才能说话，可一开口，声音哑到只有自己能听到。

他冲车里只说了一个字——九。

然后，他去拉车门，拉不动，又开始砸窗，用最大的力气砸，似乎要引起她的注意，一下一下地砸。渐渐嗓子恢复了些，他大声喊："九，余九琪，你把门打开！你看着我，你看着我，你把门打开！"

余九琪愣怔地坐在驾驶位，人没有大碍，但迟迟缓不过神来，就看着前方她撞向的那棵枯槐树，看着它的粗壮树干、干枯枝丫，看着上面不知谁挂的一个红灯笼，看着那灯笼上手绘的红心，眼睛一眨不眨，脸色白得吓人。

“余九琪！”已经砸红了的手紧紧握拳，头抵在驾驶位的车窗上，一阵锥心的痛，孙锡无力地重复，“……你把门打开！”

周围聚过来几位老乡，大家七嘴八舌要帮忙，说这姑娘看起来像是吓傻了，不行就找东西把门撬开吧。

人越来越多，挡住了前方的视线，余九琪这才从那个红灯笼上移开眼睛，回过神来，转头看到孙锡，顿了顿，按下车锁。

孙锡迅速打开车门，蹲下去，检查一圈她的脸和身体，确定无碍，又看着她，用力地看着她：“没事了，没事了。”

余九琪也不知为什么，看着孙锡，眼泪扑簌簌掉下来。她甚至没出任何声音，看着也没有任何情绪，眼泪却停不下来。

孙锡慌忙抬手，帮她擦，一只手不够，干脆两只拇指胡乱地去蹭了蹭。他的力气稍重，她白皙的脸上蹭出些淡红，可仍不管用。最后他只好捧起她的脸，先是闭上眼睛，狠狠压下心底的疼，才镇定地看着她，问：“你怎么了九？”

余九琪凝视孙锡：“对不起。”

孙锡更难受：“不用，你没有对不起任何人。”

“我把你的车撞坏了。”

孙锡紧紧地皱着眉：“没事。”

“我得给你修。”

“不用。”

“我得修，是我撞坏的，我得修。”她莫名坚持。

“行。”孙锡又擦了擦她的脸，“好。”

然后他抬头看了下周围，发现有几个举着手机的游客朝他们拍，不免警惕，怕被拍些照片和视频传到网上，于是搂过余九琪的头，挡着她的脸。正想吼他们两句时，人群里忽然有人喊了一声。

“下雪了！”

雪花真的落下来。

稀稀落落，又饱满厚重，大片大片地坠下，一丝风也没有，轻飘飘地在眼前旋转，是那种典型的絮状鹅毛大雪。

余九琪盯着孙锡鼻尖上的一朵雪花，盯着它被他的体温融化，化成一小摊晶莹的液体。

这才觉得此刻他的存在真实了些。

比起突发的小事故，显然漫天纷扬的大雪更能引起游客们的兴趣，大家转而掉转镜头去拍雪、拍天地、拍大自然恩赐给人类的浪漫奇观。

孙锡趁机蹲下去，想把小九抱起来，她拦了一下，说：“我能走。”

孙锡帮她把羽绒服穿上，帽子兜住头顶。她低着头，他牵着她，走出那一小片事故的发生地。他朝四周看了看，朝一个脸熟的人走去。

径直走到那个穿大红袄的农家院伙计跟前，孙锡礼貌地打了个招呼，问附近有没有修车的。那花袄伙计的眼神在两人之间转了转，给了一个电话。

修车厂的人很快就来了，检查一遍，要换个保险杠和轮胎，但得从石城市区调零件，这么晚没法弄，明天一早才能修。没办法，他们只能临时住一宿。

又回车上简单地收拾一下东西，孙锡搜了搜附近能住宿的地方，再与余九琪商量。她没有任何意见，眼底一片疲惫。

半小时后，他俩站在了农家院的前台。

值守前台的还是那位娃娃脸的花袄伙计，他解释这个点前台大姐去直播间 PK 了，他临时帮着盯一会儿，低头查了下，只剩一间精装的土炕房了，问："你们要住一起吗？"

孙锡点头，说是。

花袄伙计看了眼旁边沉默着的女孩，不免狐疑两人的关系。毕竟大半夜跑到县城的农家院又哭又闹到撞车的并不常见，担心这姑娘有什么安全隐患，又问："两位是什么关系？没别的，就是店里登记用。"

孙锡说："情侣。"

花袄伙计看向余九琪："是吗？"

余九琪"嗯"了一声，声音懒懒的："他是我男朋友。"

花袄伙计要了两人的身份证，看了看，似乎壮了个胆，又瞄着孙锡："那她叫什么？"

孙锡愣了下，知道他的意思，配合："余九琪。"

"地址呢？"

他低沉而流畅地、缓缓地报了个地址。

花袄伙计认真地检查了一下，一字不差，可还是不放心，继续问："生日？"

孙锡盯着花袄伙计，眼底结了层霜一般碎："1999 年 12 月 29 日。"

然后，他眼里的碎光一闪，扫向花袄伙计后面墙上的时钟，已经过了午夜十二点了，这狼狈且惨败的一天终于结束了。

今天是 27 号。

于是他恍惚了下，自言自语般又说："后天，后天是她的生日。"

余九琪轻眨了下眼，睫毛缓缓地扇动。

以这样的关系临时住在一起实属无奈，不过在外过夜同处一室这种事，他们并不陌生。

在北京时，他们也出去玩过几次，都是短途，甚至当天往返，因为余九琪严重认床，在外面很难睡踏实。孙锡倒是无所谓，犯了困，随时随地在哪儿都能睡。有一次他们跟着户外徒步团在峡谷的帐篷里过夜，又冷又潮，外面还有动物嚎叫，即便如此孙锡也扎扎实实地享受了六小时的深度睡眠。

余九琪清楚她今晚是睡不好的，算算时间，再过五六个小时天就亮了，不难挨。

她以为不难挨。

熄灯后一小时左右，她听到旁边的人坐起来，挪下炕，出去了一次，卷了些冷气回来。隔了一会儿，他又出去一趟，带了些烟味回来。

他轻手轻脚地终于躺下，熬了一会儿，又轻轻地翻身，面朝她。呼吸声清晰、粗重，无节奏时急时缓地袭来。

外面雪飘如絮，余九琪闭着眼睛，仍觉面前的目光烫人。

她想或许是头昏脑涨生出的错觉。

她囫囵地眯了一会儿，睡得并不踏实，哪怕身体想放松，大脑依旧活跃地重演着这疲惫漫长的一天。

一遍一遍地重演这一天最惊心动魄的一幕。

她以为应该是在KTV里目睹孙锡和余凯旋对峙，或者在精酿酒馆里孙锡跟祝多枚聊起她，或者他咄咄逼人地追到她家楼下，又在县城的农家院力逼她表态，可都不是。是当她走投无路冲动下想随便找个地方撞过去时，他突然出现在车前。

她在混沌的梦里一次次地重复那一刻，一次次地喊他躲开，又一次次地撞过去。

她清楚，当时她真的会撞过去的。

他怎么不躲呢？

隐约地，脸上生出一阵干燥又温热的触感，轻轻地在她眼睛下划了下，划出一道粗粝。她以为还是梦，缓缓地睁开眼，对上一双漆黑的眸子。

又看了眼他刚刚缩回去的手，手背上是敲窗留下的红肿，手指上沾着一片莹亮，像是雪花在上面停留过。

余九琪安静地凝视他，勾勒着那张脸，又默默地念叨了一遍："怎么不躲呢？我是真的会撞过去的。"

孙锡眉头一紧，突然凑过去，轻轻地吻了一下她的脸，又立刻缩回来，眸光谨慎地观察她，像是犯了错的孩子。

碎花窗帘露出一角，窗外漫天大雪，白茫茫一片，遮天盖地。

忽然庆幸遇到这场意外的大雪，纷纷扬扬的，能矫饰浪漫，也能掩盖罪行。

既然如此，余九琪目光下滑，停在他的唇上，脑子一片空白，本能地轻轻抬头，凑过去，吻上孙锡。

她久久没有离开，直到孙锡的手指绕过她的脖颈，扶着后脑，把她推开，一双已然熏黑了的眼睛狠狠地盯着她看。

他手上的力气重了些，眸底闪着光，似惊喜，又似意外，最后锁着她的眼，要答案。

余九琪又凑过去，可刚沾上他的唇，就被粗暴地推开，又压上来，用力地吻下去，同时掀开她的被子，不给她任何犹豫的时间，滑进她的衣服里。

那个吻层层加深，没停过。

余九琪由着他，细细长长的胳膊搭在他背后，手指柔柔地插进他的短发里，按在刺手的发茬上，细细地揉搓。随着身体熟悉的痛感袭来，她闭上眼睛，指尖也跟着翘起来。

她还想翘得更高。

他没有用任何技巧，没给她任何空隙，只在她终于忍不住哼出声来时，突然停下。

然后他恶劣地露出骨子里那副混账模样，捏着她的下巴：“看着我。”

余九琪看着他，不知为何，他看上去似乎很痛苦。

他皱眉，额头上暴着清晰的几条筋脉，说出的话也并不轻松，每个字都像往他心里扎一样：“跟我走。”

三个字，一字一字地，也往她心里扎了个遍。

他抵着她，又问：“要不我留下？”

可她不想在这种时候被要挟，也不确定他此刻是否理智，忍着不答。

他又来，却不给痛快：“你选。”

余九琪忽然手脚并用，紧紧缠住他，搂着他的脖子，用力地把他向下拽，又挺身上前，头凑近他的耳朵。

孙锡以为她要给答案了，却冷不防地被狠狠咬了一口。

他吃痛地骂了句脏话，推开她，把头按到一边，不管不顾起来。

余九琪的指尖高高翘起，又徐徐落下。

雪越下越大。

她沉沉地睡了一觉。

这漫长的一天终于结束了。

余九琪再醒来时，天已大亮，身边已经没人了，被褥掀开堆着，枕头挨着她，凹痕都已平复。

她独自安静地坐了一会儿。

一寸寸地，将昨夜的荒唐在心底悄悄收拾妥当。

孙锡打来电话时，余九琪正准备洗脸。他的声音听着难得轻快，说他刚跟修车厂的人把零件弄好，正在修，修好至少还得两个小时，问她早饭出来吃还是在屋里，可以帮她带进去。

然后他又说：“早餐他们准备得不多，都抢呢。”

余九琪问：“都有什么？”

“我看看。”孙锡走了几步，隔了一会儿说，“馄饨、酸菜蒸饺、葱油饼、鸡蛋。”

“帮我带一碗馄饨吧，谢谢。”

他顿了下，没有回话，挂了电话。

洗完脸，手机又响起来，余九琪以为馄饨被抢没了，想着酸菜蒸饺也可以，拿起手机一看，来电的不是孙锡。

手机上显示一个字的名称：妈。

妈？

温雯！

余九琪如踩了雷一般瞬间心中警铃大作，拿着烫手的手机站在那儿，看了一圈这间满族民俗风的农家院精装土炕房，思考着如何撒谎及怎么圆。仓促间，她一咬牙要接起时，铃声忽地断了。

她以为侥幸逃过一劫，却不料温雯直接拨来一个视频电话。

余九琪很清楚，电话她还能胡搅蛮缠躲过去，视频就必须慎重面对了。这就是赤裸裸的查岗，晚接一秒都会有暴露风险。

于是她立刻接通，几乎同时，看到孙锡端着装有两碗热气腾腾的馄饨的餐盘走进房间。

虽没有硝烟，余九琪却觉得脚下那颗雷已经炸了。

情急之下，余九琪只能冲门口竖起一根手指，示意他别说话，脸对着手机镜头，笑盈盈地看着坐在家里的沙发上的妈妈，略带夸张地喊了一声："妈！"

孙锡站在那儿，抿紧唇，捏着铝制餐盘的手用了点力。

"你昨天没在家住吗？"温雯的声音有点哑。

"嗯，我在县里呢。"余九琪慢悠悠地说出刚刚编出来的谎话，"我临时出差了，就那些农业商贷业务，临时出了点状况，今天一早就得去村里看看。昨晚不是有雪吗？就干脆住到县里来了，折腾半宿，好累。"

孙锡突然看了她一眼，意味不明。

"你现在在哪儿呢？"

"县里的农家院。"余九琪后悔说出那后半句，忽略旁边的眼神，对着镜头极自然地说，"妈，我住的是一个满族民俗房间，还挺特别的。我还想跟我爸说呢，咱家浴池的客房部也可以弄一个。我给你看看！"

说着，她真的拿手机对着窗户位置左右照了照。当然，她精准地将镜头控制在两扇木窗和中间的民俗装饰上，同时灵巧地冲孙锡摆摆手，意思是躲远点，别穿帮。

孙锡干脆挪了几步，坐在炕沿上。

他很确定余九琪不会给温雯拍火炕，因为那上面还凌乱地堆着他们折腾半宿的被褥。两套床褥、两只枕头，中间几乎没有距离。

他的眸光从凌乱的被褥上移开，想起昨晚的含糊其词，手上一阵酸，将餐盘放在旁边的木桌上。

"你跟谁去的？"电话里，温雯又问。

"欢欢啊。"

"王欢？"

"嗯。"余九琪站在窗前，镜头冲着自己，"但她得去银行拿点资料，她开车嘛，来回方便，等会儿我们直接在村里会合。"

温雯沉默片刻，像是信了，话锋一转："九，那谁……"

余九琪当然清楚她想提的人是谁，忙打断："妈，我得出发了，去村里的公交车上午就一趟。"

"今天能回来吗？"

余九琪说："我晚上回去。"

温雯像是不放心：“下雪了，路上注意点。”

“我知道了。”

她又说：“晚上想吃什么？妈领你吃火锅去？就咱们俩。”

余九琪莫名一阵鼻酸：“好，妈妈。”

电话挂了之后，提着的那口气还没喘匀，余九琪靠着窗户，翻手机立刻给同事王欢打电话，让对方临时帮个忙，今天陪她跑一趟乡下，再带点资料过来，大恩不言谢。

经常撒谎的人都明白那个道理，评价一个谎言高超与否的标准，不是紧急事态下的编造技巧，如何圆得天衣无缝才是真本事。

孙锡眯着眼睛打量她，没忍住笑了笑。

挂了同事的电话后，余九琪又给组长打了一个，解释离元旦越来越近了，她想不如直接去一趟客户家，调查一下实际情况，也顺便当面把业务聊清楚。好说歹说，又立了军令状，才成功。

那口气堪堪吐出一半，她转身看了眼窗外，见雪积了厚厚一层，两个伙计在铲雪，很快清出一块露着砂石的空地来。

大雪什么也藏不住，终究会露出来的。

一转头，撞上对面一夜凌乱前的黑漆漆眼神，余九琪躲了一下，想起什么，又冷厉地看过去。

这么多年了，孙锡从不掩饰与她之间的默契，主动说：“等车修好了，我送你去。”

余九琪没拒绝，但解释：“公交车确实只有一趟，早就走了。”

“嗯。”

她再解释：“而且雪这么大，村里的公交车也可能会停。”

“嗯。”

“也是没办法。”

“我说了我送你去。”他皱了皱眉。

“那麻烦你了。”

孙锡没再说话，看着她，神色探究起来。

从县城去客户村里的路上，孙锡和余九琪又吵了起来。

起初在高速路口等王欢时，氛围还是挺融洽的。

孙锡修好车后，又去加了油，就停在了县城高速路口的加油站，给余九琪发个信息，问用不用去农家院接她。余九琪说不用，也不远，她退了房直接过来。

他又说过来小心点，路挺滑的。余九琪回了个发射爱心的 OK 表情包。

孙锡盯着那个“扑扑”往外弹射粉红色小爱心的表情包，虽然爱心不大，也就一颗，还是打赌她发错了，打赌她会立刻撤回。如果五秒内没被撤回的话，他抿着唇发了个毒誓，下次再遇到昨天晚上那种事，他最多只能发挥出八成水平。

三分钟过去了，那个表情包仍在。他转头看着窗外被大雪覆盖的县城一角，皱着眉头，嘴角却翘起，拗出一个智商堪忧的表情。他想反正他发过的誓多了，没几个能坚持到底的，转头长按表情包，点了收藏。

余九琪是从车后走过来的，孙锡看着她鸟悄地踩着没清干净的雪，一步一步地、慢悠悠地走到车尾。他以为她又要坐后面，她却直接打开副驾驶座的车门，又递过来一瓶矿泉水。

“没有冰镇的了，但这个天气，常温也跟冰镇的差不多。”

孙锡接过来，想着应该表达点什么，说：“谢谢。”

余九琪坐好，关上车门，低头拿出手机：“不客气的。”

孙锡觉得让她误会了，他并非在客气。客气在这个人与人之间界限感全国最低的地域，对两个共享不止一段纠葛还缠在一起的人来说，是个生分的词，约等于不熟，甚至敌视。

于是他想找补两句，可话还没说出口，她就扬声打起了电话。

“喂，高大爷吗？我是银行的小余呀……”余九琪冲他点点头，意思是有话咱们等会儿再说。

孙锡平静地斜坐在驾驶座，暗自松口气。雪后的日光从她那一侧照过来，零散地打碎在他眼前，在黑色的方向盘和车头上投下一块块光晕，随着她说话时的小动作，光晕重组、变化，绕得人心慵懒。

仿佛真的是片刻美好时光。

他也就不再回避看她的眼神了。她还是那身与他一起逃离石城时的黑色，早晨似乎洗了头，吹干后高高地在头顶团成散髻，露出整张干净清丽的脸。她是典型的鹅蛋脸，前些年还有点婴儿肥，如今两颊薄了许多，五官显得更立体，笑起来时，那两枚梨涡都更明显些。

那两枚梨涡突然朝向自己。

“我同事到了，我下去一趟。”她笑笑说。

她下车后，孙锡忽觉开着空调的车里有些闷，半降车窗，放了些冷空气进来。正好见余九琪走向不远处斜对面的一辆白色汽车，站在驾驶位，里面一个年轻女孩递给她一袋文件。

王欢本来是答应陪着余九琪去乡下的，可早晨她一岁的女儿突然发高烧，婆婆跟着小姑子一家去三亚旅游了，老公请不下来假，她就走不开了，只能帮余九琪把资料送来，额外还带来一台数码相机，说是组长交代最好能去客户的养牛场实地拍些照片。

余九琪想着本来就是请人家临时帮个忙，能把资料送来就很好了，其他的她自己也能处理，回来好歹还有孙锡的车，就让王欢赶紧回家照顾孩子。

走之前，王欢想起一件事，突然问：“你认识一个叫‘雪姐’的人吗？”

“什么雪姐？全名叫什么？”

“不知道。就今天我在银行大厅和组长说起跟你来富满村的事，她就在旁边取号排队，问起你来。”王欢想了想，“那女的长得挺有特点的，大高个，寸头，但挺朴实的。”

余九琪摇摇头表示不认识，又说：“她问我什么了？”

“就问你是不是去年破了养老金诈骗案的那个小柜员。”

余九琪了然地点头，说：“可能是哪个老人的家属吧。偶尔也有些家属为了感谢她来送点小礼物什么的，不用当回事。快回去吧，欢欢。”

王欢又看了她一眼：“九，你怎么临时出个差，还挺高兴的呢？”

“我高兴吗？”

“啊，你一直在笑啊。”王欢瞅她。

余九琪摆摆手说：“我就这样，你见过余小九不笑的时候吗？”

王欢一愣，又瞟了眼斜对面那辆眼生的车和车里露出半张脸的男人，自然看到她是从那辆车下来的，问：“那是谁啊？”

余九琪也回了下头：“朋友。”

王欢显然不信，音量大了些：“什么朋友？”

余九琪笑：“就朋友。”眼神散了散，又说，“认识很多年的很好的朋友。”

再回来时，孙锡已经把车窗关严了。

余九琪坐好后，想啰唆几句王欢的事，可才开个头，就被旁边的人打断，也不知怎么了，突然瓮声瓮气的。

孙锡说：“地址呢？”

余九琪报了个客户家的地址，孙锡输入车载导航，可他的导航没更新到最新版本，不能精准到东北县级市下的小村庄。余九琪只好用自己的导航搜路线，告诉他怎么走。

也就四十分钟的车程，他们足足花了一个半小时才看到竖着路牌的富满村。

乡下的路不好走是一方面，更主要的是他俩指东打西没配合好，绕了不少路。余九琪看错过路线，让孙锡白兜了一大圈，孙锡也拐错过方向，余九琪就抱怨几句跟客户约的时间要到了。最后好不容易开到了富满村，还是不对，富满村分为东、西两个村，客户在西村，他们却跑到东村来了。

这工夫，日头已经升到正中了，两个人都耐心耗尽，没了好脸色，本来就是掰扯路线拌拌嘴，逐渐过渡成掏心掏肺的吵架。

起先还算是在可控范围内。

余九琪死盯着手机中的导航路线，小声地埋怨：“刚才我就说从那条小路拐，那肯定是西村。”

孙锡沉着脸看着前方：“我当时问过你的，你说你不确定。”

“是导航没这么导，其实我是确定的。”

“那你怪导航，别怪我。”

“我没说怪你。”

然后，余九琪忽然指着前方的分岔路，扬声叮嘱：“孙锡，孙锡，就是这条路，往右拐，你可别再拐错了！”

孙锡转头看她一眼，耷拉着眼皮，看着懒洋洋的，眸光却阴沉，一副“你再多说一句话试试”的混账样。

但余九琪不怕他，起码他这副样子威胁不了她，于是车开进村里后，她又喋喋不休地交代起来。

“等会儿你就在车里等我吧，我签点资料，再去趟养牛场，两个小时就能结束。你要是饿了，可以去村里的超市买点吃的。”

“养牛场远吗？”

余九琪说就在村子边上，离客户家不远，见他似乎有意跟着一起，她垂眸琢磨了下，委婉地拒绝。

“你脸生，你在旁边，客户可能会不方便。”

“你说我是你的同事不就得了。”

“他来过石城，我们组那几个人他都见过。”

“那就说我是你的朋友。”

“朋友也不……”

“不行吗？”孙锡突然没忍住，脱口而出，“认识很多年的很好的朋友也不行吗？”

余九琪震惊地转头看他，见他绷着下颌，紧紧皱眉，似乎也在因为失控而懊恼，那张平日里就凶巴巴的脸更烦躁了些。

其实她并不意外，那会儿她就猜到了，他应该是听到了。她莫名一阵歉疚，就解释两句。

“我不是那个意思。”

“那是什么意思？”

“你何必这么较真呢？”

“我就较真。”

“那我说得也没错吧？你就是我认识很多年的很好的朋友。”

“哦，那你会跟认识很多年的很好的朋友上床吗？”孙锡握着方向盘，转头看她，眼神黑压压的，几乎咬牙切齿，“而且就在昨天晚上。”

车开进村里的小路，离那位曾经缠着她批贷款还差点投诉她的养牛大爷家只剩几百米距离，本可以忍下去的，余九琪却也绷不住，火气被点起来，索性故意道：“上床也不代表什么。”

他冷笑：“你现在真是出息了，余九琪。”

余九琪见客户家马上到了，哄他：“你等我忙完，咱俩聊聊。”

可他今天没那么好哄：“有话你现在就说。”

“算了，这些不重要。”

“不重要？那什么重要？”

他把车停好，转头看她，看似带着情绪说气话，却句句戳心：“你工作重要、家庭重要，你父母的恩情重要、澡堂子重要，养牛场更重要……”

余九琪瞪他：“孙锡。”

孙锡看她，吞回去半句话，稍作修改：“……我无所谓。你自己呢？”

余九琪快速卸下安全带，知道他的话还没说完，她不想听，不想回复，暂时不想也没有精力面对。

可就在她下车前，那句话还是从驾驶位沉甸甸地传过来，尽管他压着声音，可每个字都重重地锤在她头上，荡起阵阵耳鸣般的嗡响。

他说：“你自己重要吗？”

余九琪只是看了他一眼，没回答，关上车门。

不知是不是她看错了，那一刻的孙锡，露出一丝怜悯来。

你自己重要吗？

我重要吗？

余九琪走进养牛大爷高万福家里时，心里坠着这句话，得不到片刻安宁，就连客户专门给她准备的农家饭也没动一口，只喝了一杯茶，直接拿出资料谈工作。她也不确定自己在记挂着什么，就是想速战速决。

她把相关的商贷政策耐心地讲了一遍，又手把手帮忙填好新的资料，重新确定抵押资质，最后说：“带我去养牛场拍几张照片吧，这样回去我们也能更精准地评估额度。”

去养牛场的路上，余九琪没看到孙锡的车，猜他可能在村子里逛，或者去超市买东西了，没在意。高万福的养牛场规模在村镇里不算小，但环境很差，味道重不说，地方也狭小，牛活动不开自然不够肥壮。除了儿子结婚的彩礼，他确实也需要钱来换一个更大的基地。

余九琪小心翼翼地走进养牛场，跟在一个负责饲养的年轻人身后，拍了足够多的照片，又录了些视频。检查一遍没遗漏后，她看看时间，正好用了两个小时，笑着说：“那行，今天就这样，我回去了。”

可还没走到那个路口，突然有人喊住了她。

“是小余，余九琪吗？”

余九琪循着声音看过去，见一个农村妇人打扮的女人，站在一栋破旧的砖房前，笑呵呵地看着她。

那女人四十多岁，一身棉衣棉裤，身高起码一米八，身材很壮，脸上两坨干裂的红，笑起来时有点腼腆，再往上，她居然留着寸头。

余九琪忽然想起来了，想起在县城高速路口王欢说的话。

那妇人主动说：“你可能不认识我，我是去年那起养老金诈骗案的家属。”又说，“多亏了你，不然我婆婆就要把家底都搭进去了。小余，我听说你来我们村，特意想见见你，有空吗？进来喝口水吧，总得当面谢谢你啊。”

余九琪犹豫了下，她想去找孙锡，甚至已经准备给他打电话了。可这妇人言辞恳切，看着也淳朴善良，不好驳了人家一番好意，心想也就闲聊两句，用不了多久。

可一随着她走进那间只有一个屋子的砖房，余九琪就意识到不对劲了。

砖房里虽然有些锅碗瓢盆，但显然很久没人住了，冷飕飕没生火不说，家里连个热乎的东西也没有，窗户紧闭着，统统封死，光线暗得很。余九琪忽然感觉极其不安，转身正要走时，那妇人从身后把门关上，反锁，转身，依旧带着笑。

她没有任何掩饰，直接摊牌。

她先是很诚恳地说："妹妹，你别害怕啊，姐先把话说在前面，我不会伤害你的，我不是一个伤天害理的人，这辈子连杀大鹅都下不去手，你绝对是安全的。"

余九琪哪里肯信她一句话，拿出手机就要打电话，可还没点开，她就过来，大力抢过去。余九琪本就手抖，加上那妇人罕见的高壮，三两下就被她反手握住，紧紧绑上一根粗麻绳。

她一边绑人，一边慢悠悠地坦白："我不是老人的家属，我是那个诈骗案的犯罪嫌疑人家属。我男人和我小叔子，都让你给弄进去了。记得去年有人发信息威胁你要报复吗？别害怕，那不是我，是我儿子。我看到那信息，还把他骂了一顿。但他上个月也出事了，从楼上摔下来，现在还住在重症监护室呢。"

她给余九琪拿了一张破凳子，在凳子上铺了一件旧棉衣，说这样坐着不冻屁股，又拽着余九琪哆哆嗦嗦的胳膊，像拎着一只要去砍头的小鸡崽一样，让她坐下，又弯腰把她的两个脚踝也绑上。

然后，妇人接着说："我也是走投无路了。那 ICU 一天起码一万块钱，我男人还有外债，小叔子家里还剩一个念初中的孩子，公公婆婆在养老院也需要钱。我没办法了，妹妹，我没啥文化，赚不到钱，但这些人每天眼巴巴地等着钱，都指望着我呢。我能咋整啊？"

余九琪终于明白了，她是被绑架了，被那起诈骗案的犯罪嫌疑人家属绑架了。

那女人拿着余九琪的手机，冷不防扫了一下她的脸，解锁，翻出余九琪的通讯录，直接找到余凯旋，一双冻裂了的大手慢腾腾地打字，同时继续念叨。

"我知道你爸是开洗浴中心的，石城最有名的洗浴中心，那肯定有不少钱。但我也不多要，就给我 101 万就行。"

余九琪颤巍巍地发抖，努力地保持镇定："为什么是这个数？"

那女人叹了口气："我公婆最多再活十年，小叔家的孩子供到大学毕业还有八年，我儿子吧，估计也就能活个把月了，加一起，其实 85 万就够了。我已经跟高利贷借了这笔钱，都给他们分头存好了，拿到赎金，连本带利直接还高利贷，正好 101 万。"

余九琪有点意外："那之后呢？"

她说："完事了，我就去自首。现在这个年代，逃是逃不掉的，我不逃。"说完，她撑脸拍了两张余九琪的照片，随着文字，给余凯旋一起发出去。

余九琪愣怔着，突然明白眼前这位被生活拖累到绝望的妇人，是在用牺牲自己的方式来为家里人铺路。说不清为什么，她忽然就不害怕了，随之而来的是愤怒。

突然，她问妇人：“那你自己呢？”

妇人看着她，像是听不懂。

“你就不为自己打算吗？”

“我这不都安排好了吗？”

“可这都是为了别人啊！你公婆、你小叔子家、你儿子，都是别人啊！”

她又说：“你为什么为了别人活着啊？为什么为了别人犯罪啊？为什么为了别人搭上你的人生啊……

妇人诧异地盯着余九琪，不明白她为什么突然如此激动，刚才把她绑起来都没啥事，现在却憋憋屈屈像是要哭了。

她甚至笑了：“他们怎么是别人呢？”

“那是谁？”

“他们是我的家人。”

“家人怎么了？”余九琪下意识地反驳，“你自己不应该更重要吗？”

说完这句，余九琪宛如被雷击一般，久久没回过神来。

她坐在小凳子上，突然一阵噬心的痛。

那妇人看着她可怜，居然劝了起来，说：“别哭了，哭也没有用，再说我都保证了不会伤害你。就算我拿不到钱，也不会害你。哎呀呀，停吧。”

余九琪忽然想起什么，逼自己冷静下来，抽噎着，叫她：“姐，雪姐，我知道你不是坏人，你能帮我个忙吗？你能帮我给一个人发条信息吗？不是求救，不用求救，就是跟他说一句话，可以吗？”

雪姐皱眉，问：“你先告诉我你要说什么？”

我要说什么？

我要跟他说什么？

余九琪坐在垫着棉衣的小凳子上，手被绑在身后，缓缓转头，看向混浊破旧的窗外，回想这几天几夜的纠缠，多年的分合，本能和理智的冲突，责任和自我的战役，还有即便这样也割舍不掉的感情。

我有好多话想说啊。

我想告诉他，你说得对，我并不满意我现在的生活，其实我人生中大部分美好的时光，都是跟你在一起。

我想告诉他，不是离开你才能快乐，是只有和你在一起，我才快乐。

告诉他，打那个电话时我没醉，是清醒的，那天晚上我突然很想你。

不，其实这么多年，我一直很想你。

我重要吗？

我不知道，但你对我很重要。

你并不只是我认识很多年的很好的朋友。

所以，从昨晚到今天，你所有的问题，我都有答案了。

余九琪突然抬起头，一双红透了的眼睛晶亮地闪着光，看着面前的绑匪，也是让她瞬间通透的同路人，虽然此刻不合时宜，但她不要再拖下去了，一刻也不能等。她说：“姐，麻烦你帮我转告他一句话。”

…………

与此同时，在石城及周边村镇三个角落里，三个人同时收到了与余九琪有关的信息。

余凯旋刚给员工开完会，查看一下手机，一眼就看到绑匪用余九琪的手机发来的恐吓信息和照片。

温雯正准备打电话去火锅店订位置，等小九回来去吃饭，突然收到朋友发来的一个抖音链接，问你家小九谈恋爱了啊？她打开链接，看到县城农家院的游客偷拍的，孙锡牵着余九琪从一辆被撞破了的车上下来。

孙锡刚从村子里的小店买了一盒烟，抽出一根，还没点，收到余九琪的一条短信，只有短短几个字。

他定在那里，看了好久，明明是他最想听的话，却不知为何，心生慌乱。

孙锡接到余凯旋的电话时，是一个多小时后了。

当时他已经知道小九出事了。

孙锡在村里的小店门口，盯着那条信息看了一会儿，在克制住那几个字带来的欣喜震荡后，渐渐理清楚心生慌乱的原因。除了这个他期待已久的答案来得过于突然，更奇怪的是，余九琪是用短信给他发来的，不是微信，他们已经很多年不用短信了。

还是不安，他转而给余九琪发了个微信，没提那几个字，就问她那边结束没有？过了十几分钟，没动静。

孙锡就直接去了养牛大爷高万福家里，见他们一家几口已经吃饱喝足坐在炕上打麻将了，问那个银行职员呢，说是走了。他又问最后跟她在一起的是谁，说是养牛场的一个饲养员。此时小九还没回微信，打电话也不接，孙锡急了，找到那个饲养员一通盘问，问出她去一个大高个的妇女家了。

循着地点，他来到那间只有一个屋子的砖房。门敞开着，屋里冷飕飕的，一个人也没有。他在四周转了转，视线扫过地上的一团麻绳，落在一张垫着旧棉衣的小凳子上，怔了怔，弯腰捡起一根灰色的宽头绳，捏在手里，五脏六腑都揪在一起。

他早晨在车上细细地打量过，记得很清楚，这是小九用来绑头发的，她的头绳。

余凯旋就是在这时打来电话的。

他是用葛凡的手机打的，听到余凯旋的冷厉声音时，孙锡就明白这通电话凶多吉少，没工夫琢磨他们的关系是怎么曝光的，尽管慌乱，但他很确定的是，这个时候不能再跟余九琪的父亲隐瞒任何事了。于是他有问必答，如实说明了情况。

余凯旋也没跟他废话，劈头直接问：“你跟小九一起去的富满村？”他说是。

余凯旋又问：“你还在那里？”他说是。

余凯旋：“小九去客户家时，你没去？”他说对。

余凯旋：“你们分开多久了？”他说一个多小时。

余凯旋：“她出事了。你知道吗？”

孙锡随便找了一堵墙，虚虚地靠着，狠狠地闭上眼睛，也说不清害怕、心疼和内疚、自责哪个更多，折磨得他险些站不稳。

“她被绑架了。”余凯旋这句话说得极艰难。

孙锡用尽全力镇定下来，开口：“叔，你是收到什么消息了吗？可以跟我多说说吗？”

余凯旋沉默一瞬。

孙锡忽然想起很久之前，沉甸甸地垂眸，说了句似曾相识的窝囊废话：“对不起，叔。”

“别跟我整这些没用的！”余凯旋依然像过去那样严肃，“我现在跟你说话，就是想知道有没有什么线索找到小九。”

孙锡看了眼地上的麻绳和凳子。

“我可能……就在她被绑架的屋子里。”

电话里忽然传来一声女人的怒吼，吼着说了句什么，孙锡没听清，但知道是温雯的声音。他毫不在意，此刻就算她用最恶毒的话骂他，用最残忍的酷刑弄死他，他也不会吭一声。

他只是眸光沉沉地又扫了一遍这个屋子，一遍遍回想刚刚了解到的所有线索，蓦地想起了什么，突然对着电话里说：“小九那个同事，她应该知道绑匪是谁。”

“王欢？”余凯旋几乎是喊出来的。

“对，她应该见过。”

早晨在县城的高速路口，小九和王欢的对话，他并没有字字句句听清，却也捕捉到了一些关键词。大高个的寸头女人去银行打听过小九，他是听到了的。余凯旋说他就在银行附近，这就去问清楚。孙锡说行，他留在村里，查到那女人的信息告诉他，她们应该没走远。

因为那妇人在银行办理了一笔转账业务，有监控和转账记录，很快查到身份。

姚雪，44 岁，确实是富满村人。余凯旋又联系到富满村的村支书问了下，说她现在常住在县城，村里只剩一户远方亲戚了。

孙锡直接去了那户亲戚家，拿出那副流氓混账的姿态来，三两下问出不久前姚雪跟亲戚借了辆便宜的代步车，说是拉点山货回县城，现在应该在路上。孙锡又问清楚车型、车牌号和县城的地址，直接出发。

在开回县城的路上，他拨通了葛凡的电话，等在对面的自然是余凯旋。他已经没有一开始的慌乱了，把了解到的信息告诉余凯旋，又说：“叔，你先稳住对方，拖延点时间，我现在过去。”

“你还有多久到？”余凯旋问。

“半个多小时吧。”

“我们现在过去，一个小时内也能到。”

“好。”

对面沉默了片刻。

孙锡皱眉，突然说：“叔，你知道的。”

他一阵难过，看了看窗外傍晚的稻田雪景：“我绝对不会让小九出事的。”

余凯旋挂了电话。

余凯旋直接把手机还给驾驶位的葛凡，他坐在旁边，沉声交代葛凡往梅安县开，别从市中心走，这会儿高峰期堵车，绕到北山公园那边走，直接上高速，用最快的速度开，交警拦也不用管，别碰着人就行。

坐在他斜后方的孟会红突然探过身来，焦急地对余凯旋说：“你先跟那女的说，就说在筹钱，让她等一等，再问问小九咋样了。”

余凯旋不耐烦地盯着手机：“我知道。”

“还有，咱们是不是得报警啊？”孟会红扫了一圈车里的人，“报警还是稳妥些吧？”

余凯旋喊：“我刚才不是说了吗！我联系刑警队那李军了，他也在路上了！”

孟会红也急了：“你跟我喊啥？”

“你净说那些没用的话！”

“我不也着急嘛！”

余凯旋瞪了眼他的二婚妻子，再转头向后一扫，看了眼坐在正后方的、已经沉默了很久的他的前妻。见她盯着窗外急速倒退的、已经亮了路灯的街景，脸色惨白，两只手紧紧攥在一起，抵在腿上，仍能看出来在发抖。

孙锡和小九昨天晚上在一起的事，是温雯告诉余凯旋的。当时他正焦头烂额地跟绑匪沟通，一时说漏了嘴，让温雯知道了。他以为温雯一定会直接发疯闹起来，又说是孙锡坑小九，孙锡在报复，要找到孙锡往死里收拾。可她什么也没提，绷着一张脸，大气都不敢出，在旁边一句话没说。

只是在听到孙锡说就在小九被绑架的屋子时，她突然过来，要跟孙锡说话。余凯旋怕她胡闹耽误正事，让孟会红拦下了，甚至还指着她，威胁着狠狠地瞪了一眼。

他知道温雯某些时刻是惧怕自己的，他不轻易对她这样，但为了女儿，他不能冒险。

余凯旋见温雯还是那副样子，大幅度地侧过身，耐心地解释：“现在最重要的是找到女儿，是小九安全，安全回家，别的都先放一放。”

温雯的眼圈瞬间红了，撇撇嘴。

余凯旋也难受，忍了忍，又说：“孙锡的事，等把小九救出来，咱们再研究。我是她爸，这事我不会睁一只眼闭一只眼的。”

温雯没吱声。

余凯旋仍不放心，又叮嘱：“你是当妈的人，孰轻孰重，得有点谱。”

温雯眨眨眼，顿了顿，才小声地说了句奇怪的话：“哥，你不觉得，跟那次很像吗？”

余凯旋了然，回：“不是一回事。”

温雯没再说话，余凯旋也慢慢回身，整个车里瞬间陷入沉寂。

可坐在驾驶位的、将余凯旋这辆压箱底的路虎揽胜在高速上开到飞起的葛凡脑子却炸掉了。

当然，最主要的是担心小九的安全，从余凯旋问他有没有孙锡的电话，并告诉他小九出事了的那一刻起，葛凡提到嗓子眼的恐惧就没掉下过，浑身血液冲到头顶。他觉得自己要疯了，又不敢在家长们面前表现出逾越身份的情绪。

他想弄死那个绑匪，管对方是男是女；也想替小九遭这个罪，却难以也不忍想象她在遭什么罪。

更让他抓狂的是，小九在出事之前，与孙锡度过了一天一夜。

他此刻很确定，他之前所有的猜测都没错，孙锡和余九琪就是在暧昧。

而从刚才余凯旋和温雯隐晦的交流来看，他们对孙锡和小九的关系是知情的，起码过去那件类似于私奔却差点闹出人命的事，他俩是深度参与了的。

很久以来，葛凡第一次觉得自己活得浑噩又愚蠢，对家里藏着这么多秘密都一无所知。他一阵暴躁，狠踩油门，这时候，祝多枚来了个电话。

祝多枚也不知从哪里得知小九出事了，问：“你们去了吗？怎么不叫我一下？算了，告诉我小九在哪儿？我自己过去！”

葛凡看了眼家长们，大家都不想让祝多枚来添乱，就说：“你在家等着吧，有信告诉你。”

祝多枚急了，骂了起来，说：“葛凡你少跟我废话，我是冲小九，又不是冲你！”然后在电话里又骂起绑匪来，说，“要是那人敢碰小九一根头发，我……”

葛凡挂了电话。

车也驶进了县城地界。

余凯旋拿过葛凡的手机，给孙锡发了个信息，问他情况。

孙锡回：人找到了，就在姚雪县城的家里。

余凯旋用力地捏着手机。

姚雪在县城的房子是一间规整的平房，一扇铁门，一条通道，两边是冬荒的菜园子，平房有东西两间房。门口停着那辆从亲戚家借来的代步车，房顶的烟囱冒着白烟，像是在做饭烧炕，屋子里只亮了一盏灯，拉着窗帘。

孙锡把车远远地停在另一条街上，躲在菜园外的一棵李子树后面。此时，天已经黑透了，他又是一身深色，不易被发现。

他观察了一会儿，小心地听屋子里的动静，似乎在放着电视，没别的声音。那位高壮的妇女出来过一次，捡了几根柴火进去，没有其他人的身影。

在那里站了二十分钟，孙锡几乎可以断定，里面除了绑匪和小九没有别人。他等不了了，一刻也等不了，正要进去救人时，余凯旋来了一条信息。

像是猜到孙锡要这么干一样，余凯旋警告他别轻举妄动，别逞英雄，别再弄巧成拙。

孙锡盯着那条信息，眼前晃过与之类似的那些狼狈片段。僵持了一会儿，余凯旋又说，他和刑警队的副队长一起到了。

对于专门查办恶性刑事案件的李军来说，这起从动机、证据到嫌疑人都非常清晰的案子简直手拿把攥。他也查了姚雪的社会关系，身边只剩老人和孩子了，是有点穷途末路的意思，但威胁性并不大。而且绑了人直接带回家的低智商绑匪，他已经很多年没见过了。

李军简单地部署了一下，他让两个便衣从平房的后门撬门先进去，自己带另一个便衣从正门敲门，吸引出姚雪。等姚雪一冒头，从后门进去的警察就把她按住了。

全程不超过十分钟。

姚雪一被按住之后，守在大门口的余凯旋全家齐齐地冲进去，最前面的不是两个男人，而是像风一般刮进去的温雯。

孙锡从菜园外跑过去，慢了几步，到门口时正要进去，余凯旋突然转身，狠狠地瞪着他，意思不言而喻，让他滚远点。

孙锡没有硬闯，就站在那里。好在他离屋子不远，倒也看得清楚，就看到温雯蹲在一张折叠床前，余九琪躺在上面，身上盖着她那件黑色的羽绒服，一动不动。温雯摇了摇，晃了晃，叫了几声，余九琪依旧不动。

温雯转头冲门口嘶吼："她怎么了？她怎么了？"

孙锡攥着拳，浑身战栗着，看向旁边被警察按住的姚雪，见她怔了怔，慢悠悠地说："安眠药。"

"什么？"温雯又吼。

"她一直哭，不愿意跟我走，我就给她喂了点我平时吃的安眠药，不多，她就快醒了。"

余凯旋挥挥手，说："赶紧走，先回去。"

葛凡过去，打横抱起余九琪，大步走出来，在门口时撞了一下孙锡，转头，狠狠地看了他一眼。

孙锡却完全不在意葛凡，一双黑漆漆的眼睛直直地盯在他怀里的余九琪身上。她就像是睡着了，头发散下来盖住大半张脸，只露出一点沉静的侧颜，眼睛紧闭着。她垂下的手随着葛凡大步流星的动作，一点一点地下滑。

恍然失神，他竟不由得已经跟着走了两步，直到一个人挡在前面，才停下。

他低头，看到温雯那张小小的、尖尖的、布满仇恨的脸。

这是自九年前那起事故后，他们第一次见面，孙锡忽然觉得，她老了许多，可仇视自己的那副神态依旧没变，依旧是凛冽的脸和猩红的眼神。

那眼神只停了几秒，她什么也没说，转身跑了。

孙锡再看过去时，余九琪的身影已经消失了。他像是被抽走了灵魂，在原地晃了晃。

毕竟是一起绑架案，李军要求所有人都要去公安局录口供走流程，一起回石城。路上，一行人分四辆车。

警车两辆，一辆载着姚雪，一辆载着余凯旋、温雯和余九琪。

余凯旋想直接带小九去医院，警车能走快速通道，一家三口就干脆坐李军的车回去。可半路上，小九就醒了。

余九琪跟温雯坐在后面，她躺在温雯的腿上。温雯抱着她的头，一会儿帮她理理头发，一会儿低头亲一亲她的额头，安静着，没吭一声。

高速走到一半时，车内突然有个细弱的声音响起：“妈，你怎么哭了？”

温雯仓促地低头，副驾位的余凯旋也猛然回头，见余九琪睁着一双安静的杏眼，看着头顶的温雯，摸了一下自己的脸，然后，有一滴泪砸下来。

她就又说：“妈，你怎么哭了？”

温雯看了小九一会儿，突然忍不住了，紧紧抱着她，像是抱着失而复得的宝贝，埋头大哭起来。

余凯旋也受不了，强忍着：“行了行了，没事就好，别哭了，这是警车，在警车里哭啥？”然后坐回去，看着窗外，用手指抹了抹眼角。

跟在他们后面的，是余凯旋的那辆路虎揽胜，里面只剩满腹疑问的葛凡和惴惴不安的孟会红。

也是在高速上，葛凡给余凯旋打了个电话，得知余九琪醒了，母子俩都松了口气。葛凡终于忍不住，向旁边的孟会红打探纠缠了他一整天的事情。

“妈，你之前知道小九和孙锡的事吗？”

孟会红叹了口气：“我也是今天才从你爸那儿知道一点。”

“2014 年，他跟小九一起……”葛凡不愿意用那个词，“离开了家对吧？”

“嗯。”孟会红点头，“还差点闹出人命。你爸为了这事，还赔了不少钱。”

“我爸为什么赔钱？”

“平事呗。”

“为啥帮孙锡平事？那人不是孙锡砸的吗？”

“小九也在里面。”

“小九怎么了？”

“不知道，好像小九也有责任。”

葛凡一惊，不过忽然有些理解了，理解为什么今天余凯旋愿意与孙锡短暂合作。似乎在小九的事情上，他是相信孙锡没有恶意的。

最后面的是，孙锡的车，他车上还捎着一个警察。

马上要下高速时，那个警察接到李军的电话，说是余九琪醒了，大家直接回队里。孙锡听到之后，突然把车一转弯，停在路边。

然后，他对旁边的警察说：“我有点累，你能开一会儿吗？”

那警察说行。

孙锡坐在副驾驶座上，在车驶向石城市中心时，突然弯下腰，蜷缩着身体，捂着脸，半晌没动静。

开车的警察忍不住问了句：“你没事吧？”

他摇头。

见他还是那样，警察又问：“你怎么了？”

隔了一会儿，传出一个微弱的声音：“胃疼。”

孙锡是在四十分钟后见到余九琪的。

是在石城刑警队的医务室里，不过他并不在屋子里，而是在窗外。

医务室在一楼，孙锡问清了位置后，绕过整个大楼，穿过一条巷子，走到后面，站在一个积满了雪的小花坛上。平视着，就能看到余九琪坐在床上，手上在输液，有个穿着警服的姑娘在给她量血压。

温雯和余凯旋可能去忙别的了，刚巧都不在里面。

孙锡看了余九琪一会儿，见她依旧是那副笑呵呵的样子，像是什么事也没发生一样，跟眼前的人聊天。就这样在冷风中站了一会儿，他才拿出手机，给小九发了个微信：看外面。

余九琪见旁边的手机亮了下，用输液的那只手拿过来，慢慢地划开，看了眼，然后突然震惊地看向医务室唯一的一扇窗户。

孙锡低头又发：你不用回。

余九琪看了眼手机，左右看看没别人，坐直身子，用力地看他。

他问：好点了吗？

余九琪点头。

孙锡：害怕了吗？

她摇头。

孙锡：没事了。

她突然不动了。

孙锡隔着冷空气，隔着夜晚，隔着不够干净的玻璃，隔着不算亮的白炽灯，见她直直地凝视自己，又略带苦涩地抿唇笑了笑。

余九琪也隔着不算亮的白炽灯，隔着不够干净的玻璃，隔着夜晚，隔着冷空气，看向窗外孑然守在那里的男人。

她很久没见他笑得那样温暖了。

绕回刑警队大楼时，那个笑容就落了下来。

然后，孙锡收到了王贺元的信息，说乐胜煌的转让手续该走流程了，让他明天中午之前把第一笔钱转过来，不然作废。

孙锡犹豫了一下，没回复，而是翻出另一条信息。

就是余九琪在被绑架的惊险时刻，委托那位瞬间点醒她的绑匪发来的，他惶惶地等待了多年的那几个字。

她说：我想好了，我跟你走。

孙锡又怔怔地看了一会儿。

第十四章

冬风吹又生

临近深夜十一点，石城刑警队二楼中间的会议室灯火通明，工作人员进进出出，高低嗓门此起彼伏，甚至还传出阵阵大笑声。

这要归功于葛凡受命去买的三十几杯奶茶、两箱红牛和二十多斤大锅现炒的瓜子。

东北人骨子里是抗拒悲情的，甚至羞于表达伤感，即便痛苦当下悲悲切切，转而也会用豁达、幽默来消解，甚至掩饰它。

凄苦和欢腾，转瞬间即可切换。

余凯旋见余九琪没有大碍，温雯也不哭了，加上案子明朗，那绑匪妇女回过味来，甚至跟他们道了歉，一场牢狱之灾她是逃不掉了，就没过多难为她。见眼下就剩挨个录口供走流程了，在等待期间，二凯哥冲葛凡招招手，递个眼神，说：“你去办点事。”

葛凡立刻会意，不到半小时，拎回来半车东西，也不敢贸然进别的办公室，挨个都放在门口，说是年底了，辛苦警察同志们了，代表老百姓意思一下。

按理说，有规定不能收的，余凯旋摆摆手，说也没啥值钱的玩意，要不是怕影响不好，他都想一人给一张温都水汇的套票。那李军本就不是个注重细节的，带头抓起一把瓜子嗑，说盛情难却，那就不客气了。

李军今晚也没啥重要工作，跟余凯旋一大家子围着会议桌闲聊起早些年的趣事。大家散开坐着，等着挨个走流程录口供，说说笑笑的，谁也没再提不久前的胆战心惊。

直到一阵突如其来的冷风，忽地吹开一扇窗户，打散了屋子里的热气腾腾。

坐在窗边的余九琪打个冷战，紧了紧衣服。她身边的温雯对她招招手，笑着说过来，坐妈这边，然后握着女儿冰凉僵硬的手，没再放开。

余凯旋就近，去关上窗户，念叨一句："这风真冷啊！"

"冬天的风，跟刀子似的。"李军随口说。

"年年说是暖冬，年年都这么冷。"

"就不能信那玩意。"

余九琪蓦地失神，微微转头，看向刚才那扇窗户，忽然生出一阵熟悉的错觉，愣怔中，听到有人喊她的名字。

"余九琪，到你了。"

温雯拉了下她的手，余九琪才回头，看到妈妈依旧红肿的眼睛、淡淡的笑容，听她温柔地说："去吧，等你完事了，咱们就回家。"

门口站着一个负责传唤做笔录的女警察，又叫了她一声。

余九琪仍是不安地看着温雯，尽管温雯看起来很平静，又眼含笑意，甚至罕见的有些慈爱挂在脸上，她却从心底里打了个冷战，觉得有比刚才兜头袭来的那阵冬风更凛冽的东西在等待着她。

事情闹到这个地步，她当然清楚温雯已经识破了她的谎言，知道了她和孙锡在县城的事。可从她醒来到现在，四个多小时了，温雯愣是一句没提过。

以她对温雯二十几年的了解，像是蓄满了水的脆弱堤坝，她越是佯装平静，越危险，只要瞅准了时机和对象，就会颤巍巍地瞬间崩溃，泄洪般大面积屠伤。

还不如像过去那样，直接甩她两巴掌呢。

这样她也能轻松些。

余九琪跟着那位女警察走出去，沿着走廊往前走，心里七上八下。还没走到尽头，她就看到那个熟悉的高大身影从一个小房间里走出来。

他刚刚做完笔录。

余九琪没再回避，抬头毫不遮掩地直视孙锡。刚才隔着黑夜和玻璃没看清，他又离得远，只捕捉到了那个难得的微笑。可此刻细细地看来，他头发杂乱，面容疲倦，肩膀沉甸甸的，只有回视自己的眼眸明晃晃地藏着一丝欣悦。

虽然只隔了不到一天，短短十几个小时不见，心境却跌宕起伏如一生一世那样漫长。

所以哪怕只有擦肩而过的几秒，她也想再确认一下。

确认他是否理解了那条短信传达出来的辗转又突然的决心，确认自己是否仍旧坚持。

孙锡没给她任何犹豫的余地，在擦身的瞬间，斜着过去，碰了下她垂着的手。

很短的时间内，他抓起她两根冰凉的指尖，握在手里，狠狠地捏了捏，再放开。

余九琪吃痛，蹙眉，随着他松开的手，回头，撞见他那双依旧幽深锐利的眼睛。

指尖泛着酸痛，徐徐蔓延。

“孙锡，”这时，旁边的女警察开口，“你先别走啊，还得等一会儿，等最后一个录完了口供，我们核对一下再统一签字。”

“嗯。”那锐利的眼神仍看着余九琪。

“你也去中间的会议室等。”

“嗯。”

不行！余九琪却突然警惕起来，不能让孙锡去那里，不能让他与此刻的温雯坐在一个屋子里。可她刚要提醒孙锡，已经被带进了做笔录的房间，门在身后关上了。

她急急地问：“笔录要做多久？”

“你应该时间长一点。”

“那要多久？”

“至少一个钟头吧。”

余九琪神经紧绷，调动全身仅剩不多的能量，来回忆这一天一夜所有的细节，高效配合，最后花了四十分钟完成笔录。

那四十分钟内，不出她的预料，原本一派融融的会议室因为孙锡的到来，掀起一阵从过去刮来的飓风。

起初的十几分钟还算宁静，虽然自从孙锡一踏入那间屋子，气场就开始变得诡异了。天还在聊，瓜子还在嗑，可尽管他坐在门口的角落里，四周有意无意的敌视目光仍如利刃般投过来，此起彼伏。

对于一个早就习惯了不受欢迎的人来说，这种程度的被厌恶并不能伤害到他，脸皮早就厚了，刀子刮来，最多受点皮外伤。

他垂眸，目光定定地落在地面，两手叠放在腿上，轻揉指间那一小块皮肤，听着李军抱怨起他丈母娘为了省点钱自己擦玻璃摔伤了腰。余凯旋一听，说温都水汇有个按摩技师不错，之前是学中医的。孟会红立刻会意，说让老太太来，我安排。

李军笑嘻嘻地说不用不用，可又说中医好啊，老人调理筋骨还得中医。

就在这时候，突然间，一道没什么情绪的声音传来：“你奶奶的身体怎么样了？”

孙锡没有动，但心底一惊，本能地意识到这个软绵绵的问题，是刺向他的新的武器，且不止一个。

果然，她又问：“她的手术做了吗？”

孙锡缓慢地抬头，循着声音，看向斜前方，迎着温雯看似平和的目光，说：

“我不知道。”

她点点头，像是不意外：“你回来都没去看她？”

孙锡没说话。

“也是，她过去那么对你，连亲孙子都出卖，呵！”温雯冷笑，“这种恶毒的老太太、老巫婆，死了也别管她。”

孙锡躲开她的凝视，依旧捏着手指，绷着脸，没吭声。

旁边李军晶亮的眼神在两人之间乱转，他刚才略略打听了这位在案发前跟余九琪偷偷过了一夜，又在锁定绑匪身份上发挥重要作用的帅哥是谁，知道他们两家有剪不断理还乱的恩怨，但没仔细打听。他是从省会调过来的，对石城过去的事情没那么熟。

温雯看出李军在琢磨，跷着腿，有点乱掉的长鬈发零散地遮着脸颊，露出的五官极为紧凑。她纹丝不动，唇抿紧，眸光凝聚成墨色，片刻后眨了眨眼，涣散一片，破罐破摔，一句话爆炸点破。

“李队长，你可能不了解，”温雯盯着孙锡，“他爸，二十五年前，伙同一个变态连环杀人犯，杀了我妹妹。”

此话一出，宛如轻飘飘地丢下一颗炸弹，屋子里所有的人瞬间惊醒。

还没完，她像是揭自己的伤疤上瘾一般，又说：“那个连环杀人犯，2014 年中央台还有一期法制节目专门报道过，他爸在里面还出过镜，真是硌硬人。”

她盯着孙锡，挑眉又问：“你爸那期节目，你看过吧？”

余凯旋终于反应过来，他明白温雯要让孙锡难堪，可不能是这个场合，立刻打断：“说什么呢！”

温雯愣愣地看着他，一脸诧异：“我说错了吗？节目你不是也看过吗？当年那现场你不也去过吗？哥，他们怎么对小雅的，你不是也看见了吗？”

余凯旋沉了沉气，见温雯脸色坚毅，不肯妥协，又呵斥：“你少说两句吧！”

温雯像没听见一样，接着说：“当年他爸躲到山里，还是你带着老三去抓回来的呢，你忘了吗？”

余凯旋下意识地看了眼孙锡，与孙锡投过来的淡淡目光相碰，他没躲，倒是见孙锡晃了晃眼神，像是心虚一般，又偏过去。

“二十多年前的事了，别在这儿提了，要说回去说，这里是公安局。”说话的是孟会红，她见余凯旋想起这件事也不是滋味，立场不够坚定，未必能镇得住温雯，便站出来控个场。

可没用，温雯转头看着孟会红，突然激动：“姐，你说得太对了，这里是公安局啊！”

孟会红蒙了，看了眼旁边的葛凡，都闹不明白温雯为什么突然这么激动。

温雯笑了笑，像是自言自语般：“是啊，真有意思，又闹到公安局来了，怎么又闹到公安局来了？”

然后，她突然转向孙锡，狠狠地瞪着他，直接点名：“孙锡，我问你，怎么还是咱们这伙人，又闹到公安局来了呢？”

孙锡没躲，盯着温雯，他明白她想让自己无地自容，知难而退，那就试试。

李军见两人杠上了，打圆场：“这不是那诈骗犯的家属鬼迷心窍吗？绑架了你家闺女。”

“那我闺女怎么就这么倒霉，被她绑架了呢？”

“不正好她去富满村……”

“她为什么去富满村？”

李军皱眉，觉得被绕进去了，不吱声了。

温雯盯着孙锡，又问：“她为什么……为什么好端端跟我撒谎去富满村？”

孙锡艰难地、一字一字地说：“因为我。”

“因为你？”她轻轻地反问。

“因为我。”他重复。

“所以我女儿被绑架、被灌药、被人裹在被子里从农村弄到县城藏在家里，遭了这么一大通罪，都是因为你！是吗？都是因为你！”

温雯最后是吼着说的，狠厉地看着他。

孙锡半晌没回复，忽然发现无法否认这番质问里的任何一个字。那把利刃终于戳破了他经年累月练就的厚脸皮，以无法用科学解释的方式，拐着弯地奔着他的心脏刺去。

他以为自己可以应对，他不想躲的，可起码在这个回合，他知道自己败了。

败在他也认为自己有罪。

于是，他只能说：“对不起。”

温雯更愤怒：“我不用你说对不起！这三个字从你嘴里说出来，一文不值。”

余凯旋怕再吵下去影响不好，让人看笑话，皱眉说了句公道话：“你没弄明白吗？那女的早就盯上小九了，不是这次，也是下次。在人家公安这儿，你得就事论事。”

温雯转头：“你怎么还帮他说话呢？”

“我没帮啊。”

“你忘了九年前了吗？”

余凯旋一怔。

“九年前的跨年夜，也因为他，闹到公安局来，你忘了吗？”

温雯扫了一圈所有人，见大家各有各的迷惑，又看看时间，算到离小九回来还有一会儿，既然话都说到这份上了，她不甘心半途而废。

又不是真疯，她忍痛揭开自己的伤疤，自然要他也血淋淋地落荒而逃才行。

温雯缓缓地吸口气，索性摊牌，直说：“2014 年秋天，他奶奶突然来找我，直接朝我脸上摔了一沓零碎东西：他俩的照片、聊天记录，还有网吧和电影院的收据。她告诉我，她孙子跟我女儿好了。余九琪那时候还小，我当然不让，我就花时间管了管，但我也只是管我女儿。孙锡，我当时没有找你麻烦吧？”

孙锡看着她有些惨淡的脸，手指用力攥着，捏到骨节泛白，没回应。然后他稍微一偏头，从他的角度，恰好能看到门外一角，慌乱了一瞬，转而，回眸稳住。

他看到余九琪侧着身子，就站在半开着的门外，走廊的灯光将她的影子投在门口，薄薄的一小条。

她默默听着一切，影子一动不动。

余九琪刚刚做完笔录，循着声音急急地过来，却在听到“九年前”那三个字时，突然停下，像是害怕什么一样，原本积攒起来的勇气在巨大的恐惧面前荡然无存。

有那么一瞬，她希望自己原地消失，或者从没存在过。

她就这样心如死灰般，听着一扇门后的温雯继续说：“结果也就三个月，跨年的那天晚上，他偷偷地把小九叫出去，买了长途客车票，骗小九跟他离家出走。然后呢，又在车站遇到一群小混混。那群小王八蛋，跟他一样，当年都是人怕狗嫌的垃圾，就闹了起来，差点……”

孙锡的余光瞥见门外的影子一抖，猛然看向温雯，眼里带着威胁。

温雯似乎被他吓了一跳，吞回去一些话：“……差点连累我女儿不说，他还把人砸个半死。要不是我们去得及时，帮着处理后来的事，”她迎着孙锡突然变得阴狠的眸光，说，“你也早就去蹲监狱了！”

余九琪的手按在门把上，似乎要进来。

孙锡这时突然起身，他不想让她踏进这个硝烟密布的屋子，他一个人就够了，她不用。

他起身后，只微微侧头跟李军说：“我出去等。”说完，转身往外走。

温雯却喊住他：“你站住！我的话还没说完呢！”

孙锡突然停下，倒不是因为温雯，而是他转身后就看见门外的小九，清清楚楚地看清了她的脸。

她抬头，眼神在他脸上转了转。孙锡不确定自己现在是一副什么鬼样子，可从她的反应来看，大概并不好看。

他很想笑笑，想云淡风轻，想暗示她这都不算什么，我们一起扛过更糟糕的，不是吗？

可他用尽全力，也只能做到尽量镇定地站在那里，用后背帮她抵挡更多的刀。

温雯还在后面步步紧逼。

那个脆弱的、蓄满了水的堤坝，终于像泄洪般朝门口的方位崩塌袭来。

温雯颤巍巍地站起来，攥着拳，盯着孙锡连续质问，并说出她的真实目的：“当年，你跪在我们面前说对不起的时候，是怎么保证的？

“我们帮你善后，你又是怎么保证的？

“我们是不是就提了一个要求？

“你答应了的！

“可你做到了吗？

“你守信用吗？

“我直说吧，孙锡，你配不上余九琪。

“从小打架斗殴，又杀人未遂，谁知道你在外面还干过什么？

“你跟你爸骨子里挺像的。

“你配不上我女儿。”

余九琪就是在这时打开门，走进去的。

孙锡试图挡她一下，想把她拦住，可不知是门打开后产生空气对流，还是那扇窗本就坏了，一阵大风忽然又把窗户吹开，直接吹在余九琪的脸上。

余九琪随着风挪了几步，躲过孙锡的手，却迎着那阵刺骨的冷风，看向窗外，恍然愣住。

依旧是那股熟悉的错觉，但此刻她知道是什么了。

这么多年了，好像所有糟糕的事情都发生在冬天，似乎只要冬风一吹，遥远的恨就重来一次。

她一向很害怕这种感觉，她受够了。

可奇怪的是，此刻她就站在风里，风依旧如刀子一般刮在脸上，却也没那么难耐，甚至当她适应了它的刁难后，回望过去，一切并不可怕。

冬风，和仇恨一样，并不可怕。

可怕的是，人的软弱。

于是余九琪看着温雯，坚定地说：“妈，不是这样的。”

余凯旋突然站起来，他知道大事不妙，拦着余九琪，沉着脸：“行了，都别说了，签完字就走，今天就到这儿。”

余九琪又看着他：“爸，不是这样的。

“当年不是这样的。

“他没有杀人未遂。”

温雯一阵害怕，大喊：“余九琪！”

余九琪看着她，说：“你们都知道的，不是孙锡干的啊。为什么啊？还在这么说他？”

孙锡也上前，右手用力地按了下她的肩膀，不让她说。

可余九琪转头，眸光扫过他手上的那枚素戒，再去看着他，眼底一片坦然。

坦然地面对过往，面对真相。

面对你并不是他们口中的坏孩子，我也并非那么好。

面对这么多年来，我们之间你来我往的亏欠中，我欠你的，最大的一笔债。

既然冬风把一切都吹来了，那么干脆掀个彻底吧。

于是，她就看着孙锡，继续说：

“明明是我啊。

“那个人，袁轩，明明是我砸的。

“七下，每一下都是我砸的。”

…………

2014 年的跨年夜下了场雪，起初雪并不算大，石城市政府却取消了新年烟花秀。热衷跨年仪式的小年轻们怨声载道，纷纷找别的娱乐，KTV 是首选，舞厅和酒吧也几乎爆满，还有不少干脆去邻近的旅游城市玩。

孙锡和余九琪就是其中之一，他们决定去当年已经是网红文旅城市的延吉，去看新年民俗秀，吃正宗的朝鲜美食。最吸引他们的是，那里会有一场大型的焰火表演。

没错，他们一开始是没打算私奔的。

私奔是事故发生后，没有人相信他们只是单纯想完成这个仪式，而给他们定的罪。

似乎只有这个带着禁忌感的叛逆罪名，才能解释他们为什么违逆家长的要求，偷偷离家并酿成大祸。

不过，他们并不反感这个词，从某种程度上来说，当晚他们就是想叛逆一把，想反抗一回，想用微不足道的一次出走来证明他们有干翻命运的勇气。

"孙锡，我们干脆在延吉玩个三四天吧！"

少女余九琪大步走在小米粒般的簌簌雪中，回头笑着问孙锡。黑色的毛线帽上粘着稀稀落落的雪花，饱满的脸颊冻出两团浅红，眼角弯弯，冬夜下，眼眸灼灼耀眼。

"那你不上学了吗？"

"我有元旦假期啊！傻呀你？"

孙锡低头笑笑，笑得很自然。那时孙锡已经不那么阴郁了，偶尔也会认为自己并没有那么糟糕，甚至，他偷偷看了眼撒着欢走在前面的女孩，当她在身边时，他会觉得幸运。

往前走了一段路，余九琪又回头，看他："行不行啊？"

孙锡想了想："你爸妈呢？"

"等会儿上车了，我再告诉他们。"

"他们生气了怎么办？"

"管他呢。"

"要是你妈又打你呢？"

"管他呢。"

余九琪突然停步："你是不是不愿意？"

"没有啊。"

"那你是不是怕温雯？要不就是怕二凯哥？要不就是怕你奶奶又逼着你去监狱？"

孙锡笑笑，大声说道："管他们呢！"

雪渐渐大了些，但没有风，温度不算低，他们哼着不成调的流行歌曲，没有避讳任何人，大大方方地并肩走向石城西郊的客运站。

跨年夜，街上热闹些，不停有车呼啸而过。孙锡大步走过去，揽着余九琪的肩膀，送到里侧，手没再松开。

余九琪偷偷地看了他一眼，肩膀一躲，在他的手落下去时，主动牵起来。

那是他们被当成报复工具被家长们利用后，在各自经历了三个月的磋磨和消沉后，第一次碰面。

他们没有诉苦，没有抱怨一句，甚至都没有提过那段日子，就是突然不想再遮遮掩掩了。起码在今天晚上，他们想光明正大一点、坦坦荡荡一点。

我们没有做错任何事，干吗要为过去的恩怨买单？

他们当时这样想。

到达客运站时，正好晚上八点，他们买了八点四十分的车票，十一点前到延吉，恰好来得及看焰火。

西郊客运站是私营的，专门跑几条省内路线，这个点正规客车都停运了，余九琪没有身份证买不了火车票，只能这么走。

售票大姐撕了两张薄薄的车票递给他们，说先等了一会儿，冷的话，去隔壁的台球厅待着，到点了去叫你们。

台球厅是两间店铺打通的，很宽敞，一边摆着几张台球桌，一群小年轻在斗球，一边是几排收费的候车座位，能看电视，旁边卖饮料、零食和烤肠。

孙锡选了两个靠边的位置，余九琪坐下后，他说去买两杯热饮。等待间隙，在嘈杂的喧哗声中，听到一声拖着轻佻尾音的口哨。

起初没在意，可随之又传来一个熟悉的粗嗓门。

“余九琪！”

孙锡回头，循着声音，隔着几排闹哄哄的散座，看向另一侧，看到那个从小跟他斗到大的、已经辍学瞎混的袁轩。

袁轩杵着球杆，看着余九琪：“你一个人啊？”

孙锡端起两杯饮料，大步走过去，直接递给余九琪一杯，再淡淡地看过去，眼带寒光。

余九琪丝毫没在意袁轩的这声轻佻口哨，也没害怕。袁轩他爸大诚哥跟余凯旋年轻时就结过梁子，所以他从小就格外爱招余九琪，但也都是小打小闹，不搭理他，他也没辙。

可今天不同，袁轩看看捧着同款姜茶的两人，嘴上憋出一句脏话，又嘀咕了一句“他俩还真搞上对象了”，然后转头，冲同桌打球的一个高个子光头说了句什么。

那光头看着比他们大几岁，像是近视，觑着眼睛打量他们，而后放下球杆，脚步不紧不慢地奔着孙锡走了过来。

孙锡站在余九琪旁边，瘦瘦高高的身体挡着她。

本以为是来较劲的，可那光头走近后，突然冲孙锡点个头，伸出一只又大又长的手，笑起来蔫蔫的：“你好，叫我‘陈华’就行，幸会。”

孙锡打量他，不认为这番客气有丝毫善意，正相反，对方那双即便笑起来都极其冷漠的眼睛，像蛇一般毫无温度，让他想起另外一个人，不由得格外警惕。

果然，那光头收回手，说："我是你爸的粉丝，你爸那期节目，我反反复复看了很多遍，真是个有魅力的人。

"比起那个主谋，我更欣赏你爸。

"尤其那首诗，写得真好。"

然后他眯起眼睛，观察孙锡："有没有人说过，说你跟他……"

孙锡没了好脸色，正要开口打断他，旁边坐着的余九琪探个脑袋出来，脆生生地抢了话。

"他不像。"余九琪瞟了眼那光头，"谢谢你啊，他不像。"

那光头弯下腰，歪头定定地看了眼余九琪，像是才注意到她一样，眼带询问。旁边的袁轩会意，在他耳边说了句话，声音不算小，孙锡听得很清楚，听到袁轩介绍说，她是死的那个姑娘的外甥女。

然后孙锡看到，那光头毫无温度的眼睛缓缓睁开，露出一抹意外的猩红。孙锡更警觉了些，挪了一步，挡住余九琪。

"你们有事吗？"

袁轩说："一起玩一杆啊？"

"我没空。"

袁轩撇撇嘴："我华子哥想跟你交个朋友。"

孙锡看向光头，预感没那么容易甩掉他们，沉默片刻，说："我要出趟门，等回来再说。"

光头问："你俩一起吗？"

孙锡没回答。

光头突然绕过他，低头看余九琪："你不害怕吗？"

余九琪莫名其妙，怼他："我怕啥？"

光头瞥了眼孙锡："不怕他吗？"

余九琪瞪他，觉得他有病。

光头笑了笑："有意思。"

余九琪烦了，腾地站起来，扯了下孙锡的袖子。孙锡了然，也想立刻离开这里。可没等他们离开，一个穿着长款厚棉衣的、司机打扮的中年男人走进来，裹着一身冷气，说："外面雪下大了，路封了，今晚走不了了，都去退票吧。"

人群一阵喧哗，大家扬着手里的车票，骂骂咧咧的询问声此起彼伏。司机大嗓门喊道："我也没招啊，走不了就是走不了，哪条路都封了，着急也没用。谁不着急？我也想赚钱啊。都赶紧回家吧，雪下大了，出租车都打不着。"

孙锡拉着余九琪，说走。

余九琪在门口略略回头，没见到袁轩那两人，可又莫名觉得有道冷冰冰的眼神在盯着她。

孙锡牵着余九琪，在车站旁边的马路上拦车。

雪确实大了起来，天幕低垂，密集的大片雪花在黝黑的夜幕下显得格外乍眼，明明无声地飘落，却吵得人心焦灼。

跨年夜的出租车本就抢手，又赶上客车大面积停运，供不应求。他们豁不出去脸皮，抢不过那些拖家带口加塞的大爷大娘，在外面站了半个多小时，一无所获。

其实也可以走回去，但通往市区要经过一片荒地，来的时候无所谓，不知为何，孙锡此刻不敢冒险了。

他转头，看到余九琪冻红了的脸，摘下脖子上的灰色围巾，兜着脸又给她绕上一圈。

余九琪看他白色的圆领毛衣领口，裸露出来的皮肤，雪花落在上面，瞬间融化消失。

“你不冷吗？”

他的喉结上下滚了滚：“不冷。”

突然一辆车停在身后，响了两声喇叭，听上去廉价又尖啸。

“要送你们一段吗？”

孙锡回头，还是袁轩那伙人。多了一个开车的，袁轩坐在副驾上，说话的是光头。他在后面，让出两个空座来，抿着笑，看着孙锡。

“不用了！”余九琪把围巾稍稍拉下来，冲他们喊。

“行。”

他们扬长而去。

孙锡更急了些，远远地看见斜对面停着一辆出租车，里面有一个乘客，他便让余九琪等一会儿，他去问问能不能拼个车。说完，急急地躲过两辆车，横穿马路过去。

里面的乘客跟他们并不顺路，孙锡说可以先送对方，车费也可以帮他付，帮个忙。那乘客见他是真着急，司机也跟着说好话，终于答应下来。

孙锡笑着说“谢谢”，想去喊余九琪，一转头，马路对面空空荡荡。

他心下一惊，慌张地朝四周看看，又跑回来，依旧没人。

只剩地上凌乱的车辙和脚印。

“孙锡！”

一声尖叫划破稠密的大雪，像是从四面八方层叠着袭来，他屏息，压制胸膛蔓延而上的恐惧，仔细辨别，然后朝车站后的一条窄巷跑去。

刚进巷口，就看到地上一团熟悉的灰色东西，是他刚刚给余九琪围上的，他的围巾。

雪已经浅浅地落了一层，窄巷昏暗，雪亮如灯，清楚地映出地上凌乱的脚印，他低着头，沿着那凌乱的脚印一路往前。

在巷子尽头，又看见了另一团熟悉的东西，小九戴的黑色的毛线帽。

“孙锡！”

他抬头，声音不远，便跑了起来。

他觉得燥热，索性脱下外套，只剩里面一件圆领的白毛衣。

他一路沿着故意留下的线索，追到巷子尽头的一个小山坡。那山坡堆满了建筑垃圾，孙锡随便捡了两块破砖头，向上爬，没几步，就看到小九被他们拖着，放在一处平地上。

周围黑黢黢的，几乎没人，最亮的灯在几百米外的车站，他知道来不及向任何人求助，大步走过去，将两块砖头狠狠地砸过去。

一块砸向箍着余九琪脖子的光头，可他灵巧地偏头，躲过去了。

一块准确地砸到袁轩的后脑，他捂着脑袋，吃痛狠狠地骂了句脏话。

“你再往前走一步，我就扒她一件衣服！”那光头蹲在余九琪身后，掐着她的脖子，冲孙锡说。

孙锡没有听清，又大步向前。袁轩突然蹲下去，拉开余九琪羽绒服的拉链，反着扒下来。在听到那声震碎了他心脏的尖叫，孙锡才停下脚步。

他这才敢战战兢兢地向下看，看她已经吓得惨白的脸，一滴眼泪都没掉，哆哆嗦嗦，抬头怔怔地看着他。

雪落在她的脸上，久久才能化掉。

孙锡稳了稳神，恢复了一些理智。他清楚这光头的目标不单纯是余九琪，他沿路故意留下那些明显线索，加上台球厅那番莫名其妙的话，都说明光头最在意的是他。

这种人孙锡不是第一次见了，自从那期法制节目播出后，无论网上还是生活中，有很多孙誉文的变态狂热粉丝通过各种途径找到他。除了要跟他交朋友，还有要送钱的、合影的，甚至有邀请他一起模仿作案的。

而这个人，孙锡有种直觉，倾向于最后一类。

“我真的很崇拜你爸。”果然，他再次强调，“他是个艺术家，你不觉得吗？能在杀人现场写出那种杰作，你难道不骄傲吗？”

孙锡一阵反胃，忍着说：“你到底想怎么样？”

“我想跟你探讨一下艺术。”

孙锡更确定了自己的判断：“你先把她放了，我跟你单独探讨。”

“那怎么行呢？她很重要。如果没有她小姨，孙誉文能写出那首诗吗？”他放在余九琪脖子上的手松了些，眼神兴奋地盯着孙锡，如命令一般说。

“来，听我的，我扒她一件衣服，你作一句诗。如果你在我扒光她衣服之前作完，她也许就比她小姨幸运。”

孙锡觉得要吐了，攥着拳：“我不会。”

“那你就念你爸的那首！”

“我不记得。”

光头手上的力气加大了些。

孙锡浑身紧绷，阴狠地看他：“我真的不记得。”又说，“别的行吗？”

“什么别的？”

这时，还在揉着脑袋的袁轩瞪着孙锡，说：“你的手这么欠，要不把手剁了！”

孙锡怔了下，没吭声。

那光头以为他怕了，以为是拿捏他的好办法，冲一直坐在旁边石头上的开车的同伴使个眼色。那人会意，从兜里掏出一把弹簧刀，扔过去。

光头随口说：“剁一根手指就行。”

“不行！”

嘶吼出这句话的是余九琪。她见孙锡真的低头看着那弹簧刀，挣扎着，用尽全力试图摆脱身后的钳制，又大声地喊了句：“孙锡，不行，绝对不行！”

光头一时按不住她，一阵手忙脚乱。袁轩便也过去帮忙，压着她的腿，按着她的手，让她动弹不得。

光头气急败坏，凶相毕露，一把揪起余九琪的头发，把她的头仰过来，俯身冷冰冰地盯着她，说：“你贱不贱，你关心他干什么？你知不知道当年的案子是怎么回事？知不知道他爸他们怎么弄你小姨的？你还不怕？你真不怕吗？你要是不怕，我就让你看看，让你感受一下！”

“我割！”孙锡大声打断他，尾音抖了抖。

所有人都循声看过去，见他身子弯下去，捡起那把弹簧刀，半跪在地，打开，按在右手的食指上。

余九琪绝望地摇头，喊他，又呼救，被身后的人紧紧捂住了嘴。她视线模糊，分不清眼里是雪还是泪，冰凉一片中，她看到他同样迷蒙的眼神。

“割啊！”

“快点！”

他垂下头，手指放在身前，弹簧刀锋利的刀刃按在上面，弓着身子，顿了顿，然后狠狠地用力。几乎是瞬间，一滴滴红色黏稠的液体，砸落在他的白毛衣上。

而后，他咬着牙，再用力，狠狠地转了一圈又一圈……

周围一片寂静，只有他粗重的、夹杂痛苦的呼吸声。余九琪在巨大的恐惧面前，眼神失了焦，大脑一片空白，却突然感觉到身后控制她的力气似乎在变小。

那光头本来是想吓唬一下孙锡，他的目的从来不是伤害偶像的儿子，没想到孙锡真的会为这个女孩亲手割掉自己的手指。所以当他隔着两步远，依旧听到弹簧刀碰到骨骼的声音时，心里惊惧，不由得放松了警惕。

更别提狐假虎威的袁轩了，在旁边早就吓傻了。

孙锡的力气似乎快用光了，腰又弯下去一些。一片朦胧中，余九琪眨眨眼，其实没做什么准备，就是凭借一股突然爆发的力量，趁着他们还在失神，用力挣脱开身后的钳制。

然后，她随手捡起旁边的一大块水泥，随便找了一个人，砸下去。

她根本不知道砸的是谁，也不知道有什么后果，只告诉自己不能停，继续砸，不能停。

如果她停下来，那根手指就真的毁了。

她动用仅存的意识，闭上眼睛，全神贯注，数着数字，砸一下，数一下，直到数到七，手上彻底没了力气，第八下堪堪举起，水泥块从手里滑落下去。

然后，她就站在那里，感受周遭一切都轻飘飘的，如死一般寂静。

接着，又仿佛做梦一般，听到有人叫她，一遍遍地叫她。

声音由远及近，渐渐清晰，她像刚刚梦醒一样混沌地睁开眼，看着眼前的人。见他跪着，痛得直不起身子，左手紧紧攥着右手食指，白毛衣上鲜红一片。

他叫她："余九琪，小九……"

余九琪蹲下来，才看清他的脸，本来就偏黑的肤色，如今一点血色也没有，只剩恐怖的青，好难看啊他。

"九，你听我说，没事的，没事的。"

那张难看的脸喋喋不休。

"你听我说，不是你，不是你干的，是我！知道吗？是我！"

他在说什么？

余九琪顺着他的目光，看到地上躺着一个人，头上溢出一摊血，浑身僵硬，一动不动，她认识这人，是袁轩。

然后，她猛然倒吸一口气。

这时突然传来一阵急促的铃声，余九琪茫然地看着四周。直到孙锡提醒，她才知道声源在哪里，她听到孙锡费力地说："九，电话，你兜里的手机！"

余九琪把手机从裤兜里掏出来，手却抖得不行，手机落在地上。来电显示在黑夜下尤为亮，是余凯旋打来的。

孙锡看了眼余九琪，知道她吓坏了，就用他那只血淋淋的手接起来，趴在地上，声音颤抖着，用最简洁的方式，交代他们所遭受的一切，向此时唯一能帮助他们的人求助。

余九琪只听清他最后哭着说："……叔，对不起，对不起，我知道错了，我知道错了……"

再回过神来时，余凯旋和温雯已经来了。

余九琪始终愣怔地站在旁边，看到有人在哭，有人在喊，看到孙锡还是跪在雪里，一会儿挨骂，一会儿挨打。

似乎有救护车过来，温雯跟着医生，抬着袁轩先走了。

不远处有警车的声音，余凯旋拉着余九琪的胳膊，高高地站在孙锡面前，拎着他的衣领，狠厉地说了一番话。孙锡哭着点头，什么都答应，什么都说好。

然后像拽着一个没有灵魂的纸糊玩偶一般，余凯旋拉着她先走了。中途她踉踉跄跄地摔了一跤，回头，看到孙锡伏在那里，身上落了一层白茫茫的雪，整个人一动不动，像一座与雪地融为一体的墓碑。

余九琪就在那时，突然惊醒，甩开爸爸，跑回去。

她跑到那座"墓碑"前，跪在他面前。

他抬头，她就看着他。

他们望着彼此，眼神里透着同样的不甘和迷茫：不甘他们唯一一次的叛逆挑战终究抵不过命运的捉弄，以惨败告终；迷茫未来必定要面对的苦难和分离，他们没底气能否扛得住。

就这样在不甘与迷茫中，同样伤痕累累的他们久久凝视，什么也没说。

大雪还在下，有冬风骤然刮起。

雪花随冬风拍在他们脸上，簌簌而响亮。

2014 年就在他们的对视中，悄无声息地过去了。

九年后，2023 年的年底。

余九琪再次完整地回忆起这段记忆，是在从公安局出来后的第二天，也是她生日这天。

这天，组长放了她半天假。主要是因为刚刚经历的那场有惊无险的绑架案，银行多少有点责任，就特意照顾一下。

中午下班后，余九琪站在银行附近的十字路口，莫名站了很久。

直到刚吃完午饭的王欢看到她，诧异地过来问：“九，你咋还没回家呢？”

余九琪笑笑。

“不是说你爸妈要给你过生日吗？”

“对。”

“不是还订了大酒楼吗？”

“嗯。”

“快回去吧，风这么大。”

一阵凛冽寒风袭来，吹乱了她的头发，余九琪依旧站在那里，迎着风看过去。

她突然好奇，想看看风刮来的是什么。

除了恨，冬风还会带来什么？

然后蓦然间，她转头，朝反方向走。

她步行来到附近一家酒店，绕过前台，进电梯，上了三楼，站在中间一个房间门口。

她敲门。

很快，门打开。

已经是成熟男人模样的孙锡穿着白色短袖 T 恤、运动裤，头发乱糟糟的，懒懒地站在门口。

“你不是要回家吗？”他开口问。

“本来是的。”

“你不是要跟家里人过生日吗？”

“本来是的。”

“怎么了？”

余九琪心底同时涌起连日来遭遇的一切、回忆的一切，以及刚刚在那阵冬风里感受到的一切，心里酸涩，踌躇片刻，才说：“……风太大了。”

孙锡看着她，走过去，握着她的手腕，用力地把她扯进来。

门重重地甩上。

第十五章

/

暗巷拥抱

孙锡订的就是一间普通大床房，没开灯，遮光窗帘挡得严严实实，只有靠近卫生间的走廊亮着两盏内嵌壁灯。屋子里弥漫着夹杂丝丝缕缕烟草味的淡香，他的味道。

余九琪一直搞不清楚这味道是如何来的，他没有固定用的香水，平时用的护肤品也都很简单，烟瘾不算重，家里也从不用香薰精油，可就是拼拼凑凑又融合挥发，经年累月在他身上淬炼出这股独特味道。

而且这味道侵略性极强，只要他贴身穿的衣服、睡过一夜的屋子、紧紧抱过的人，都会留下痕迹。余九琪吸了吸鼻子，凭过去的经验判断，他起码在这大床房里闷头睡了一天了。

那味道突然靠近了些。

余九琪倚着门口的墙，抬头看他。

“不热吗？”孙锡乱蓬蓬的脑袋垂着，眼睛锁着她。

酒店里暖气开得足，蒸得人从里到外闷燥，大概脸也是红的。余九琪低头，去解脖子上的围巾，却莫名变得笨手笨脚。

他就走过来，伸手慢条斯理地把缠了两圈的围巾一点一点地卸下。

“你从银行直接过来的？”他的声音哑着，像是没睡醒。

他的手指不经意地划了下她的脖颈皮肤，干燥得激起一丝痒，余九琪“嗯”了一声，算回答，但心里犹豫了下，不清不楚。

她忽然不清楚自己为什么过来，可又好像必须要来。

酒店地址是她离开刑警队时，李军问的，问他有没有在石城的临时住址，他毫不避讳地报了这个房间号，几步远的余九琪一字不差地听到了。

“有人看见你吗？”

围巾被卸下来，手还停留在那里，若即若离的触感，余九琪说：“不知道。”

那触感又清晰了些，他问：“你着急回去吗？”

余九琪又抬眸，他逆着暗光，眼睛像蒙上一层黑纱，看不透，她便伸手拽了下他的白 T 恤，想将他拉近一点，找那个她必须要来的答案。

孙锡却突然把她往后一推，又捧着她的脸，吻上来。

瞬间什么也看不见。

他吻得很急切，没留给她一丝犹豫和过渡，他的舌尖抵着卷进去，虎口卡着她的下巴抬高，有些粗鲁地由着性子闹。余九琪透不过气来，手放在他的胸膛上，想推，又忽然止住。

她触到了真实的、滚烫的、极其有力的宛如千军万马一般的蓬勃心跳，恍然就明白了。

明白经过这一次次磋磨人心的冷冽和反反复复的辗转纠结，以及身体精神上巨大的损耗后，她疲惫又兴奋，感动也怨憎。她无法自洽，不知该怎么纾解和平衡，只是突然意识到很需要他——需要他的生命力、他的温度、他的默契。

所以她才毫不犹豫地掉转方向。

孙锡明显感觉到余九琪在回应时，松开，用力地看了她一眼，抱着她，直接去床上。

被子凌乱地铺着，他随手将其扫到一边，手上不再慢条斯理了，急急切切又毛毛糙糙的。余九琪想起他们的第一次也是在酒店的大床房上，北京的春天，那天下了一场暴雨，错过了回宿舍的时间，孙锡就在他的酒店开了间房。

那天他把她送到房间，又迟迟不走，余九琪就点破，问他要不要留下。他说楼下还有工作，可刚走出去半分钟，又敲门。她问他怎么回来了，他就看着她，说：“你想好了吗？”

“想好了啊！”她说，“从再次见到你那一刻，我就想好了。”

然后她又反问：“你呢？”

孙锡当时盯着她说了一句话，她差点没把他踢出去。

“想什么呢？”

吻重新自耳后开始落下，又轻咬着磨了一会儿耳垂，用他喜欢的方式，见她轻轻地笑，他在耳边低声问，声音已经哑得不像话。

“想你。”余九琪如实答。

唇一路慢慢地打着圈向下滑，手却徐徐地揉捏着向上，略带薄茧的掌心贴着她。阵阵难耐，她抓住他一根手指，放在手心里握着。

孙锡却反过来扣住她的手，顺到指间，扣着下拉，整个人倾身向上，低头看她，混沌一片：“想我什么？”

她觉得他此刻像一直乱蓬蓬又急躁的小狗，一时兴起，想逗他：“想你在北京酒店那次说的话。”

孙锡顿了顿：“哪句？”

她见他来劲了，突然有点后悔，可来不及了。

“哦。”他捏着她细细软软的手指，语气恶劣，“从请你喝奶茶那天起，就惦记睡你那句吗？”

她叫他的名字，呵斥。

孙锡答应着，用别的方式。

孙锡在这件事上很少询问余九琪的意见，他完全主导，谈不上太温柔，甚至有点凶，当然偶尔也会关注一下她的感受，但总像是不怀好意。比如他会在她蹙眉躲他的时候，贴上来戏谑地问一句，疼吗？

往往这时候，她不知该怎么答，如果说疼，他会详细问哪里疼、怎么疼；如果说不疼，他会想方设法让她疼。

余九琪从不怀疑孙锡骨子里是个温柔的人，但在床上，他大部分时间都是不折不扣的浑蛋。她不知道别的男人是什么样的，据说也有从头到尾温柔细腻的，但她想了想，她不喜欢，她喜欢孙锡这种。

性爱就是要酣畅，要野性，要体验被原始欲望支配的暴戾，和上了瘾一般的无底线索求，没羞没臊，打碎重组。这样在失了理智的短暂时刻，才能沉浸着暴露出一丝自我、恐惧、孤独，或者爱意。

那一刻什么也藏不住。

孙锡最后把她紧紧地抱在怀里，汗湿了一身，细细地吻她，叫她：“宝宝，宝宝。”余九琪答应了声，他却没停，仿佛听不到，仿佛怀里的人不真实，继续这样叫，像是梦呓般呼喊别人，也像可悲的自言自语。

她轻轻揽着他，仰头看着贴着壁纸的天花板，不知怎么，突然就流出眼泪，起初还只是默默地任由眼泪滑下去，而后就哭出声来，低低抽泣，到痛苦大哭。

孙锡没问为什么，只是帮她擦眼泪，撑着胳膊看她，耐心地等她发泄完，才轻轻地扶着她的脸，让她看着自己，在她的唇上亲了下，低声艰难地说：“都过去了。”

余九琪红着眼睛，看着他。

他又说：“都过去了。”

“是吗？”她轻轻地问。

“我不会让你再经历那些事了。”

是吗？

余九琪怔怔地看着孙锡，他脸上还有细细的汗，头发也湿漉漉一片，昏昏暗暗的屋里难辨表情，眼神却清清楚楚地传递着心疼和承诺。

可不知为何，虽然最后那句反问没说出口，余九琪却并没有如他期待那般如释重负。

孙锡自然没放过，问：“你不信我吗？”

余九琪的眼神躲了一下，看向旁边的床头柜，嘀咕了一句：“信。”

他当然听出了她的敷衍，把她的下巴扳回来，捏着她的脸：“为什么？”

余九琪被迫看着他，转了转眼睛，随便找了个理由：“他们说，书上说，电视里也说，不能信男人在床上说的任何一句话。”

孙锡知道她在闹，还是笑了：“这都完事了。”

“完事了，也是在床上。”

孙锡像是认真地琢磨了下，点头：“也对。”

余九琪没明白他啥意思。

他就解释：“完事也可以再来。”

孙锡的手又伸进被子里，缠上去。余九琪翻了个身，又转向床头柜，随手拿起放在那里的、开了封的药盒看了看。

“孙锡，你怎么还吃上安眠药了？”她突然皱眉，回头看他，“你在这儿，睡不着觉吗？”

他的手顿了下：“还行。”

余九琪观察他，又扫了眼地上，进来的时候急，这会儿才注意到地上摆着一个敞开的行李箱，行李箱里还有两个牛皮纸文件袋。

她猜他应该是在收拾行李，想说点什么，又犹豫了下。

孙锡看懂了她眼睛里的婉转，什么也没说，手揽过来，人又凑上去。

一直到傍晚，他们才分开。

余九琪走出酒店时，天已经黑了。她站在路边，吹了一会儿风，打开微信家庭群，翻了翻大家的聊天记录，多半是关于晚上生日聚餐的。

看看时间，差不多了，余九琪回了句：我刚下班，现在过去哈。

没人怀疑她这句普通的交代，隔了两分钟，祝多枚在群里艾特小九，说：快点来，现在还能赶上看美人鱼！

祝多枚是昨天被葛凡拉进群的。余九琪被绑架那天，全家齐齐出动杀去县城，却没带她。她打遍了所有人的电话都不接，火急火燎地跑到公安局，又被拦在了外面，气得她第二天跟葛凡干了一仗。葛凡说你活该，谁让你不合群老退群，祝多枚当场就加了回来。葛凡又说谁再退群谁是狗，他姐瞅了他一眼，当场就提前朝他“汪”了一声。

余九琪想起曾经跟祝多枚聊过她进进出出家庭群的事，聊她跟孟会红割不掉又走不近的关系，问她觉得家是什么。

当时她们在吃火锅，祝多枚沉思了一会儿，说不知道。吃鸭血、牛肉的时候，就想涮辣锅，要不腥得慌；可这叶子菜呢，又得涮清汤锅，不然又腻又呛人。

她叹了口气，说："九啊，人生要是鸳鸯锅就好了。"

群里又响了下，还是祝多枚，问小九到了没，今天有两条美人鱼，快来！

余九琪已经来到石城最豪华的海鲜酒楼门口，跟着慕名来围观的人群走进大厅，绕到东侧的水族馆，那里有最近火遍网络的真人美人鱼表演。

美人鱼没什么稀奇的，但这家酒楼的人鱼是男的，准确地说，是穿着红袄肚兜的、大腹便便、却舞姿灵动的老爷们儿。其实原本是女人鱼，有一天突然请假了，水族馆不能空，老板就找了个水性好的厨师临时塞进去。没想到一个老爷们儿在水族箱里蛄蛄蛹蛹、搔首弄姿的，当晚在短视频平台上就火了。

这几天大概是为了给春节旺季揽客，又塞进去一个。祝多枚兴致很高，踩着高跟靴，站在几米高的水族箱前，跟两个在水里跳肚皮舞的大叔互动，还拉着余九琪过来一起。

余九琪兴趣不大，陪了一会儿，说该走了，大家都等着呢。祝多枚说行，可又让她帮着拍了两段视频，才依依不舍地跟那两个蛄蛹着的美人鱼摆摆手说再见。

"你今天不太一样了。"走向一楼走廊尽头的包房时，祝多枚揽着小九说。

"怎么了？"

"可能大了一岁，沉稳了。"

余九琪只笑笑，要推门进包房，祝多枚却喊了一嗓子，说："等会儿，我来。"

那一刻余九琪就知道了，知道屋里等待她的是什么。

果然，随着祝多枚把门推开，门口的礼花筒"嘭"的一声脆响。纷纷扬扬的彩带下，她听到她熟悉的不同声音整齐地对她说生日快乐，又隐约看到包房里摆着蛋糕，背景墙粘着气球拼成的英文字母，两边还贴着一副手写的对联。

其实刚才祝多枚在水族馆磨蹭时间时，她就有预感会有这样一番惊喜，所以早就准备好了应对的情绪，这对她来说并不难。

于是她夸张地捂着脸，尖叫，笑，跟每个人拥抱和说感谢，调动全身细胞，保持饱满而热烈，毫不客气地收下每个礼物，再报以同等程度的反馈。笑闹声越来越大，大部分都是她的声音，有那么一刻，她甚至被自己吵到耳鸣。

直到她安静下来，抬眸，看到对面背景墙上的那副手写对联，突然就装不下去了。

那上面写着"无忧无虑再无惊扰"和"有吃有喝还有美貌"。

横批是"我家小九二十五"。

余九琪忽然产生了极大的负罪感，像在身体里种了一棵毒草，迅速扎根发芽，枝枝蔓蔓盘旋着延伸到每个神经细胞，让她手足无措、无地自容，觉得自己如此虚伪，又如此不堪。她不配坐在这里，不配承受这份爱。

生日帽戴在头上，她却觉得像是戴着王冠的罪人，战战兢兢地看着眼前的一切。

余凯旋见她傻傻愣愣的样子，咧嘴笑了，说想起了她小时候尿裤子回家却不敢说的糗事。温雯不爱听，不让二凯哥提这茬，两人还争执了几句。红姨在旁边说小九算是很好带的小孩了，她生的这两个从小惹的祸要是写下来，都能出一本书。祝多枚和葛凡不干了，居然难得统一战线跟妈妈理论起来。

吵吵闹闹中，余九琪挨个看过去，跟着傻笑，然后突然听到有人叫她。葛凡提醒她，说：“九，该吃蛋糕，该许愿了，快想想你的愿望。”

“好。”她说。

可是要许什么愿呢？

余九琪仔细地想，却找不到能准确表达此刻满腹焦灼、矛盾的愿望。

她希望爱少一点，又希望爱多一点。

她希望让他人满意，也更想先让自己快乐。

她不想再辜负一个人，却势必会辜负在座的所有人。

突然想起祝多枚的那个比喻，她说：“九啊，人生如果是一个鸳鸯锅，就好了。”

最后她闭上眼睛，没有许任何愿望，吹了生日蜡烛。

饭吃到一半，酒喝了两轮，轮到了澡堂老板家聚餐必不可少的、最嗨的环节，才艺表演。

首先下场的肯定是专业二人转退役演员孟会红。大家起个哄，连温雯都跟着附和说来一个，红姨就站起来，说：“来一个就来一个，今天小九生日，小九点，点啥姨唱啥。”

余九琪也是了解不少二人转经典选段的，但她尤其爱听红姨唱那首整个北方都很流行的民歌小调，说：“我要听《送情郎》！”在座各位嘁声一片，笑她品位土，换一个。余九琪说不，我就爱听《送情郎》。

孟会红说行，就《送情郎》，然后端着胳膊，挺拔地转了一个圈，再轻轻抬起一只手，捏了个兰花指，眼波随着指间轻轻流动，含情脉脉地看了一圈，最后轻巧地落在余凯旋的脸上，开口一声悠扬小调。

她唱:“一不叫你忧来，二不叫你愁。”又唱，“三不叫你穿错了奴的花兜兜。”

余凯旋朗声应和：“好嘞，错不了。”

孟会红娇媚地白了他一眼，大家哄笑一声。她又转到另一侧，对着别人继续唱，虽然只是清唱，但宛转动情，听着听着，就让人沉浸进去。余九琪痴痴地看着唱起戏来仿佛年轻二十岁的红姨，直到手机亮了一下，才回过神。

她警觉地一惊，匆忙拿起桌上的手机，看了眼，只是一条垃圾广告。

她堪堪松了口气，又觉得莫名其妙，拽着毛衣袖子，手肘撑在桌上，捂着脸，专注地看向唱歌的红姨。忽地，她隐隐约约闻到那股夹杂烟草味的淡香，蓦然一慌，想起什么来，偏头在手腕上闻了闻。

是他的味道。

然后随着孟会红最后一个音调落下，余九琪笑着扫向旁边，突然撞见隔着一个座位的、投来探究眼神的温雯。

余九琪脸上挂着笑，跟着鼓掌、起哄，让红姨再来一个，可余光瞟见妈妈的脸色已经黯淡下去，紧绷着，抿着唇。

身体里那棵毒草像是得到某种滋养，又蔓延生长起来。

余九琪又想起，严格说起来，今天并不是她的生日，而是温雯在人生最绝望的时刻，从冰冻的河边把她捡回家的日子。

二十五年前的今天，温雯把只裹了一床小棉被的、病恹恹的女婴捡起来，抱回去，救活，给她取了名字，又给了她一个家。

因为不知道她是哪天出生，所以干脆——你跟妈妈相遇的那天，就是你的生日。

每年今日纪念的，是你的重生，也是我的重生。

负罪感吞噬着余九琪，拉着她徐徐下坠。

而手腕上那股夹杂烟草味的淡香，似乎更加浓烈了些。

孙锡在酒店的大床房里煎熬了一天一夜，仍旧睡不着。她走了之后，他更是毫无睡意。

他猛地拉开遮光窗帘，外面漆黑一片。酒店对面是石城护城河公园，此时早就关闭了。他开了扇小窗，放了些新鲜的零下 20℃的冷空气进来。

他清醒了许多，坐在凌乱的床上，盯着地上敞开的行李箱，很自然地想起那个婉转的眼神。

他移开眸光，又拿出手机随便刷了刷，划拉了两下，就刷到前几天加的祝多枚的朋友圈。

是一个视频，拍的是在生日包房里唱歌的孟会红，镜头主要对准孟会红，但也略略扫到其他人。

只是一晃而过，他看到了余九琪。

他按了暂停，放大，看到她微笑地看着为她庆生、为她唱歌的家人，脸上笑意盈盈，眼底却一片空洞。

他再放大，又看到她身后背景板上的那副对联，左右看不太清楚，可横批鲜明夺目。

“我家小九二十五”。

退出那条视频，他发现祝多枚这条朋友圈的标题也是这几个字：**我家小九二十五。**

搁下手机，孙锡坐在床上，点了一根烟。他依旧觉得热，短袖 T 恤的袖子掖进去，叠着塞到肩膀，露出肌肉紧实的胳膊。他俯身，撑着腿，盯着行李箱，看了一会儿。

然后他狠狠地吸了一口烟，抬脚踢了下行李箱的盖子，将其合上。

一个文件袋滑了出来，他没有管。

热闹而和睦的生日宴结束在海鲜酒楼打烊那一刻，服务员来催，大家也都横七竖八喝到位了。余凯旋冲门外挥挥手，说：“行，买单吧，我们撤了。”

余九琪喝得不多，到室外吹了点冷风，酒意就散了一半。因为喝了酒都没开车，小九就打车安排全家人各自回家。余凯旋和红姨坐一辆车先走了，祝多枚住得偏，自己坐一辆车。最后等了半天好不容易抢了辆准备交班的出租车，葛凡说干脆一起，先送小九和温雯，他再回去。

各自散去后，余九琪搂着已经醉得断片的温雯坐在出租车的后排，看着海鲜酒楼渐渐倒退消失，意识到这虚假和谐的一天彻底过去了。接下来她要面对的是，新一轮的挑战和撕裂。

不知道是不是所有的家庭都这样，即便有再大的问题矛盾，碰上重要的年节和生日，都要先放一放、忍一忍，装也要装出一派融融的样子。等大日子一过，该立规矩的立规矩，该算账的算账，横在彼此心间的那根刺早晚要面对和拔掉。

对于如今整个家庭来说，这根刺，很显然，就是孙锡。

不对，余九琪忽然有一瞬难过，或许自己也即将成为这根刺了。

“你还好吧，小九？”

坐在前面的葛凡回头，酒气浓重，他喝了酒之后爱脸红，显得那双桃花眼更润了些。

“没事，我喝得不多。”

“明天你还上班吗？”他随口问。

“嗯。上班。”

“我听王欢说你们元旦能放三天假。”

“是。”余九琪联想到在群里撒的那个谎，敏感地看了眼他，“你咋还跟欢欢联系上了？人家可有家有室了啊。”

“就今天中午在饺子馆吃饭，碰上了，说了几句话。”他瞄了下余九琪。

余九琪垂眸，看了看腿上的温雯，见她还沉沉地睡着。

她“嗯”了一声，没再说话，觉得到此为止就好。

葛凡转回去，很快又转回来，眼神犀利了些：“她说今天下午你们领导给你放假了？”

余九琪抬头，迎着他探究的眼神，条件反射一般在脑中迅速编了个借口。这个漏洞并不大，对她来说过于简单，可谎言到了嘴边又忽然止住。她想试试说出来又怎样，能怎样，于是淡淡地回答：“对。”

葛凡那双被酒精熏红的桃花眼慢慢地滑下去，却不知该滑向哪里。他搞不明白在期待什么，想问下去，又不敢再问。

“那你还工作到晚上。

“真行！

“今年银行的模范员工还得是你。”

他回身，声音越来越小。

路上，温雯被小富总的一通电话吵醒了。小富总在帮商场谈两个国际品牌，这几天在国外出差。见温雯喝醉了，他问了几句关心的话，温雯就“嗯嗯呀呀”地胡乱答。小富总跟她说不明白，就让余九琪接电话，说家里客厅的抽屉里有他上次买的解酒护肝药，给温雯吃点。她酒醒后会头疼，别的不管用，就富安商场后门那家理疗馆的头部按摩好使。他已经约好了，拜托余九琪明天带她去。

余九琪直点头，说放心吧，又客客气气地跟他聊了两句。挂了电话后，余九琪拨了拨妈妈脸上散乱的长发，又把她眉心半拧的褶皱轻轻地按平，安心了许多。

到了小区，温雯下了车，走路还是费劲。葛凡就让出租车打表等一会儿，跟余九琪一起扶着她上楼。到家后，余九琪催他回去。葛凡住在KTV的宿舍，虽说都是小兄弟，但回去太晚打扰别人总归不好。

他搭着胳膊把温雯放在卧室的床上，嘀咕了句：“没事，反正那破宿舍也住不了几天了。”

余九琪想起之前他说要辞职的事，转念一想，或许让他辞职的理由即将不存在了，委婉地说：“你再看看吧。”

“还看啥？我说了我不可能给他打工。”他干脆点破。

余九琪把温雯的鞋和厚衣服脱掉，说：“反正再等几天吧。”

“等几天？”他重复了一遍，不明白。

她又把被子给妈妈盖上，含糊地说：“再等一阵子呗，着啥急？”

葛凡打量她，说：“我听说老王已经把乐胜煌出手了。”

余九琪的手顿了下，没吱声。

葛凡又说：“好像第一笔钱已经收到了，他还了一部分账。”

余九琪这才看了眼葛凡，又想起酒店的行李箱里那两个牛皮纸文件袋，眨了眨眼，看看时间，说：“不早了，哥你快回去吧。”

葛凡不知道是不是喝了酒的缘故，脑子里一团乱，犹犹豫豫的，有些话欲言又止。直到余九琪把他送到门口要关门时，他忽地伸手挡了下，终究没忍住。

“你元旦假期咋安排的？”

余九琪想想：“还不知道呢。”

“能空出一天来吗？”

“怎么了？”

他的桃花眼在她脸上停了许久，辗转说了个轻松的：“帮我拍个段子。”

余九琪说“行”。

她再回到温雯的卧室时，发现妈妈翻了个身，整个脑袋都埋在被子里。

余九琪轻手轻脚地过去，拿化妆棉细致地给她卸妆，在皮肤的每条纹路上细细地停留，温柔地擦拭，感叹着妈妈的底子可真好啊，这个年纪了，皮肤还是紧致又细腻，让人羡慕，如果我真的像你就好了。

卸了妆，又去用热水洗了毛巾，想给温雯擦擦脸，可她一回来，还没来得及擦，就看到温雯的眼角沁出一滴泪来，亮晶晶的一滴，徐徐盈满，又翻滚着滑下，在冷白的皮肤上滑出一道亮光。

她还是紧紧地闭着眼睛，表情依旧平静，像是做了一个令人心碎的梦。

余九琪用热毛巾把那滴泪稀释掉。

晚一些的时候，孙锡主动打来一个视频电话。但在此之前，余九琪先给他发了一条意味不明的微信。

等温雯睡着后，又挨了一个小时，余九琪惦记着葛凡临走前的话，想着他是不是真的还要买下 KTV，如果买了，又意味着什么。

自那天在公安局短暂又模糊的沟通后，已经两天过去了，他们没有针对那个约定做任何计划，也没有正式聊起，倒不是逃避，起码余九琪不想再逃避任何事了。

可聊呢，又总得有个不那么唐突的节奏。

余九琪琢磨了一会儿，这样开始问：你的假期还剩多少天了？

等了二十多分钟，孙锡没有回，然后直接打了个电话过来。

余九琪没有调静音，被铃声吓了一跳，本能地按灭，下床穿上厚外套，同时快速地给他回了一条微信解释。

九：等一下，我换个地方。

孙锡：去哪儿？

这还用问吗？余九琪没回。

他就说：不许去。

他又说：再躲外面接我的电话，弄死你。

余九琪愣在那里，不动了，倒不是被他这句话给吓住了。孙锡放的狠话更不堪入耳的她都听过，这不算什么，她只是忽然觉得，是啊，为什么要去外面接他的电话呢？

阁楼那么高，又冷，地上冻了一层冰，搞不好又摔跤，就是打一通电话而已，为什么非得去那里呢？

我不想再去了。

然后看到他新的一条微信：视频吗？

余九琪想了想，回：等我五分钟。

她又说了句：我不出去。

那五分钟里，余九琪关严了门，调暗了灯，又迅速去衣柜找了一件修饰脸型的宽领毛衣，嫩黄色，据说这是最衬她肤色的颜色。她把头发散下来，随便抓了抓，调出手机的原相机模式看看，气色似乎有点差，稍微抹了一层粉色的润唇膏。最后几秒钟，一会儿躺，一会儿坐，对着手机镜头选了个自认为最好看的角度。

视频电话一秒不差地打过来。

她想可能是太久没跟男人大半夜打视频了，心跳居然有些“扑通扑通”，如小鹿乱撞，竟比下午没有丝毫缝隙地被他困在怀里还要紧张。就这样看着那个黑色的头像等了一会儿，她才按下去。

一接通，余九琪忍不住皱眉，屏幕里，挺拔的鼻子和半张脸拧在眼前，鼻孔都一清二楚。

她将镜头拉远了一点，小声喊："孙锡？"

听到声音后，他也跟着把手机拉远了一些，看起来像是躺着，一只手垫在脑后，手机倾斜着，依旧拧着脸，眼睛懒懒地垂着看她。

余九琪就恨，恨他也太敷衍了些，又奇怪，奇怪他即便这死亡角度看起来也有几分姿色。

孙锡还是耷拉着眼皮看手机屏幕，眉心徐徐地皱起："你化妆了？"

余九琪趴在床上，摇头："没有啊。"

见孙锡还盯着她，她想起什么："哦，就晚上嘛，护肤，做了个唇膜。"

她心想，男的也真是有意思，脑子里某些方面结构简单到愚蠢的地步，抹了点润唇膏就等于化妆了，可怜。余九琪的舌尖上下灵活地舔了舔，把唇膏卷到嘴里。

见他一动不动像是卡住了，她以为没弄干净，就稍微用了力，舌尖在唇上又扫了一圈。

孙锡抿了抿唇，像是幽幽地轻叹了口气，眼睛略略瞥向另一侧。

余九琪搞不明白他这是怎么了，猜想是不是自己用力过猛，让他不适了。

孙锡确实不适，心想大半夜跟我来这套，真行。

接着两边就这样安静了几秒，时隔三年多的第一通深夜电话刚开场，就陷入一种难言的尴尬。

好不容易，余九琪想起找他的目的："孙锡，陈木霖给了你多久的假？"

孙锡回头："又赶我走？"

"没有。"

"要走我也不能就这么走。"

余九琪没料到他还耍上脾气，往往这时候，她就特别爱逗他，于是说："那哪能让你空手走。"

孙锡预感她没好话。

"我给你带点特产走，人参、貂皮、大米、木耳，你选。"

孙锡瞪她："余九琪。"

余九琪笑："我跟你闹呢。"

"我没跟你闹。"

"知道了，知道了。"

"知道什么？"

余九琪又皮："知道你心眼小，不识逗。"

也不知怎么，气氛突然就被她带跑偏了。窗外有皎白月光冷冷地铺在米色的床单上，暖气这几天够足，她光着小腿，叠在一起。脚趾在床单上轻轻地点了点，三下两下的，像是跳舞。

她心里也得意，尤其见他沉着脸不识逗的样子，像一只被撩急眼了的猫，姿色都添了几分。

过去跟孙锡在一起，她占上风的时候不多，机会难得，于是她耐心主动地哄了哄：“你在酒店呢？”

“没有。”他居然说。

“那你在哪儿呢？”仔细看，因为镜头撑着脸，确实难辨环境。

“查我的岗？”

“没有啊。”

“那不告诉你。”

“行吧。”

孙锡恨恨地看了她一眼，也来劲了，随手给她发了个定位，说：“这里。”

余九琪退出看了眼，一惊：“你疯了吗？”

他发来的是温都水汇的定位。

余九琪手脚撑着从床上坐起来，也顾不得形象、角度了，一张脸占满手机屏幕，满腹疑问刚要开口，不知怎么刺激到了嗓子，突然一阵痒，咳嗽了起来。

怕吵到隔壁，余九琪就压着嗓子咳，却怎么也停不下来。手机里传来一道含着笑的声音：“你先去喝口水。”

余九琪瞪了他一眼，说：“你等着。”

然后，她把手机扣在床上，努力压着咳嗽，下床，开门。

门轻轻地打开，屋子里的暖色暗光倾泻出去。她心想着快速去接一杯水，快速回来，可脚步还没迈出门，看着前方，突然惊呼一声，然后仿佛被雷击一般震惊地定在那里。

嗓子瞬间就不痒了，她直愣愣地蒙了一会儿，才渐渐恢复语言能力。

“妈。”

声音颤颤巍巍的。

温雯抱着肩膀，正襟危坐在只有两三米远的客厅沙发上。

客厅昏暗，只余九琪房间的光淡淡地照过去，照着她紧绷的身体、惨淡的脸和看过来的冷厉而绝望的眼神。

温雯根本没有醉，或者说，远远没到断片的程度，也丝毫没有困意。

在余九琪回房间后，没一会儿她就坐起来，坐在床沿。屋里也没开灯，窗外月光够亮，隔着薄薄的浅色窗帘，投在地板上，一片朦胧的白。

她弓着背，两只细细的胳膊撑着床，呆呆地看着那片白，看了好久，然后下意识地、不自知地，又从床头柜里拿出那张照片。

她和温雅的，来自过去的那张已经泛旧的合照。

此刻她看着这张照片，其实已经谈不上多痛苦了。痛苦就像口香糖一样，反反复复咀嚼多了就淡了。并不是不存在，也并没有少一分一毫，只是暂时麻木了。

但她还是盯着看了好久，除了温雅那张元气十足的笑脸能带给她遥远的慰藉，她突然很想提醒自己，失去一个至关重要的人是什么滋味。

她不想再经历第二次。

回来的车上和到了家里，她听得懂葛凡跟小九那两番对话隐藏的意思，跟她的判断一样，那个杀人犯的儿子，终究是用他肮脏、下流、令人作呕的手段，又一次要拐走她的女儿。

她当然也从小九的话里，从她照顾自己的举动里，从她一整晚惴惴不安的神态里看出来，跟多年前一样，虽然她还没有下最后的决心，但大概率又会跟他走。

不可以的！

怎么行呢？

我绝对不允许我的女儿往同一个火坑里跳第二次。上一次有爸爸妈妈给你兜底，不至于让你搭上人生，可如今我们未必斗得过别人，也未必保护得了你了。

你还年轻，不懂人心凶险，也不懂爱情善变，但我有义务告诉你。

对，我应该耐心一点，耐心地把我混沌失败的人生经验坦诚地讲给你听，哪怕让你当个反面教材也好，这是我的责任啊。

你一向是个聪明懂事的孩子，你不会嘲笑妈妈的，你会明白妈妈的苦心的，你会醒悟的。

妈妈现在就要去告诉你。

温雯一刻也没等，放下照片，光着脚踩着地板出去。她还没走到小九的房间，就看到门缝下透着光，听到里面若有似无的说话声。

她的声音不大，甚至故意压小了些，可温雯站在客厅中央，仍旧听得出她在跟一个男人暧昧地视频聊天。

那个男人，只听到他几个辨不清字句的音调，她就知道是谁。

几乎瞬间，不知从哪里冒出来的满腔仇恨和嫉妒填满了她的胸膛和大脑，让她浑身发抖、不能呼吸，让她要用力攥着拳，才不至于失控冲进去。

理智顷刻间消失大半，她感到深深的受伤、背叛，明明有心理准备的，明明知道这一切正在发生，可这盈满了暧昧和快乐的声音，如此刺耳，像一把把快刀一般毫不留情地刺穿了她薄薄的身体。

没错，温雯承认，此刻女儿压抑不住的快乐，让她万箭穿心。

所幸还有一丝理智尚存，她想听到更多、了解更多，便坐在只有两三米远的沙发上，绷紧神经，细细地捕捉那扇门内隐约传来的一字一句。

依旧，万箭穿心。

她觉得很可悲，她亲手养大的女儿，居然真的喜欢上了那个人的儿子。

她又觉得很可笑，他们此刻的样子，居然与多年前的某些瞬间如此相似。

怎么可以这样对我呢？

温雯突然沉默地发出无声的呐喊，呐喊这该死的命运，怎么可以这样对我？不公平的老天，怎么可以这样对我？余九琪，你怎么可以这样对我？

温雯听到了小九的咳嗽声，也听到了她下床和走向门口的声音，知道她要出来，知道她们会正面相遇，但没有躲。

她以为像过去一样，会撞见一张慌乱、惭愧的脸。

于是温雯坐在那儿，盯着眼前为了跟那个杀人犯的儿子视频，悄悄地打扮了一番的女儿，等她解释，等她道歉，等她无地自容。

可她的慌张只有一瞬，颤颤巍巍地叫了一声“妈”。

然后，她忽然就冷静下来，转头看了眼屋里床上的手机，像是在看某个人一样，抿着唇，再回头，坦然地看过来。

她说：“妈，你刚才是不是听到……”

“没有！”

温雯突然凄厉地打断她，又急急地补充说：“听到什么？我没有！”

她突然觉得自己很可悲，又无助，脑子里混混沌沌，只有一个声音，让她绝望地缴械投降。

于是她呼吸，再呼吸，语气稳下来，又说：“我就是头疼，口渴了，出来想喝口水，不知怎么，就想在这里坐一会儿。”

再抬头看着余九琪，她声音抖了抖，像是在害怕什么：“九，我头疼得厉害，晕晕的，每次喝了酒都这样，今天尤其严重，你明天陪我去理疗馆好吗？”

余九琪错愕着说“行”。

温雯像是松了口气，又想起什么：“我想过段时间去查一下脑子，看看是不是有什么问题。你陪妈妈好吗？等春节后，等到春天，你陪妈妈好吗？”

余九琪沉默了一会儿，说好。

温雯垂下头，重重地垂着。她觉得浑身无力，输了个彻底。

但她终于冷静了下来，刚才脑子里的那个声音也逐渐清晰了，在短暂较量失败后，嫉妒和愤怒瞬间化成恐惧，汇成一个卑微又坚定的祈求——

你不能离开我。

我不能再失去你。

绝对不能！

第二天中午，余九琪陪温雯去理疗店按摩。午休前，温雯发来一个日料店的定位，让小九先过来吃饭。

余九琪赶到时，看到温雯已经坐在吧台上，一身藏青色的七分袖毛衣裙，皮草和包包放在旁边的椅子上，微笑着正在跟为她烤鳗鱼的帅哥厨师聊天。那厨师看起来也就三十岁上下，扎着丸子头，穿着身日式厨师服。不知温雯说了句什么，余九琪见他红着脸低头，挑了挑眉。

余九琪过去，坐下，那厨师把刚烤好的鳗鱼和五花肉分放在两个小碟子里，推到两人面前，说了声“慢用”，又特地瞄了眼温雯，然后去服务别的客人。

“妈，你适可而止啊。”余九琪笑着点她。

温雯今年四十五岁，可心态和喜好方面都不像一个中年人，加上底子好，保养得也好，稍微上一点淡妆遮一下眼底的细纹，看起来年轻十岁也不夸张。

偏偏她又是如今流行的小脸精致挂长相，除了成熟和性感，还有些娇蛮和单纯，同龄人可能会觉得她单薄、小家子气，但年轻男孩大多吃这套。

这么多年来来往往的越来越年轻的男朋友们，很少有温雯主动去撩的，大多是她瞄两眼，对方顺着搭上来的。余九琪对她这些闹着玩似的感情没当真，以为无非她维持生命力的方式之一，别惹出乱子就行。可不知怎么，小富总似乎不太一样，她甚至怕妈妈欺负他，私心偏袒起他来。

“我问了，他没对象。”温雯说。

“但你有对象啊。”

“可你没有啊。”

余九琪手里正拌着纳豆，闻声停了停，速度不自觉放慢了点。

温雯不动声色地看她，转而说：“不过他不行，配不上你。”

余九琪手上继续用力搅拌，余光见妈妈的脸色认真了些。

“我的小九值得更好的。”

余九琪把拌好的纳豆放在温雯面前，又要去拌自己的。这时放在兜里的手机振了下，她有预感是谁，还是拿出来看看。

孙锡回复她半小时前的信息：我今天有事。

余九琪问：干吗？

对面又沉默了一会儿，余九琪就熄屏把手机放在旁边没管。昨天晚上余九琪后来是在温雯的房里睡的。温雯吃了点头疼药，又说睡不着，就让小九把枕头拿过来陪她。

那通视频电话是孙锡挂断的，余九琪起初没在意，后来算算通话时间，她跟温雯说的所有话他应该都听到了。等了一上午，她以为按他的性子会追着来问点什么，可他什么也没说。到了中午，余九琪觉得反常，便主动问他今天有没有空。

手机又振了一下，她这次等了一会儿才拿起来，点开，盯着怔了半晌。

他回复：我奶奶知道我回来了。

隔了一会儿，他又说：她叫我去吃饭。

余九琪心里一阵难受，这两句话看起来无波无澜，甚至透着点温暖，但她很清楚这平淡语气背后藏着贯穿他整个少年时代的冷漠残忍，一点也不轻松，更谈不上温馨，他此刻可能都是胆怯的。

孙锡的奶奶，不仅从不喜欢他，甚至利用他、驱逐他，甚至从某种程度上，恨着他。

余九琪犹豫半天，不知怎么开口劝他不去才显得不那么小心眼。

他像是察觉到她的心思，两句话接连弹出来。

——就去吃顿饭。

——没事。

余九琪刚要回，听到耳边一个温柔的声音问她：“你怎么都不吃啊？”

她抬头看了眼温雯。温雯夹起半截鳗鱼塞进嘴里，自顾自吃起来，也没再理小九，说："不管了，妈妈先吃了，忙了一上午，啥也没吃，好饿。"

余九琪低头，匆匆地回了孙锡一个字：嗯。

孙锡是下午才来到市医院的，电话里，孙老太太很直白地告诉他，她中午要输两瓶液，没空，让他晚点来。

他问了问路，才拐到肾病科的病房。上次回来他也来过医院，但只是在楼下存了点住院费，没上来，他知道自己上来了，也不会受欢迎。

孙老太太四年前确诊尿毒症时，孙正武给他打过电话。孙锡问用不用他回来，电话里传来一声沧桑的冷斥，说："别让他回来，我不想见他。"

医院走廊里弥散着浓浓的消毒水味，来来往往的人大多是疲惫的脸。病房门留着半人宽的缝隙，孙锡朝里面看了眼，看到一个护士正在给半躺在病床上的老人拔针。那老人灰白的短发稀稀落落，身上皱巴巴的病号服也空空荡荡，呼吸声又长又颤，衰老到就剩一副骨架。

他停了一会儿，脚下刚要迈一步，听到一句平静的怒喝："出去，在外面等我！"

他并没有太意外。

他在楼梯间里吸了根烟，歪头平静地看着窗外，看一只不怕冷的麻雀在孜孜不倦地啄一根冰凌。直到它把冰凌啄断，落地砸碎，孙锡才回去。

孙老太太就站在病房门口等他，短发梳得整整齐齐，戴着一顶褐色的绒帽，羽绒服和裤子都板板正正，脸上像是擦了点粉，看见孙锡时，耷拉着的嘴角轻轻地抿起。

虽然手背上的瘀青明显，眼周黑得吓人，瘦得只剩一把骨头了，她却还是在一根烟和一根冰凌的时间，为自己在暗暗较量了多年的亲孙子面前，争取了一点体面和尊严。

"就咱俩吗？"走到医院门口，孙锡问。

"我让婷婷下课后来接我。"衰老的眼睛看向远方。

孙锡点头："你想吃什么？"

"炸鸡。"

孙锡有点奇怪，没多劝，只问："哪家炸鸡？"

孙老太太说了个连锁炸鸡店的名字。

这家炸鸡店石城一共有三家，最近的在石城二中附近，开车十分钟。路滑，孙锡伸手想扶着她去对面车位，孙老太太躲了一下，倔强地说："你去把车开过来。"

还没到学生放学时间，炸鸡店里人不多。他们选了个靠窗的角落坐下，点了两份不辣的招牌套餐、两杯清淡的热饮，摆在窄小的桌面上。孙锡长腿长脚局促地坐着，等着对面的老人先选。

孙老太太混浊的眼睛慢腾腾地扫了一圈，只拿出一包餐具套装，拆开，拿出一张湿纸巾，瘦骨嶙峋的手捏着，递过来。

孙锡掀着眼皮，再三确认，确认她是递给自己的，才接过。

不可否认，在意外之余，他心底隐隐晃过一瞬不自在。

他这个人被冷落惯了、被厌恶惯了，习惯了当一个人人鄙夷的浑蛋后，也养成了一个不值钱的毛病，但凡接收到一丝一毫的示好，他都条件反射地觉得不真实、不应该、不配。

尤其这个人还是一次次利用他、贬损他，用最恶毒的方式诅咒过他的奶奶。

但他依稀记得，最初他们之间的关系并不是这样的。

当年孙正武和李芳本不想养他，想把他送到福利院，或者到外地找个寄养家庭，是孙老太太抱着两岁半的孙锡坐在客厅的地上，拍着大腿说："这是我的房子，我的孙子，要滚你们滚出去，我们不走！"

后来发生了什么呢？让你如此恨我？

"你爸生病了，你知道吧？"对面的人有气无力的，突然说。

哦，这就对了。

孙锡立马就自在了，忽然就想通她叫自己来吃饭的目的，也想起他们之间的恨意是从何时开始的了。

"不知道。"他还在用湿纸巾慢慢地擦手指。

"淋巴癌，晚期。"

孙锡把湿纸巾放下。

"今天上午监狱的人给我打电话，说里面的医疗条件也就那样了，尽力了，让我们有个心理准备，能不能挺过这个年，看造化了。"

孙锡轻轻地扯了下嘴角，心想他能有什么造化？

"你去看看他吧。"

孙锡看向窗外。

孙老太太又说："他说想见见你。"

窗外有一辆加长的运煤车驶过，卷起地上的一层细雪。细雪跃起，扑在一对一人手里拿着一根淀粉肠的父子身上。

"人都快死了，你总得去见一面吧。"她的语气越来越僵硬。

孙锡看着那对父子，随手拿了一根薯条，放进嘴里，依旧像没听见一样不接茬，慢慢地咀嚼着。直到吃完，他才转回头，不出所料地，撞见那双年少时期见过无数次的、失望又鄙夷的眼神。

虽然她已经更老了，瞪过来的力度大不如前，但挺拔着身子，屏息吊气，在很近的距离内，用尽全力地向他传递着恨意。

就因为他从来不肯去监狱看她最疼爱的大儿子，一次也不肯，她就深深地恨他，恨他不听话，不孝、没心肝的小犊子，养不熟的狼崽子。

恨到利用他最珍贵的一段关系来报复她的敌人，造成当年他和余九琪在各自消沉三个月后，压抑之下想冒一次险，却酿成大祸。

恨到在那次祸端之后，在所有人对他进行辱骂和驱逐时，作为他生活中理应维护他的最亲近的人，却在他手指上的伤还没有好利索时，拉着他去派出所办了身份证。身份证下来的第一天，她塞给他一千块钱，说：“走吧，你走吧，石城容不下你，这个家也容不下你了。”

记得当时他是恳求过她的，他说：“奶奶，能不能让我念完高中？我还有一年参加高考,如果石城我待不下去了,能不能给我点钱,我转到别的城市去读书？”她就冷笑，说：“你还想高考吗？还想要未来吗？你不是嫌弃你爸吗？不是嫌弃你爸是个杀人犯吗？那你一个杀人犯的儿子，还要什么未来和前途啊？你看看你干的这些事，你认命吧，孙锡，你就这个命。”

就因为他从来不肯接受他所谓的父亲，他的奶奶就用最恶毒的方式诅咒他。

可那个人，又凭什么做他的父亲呢？

孙锡凝视着对面的老人，目光不闪不躲，渐渐平静下来。这么多年他已经说服自己不去怪她了，她跟被这场恩怨笼罩下的许多人一样，都是仍旧陷在过去那场暴雪中没走出来的可怜人。

而且，她可能这一生直到尽头，都无法真正解放了。

窗外有三三两两的学生走过，到了放学时间，人多了起来。孙锡低头，见桌上的食物一口没动，便淡淡地问了句：“你不吃吗？”

对面的老人说：“我吃不了油炸的。”

孙锡皱眉：“那还来这儿？”

她没有回答这个问题，而是依旧盯着眼前九年未见的、已经是成熟男人模样的孙子，脑海中勾勒着与他容貌极其相似的另一个人，那个罪人、糊涂人，也是曾经让她深深自豪又让她倍感挫败的最爱的人。

人生即将走到尽头，她当然清楚自己不是个称职的母亲和奶奶，可又有什么办法呢？天底下哪个当妈的能真的做到公正和清醒。

她只是想在临死之前，做最后的努力。于是她沉了沉气，回答他刚才的问题：“这家炸鸡店我每周都来，每次都是啥也不吃。”

“那你来干什么？”

“我就想离你爸近一点。”

孙锡没明白，用眼神狠狠地询问。

“你刚才用的纸巾，可能就经过你爸的手。”

“什么？”

孙老太太抿了抿唇，继续说：“这家炸鸡店用的纸巾、餐具，还有餐盒、纸盒，都是你爸他们在监狱里包装的。我打听过，你爸在里面就是……”

孙锡突然一阵反胃，向后挪了一下，想离眼前这一切远一点。椅子在地面划出一道刺耳的摩擦声。

他的手不知该放在哪里，僵硬地摊开搁在腿上，浑身别扭着，看向对面把他骗到这里来的老人，满腹愤怒、屈辱，终于忍不住了，直面他们之间最大的裂痕，阴鸷地看着她。

“我不可能去见他！”他压着声音又说，“小时候你打我、骂我，甚至威胁要卖了我、饿死我、冻死我，我都不去。现在你觉得我会去吗？”

孙老太太也动了气：“他说到底是你亲爸啊！”

“我跟他没关系，”他又强调，“跟过去的事更没关系。”

“你都回来了！”

“我又不是为他回来的。”

“那你为谁？”

孙锡眼里晃过一瞬柔软。

孙老太太立刻会意，扯了个笑，转而用一种高高在上的姿态看他，像是将他看了个彻底通透：“你以为你真的跟他没关系？真的摆脱他了吗？”

“对。”

“你做到了吗？”

“我现在就做到了。”

“如果你做到了，你就不会三番五次地回石城来。”

孙锡突然变得极度烦躁，觉得她讲不通、莫名其妙，甚至顾不得眼前是个重病的长辈，正要发火反驳时，孙老太太压着他，用尽力气说出最后几句让他瞬间炸掉的话。

她说：“澡堂子家的女人，无论是谁，都跟过去有扯不清的关系。

“你如果真的摆脱了他，摆脱过去，就不会为了任何人回来。

“你肯定知道，只要你回来，这些东西都躲不掉，都会缠上你。

“你到底为什么回来，你比谁都清楚！”

孙锡突然站起来，压迫性地看着对面羸弱的老人，胸膛剧烈起伏，愤怒地俯视她。他想否定一切，这都是蛮不讲理、逻辑不通的屁话，却不知从哪里说起，绷着脸，眼神狠得吓人。

周围有人看过来，指指点点，甚至数落他欺负老人。喧哗中，一阵清脆的脚步声越来越近，随之传来熟悉的询问声。

“哥？”

孙锡仓促地回头，看到孙婷婷背着画板过来。

“哥，你怎么回来了？”

孙锡只是一摆手：“你把她送回医院。”说完，转身就走了。

天色已经暗了，天边挂着橙黄的晚霞。路灯接连亮起，他一头扎进瑰丽、冷冽的家乡深冬傍晚，像是闯入未知之境的空心人，头也不回。

余九琪接到孙锡的电话时，刚刚跑进温都水汇的大厅，正踢踢踏踏地顺着旋转楼梯往二楼跑，心里惦记着去见三叔。

三叔是余凯旋的亲弟弟，之前一直在海口疗养院休养，刚刚回来过年。下班前，余凯旋给她发了一张跟弟弟贴脸自拍的合影。余九琪回了一串“啊啊啊啊啊”，然后说：“你把三叔给我稳住了，别让他跑了，我马上飞奔过来。”

余九琪从小就喜欢跟三叔玩，又一年不见，分外激动。所以电话响起时，她看都没看是谁，在旋转楼梯上就接起来，听到孙锡的声音，才停下了。

可孙锡半天不说话。

余九琪以为信号不好，拿起来看看，没问题啊，就问：“你怎么了？”

“你能出来一下吗？”

余九琪心里一紧，他的声音低得过分，又问：“你怎么了？”

他又说：“你能出来一下吗？”

余九琪回头看向大门外：“你在哪儿呢？”

“侧门。”

“胡同里？”

“嗯。”

余九琪看了眼楼上，又看看外面，犹豫了一下，转头出去了。

天早就黑透了，温都水汇侧门的胡同一向幽暗，平时都聚集着从乐胜煌下来的酒蒙子，或者躲在这儿抽烟的年轻人，今天倒是冷冷清清的没啥人。

余九琪左右看看，没见到人影，就轻轻地喊了声：“孙锡。”

“这儿呢。”

身后一股大力拉着她的胳膊拽过来，余九琪还没站稳，也没看清他的容貌，就被拦腰紧紧抱住。

他紧实有力的手臂死死箍着她，把她按在怀里。余九琪想抬头看看他，他不让，更用力了些，像是要把她揉碎了塞进身体里。

烟味比平常重了许多，缭绕着从冰凉的羽绒服和头顶粗重的呼吸传来，她闻了闻，觉得他似乎在这里站了很久。

“孙锡？”

“嗯。”

他答应着，垂下头，埋在她的脖颈间，鼻尖蹭着她细滑的皮肤。

余九琪一阵凉，又痒，微微地躲了躲。他困着她，跟着凑过去。

“你怎么了？”

“没事。”

“到底怎么啦？”

他不说话，唇也落下去。

余九琪一阵难耐，心里又不安，就伸手轻轻地揽着他的腰。

然后，她听到脖颈间传来一个低沉、脆弱又喑哑的声音，回答她：

“就是突然想抱抱你。”

第十六章
/
我爱你

孙锡过去也经常有类似这样电量耗尽的时刻，像个在迷宫里独自走了一辈子的人，疲倦无力到近乎绝望，又深深知道这种绝望没有尽头。

往往这种时候，他会变得特别黏人，沉默又黏人。

他不是一个爱袒露自我的人，尤其这种黏稠湿漉的低沉时刻，就是再怎么软磨硬泡，都不容易让他暴露出心里真正的缺口，更不会求助。

他总是把脆弱包裹得严严实实，封上一层蜡，装饰成贪婪。

所以他黏人的方式很直白，要人，要陪伴，要温度，要跳动的脉搏和鲜活的肉体。小九曾经说这种时候的他活脱脱像个吸血鬼，他不反驳，你说是就是。

那“吸血鬼”又往她脖颈间埋下去，在他们家乡小城的市中心，零下二十度的室外，在与她的家人只有一墙之隔的幽暗胡同，他的鼻子蹭开她的毛衣领子，露出他需要的一小片温热，忍着没去咬，只是徐徐碾磨着吻了吻。

他的手从她的腰挪到脸上，吻一路上移，两人的身体依旧紧紧贴着，鼻息滚烫着扑过来，透着一股焦灼和不满足。

于是他低声继续黏人：“饿吗？”

余九琪一下子没弄明白他指的是什么。

他直说："吃饭，我们去吃饭？"

提起吃饭，余九琪恍然有些感慨。孙锡一个月之内回来两趟，来来回回这么多天里，他们居然都没有坐下来好好吃顿饭。一顿都没有。

余九琪的手还揽着他的腰，问："你想吃什么？"

"都行。"他声音哑哑的，"你定。"

余九琪认真地琢磨了下，她想带孙锡吃点有家乡特色的："烤肉可以吗？开发区有一家……"

"可以。"他根本不挑。

"但现在不行。"

"咋了？"

"现在是饭点，他们家挺火的，包房肯定没有了。"

孙锡的唇忽然停在她的脸上，略略悬空，烫人的气息也瞬间消失。一阵冷风顺着灌进来，在两人之间骤然刮过，划出一道冷光。

"非得在包房吃吗？"冷光过后，他问。

余九琪解释："包房毕竟安静……"

"还是见不得人是吗？"

他脆生生地打断。

余九琪这才意识到不对劲，抬头看他。胡同里很暗，隐约地，看到他脸上虚浮着一层僵硬，像是一敲就能碎。

"你今天怎么了，孙锡？"

"没事。"

她想起中午的信息："你奶奶跟你说什么了？"

他突然觉得烦乱，看向一边："我说没事。"

这时，余九琪兜里的手机响了。她与他分开，拿起来看了眼，是葛凡。毕竟离得近，孙锡眼皮一耷拉，不用费力也看到了。余九琪眨眨眼，犹豫片刻，没有接，直接按掉。

她解释："应该是催我上去，我三叔回来了，大家都在。"

孙锡平静地说："那你去吧。"

余九琪又看了他一眼，见他低头，掏出烟来磕出一根，便走了。

走了两步，她又站住，回头看他："我走了。"

"走吧。"

他吐出一口烟，再看向她，恢复一贯的沉稳，可幽深的眸底什么也探不清。

余九琪走进温都水汇的大厅，见到葛凡正从旋转楼梯上下来。隔着几个举着自拍杆拍照、录视频的客人，他冲余九琪喊："快点吧，三叔就等你呢。"

余九琪跑着跟上："等我干啥？"

"等你开席呢。"

“开啥席？在哪儿开席？”

葛凡笑：“汗蒸房。”

余九琪一口气跑到二楼顶头的汗蒸房，见门敞开着，温雯像是嫌热坐在外面的休息区没进去，见到她后，冲里面撇撇头。余九琪过去，站在门口，吃惊地看着眼前的诡异画面。

汗蒸房的地上四四方方整齐地摆着几十个小碟子，都是从外面餐饮区搬过来的水果、点心和自助餐，每样两碟，应有尽有，旁边还放着几大瓶饮料。余凯旋和一个穿着短袖花衬衫的中年男人面对面坐着，一个人拿着一个纸杯碰杯，双双蒸得满脸汗。

看到余九琪，二凯哥激动地吼了一声：“你可来了！快点老三，你看谁来了？”

他对面的人转过头，除了瘦了一圈，几乎跟余凯旋一模一样的脸，眼睛迟钝地眨了眨，在余九琪的脸上转了转，说：“不认识。”

余凯旋急了：“这不是小九嘛，你大侄女。”

三叔又转回头看看，半张着嘴，使劲地皱眉辨认：“小九吗？”

余九琪笑了笑，叫了声“三叔”。

“不对。”三叔把头转回去，一只手抬起来比画一下，说长句子时，磕磕绊绊的，“小九……小九就这么高，短头发，胖乎乎的，爱吃炖豆角，爱偷穿她妈的高跟鞋。这、这女的不是。”

余凯旋更急了：“那都是哪年的事了！”又冲余九琪摆摆手，“你过来。”

余九琪脱掉厚衣服，走进四十多度的汗蒸房，忍着滚滚蒸腾着的热浪，站在过家家一般在汗蒸房摆席吃饭的两个中年男人之间，稍一歪头，看向三叔，清晰地看到他右侧的太阳穴连到后脑，两条几乎平行的、长长的蜿蜒恐怖的疤痕。

这两条疤痕是被砍的，割草用的镰刀接连快速地砍了两刀，当时就流了半身的血，有一刀还扎进了后脑。

命捡回来了，但扎到了小脑神经，自那之后人就疯疯癫癫的，智力退化得厉害，记忆跟着也紊乱，还特别怕冷。前些年，余凯旋见他一到秋天就爱生病，把他送到海口一家疗养院生活了。

余九琪从小就跟三叔很亲，那时候他们都是小孩子性格，会抢零食和玩具，也会一起看动画、打游戏。小时候每逢下雨下雪，三叔都要去学校门口接小九。也有爱恶作剧的坏孩子欺负三叔，余九琪就从书包里掏出二凯哥送她的防身武器，去跟他们干仗。

很长一段时间内，三叔是小九最好的朋友。

后来小九长大了，有了新的烦恼，交了新的秘密朋友，三叔却还是留在了童年。

他这几年记忆越来越紊乱，在他的印象中，余九琪一直是童年的样子。每次回来他都想招待小九，可每次都认不出她。

所以每年这出滑稽的认亲环节，都要上演一番。

余凯旋往往担任那个主持认亲仪式的人，他指着小九，扯着嗓门，汗流浃背地对他亲弟弟介绍：“老三，这是余九琪，我闺女，你大侄女。你刚才不还念叨她吗？你还非得说这屋是你家,你要在家里整一桌好吃的等小九。这不,她来了！”

三叔看看余九琪，坚持道：“她不是小九。”

“那你说她是谁！”

“我哪知道，说不定是你新换的小媳妇！”

余凯旋喊：“你净扯犊子，多大岁数了，还胡说八道！”

三叔也不生气：“换了也挺好，那、那温雯不是啥好玩意。”

“你说谁呢？老三！”在门口坐着的温雯一句话没落下，冲里面说，“我现在不是好玩意了，以前我给你买皮球的时候，是谁说我是你永远的好嫂子了？”

三叔冲余凯旋做个鬼脸，对外面的人敷衍：“你是，你是。”

门口的葛凡手里抱着余九琪脱下的厚衣服和挎包，看着这一家子斗嘴，虽然插不上话，但捡了不少乐。

余凯旋抹了抹一脑门的汗，演不下去了，冲对面的人直接问：“你知不知道小九多大了？”

三叔算了算：“九岁啊！”

“那今年是哪年啊？”

“猴年啊！”

余凯旋彻底无语，直接拿出手机，指着屏幕上的日历，冲弟弟喊：“你看看，你看清楚了，现在是 2023 年 12 月了，马上就 2024 年了！余九琪，刚过完生日，已经二十五岁了！还猴年？好几个猴年都过去了！”

三叔突然沉默了，低着头。

余九琪见他脑门往下淌汗，就抽了两张纸巾，试探着去帮三叔擦一擦。

三叔躲了一下，又看看余九琪，眼圈红了，像是终于肯认她了，瘪瘪嘴，又看向余凯旋，半晌才嘟囔着说：“哥，那我多大了？”

余凯旋莫名一阵难过，只说：“老了。老三，孩子长大了，咱们也都老了。”

“怎么老的？”他又问。

余九琪帮三叔把汗擦干净，听到爸爸略为艰难地说：“我也整不明白，好像一眨眼，就到这儿了。”

门口的葛凡听得半懂不懂，却也悟到一丝伤感，撇头看了眼坐在附近的温雯。见她直愣愣地看着前方，不知道在想什么，眼神空洞，眼底却红了一片。

余九琪席地而坐，给自己倒了一杯饮料，跟三叔碰杯，说是谢谢他的款待，又配合他张罗着吃吃喝喝，再把葛凡也叫进来玩，三两下就把气氛带起来了。

可悲伤一点也没少，欢笑和团聚并没有冲淡刚才被唤醒的每个人心底的疼痛。

余九琪很清楚爸爸那句话藏着的深意，她从小就知道，三叔头上的伤，就是当年跟着余凯旋去山上追潜逃的孙誉文时，被他失手砍伤的。

三叔的人生，在那一刻戛然而止，并随着时光流转，慢慢后退。

1999年，二十五年前，两个家庭，两条人命，一个重伤，一个终身监禁。自那个冬天之后，活下来的所有人，都不同程度带着不易治愈的顽疾。

没有人是局外人。

余九琪在带三叔去三楼抓娃娃玩时，看着娃娃机里被三叔抓起来的泰迪小熊，忽然一阵担心，担心是否有人能真正逃得掉。

我们能成功脱身吗？

脱身之后就会安宁吗？

她来不及细想，三叔不知被什么吸引，突然扔下娃娃机跑下楼。余九琪赶紧跟上去，下楼梯时，才发现他在追一个蓝色的弹力球。

不知谁家小孩的玩具掉下来，滚下去，那小孩没在意，三叔倒是兴致勃勃地追过去。他之前就喜欢各种皮球，尤其是彩色的，见到就想要，攥在手里就不撒手。

那弹力球沿着楼梯从三楼滚到二楼，又从二楼顺着旋转楼梯跳到一楼，到了一楼高高弹起，重重落下，弹跳几次后，居然正巧赶上几个客人进来，顺着开着的大门蹦出去了。不用说，三叔自然也追了出去。

余九琪见三叔还是穿着那件短袖花衬衫，急忙跑到前台，跟小曼姐要了一件羽绒服。余凯旋就在旁边，正跟一个南方旅游团的导游沟通住宿问题，问小九怎么了，小九说没事，我去把三叔拽回来。

余九琪拿着羽绒服跑出去，追着那个花衬衫的背影，喊三叔。

三叔跟着从台阶一侧滚下去的弹力球，跑向斜对面，穿过三三两两的人群，到了乐胜煌的侧门附近。

余九琪追上，说："三叔你别跑了，我去帮你把球捡回来。"然后盯着那抹跳跃的蓝，眼神随着它跃起，再落下。

弹力球却并没有落在地上，而是轻巧地落在一只骨节匀称的手里。

看着那只手上熟悉的素戒，余九琪心里"咯噔"坠了下。

他怎么在这里？

看样子他像是刚从乐胜煌下来。

还没等她抬头问，忽然听到旁边一声凄厉的尖叫。

三叔突然抱着头，捂着右脑那两条疤痕，满脸恐惧，痛苦地低头原地转圈。一阵尖叫后，他口中自言自语念念有词："赶紧跑，快跑，他手里有刀，跑，哥，快跑！"

然后，他偷偷地，带着恐惧小心翼翼地看了眼旁边攥着那枚蓝色弹力球的孙锡，头垂得更低了。

余九琪了然，立刻把羽绒服给三叔披上，哄着他说："三叔，没事，你别怕，没事，我是小九啊，三叔。"

三叔默默地念叨："小九，小九，孙誉文来了。"

余九琪难受极了："不是，三叔，你看错了，他不是。"

这时，旁边那个身影挪过来，碰了下余九琪的手腕。余九琪没理他，依旧在劝三叔。

孙锡干脆抓住她的手腕，压着声音说了句什么话。

余九琪没听清，转头看他，情急之下说：“你先走可以吗？你先走，孙锡，可以吗？”

孙锡怔了怔，没回答，手还抓着她的手腕。

“怎么了？”是余凯旋的声音，他听到外面的动静出来了。

余九琪几乎下意识地甩开孙锡的手。

孙锡向后退了一步。

三叔看到余凯旋，又念叨起来：“哥，我看到孙誉文了，是孙誉文，孙誉文……”

余九琪赶紧劝：“不是三叔，你看错了。”

“那他是谁？”

“谁也不是。”

“真的吗？”

“真的。”余九琪听到自己斩钉截铁地说，“谁也不是。”

她的余光看到，他又向后退了一步。

“爸，爸爸，你劝劝三叔好吗？咱们赶紧把三叔带回去好吗？”余九琪几乎恳求地看向余凯旋。

余凯旋阴沉着脸，看了眼女儿身后那个高大身影，知道她在恳求什么、她在害怕什么，也知道她想藏住什么、想保护什么。

他咬咬牙，冷厉地向后瞅了眼说：“老三，没事了，孙誉文也快死了，他作不了妖了。”

余凯旋几乎架着三叔，走向温都水汇。

余九琪跟在他们身后，她是想回头看一眼的，她很想回头看一眼。

可她不敢，她怕看到让自己崩溃的画面。

回到温都水汇后，葛凡正好听到声音要出来，余凯旋看三叔的情绪稳定了些，又摸着他的手冰凉，把人交给葛凡，说带他去浴池泡个澡，泡高温汤池，去去寒，不然肯定感冒。葛凡看了小九一眼，带着三叔去了男更衣室。

他们刚走，余九琪站在大厅，一抬头，看到温雯不知何时站在旋转楼梯上。她还是那身藏青色的毛衣裙，靠着楼梯，淡然地看向他们。

余九琪觉得很奇怪，她一定也听到了外面的动静，却岿然不动，守在那里。

恍然地，她意识到了什么，小声问余凯旋：“爸，你刚才说孙誉文快死了，真的吗？”

余凯旋又去了前台，心烦意乱地继续忙着刚才旅行团的事，匆匆地回答：“你妈说的，她说她监狱那个老同学告诉她的，癌症。”

余九琪跟着他，问：“什么时候？”

“今天上午。”

余九琪愣怔着，眨了眨眼，又问：“我三叔，他怎么突然回来了？”

“你妈今天给他买机票，把他提前叫回来的。”

“我妈？”

“你妈说今年让你三叔早点回来过年。”

余九琪长叹一口气：“这样啊。”

再转头，看向旋转楼梯，温雯已经不在了，可余九琪知道她刚才在看什么。

她在看着她布下的网和被她网住的、在稀薄空气中挣扎着的鱼。

然后眼前虚虚实实地晃过那张她刚才不肯承认、也不敢回头看的脸，那张不久前在只隔了一堵墙的胡同里、一击即碎的脸。

余九琪突然就知道他今天经历了什么。

也猜到他的黏稠和湿漉是从何而来。

她转身跑出去。

突然感到厌烦，她受够了这一切。

出了温都水汇后，余九琪站在门口扫了一圈，又到乐胜煌的侧门看了看，没看到她要找的人。

他像是已经走了。

当然走了，余九琪想，换作谁三番五次被这样糟践和慢待，被这样当众处刑一般的侮辱和摒弃，都不会再留在这里，留在这里干什么呢？

如果我是你，我也会走，什么都不管，谁也不要，任何人都不值得你这样委屈自己，走就对了，该走。

她快速拨通电话，接通的瞬间问：“你走了吗？”

话说出口后，她才听到自己的声音颤颤巍巍的。

“没有。”

眉头用力拧紧，来分散一些心里针扎一般的疼。

“在哪儿呢？”

“楼上。”

余九琪看了眼上面的KTV，猜他应该是在乐胜煌，抬腿就要进去，突然听到身后有人叫她。

“小九！”

余九琪回头，看到孟会红从外面走向温都水汇，站在台阶上朝她看。

孟会红下午一直在家里做饭给三叔接风，这会儿应该是忙活完了，过来接人的。果然，孟会红看到小九后就问她要去哪儿，马上回家吃饭了，又说她爸忙，得晚点回去，正好他们几个我一车都拉走了。

余九琪的手还放在耳边，没有遮掩，也不想遮掩，说：“姨，我不去了，你们吃吧，我不去了，我还有别的事。”

孟会红一时竟说不出话来，在她的印象里，这是小九第一次拒绝参加家庭活动。僵持了片刻，她又说：“今天姨特地给你炖了酱焖老头鱼。那老头鱼是今天买的新鲜的，大市场最后两斤了，你爸打了好几个电话，才托人抢下来的。酱是你表舅家酿的大酱，你不是最爱吃了吗？还剩半瓶，姨都给你留着了。”

她又说：“你要是不来，白瞎姨这份心思了，也白瞎这盘菜了。”

余九琪站在那里，冷空气冻得手疼，手里的手机却滚烫。她觉得自己此刻像一个廉价舞台上的牵线木偶，被两个不同方向的线扯来扯去。

直到有一边松了手。

电话里，不含一丝情绪的低沉声音说：“你去吧。我也有点事，现在走不开。”

孙锡突然就挂断电话，牵线木偶一下失去平衡，险些栽倒。

那顿饭余九琪吃得心不在焉，她试图像过去一样调动能量来把场面撑下去，可就是无法集中精力，话越来越少，笑得也越来越假。

当温雯隔着半个桌子给她夹一根排骨时，她麻木地接过来，什么话也没说，看都没看温雯一眼。

温雯心情很好，扛起气氛担当的角色，可她越是高兴，小九越觉得乍眼。

喝到半醉，大家又开始聊过去的事。温雯跟余凯旋又提起小九小时候闹的那些笑话，之前每次家庭聚餐，这都是余九琪最喜欢的环节。她很享受其中藏着的温馨和爱意，百听不厌，也从中获取过巨大的能量。

可今天晚上，她莫名觉得每句话都虚伪和刺耳。

她知道是一种不理性的情绪作祟，像是有个专门教唆人叛逆的小恶魔在耳边蛊惑，说不要听、不要信，他们并不是爱真正的你，他们只是享受和怀念当父母的过程。那个被他们用回忆捧在手心里的孩子，可以是任何人，可以不是你。

余九琪烦乱急了，直到三叔说想吃雪糕了，她才终于找到出口，说“我下楼去买”。

葛凡也拿起外套，说一起去吧，跟着她出门。

他们走路去的超市，买了一兜各式各样的雪糕。回来的路上，葛凡拎着塑料袋，走在马路外侧，看小九低着头，闷闷地、一步一步地专门挑没扫干净的积雪踩着走。

他突然两步蹦到她面前，挡住她的路。

余九琪险些撞到他，仓促地停下，抬头见他挑眉微笑的一张脸，猜到他又想像过去那样胡闹。

过去他们经常一起用买雪糕当借口，偷偷去买孟会红坚决不让吃的街边炸串，胡乱吃个半饱，再回家。

可她今天没心情，于是坦诚道：“我不去，要去你自己去。”

葛凡看了她一会儿，伸手在她头顶用力地胡乱揉了揉，五指又轻轻按着，往后推了下她脑袋。

余九琪被他推得向后退一步，把弄乱的头发顺好，瞪他：“推我干啥？”

他还是看着她，没回答，只说：“你要是不想上去，就先回家，我跟他们说一声。”

余九琪意外地看着葛凡，一时竟不知说什么，犹豫了一会儿，绕过他，继续往前走。

葛凡还跟在旁边，站在马路外侧，没说话。

“哥，”余九琪知道今晚自己低落的情绪没瞒过他，边走边低头说，“你有没有喘不过气来的时候？”

“什么意思？”

“就是类似那种，做也不对，不做也不对，忍着不对，不忍更不对的那种感觉。”

葛凡顿了顿：“你是指在家里吗？”

余九琪没再否认：“嗯。”

“有啊。”葛凡看着前方。

“多吗？”

“以前不多，”他转头看了眼旁边的人，“现在多一些。”

“那我怎么看不出来？”

葛凡特地又看了她一眼：“一点也看不出来吗？”

余九琪摇头。

他低头笑了下，没说话。

进了电梯后，两人也沉默着。余凯旋家住顶楼，沉默略显漫长。没一会儿，余九琪一抬头，通过电梯反光的镜壁，撞见葛凡凝视过来的眼神。

葛凡突然说：“我今天辞职了。”

余九琪转头，用眼神询问。

“孙锡今天跟老王走完合同了。”他垂眸，盯着余九琪，“他现在是乐胜煌的老板了。”

余九琪回避了一下，眨眨眼：“今天吗？”

“其实早就定下了。”

电梯停下，开门，葛凡先走出去，同时说：“就那天，你在富满村出事的第二天，孙锡就把定金付了。”

余九琪忽然放慢脚步，回想起那天发生的意外和意外发生时她做出的那个决定。

“而且他好像要留下自己干。”葛凡又说。

余九琪干脆站住。

第二天上午，余九琪就给孙锡发信息，问他有没有时间去吃那家烤肉。孙锡说他今天会比较忙，等忙完了联系她。

余九琪没问他在忙什么，说好。可直到下午快下班了，孙锡也没回复她。余九琪也没催，只是在等待的间隙，思来想去，找了个不那么生硬的理由，说是有业务上的事情想咨询一下投资啥啥赚钱的理财专家，给她和孙锡过去共同认识的一个人打了个电话。

那个人就是孙锡酒店的投资人，也是他在北京唯一的朋友陈木霖。

那通电话足足打了半小时，挂断后，余九琪站在空无一人的自助提款机隔间里，抽了一根烟，才再次主动联系孙锡。

她问：还没忙完吗？

孙锡：快了。

他又回：你饿了先吃。

九：我去找你吧。

孙锡：我现在真的走不开。

九：没事，我开个包房，唱歌等你。

孙锡沉默了一会儿，也没多问，更没解释，直接发给她一个房间号 411，又回：你去这儿等我。

余九琪提前下了班，打了个出租车，说去乐胜煌。二十分钟后，她在乐胜煌正门下车，直接走进去，坐电梯到了四楼。一路上，居然没有见到任何熟人。

很有趣，如今她厌倦遮遮掩掩了，却发现似乎本来也没有遮掩的必要。

刚出电梯，一个脸生的、穿着乐胜煌套装制服的小伙子眼疾手快，几步迎过来，说：“姐，你跟我来，我带你去房间。”

余九琪留意看了看他，确实没见过，问他叫什么，他说叫林晖。问他哪天来的，他说今天第一天上班。她问他：“你认识我吗？”他低着头，谨慎地说：“老板跟我简单说过。”

然后就走到了 411 房间，林晖推开门，站在门口，说：“姐你先坐一会儿，等会儿我给你送点吃的。”他又留下一个电话，说，“我算是老板的助理，姐你如果有事随时可以找我。”说完，点点头，悄悄地合上门。

孙锡挑选和调教手下的人总是有他的一套，这一点，余九琪在北京时就见识过。

余九琪看了一圈这 411，就是一个小包房，算是乐胜煌最小的房间，也就能容纳三四个人。U 形沙发和茶几就占了一多半地方，电视屏幕不大，也没有独立的吧台和舞池，就连周围的装饰灯都不如其他房间豪华。

她坐下，再抬头，头顶那个塑料质感很重的灯球倒是跟其他房间一模一样，只不过在狭小的包房内，莫名显得硕大无比。

余九琪一时兴起，关了那几组闪烁着的 LED 帕灯，打开灯球开关。看着它斑斓艳俗的彩光在屋里跳跃、旋转，在眼底波澜起伏，忽然间，有一瞬心酸。

她看看手机，依旧静悄悄的。无所事事的她，便躺在沙发上，枕着个抱枕，就歪头看着墙上投射的彩光，不知不觉，徐徐闭上眼睛。

她再醒来时，身边多了个人。

他就坐在她弯着的腿间空隙里，占了一小块沙发，穿着一件挺正式的长袖黑衬衫，弓着背，似乎在低头看手机。肩背在黑衬衫下绷得紧紧的，宽而有力，头发好像也打理过，整齐地打了薄薄一层蜡。

灯球还在转，他一身黑，金红为主的散光在他身上晃，离近了看，像夜幕下的舞厅。

“孙锡。”

余九琪搭在腿边的手指轻轻地碰了下他的腰，小声叫他。

孙锡回头，一只手伸过来，敏捷地握住那根手指，攥在手里：“醒了。”

“几点了？”

他只说：“你睡了快一个小时了。”

“你咋没叫我？”

“我哪敢？”他笑了笑。

“有什么不敢的？”

“你有起床气，以前叫你，你就咬人。”

余九琪也笑，却又莫名酸涩：“我刚才确实睡得挺好的。这灯还真挺好使。”

孙锡没说话，只是看着她。

余九琪今天给陈木霖打过电话，旁敲侧击又刨根问底，陈木霖就毫无原则底线地把他所有的事交代个彻底，孙锡是知道的。

他没法装作听不懂小九这句话，但不知该怎么接。而且他很清楚，她今天来这里，不仅是问问灯球和睡眠这么简单，前方还有更艰难的问题在等待他。

余九琪还是躺在那儿，想起打视频电话那天他发来的定位，看着他：“你这两天都睡在这儿吧？”

他低着头，棱角分明的脸在彩光下柔和些：“对。”

“你失眠多久了？”

他的眼神躲了下：“没多久。”

余九琪也不逼他：“你怎么从来没跟我说过呢？”

“没那么重要。”

余九琪皱着眉头，被他握在手心里的那根手指稍微用力，弯曲着，在他手心勾了勾，踌躇着，小声说：“孙锡……”

孙锡一阵痒，忍着：“嗯。”

“你是不是不信任我？”

孙锡突然看向她，眸光沉了许多。

余九琪又说：“你是不是觉得我在耍你？”

孙锡明白她在说什么，用力打量她，不说话。

余九琪直说：“我说的那句话，是认真的。”

他故意反问：“哪句？”

余九琪把手指从他的掌心里抽出来，撑着坐在沙发上。她没有穿鞋，可能是睡着后他脱掉的，就干脆把腿也挪上去，垫在身体下面，整个人靠在角落里。她抬头，直直地看向他，说出她准备好的陈述和质问。

她先说："那天在富满村，我让雪姐给你发的那条信息，我说我愿意跟你走，是真的。"

她又略略低头，有些艰难地说："虽然有些冲动、突然，听上去不靠谱，说实话，我当时也没想好什么时候跟你走、怎么走、要去哪里，是去北京，还是别的城市，我要去做什么，未来要怎么生活……如果你问我这些问题的话，坦白地说，我确实需要时间去计划。

"可是，我不是开玩笑的。"

她又抬起头，顿了顿，看着他："但你为什么怀疑我、不信任我呢？为什么在我跟你说了那句话之后，还要买下乐胜煌呢？"

孙锡一动不动，锁着她眼底的坦诚，知道她的话还没有说完，于是等着。

余九琪继续，摊出她最后的牌："而且你知道了吧，我问过陈木霖了，他说你把酒店的股份退了一半。他劝过你，说你态度很强硬，还说你告诉他，你没那么快回去。孙锡，我不理解，你到底怎么想的？你真的要留在这儿干这个破 KTV 吗？"

余九琪绷直了身子，话说到这里，已经不太冷静了，凝重地盯着他。

孙锡清楚她的质问结束了，该他回应了。刚才坐在她身边的时候，他是想过好好跟她解释的，可不知为何，话到嘴边，总是变了味道。

他有时候很讨厌自己这个样子。

"不可以吗？"他听到自己冷硬的语气。

余九琪更急了："当然不可以，你不是挺会做生意的吗？石城这种投资环境，有什么可发展的？你放下北京的酒店，留下来在这儿干 KTV，不是有病吗？"

他敏锐地问："到底是干 KTV 有病，还是留下来有病？"

余九琪不说话。

孙锡说："酒店我没有全撤股，就是挪一点现金出来。再说这个 KTV 不会赔钱的，我之前说稳赚不赔，我是算过账的。"

余九琪说："那你可以交给别人经营，你就当投个资。"

"所以你的意思，我不该留下，对吗？"

余九琪承认："对，我不想你留在这儿。"

"你赶我走有瘾是吧？"

"我没有赶你走！"

"那是什么？"

余九琪突然觉得说不明白，每次提到这个话题，他都过分敏感，想先暂停，不争了："算了，走吧，咱们去吃饭。"

"你等等。"

孙锡却一下子被激怒了，她这样通情达理，好像他真的无理取闹一样。总是这样，余九琪总是有办法让他做那个不懂事的人。那他索性就混账下去好了。

于是他突然过去，一只腿跪在沙发上，堵着她，把她堵在沙发的角落里，不让她走，低头问：“你刚才说我不信任你，怀疑你耍我是吗？”

余九琪皱眉，抬头看他，说是。

“我不该怀疑吗？”孙锡盯着她，“你说要跟我在一起，可又在大街上甩开我，装不认识我，我不该怀疑吗？”

余九琪一阵委屈：“昨天的事我知道我做得不对，你一定很难过。但当时我三叔那种情况，我能怎么办？你要是因为这个怪我……”

“我没有怪你！”他咬牙说道。

“那你这是干什么？”

孙锡抿紧唇，气息粗重紊乱，狠狠地凝视她，心里百转千回，那些可怜的话已经冲到了嗓子眼，他用最后的尊严忍着。

可余九琪不知死活，追问：“你到底在想什么？”

“我在想！”孙锡顾不得任何，狠狠地说，“我在想，我们现在到底是什么关系！”干脆直白地大声问，“我就是想知道，在你心里，我们是什么关系？”

余九琪也气疯了，吼他：“你说呢！”

“我不知道啊，所以我问你啊。余九琪，我们现在到底是什么关系？我是你什么人？”

余九琪喘着怒气，仰头瞪着他，意思是明知故问。

孙锡了然，让了一步：“那我们见得了光吗？我就只能做你见不得光的男人是吗？”

“不是啊！”

“那你敢去楼下……”

“可以！”余九琪几乎跪在沙发上，挺直身子，去平视他，喊着说，“孙锡，可以！如果你想这样，如果这对你很重要，我现在就下楼，我去告诉我爸、我妈，告诉他们所有人，你是谁！”

“我是谁？”孙锡近乎阴鸷地看着她，又问一遍，“我是谁？”

余九琪下意识地喊：“你是我男朋友啊！”

突然，余九琪哽咽着，眼圈瞬间红了。

她没料到说出这句话对自己有如此大的震动，明明早在心里承认了，早就接受了，可隔了这么多年，在经历了这么多磋磨后，在这样的情境下说出来，像是终于吐出经年积压的顽疾，忽然浑身轻松、头脑清醒。

接着又翻腾出漫长时光里对自己的忽视，和对他的愧疚，余九琪想索性把欠他的这句话，说得更清楚一点、更具体一点。

他理应，也值得被这样对待。

于是，她看着他，认真地、一字一句地说：“你是我想光明正大在一起的男朋友。”

孙锡心底像是被狠狠地砸了一拳，甚至疼到低沉地哼了一声。他重重地低下头，用最快的时间克制住，再抬头，坚定温柔。

他的两只手去扶着她的脖子，把她压在沙发靠背上，倾身过去吻住，温温柔柔，浅尝辄止。他吻了一会儿，就放开了她，一只手细细地揉搓着她修长的脖颈，已经混沌一片的眸光牢牢地盯着眼前的人。

小包房内，那个艳俗的灯球还在旋转，他们身上和脸上闪烁着斑驳晃动的光晕。

光晕下，孙锡看了她一会儿，觉得就是这时候了，他应该耐心点，说出他这几天深思熟虑的想法和计划了。

于是他温柔地问："光明正大吗？"

"对。"

他又问："光明正大吗？"

余九琪不懂："你不想吗？"

"我比你更想。"他的眼神认真了些，"但是九，如果要这样，我们就不能再躲出去了。我们躲过，不止一次，结果证明我们谁都躲不掉，我们无法真正安生。"

"那怎么办？"

"留下。"

余九琪还是不懂："留下把他们一个个气死吗？"

孙锡低头嗤笑。

"难道你还想让他们接受我们吗？"

他再抬头："真的不可能吗？"

余九琪心下震动，一双眼睛仔细地看他。刚刚一番剑拔弩张的对峙已然在他脸上消失，只剩下欣喜和期待。当他靠近一些后，甚至有越演越烈的玩笑荒唐。

孙锡此刻放松了不少，只看着彩灯艳俗地摇曳，投在那双清澈的杏眼里，随着她认真看过来的眼神，竟莫名有些性感。

他低头又要去吻她，余九琪蓦然想起什么来，偏头躲过去，伸手把他的脸推向一边。

她稍微没控制好手劲，引发一声不大不小的脆响。

他歪着头就停在那儿，故意闹："不让亲就不让亲，还扇我？"

"我没扇你。"余九琪紧张地看看小包房的上方，"这里有监控。"

"我给拆了。"

"啥？"

"监控前两天就被我拆了。"他再回头看她，"这屋不营业。"

余九琪并不意外地点点头，很近的距离内，又探究地打量孙锡。

刚才那股说不清是摊牌、吵架还是和好的激烈情绪还没有完全退散，她还有点蒙，倒不是因为稀里糊涂先说出那句压了很久的话，她不想在这件事上跟孙锡论个输赢，而是他最后那个决定，像是早有计划，却不知从何而起。

明明前几天，他还是打定了主意要走的。

在孙锡被狼狈赶出家乡这九年，他一次都没有回来，但她很清楚，并不是他不敢回来，而是他不愿意，也不想。

比起家乡不接纳他，或许他更排斥家乡，石城，甚至整个东北。

他身上几乎没有东北的痕迹，即便在北京他们恋爱的那一年，余九琪用她那根本改不掉的东北口音和饮食习惯天天缠着他，她整个宿舍都快被她带跑偏了，孙锡也几乎没说过东北话，对东北文化和饮食兴致都不高。

他从没有承认过，但小九知道他是故意剪掉所有的根，像一株浮草一样飘浮在空气中，随风而遇，自给自足。

不过她曾经问过他是不是真的对东北一点兴趣都没有了，他当时歪在北京家里的床上，想了想说也不是，有一样东西他惦记了很长时间。

她好奇，问他是什么。他说“你真想知道”？她说“想啊，你快告诉我”。孙锡像是极其无奈一般叹了口气，然后抓着被子一角，突然翻身过来，把她蒙在里面，按在身下，哑着嗓子凑到她耳边不要脸地说“我还挺喜欢东北女人的”。

她当时想把他踹下去，偏偏又使不上力。

“想什么呢？”耳边又传来那熟悉的喑哑声音。

彩灯还在转，脖颈一阵阵细痒和酥麻，余九琪的手忍不住搭上他的后脑，在那粗硬的发茬上按了按。他吃这套，闷哼，手跟着灵活地探进她的衣服里。余九琪却突然抓住他，按下去。

孙锡抬头，混浊地看她一眼：“真的没监控，我跟林晖说了，这屋除了我和你，别人都不让进。”

余九琪知道他在想什么：“那也别扭。”

他观察她：“我去把灯关了？”

余九琪还是被他堵在沙发角落里，头靠在沙发背上，抿唇为难地看着他，意思是她不是这个意思。

孙锡在这种时候往往没什么底线和风度，畜生一样上了头就不要脸，偏偏骨子里又是目的性特别强的，急眼了什么借口和招数都使得出来。见她不依，他也就豁出去了。

他居然问：“你知道今天是什么日子吗？”

余九琪了然：“那又怎么了？”

“不得过一下吗？”

“这么过吗？”

“那你想怎么过？”

“我饿了，我想吃饭。”

“后吃。”

“先吃。”

他不甘心地看了她一眼，挣扎一会儿才妥协，又按着她亲了一会儿，先是在耳边商量说，那宝宝晚上跟我回酒店，没等她答应，又恶狠狠地说等晚上，然后整理一下弄乱了的黑衬衫，又是一副沉稳淡然的模样。

今天是 12 月 31 日，跨年夜。

余九琪随着孙锡一前一后地走出小包房，隔着不算远的距离，看他衣冠楚楚地跟林晖交代些工作事情。他站在蓝紫色调的宽敞大厅里，背后是乐胜煌元旦充值活动电子广告屏，上面醒目的倒计时显示着，距离2024年只剩下不到五个小时了。

余九琪匆匆地回忆，忽然感慨，似乎每年的这一天只要和他在一起，人生都会有巨大的改变。

她希望这一次是好的。

他们没有吃上烤肉，跨年夜客流量剧增，烤肉店爆满，前面排了十几桌。余九琪在车里搜了一会儿附近的餐馆，又打了两个电话，然后问旁边的孙锡："吃铁锅炖行不？"

孙锡说行。见余九琪还犹犹豫豫、欲言又止，他问她怎么了。她说："我说了你可不许生气啊。"孙锡说："你先说。"她冲他挤了个笑，说："那家铁锅炖只剩一个包房了，散座都满了，可不是我故意订的。"

"我就那么小心眼吗？"他卸了安全带。

"没有，孙哥最敞亮了。"她昧着良心道。

"快点吧，下车。"

余九琪听话地答应一声。

"赶紧吃，吃完赶紧走。"他又说。

余九琪在这小城虽谈不上是什么名人，但人脉还算广，认识的人不少，每次出来吃饭，总能碰上几个脸熟的，她又爱打招呼，社交从不犯怵，碰上谁都能话不落地唠上一会儿。

她有预感会遇到熟人，但并没有避讳跟孙锡一起走进去，一路走向里面的包房，在散座区，不出意外，她被认了出来。

"小九！"

她循着声音看去，是同事王欢。

王欢一家三口和双方父母一起吃饭。那一大家子，小九都认识，就过去打了个招呼，逗了一会儿小孩。那小孩一岁多，冲余九琪"咯咯"直笑。王欢觉得好玩，说要拍两张照片发朋友圈。余九琪没拒绝，弯腰搂着小孩比了个心，再抬头，见孙锡就站在过道上等着。

"快走吧，一会儿人家帅哥等着急了。"王欢在县城远远见过孙锡，也略有耳闻他们的事，猜到他们的关系，打趣着说。

余九琪没说什么，笑笑走了。

一进包房，余九琪也没问孙锡的意见，直接扫码点餐。她知道问了也白问，他对铁锅炖一向没什么偏好，凑合着吃饱就行，只问他要不要喝点酒，等会儿可以叫代驾。

孙锡拿过她的手机，翻了翻店里的酒水单，挑挑剔剔的，说东北餐饮的酒水怎么还是这几家，乐胜煌也是，酒水供应商非常有限，还不便宜，很多外地品牌根本进不来。酒水是利润最大的，应该想办法拓宽品类。

余九琪见他念起了生意经，恍然像是回到了过去在北京的日子。

可眼前又是典型的墙上挂着大蒜、干辣椒的东北土屋装饰，窗外露出来的树枝上还留着一层雪，他真真切切地坐在石城，坐在她身边，跟她商量着是要燕京还是青岛啤酒，两瓶还是四瓶，竟有些虚无缥缈。

虚无缥缈，又美好。

让人想留住这一刻，把它拉长，做实，变成不用刻意珍惜的日常。

可这不是容易的。

此刻他们都承认了，承认躲不掉宿命捆在身上的复杂链条，但这并不是他们懦弱无力，只是那链条里不仅仅有敌对和怨恨，还裹挟着巨大的恩情，无法忽视的爱、血缘和家。

人没有办法把自己活成孤岛，两座孤岛也凑不成一座城池，他们试过，以失败告终。

所以当孙锡说要留下来时，余九琪是松了一口气的。

可她想了一路还是不确定，他的计划到底是怎么样的，她对此有个猜测，但不知道准不准确。

服务员把他们点的餐一层一层地码在铁锅里后，放好汤和调料，点火，倒计时。在等待期间，小九正想跟他聊聊，孙锡说他出去先抽根烟，可隔了很久，他也没回来。不一会儿，又听到隔壁传来大声的寒暄，其中像是有孙锡的声音。

他回来后自己交代："刚才碰到个熟人。"

余九琪以为是徐添，他说不是，但这人你也认识，看着余九琪，直说："大诚哥。"

"大诚哥？"

余九琪不免吃惊，大诚哥是余凯旋的死对头、袁轩的亲爸。那年袁轩虽然捡回一条命，但至今身体还有残疾。虽然后来大诚哥离婚再娶，一口气生了三个儿子，可就算日子好了，心结过了，也不至于跟孙锡混成朋友。

孙锡就解释："朋友肯定谈不上，他就是听说我接手了乐胜煌，打个招呼。"

余九琪猜到什么，验证："他是不是提到温都水汇了？"

"嗯，他问我跟楼下的余老板关系怎么样。"他歪头看看余九琪，"他说那二凯哥犟得很，不好打交道，还加了我微信，要送我几张云福汤泉的卡。"

"他跟我爸斗了一辈子，他那云福汤泉，为了撵上温都水汇啥招都使，连你都拉拢，可真行。"

孙锡笑："敌人的敌人嘛，又楼上楼下的。"

"那你是敌人吗？"

"你觉得呢？"

“孙锡，你要是敢……”

孙锡坐过来，靠近些，饶有兴致地看她：“怎么样？”

余九琪知道他是故意的，就瞪他：“你不是二凯哥的对手，真干起来，我爸能吃了你。”

“怎么吃？”

“反正他很早就想拿下楼上那两层了。”

孙锡眼底晃过一丝晶亮，这时倒计时闹钟响了，他按掉，揭开锅。一整锅热气腾腾又酱香四溢的炖菜颤巍巍地翻滚着，热气扑在他们脸上。孙锡拿着铁勺，简单地翻了翻。

他很自然地接着说：“他要楼上那两层干什么？”

余九琪夹了一个上面蒸着的包子：“影厅和游乐场，再把客房部独立出来。”

孙锡倒了两杯啤酒，递给她一杯。两人碰了下，也没说什么话，喝了一口之后，在蒸腾热气中，他淡淡地表态。

“我从没有恨他。”

余九琪一愣，看着他。

“当年那事，我知道，其实多亏了他。”

余九琪放下咬了一半的包子，心里突然不是滋味，她懂孙锡在说什么。

九年前那场事故后，虽然有徐添出面帮他们走动说话，但除了要付医药费，大诚哥还要了一笔巨额赔偿款。余凯旋为了不让两个小孩摊上官司，能够私了，几乎拿出所有存款，又卖了一套房，答应下来。

不仅如此，在派出所最后调解那天，大诚哥突然又反悔，说虽然那小子被你们赶出石城了，但别忘了当时还有两个小混混也在场，都看见了其实是你闺女砸的人，这事不能这么了了。余凯旋问：“你想怎么办？”大诚哥一直记着过去的仇，想羞辱余凯旋，说：“你给我跪下，磕几个响头，叫几声爷爷。”

余九琪至今没告诉过爸爸，当时她就躲在那间调解室门外，她听到了一切。

听到了爸爸为了保护她放弃一生最看重的东西，面子和尊严。从某种程度上，那是比他生命更重要的东西。

他愿意为了我，一个捡来的孩子，放弃生命。

当年十几岁的余九琪捂着嘴，蹲下来，用力埋下头，才能控制自己不号啕大哭。她如此愧疚，又如此心疼、惶恐和感动。

那是余九琪成长经历里很重要的一幕，从那之后，她开始不自知地用尽所有力量，来配得上爸爸这份爱和牺牲。

此刻与孙锡坐在铁锅炖店包厢里的余九琪忽然怀疑，怀疑自己做到了没有。

“你的手机一直在响。”

孙锡提醒一句，余九琪才回过神来，拿起旁边的手机看了下，“噼里啪啦”的都是家庭群里的信息。

跨年夜，大家都四散着出去玩，余凯旋带头在群里晒照片，他和孟会红陪着三叔在家吃火锅。温雯和刚从国外出差回来的小富总在舞厅，一人一杯鸡尾酒。葛凡和小庄他们在吃烧烤，啤酒瓶满桌。祝多枚晒了一张自拍照，看背景是酒吧。最后余凯旋艾特小九，发了两条语音。

余九琪点开语音，二凯哥扯着嗓门说：“小九你在哪儿呢？”

他又说：“我刚才看王欢发朋友圈，你是跟她家一起吃饭吗？”

余九琪没有回复，余光不自觉地看了眼旁边的人。

孙锡夹着菜，平静地说：“不用否认。”

余九琪看着他，突然想到之前的猜测，明白了什么，瞬间有些窝心，又难过。

孙锡回视她，也不藏着了，直说他的打算：“如果想留下，我们不能硬碰硬，先忍一忍，慢慢来。”

余九琪也是这样想的，重复一遍：“慢慢来？”

“嗯。”

手机又响了一下，依旧是余凯旋的语音消息：“小九，今天这日子，你就别跟人家混了，你回来。你三叔说要打麻将，三缺一，麻溜的！”

她的手指悬在手机屏幕上方，迟迟没有落下去。

僵持了一会儿，听见旁边低沉的声音说：“我没关系。”

余九琪才回复爸爸，说“好”。

吃完饭后，孙锡叫了个代驾。他俩坐在后排，孙锡握着她的手，搓搓揉揉的，一路沉默。

车开到余凯旋家小区外面停下，余九琪正要开门下车，孙锡却用力抓着她，往回扯了扯。余九琪回头，撞见那双黑亮的眼睛。

孙锡绷着下颌，皱着眉，眼神直白混横地锁着她，像一匹不肯松口的狼，在她脸上盘旋着，轻轻重重地转了一圈，最后似威胁一般盯着她的眼睛，停了一会儿，才松手。

他虽然一句话没说，什么也没做，她却觉得被他耗光了力气。

人们热衷于用各种仪式来庆祝新年，无非想卸下旧年的包袱，归零，再满怀希望重新出发。

可对于长久深陷在旧日阴影中的人们来说，这个美好又朴素的愿望并没有那么容易实现。

甚至连许下这个愿望，都没有底气。

在2024年即将来临的时刻，在石城的不同角落里，命运和宿命紧紧相连的几个人都不约而同地陷入莫名的忧伤中。

温雯摇曳着走进舞池，和小富总配合默契地跳了一段她擅长的拉丁舞，却在曲终的那一刻，在酣畅之后，看着眼前华丽的舞台，忽然如堕深渊，觉得她不配拥有眼前的一切，她为什么还活着。

余凯旋陪着家人打麻将，见对面已经年近五十的亲弟弟连幺九都分不清时，对他吼了一通，又立刻后悔，随之涌起巨大的心酸和惭愧，去厨房一口干了一杯白酒才压下去。

而看见爸爸偷偷去喝酒抹眼泪的余九琪，悄悄离开，躲在卫生间里，假装什么也不知道，收拾好情绪，堆起笑脸，才笑盈盈地回来，闹着让爸爸输了赶紧给钱，少一分都不行，微信转账。

祝多枚一个人扛着链条小包从酒吧出来，跟她约会的男人追出来，闹着要带她回家。祝多枚拿包兜头狠狠地抡了他一下，骂了一顿，一个人晃晃悠悠地走在喧闹的酒吧街。她翻出手机想找人续摊，翻来翻去，停在孟会红的联系方式上。她站在那里，哭了一通。

孟会红的手机响了，她期待着会是女儿，但只是一通骚扰电话。

葛凡跟小庄他们在烧烤店喝得酩酊大醉，小庄忽然想起一个事，问葛凡刚才本来要去吃铁锅炖的，咋走到门口突然不进去了。葛凡说那破玩意有啥好吃的，然后想起王欢发的那条朋友圈、群里余凯旋的语音，和在铁锅炖门口见到的那辆眼熟的黑色奥迪，陷入长久的沉默。

孙老太太睡了一觉突然醒来，坐在空荡荡的破旧病房里，看着窗外浓浓的夜色，不知想起什么来，发现自己哭了。

孙婷婷跟一群朋友在乐胜煌跨年，看见哥哥一个人回来了，想叫他一起玩，推开 411 包房的门，却撞见一张落寞到吓人的脸。那一晚上，她再也没有了玩的心情。

孙锡最后没有回酒店，就一个人坐在乐胜煌 411 包房，没开灯球，只开了一盏顶灯，仰头躺在沙发上，盯着眼前的白墙。

他手里拿着那枚三叔追着的、莫名跳到他手里的蓝色弹力球，砸在墙上，弹回来，再稳稳地抓住。

他再用力地砸过去，弹回来，抓住。

狠狠砸，抓住。

砸，抓住。

乐此不疲，又索然无味。

直到听到整个 KTV 各个包房同时传来的声势浩大的倒计时声、欢闹声、庆祝声，他才停下。

在 2024 年正式到来的那一刻，孙锡拿出手机，给余九琪发了两条早就想好的信息。

他发：新年快乐。

她回：新年快乐。

他又发：我爱你。

等了一会儿，他才收到回复：我也爱你。

所幸，还有爱。

第十七章

/

群架

2024 年的第三天，石城一家修车厂发生一起群体性斗殴事件，孙锡和葛凡都裹挟其中，双双上阵，双双挂彩，谁也没捞着便宜。

余九琪当时并不在石城，她正陪着《西游记》的忠实爱好者三叔，在长春投喂一个真人假扮的网红孙猴子。

她元旦放了三天假，那几天正值旅游高峰期，余凯旋和孟会红都扎在温都水汇里，温雯跟三叔待在一起没耐心，经常斗嘴，三叔就烦她了，闹着要走，小九就说带他出去转转。

三叔最近痴迷于短视频里爆火的碎嘴子猴哥，念叨要买零食去长春投喂他。余凯旋就把车给了小九，让她带三叔去溜达溜达。

走的时候，余凯旋还特意点了下小九，问“你假期没安排吧”？小九说“没有啊”。他又问“你没约什么人吗”？小九说“哦，那有”。二凯哥神色稍敛，用眼神询问。小九说“我答应了帮我哥拍个段子”。余凯旋像是松了口气，一摆手说“葛凡整天没个正事，拍那玩意有啥用，你劝劝他干脆来浴池干得了”。

余九琪笑笑没吱声，她清楚余凯旋在试探她和孙锡的关系，这两天他旁敲侧击问过很多次了，就差摊牌直说了。见小九假期几乎天天跟三叔混在一起，手机都不怎么碰，确实不像谈恋爱的样子，积压许久的忧虑就没提。

余九琪知道孙锡刚接手乐胜煌，又赶上旺季，店里人员流动又大，猜他这两天一定忙到顾不上别的，加上之前他们在铁锅炖店包房里的默契约定，就没多跟他联系。

只是在长春景区逛的时候，余九琪选了几张三叔跟猴子拍的照片，随手发了个带定位的朋友圈。然后，很快接到孙锡的一条微信，就莫名其妙的一个问号。

余九琪立刻懂他的意思，孙锡谈起恋爱比平时还别扭，话从来不爱好好说。

于是她就不顺着他聊，回了他两个问号。

隔一会儿，对面像是急了：跟我装是不是？

余九琪回复：没有啊。

孙锡：假期挺开心啊？

九：还行。

孙锡：玩得好吗？

九：挺好的。

孙锡：没忘了点什么吗？

余九琪故意皮：想玩的地方都去过了，你还有推荐的吗，孙哥？

几乎能感受到他咬牙切齿：你再装。

余九琪跟在三叔后面，随手接过他递来的在园区的集市上买的零食，仔细一看，举着一个冰糖孙悟空愣住了。

她从来没见过冰糖葫芦还能做成猴子形状，想着今年东北文旅还真是拼了，花样层出不穷。她瞅了半天，正想拍一张照片发给孙锡，他突然又回了一句：没忘了你在石城还有个没吃饱的男朋友吗？

余九琪看着这句话，抿唇笑了一会儿，想了想，干脆又选了几个各式各样、奇形怪状的冰糖葫芦，除了冰糖孙猴子和唐僧，还有冰糖黄瓜和青椒，甚至冰糖生姜，一束花一般抓了一大把，拍照，发过去。

孙锡沉默一会儿，回：真行。送我的？

余九琪回复：对啊。

孙锡：那你亲自来送。

九：你吃吗？

孙锡：你看我吃不吃。

余九琪没再闹，依着他，回了个乖乖等我的表情包，又顺便问了句：你这两天忙得咋样了？

孙锡说：差不多了。

九：啥差不多了？

孙锡：啥都差不多了。

三叔突然拉着余九琪要去玩雪滑梯，一着急头上的毛线帽掉了，余九琪赶紧捡起帽子追上去，就没再继续问孙锡到底在忙什么。

以为无非 KTV 的事，却怎么也没料到，他忙活着跟葛凡干仗。

余九琪接到孙锡和葛凡打群架的消息时，正开着余凯旋那辆路虎带着三叔回石城。她路上给葛凡打电话，想问问他什么时候拍段子，想着拍完了再去找孙锡，可打了两个，都没人接。

第三个电话倒是通了，但接电话的是小庄。对面像是闹哄哄的，话也听不清楚，余九琪又刚好走到高速路上信号最差的位置，两边对着电话一通瞎喊，谁也没说明白。

余九琪问："我哥呢？"小庄说："谁啊？"余九琪又问："葛凡呢？"小庄那边突然冒出一句："你说孙锡啊。"

余九琪一惊："孙锡咋了？"小庄没听见："你说啥，小九？"小九就喊："到底怎么了！"

小庄像是为难，声音小了点："哎呀，就是凡哥跟那谁……"

余九琪更急了："谁？"

小庄干脆吼了起来，极大声："就是！我说！你哥跟你对象打起来了！"

余九琪终于听得真真切切，一字不差。

她来不及想他们怎么打起来的，小庄又是怎么知道了她跟孙锡的关系，到底还有谁知道，猛踩油门，提速，往石城开。

小庄也是刚刚才知道小九居然跟那个从小就人怕狗嫌的装相贩子谈上了恋爱，而且他那杀人犯的爹，就是当年几乎害得澡堂子一家家破人亡的罪魁祸首，真是刺激啊。

更刺激的是，这事还是凡哥说漏嘴的，而且是当着孙锡的面说漏嘴的。那场面相当精彩，甚至好笑，小庄觉得他这个年就指着这笑话过了。

葛凡却完全笑不出来，他懊恼、沮丧、气愤，更闹不明白怎么就没压住脾气，稀里糊涂地把他早就发现、但不愿面对的秘密说出来了。

他怀疑孙锡是有备而来，故意的。

元旦这两天，葛凡陆陆续续约了几个局。因为刚离了职，有些之前的朋友、客户要维护，也有其他 KTV 拐着弯地约他喝酒挖人，还有从沈阳慕名而来的传媒公司经理要签他去做职业网红。

葛凡就带着小庄，挨个去赴宴，也是邪了门了，连续三个局都能碰到孙锡。

第一次倒是正常，因为他们就约在了乐胜煌。倒不是葛凡的意思，是一个客户朋友听说他离职了，就说干脆把之前储值的钱花光，不让姓孙的赚他们一分钱。

可酒喝到一半，卡里就没钱了。一伙人商量着换地方，这时林晖突然带着两个人敲门进来，拎着四大兜啤酒、两瓶洋酒，又捧着像小船一般大的点缀着鱼子酱的豪华果盘，说这都是我们老板送的。

小庄问："送给谁啊？"

林晖看着葛凡，说："凡哥，我们老板说祝您新年快乐。"

葛凡没当回事，觉得孙锡可能就是欠，故意嘚瑟，反正他花钱，不喝白不喝，把酒扫光了之后就走了。走的时候，在大厅里瞥见孙锡就坐在前台，理都没理。

可没想到，晚上在海鲜酒楼又遇见了。

他们就隔着一个中式屏风，两桌人背对背坐着。葛凡瞅着孙锡像是跟两个政府的人吃饭，他请的是沈阳来的那家传媒公司的人，互相也没打招呼。孙锡他们吃完先撤的，走的时候，他看了葛凡一眼，葛凡依旧没搭理他。

但结账时，服务员说：“哥，你们的单有人买了。”

葛凡问是谁。

服务员说：“就坐你后面那个，乐胜煌的新老板，挺帅的那个。”说完，还脸红了。

葛凡冷笑了下，问了问花了多少钱，然后直接有零有整的精确到小数点后两位给他微信转过去。可到了第二天晚上，24 小时之后，钱被退了回来。

但他们又遇上了。

这次是在一家烧烤排档里，孙锡带着几个员工在外面散座聚餐，葛凡跟小庄他们在包房讨论着是去干网红，还是跳到别的 KTV。这时服务员过来，跟葛凡说对不起，咱家烤羊腿就剩一个了，外面的客人点了。

葛凡说：“那拉倒吧，我们也喝得差不多了。”

可这时候外面传来一句熟悉的低沉声音，说：“给里面吧，我们不要了。”

葛凡当时还没反应过来，探出脑袋说：“谢谢啊，兄弟。”

然后，看到孙锡懒懒地坐在大堂的简易塑料凳上，点点头，说“不客气”。

葛凡彻底被惹急了，把小庄他们轰出包房，指着孙锡，说你进来。

孙锡慢悠悠地起身，走进包房，随手把门带上，坐在靠墙的位置。因为喝了酒，脸色比平常白一些，他似笑非笑地看着对面，开口打招呼：“凡哥。

葛凡怼回去：“你别叫我哥。”

孙锡抿唇，没吱声。

葛凡咬牙看他：“你是不是有病啊？一天天的。”又说，“咋的，相中我了？想泡我啊？”

孙锡轻轻地笑了笑，客客气气：“就是遇上了，表达点心意。”

“我用你表达啊。”葛凡观察他，“你到底想干啥？”

孙锡没遮掩：“是有点事。”

葛凡冷着脸：“啥事？”

“我说了。”

“你说。”

孙锡盯着他，慢悠悠：“我想请你回来。”

葛凡不知为何松了口气，转而又费解：“回来？回哪儿？”

“回乐胜煌。”孙锡看起来认真了些，“不瞒你说，这几天我手忙脚乱的，手续和账目一团乱。店里好几款产品都供应不上，最主要的是客户流失了不少。

你知道，老王带走一批人，剩下的都不是骨干。我找的人又都手生，我需要你这样有经验、有人脉的帮我。真的，乐胜煌想做下去，有没有我无所谓，但没有你不行。”

葛凡被他恭维得有点虚，硬生生地稳住：“这你就谦虚了，你那手段我也不是没见识过，你怕啥呀？”

孙锡观察他，换下一招：“你要是回来，我算你合伙人，条件你开。”

葛凡见他不像开玩笑，顿了顿：“我没兴趣。”

孙锡点点头，垂眸，又抬起，眸光瞬间换成他往日那混横样，说：“还有个事我得跟你说一声。”

葛凡问啥事。

“之前王贺元以你的名义跟天津一家洋酒代理商赊了三十多万的酒，你知道吧？”他用力地盯着葛凡，“账单上有你的个人信息和签名，昨天代理商就打电话来催了，我给压下了，拖两天，但很快估计就找到你了。”

葛凡骂了句脏话，腾地掀翻凳子站起来。

王贺元因为个人信用一团糟，曾经哄骗葛凡帮着签个单子，说是下个月KTV流水上来就还上。葛凡当时被他灌得大醉，又一顿忽悠，上了头，大笔一挥就签了。后来他问过老王，老王说已经还了，就没放在心上，没想到这孙子坑了他。

葛凡当即就给王贺元打了电话，骂骂咧咧地质问。老王也不急，说葛凡不是小孩了，成年人得为自己的行为负责，跟我有啥关系。他又说你骂我也没用啊，要钱我指定是没有，要不你明天来我的修车厂坐坐，我请你吃顿好的。

葛凡说行，明天你给我等着。

孙锡听出来王贺元铁了心要赖，没那么简单，说这事多少跟乐胜煌有关系，明天我跟你一起去。

葛凡没拒绝。

于是2024年的第三天中午，孙锡带着林晖，葛凡带着小庄，四个人一起杀去了王贺元在郊区勉强维持的破修车厂。

林晖开着孙锡的车，孙锡坐在后面。葛凡不愿意跟他挨着就选了副驾，小庄便不情不愿地坐在他曾经用啤酒瓶砸过的人旁边。

路上，四个年轻人一阵尴尬沉默。

也是在这沉默中，小庄渐渐明白了凡哥和孙锡之间的关系为啥如此晦涩微妙，也顺便捡到了他今年最大的八卦和乐子。

起初他只是觉得沉默太过煎熬，想找个话题唠唠嗑，撇头看见旁边的孙老板正在跟人发微信聊天，还点出一张图片放大看。

小庄用余光瞄了眼，就是一把种类奇葩的冰糖葫芦，便随口说了句：“你喜欢吃这玩意啊？”

孙锡笑了下，说：“别人要送我。”

“谁呀？对象啊？”

他顿了顿：“嗯。”

小庄就顺着问：“北京的吗，你对象？”

“石城的。”

“谁呀？”

“你能不能把嘴闭上！”前面一直眯着眼睛的葛凡突然喊，“整天叭叭的，闹挺！”

小庄余光瞥见旁边的人似乎扯了下嘴角。

他当下就有了些猜测和预感，但没点破。直到他们来到修车厂，跟王贺元那伙人打了起来，他才从葛凡的嘴里验证了一切。

一到修车厂，王贺元带着三四个人就守在那儿，每个人手里都拿着不致命的家伙什儿，姿态蛮横，眼神挑衅，意思是少废话，直接干吧。

在东北底层社会有个不成文的规矩，谈事之前先干一仗，输了夹着尾巴跑，干赢了再管你叫爸爸。

葛凡知道这事说到底是他跟老王之间的矛盾，没孙锡啥事，就让他和林晖先走，说了两遍，见孙锡不动弹，就急了。

“让你走没听见啊！”

孙锡看了他一眼：“这么多人，就你俩能行吗？”

“你管我行不行呢！”葛凡无语，“跟你有啥关系？”

“我不是冲你。”

“冲谁也不用！”

“凡哥，咱俩……”

“你别叫我哥！”

孙锡又要开口说什么。

葛凡那句话脱口而出：“我告诉你，你别指望我能支持你跟小九的事！”

小庄在旁边恍然大悟，感叹着说出来：“你对象是小九？”

葛凡也不知哪儿来的脾气，突然很想找个倒霉蛋发泄出来，气势汹汹地冲王贺元去了。老王带人迎上来，两边一哄而上，就这样打了起来。

一片混乱中，葛凡的手机掉出来。小庄捡起帮他收着，手机振了很久，他才腾出空接小九的电话。

可不知哪个孙子在砸车，旁边一阵震耳的“轰隆”声，小九那边信号也不好，小庄跟她鸡同鸭讲说了半天没整明白。见不远处的葛凡和孙锡不知是敌是友好像打一起去了，情急之下，他口中的那句话就吼了出来：“你哥和你对象打起来了！”

小九问在哪儿呢？

小庄用葛凡的手机，给她发了个定位。

余九琪在高速上开了一个多小时，到石城后，先把三叔送到温都水汇，再开车直奔郊区的修车厂。赶到时，那场群架已经打完了。

余九琪也没闹明白谁输谁赢，就看见那四个人分散着站在积雪皑皑的路边。零下的冷风中，四人都敞着怀，身上的衣服脏的脏、破的破，脸上也都带着伤，各自拿着些纸巾、纱布按着伤口，手冻得通红。

她也不是故意的，第一眼就看到站在车头处的那个高大身影。见他用手指蹭了蹭嘴角，像是染了些血。

余九琪直接走向孙锡。

“怎么搞的？”余九琪看向修车厂，以为是别人。

孙锡却看向另一侧：“他打的。”

顺着看过去，余九琪看到不远处的葛凡。见葛凡眼睛肿着，一脸愤怒不甘地瞪着孙锡。

“哥。”余九琪知道已经瞒不住了，多少带着些忐忑，小心谨慎地看向他。

葛凡花了很大力气，才慢慢地平移目光，放在余九琪的脸上。但只停了片刻，就仓促地移开，他紧皱眉头，觉得这里一秒钟都待不下去了。

“车钥匙给我。”他冷冷地对余九琪说。

余九琪知道他想要余凯旋的车，就把车钥匙扔给了他。

葛凡转身走向那辆路虎，打开驾驶位的门，不知看到什么，突然愣住。

然后他拿出一大把奇形怪状的冰糖卡通人物和水果、蔬菜，狠狠地看着，脸色越来越难看。

“别动！”孙锡突然冲他喊。

葛凡转头看着他，咬着牙。

“我的，让你别动！”

葛凡突然一甩手，把那把余九琪从长春带回来的奇葩礼物悉数扔在路边的脏雪堆里。

孙锡骂了一句，大步冲他过去。

不必说，现场又是一片混乱。

混乱过后，冷静下来时，葛凡忽然想起他最近思考最多的问题，也是他一直逃避的、羞于面对的问题。

那就是，他是从什么时候开始喜欢小九的？

明明一开始，他记得，他多少是有些反感小九的。

孟会红跟余凯旋刚谈恋爱那会儿，葛凡和小九接触得不多，也就跟着家长吃过两顿饭。她总是笑呵呵的，很是乖巧，大人问什么就答什么，说话滴水不漏，一双伶俐的眼睛不动声色地观察所有人，判断大家的喜好，再投其所好让每个人都满意。一顿饭下来累得够呛，饭也没吃几口。

葛凡那时候几乎确定，她在饭桌上是吃不饱的，是吃什么也不香的。该，谁让她心眼子多，爱琢磨人，假里假气的，活该她活得累。

他是从什么时候开始对她改变看法的呢？

应该是余凯旋和孟会红准备结婚那年。

说起来，他俩能顺利结婚，小九是头功。

一开始他们提出要结婚，反对最激烈的是温雯，谈谈恋爱没关系，可一旦结了婚，温雯多少担心将来温都水汇的利益分配问题。她无所谓，她要确保将来这个浴池全部归小九。而当时余凯旋正处壮年，膝下连个亲生的孩子也没有，孟会红又拖着两个孩子，温雯觉得后患无穷，死活不让结婚，作天作地，闹得孟会红也没脸，余凯旋也犹豫，就要分手。

后来是小九几方面做工作，她先是跟温雯说如果因为她影响了爸爸的幸福，她宁可什么也不要，不然她会一生有负罪感。又跟孟会红说，姨你看这场风波归根结底是因为我爸妈考虑我的利益闹的，他们能为了我一个捡来的孩子这样牺牲，说明他们是善良的人、有情有义的人，这样的家庭是不容易散的。

葛凡至今没弄明白小九是怎么发现孟会红最害怕家庭散掉的。虽然她结了三次婚，又离了两次，看上去来去匆匆潇洒自由，可他很清楚，孟会红在这几段聚散里伤透了心，还留下她无法弥补和挽回的巨大愧疚。

不过，葛凡当时更关心另一个问题，他总觉得这丫头在父亲再婚的事情上如此懂事和积极，一定有什么私心，就直白地问她。那时候他们已经混熟了，小九就爽快地说"私心当然有啊"。

然后她又笑笑，一笑露出两个浅浅的梨涡，大方地说"我就是为了我爸！我看得出来红姨很爱他，我爸那么好，他应该找一个爱他的老婆，体验一次在婚姻里被爱是什么滋味"。

葛凡当时非常震惊，甚至可谓震撼。他说不出来具体是什么感觉，就是从那之后，他看余九琪的眼神不一样了。

后来人人都说余小九幸运又幸福，那样一个出身，却成为这个条件不错的大家庭里的团宠。可只有家里人清楚，这个没有一个成员是省油的灯的奇葩家庭，本质上，是她拼凑起来的。

她配得上那些偏爱。

但葛凡那时对她也没有别的想法，没两年他就去了山东，在那所噩梦一般的职业技术学校度过了三四年。经过那段日子，他以为对爱情这种事都没兴趣了，甚至觉得人生都没意义，他一无是处，是个废人。

是小九的一番话改变了他。

那几年不知道小九经历了什么，变化特别大，脸上的面具越来越重，心事越来越沉。有时候实在不忍心，葛凡就不自觉地开玩笑逗她，一逗她就笑，虽然那笑容停留不久，但好歹是有几分真诚的。

然后，小九就对他说："哥，我觉得你挺厉害的。"

"我有啥厉害的？"

"你能让别人快乐啊，多厉害，多有本事。"

"这算本事吗？"葛凡真诚地问。

“算啊。”她不知想起什么，眨眨眼，“快乐多好啊！”

“那你快乐吗？”

葛凡后来在不同场合，用不同语气，换不同方式，问过小九很多次这个问题，每次都得到一模一样的毫无情绪和说服力的答案。

“快乐啊。”她说。

葛凡是不信的，但他想没关系，既然你说我有这个本事，那或许我可以帮你。

他承认，后来他在乐胜煌混出名号，在石城呼朋唤友，甚至做短视频娱乐大众，最初的起源都是小九的这份肯定，和想带动她走出他看不透的某些心结的初心。

然后误打误撞地，他重拾了自信和热情。

人生有时很有趣，你本想治愈别人，到头来得到滋养的却是自己。

可即便那时候，他仍然没意识到他喜欢小九。

让他真正面对这份说不出口的感情的，说来讽刺，就是孙锡的出现。

如今想来，虽然孙锡上次回来什么也没做，他们之前的事也没曝光，甚至葛凡还一度愚蠢地认为这两个脾气秉性截然相反的人不可能互相吸引，可就是冥冥之中，他有了危机感。

但是，来不及了。

当他后知后觉明白一切，想争取点什么时，已经来不及了。

他竞争不过孙锡，他心知肚明。

就算他再怎么真诚、勇敢，付出最大的努力和耐心，尽他所能规划一个安稳未来，甚至豁出脸皮去跟家长们求一个认可，都没有办法跟他们共同经历的那漫长的、刻骨铭心的少年时代相比。

虽然他也不甘、嫉妒，对孙锡有偏见，也认为他们没未来，可他很难想象，到底是多深的情感和执念，才能撑得住几乎生死相托的一次次挫败和重燃，崩塌和重建。

他多少是有些羡慕的。

想到这儿，葛凡又一阵懊恼，我这是在帮他们说话吗？

贱不贱啊。

“嘶！”脸上突然一股清晰的疼痛，他躲了下，恍惚回过神来，发现他此刻正坐在一家药房的大厅。

“哥。”

葛凡抬头，看到小九拿着纱布和药水，站在面前，低头看他，抿唇笑着。

“哥，你这眼睛肿得挺厉害的，要不去医院处理一下吧？”

葛凡依旧看着小九，看着她脸上的笑容，虽然只是浅淡的，甚至带着点捉弄，可就是透着一股沉着真实，跟她往日伪饰出来的天壤之别。

他竟不知从什么时候开始，小九变了。

然后视线一转，看到坐在药店柜台外侧角落的，那个姿态懒散、目光却幽沉的、刚跟他打了两架仍没分出胜负的浑蛋。

葛凡抬手用力地碰了下眼角，疼痛让他突然爆发的脾气有了更合理的依据。

他皱眉说：“不用，没啥事，我走了。”

他站起来，直接绕过余九琪，叫上门口正在往脸上贴创可贴的小庄，说走。可推开棉门帘，刚走出药房几步，葛凡站住，挣扎片刻，忽地转身回来，推门，径直看向那个浑蛋。

“喝点吗？”

孙锡没什么表情地看向他：“行啊。”

余九琪劝了句：“你们脸上都有伤，最好别喝酒。”

葛凡说：“我没事。”

孙锡也说：“我也没事。”

他们不仅喝了，还一口气喝了两箱。

那两箱酒几乎都是他俩喝的，林晖因为要开车滴酒没沾。余九琪担心他们又闹出事也没喝，小庄倒是跟着喝了两轮，可随着他们的节奏也就三四瓶下肚，就跑到卫生间去吐了。不怪小庄酒量不行，实在是这两人玩得狠。

那不是喝酒，也不是切磋，就是他们势必要分出胜负来的第三场仗。

满桌子的家常菜没人动，天也不聊，嗑也不唠，啤酒一瓶一瓶地往外拿，一个一个地起开摆在旁边，对瓶喝，喝完整齐地码在地上，谁也没有数，但彼此眼神时刻瞄着，不肯比对方少一瓶。

幼稚、无聊，甚至有点傻。

余九琪一向不喜欢这种比拼式的夸张酒桌文化，相比之下，倒是二凯哥那种喝点酒上了头就吹吹牛的更可爱些。她以为孙锡也是讨厌这样拼酒的，可她坐在中间，看着又开了一瓶散着凉气啤酒的、嘴角挂着伤的人，见他眸光幽亮有力，分毫不肯让。

她劝过、阻止过，打岔说聊会儿天，她尤其想跟葛凡说说话，虽然没想好要从哪里开始说起，但就是觉得，有必要跟葛凡解释点什么。

她想告诉他自己不是一时头脑发热任性，也并非故意叛逆跟家庭作对，她不想辜负和放弃任何人，或许这样听起来贪心又虚伪，但她想试一试。

可她话题还没展开，堪堪起个头，左边的哥哥和右边的男朋友统一战线不接茬，齐刷刷地拿她当空气，把她晾在一边，她就懒得管了。

后来，她干脆挪到身后的空桌，跟林晖打游戏消磨时间。

也不知过了多久，夜已经很深了，余九琪将腿搁在凳子上，埋头激情打怪，然后突然听到隔壁桌传来与她有关的一段对话。她放慢了手速，依旧盯着手机，任凭对手将她一寸一寸杀死，全神贯注地捕捉旁边剑拔弩张的试探。

试探的人是葛凡。

他像是琢磨了半天，几经思考纠结和选择，在他们依旧分不出胜负但两箱酒已经见底的时刻，问出了他最在意的问题。

他问：“你以后怎么打算的？留在石城吗？”

孙锡说："我那KTV不是都干起来了？"

"你心里应该有数吧？留下没那么简单。"

"有数。"

"就没想过走吗？"

"想过。"

"那怎么不走？"

"想听实话吗？"

葛凡打了一个酒嗝，听上去已经很醉了，说："你别废话，我在这儿跟你闹呢？"

余九琪又开了一局游戏，她戴着耳机，可调的是静音，手指只是在上面瞎划拉，同样等待那个答案。

"我是想带她走的，很想带她走，本来我这次回来就是要带她走的。"他停顿一下，像是积攒什么底气，才再开口，语气听着无波无澜，"可那样，很自私。"

余九琪皱眉，心里一阵揪着疼，她懂他的意思。

葛凡却没懂："自私？"

"因为那会让她陷入两难。"

葛凡突然沉默了。

孙锡轻轻地叹口气，又说："她跟我不一样，她的家人，你们，是在意她的。

"在县里那次我就看得出来，你们怕失去她的程度，可能并不比我少。

"所以我不想逼她做选择，不想让她以后带着背弃家人的负疚跟我生活。"

余九琪的眸光依旧垂在屏幕上，视线却已经花掉了。

葛凡一阵感叹，是真会说啊，行，算你狠，我认了。

葛凡刚才突然从药店折回来，非要跟他PK这个酒局，就是为了问出这个问题。他知道自己改变不了什么，也不想做什么羞辱自己，甚至破坏孙锡和小九的关系，但前提是他必须确保一点，确保孙锡不会伤害她。

用情感绑架把人置于内疚惭愧中炙烤，是一种巨大的精神酷刑。

如今葛凡知道了，小九之前人生中绝大部分痛苦的根源，都是这种精神折磨造成的，如果孙锡继续拉扯逼迫她，那本质上，他爱的是他自己。

不过现在看起来，葛凡恨恨咬着牙，这浑蛋确实有点东西，活该他有对象。

只是他硬要留下，以后温雯和二凯哥那一关关的，苦日子在后头呢。

葛凡一阵头昏脑涨的迷糊，喊小九。喊了两遍，余九琪才从手机里抬起头，摘下耳机。葛凡冲她说："我们喝完了，你刚才想跟哥说什么来着？"

余九琪沉默地看了葛凡一会儿，没说话，然后孙锡突然回头。

一张毫无血色的脸，和一双红彤彤的眼睛，眸光谨慎小心，可又直白坦率，湿漉漉地泛着些羞涩。

余九琪看着他喝醉后的样子，仔细地看了一圈，又一圈，心里百转千回，踉踉跄跄，温暖和酸涩同时滚烫地涌入心脏，让她觉得此刻再说什么都显得多余。

“我没事。哥。”她最后说。

小庄已经喝断片了，孙锡看上去也醉得不像话，揪着眉头安排林晖开他的车先把葛凡他们送回去，又突然想起什么，说要去车上拿点东西。

林晖跟着他一起先出来，孙锡从驾驶位的抽屉里拿出一串钥匙，转身，忽然就盯着面前的林晖看。

林晖不免警惕起来，他看出来孙锡的眼神与刚才在酒桌上不一样了，像是沉睡着的狼突然苏醒了，眼里带着警告。

他一下子明白孙锡要说什么。

果然，孙锡点了一句：“等会儿不要瞎说，知道吗？”

林晖点头：“我明白。”

“天津那边你盯着点。”

“嗯，他们说元旦假期后会给他打几个电话。”

孙锡又观察了他片刻，才似放松些，说：“走吧，辛苦了，明天休息半天。”

林晖在心里默默松口气，看着他离开的背影，见他突然又换了一副踉跄的似醉非醉的样子，感叹他姑父给他找的这个新老板，给钱是敞亮，做生意也有手段，可这心机也太深了。

林晖的姑父，就是徐添，他是徐添介绍给孙锡的，孙锡才把他当心腹。

这林晖年纪不大，可做事通透且世故，知道自己只是打工的，听话完成工作就好，不用放入太多个人感情，更没必要去掺和评价。

虽然他知道今天这个事，从头到尾，就是一个针对葛凡做的局。

那笔天津代理商的赊账确有其事，但孙锡在接手乐胜煌时就已经还了，只不过前两天突然想起这个事，又跟代理商订了一批酒，让他们配合着做这个局，假装那笔账还在。

其实今天这场架，这几场架，都是不用打的。

是他故意要打的。

这顿酒，也是他故意要喝的。

林晖甚至怀疑，刚才那番听上去颇为动人的话，也是他故意要说的。

只是说给谁听，他就不得而知了。

葛凡扶着小庄出来，脚下像是不稳。林晖几步迎过去，不再琢磨那些与他无关的事。

回到家常菜馆，孙锡的胳膊搭在余九琪的肩上，身子歪着，重量都交给她，眼皮沉沉，呼吸裹着浓重的酒味，与她站在门口，一起目送其他人离开。

然后余九琪揉了揉他的脸，他像是麻木了一般没动静，就说等会儿要不把他送到乐胜煌的 411 包房。

孙锡不愿意去，说 KTV 没法洗澡，一身酒气，难不成去楼下的浴池洗？

余九琪白了他一眼，问他：“那想去哪儿？”

“酒店吗？”她问。

“我退房了。”

“再开一个？”

“不想住。”

“那去哪儿？”

“回家。”

“什么家？”

然后孙锡转过头看她，眼底沁着丝丝缕缕的被酒精熏出来的猩红，柔声说：“我租了个房子。”

说完，他把那串钥匙交给余九琪，又报了个地址和门牌号。就是市中心的一个公寓型楼盘，离乐胜煌和温都水汇不远。

余九琪开着余凯旋的车，把醉醺醺的孙锡送到小区，扶着他上楼。楼盘是前几年新建的，环境很好，走廊宽敞而温暖。走到门口，她一边架着孙锡，一边费劲地开门。

进门一片黑，却也能透过窗外的月光看到客厅面积不小，余九琪正想开灯看看，突然脚下一轻，被人腾空抱起来。

然后他熟门熟路地，抱着她，几步走到一个房间，踢开门，把人轻轻地扔在床上，又重重地压过去。

衣服被熟练地褪去两件，他的手伸了进来，余九琪挡了一下：“我想看看你这房子。”

“有什么好看的？”他凑过来，哑着声音说。

“就参观一下啊。”

“嗯，行，一会儿我带你参观，挨个屋走。”

毛衣被推上去，连着胸衣也掀开，他急切地吻上来，这次他用上了点技巧，耐心地吸吮碾磨，让她弓起腿，又拉开。

余九琪向后仰着头，看着白色的天花板，忽然就觉得不对劲，揪着他的头发，问：“你装的吗，孙锡？”

他半天才支吾说：“装什么？”

“装醉啊。”

窗外月光薄薄一层罩在他们身上，装饰简易的屋里旖旎一片。他没有回答，似觉得不重要，起码眼前不重要。

但既然你问了，孙锡用仅存不多的理智要求自己，我都会如实回答你。

对你，我不隐瞒。

于是过了许久，他把她翻了个面，手垫在身子下用力，落在肩头的吻也蜇着疼，鼻息灼热地喷在耳边，一下一下撞着回答她，句句真话：

“对啊。

“我装的。

“给你哥留点面子。

“宝宝。

“你应该知道啊。

“我离醉还远着呢。”

他扳过她的头，盯着她漂亮的眼睛，在最失控的时刻，狠狠地吻上去。

…………

是在另一个房间，没有床，就一个大沙发，她最后躺在他怀里，仰头，沉沉缓缓地呼吸，指尖在他绕在胸前的手臂上缓缓划动，沿着落了层雾一般潮湿的肌肉线条细细地勾勒。

她眸光灼亮，眨了眨眼，颇为认真地问了他另一个纠缠在脑中的问题：“孙锡，你什么时候变成这样了？”

“什么样？”

“这么狡诈、阴险，还有点坏。”

“可能人都会变的吧。”

“你从什么时候开始变的？”

孙锡沉默了一会儿，点了根烟，理智回来了许多，辗转犹豫，还是对她和盘托出。

他说：“活不下去的时候。”

第十八章

/

赎罪

“九？”

余九琪听到厨房里轻轻的询问声，光脚踩在铺着地暖的地板上，“咚咚”几步跳过来，探出脑袋，含笑脆声答应：“哎，孙哥。”

孙锡站在灶台前煮方便面，转头，上下略略打量她，问：“还是多放醋吗？”

“嗯，对。”

他说了声好，视线仍停在她身上。

见她的长发高高地绾在头顶，垂着几缕散发，鹅蛋脸红润，轮廓小而饱满。她在这儿没换洗衣服，刚冲了个澡，随便套了一件孙锡的大T恤穿，光腿，赤脚，暖气非常足，也不觉得冷。

孙锡回头，按她的喜好在煮好的面里淋了些陈醋。看着翻滚的浓汤，熏着热气，他蹙眉，压下一些熟悉的焦虑感。

然后他快速关火，喊她吃东西，又说烫，找个东西垫在茶几上。

房子是第一次出租，家具不全，客厅里只有一套组合沙发和小茶几。孙锡端着汤锅过来，看到余九琪从他没收拾完的行李里拿了个牛皮纸文件袋放在木质的茶几上，手顿了下。

余九琪说“周围空空荡荡的没别的能垫了，总不能拿衣服，这文件袋怕烫吗”？孙锡把汤锅放在上面，说“没事，没啥重要东西”。

随便找了一条毯子铺着，余九琪盘腿席地而坐，不客气地自顾自盛出一小碗面，趁热大口吃起来，毫不吝啬地夸奖孙锡煮得好，说“怎么这么厉害呢？怎么简简单单的方便面就能煮得这么好吃呢？你看汤这么浓稠，面还筋道适中，要是谁举办一个煮泡面大赛，我肯定送你去”。

刚才她闹着饿，孙锡找了一圈，家里只有两包搬过来时林晖买的方便面，红烧牛肉味，就卧了个鸡蛋，青菜和火腿都没有，难为她吃得欢腾，夸得也卖力。

孙锡坐在对面，认真地看余九琪，看出她的满足是真心的，便更窝心了，说下次给她做别的，丰盛点的，还问她想吃什么。

余九琪的脑袋从碗里抬起，说那敢情好。

可能自小独立惯了，孙锡的厨艺非常好，南北菜系的家常菜他做得都不错，面食和西餐也可以。在北京那一年，余九琪的胃口就被他养刁了，早就惦记他的手艺，开口报菜名，说想吃他做的毛血旺、蒜香小龙虾、红烧鱼和糖醋里脊，哦，还有海鲜什锦炒饭。

炒饭。

孙锡的太阳穴跳了下，刚刚压下去的焦虑感卷土重来。

落地窗外是石城市中心的霓虹，是这个小城深夜仅存的都市感，他靠窗坐着，霓虹晃着映在他脸上，本该是热烈鲜艳的，她匆匆一瞥，瞥见明显的黯淡。

不该提的。

这时手机响了起来，余九琪看了眼，是葛凡。她没避讳，接通开了免提。

葛凡的声音除了醉意，听着还有些烦闷，开口大声问小九在哪儿。不等余九琪说话，他又说“行了，知道了，不用告诉我”。他又直接说“刚才雯姐给我打了电话，问你这么晚没回家，也不回信息，是不是帮我拍段子呢”？

电话里，葛凡长叹一口气，哀怨地吼着：“我说是！我说马上完事！你马上回家！行了，我也算仁至义尽了，你自己看着办吧。”

说完，他掐了电话。

余九琪翻出微信瞅了眼，一个小时前温雯确实联系过她，又抬眼看了看对面的人，那抹黯淡被掩饰掉了。余九琪低头，回了条信息。

孙锡没问她回了什么，但他们之间这点该死的默契还是有的。他明白这个他争分夺秒去对待的美好夜晚要结束了。

他起身要去收拾碗筷，余九琪突然过来，说等等，把他按回去。她跨坐在他腿上，两手要去捧他的脸。

孙锡错愕，但也猜到她是来哄他的，故意不给好脸，不配合，脑袋乱转。可她的手劲儿还挺大，他拗不过，面无表情地仰头看她，心想刚才还是下手轻了，不该给她剩一点力气。

“笑一个。”余九琪看着他，说。

孙锡眉头拧紧，浑身寒毛般敏感，明白她又像之前很多次那样用他最害怕的方式搞他，生出一阵不祥预感，等会儿又得死在她手里，于是抵抗：“不笑。”

“给我笑一个嘛。”

他再抵抗：“凭什么给你笑？”

“我想看。”

“想看你自己笑去。”

“我没有你笑得好看。”

他突然词穷，就眯眼看着她。

余九琪见他动摇，骑着晃了晃，揉揉他的脸：“真的，你笑起来特别好看，可迷人了。”

“就笑起来迷人吗？”

“哭的时候也迷人。”

孙锡一时僵硬，这是什么混话。

她还展开解释：“你不知道吧，你一笑的时候，就让人心动，哭的时候，更让人心动。你听过那个说法吗？笑起来和哭起来都好看的男人，才是真性感。”

孙锡认栽了，突然憋不住笑出声来，用力撇头，不想让她看见，可无济于事。

余九琪惊喜地捧着他的脸，追着去看，嘴里“啧啧”赞叹：“哎呀，好帅，让我看看，我们小孙、孙哥、孙大宝可真帅！哎哟，这是谁家的男朋友呀？怎么笑起来这么好看呀？”

孙锡觉得自己又被她用某种不道德的巫术蛊惑了，被按在地上心甘情愿地捶打和臣服，情感上心花怒放，可理智上又狼狈不堪。他很少有这种巨大的、失控的情绪冲撞，眩晕，又慌乱，恍然不知这本质上是幸福，本能地想躲避。

于是他就笑着认输叫停，说余九琪够了，别闹了。

见余九琪还折腾，他就用力向上顶了一下，再看着她，威胁说“再闹，你就走不了了”。

余九琪就听话地安静下来，但也没离开，依旧捧着他的脸，在窗外的火锅店、网吧和连锁酒店的霓虹下，温柔地看着孙锡，认真地描摹他脸上的每个细节。

他其实不算是那种极其标致的帅哥，五官单拆出来看，也就是不难看，单眼皮，刚睡醒的时候内双，眉毛浓，唇薄，眉骨和颧骨都偏高，可就这样的细节拼凑在一起，配上那双敏感锐利的眼睛，就是让人柔软。

在余九琪看来，孙锡的眼睛对她是透明的，什么也藏不住。

她看得懂里面的脆弱、逞强、患得患失和极力掩藏的不配得感，包括此刻看向自己时的不舍和焦虑。

就这样低头看他，回忆起刚刚不久前他说的那句话，余九琪想了想，觉得在临走之前有必要说点什么，就用只有他能听到的声音开口：“孙锡。”

“嗯。”

她尽量淡淡地问：“你过去，有过死的念头吗？”

他眉头拧了拧，没隐瞒，看着她：“有过。”

“然后呢？”余九琪听到自己的声音有点抖。

“活下来了。”他眼底瞬间染了一层雾。

余九琪不知该怎么表达此刻的难过，俯身轻轻地吻了他一下。

再抬头，见孙锡抿唇，看向她，眼底带着不敢说出口的询问。

余九琪了然，回答：“我没有。”

孙锡探究的眸光中，带着些欣慰。

“因为在我看来，那是很自私、懦弱的行为。”

余九琪想了想，继续说：“死很简单、很容易啊，可活着的人要怎么办呢？死的人以为卸下的包袱，其实都转移到活着的人身上，而且加倍的沉、加倍的重，多不公平啊，多残酷啊！他们多可怜啊！”

孙锡仰头看她，满腔震动，视线模糊。

“所以我们不要做那样的人，我们慢慢往前走，脚步沉一点没关系，慢一点也没关系，我们自己把包袱卸下来，不留给别人。如果你觉得沉，我可以帮你分担一点。”

说着，余九琪抬手，想用拇指去擦拭他的眼角。孙锡突然躲了一下，自己伸手，迅速眨了下眼睛。

然后，他回眸望着她：“那你自己呢？”

余九琪说：“我可有劲了，我扛得住。”

孙锡逆着光锁着她湿润的眼睛，有些话就压在喉咙里，他有生以来第一次冒出想与人分享的念头，想试着袒露一些，不遮不掩，试试看会不会得到嘲讽和反噬，可犹豫再三，他还是不敢开口。

余九琪却什么都看得懂，就问：“你真的不想去看看他吗？如果他真的死了，就再没机会了。”

孙锡的鼻腔和肺腑里瞬间涌起巨大的酸痛，浑身力气像被抽走了一般，任凭她掌控，任凭她抚慰，任凭她一针见血地看穿和不留余地地戳破。

“孙锡，想去看一眼自己的爸爸，是人之常情。

“或者你想去找找你妈妈，也不丢人。

“你想去吗？”

孙锡脆弱地绷着一张脸，摇头。

余九琪看他努力否认的样子，忍了半天，略带哽咽地说：“我明白了，那就不去。”

孙锡一句话都说不出来。

“但是放过自己。活着多美好啊。”

孙锡用力地把她抱紧，拥着她，脸紧紧地贴着她的胸口，用力感受那鲜活和炙热。就这样静静地坐了一会儿，他才送她离开。

送到她家小区的路口，他又拉着搂着她不松手，黏黏腻腻，又摇摇晃晃，嘴角和眉梢绷着笑，藏都藏不住。

余九琪看着他那副傻样，问他怎么了。孙锡想了想，就说想炫耀。

“炫耀什么？”

“女朋友。”

余九琪不懂。

“我有这么好的女朋友，真想向全世界炫耀。”他说。

余九琪回到家时，已经是深夜了。一进门，客厅餐桌上的灯亮着，一个瘦小、孤单的身影披着一件毛衫，坐在桌前。

“妈。”余九琪站在门口，叫了声。

“回来了。”温雯抬起头，她像是刚洗了澡卸了妆，看着有点疲惫，挤出一个并不轻松的笑容，“你过来。”

自三叔回来那天之后，余九琪没有单独跟温雯待在一起过。她承认多少是在躲避温雯，也是怕说出不该说的话。她心里很清楚，她和妈妈的关系，回不到之前的样子了。

她走过去，站在餐桌前，做了心理准备，假如就是此刻，假如你问我，假如你想摊牌，我不隐瞒你。

可温雯低头，只是牵起小九的手，捏着她两三根细细的手指放在手心，揉了揉，握了握。她一向喜欢这样握着小九，从小就是如此。

“妈……”半晌后，余九琪主动说话。

“你的手怎么还这么凉啊？”温雯却突然打断她。

余九琪低头看她。

温雯又说：“从小就这样，手特别容易凉，夏天也凉。我还带你去看过医生，你记得吗？中医说你体寒什么的，吃了不少药，也没好，给我气得够呛。”

余九琪愣怔着，不可避免地想起许多片段，随着时光向前追溯，一寸一寸，然后听见温雯提起最初的那天。

“可能是那天冻坏了吧。”温雯念叨，声音很小，“那河边那么冷。”

趁着余九琪失神，温雯突然攥着她的冰凉手指，用力地拉了一下，再抬头，一双疲倦的眼睛看向她。

“九。”

余九琪回望她，不知为何，对她接下来要说的话极为惶恐。

“你说我是一个好妈妈吗？”

余九琪说不出来。

“我不是一个好妈妈对吗？”她又问。

余九琪犹豫一下，眼神晃了晃：“妈，你今天怎么了？”

“就是觉得……”温雯红着眼睛，沉默半天才说，“失败。”

余九琪身上还穿着回来时的羽绒服，里面一层是毛衣，毛衣里面是孙锡的 T 恤。也不知是不是他身上那独特的味道顺着体温传上来，她轻轻地吸了吸鼻子，恍惚想起刚才在他的出租房里说的那句话，那句她用来抚慰孙锡，也是无数次说服自己包容所有不公的话。

活下来的人，都是扛着逝者留下的包袱的可怜人。

眼前的温雯，何尝不是呢？

或许在所有幸存下来的人里，温雯背上的重量是最沉的，她早就被压弯了腰，坠断了脊背。她匍匐地活着，踉跄地往前走，固执地不肯卸掉一分一毫身上的负担，受难一般自罚。

于是，余九琪说："妈，你已经做得很好了。

"我知道你尽了最大的努力了，妈妈。

"我永远感激你。"

温雯撇撇嘴，委屈却又不解地看着余九琪，像是不敢相信，说："真的吗？"

"真的。"

"那你为什么……"她突然停下，硬生生地掐顿，恍然如梦醒了一般，意识到自己说错了话，心里默默责怪这夜色唬人，怪下午那半瓶洋酒，怪葛凡在电话里暴露的谎言，怪刚才从阳台看到他们在路口的拉拉扯扯，怪自己软弱，差点和盘托出她最大的弱点和底牌。

她赶快松开小九的手，迅速调整情绪，仿佛刚才那番示弱的话从未说过。

"妈，你刚才想说什么？"余九琪疑惑。

"没事，我困了，睡了。"

温雯把余九琪扔在那里，回了房间，坐在床上一动不动，脸上坚毅而果决，默默重复着刚才没说完的话。

——那你为什么故意伤害我？

——为什么铁了心要离开我？

但你说得不对，九，我并没有尽最大的努力，最起码在让你迷途知返这件事情上，我的努力还不够。

应该再狠一点的，哪怕揭开我的伤疤，直面鲜血淋漓，剖开我的胸膛，袒露羞耻的脏器，应该再狠一点的，这是我应该为你做的。

温雯就这样在黑暗里坐了好久，慢悠悠地拿出手机，翻出通讯录里的黑名单，看了一会儿。

然后，她从里面放出一个外地手机号。

元旦后的时间过得特别快，余九琪负责的商贷项目进展顺利。她没再去坐柜台，跟同事跑了几次县城和乡下出差，不到两周就完成了整个月的 KPI，春节期间可以踏实地歇着了。

葛凡是在一周后回到乐胜煌的。起初是天津那家代理商给他打了三天电话催钱，他不想麻烦父母，正焦急地想办法时，第四天那代理商告诉他，乐胜煌的老板帮他解决了。他去见孙锡，本来寻思大不了给孙锡打个欠条，可孙锡直接递过来拟好的合伙人协议。工资之外还有股份，那笔钱就从分红里扣。

葛凡清楚孙锡不是吃亏的人，他找自己回来，肯定有他的算盘，可看了眼协议上的数字，也算是诚意满满。小九那茬，葛凡已经翻篇了，而且他也理性考虑过，相比竞争大、花期短的职业网红，KTV 确实是他最擅长的工作，就答应了。

孙锡那几天非常忙碌，跟葛凡分工协作，把刚刚接手的像一盘散沙的乐胜煌迅速盘活，招人，又拉新，亲力亲为。每天除了偶尔跟小九见个面，几乎都在乐胜煌跟葛凡泡在一起。

那段时间他们见面也不算频繁，基本都直接约到孙锡的出租房里，换着花样做饭，和换着花样做爱，每次都精疲力竭，饱餐一顿，再精疲力竭。

只是在两周后的一个周一中午，孙锡突然给余九琪发信息，说“你赶紧来，来家里，有急事”。

余九琪趁午休的一个小时匆匆打车过去，以为真有什么急事，一进门，看到孙锡举着两件新买的衣服，站在穿衣镜前来回比画。

“哪个好一点？”他问。

“啊？”

余九琪认真地看了看，一件倒三角大牌的黑色厚夹克，穿着显得肩宽笔挺，偏商务范；一件是潮牌的毛衣，板型和颜色都很年轻。

“都挺好的。”余九琪说。

“你选一个。”

“穿给我看吗？”

“当然不是。”

余九琪白了他一眼：“那你要见谁啊？”

他没回答，拎起那件夹克比了比：“这个会不会太老成了？”又拎起那件毛衣比了比，“这个又不够稳重吧？”

余九琪无语，不想管了，心想大中午你折腾我就是为了这个，看了眼厨房，连饭都不给做，一阵懊恼，又觉得奇怪，孙锡之前从不会为了谁这样小心准备。

“我问你……”孙锡突然看着她说。

“别问我。”

“你爸会喜欢哪一件？”

“我爸的话……”余九琪纳闷，“你管我爸喜欢哪件干吗？”

孙锡看着她，没回答。余九琪忽然明白了，震惊地看向他。

“孙锡，你是要见我爸？”

“是他约的我。”

“什么情况？”

他没回答，只是又转回镜子前，拎起那件毛衣，像是已经做了选择。

余九琪看向镜子，看向他罕见的紧张的样子，眼神忐忑，又透着期待，也像是早有预谋，然后他抬眸，看向她。

他们隔着镜子，目光相撞，对视，什么也没说，心脏“隆隆”共振。

满怀希冀，又深知前路无常。

公寓里暖气很足，开了半扇窗通风依旧闷热。余九琪解下围巾，松了松外套，大步过去，碰了下孙锡的胳膊，问他到底怎么回事，咋还跟二凯哥约上饭了。

孙锡转头看她，不爱回答问题的老毛病又犯了，抬手捋了下她额前的散发，突然问“你爸爱吃鱼吗”？

余九琪说“可以，他喜欢吃炖的”，又问了一遍“你为啥跟我爸吃饭”？

孙锡还是不答，又问“你明天起个大早可以吗”？

她问“起早干啥，扫雪啊”？

他说跟他去趟查干湖。

余九琪当然知道最近是查干湖冬捕季，问他“难不成你要给二凯哥炖鱼”？

孙锡这下倒是爽快了，说要炖就得炖最好、最新鲜的，当天去买。

余九琪更急了，抓着他的衣摆把他拉近，让他把话说明白点。孙锡干脆借力把她揽过来，抱在怀里揉了揉，低头在她脸上亲了一口，故意逗她，说“你明天跟我去买鱼，去的话我就告诉你”。

“非得跑趟查干湖吗？”

“非得。”

“几点起啊？”

“四点吧。”

深冬，早晨四点，天还没亮，环卫工人都没上班，查干湖的鱼都没醒呢。余九琪心不甘情不愿地从被窝里爬起来，穿上最厚的羽绒服，拿上手套、帽子悄悄地出门。前一天她巧妙地跟温雯铺垫过了，说今天一早要去乡下，温雯当时啃着猪蹄，没吱声。

月朗星稀，天地黑寂，冻死个人。

停在路口的黑色 SUV 打着双闪，见等的人走过来，长胳膊伸过去帮着开了车门，笑着正想问她冷不冷困不困。一道哀怨愤怒的目光直白地投过来，刺得他心虚，乖乖地坐回去，知道她这起床气没两个小时好不了，不敢惹。

于是路上他主动交代了。

近三个小时的车程，除了吃了点早餐，喝了杯他在家煮好的浓咖啡，偶尔研究一下路况，孙锡尽量事无巨细地告诉小九他是怎么一步一步稳扎稳打铺垫，让余凯旋友好主动地找他吃饭的。

简而言之，孙锡套路了二凯哥。

但跟之前赤裸裸地算计了葛凡不同，他不敢跟余凯旋动歪心思，也深知上赶子落不下好脸，所以第一步，孙锡就低调，少出现，不露头，碰上都躲着他走。

当然也有没把握好分寸迎面撞上的时候，有一天停车他们瞄上了同一个车位，孙锡明明先到的，看到余凯旋的车也过来，灵活地辗转腾挪，硬生生地倒退开出去，把车位让出来。下车后难免正面遭遇，他低头打招呼，叫了声叔，不期待对方回应，一见没挨骂，胆子就大了些。

然后第二步，他开始有策略地让渡乐胜煌的利益，去讨好温都水汇。

包括但不限于帮楼下扫雪，主动维护公共区域卫生，让了一部分车位，又自费修了楼上楼下通用的那条电压不稳的电路，甚至勒令温都水汇客房部正方的那几个包房少蹦迪，别吵到楼下，减少投诉，维护邻里和睦。

葛凡也不傻，早看出这一波波缺心眼似的操作另有所图，孙锡也不瞒他，从他那里打探余凯旋的口风，品出来对方是知情且领情的，心里舒坦，但也不敢冒进，还缺一个机会。

也是巧了，上周末有个家庭主妇报警，说温都水汇按摩中心有色情服务，说她老公被女技师骗了一大笔钱，闹得楼上楼下沸沸扬扬。孙锡从围观群众拍的短视频里认出那人的老公，他最近倒是常带着一个外地女人来乐胜煌，每次都点最贵的酒。他就专门托人去告诉楼下的民警和当事人，查出出轨和骗钱的另有其人，算是化解了温都水汇一个大危机。

第二天，余凯旋通过葛凡问孙锡，有没有时间一起吃个饭。

孙锡当然应下，这时候再装那就是真蠢了，他不仅不装，还得更主动，跟葛凡说“你帮我转告叔，地方我来安排”。

他也是思来想去，觉得没有什么比亲自去买的，最新鲜最当季的、整个东北最好的淡水水质养出来的查干湖冬捕鱼更有诚意的了。

“你说是吧？”驾驶座上的人转头，用眼神询问。

余九琪就淡淡地看着他，也不吱声。

“瞅啥？”他有点慌。

“瞅你可爱。”她就皮了下。

“不迷人了？”

“可爱又迷人。”

孙锡知道她在担心，他当然也紧张，但更不愿意拖太久。他没继续问她，回头，见前方就是查干湖景区，呆呆地看了片刻，柔声说小九你看。

余九琪看过去，见远方茫茫一片望不到尽头的冰原，天已破晓，天际线压着几层渐变朝霞，阳光被切割成一束一束的巨型利剑，先将天边刺穿，再笔直地跃过辽阔湖面，遒劲有力地铺过来。

湖面上已经有了冬捕的队伍和参观的游客，在这样酷寒广袤的天地之间，人群沸沸扬扬的欢腾，却也密密麻麻的渺小。

余九琪在这壮阔之下，忽然觉得刚才心里晃过的、还没来得及跟孙锡说的忧虑无所谓了。无论是他们主动走到了这里，还是命运将他们推到了这里，无论前方还有什么样的跌宕起伏，离远了看，无非都是命运巨大光束下的又一场热闹。

他们各自一路跌宕着走到现在，哪还有再害怕变故的道理。

而且生命的美好之处，不就在于它的冒险和无常吗？

来到湖面时，余九琪拉着孙锡在冰原上，逆着光，拍了张自拍合影。

他搂着她的肩，她贴着他的脸，鼻尖冻得通红，眼角和眉梢笑得浓蜜，那是他们时隔很多年的第一张合影。

他们运气好，正好赶上今天的头网，跟着大批慕名而来的游客，看渔夫们在冰上凿洞、下网、马拉绞盘，又在零下三十几度的酷寒中，等了半个小时，如愿等到一个丰收的爆网。

孙锡选了一条二十斤的胖头鱼，用水箱装好，此时突然刮起了大风，看样子要变天，他们没停留，开车回去。

回去路上，天迅速阴了下来，外面冷风呼啸，上一场雪留下的积雪被卷成细霾，翻滚缠绕着预示下一场风暴。

一路上有许多赶不上公交、客车的老乡在拦车，刚下石城高速，余九琪远远看到一个背着孩子的中年大叔。见他拎着两个行李袋，面容疲惫，一身轻薄，看着委实可怜，就让孙锡停下，捎他们一段。

那大叔把背上两岁上下的孩子抱在怀里，连连道谢，又看到后面的透明水箱，笑着问他们从哪儿买的鱼，个头真是不小。余九琪听着他像是南方口音，闲唠两句，得知他是广东的，来石城探亲，便说这胖头鱼是东北的淡水鱼，很鲜，值得尝尝。

然后余九琪转回头，哀怨着说“我是没有口福了，吃不到我孙哥炖的鱼了”。

孙锡开车，抿唇笑：“要不我给你留一段，鱼头鱼尾你挑？”

“别，我爸最烦吃鱼没头没尾了，说看着丧气，不吉利。”余九琪瞅他，“尤其这快过年了，他能当场跟你翻脸。”

“他还有别的忌讳吗？”

“别啤的、白的掺着喝。”

“还有呢？”

“他没喝到位，你可别下桌。”

孙锡点点头，说：“你放心，我指定能陪好。”

这时，后面的大叔突然插嘴问一句，声音细小，像是腼腆放不开：“那个，两位是情侣吗？”

余九琪回头，觉得奇怪，还是笑笑，说对。

他连连“哦哦”了几声，又看看他们俩：“挺好的。挺般配。”

孙锡通过后视镜看他，见他嘴角含着笑，像是在欣慰，怀里的孩子又黑又瘦，看着病恹恹的。不知为何，太阳穴忽地一跳。

还没到市区，他就停车把大叔放下了。

余九琪午饭后就回了银行，还有一些零散工作要处理。夹着四五级大风的细雪下了一下午，她坐在格子间，莫名心神不宁，晃腿跺脚。挨到了快下班，余凯旋突然给她打了个电话。

余九琪紧张地接起来，脑子飞速运转，以为出了纰漏。可二凯哥听上去倒是正常，就说有个客人送了他一箱海参，温雯爱吃这玩意，让小九过来给她妈拿回去。

余九琪松了口气，答应下来，一下班立刻冲过去，就怕赶上他们晚上吃饭。孙锡此时正在炖鱼呢，她刚刚问过。

余凯旋就在车里等她，穿了一件新买的黑色迪桑特，她前两天在家庭群里见过，是红姨给他买的新年战袍。

余九琪打声招呼，抱起海参就要走，二凯哥说“怪沉的，外面风还大，我送你回去”。

路上，余九琪就察觉到不对劲了。余凯旋沉着脸不咋说话，她一路尬聊，他偶尔接两句，直到一个路口，才转头问她“你晚上吃饭了没”？

余九琪随口说“我妈今天不在家，我回去点个外卖”。余凯旋说“别吃外卖了，我带你去吃鱼”。然后不等她拒绝，他突然掉头，开了几米远，猛地停在路边一家农家菜馆前。

余九琪心下大乱，惶惶不安，恍然明白爸爸是故意用一箱海参，把她骗到这家可以自助做柴火饭的菜馆，来赴孙锡专门为他设下的宴。

可，为什么？

“下来啊。”

余凯旋站在漆黑的车门前，像是小时候无数次带着她去不同的宴席蹭饭一样，很自然地喊女儿：“快点，磨蹭啥呢？”

余九琪感觉腿都是麻的，想说不去、不饿、不吃，但不敢也没准备好，饶了我吧，爸爸，我不想在你面前演戏，可又不知今天全盘托出你能否接受。

余凯旋眉头皱起来，又催：“吃顿饭怕啥？你给我大大方方的，下来！”

余九琪答应一声：“好。”

走进菜馆时，她故意落在后面，给孙锡发微信：我爸把我弄来了。

他秒回：我看见了。

九：咋办？

孙锡：顺其自然。

顺其自然的意思就是，余九琪跟着挺着啤酒肚的余凯旋昂首走进一间没有门的隔间，暂时接着演下去。

她挨着余凯旋坐下，有一瞬非常难过，在全家所有人里她最不想欺骗的人就是爸爸。她不确定这算不算欺骗，她认为不是，可又深知这背后的真相多少会伤害到他。

余九琪想起多年前他们在跨年夜闯的那场祸，余凯旋用放弃尊严的方式维护了她，又花了大力气摆平所有关系，让她彻底从这件事里脱身。就连当时正在热恋期的孟会红，他都死死瞒着。又在她一蹶不振好多天后，一个下午，把她叫去吃西餐，自己灌了一大扎啤酒，罕见地跟青春期的女儿聊起了感情话题。

他说：“小九，你是不是怪爸爸，怪爸爸把他轰走了？”

她当时低头搅拌手里的意面，绷着脸不说话。

他又喝了一口酒，像是很艰难才开口：“你觉得，你俩之间互相喜欢吗？”

她点点头。

“那你觉得，这是爱吗？”

她很想继续点头的，可半晌没动静。

余凯旋看懂了：“你不懂那是不是爱对吧？那爸问你，你觉得你小时候，我爱你妈吗？”

她点头。

“那现在呢？”

她摇摇头。

“别说不爱，早两年，我都恨过温雯，她想离婚就离婚，想把你抢走就抢走，咋的，都得围着她转啊？”余凯旋停顿，语气柔软些，“可现在呢，我们也能处，而且爸爸也谈了恋爱，爱上别人。不怕你笑话，还不比当年少。”

她知道他指的是孟会红。

“这说明什么？九，你知道吗？”

她抬头看爸爸，见他红着脸，带着些酒气，然后叹了口气，用轻松的语气说出几句安慰疗愈女儿，同时也是他并不算成功的情感经验里总结出来的金玉良言。

他说：“爱这玩意，是会消失的，是会变的。人这一生是会爱上很多人的。而我们做父母的，就是确保孩子在这很多人里，少走弯路，至少不能选择一个会给她带来伤害的。明白吗？”

少女时期的余九琪泪眼汪汪，撇着嘴，视线模糊地看着余凯旋的轮廓。她不记得当时说了什么，或许也认同地点了头，但记忆最深刻的是，在爸爸说完那番话后，她狠心地告诉自己，对，她会忘掉孙锡的。

他们会互相遗忘的。

会抹去此刻的痛苦，再去爱上更好的人的。

可兜了一大圈，此时已经长大的余九琪看着走进菜馆隔间的那个熟悉身影，忽然很想顺着爸爸当年那番话，问另一个问题。

爱确实会变，爸爸。但人这一生有没有可能，会反反复复爱上一个人呢？

她自然没有问出口，在孙锡和葛凡一人端着一个鱼盘走进来后，配菜也陆陆续续上齐，这场暗流涌动的注定不会平静的查干湖炖鱼宴开始了。

几个人里，最坐立不安的是葛凡。他也不知道造了什么孽，时隔一个多月，又跟这三个冤家坐在一桌吃饭。上次他还能当一个啥也不知道的傻子，乐呵呵地维持气氛，此刻却恨不得立刻消失，离这是非之地远一点，想走，可又脱不了身。

起码在这顿饭的前半程，葛凡的作用还是非常关键的，余凯旋和孙锡都围绕着他说话，每个话题都得他兜着，每一轮酒都得他陪着，不然这几个人杵在这儿，就是一场尴尬的社交酷刑。

直到几轮酒后，三瓶水井坊见底，鱼也吃了半条，葛凡能发挥的不痛不痒的话题都用光后，短暂沉默。余凯旋粗重地喘口气，看了眼对面，自己倒了一杯酒。

他已经有些醉了，微微抬手举杯，说：“孙锡，咱俩喝一杯。”

余九琪在旁边已经撂筷子了，低头摆弄手机，期盼着这顿煎熬的饭赶紧结束，突然听到这话，微微一怔，没动。

孙锡赶紧给自己倒酒，可他那瓶见底了，回身匆忙拿了一瓶新的，起开，倒满。酒出来一些，他用手指迅速抹掉，高高举起，朝对面：“叔。”

余凯旋就看着他手忙脚乱，不动声色：“这杯酒我得谢谢你。”

孙锡赶紧说：“不用叔，我……”

“你先听我说完。”余凯旋打断他，语气不算严肃，但认真，“首先呢，这段时间你们楼上很照顾我们浴池，我都看见了，特别是上周按摩中心那个事，多亏了你；其次呢，今天这顿饭，你的心意我领了，本来应该我请你的，这整得，还让你大老远去买条鱼回来炖。”

孙锡笑笑，酒杯里的酒溢出来一些，沿着手指滴在桌面，他没管。

余凯旋清清嗓子，像是给自己一些底气，突然提高些音量：“最后呢，有两个事我一直搁在心里，早就想感谢你，今天借这个机会吧，丁是丁卯是卯的，该说还得说。一个是上个月在县城，多亏了你及时找到那女的身份，最后小九才没出大事。还有就是九年前……”

余九琪听到这个关键词，浑身僵硬，死死地捏着手机，眼睛落在屏幕上，却白茫茫一片，什么也看不见。

余凯旋继续说：“九年前你给余九琪扛了一件那么大的事，不管起因是啥，我当父亲的，都应该好好谢谢你保护了我女儿。谢谢你为了保护我女儿，受了伤，又留了案底，牺牲了前途，还这么多年回不了家。这话我说晚了，孙锡，你别挑理，但我心里是有数的。”

孙锡的手不受控地抖，想说点什么，可唇也抖了抖，开不了口。

余凯旋用酒杯敲了下桌子：“喝吧。”

孙锡颤巍巍地喝下那杯酒，再抬眼，看到对面的余凯旋又在倒第二杯了。他料到余凯旋的话还没有说完，料到前方凛冽，也续了一杯。

果然，余凯旋看向他，握着杯：“然后呢，我也得跟你道歉。我当年把你赶走，让你离开石城，以后离余九琪远点，是欺负人，让你遭了那么大罪后，又无家可归，对不住了，叔给你道歉。”

杯子又敲敲桌子，他道：“喝吧。”

接着又倒了一杯，这次不等孙锡续上，余凯旋一鼓作气，趁着酒精冲脑那一刻的辣劲，说出他这番肺腑诚意后的真实意图：“但是孙锡，你把我当傻子哄就不应该了，你以为我不知道你整这些是什么意思？我今天就坦白点告诉你，没戏，你们的事，我不会同意。”

孙锡抓着酒瓶的手停在半空，手上的青筋毕露。

余九琪狠狠地闭上眼睛，再睁开。

外面冷风凛冽，簌簌拍打玻璃窗。隔间内一片死寂，几个终于兵戎相见的灵魂沉默着对峙。

直到葛凡先开口："爸，你看……"

余凯旋突然对着他，愤怒地咆哮："你给我闭嘴！我这些年对你咋样，你跟人合起伙来整我？余九琪是不是你妹妹！你把我们当家里人了吗？"

葛凡从没见过余凯旋发这么大脾气，吓得缩回去，大气不敢出。

余九琪在旁边也一抖，依旧没抬头。

余凯旋看向孙锡，狠厉着："你听明白了吗？"

孙锡沉默了，余光瞟向垂着头的小九，见她战战兢兢，又缓缓地吸了口气，像是酝酿要说什么，他忽然挺直了腰，不愿她来面对。

于是他直视对面，尽量沉着："叔，到底为什么？"

"啥为什么？"

"你也知道我爱她对吗？你也知道我会对她好对吗？再来一遍，我还是会割那根手指，会扛那个事，你是知道的对吗？"

"那又怎么样？"

余凯旋哼笑，接着说："你以为，盲目的牺牲就够了吗？就算你把手剁了，把命搭上，对我们当父母的来说，也没用！我要的是，那天晚上的事压根就别发生！永远别发生！"

孙锡突然被激起积攒了多年的不公，干脆问了出来："可那又不是我的错啊？"

"那是谁的错？"

"是袁轩，是那几个浑蛋！"

"那他们为什么挑上你们？"

孙锡瞬间怔住。

"难道不是因为你吗？你要我说得更清楚吗？"

"那都是过去的事了。"

"真的都过去了吗？"

孙锡斩钉截铁："过去了。"

余凯旋又问，意有所指："孙锡，你觉得真的过去了吗？"

孙锡锋利坚定地看着他，可渐渐地，不知怎么，眼神涣散下来。

细雪被寒风拍打在窗户上，簌簌而响亮，仿佛是宿命与因果扇在无辜人脸上的耳光。

与此同时，他们还不知道的是，窗外冷风中，一个瘦小男人的背着一个裹着棉被的孩子走过，在窗下短暂停留，绕到菜馆门口，走进来。

服务员问他吃什么，一抬头，见这可怜的中年男人居然在哭，泪流满面。

他哭着说："我不吃饭，我找人。"

隔间内的人对外面有备而来的动静还不知情，一阵难挨的沉默中，一道细弱的、淡淡又清脆的声音划破沉寂，打破了余凯旋和孙锡关于漫长恩怨最本质的拷问。

“爸，我不太明白。”

所有人都循着那声音，看向余九琪，看到她清淡着一张脸，眼神却突然沉着且坚毅。

“我不明白，”余九琪微微转头，看向旁边的余凯旋，“为什么过不去了？”

余凯旋怒气没消，急喘着气看向她。

“你说的过不去，归根结底还是1999年的案子对吗？”余九琪又说。

余凯旋不懂她想说什么，就看着她。

她就干脆说清楚：“爸，这么多年了，犯错的人早就受到惩罚了，当年害了小姨的那两个人，枪毙的枪毙，坐牢的坐牢，还不行吗？”

余凯旋听出来她认真了，沉着脸答：“那是法律的公正，人心没那么容易觉得公平。”

余九琪微微蹙眉，似有不同意见，放在往常她会忍下去，甚至佯装附和，但此刻突然就坦荡地直视爸爸，反驳质问：“那人心要怎么样才能得到公平呢？复仇吗？反击吗？或者非要看着别人活得更糟糕、活得更痛苦，是吗？”

余凯旋一时之间愣住，不知是答不上来，还是被小九反常的叛逆震慑。

隔间内又一阵回荡着灵魂挣扎的沉默，寂静中，门帘外传来几声清晰的抽泣，起初只是哽咽，随即那哭声越来越明显，“呜呜”地隔着悬空的布艺门帘飘进来。

孙锡挨着门口坐，回头看了眼，看到门帘下面一双粘着雪的棉鞋，显然那人就站在他们的隔间外。他伸出胳膊，一把扯开门帘，一张疲惫又凄苦的脸看向里面，满脸泪痕。

几乎立刻，孙锡和余九琪都认出了他。虽然他换了身更厚的衣服，戴着棉帽，但那张可怜巴巴的脸，和背上那个看着不太健康的孩子都极为眼熟，就是中午他们捎了一段路的、来探亲的南方中年大叔。

孙锡更觉奇怪，问：“你有事吗？”

那人急忙抹了一把脸，支吾着说不出话。

孙锡下意识地瞟了眼余九琪，倍感诡异，又转头问他：“你找谁？”

那人驼着背，背上裹着棉被的孩子睁着眼睛，怯生生地看向众人。而他稍微稳定了情绪，向隔间内走了一步。孙锡瞬间更警惕，把椅子转了方向，向里挪，面向他，警觉地观察他。

那人先是看着孙锡，干裂的唇缓缓张开，口音鲜明地问：“你是孙誉文的儿子？”

孙锡一惊，还没搞清楚怎么回事，又看向余九琪：“你是温雅小姑娘的外甥女？”

余凯旋听到这几个人名，瞪着眼睛喊：“你是谁呀？”

那人背着孩子，慢慢屈腿，两膝接连落地，“扑通”跪了下来。在所有人惊讶的目光中，他抬起头，红肿衰老的眼睛布满血丝，磕绊地说：“我、我是丁勇的小儿子，我叫丁满光。”

在座的所有人哗然，几乎都屏住呼吸，带着意外的震惊和刚刚那场对峙残留的愤怒，瞪向他。

丁勇，就是1999年害死温雅的主谋，是逃窜五个省份连续犯下五起案件的连环杀人犯，是早就被枪毙了却至今仍活跃在各大罪案盘点里的变态恶魔，本质上，也是造成在座所有人挣扎痛苦的罪魁祸首。

余凯旋腾地站起来，几乎要掀凳子。孙锡也绷着脸，手撑在桌子上。

丁满光跪着，手放在腿上，仰头扫了一圈，赶紧说："我没有恶意，我真的没有恶意，我专程来见你们，是想道歉的，是想求你们原谅的！"

他又趁着大家没反应，继续说："一年了，我跑了五个省份，跪了五个家庭了，就差你们了。对不起啊，我替丁勇向你们道歉。"

他费劲地弯腰低头，又哭起来："如果不是他教唆，孙誉文也不会参与犯罪，温雅小姑娘就不会被盯上……对不起啊……求你们慈悲，救救我们，宽恕我们。"

"宽恕"两个字像两记闷拳一般狠狠地砸在每个人心里，砸得鲜血四溅，用肉眼看不到的方式喷溅在脏腑里。

余凯旋忍着胸闷，依旧不敢相信眼前的一切。他今天只是想在女儿的婚恋问题上摆明立场，万万没料到遭到如此难堪的伏击，盯着跪在地上的人，问："你真是丁勇的儿子？"

丁满光说是，然后报出了丁勇的籍贯，准确到户籍村子里，又说丁勇一共有三个孩子，两儿一女，现在只剩我一个了。我哥我姐，1999年之后十年之内都死了，一个出车祸死的，一个游泳淹死的。

这时，他背上的孩子突然闹起来。丁满光把孩子从背上卸下，抱在怀里，又搁在地上，摘下孩子的帽子，露出贴着纱布的光头。

"这是我小儿子，他出生时就被查出脑瘤，为了看病卖房卖地花光了钱，怎么也治不好。"他看着孩子，平静地说，"我还有个大儿子，如果活着的话，快十二岁了。有一年他妈骂了他两句，想不开就跳楼了。"

余凯旋看了看地上那黑瘦的病孩子，错愕，又烦闷："他妈妈呢？"

丁满光说："生完他没多久，也没了。"

"那你家……"

"就剩我们父子俩了。"

短暂沉默后，他仰起头，哀求地看着大家，说他深知父亲罪孽深重，但他整个家族已经付出代价了，能不能宽恕他的儿子。

话已至此，在这位不速之客絮絮叨叨的叙述中，大家已经拼凑出来他几乎横穿整个国家，来替他恶贯满盈的父亲致歉原因。

简单来说，就是他们整个家族在丁勇被枪毙之后，这二十几年来离奇倒霉和崩散。丁满光最绝望时，寄托于迷信，被告知想要小儿子活下去，就要去求得被他父亲伤害的所有家庭的原谅。

他糊里糊涂、战战兢兢，又满怀希望地上路了。

他说他之前联系过温雯，吃了闭门羹，温雯骂他活该，是报应，永远不会原谅。可前一段时间温雯又突然联系他，说孙誉文在监狱快死了，你不是想消业障吗？你去找找他。

丁满光前两天就来到了石城，他先去监狱看了孙誉文，是孙誉文提到，他的儿子回来了。

丁满光带着复杂的愧疚，想去见同样被当年的案子拖累了人生的孙锡，发现孙锡和温雯的女儿在热恋。他以为是命运终于可怜他的真诚和付出，让他看见仇恨恩怨里也能生长出爱，以为会被宽恕，以为会改变孩子和家族的厄运，于是跟着他们而来，跪在这里。

孙锡听完这一切，胃里翻腾，本能地想呕吐，一句话也说不出来。这时丁满光仰头看着他，突然开口说了一番让他彻底失控的话。

他说："你父亲孙誉文病得很重了，你知道吗？

"他说他也在忏悔，他这两年一直给你写信对吧？让你为他去做点什么。

"他让我转告你，说你做得很好。"

孙锡突然转过身，扶着隔间的墙壁，痛苦地干呕起来。

余九琪隔着满桌狼藉看向孙锡，她从不知道孙誉文在给他写信这件事，更听不懂，他说孙锡做得很好，指的是什么。

"真扯淡！"

余凯旋觉得荒唐至极，站起来，绕过所有人，往外走。丁满光跪着，试图拦下他，像是继续求谅解。

"不可能，"余凯旋停下，看了眼那个病孩子，只说，"除非奇迹发生。"

说完，他大步走出去。

余九琪看到爸爸脚步踉跄，像是喝多了，担心外面风雪交加，门口结了冰的台阶湿滑，跟出去。刚拐到大厅，还没来得及叫他，就听到一声闷响。

余九琪跑出去看，看到余凯旋果然在台阶上滑倒，整个人跌坐在水泥地上，腰垫在突出的石阶一角。

余九琪过去扶他，余凯旋倔强地甩开她，想自己站起来，可腰上突然一阵剧痛，怎么也使不上力气，在风雪呼号的室外，痛出满头细汗。

余九琪知道摔得不轻，急出了哭腔，大声冲里面喊。

"哥！哥！你快来！"她哭腔更重，大喊，"孙锡！"

孙锡和葛凡一起跑出来，余凯旋僵持着，不肯让孙锡帮忙，可他一米八几的个子，体重也不轻，葛凡一个人弄不了。最后孙锡蹲在他面前，用几乎恳求的语气说："叔，咱们得赶紧去医院，你让我背着，行吗？"

余凯旋忍着腰上的剧痛，看了他一眼，才垂眸，下了决心，手搭在孙锡的背上。

一行人都喝了酒，余九琪就求店里的员工帮忙开车，直接去市医院。

在路上，孙锡就意识到不对劲，怀疑余凯旋腰椎有骨折风险，问他的下肢有没有感觉，余凯旋一时间答不上来。

孙锡将他的腰在后座放平，自己蹲在旁边的小空间，给市医院打了电话，拜托急诊准备担架在门口等，说患者的腰不能动。

到了医院后，一行人随着担架，绕过急诊，直接去了脊柱外科。余九琪抱着余凯旋的羽绒服全程跟着，葛凡联系孟会红带上证件去办手续，孙锡跟着医生在病房，拉上帘子。医生让他帮忙脱衣服和裤子，做检查。

余九琪被隔在帘子外面，心急如焚，听到里面余凯旋忍着疼大声叫她，余九琪赶紧答应一声，余凯旋说：“你哥呢？让你哥进来。”

余九琪知道余凯旋不愿意让孙锡帮他脱衣服，他不想在孙锡面前如此狼狈，哽咽着说：“爸，我哥去接红姨了，红姨到了，他怕红姨着急办不明白。”

孙锡了然，在里面说：“叔，你就把我当成一个护工、一个陌生人，我就给医生搭把手帮个忙，完了我就走，行吗？你别动，头也不能转。”

那医生也说：“都这时候了，就别计较那些了，快点吧，把裤子扒下来，我瞅一眼，然后去拍个片。”

余凯旋沉默着，再也没说一句话，只是医生在问他不同位置的身体感应时，闷声答应。

余九琪站在外面，咬着唇，一颗心提到了嗓子眼，仔细听里面的动静。听到余凯旋的每个回答，简单的“有感觉”和“没感觉”，“疼”和“不疼”几个词，都像是刀子一样往心里扎。

她很想问问是哪里疼、哪里不疼、哪里有感觉、哪里没有，她只能凭猜测，凭对爸爸一个良善之人福报的信念，期望不会有坏的结果。

结束后，孙锡把余凯旋的衣服穿好。医生拉开帘子，说问题不算大，可能轻度压缩性骨折，具体拍个片子看。

余九琪瞬间飙出泪来，重重地垂下头。

再抬起头来时，恍然撞上几步远外的那双同样迷茫的眼睛。虽然距离他们从查干湖回来只有堪堪不到十个小时，可从希望满满到慌乱挫败，这一波一波的意外和变故让他们宛如渺小的两只蚂蚁，站在巨大眩晕的命运场里无助对视，均辨不清方向。

外面传来葛凡和孟会红的声音，孙锡收回眼神，识相地往外走，想离开。

两人擦肩而过时，只短短一瞬，没有做任何准备，余九琪突然抓起孙锡的两根手指，握在手里。

就像不久前他在刑警队的走廊上一样，用力捏了捏那两根僵硬的骨节，再松开。

孙锡吃痛，转头回望她。余九琪坚定地看过去，眸光冷凝。

像是某种默契的信号，他们不用说出来，对视一眼就懂。

然后平静地暂时断开。

但孙锡并没有走出这栋医院大楼，他在楼梯口，突然接到孙婷婷的一个电话，停了几秒，挂断，抬腿匆匆大步地爬楼梯，去楼上的住院部。

前方又是一场风暴。

隔了一会儿，余九琪才知道温雯也来了，而且正处在风暴的现场。

是在等待余凯旋拍片检查时，孟会红随口问小九的：“你妈去哪儿了？”

提到温雯，余九琪心里打了个结，闷声问："我妈？"

红姨说："她也来了，刚刚我还看见了。"

"在哪儿？"

"楼梯口那儿。"红姨又说，"她像是要上楼。"

余九琪看了眼楼梯口，又顺着向上瞅了瞅，想起楼上似乎是孙锡奶奶的病房。她不确定她的预感准不准确，趁着孟会红在陪余凯旋，上楼去看看。

还没走到那间病房，刚爬上楼梯，就听到走廊里的争吵声、祈求声、哭声、呵斥声，甚至有无力的拳头砸在人身上的闷响。那些声音，全是她熟悉的。

祈求的是那位口音明显的丁满光，他背着生病的孩子来到医院，怀着走投无路下茫然又绝望的心情，向同样被他父亲的罪恶拖累的孙老太太致歉。

孙老太太撑着一把骨头，坚决不肯原谅，将家庭的悲剧又念叨一遍，悉数怪在当时潜逃在这里藏身的丁勇身上。说到激动时，她大哭，哭着攥着空拳在丁满光身上砸了两下，只激起阵阵灰尘。

呵斥的是孙锡，他想终止这场闹剧，大声劝丁满光抱着孩子赶紧走，在医院引起这么多人围观不好，又说别信那些迷信，去想办法筹钱继续给孩子治病。

围观群众挤了两层，余九琪一眼就看到最外层的温雯。

她仍是一身标志性的黑色大衣，黑色长鬈发铺满了肩头，没有凑近，也没有掺和，疏离地站在人群外，冷眼看着她一手挑起来的，她最仇恨的两个凶手的破败家庭互相撕扯倾轧，像个无情冷酷的审判者。

直到听到丁满光在恳求声中提到两个关键词，她才像闻到血腥的豹子一般，扒开围观的人群，走过去，接连质问。

她先问丁满光："孙誉文跟你说什么？他忏悔？"然后看向孙锡，"什么信？他给你写了什么信？"

余九琪就是在这时过去的，她几乎粗暴地拉着温雯，说"走，我爸在楼下呢"。

温雯多少可以理解丁勇的儿子因为悲惨生活神神道道地要赎罪，但无论如何无法接受还活着的孙誉文有忏悔之意，觉得虚伪、愤怒，他不配获得安宁，他应该到死都是个纯粹的败类，死后直接下地狱。于是她就盯着孙锡，问凭什么，问什么信，不依不饶。

余九琪凭借多年与温雯缠斗的经验，知道劝不住她，可又惦记着楼下的爸爸，便给孙锡使了个眼色，意思是你先走。

孙锡定定地看了余九琪一眼，转身绕过人群，下楼。

温雯依旧像豹子一般，敏捷地追过去。余九琪拉了她一把，只拖延了一点时间，终究没拦住。

她就跟着温雯，跑下几层楼梯，追着那个已经看不见的高大身影，来到空旷的医院停车场。

起先余九琪并没有发现异常，只是意外室外没有那么冷了，刮了一整天的风雪不知何时，突然停了。

周围一片宁静，仿佛置身真空中。

人不多，只有温雯如无头苍蝇一般乱撞，寻找那个她跟丢了的、将她生活一次次打散的敌人。

余九琪慢腾腾地跟在她身后，其实并不累，可心里极其疲惫。她重重地叹口气，忽然有个念头一闪而过，她以后不想再这样追妈妈了，也不想为妈妈发的疯善后了。

于是她就幽幽淡淡地叫温雯：“妈。”

温雯回头，长发甩在脸上，阴鸷的眼神敏捷地看过来，看着余九琪，问：“你让他走的？”

余九琪没否认。

温雯又问：“你知道那些事吗？信？”她冷笑了下，“他居然忏悔？”

余九琪不想解释了，只说：“我说不知道，你会相信我吗？”

突然，天空晃过一丝彩色的光，悬在温雯头顶一闪而过。余九琪晃了晃神，以为眼花了。

然后她有气无力地对温雯说：“走吧，我爸应该拍完片子了。”

温雯却不动。

余九琪望着她，懂她在闹脾气，也知道如果此刻自己乖巧地去哄哄她，说她爱听的话、骂她仇恨的人，违心地像多年来很多次一样，划清界限，表明立场，就能哄好她。

可她突然不想那么做了。

再也不想了。

于是她转身就走，妈妈愿意留在这儿，就一个人留在这里吧。

“余九琪。”

余九琪站住，没回头。

温雯声音颤抖着：“你去哪儿？”

“我去看我爸。”余九琪说，“你要跟我去吗？你关心他吗？”

“我怎么不关心你爸了？”

“我不知道……”余九琪心口堵着气，没忍住，“如果你在乎他，你难道不会觉得自责吗？”

“我自责？”

“你不觉得今天这件事你有责任吗？如果你不把那个人叫来，我爸也不会出这个事。”余九琪一阵鼻酸，转回头，“你想过没有，如果他真的摔严重了，怎么办？”

这时，她又看到两个彩色光柱闪过，悬在空中，依旧没在意。

温雯在光柱下，惨淡地问：“我为什么把他叫来？不是为了你吗？”

“为了我？”余九琪诧异。

“我就是要把水搅混，让你看清他们家的真面目。你也听到了，孙誉文一直在给孙锡写信，你以为他是为了你回来的？说不定都是孙誉文教他的，他是另有目的的！”

余九琪突然捂着脸，每个字都让她难以忍受。

温雯以为说动了她，走近了两步，蛊惑一般地说：“九，妈妈是为你好，只有妈妈是最爱你的。”

“妈！”余九琪松手，看向她，吼着，“你真的是因为爱我吗？”索性干脆一口气说出来，“你当年明知我在北京找到工作，故意让我回来，现在又故意把三叔接回来，把那个丁满光弄过来。你做这些，真的是因为爱我吗？”

嘶吼的回音在这空旷的黑夜层层震荡。

然后猛然，余九琪抬头看向天空，睁大了眼睛。这一次她真切地看到漆黑宁静的空中悬浮着许多淡淡的彩色光柱，笔直、修长、参差地悬立在天地之间。

对北方孩子来说，这种罕见的自然现象并不陌生，余九琪很快知道，她看到了冰晶反射光线形成的寒夜光柱。

她并不是第一次看到这种自然现象了，但奇怪的是，寒夜光柱一般出现在晴天刚入夜时，而此时已经深夜，又刮了一天的风雪，天地之间这片恢宏又炫目的奇观，有种反常的震撼。

堪称奇迹。

很有趣，奇迹没有发生在得不到公正的人心，没有发生在孜孜不倦想弥合恩怨的真爱，没有发生在可怜的悲惨家族，没有发生在执拗仇恨的幸存者中。

却发生在这大自然里，这天地之间，无偿、平等且警示地赠予所有人。

余凯旋躺在刚刚办理入住的病床上，与孟会红一起沉默地看向窗外。丁满光随着围观人群，透过走廊窗户，错愕地看着奇迹。孙老太太就站在他身后，看着他背后那个病恹恹的孩子，突然哭了。

孙锡坐在自己的车里，看着眼前的瑰丽壮景，手里的烟灰颤巍巍地落下，悄无声息地湮灭。

而余九琪，仰头望着奇观，突然得到莫大的勇气。

她觉得就是现在了，没有理由再逃避了。她顺着刚才没说完的话，勇敢地摊开许多年来滋养她却也深深折磨她的，与妈妈之间最大的秘密、牵绊，和痛苦。

她回眸，望着一脸惨淡的温雯，说：“妈，我知道你是怕我离开你。

“我知道你很需要我。

“可是这么多年了，我也很累啊，我真的很累啊，妈妈。

“没错，我的命是你给的，我也知道你捡到我的那天，你是打算自杀的。

“你救了我，我也救了你。那我们就要一辈子绑在一起吗？我就要一辈子维持你的生命力吗？我就要为你活着吗？那我宁愿你那天没有捡起我。”

温雯的眼泪滑下来，不管不顾，只看着小九，听到小九继续说：“妈，你明白的，你做那些不是因为爱我。

“但我不怪你。

“我不怪你不够爱我，妈妈。”

她又抬头，看了眼天空，自言自语一般地说：“但我要开始爱自己了。”

温雯这才仰头，看着空中，倍感熟悉，恍然似回到那一年。

第十九章

/

谢谢你的爱 1999

Dong feng chui you sheng

在世纪交替的 1999 年，二十岁的温雯和当时几乎所有年轻人一样，生机勃勃，又满怀希望，相信越来越好是一种天经地义，相信新千年的每一天都阳光普照。

温雯那时候觉得自己有挥霍不完的精力和爱，她热爱她的城市、她的家人。她刚刚找到文化馆的工作，和为了工作买的这身碎花连衣裙，她爱《还珠格格》，也爱《欲望都市》，挨个爱过四大天王，但此刻酷爱谢霆锋，尤其他今年火遍大街小巷的那首爆款金曲。

“哎，那歌我学会了。”

“啥？”

“《谢谢你的爱 1999》，我学会了。”年轻的余凯旋叼着一根冰棍，敞腿坐在马路牙子上，碰碰旁边人的胳膊，“我给你唱一个啊。”

朝气明媚的温雯瞄了他一眼，嘬了一口手里的橘子汽水：“不用。”

可他猛地起了个高音，攥着那根冰棍当麦克风，冲着路对面正在规划的市中心楼盘，“嗷”一声唱起来：“别问爱过多少人，在一起的人……”

温雯笑，调跑到奶奶家去了。

“姐，姐夫！我妈叫你们吃饭呢！”

身后传来还带着些稚气的清脆声音。温雯站起来，早秋傍晚灿烂的阳光晃得眼睛疼，她用手挡住，仔细看过去。她知道是谁，可仿佛用来自未来的目光一般，贪婪地定定看了好久，看着那个十八岁的、笑起来像太阳花一般的姑娘。

余凯旋拍拍屁股，朝后面的澡堂子走去，大大咧咧：“咱妈今天做了啥啊？”

那女孩答：“包饺子。”

“啥馅的？”

“韭菜和酸菜两样的。”

“我就爱吃这两种馅的！”

温雯慢悠悠地过来：“谁让你管他叫姐夫的？我喜欢的人又不是他，以后不准叫了啊。”

“他让我叫的。”

“他让你叫，你就叫啊？”温雯掐了一下女孩肉肉的脸颊，“小雅咱能不能别光长肉，也长长心眼。”

温雅穿着一身运动服，打掉温雯的手，对她姐做了个鬼脸，一溜烟跑到澡堂后门的小厨房，帮妈妈去剥蒜。

温雯笑了笑，正要走进去，突然听到身后马路边有人温柔地喊了声她的名字。

“小雯。”

她知道是谁，撩了撩碎发，稍微整理一下裙子，才回头，看向她当时的暧昧对象，在文化馆的图书室认识的时髦帅哥，省内期刊上小有名气的诗人孙誉文。

她故意学他，也叫他：“小文。”

然后她略略一转头，看到他今天不是一个人来的，旁边跟着一个又瘦又黑、颧骨极高的陌生人。那人含着胸，微微垂头，眼神带着些怯懦。

孙誉文就介绍：“这是勇哥，外地的，算是我的读者吧。”

孙誉文说最后一句话时笑了，似不自信。那勇哥就赶紧补充，一口沙哑的南方口音：“不是算是，就是，你是我偶像。”

孙誉文像是害羞了，抿唇看向温雯：“滑旱冰去吗？请你吃汉堡。”

吃汉堡。

去吗？

可是，妈妈包了饺子。

年轻的温雯回头，透过擦得干干净净的玻璃窗，看到当年还只是一间平房的澡堂里，一家人热热闹闹地在小厨房围着餐桌忙碌。妈妈把刚捞起来的饺子放在折叠桌上，小雅摆碗筷，爸爸从抽屉里拿出一瓶二锅头，像是要喝点，他刚收的徒弟余凯旋就眼疾手快地拧开瓶盖。

后来她无数次回想那个温馨的画面和她即将做出的愚蠢决定，都觉得冥冥之中，就在那一刻，在那个秋天傍晚，是她一念之间，一手将她热爱的一切毁掉，将那画面里的所有人推向不可逆的深渊。

将对未来美好的描摹，都变成了悲哀的隐喻。

“好啊。”

她提着碎花裙摆，带着可耻的雀跃，在金红色的秋日霞光下，踏入布满原罪的沼泽。

温雯常常想，如果能再遇到当时的自己，一定在那一刻狠狠地抽她几耳光，如若还不听劝，就干脆直接弄死她。

在她余生死咬不放的所有仇恨里，她对自己的怨恨，其实并不比对任何敌人少。

她是真真切切，想过去死的。

案子发生在三个多月后的年底，那时候温雯已经跟孙誉文谈起恋爱，也意识到他不太对劲了。他一向神秘，话少，不爱分享自己的事情，那段时间更奇怪了些，整天跟丁勇厮混在一起，不仅负责丁勇的吃住，还为丁勇所有开销买单。

他创作精力突然很旺盛，风格又大变，虽说写的是情诗，却透着一股浓炽的狠辣。不仅发表在传统期刊上，在刚兴起不久的网络上也攒了不少读者。

后来温雯才知道，孙誉文不是丁勇的偶像，正相反，那恶贯满盈的丁勇是他的偶像。孙誉文打着艺术创作的旗号，疯狂迷恋着丁勇变态的犯罪心理和手段，在那些畸形的暴力情绪刺激下写出令人作呕的作品。

而他最为得意的，也是后来流传最广的那首诗，就是在温雅被害现场得到的灵感。他虽然没有参与实施犯罪，但默认、纵容、旁观，甚至在某种程度上，享受其中。

所以他这样一个反社会人格帮凶，本来就该死的，凭什么不能判死刑，这不公平。

公平的话，你和我，我们都应该随着可怜无辜的小雅，和那个枪毙一百遍也不足惜的恶魔，一起去死。

但没想到，先熬不住的，是妈妈。

也是在案发那天下午，温雯的妈妈在目睹了温雅的死状后，浑浑噩噩地走出家门，说要去抓凶手，却踉跄着，不知是不是故意，掉进一个敞口的窨井。

温雯是第一个找到妈妈的，井不算深，俯身就看到熟悉的衣角。她想也没想，立刻跳下去，看到妈妈的头磕在冻得结结实实的冰上，像小雅一样，鲜血已经凝固，晚了。

她仰头，看着圆形窨井上方一小片湛蓝明亮的天空，撕心裂肺，痛不欲生。

本该是我的。

你们等等我。

是在余凯旋和警方把那两个杀人犯都抓到后，其实也就隔了不到一周时间，尘埃落定了，她也终于撑不住了。那个念头已经在她心里盘旋了好几天，不是一时冲动，也没有丝毫恐惧，甚至期盼着这种了断。毕竟她觉得活下去的每一天，都无比罪恶。

经过深思熟虑的准备，她提前给爸爸包了饺子，又找借口把盯着她的余凯旋骗走。在夜晚来临时，吃了顿饱的，换了身新衣服，去石城刚刚竣工的、最高的15层商业楼。

没错，温雯一开始并没有想跳河，她另有计划。实际上，她当时准备了三个计划，都不是跳河，可搞不清楚怎么回事，那三个计划统统出了岔子。

商业楼莫名戒严了，好像因为电梯故障伤了人，不少商户在周围闹哄哄地索赔。她又想去农资店买点农药，农药品牌和服用剂量她都打听好了。可接连走了几家农资店，全部关门了，一个个懒的，活该赚不到钱。接着她又去火车站，寻思眼睛一闭，往铁轨上一躺就完事了。可她足足等了两个小时，都快冻死了，火车一趟也没来。

最后，忽然想起不久前有个小孩滑冰掉进河里险些淹死的事，那河离火车站不远，一个小孩都能掉进去，她想她一个大人，好好找找，肯定也能找到冰冻得不结实的地方。

在走去河边的路上，温雯骂骂咧咧的，满是不服，不服老天爷怎么就处处跟她作对，就不让她好过，连死都不行。到了河边时，她又哭起来，嘟嘟囔囔地说为什么不让我死啊？是谁不让我死啊？

然后她就站在河边，正要往冰上走之前，看着远方天空，说："是你吗，小雅？是你吗，妈？是你们不让我死吗？如果是你们，能告诉我一声吗？

她先是听到了一阵歌声，转头看过去，看到百米之外有几个年轻人在围着篝火弹吉他唱歌，唱的就是谢霆锋那首爆款金曲。

温雯冷哼一声，嗤之以鼻，净扯淡，哪有爱？1999年没有爱，新千年也不会有。

她抬腿，踩在薄薄积了一层雪的冰面，往前走。可才走一步，突然听到一阵细弱的哭声，呜呜咽咽的，像只小猫。

她没在意，继续往前走，那哭声突然大起来，越来越大，号啕、嘹亮、波涛汹涌，似绝望的呼救，也似急切的呼唤。

温雯循着那让人心乱的哭声去找，在旁边一处荒草丛中看到一床蓝色的碎花棉被，哭声就是从里面传来的。她过去，抱起来，掀开棉被一角，看到一个女婴。

那孩子像是不到一岁，头发浓密，一双黑漆漆的大眼睛，嘴唇冻得发紫，脸颊两坨皲裂的红，哭得眼泪鼻涕淌了满脸，难看得很，活像一只脏猴子。

温雯四周看看，没别人，把那孩子的脸蛋擦了擦，又把棉被里外都翻了翻。没任何信息不说，零下几十度的寒夜，里面只穿了秋衣秋裤，没冻死算命大。她瞬间明白了，这无名无姓的孩子是被遗弃在这儿的，丧尽天良。

起初她并不想管那个可怜的孩子，一个一心赴死的人，哪有力气再去承担另一个生命。但她也不忍心把孩子放回去，这跟杀人无异。她在原地等了一会儿，见还是没人，就想送到篝火附近，让那些年轻人去管，她再继续自己的计划。

可温雯抱着那堪堪十斤上下的女婴，刚抬腿朝篝火走，那孩子突然从棉被里伸出一只手，抓着她一绺散下来的长发，用力拽着，不松开。温雯吃痛，低头，看到她水汪汪的眼睛，像是会说话。

她不知为何，不敢与那女婴对视，就用力掰开女婴的小手，掖到被子里。可刚走两步，她的手又伸出来，不知哪里来的力气，小手伸得高高的，抓着温雯肩上的一把头发，带着一股求生般的力量，用力扯。

“你干吗啊？”温雯骂她，可骂着骂着就哭了。

然后，她又去掰那只小手，边掰边哭，怎么也掰不动，最后就握着那只小手，说：“你咋这么有劲儿啊？松手行不行啊？我没法管你。”又说，“你的手咋这么凉啊？在这儿冻了多长时间啊？肚子饿吗？肯定不饿，饿了哪有劲薅我头发……”

然后一滴泪砸下去，正好砸在孩子的眼睛里。她像是觉得涩，用力地眨了眨。温雯以为她又得哭，可那孩子突然“咯咯”笑了下。

温雯见她笑起来好看多了，莫名也跟着笑了下。

然后突然从身体深处打了个冷战，让她一瞬体会到了某种难以名状的动容，于是就在心里说，行，不死了，今天不死了。

那女婴像是感应到什么，突然松开了手。

温雯就是在那一刻，抱着那孩子，突然号啕大哭。她撕心裂肺，像是要吼出不公，也像要呐喊希望。她环顾周围，见河面茫茫，篝火融融，天空高远，头上皓月繁星。她不懂啊，这样一个绝望残酷的夜晚，为什么居然有点美？

然后她低头，看着怀里的孩子，看了好久，惶惶似有了答案。

她渐渐平静下来，目光坚定，不再抵抗命运煞费苦心的安排，也不再辜负老天对她们两个人难得的慈悲，听从内心，做了那个决定。

她温柔耐心地把那孩子的脸又擦了擦，在那小脸上捏了捏，用力搂在怀里，用商量的语气对孩子说：“既然没人要你了，我要你好不好？我给你当妈妈好不好？我俩都活下去好不好？”

那孩子笑。

温雯一阵窝心，甚至颇有些激动，说：“也不知道你啥时候出生的，今天是1999年12月29日，咱俩认识的日子，纪念一下，今天就是你生日好不好？”

她笑。

温雯再说：“取个什么名字呢？这日子这么多个九，就叫九吧。小九，咱们就叫小九好不好？”

第一次见到妈妈的小九眨了眨大眼睛，清澈而明亮，饱含希望。

“小九。”温雯叫她。

“小九。”温雯又低头亲亲她。

“九，妈妈带你回家。”

不远处的篝火前，那些年轻人还在唱着那首歌。

温雯抬头，又看了眼远方的天空，什么也没说，只是紧紧地把她的女儿抱在怀里。

恍惚间，似乎一切苦难、磋磨，生离死别和阴差阳错，都有它的道理了。

2024年年初，在那个奇迹般的夜晚之后，在余九琪从家里搬走的第二天，温雯依旧失眠。也不知道是夜里几点了，她坐在小九空荡荡的房间里，看着窗外黑漆漆的夜，一动不动。

她已经哭不出来了。

就反反复复回想那天在寒夜的光柱之下，小九最后说的那番话。一字一句、字字句句，受刑一般往自己肺腑里戳刀子。

她不明白，问题出在哪儿了呢？

明明一开始，虽然我只是个新手，没有经验，没有人指导，但小九，我是想当个好妈妈的。

把你抱回来后，你就连续发了几天高烧，石城市医院下了病危通知书，我就抱你去长春，去北京。

你因为感染性肺炎在重症监护室里住了五天，那五天，我好像来来回回死了很多次。

后来回家，妇联的人找上门来，要把你送去福利院，说我未婚没资格养，我就去找余凯旋结了婚。

他很喜欢你，可能比喜欢我还喜欢你，我想我给你找了个好爸爸。对吧？

你也是喜欢这个为你搭建起来的家庭的。对吧？

可问题出在哪儿了呢？

是因为妈妈要离婚吗？

是因为妈妈要把你绑在身边吗？

是因为妈妈不让你跟那个人的儿子谈恋爱吗？

是因为我糟糕的性格和脾气吗？

你怎么会说出那样的话呢？

你怎么会现在才开始爱你自己呢？

我这个妈妈当了二十几年，难道剥夺了你爱自己的权利了吗？

可我的初衷，不是这样的啊。

在你一岁生日那天，我跟你爸给你办了个风风光光的生日宴，包了大酒楼的一层，请了几桌席，给你唱歌，让你抓周，收了无数礼物。席间，请的主持人问我们对孩子未来的期望，我不好意思说，就让你爸说，你爸也完蛋，就把麦克风给了我。

我记得，我当时说了三个：第一，希望我的女儿平安；第二，希望我的女儿快乐；第三，希望她永远被爱着。

真讽刺。

如今看来，妈妈一样也没做到。

是我的错。

你是一个那样完美的女儿，而我是一个如此失败的妈妈。

可能就像当年命运引导你和妈妈相遇一样，如今又一步步推动我们分开。

理应如此。

我应该接受。

坐在余九琪空荡荡的床上的温雯重重地把头垂下，像个认命服输的老人，透着衰败和悲哀。

而此时的余九琪正躺在孙锡租的公寓沙发上，她刚洗了澡，仍沾着水汽的头发散着，屋里暖气足，就盖了一条薄毯，昏昏沉沉，似睡非睡。

客厅没开灯，只开着电视，电视里播放着某卫视的跨年晚会精彩节目集锦，她随便找来放着的，她怕自己睡着，毕竟等的人还没回来，就小声听着。

开门声“吱嘎”传来，随后他脱鞋，换鞋，脱了外套，轻手轻脚地走过来，卷着外面带回的寒气，和丝丝缕缕应酬后残留的酒精，不多，应该没喝醉。

沙发很大，他先是在沙发边坐下，似乎弯腰看了看她，判断她睡没睡着，才慢腾腾地挪到她身后，躺在里侧，贴着她，又把她拦腰抱在怀里。

他凑过去，在她脑后散着樱花味道的头发上亲了亲，没敢碰她的皮肤，怕凉到她。

“对不起啊，今天徐添也在，就拖了一会儿。”声音温柔而沙哑。

“嗯。”她答应。

“徐添说下次要请你吃饭呢。”

“嗯。”

电视里换了个节目，她蓦地身子一僵，往身后宽厚的怀抱里缩了缩。

身上的凉气散了不少，他便胆子大了些，一手伸到下面揽着她的腰，一手去碰她的脸颊，两指垫着，柔柔地用力想把她转过来，又撑着身子凑过去。可那个吻还没落下去，手上一阵滚烫。

手指抹了一下，是她眼角滑出的泪。

“怎么了？”他慌忙地问。

“没什么。”

“九？”

余九琪也觉得莫名其妙，自己擦了擦：“可能听歌听的吧。”

孙锡蹙眉，抬眸，看向电视。

就是某一年的跨年晚会上，人到中年依旧硬朗帅气的谢霆锋，时隔许多年，再次唱起他那首火遍全国的金曲。

《谢谢你的爱 1999》。

第二十章

/

宿命

Dong feng chui you sheng

卧室的窗帘没有遮严，阳光腾跃着，以一种凌人之势斜斜扫过来，正巧落在孙锡疏淡的眉眼间。

眉心微微发紧，堆起不规则的褶皱，薄薄的眼皮跳了跳，也跟着不安分。

余九琪细细的胳膊从被子里伸出来，抬起手，举在两人头顶，试图去帮他遮住刺眼的冬日朝阳，不敢搞出太大动静，怕吵醒他。

虽然知道他早就醒了，准确地说，又是一夜没怎么睡。

其实去把窗帘挡严可能更好，但他的手紧紧箍在腰上，分毫不让的，她便动弹不得。

余九琪抬眸，看着阳光从手指缝隙间洒下来，照得他脸上毛茸茸、金灿灿的。她起了玩心，晃动手指，看那金灿灿在他脸上忽隐忽现，像捉迷藏，又像跳舞。

“好玩吗？”大手忽地用力，把人贴近。

余九琪看向他，见他还闭着眼睛，还是那副倦容。她放下手，搭在他柔软的头发上，拇指伸过去，在他的眉心上轻轻地揉了揉，试图抚平。

“还是睡不好吗？”

他清楚骗不了身边的人，收敛着说：“比之前好多了。”

余九琪知道他过去睡得好是什么样，侧睡，从不翻身，轻微鼾声。可现在整夜翻来覆去，有时怕吵到她，就干脆躲出去熬一阵，天快亮才回来，比如今早。

“要不你去 411 睡吧？”

孙锡薄薄的眼皮一跳。

“或者把 KTV 那灯球搬回来？”余九琪又说。

他的眉心舒展了些，早起的嗓音哑而干燥：“那影响多不好。”

“咋不好？”

他闹着说：“邻居从外面看见，以为咱家干什么不正经的买卖。”

余九琪也跟着皮：“本来就是。”

“嗯？”

“咱们一个洗浴中心，一个 KTV，外人看来多少带点灰度。”

孙锡抿唇笑，顶着越来越刺眼的阳光，掀起眼皮，垂眸看了看怀里的人，在她的额头上亲了下，又往怀里按了按。

“今天干吗？”他知道小九今天休息。

“上午我爸出院，”余九琪顿了顿，才小声说，“我得回趟家。”

两人突然陷入一阵同频沉默，谁也没有说话，连呼吸都谨慎。

似乎都在等待对方先说点什么，但谁也没有就此开口。

好几天了，尽管他们已经搬到了一起，算是正式公开了关系，但关于寒夜光柱那一夜的事情，关于丁满光，关于温雯，关于依旧横亘在他们之间的不安和未知，两人一次都没有聊起过。

身体无限靠近，灵魂却隔着雷池，隔着禁区，彼此跃跃欲试，又浅尝止辄。

余九琪先避开，把话题兜回来。她清楚孙锡的睡眠已经糟糕到病理性的程度，但不确定症结是否仅仅是当年的分手，她有其他的猜测，没提，只是轻轻伸手揽着他，窝在他胸膛熟悉的味道里，说：“不然去看看医生？”

头顶的人先是缓缓吐口气，然后瓮声瓮气，说他在北京看过失眠，中医西医都看过。余九琪小声说：“心理医生呢？”

太阳越升越高，孙锡的脸恰好完全浸在那片阳光里，没说话，睫毛在眼底投下一小片阴影。

胸口滚烫，又钝重，明明是难得的冬日艳阳天里他最渴望的拥抱，温度和骨肉都真真切切，可就是有种模糊错觉，像握着一把沙，不愿松手，不敢用力。

可又担心一味的沉默与内耗，那把沙会自己一粒一粒流逝。

于是突然就把人按在床上，俯身，埋在她细细的脖颈间，准确地找到脉搏跳动最有力的位置，以此为起点慢慢碾磨着吻下去。就像往常这种无力时刻一样，用他惯有的方式，贪婪地去用所有感官描摹和占有。

她曾经形容他这种时候活像个吸血鬼，他不反驳，她说是就是。

又觉得她的比喻已经含蓄很多了，他把自己看成兽、怪物，和阴暗角落里湿滩黏稠的藓。

占着她不退，在炫目的阳光下，非要一起沉沦。

两个小时后，孙锡先出门的，他今天要去工商局补交一些资料。站在玄关，他换好了鞋，却突然磨磨蹭蹭的，似乎在犹豫什么。

在那雷池和禁区转了一圈，他一手撑着鞋柜，回身叫她："九。"

余九琪还穿着家居服，吃着个麻薯，从厨房走出来，答应："嗯？"

"你帮我把员工的社保资料拿过来一下。"

"在哪儿呀？"

"书架上吧。"

她去书架看："书架哪里？"

"文件袋下面。"他的声音忽地冷硬，似强调，"那个牛皮纸文件袋。"

余九琪一眼就看到，很明显，单独放在空处，手和眼神一起顿了下："找到了。"

在她将资料递给他后，孙锡又瞄了眼她，没急着走。

余九琪等了一会儿，见他不说话，就把吃了一半的麻薯递过去："要吗？"

孙锡真张嘴，她喂过去。

门关上后，余九琪才缓缓回头，看向书架，眨了眨眼。

余九琪以为余凯旋出院会是个大阵仗，可从医院到家里，来来回回帮忙张罗的除了浴池的徐铭和大利哥，都是家里人。

二凯哥专门交代过，马上过年了，也不是啥大毛病，不接待来探病的。红姨也在家庭群里提了一嘴，说别弄出大动静，也不操办聚会了，医生交代年前都得静养。群里安安静静的，就几个小辈孩子发了个不痛不痒的表情包。自那之后，家庭群里再也没动静。

温雯始终一句话没说，就连余凯旋出院，她也没露面，只是和小富总一起送了个巨大的花篮。

余凯旋绑着个腰围，直挺挺地机械着刚走进家门，一眼就看见几乎半人高的花篮杵在那儿，立刻算到是温雯，嘀咕着："都告诉她，我不要这玩意，咋还买？等会儿让祝多枚搬走吧，太香了，熏人。"

余九琪拎着一兜爸爸的换洗衣服跟在后面，话里话外听出来他似乎跟温雯有联系，竖起耳朵，希望他能多说一点。可二凯哥话题一转，进屋往床上一躺，向徐铭问起温都水汇最近的情况。

余九琪回身，看了眼那个颇有些热带风情的巨型花篮，看到两朵高高的向日葵之间夹着一张手写卡片。那上面圆润稚气的字体，是温雯的。

她怔了片刻，直到听到有人提自己的名字，才回神。

徐铭朗声回答余凯旋的问题，说："哥你就把心搁进肚子里吧。这几天咱们浴池那流水天天涨，我们都起早贪黑的，忙都忙不过来，还得亏小九。小九几乎天天都在，帮着处理客人投诉反馈，盯一盯各个部门的琐事。楼上楼下的，她都能关照得到。”他又沉了沉声，说，“主要这几天你和红姐都不在，小九在，大伙就有主心骨了。”

余凯旋歪着脑袋，从主卧的床头向外看去。隔着门框，看到小九在客厅闷头收拾屋子，家里空着好几天，积了不少家务和灰尘。

二凯哥定定地看了看女儿，看她叠衣服，又整理沙发，看起来还是那副乖巧懂事的样子，别人跟她说话，她就笑，笑着答应，伶俐又柔和。可他不知哪里不对劲，就是一阵怅然，觉得小九变了。

“小九。”余凯旋轻声喊她。

“哎，爸。”余九琪迈了两步，过来站在主卧门口。

余凯旋突然不知该说什么，踌躇着，问：“你老往浴池跑，银行那边呢？”

余九琪没隐瞒：“我请了长假，连年假一起算。”

“那不行啊，那不得影响你评级吗？明年咋的也得争取升个商贷经理啊！”余凯旋着急。

余九琪却不急：“没事。”

“啥玩意没事！”

“再说吧。”

“啥玩意再说！”

“明年的事，明年再说吧。”余九琪忽然谨慎地看了爸爸一眼。

余凯旋心里猛地一揪，像是被无形的大手狠狠攥住心脏，比他刚刚打了一根钉子进去的后腰都难受。他缓了缓，可小九已经走了。

莫名烦躁起来，余凯旋再没了寒暄的心情，把浴池的人都赶走了。葛凡非要把客厅的电视卸下来安在卧室，走来走去的烦人。二凯哥就吼了他两句，说：“别整了，我不看。再说我看电视的话去客厅呗，我就是腰不好使，不是瘫痪。”

葛凡不敢顶嘴，为难地看了眼孟会红，见他妈给他使眼色，就闷头出去了。

可余凯旋突然又叫他：“你也请假了？”

葛凡说：“没有，就是这两天 KTV 不太忙。”

“年底旺季，咋不忙呢？”

葛凡说不知道。

“要我说，这新手就是不行，以为小地方的钱那么好赚呢。”余凯旋哼了声，语气并不严肃，说完，看了眼客厅里的小九。

葛凡也顺着瞄了眼正在拖地的余九琪，见她明明听到了，却不作声。

所有人都听得出来，这句态度松缓的话是余凯旋故意递给小九的，是希望她接过去的。按她往常机灵敏锐的个性，顺着梯子往上爬，胡搅蛮缠，再说点好话，指不定能给她那个本不受欢迎的男朋友在家里铺铺路，但她默不作声。

屋子里突然安静了好久，直到门口处传来一声“啪嗒”声。

余九琪看过去，花篮里的那张手写卡片掉在了地上。

午饭后，余九琪就去了温都水汇，她先去淘气堡游戏厅看看三叔。三叔怕冷，这几天都住在温都水汇，恰好有个老员工是他发小，能帮忙照顾。

看完三叔，余九琪才去忙浴池的事。今天浴池要同时接待两个南方旅游团，有一个团不住宿，客房倒是排得开，就是汗蒸房和餐厅都很挤，连自费的 VIP 餐厅都排了长队，自助区更是供不应求，几款水果一度供不上。

余九琪跟着负责餐饮的刘姐一起，专门跑了两个市场，从一家超市手里抢货，好歹抢下两箱菠萝蜜和阳光玫瑰。回来后又在书吧的休息厅安了个大投影，专门放时下最火的综艺，吸引了不少人，汗蒸房就渐渐空出来。

她又留在余凯旋的办公室，审了几个人事、流水和采购单子，遇到复杂的就拍照给爸爸确定一下，再统一签了字。余九琪在法律上是温都水汇的董事，有一定的管理权限。

然后，突然听到外面一阵“轰隆”音乐声，她推门，站在办公室门口，看到不远处的自助餐饮区开始供应限量海鲜。照旧老规矩，灯光和 DJ 配合，客人们边排队边蹦迪，只不过今天领舞的不是二凯哥，换了个她不太熟的服务员。

那服务员看到小九，扭着胯过来，想拉她一起去跳。小九摆摆手，没什么表情，说我不会。那人见她坚持，又扭着胯走了。

余九琪就看着前方热情狂欢，群魔乱舞，有不少脸熟的人跟她打招呼，她都淡淡地回应，而后忽地感慨，她不用再假装快乐了，可离真正的快乐依旧有一定距离。

她有一瞬疑惑，明明事情都在朝着她想要的方向发展，明明她吐出了压抑多年的那棵毒草，明明她已经在做自己了，为什么还如此忐忑、彷徨？

为什么还是心有所憾，仿佛被谁凭空挖走了一大块？

她理不清那一块失落都包含什么，很想找人聊聊。她打开微信，翻出孙锡的对话框看看。对话停留在下午孙锡问她晚上想吃什么，她说见面再商量，孙锡说好。向前翻一翻，大抵都是如此。

她合上手机，挨到了下班。

下班后，余九琪走出温都水汇大门，直接绕到后面，走进乐胜煌的正门。

如今她在跟乐胜煌新老板、孙誉文的儿子谈恋爱的事几乎尽人皆知了，背后自然少不了闲言碎语。可她依旧每天忙完都上来等孙锡，等他一起回家，没在乎任何人的眼光。

余九琪出了电梯，迎面遇到林晖，笑笑打个招呼，直接朝 411 走。

路过一个中包房时，门突然打开，高跟靴“咚咚”几声脆响，有人跌撞着过来，揽过她的胳膊。

“小九，来，一起玩一会儿！”

余九琪转头，看到是一身辣妹打扮的祝多枚，看样子她也放假了，开始了夜夜笙歌的神仙日子。余九琪摆摆手，说：“你们玩吧，姐，我找人。”

“找谁呀？”祝多枚笑着盯着她，故意问。

还没等余九琪回答，她又箍着肩膀把人往包房里推，说：“是找他吗？”

余九琪看过去，包房里除了一对脸生的男女在唱歌，对面的单座沙发上，孙锡穿着一件黑衬衫，袖子叠着挽在小臂上，前面摆着几个洋酒瓶，在调酒。

音响声音很大，他便没说话，只看着小九，无奈地耸耸肩，意思是我不是自愿的，我也没办法。

祝多枚就醉醺醺地贴着小九的耳边，大声解释：“耳根子软，我就打了个招呼，他就送了一瓶酒。我又叫了声妹夫，他干脆过来帮我们调酒了。”

孙锡坐在那儿，挑挑眉，没搭话。

大概由于祝多枚自由洒脱的个性，她是全家人里对他们关系接受程度最高的，葛凡至今单独跟他们在一起还有些别扭，祝多枚早就已经把孙锡当成自家人调戏了。

余九琪记得上周，他们刚刚用同居的方式公布关系时，祝多枚接连给她发了三条微信。

——行啊妹妹，那孙老板是仙品。

——你好好处，处够了姐帮你处两天。

最后又说：听葛凡说了你们小时候的事，也太感人了，真的不是编的吗？

后来祝多枚但凡遇上小九，就爱拉着她问之前的事。可能她本身自认为是个凉薄的人，不信世上有这样纯粹炙热的爱，所以见到了，就格外珍贵，像遇到罕见的珍宝，深知是孤品，瞧一眼聊以慰藉。

于是在那一对唱歌的男女接了通电话出去后，音响还在循环着音乐，祝多枚靠着门口的沙发，下巴朝对面的孙锡扬了扬，问小九：“所以你们在北京也好过？”

余九琪坐得离祝多枚近一些，点点头。

孙锡过来，把调好的两小杯甜酒放在她们面前，又坐回去，换下一个口味。

祝多枚一口干掉那杯，又问：“你俩分开三年都没再谈？”

余九琪也啜了一口酒，还是觉得辣，点头。

“那他是为你回来的？”

余九琪忽地一愣，顿了顿，说：“他叔出了工程事故嘛，把他叫回来的。”

“不是，我是问第二次。”祝多枚强调。

“第二次。”余九琪莫名重复了一下。

“是为了你吧？”

余九琪握着那一小杯他调配的甜酒，沉默着，没反应。

祝多枚追问：“他不是为了回来找你吗？”

还是没回答，过了一会儿，余九琪仰头把那一小杯酒一口喝掉。

酒精顺着鼻腔翻涌冲上头顶，呛得她微微闭上眼睛，待适应之后，缓过来，睁眼，见原先在对面单座上调酒的人已经不见了。

而那一排调酒用的工具还在，新口味只完成了一半，空荡地摆着。

不知道他什么时候出去的。

但应该不会再回来了。

等那对男女回来，又合唱了一首对唱情歌后，见包房闹闹哄哄气氛还不错，她才跟祝多枚打个招呼离开。

直接去了 411。

她推门进去。

关门。

孙锡就仰躺在沙发上，屈着长腿，一只手垫在脑后，另一只手把玩那枚蓝色的弹力球，砸在墙上，抓住，再砸，抓住。

余九琪认得那枚弹力球，也不陌生他此刻突然低沉的气场。他们之间是应该聊一聊，但她不想在现在，她不愿意再跟孙锡吵架了。

于是她坐了一会儿，站起来："要不你先忙，我先回家了。"

他却突然开口："是因为那些信吗？"

余九琪站在那儿，一步都动不了。

球砸在墙上，"嘭"一声钝响。

他说："我不是就放在那儿了吗？"

余九琪想起那个她见过很多次的、今天早晨他还特意提醒过的牛皮纸文件袋，都这个时候了，她没法否认，只说："你也没有说让我看。"

球又被砸出去，再被抓住。

"我以为你如果好奇，早就问了。"

"那是你的隐私。"

"我的隐私，呵。"

球又狠狠地砸下去，更响，他冷笑了下，再接住。

余九琪忽地被激起怒意，看他："你笑什么？"

孙锡又砸了一下球："没什么。"

她就更气："孙锡你能别玩那个球了吗？"

孙锡忽然把球用力地丢向一旁，翻身坐起来。余九琪以为他生气了，眼神躲着他，随着那枚弹力球滚落在地上，忽上忽下，最终钻到看不见的沙发底下后，才慢慢转头看向他。只一眼，她硬生生地打了个冷战，抖了抖。

他的手肘撑着腿，微微弓着背，抬头直视过来，抿唇，眼底红润一片。尽管他故意用力控制，想像往常一样沉稳，或者耍狠，但脸上的脆弱和痛苦一览无遗。

他艰难地，试探几次，才一鼓作气开口，说出他生命里隐瞒最深的、最难堪的，也是折磨他最严重的一切。

那雷池、禁区，他攥着拳，跃了过去。

他看着小九，说："你想让我自己说是吗？好，那我告诉你，那个丁满光说得没错，他确实一直给我写信。

"那些信里，他告诉我当年案子的事、我妈的事、他在监狱的事。

"事无巨细！"

他带着哭腔，咆哮。

然后他稳了稳，说：“你想知道什么，都可以问我。”

余九琪犹豫片刻，她看得出他此刻不好受，她不忍心，可还是问出了口：“信，是从三年前给你写的吗？”

“是，就是他患了癌症后。”

“他说他在对我们家忏悔是吗？”

“对。”

“他让你去做点什么，是去赎罪吗？”

“对。”

“你答应了吗？”

“我从没有回过信。”

“那你去做了吗？”

孙锡直直地看着她，浑身僵硬。

“你可以直接说出来的，九。”

余九琪就真的爽快地说出来，带着委屈、害怕，和不敢听到答案的紧张：“孙锡，你是因为要替他赎罪，才回来的吗？

“你是在替他赎罪吗？”

孙锡绷着脸，皱眉望着她，一脸难以置信，甚至想笑。

孙锡租的公寓距离乐胜煌只有十分钟左右的车程，跟他在北京出趟门动辄一小时起相比舒适多了。赶上天气好，他也会步行上下班，就算开车，也是慢悠悠的，不慌不忙。

但今天不同，他上了车后接连变道，险些压线，连续超过两辆车顶闪着富安商城广告牌的出租车，惹得后面一阵怒骂和喇叭声。他对这些视若无睹，咬着牙暗暗发誓在五分钟之内开回家，越快越好，一刻也等不了。

可身边的人有不同的意见。

刚过了一个红绿灯，余九琪抓着身前的安全带，小声说：“孙锡你停一下车。”孙锡自然没停，以为她被身后叫嚣的喇叭声吓到了，说：“没事，不用管，让他们骂去吧。”

“我饿了，我想吃饭了。”余九琪淡淡地说。

“回家我做。”他简短地回。

“我不想吃你做的。”

孙锡的眉眼压了压：“那点外卖。”

“外卖送来就不好吃了。”

“你想吃什么？”

“麻辣烫。”余九琪转向窗外。

孙锡也转向她那一侧，看到窗外正好路过一家老式麻辣烫店，再左右扫了眼。

这条街都是服装专卖店，能吃饭的就这一家。

他的眸光在旁边人的侧颜上定了定，见她对着窗外，余光却打量自己，心下便有了判断，明知她是故意随口找个地方要下车，还是如了她的愿。

麻辣烫大概是除了烧烤，在东北最受欢迎的平价食物，本是南方来的街边菜系，到了这里，落地扎根，配上糖醋蒜和大量香咸麻酱，居然反向输出成为一种独特的地方快餐。

但孙锡并不喜欢吃。

他只点了几样蔬菜、炸串，余九琪倒是认真选了不同种类的主食和青菜、丸子，端上来热气腾腾，酱香浓郁，满满一大碗。

他们坐在不临窗的角落里，孙锡喝了一瓶矿泉水，吃了点炸土豆片，就坐在那儿看着她。桌子很小，什么都看得真真切切。

她吃得非常慢，埋着头，热气熏在浓密的睫毛上。在灯光下近距离看，像是染了一层黛色的墨，显得眼神润而剔透，也凝重了几分。

毕竟在一起分分合合这么多年，他清楚他的女朋友此刻在磨蹭时间，在思考，在边磨蹭时间边思考。他很想催她快点吃，又觉得不礼貌，可忍着，胸口仿佛要炸掉般憋闷。

他左右看看，店里人不少，好在坐得稀疏，小声说话别人未必能听见。

那好吧，那就在这儿，他看着对面佯装平静却心事重重的人，告诉自己尽量沉稳、尽量理智，把那些不为人知的精神折磨和幽暗情绪原原本本告诉她，她是我人生最重要的人，我理应坦荡，不该藏匿。

于是他沉思片刻，突然开口：“余九琪，你至于吗？”

余九琪放下筷子，错愕地抬眸。

孙锡难以相信刚才那句语气僵硬的话是自己说的，更不懂为何又追问一句：“你至于怀疑我吗？”

他一向讨厌自己这种武装严密、咄咄逼人的样子，尤其对她。可这种面对凶险本能的防御机制，保护和麻痹了他这么多年，已经不是他能控制得住的了。

宁愿招人恨，也不要被可怜。

孙锡忐忑地看着余九琪，恍然有种悲哀。

“怀疑你？”余九琪问。

“怀疑我不够爱你。”

他突然舒坦了些，仿佛重新拿回了这场博弈的筹码，手握着写满了委屈的道德胜券，抹平了刚刚的恶劣，挺直了腰杆，等待她的答案。

可她只是垂眸片刻，扯了纸巾擦了擦嘴，说：“我吃完了。”

“走吧。”她又说。

孙锡扫码结了账，跟她一前一后走出麻辣烫店。到了室外，余九琪就站在路边，把围巾重新绕了两圈，遮住下巴，并没有朝街对面的车位走，而是停在那儿。

然后，她突然叫住大步走向对面的人：“孙锡。”

他回头，看她。

余九琪声音不大，柔和地说："要不你先回去吧，我今天去浴池住。"

孙锡胸口钝重："什么意思？"

余九琪的眼神躲了下，解释："我看三叔这两天心情不太好，我想去陪陪他。"

"改天行吗？"

余九琪说："我就住一宿，明天回去。"

其实分开一宿也无妨，或许对他们这种别扭状况更好，可孙锡莫名心焦，觉得手里那把沙在缓缓向下流淌，抓也抓不住。

一辆出租车停在余九琪面前，司机摇下车窗，问她走不走。余九琪说走。她正要上车，孙锡突然两个大步走过来，弯腰，拍了拍车门，沉声对司机说："她不走，你走吧。"

司机还看着余九琪，问："到底走不走啊？"孙锡那阴狠劲又上来，说："听不懂人话吗？滚！"

等那出租车开走后，他扯着余九琪的手腕，拽着她往对面走去。

还没走到车位，余九琪突然甩开他，也急了，干脆说出来："孙锡，我今天不想回去。"

孙锡看着她："为什么？"

她犹豫着说："你现在情绪不好，我怕跟你吵架。"

孙锡问："你不是要看那些信吗？"

余九琪说："我没说要看。"

孙锡又去牵她："走，我让你看。"

"我不看。"

余九琪躲开他，孙锡再去牵，她干脆后退两步，无奈地大声说出真实想法："孙锡，我真的不想看！我不敢看！"

孙锡意外，低头看着她埋在围巾下的脸，小小的，在零下的夜里被冻得透白，只一双杏眼沁着两抹红，委屈，又带着些怒意，微微掀起眸子，看向自己。

他有一瞬惊心动魄的恐惧，多年的默契让他预料到她接下来的话是炸弹，是刀子，是击溃他佯装强势的箭，所以当她说出来时，就像惶惶等待的审判终于落定，他恍然有一丝轻松。

余九琪迎着他，说出压在心里几天、让她惴惴不安却不敢提及的事情："前两天，丁满光离开石城之前，我见过他。温都水汇有一个熟客是治疗儿童脑瘤的专家，我介绍给了他。然后他就感谢我，说祝福我们，又随口提起来，说他探监时孙誉文提过，他一直知道我们的事，说他在信里鼓励过你回来找我。"

他眼底的两抹红更浓了些，问："是吗？"

街上的行人已经很少了，天冷，偶尔路过的也是闷头疾行。孙锡泄了气一般，重重地吐出一口白雾，身子倚在车头，弓着背，不知怎么，眼神落在地上，突然笑了。

他笑得凄然，自言自语般地说："他还真的……往死里折磨我。"

余九琪听出这句话的寒意，极不忍心看他这般，走上前一步，想说什么。她还没开口，孙锡敛眸看她，带着明晃晃的坦率。

沉默片刻，他主动把那句话延展开来。

“三年前，他生了病，我奶从婷婷那里拿到我的地址，告诉了他，他就开始给我写信。”孙锡顿了顿，蹙眉，带着点嫌恶地说，“讲他的成长经历，讲他跟我妈的事，又一遍一遍重复当年案子的经过，他们如何作案、如何被捕，他又是如何服刑。他说亏欠我，没有陪我成长，想让我了解他，就因为我是他的儿子。”

他的眸光飘向远方，片刻后，再回到她身上，吸了吸鼻子：“我也不知道为什么，九，可能是那时候你刚离开我，可能是我太不甘心，太好奇了，我就把那些信都看了。从拆开第一封信开始，我就没睡过好觉。只要看到他的字，我就生理性地想吐，可又忍不住……一遍一遍地看。”

他轻吸一口气，揉了揉眼睛，继续说：“从那时候起，他就一封一封信地折磨我。

“一共 19 封信，从第 5 封开始，他就给我灌输那个念头，让我去赎罪。

“他从奶奶那里知道我们小时候的事，他说我做得对，我应该保护你，这根手指不算什么，说他为我骄傲。他说没有什么比爱更能弥合仇恨，然后就劝我回来……”

孙锡看向余九琪，余九琪自然接过来：“……回来找我？”

他没有回应，默认，转而狠狠地揪起眉心，像是努力压着什么，说：“你是知道的，我出生起就没怎么见过他。我两岁的时候他入狱，我对他的印象都是别人打我骂我时说的，我奶奶和我叔叔添油加醋跟我描述的，电视里、网络上夸张报道的，我根本对他……”

孙锡停住，垂下头，抿紧唇，身体极其痛苦地绷着一个僵硬的姿势。再看向余九琪时，那张优越的脸在夜色下混沌一片，他似极艰难地压着声音，字字沉重地吐出那些困扰他许久的精神折磨。

“我一直觉得，我应该非常非常恨他，如果不是他，我不会无家可归，过这样鬼一般的生活，我也不会一次次跟我爱的女孩分手，连得到她家庭认可的权利也没有。

“可是九，不知道为什么，我又控制不住，对他好奇，被他影响。

“我从不肯接受他，可他好像就在我的身体里。

“他让我觉得自己肮脏、可耻、活该，我活该不配……”

在孙锡说出后两个字之前，余九琪突然两步上前，走到他面前，用力捧起他的脸，让他看着自己，让他停下，让他回神，然后抬手把他未掉出来的眼泪快速抹掉。

滚烫着，遇到冷空气，指尖瞬间冰凉。

孙锡把那冰凉手指拿下来，握在手里。他站在这条不算宽敞的小城街道，两旁枯掉的榆树上挂着庆贺春节的彩灯和灯笼，修长的身子倚着漆黑的车头，把他生命中最重要的人拉到身前，凝视她，在剥开自己的痛楚后，鼓足勇气面对一切。

余九琪的下巴从厚厚的围巾里抬起，她仰头望着眼前的男人，她的男人，忽然无比自责过去没有真正看到他的痛苦，看到他被父亲和血缘折磨碎了的灵魂。她知道他没那么容易摆脱，所以曾经尽自己所能去接住他，可还是低估了他下坠的重量。

她描摹着他的脸，回想着他年少时代的消瘦和阴郁，又勾勒此刻的成熟和锋利，很自然地，想起他们陪伴成长的那些岁月。她歪着头，对他说了一番或许没那么圆满，但字字真诚的话。

她说："孙锡，我从没有怀疑过。"

他眼神闪了闪，似询问。

她就答："我从没有怀疑过你爱我。"

余九琪鼻子一酸，接着说："我们一起翻来覆去被命运折腾这么多次，我怎么还会怀疑这件事呢？我很确定，我这一生，都不会再遇到有人像你这样爱我了。"

孙锡紧紧握着她的手，明明身后有支撑，却像把所有力量依托在她身上一般，不肯松。

余九琪被他攥得生疼，忍着，又说："但是我最近刚刚从一个囚笼里走出来，我知道带着负罪或者恩情的爱是小心翼翼的、是卑微的、是没安全感的、是很累的，我用了二十几年才鼓足勇气走出来，我知道那有多难。

"我不希望你也带着这种束缚和枷锁，战战兢兢地去爱一个人。

"孙锡，因为我也很爱你啊。

"我非常非常爱你。

"我这一生，再也不会像爱你一样去爱任何人了。

"所以我不想看到你像我过去那样，辛苦。"

沉默许久后，孙锡把头砸在余九琪的肩上，力量彻底地给她。他的手滑下去，余九琪却接住。

他就那样重重地落在她薄薄的肩头上，在寒冷深冬的街头，无声哭泣，逐渐平静。

没有人听见他的哭声，就像没有人听见他灵魂的震荡。

只有一个安静的女孩，饱含热泪，看着停在肩头的倦鸟。

…………

余九琪在温都水汇住了三天，那三天，他们没有见面，但一直保持联系，就像过去一样，就像任何情侣一样，分享无聊琐碎的日常。

余九琪每天给孙锡发三餐照片，再问问他都吃了什么，顺便点评一下他过于凑合的饮食习惯，甚至会直接点个健康外卖送到楼上。

孙锡每天醒来和睡前都会给她发信息，他醒得早，睡得晚，往往隔了很久才得到回复，但从未缺席。

当别人问起她最近怎么没去楼上找男朋友时，余九琪说太忙了，年前谁不冲业绩啊。

别人问起孙锡这个问题时，他就瞪回去，意思是关你屁事。

但他们都没有主动约过对方，或者聊起那天晚上的震恸。他们默认这场既不是分手，也不是冷战的短暂分别，是为了厘清自我，更轻松地面对未来。

或许余九琪是这样想的。

可孙锡并没有他表现得那么冷静，他依旧混沌、慌张和迷茫。

于是在没见到余九琪的第三个晚上，他跟几个客人喝了点酒，出去买盒烟，正巧路过温都水汇的正门，忽然就停住了。他没有喝醉，只是一个冲动，清醒地走了进去。

这是他第一次走进温都水汇，毕竟是楼上的老板，又是余小九的男朋友，很快被认出来。他忍着异样的目光，买了一张普通的套票，领了手牌、拖鞋、汗蒸服和洗漱用具。

他把东西存好，没换衣服，顺着那座金碧辉煌的旋转楼梯，直接上了二楼。

也没人引导，就摸索着找到了那间办公室，他知道小九日常就在里面办公。

犹豫了一会儿，但也不是太久，带着一股强烈的思念和召唤，他敲了敲门，没人应。又敲一遍，依旧没人应。就在他以为扑了个空时，门内传来一声洪亮的男声："进来！"

几乎立刻，孙锡就听出来是余凯旋。心有忐忑，但门是他亲自敲的，刀山火海也得亲自闯。

推门后，一眼看到余凯旋系着一个巨大的白色护腰带，平躺在沙发上，歪头看见是孙锡，只愣了一下，没什么异样表情，就像随便接待个来访者一样，朗声说："进来啊，把门关上，外面闹哄哄的。"

孙锡听话地关了门，杵在那儿。他能感觉到余凯旋的目光定在自己身上，却没敢直接回应，只垂眸打了个招呼："叔。"

这时，身后突然有人过来，嘴里叽里呱啦念叨着什么游戏。孙锡转头看了眼，认出是小九的三叔，下意识地，偏过头，躲着他，像是怕被看见的怪物。

余凯旋见到，立刻呵斥："老三，你出去玩去！去给我抓两个娃娃回来，我要海绵宝宝！"

孙锡低着头，让出位置。等三叔雀跃地出去后，他才暗自松了口气，忽地一阵自我嫌恶，那些令他羞耻的血液又在脉搏里流动起来。

他恍然若失，不知为何来，为何站在这儿，正想打个招呼就走时，已经观察了他一会儿的余凯旋先开口。

"你过来一下。"

孙锡看向躺在沙发上的人，没动静。

余凯旋皱眉："过来，帮我翻个身。"又说，"躺着挺累。"

孙锡马上会意，大步过去，慌手慌脚，扶着余凯旋的腰，他撑着胳膊，可翻身还是费劲。

余凯旋看了他一眼，扯着嗓门说：“你不用按着我的腰，扶我的屁股就行，使点劲。”又瞄了他一眼，“怕啥？都脱过我的裤子呢。”

孙锡抿唇，心里不知为何涌过一丝暖流，用力搬动他的下半身，帮余凯旋调整了一个侧躺的姿势。

余凯旋拿着个抱枕，垫在胳膊下，下巴点了下对面的小沙发：“坐。”

孙锡听话，局促地坐下。

从余凯旋的角度，正好直视他的脸，就盯着他看了半晌，才缓缓开口：“找小九的？”

孙锡点点头。

“她跟她红姨去买年货了。”

孙锡又点点头。

余凯旋顿了顿，问：“你过年去你叔叔家吗？”

孙锡看了他一眼，摇头。

“那咋过？”

孙锡开口：“在楼上吧。”

“你以前在北京呢？”

“在酒店过。”

余凯旋沉默了一会儿，依旧盯着他的脸，突然问：“你今年二十七岁了吧？”

孙锡诧异地看向他，默认。

“还很年轻啊。”余凯旋皱皱眉，“别老气横秋的。”

孙锡急急地吐出一口气，眼睛热辣。他从没有过这种感受，被一个与他父亲同龄的人一句话戳中，埋下头，不吱声。

余凯旋没放过他任何一个小细节，看着他，想起漫长时光背后的那场残酷，不知为何，没再觉得冷冽，而是一种与宿命抵抗失败后的无奈。

“孙锡。”

孙锡艰难地抬头，抹了下眼角。

“你小时候我还抱过你呢。”

孙锡错愕地看着他。

“你两岁那年，是我从山里把你抱出来的。”

余凯旋沉沉地叹了口气，眼眶潮湿着，看向那位年轻人背后的窗外深冬。

余凯旋最近一次梦到那座山，是看到寒夜光柱那夜。

他也没想到白天一场场意外后，在医院里居然睡了个好觉，梦见的还是他年轻时亲自组织的那场轰动一时的群架。

架就是在山脚下打的，三十几人的大规模，抓他们的警车就来了四五辆。起因早就忘了，也不重要，那年他不到二十岁，血气方刚，凭借那一仗，二凯哥的名号一炮而响。

余凯旋就是在那山脚下的村子长大的，作为最不被看好的社会混混的儿子，家里有个嫁得好的姐姐，还有个学习好的弟弟，二凯哥就无所谓了，混饱一顿是一顿，牛一天是一天。

直到他去了温老爷子的澡堂子，人生开始发生巨变。

起初去澡堂子当然不是为了当学徒，纯粹是看上人家的姑娘了，可搓澡的手艺越学越精进，姑娘却爱上了别人。

余凯旋第一次见到孙誉文是在市文化馆门口，他叼着一根老冰棍，趴在自行车的单杠上向上看。看到他心爱的姑娘穿着一身浅蓝色的碎花裙，扭捏地跟着一个衣着讲究的小白脸走下台阶，一人手里抱一摞书，装有文化的派头。

二凯哥一声响亮口哨，打破他们的暧昧，大嗓门喊温雯，问她去不去看电影。温雯瞪了他一眼，说要去书店。而孙誉文只是冷冷地打量他，一脸的傲慢。

对付这种很装的人，尤其是很装的情敌，余凯旋自有江湖上的办法。

约架，干一仗。

他还真的来了，但是一个人来的。

来到那个偏僻的玉米地后，孙誉文扫了眼余凯旋身后那三五个街溜子，神色淡然，站在那儿思考片刻，突然开始脱衣服。

他把光泽和材质不俗的浅灰色薄羊绒衫脱下，又把米白色的休闲裤脱下，叠得整整齐齐，连着棕褐色的皮鞋一起，放在地边一块干净的石头上，用一摞书压住，然后回身说，打吧。

余凯旋都蒙了，再怎么流氓，也干不出围殴一个浑身上下脱得只剩一条四角内裤的神经病，但也不能这么饶了他，叉着腰，冲他扬下巴。

“你过来。”

孙誉文向前走了一步。

“再过来。”

孙誉文在阴冷的秋天下午，又走了一步。

以为余凯旋要动手，可他一闪，绕过孙誉文，朝后面几个大步，一把抱起石头上的衣服和书，扬长而去，留下一串得意的嘲笑声。

自那天之后，余凯旋再也没去找孙誉文的麻烦。

但让他释然的原因，不是孙誉文几乎赤身裸体走了八公里回家闹的大笑话，也不是温雯急眼了险些让温老爷子把他赶出澡堂的风波，而是他抢回来的、孙誉文压在衣服上的那些书。

那些书里，有一本薄薄的他出版的诗集和一些新诗手稿。余凯旋初中都没念完，平时读个报纸都费劲，可反反复复看了很多遍那些诗。他也给不出什么文绉绉的评价，就是看懂了，看感动了，觉得写得好。

时至今日，余凯旋仍然认为，孙誉文这个死变态，确实是有才气的。

那时候余凯旋不服有钱的、不服当官的，就欣赏有文化的，不仅心甘情愿退出三角关系，偶尔遇到孙誉文还会跟他闲唠几句磕。

后来，在社会上饱经锤炼后，余凯旋才后知后觉悟出那个浅显的道理，一个人在艺术上的造诣与他做人的良善与否是两回事。他已经懂得给那些光环祛魅，但付出的代价是惨烈且昂贵的。

1999 年的深冬，温雅出事那天下午，余凯旋本来答应早点交班，去帮她修书桌的。

是孙誉文突然找余凯旋，说他买了两大袋新鲜的野榛子送澡堂，但他忙，拜托余凯旋去农贸市场取。余凯旋横穿整个城市，到了地方，等了半天，拿到东西一看，那榛子又潮又软，绝对不是今年的。他意识到不对，立刻回去，已经晚了。

温雅就躺在那张瘸了腿的书桌下，一只手被绑在桌腿上，手死死地抠着木头，指甲硬生生地崩飞了两片。

年轻的余凯旋带着强烈的心痛、悲怆和被耍弄的愤怒，红着眼睛发誓要亲手抓到那个道貌岸然的人渣，弄死他。

孙誉文和丁勇是分开跑的，石城警方大部分警力都去抓连环杀人犯丁勇，负责孙誉文的警队蹲守在他家和文化馆附近，连个人影都没看见。

余凯旋觉得警察白费工夫，焦急中，忽然想起孙誉文曾经也提过那座山，说那山里的冬枣特别甜。当时余凯旋问："你不会也在那山下长大的吧？"孙誉文愣了下，说："不是，我有个姐姐在那儿。"

余凯旋就拿着他的照片，走遍了山下的四个村子，打听孙誉文口中的姐姐。足足花了一天时间，他才从一个半大孩子嘴里得知孙誉文在这儿有个相好的，比他大几岁，是个寡妇。

那寡妇家里已经没人了，可生活用品都在，显然走得匆忙。余凯旋注意到家里有不少小孩的东西，问了周围的人才知道，那孩子两岁多了，是寡妇给孙誉文生的。孙誉文每个月过来给点生活费，养着他们。

又在这简陋的房子里走了一圈，余凯旋看着家里一片混乱的样子，几乎断定孙誉文一定来过这儿，并且带着女人和孩子一起逃亡。只是村子两边的大路都通向石城公路，公路和高速几乎每个口子都有警察蹲守，他们不会冒这个险，那么，会逃向哪里呢？

然后，余凯旋看向寡妇家窗外，看向那座熟悉的山。

山大约 1000 米高，因为山顶有两座山峰对峙，被叫作双顶子山。这山属于长白山山脉，野生植被丰富，山路崎岖，早些年还有人在那儿见过东北虎，翻过去是河，河对面就是外省，是逃亡藏匿的好地方。

他立刻用邻居家的座机给警察打个电话，说这里有线索，说他们一定逃到双顶子山了。而且他看到家里的棉被和刚蒸好的一锅馒头都没带走，山上又冷又饿，又有孩子，猜他们可能回来拿东西。

在等待警察的过程中，他和唯一愿意跟他来抓凶手的亲弟弟老三就躲在附近。可那晚突降暴雪，警车被堵在路上，偏偏，那寡妇出现了。

她一个人回来的，装了一大兜馒头，又抱着两床被子，只停了几分钟，趁夜离开。

来不及等警察了，顶着暴雪，余凯旋和老三悄悄地跟着那寡妇上了双顶子山。

后来的事情，余凯旋每每回忆起来，不知怎么，都无法完整地串联成一条行动线，所有细节都是七零八碎的。那七零八碎中，有三个画面最为深刻。

一个是白茫茫连接天地的暴雪。

那场雪下得非常大，遮天蔽日，凶猛而肆虐。他们盯着前方那个留着长长马尾辫的女人，看着她乌黑的头发甩来甩去，深一脚浅一脚地，踩在积了至少半尺厚雪的山路上。除了簌簌的落雪声，周围安静，只能听见急促不安的呼吸声，好像下一秒就会被大雪埋葬。

余凯旋这一生，再也没见过那样的暴雪。

第二个画面，就是老三捂着鲜血淋漓的后脑，扑向自己时的惊恐。

那时候警察已经跟上来了，孙誉文甩掉了那寡妇，抱着孩子，拎着一把镰刀要跑。余凯旋慢了一步，老三先追过去，脚下一滑，失了手，被孙誉文连着狠狠地砍了两刀。

血喷溅在余凯旋的脸上，温热、黏稠，瞬间被冻成红色琥珀一般的冰晶，居然闻不到一丝腥味，极不真实。

可老三痛苦的哭声，至今回荡在那片原始山林之中，闭上眼睛，仿佛就能听到。

第三个画面，是那两岁的男孩稚气又小心翼翼的声音。

孙誉文被抓住时，老三已经被两个警察带去医院了，余凯旋跟到了最后，直到尘埃落定，才失魂落魄地随着大家下山。

本来那男孩是被一个年轻警察抱着的，可警察走到陡坡突然摔倒，孩子滑出手，又一蹦，正好摔在余凯旋脚下。他出于一个成年人下意识的举动，想也没想，蹲下来查看。

那孩子也不哭，一双乌黑的眼睛怯生生地看着他，像是小心试探。

前面的警察说他脚崴了，问余凯旋能不能帮忙抱一会儿。余凯旋又看看那孩子，把他抱起来，然后听到他在怀里，在耳边说了句什么。

“你说啥？”余凯旋凶着问。

那孩子像是冻坏了，也像是不敢，没再说话。

直到抱着他下了山，来到警车附近，余凯旋才恍然明白什么，又问：“你刚才跟我说啥？”

那孩子被接走，离开他的怀抱，乌溜溜的眼睛机灵地看着他，用稚嫩的、轻弱的声音，小心地说：“谢谢。”

年轻的余凯旋很想骂一句，可突然就蹲在那儿，又坐下，瞬间没了一点力气，捂着脸大哭了一场。

天已经亮了，而雪还在下。

那是 1999 年最后一场暴雪。

“你一点也不记得了吧？”

余凯旋一只手肘撑着抱枕，另一只手摸了摸已经酸痛的后腰，侧躺在温都水汇办公室的沙发上，看着对面无比慌乱失态的，那个已经长成成熟男人模样的孩子。

孙锡低着头，伸手扯了一张纸巾擦了一下脸，摇摇头。

余凯旋也不明白为什么会突然跟孙锡说这些，打心眼里，他仍然不甘心让小九跟孙锡在一起，但好像自从寒夜光柱那一夜后，不知发生了什么，似乎一切都变了。

他突然就看得见，看得见眼前这个过去被他视为仇人一样防备的年轻人，骨子里是个几乎已经走上绝路的、卑微又羸弱的人。

“你知道你妈后来的事吗？”余凯旋顿了顿，又说，“听说她把你还给老孙家后，就去韩国投奔她哥了。”

孙锡稳了稳，才略略抬头：“我只知道她在韩国卖海鲜，她后来又结婚了。”

“她联系过你吗？”

孙锡摇摇头。

“这么多年也没见过面？”

他还是摇头。

余凯旋沉默着，心里一阵怅然，没再说话。

孙锡慢慢抬眸，直视对面坦率真诚，从某种程度上搭救了他的长辈，犹豫再三，问出那个困扰了他二十几年，却从不敢问，甚至故意掩藏的问题。

“叔，他是个什么样的人？”

“谁？”

话音刚落，余凯旋就明白他指的是谁了。

孙锡也没解释，继续问：“我跟他真的很像吗？”

余凯旋沉沉地叹了一口气，目光从眼前那张几乎和那个人一模一样的脸，转移到他身后透出浓浓夜色的窗户，眼神飘忽着，愣了一会儿。

然后他回过神来，再看着孙锡：“你要是好奇，自己去弄明白就行了。”

孙锡怔然。

“你去看看他，不就知道了？”

“看他？”孙锡似自言自语，重复了一遍。

“没有什么比你亲眼见到，更准确的答案了。”余凯旋说。

四天后的上午，孙锡在监狱里见到了孙誉文。

他提前两天做了申请，配合监狱方面审查，等待安排，因为孙誉文已经病得走不动路了，他们是在特殊病房见的面。

前一天晚上，小九跟孙锡在一起，他们都一夜没怎么睡，也什么都没做，就躺在床上，闲散地聊着一些无关紧要的小事。

天亮时，余九琪捧着孙锡的脸，亲了他一下，然后去煮了早餐。

他们一起到监狱时，正好上午九点半，在接待室里等了一会儿。十点整，有人叫孙锡的名字。孙锡站起来，走之前，转头看了眼余九琪。

余九琪捏了捏他的手，对他盈盈笑着，说："去吧，我等你，中午咱们去吃烤肉。"

孙锡莫名问了句："吃哪家？"

余九琪笑着说："就咱们楼下那个，日式铁板的。"

孙锡说："我想吃齐齐哈尔的。"

余九琪笑："行，那你乖一点。"

余九琪就坐在那里，沉静地、微笑地看着孙锡随着狱警走出接待室，在走廊拐了一个弯，走向她看不见的某个地方。

虽然人已经消失了，她的目光依旧随着他，延展着、想象着，带着惴惴不安的担忧，和胆战心惊的期盼，希望他鼓足勇气走这一遭，能换来一个轻松的余生。

孙锡在余光见不到余九琪之后，有一瞬大脑一片空白。他机械地跟着那双走起路来铿锵作响的皮靴向前走，不知拐了几个弯，又上了一层楼，回过神来时，站在一扇蓝色铁门面前。

狱警推开门，站在门口，示意孙锡，说，进吧。

在这之前，孙锡设想过许多次真正见到孙誉文的场景，他想自己应该会很愤怒，也有可能像蹩脚的电视剧里那样激动，或者正相反，是不敢面对的胆怯。可当这一刻真正来临时，像是等待长达二十几年的答案终于落幕，结果出乎预料。

孙锡极为平静地按照指引，走进那间充满消毒水味的阴暗房间。

孙誉文，他的亲生父亲，折磨了他二十几年的罪魁祸首，就躺在房间一侧的病床上，光头，盖着被子，手上输着液，脸冲向里侧的狱警。

他们之间，隔着一排生了锈的铁栅栏。

栅栏外，孙锡站在那里，手攥着空拳，看向他。他想过是否该打个招呼，可终究什么也没说。

是孙誉文先开口的。

他的脸从另一侧慢慢转过来，孙锡一惊，那是一张极其苍老且病态的脸，与他见过的任何一张照片都不同，脸色蜡黄，皱纹横生，两颊缀着几颗老年斑，可那双眼睛却很晶亮，抬起来，在孙锡脸上定了很久。

很久，很久。

然后他开口，声音温和而平静："来了。"

"嗯。"孙锡盯着那张仔细看与自己极其相似的脸，答应。

然后他们看着彼此，突然陷入沉默。时隔二十几年，从未见面的一对父子，就那样极其平静地隔着铁栅栏，细细地凝视对方，看起来，就像打量一个陌生的故人。

直到连周围的狱警都觉得奇怪时，孙誉文才打破沉默，像是尴尬地思考了一会儿，才找回些思路，问了几个他此刻最关心的问题。

“什么感受？”

孙锡反问：“什么感受？”

孙誉文解释：“见到我什么感受？”

孙锡愣怔着，不知他为什么这么问，也不知该如何答。

孙誉文眼神期待地看着他：“你对我就没有什么想象吗？”

见孙锡仍然不回答，孙誉文眼神寡淡地沉下去，像是失望，说：“好吧。”

然后他慢慢转回头，看向旁边的狱警，没说话，意思已经很明显，他觉得这场探视可以结束了。

孙锡在感受到强烈的被漠视的那一刻，突然意识到了什么，在离开之前，他猛地开口，问：“你为什么给我写信？”

孙誉文没回头：“什么信？”然后想起来，“哦，那些信。”

孙锡抓着一根栅栏：“为什么给我写那些信？三年了，为什么？”

“因为大家都在写。”孙誉文顿了顿，非常平缓又冷冰冰地说，“每个人都在写，不然在里面干什么呢？我给你写，也给你奶奶写，给教会写，也给电视台写过。”

然后他叹了口气，说：“都一样。”

孙锡压着声音，狠狠地质问：“都一样？”

孙誉文没再说话，只留下一个病恹恹的冷漠侧影，那是留给被他精神折磨了二十几年的儿子，最后的画面。

孙锡再次回到监狱的接待室时，余九琪留意了下时间，只用了四十分钟。

她立刻迎上去，打量他，见他没什么异样，神色淡然、脚步平稳，甚至还对她笑了笑。

可余九琪就是觉得不对劲，牵着他的手，沿着原路，走出那座森严的监狱。

刚走出监狱大门，还没走到他们的车位，孙锡突然甩开余九琪的手，跑到路边，扶着监狱外围的砖墙，剧烈地呕吐起来。

他只是干呕，大声地干呕，痛苦地干呕，身体绷成一张弓，脸色憋得涨红，眼底一片混浊，声音惨烈到宛如痛哭，又似号叫，明明什么也吐不出来，却又仿佛吐出了一切。

余九琪去车上拿了水和纸巾，就耐心地陪在旁边，没有劝，没有问，也没有制止，就陪着他吐出那些经年累积的顽疾。

孙锡靠着墙，平复了许久，才能开口。

他没有说任何细节，任何对话，没有对那个人做任何描述，没有说他认为那个人是极度冷漠、极度自恋，一个彻头彻尾的只爱自己的人。他就算是忏悔，也是为了自我感动，是一种自怜。

孙锡只是看着眼前站在阳光下的，他的女朋友，他的爱人，他仅剩的家人，坚定地说：“九，我跟他不像，一点也不像。”

是在他们准备开车离开时，在冬日正午温暖的阳光下，余九琪一转头，突然看到监狱背面那座山，山顶有两峰对峙。

她觉得眼熟，虽然忘了叫什么名字了，但依稀记得，这是爸爸小时候长大的地方。

余九琪便远远地拍了张那座山的照片，发给了余凯旋。

随手又附赠一个表达浓浓爱意的表情包。

还是不够，她干脆打了一行字“爸爸我爱你”，又发了一串感叹号。

余凯旋正躺在家里的床上，看到女儿的微信，猜得到这背后的意思，没回她，也没有多问，只是点开那张照片，放大，仔细看那熟悉的山峦，依旧青松高远，白雪茫茫。

然后他顺延着想起一件小事。

他想起那年在孙誉文被捕一周后，医院里，余凯旋正焦虑地等待老三的开颅手术，中途遇到了温雯。

温雯抱着个瘦不啦唧的、捡来的女婴，说是孩子发高烧，急得上蹿下跳，就把孩子放在儿科病房里，骂骂咧咧去楼下找儿科医生。

余凯旋不放心那个孩子，就去病房看看，看到同一张病床上，除了那个女婴，还有一个大一点的男孩在输液。

两人头上都贴着退烧贴，都是被那场漫长的寒冷冻坏了的结果。他们一个躺在棉被里，一个坐在病床上，看着彼此，眼睛一转不转。

余凯旋正要过去，这时，窗外突然照进来一大束极其温暖明亮的光，他这才震惊地发现，那场陆陆续续下了几天的暴雪，终于停了。

温雯火急火燎地进来，抱走了女婴。

余凯旋却还站在那里，不知怎么，想起几个月前为了追求温雯学的那首流行金曲。说实话，他从不觉得那首歌很好听，但此刻哼起来，猛地热泪盈眶。

他想，如果1999年有爱的话，如果爱还存在的话，或许就是刚才那个画面。

那是爱，是1999年的爱，具象化的样子。

余凯旋从没有告诉过任何人，当时与棉被里的小九同时沐浴在暴雪后的阳光下的男孩，就是孙锡。

第二十一章

/

一头扎进这沸腾生活

Dong feng chui you sheng

余九琪已经两个多星期没见到温雯了，自从她搬出来后，温雯就有意无意地回避她，单方面跟她冷战。

之所以说温雯单方面冷战，是因为余九琪不止一次想跟她沟通示好，都碰了钉子。

小年前后就开始备年了，余凯旋家一向是组团过年，年三十到初二基本都在一起过，备年的压力都在孟会红身上，温雯出个人就行，但家里也要按习俗收拾一下，往往都是小九做。

今年也是如此。

小年那天，余九琪给温雯发微信，拍了两张春联和窗花的照片让她选择。温雯不吱声，却转头发了个朋友圈。余九琪了解她的小脾气，就耐心等着。等了半天，她还是不回，却在家庭群里艾特祝多枚，问晚上喝不喝酒。祝多枚婉拒，说跟你喝没意思，你没量。

余九琪也不跟她耗着，自己选了一套，第二天带着春联回家贴，顺便打扫一下卫生。快到小区，她才给温雯发了个信息，问温雯家里的洗衣液是不是没有了。

温雯这次秒回，问：你现在来？

余九琪说：我快到了。

温雯又回：洗衣液有，但不够。

余九琪在楼下买了些除尘打扫用的东西，才上楼。敲门，没人应，她开锁进去，见家里空无一人，可刚煮好的银耳红枣粥还是热的，空气里还有没挥散的香水味，门口仓促换下的鞋和衣服凌乱堆着，显然是临时跑路，怕碰见她。

怪好笑的。

经过这些日子的震荡和冷静，余九琪也说不清楚在哪个时刻，突然就不再困扰于妈妈给她带来的压力，也不再急于切割了。理智上，接受了她和妈妈这二十几年来紧紧绑在一起的生活状态势必结束；可感情上，依然深深牵挂妈妈，想念妈妈。

甚至明知妈妈在躲着自己，还通过各种方式追踪她的状态。

包括但不限于旁敲侧击地问二凯哥和红姨，跟小富总私聊打探，路过她几乎不怎么去的那家化妆品店看几眼，还随时关注她的社交账号，朋友圈、微博，甚至蹲直播间。

腊月二十六，早晨八点，余九琪照旧定了闹钟，醒来后翻个身，趴在床上打开那个位置在两百公里外的东北虎林园直播间。她调了静音，揉揉眼睛，倒不怎么关注屏幕里一只只刚睡醒的、毛茸茸的老虎幼崽，而是盯着下面滚动的评论。

认真、专注，一条互动也不错过。

连身边的人什么时候醒了，磨磨蹭蹭地腻过来，她都不知道。

直到略带薄茧的手绕过被子，熟稔地钻进她衣服里，循着徐徐向上，那枚素戒在那里刮了下，敏感而挺立，余九琪才轻哼，想躲，那只手用了些力，随着胳膊搂紧，人也闷哼一声，压在她肩头。

被子厚，暖气足，余九琪只穿了一件吊带睡衣。他裸着上身，躲过那条细细的吊带，灼热着，从后背慢慢向前吻，一路滑到肩膀。见她还盯着手机，他手上的力道不由得加重，惺忪地看了几眼。

“萌萌是谁？”肩膀上的人喑哑地问。

余九琪点了下屏幕：“就是它，还没睡醒的那只小老虎。”

孙锡又看看直播间下面滚动的评论：“二埋汰呢？”

余九琪指着另一只：“这个，脸上有黑纹的这只。”

“就因为有黑纹，所以叫二埋汰？”

“不是，因为它小时候喜欢去泥里打滚。”

孙锡觑了一眼，越过她薄薄的肩头，看了眼他女朋友专心盯着东北虎饲养直播的侧颜，又见评论区有个乍眼的账号疯狂刷屏，呼叫饲养员把镜头对准刚才提到的那两只小老虎。

他心下一阵疑惑，就问了出来：“这‘东宁街辣辣虎妈’，不会就是你吧？”

余九琪转头，像看傻子一样看孙锡。

孙锡就问：“咋了？”

余九琪白他一眼：“你看我的手打字了吗？”

“那是谁？”

“我妈。”

“谁？”

“温雯。”

孙锡手一顿，眸光敛了敛，泄了劲。

“东宁街辣辣虎妈”就是温雯专门为了看东北虎幼崽直播申请的账号，每天准时准点早晚投喂，电子饲养，跟饲养员主播疯狂互动，甚至分享了很多生活琐事。看直播成了她情绪宣泄的出口，也是余九琪了解她状态的渠道。

见孙锡彻底醒了，余九琪瞅他一眼，调大了手机音量，听到话痨主播正在跟评论区的温雯聊天。

因为这么早只有她在刷屏，几乎是一对一公开唠嗑。

那主播回应温雯的互动：“是，二埋汰这两天是胖了。二埋汰，你听见没？你妈说你胖了，一天天吃的，站起来像一只猪似的。咱是老虎，又不是猪羔子！”转而又问温雯，“姐，你哪天开车过来玩呗。”

下面东宁街辣辣虎妈回复：太远了，我不爱开长途车。

主播说：“让你对象开呗，你上次说的比你小的那个对象。”

温雯回复：不处了。

主播问：“咋的？换了？”

温雯回：分手了。

主播问：“为啥啊？”

余九琪万万没想到蹲直播间蹲到这么个劲爆八卦，盯着滚动的评论区，屏住呼吸。等了漫长的几秒钟，温雯才回答。

——他想结婚。

——我不乐意。

主播问：“结婚不是挺好的吗？你咋不乐意呢？”

更漫长的几秒后，温雯回：我这样的，别祸害人家。

余九琪脑子“嗡”的一声，重重一沉。那几个字尖锐地刺到眼底，又扎进心里，她有一瞬希望这是温雯开的玩笑，那个借口也是她一时口误。

那主播倒是挺热心肠，还在继续劝。温雯没再说话，直接退出了直播间。

余九琪一阵说不清的难过，转头，正好撞见孙锡从手机屏幕上挪过来的眸光。他也看见了，但没搭话，抽手，回身，躺在枕头上。

他看着天花板，凝视着吊灯罩上一小片熏黄的痕迹，浅淡，却不容忽视，像是他刚才从小九眼神里捕捉的忧虑。

阳光已经铺满了卧室，他晃了晃眼，抬手轻轻地掐着山根。

余九琪那一整天都惴惴不安，几次拿出手机想联系温雯，翻来覆去组织借口和语言，想多了解一些，又觉得妈妈不会轻易在冷战时期跟她分享真心，多半又会碰钉子。

所以当天晚上，当小富总用罕见的焦虑语气向她求助时，余九琪二话没说，立刻答应下。

小富总打来电话时，余九琪和孙锡正开车去西边吃饭，他们约了徐添和几个朋友一起聚聚，小富总说他和温雯此时就在常去的那间舞厅。舞厅离吃饭的地方倒是不远，余九琪就让孙锡先把她送去舞厅，他一个人再去赴约。

孙锡没吱声，把余九琪送到地方后，自己也下了车。

余九琪越过车头，看了眼随她下车的人。黑夜中他眼底一片明亮，笃定地看着她。

孙锡只说："我不进去，在外面等你。"

这家舞厅余九琪很熟悉了，温雯年轻时就在这儿跳舞，余九琪无数次来这里找她、陪她、等她，见证了她把拉丁、探戈、华尔兹挨个学了个遍，见证了她来来往往出现过的诸多男友和在不同年代里紧跟潮流的热爱。

余九琪偶尔不理解温雯身上的矛盾，她是一个给自己判过死刑的人，她悲观，又偏激，始终用不惜同归于尽的方式跟这个世界战斗，可同时，她又带着无比自由和热忱的状态，一次次投入生活绚烂的冒险中。

淋漓尽致，又全力以赴。

或许就是因为这种矛盾性，像是天真和性感同时出现在她身上一样，才使她变得迷人，有魅力。

可在走向走廊尽头那间排练厅时，余九琪忽地想起早晨在直播间里看到的那句话，那句借口，那短短几个字，宛如一记冷拳般捶了下她。

那不是妈妈平时会说的话。

瞅了眼等在走廊入口、陷在幽暗灯光下的修长身影后，余九琪转回头，推门，走进闹哄哄的排练厅。

里面散乱站着几个人，大多是跳舞的队友。几平方米的空间，却布置得满满当当的浪漫，统一配色的鲜花、气球、字幅、礼物，挨着门口的桌子上还有高档品牌的戒指盒，以及两张大大的日文门票。

余九琪仔细看了眼，是下个月东京的演唱会门票，泰勒·斯威夫特，温雯此时最喜欢的歌手，去看一场她的演唱会是温雯念叨好久的最大愿望。

而显然，从现场的混乱、诡异，以及每个人脸上不同程度的尴尬来看，小富总这场精心筹备、诚意满满的求婚仪式，以失败告终了。

"你怎么来了？"

温雯扭过头，蓬松长发甩在脑后，见到门口的小九，眼神在她脸上定了定，意外之余露出一丝没来得及藏起来的慌乱。

她随即又看向对面的小富总，将那慌乱掩饰掉："你把她弄来的？"又切换成那副不饶人的蛮横，"你把她弄来，也没有用，她还能管得了我？"

“我不是让她管你。”

小富总特意穿了套厚呢西装，头发抓得一丝不苟，在如此难堪的情境下，语气依然温和，竟有种超越了年纪的成熟。

“那你让她来干啥？”温雯就显得幼稚直率了。

“小九。”小富总叫她。

余九琪回视，猜想他电话里所谓的求助，大概是让自己帮忙说好话。她过去从不掺和温雯感情上的事，分分合合也都尊重温雯的意思，即便对小富总的印象逐渐加分，也未必能发挥作用。可没料到，小富总认真地看着她，问了个让她瞬间失措的问题。

“小九，你觉得她是一个好人吗？”

余九琪愣在那里，温雯奓毛了，冲对面骂了句：“你有病吧？”

小富总没理她，又问余九琪：“你觉得她是一个好妈妈吗？”

余九琪隐约意识到什么，还没回应，温雯又骂了句：“你真是有病！你问她这些有啥用！”

“有用。”小富总动了点气，看向温雯，“因为我不接受那个理由。”

然后他又平静了些，搓着手，说：“你可以用别的理由拒绝我，哪怕用年纪、用家庭不支持、用性格不合、用不想结婚都行，但你说你不是一个好人，我不接受。”

余九琪猛地看向妈妈，瞪大了眼睛，胸口钝重地疼了下。

温雯板着一张小脸，用力地眯着眼睛，似下了个艰难的决心，对小富总说：“我是不是好人，这么长时间你看不出来吗？瞎吗？大伙都知道，石城的人都知道，但凡跟我沾点边的人，从过去到现在，让我坑得还少吗？哪有好人去挨个祸害别人的！”

小富总不听，看向余九琪：“小九，你说……”

温雯把话抢过去：“你问她就问对了，我坑她坑得最惨。”

余九琪看向温雯，堪堪开口：“妈……”

温雯立刻冷冷地看过来，一个眼神打断她，然后就锁着女儿的眼睛，轻轻地吸了口气，狠狠心，带着一股刻意的冷酷和自嘲，继续说了一番掏心挖肺的话。

既是列举给小富总的她如此糟糕的证据，也是这段日子以来，冷冰冰地悬在她们母女之间的巨大隔阂的总结。

她说：“我一个当妈的，只考虑自己，想离婚就离婚，想干吗就干吗，从来不考虑她，我还打过她、骂过她，给她惹事。

“我不让她跟她爸，不让她离开家，不让她在大城市，也不让她谈恋爱，尤其不能跟我厌恶的人谈恋爱。

“我让她活得小心翼翼、表里不一，处处讨好别人来生活……”她顿了顿，声音发抖，“我让她辛苦、不快乐……

“是我这个当妈的，让她连爱自己的能力都没有！

“我是个好人吗？难道，我是个好妈妈吗？

“你跟我这样的人结婚，你傻吗？”

温雯转向小富总，吼道：“你清醒点吧！”

余九琪心如刀绞，每字每句都像在她心里划刀子。不等小富总说话，余九琪上前，想说点什么。可没等她开口，温雯转身擦着她的肩，走出去。

门没有关，高跟皮靴踏在水泥地砖上，“咚咚”地盘旋在走廊里。独属于她的脂粉香回荡过来，余九琪循着熟悉的声音和味道，追上去。

走廊的尽头，温雯一眼看到孙锡，看出他听到了一切。

“妈！”

余九琪从后面喊了一声。

温雯决绝地离开。

温雯那辆已经修好的凯美瑞就停在舞厅门口，可她绕过去，没有开车，径直走向前方浓浓的夜色中。每隔两米的绿化树上披挂着春节彩灯，斑斓闪烁。她迎风急行，身上那件羊滩毛皮草簌簌抖动，小心张扬。

余九琪就随着那张扬，一路追过去。她此刻终于明白是自己那番切割的狠话，深深刺伤了温雯，以至于让温雯如此消极和晦暗。

她感到强烈的自责和心痛，因为她原本并不想伤害妈妈。

更没想到伤她这么重。

跟了半条街后，看到温雯踩着高跟靴上了石城最高的那座天桥，余九琪忽然害怕了。她回头，小富总落在后面，便看了眼紧跟在身边的孙锡。

孙锡立刻会意，跑在前面，上天桥。余九琪跟着，看到温雯站在天桥正中，停下，似乎要往围栏走，便惊呼一声：“妈！”

没等温雯反应，孙锡上前，扯着她的胳膊把人拉过来。

温雯回头，见是孙锡，狠狠甩开他，再看过去，看到气喘吁吁地站在两米外的女儿。或许因为刚才那番话已经撕开了她们的裂口，她抿唇，毫无掩饰地流了泪。

余九琪心里酸楚，眼眶热辣，她用力忍住，觉得有必要跟妈妈解释点什么，慢慢向前走。

小富总也追了上来，见母女俩这番气场，停在一边，没上前。

余九琪边走边说：“妈，我那天晚上不是那个意思。”

温雯哽咽着，带着浓浓的悲怆：“你说你宁愿我当时没捡起你，是我听错了吗？”

旁边的孙锡一震，看向余九琪。

余九琪抖着手，直摇头，说不出话。

温雯又问：“你到底多恨我啊？我到底做得多失败啊？让你恨不得没在这世上活一遭！”

余九琪摇头：“不是的妈，我不是那个意思。”

温雯冷厉地看了眼孙锡，又问：“而且我不明白，余九琪，你说你要开始爱自己了，你爱自己，就是去选择一个男人吗？

“你爱自己，就是不要我，要他吗？”

余九琪已经走到温雯身边，可复杂的情绪让她胸腔酸胀，一句话说不出来。她想去拉妈妈的手，温雯甩开她；她想去搂妈妈的胳膊，温雯挣脱。无奈之下，她拽着妈妈的袖口、衣角，在拉扯中，跪了下来。

只有他们四人的天桥上，临近春节的夜空下，冷风里，余九琪哭着，给温雯跪了下来。

孙锡向前虚虚地迈了一步，低头心痛地看余九琪，没有动。

余九琪费劲地抬起头，拽着衣角，就那样哭了一会儿，才似稳定了情绪，看着妈妈，顺着她刚才那些撕心裂肺的质问，前言不搭后语地、本能地、毫无修饰地掏出心里话。

“妈，我非常感激你当时救了我，让我活下来。我确实有活得很累的时候，可美好和幸福的时候更多。因为你们，你和爸爸，你们尽其所能地给了我很多很多的爱，多到曾经让我惶恐、让我贪婪，害怕失去，所以我才那么努力要当一个好孩子，我想配得上你们的爱。

“对！”余九琪像是忽然想通什么，“所以那么多年，我觉得你们谁都重要，就我不重要。我想让你们都满意，但我无所谓。

“妈，我现在明白了，我从没有爱过自己，不是因为你，是我自己的问题。

“是我自己给自己下的囚笼。

“但我现在可以做到了，我可以先尊重我自己了。我要先觉得自己重要，才能看清什么对我重要；我要先爱自己，才能去爱别人。”

余九琪用力拉着温雯，仰头看她：“妈，孙锡对我很重要，你对我也很重要。我没有在你们之间做选择，你们对我一样重要，我爱他，也很爱你。”

温雯低下头，含泪看着小九，眼神谨慎试探，似不相信她的话。

余九琪又说：“真的妈妈，我爱你，我很爱你。我爱你并不是因为你救了我，养大了我，给了我一个很好的家和一个非常棒的爸爸，我并不是因为感激和愧疚爱你，就因为你是你。

“因为你是我妈妈，我无条件爱你。”

温雯突然捂着脸，哭出了声。

孙锡在旁边，偏过头，迎着风。

余九琪急喘两口气，最后又强调：“妈，我那句话是气话，我非常满意我的人生，所有爱、恨、辛苦和甜蜜，我都满意。

“我热爱我的生命，我庆幸我活着。”

天桥下驶过一辆运货卡车，发出急促响亮的车鸣，划破沉寂的冬夜。冷风阵阵袭来，不疾不徐地刮着，把那句话卷起来，兜一圈，散出去，散进需要的人心里。

我热爱我的生命，我庆幸我活着。

而这一切的原点、功劳、恩德，都是因为你。

能让一个曾经被遗弃的、濒死的生命变得如此美好，美好到再去治愈其他人，作为功臣的你，自然是一个好人，是一个好妈妈。

温雯伸手，把余九琪拉起来。

温雯握着她那几根冰凉的手指，揉了揉，攥在手心。

是在那阵冷风停下后，夜回归安静。温雯抚了抚颊边的碎发，看向远方不知哪里亮着光的灯塔，忽然想起小九的周岁宴上，她说的那三个期望。

然后她眸光平移，看向靠在天桥栏杆上的孙锡。她依旧看不惯他那张脸，可黑夜里，他的容貌似乎模糊了些。

温雯长叹一口气，恍然意识到，那三个期望，希望我的女儿平安、快乐和永远被爱，她曾用尽全力去做，却一败涂地。

或许，真的要稍微放手，才能实现。

“孙锡。”

所有人听到这声平静的呼叫，都一惊。

孙锡挺直身子，看向温雯，看到她凝重神情里的脆弱，仿佛认输时的骄傲。

温雯开口，却停顿，磕绊：“你如果……你以后但凡，你要是敢……”

孙锡一下子明白她要说什么，惊喜，又不忍，立刻回应：“我知道。”

温雯盯着他，问：“你知道？”

孙锡说：“我知道。”

温雯便咽下前半句，把后半句一字一字地、咬着牙狠狠地说：“……我会扒了你的皮，喝干你的血，嚼碎你的骨头，让你死都死得不成人样。”

孙锡说：“我知道。”

温雯松开余九琪，转身就走。

余九琪追了两步，温雯说：“别跟着我。”

始终站在后面的小富总跟上去，温雯没说话。

余九琪看着妈妈走下天桥，融入冬夜，依旧张扬、高傲、从不回头。

她恍然彻底意识到，她和妈妈自相遇那天捆绑在一起的、比骨肉脐带还深刻的羁绊，从某种程度上，断掉了。

她们终于成了独立的、又亲密支撑的个体。

这时，一只有力的臂膀围过来，搂着她的脖子，勾到身边，在她头顶亲了下。

余九琪带着一股酸楚，回头，抬眸。

撞见一片温暖和灼耀。

她忽然莫大的庆幸与感恩，庆幸我们撑到了现在，感恩命运兜兜转转，仁慈美好。

在大年三十的早晨，孙锡睡了漫长的一觉。意识先混沌着苏醒，眼皮却掀不开。空气干燥，温度适中，有暖气和灰尘的味道，可周围白茫茫一片，一片大雪。

雪极为眼熟，层层叠叠地错落铺开，呈不同形状和质地，有均匀地铺在马路上的细雪、染着血的坟墓般的雪堆，和压在山峦上半尺厚的积雪，蜿蜒盘旋，望不到尽头。远空团团雾霭低垂，空气稀薄，然后突然，他看见自己拉着一个女孩，宛如两只小蚂蚁，跑向前方庞然的阴影中。

他很快认出来，那是年少时的自己和年少时的她。

那周围，都是从过去一路随着他们飘过来的雪。

他用力攥着那只手，把那指尖攥到发白、发烫、融化，融化到他的身体里，再奔向那片未知的阴霾中，告诉自己闯过去，大胆地闯过去，去闯出一片阳光。

直到有个熟悉的声音飘过来，由远及近，叫他的名字。

“孙锡。”

眼前的雪像是被某种魔法召唤一般，一粒一粒、一寸一寸，迅速消融瓦解掉。

“孙锡，醒了。”

“唰”的一声，窗帘被拉开，他睁开眼睛，一束亮光刺眼。

原来真的闯出了阳光。

他看到她走过来，是长大后的模样。不等她再说话，他用仿佛死而复活般的本能力量，腾起上半身，拦腰抱住她，她跌落怀里，又被他按进去，紧紧箍着，躺在床上。

他在她温热的脖颈间贪婪地大口呼吸，暖流顺着鼻腔滚到身体里。

活着真好。

余九琪由着孙锡抱了一会儿，耐心地等着连续睡满了十个小时的人苏醒。她知道有时候失眠太久和睡太饱一样，都会对现实环境有短暂的间离感，非要抓住点什么，才能落地。

只是他的体温一向很烫，尤其早晨，胸膛和手臂紧贴着她，隔着一件厚毛衣，白皙的脸上熏出一层细汗。

孙锡注意到她穿好了衣服，沉声问：“你要走了吗？”

余九琪“嗯”了一声，说：“我爸让我换点晚上包饺子用的硬币，我得赶紧去，中午超市就都关门了。”

他的鼻子蹭着她的耳垂：“我不想让你走。”

一阵痒，她轻笑：“你在撒娇吗，孙哥？”

后面的人没说话，身体又烫了几分。

“没两天就见了。”

“几天？”他追问。

“我初五就回来住。”

“我初三去拜年，你跟你爸说了吧？”他突然问了句。

余九琪的眸光在他看不见的方向定了定，微微转头，商量：“要不咱换个策略呢？打个电话拜年也行。”

“我礼物都买好了。”孙锡懂她的担心，“你爸是讲究人，大过年的，还能把我往外撵？”

“撵倒是不至于。”

“那难道还能打起来？”孙锡紧了紧手臂，“打我不还手就完事了。”

余九琪又转头瞅他一眼，莫名想笑，又觉得奇怪，奇怪孙锡不知自什么时候开始，从思维方式到兴趣口音，东北味越来越浓了。昨天她去 KTV 接他下班，居然看到他兴致勃勃地蹲直播间，听葛凡和别人 PK 喊麦。

而且仔细一看，那不是葛凡的直播间，是乐胜煌的直播间。孙锡已经连续刷了几个火箭，看到小九后，急忙喊她，说“宝宝，你快上来给凡哥刷几个，这把我们要输了”。

余九琪就白他一眼，说“我们温都水汇的直播间，怎么没见你花一分钱？连关注点个灯牌都没有”。孙锡就保证，说下次温都水汇再直播，不管是徐铭卖票，还是红姨唱戏，他指定大刷特刷嘉年华。

余九琪此刻依偎在他怀里，想起来依旧好笑，哼着笑出了声。

孙锡在后面开始动手动脚，她怕跟他再腻歪下去耽误事，顺着他的劲挣脱开来，翻身起来，拎着已经收拾好的一小兜行李，说得走了。

孙锡坐起来，最后拉着她的手亲了下，裹着一股怨念深重的气场，在大年三十的早晨，依依不舍地看着他女朋友离开，去爸爸家过年。

余凯旋每年都要求全家人到他家过年，死规矩，谁不服也不好使。尤其今年他腰不好，更不敢惹，惹急眼了，他能叉着腰过来，拧着耳朵把你揪走。

从年三十到初二，余凯旋一向把全家的活动排得满满当当。因为没什么长辈了，不用出去拜年，中国人过年过的就是团圆热闹，就一家人混在一起吃喝玩闹。

三十晚上包饺子，放烟花，一顿年夜饭直接喝到后半夜。喝倒了，一伙人胡乱睡，初一早晨睡到自然醒，醒了就开始打麻将。

春节的麻将玩得很大，输赢很刺激那种。余九琪只用了一下午，从温雯和祝多枚那里赢了两个月工资。到了晚上，祝多枚输急眼了，想方设法劝小九下桌换人。小九岿然不动，连手机都不看，自然没注意到她男朋友戚戚怨怨地发了好几条求关注的废话。

孙锡春节就在乐胜煌过的，三十下午给叔叔和奶奶送了点礼，再没露面，跟着几个同样不回家过年的员工一起吃了顿年夜饭。初一客流量就大起来，大部分员工放假，他亲力亲为一直忙，倒也不觉得难挨。

余九琪到了夜里才给孙锡回信息，顺毛哄了几句，可转头就开始点炮输钱，自那之后，再没搭理他。

直到初二晚上，余凯旋在海鲜酒楼订了桌席。其间，孙锡给余九琪发来几张照片，是他明天上门拜年准备的礼，除了几种水果、饮料，还有两只帝王蟹和一箱茅台，问够不够。余九琪说够。

孙锡又问：明天十点？

余九琪回：十点。

他又说：紧张吗？

余九琪看了眼对面穿着新年战袍聊天的余凯旋和温雯，搓着手指头，垂眸沉默片刻。虽然已经跟家里人铺垫了孙锡要来，她还是不免打鼓，怕出什么状况。

也不知道孙锡现在哪里来的自信，居然安慰起她来：放心吧，打不起来。

结果恰恰相反。

大年初三，孙锡第一次登女朋友的家门，就结结实实地跟全家人干了一仗。

要怪，就怪那场突如其来的暴雪。

雪是从初二下午开始下的，天气预报只说是阵雪，可雪越下越大，连绵不绝，直到初三上午都没有停的架势。余凯旋家住高层，从窗户看下去，簌簌的鹅毛雪下，整个城市仿若静止，只零星几辆披着银装的车缓行。屋顶和树挂都团团堆着雪，参差错落，茫茫一片白，颇有些童话感。

也不知是谁牵的头，说这天气，就应该出去打场雪仗，要不白瞎这雪了。

余凯旋家向来是一个牵头的、一个起哄的，就能立刻攒成一个局。这次起哄的是二凯哥，他扶着腰，站在窗前，大手一挥，说："走吧，出去吧，咱打雪仗去！"

红姨说："拉倒吧，就你那腰，再闪一下就得瘫痪。瘫痪了，我可不伺候。"

余凯旋就笑，说："我不打，我就旁观、指挥，你们打。"

祝多枚和葛凡早就在家憋坏了，换了衣服就要走。三叔也不怕冷了，跟着兴奋，转着圈尖叫要出门。

只有余九琪慌了，快急哭了，还有点生气，以为爸爸故意要晾着孙锡，他明明知道孙锡就在来的路上了。她哭丧着脸，正酝酿着想拦住他们时，余凯旋费劲地往身上套棉背心，转头对她说："你把那谁也叫上。"

余九琪一时没反应过来："谁啊？"

"谁谁谁！"二凯哥不耐烦，"你说谁？"

余九琪了然，惊喜地咧嘴笑，上去亲了爸爸一口，又觉得不够稳重，转头看了眼温雯。温雯躲了一下，低头掏手机，说"那我把小富也叫上"。

于是大年初三的上午，余凯旋家两辆车、孙锡一辆、小富总一辆，四辆车顶着大雪从石城不同方位出发，开向东边郊区的一处人工湖空地。那里本就积了半个冬天的雪，加上眼前这场雪，足够干一场酣畅淋漓的雪仗。

打雪仗，顾名思义，就是打仗。打仗从不是什么浪漫温柔的事情，没有长幼大小，没有性别谦让，就是干。

但东北的雪仗跟别的战斗还不一样，没有战术，没有站队，更没有战友，一对一打行，偷袭混战也行，全凭心情和状态，逮谁揍谁。

余九琪自小就玩习惯了，孙锡倒是没这么疯过，尤其是第一次拉着一车礼物登女朋友的家门，半路就被薅到这荒郊野外来，还让他跟全家人打仗，也不知道几个意思，到底谁打谁，一时之间有点蒙，修长的身子尴尬地杵在那儿，瞄着余九琪求助。

而余九琪早就跟葛凡打起来了。她压实了一个大雪球，猛地砸在葛凡脸上。葛凡急了，抓了一大把雪追过去，追上后拽着余九琪的领子，把雪塞到她脖子里，引得她一阵“吱哇”乱叫。

余凯旋扶着腰，站在那儿看女儿一边从脖子里往外掏雪，一边追着葛凡踹，“哈哈”大笑。

孙锡倒是黑了眼睛，心下一阵不痛快。这时不知哪里来的暗器，一大团雪结结实实地砸在他肩膀，隔着稠密的鹅毛大雪看过去，似乎是小富总。

孙锡愣着，依旧没动弹。不一会儿，又一团雪从别的方位砸向他，砸到脸上，溅到眼睛里，已经分不清是谁了。

见他依旧杵在那儿，余凯旋就急了，冲他喊：“你傻呀？还手啊。”

孙锡看过去，犹豫着，像是还放不开。

余凯旋就皱眉：“啥也不干，就等着挨揍啊。”

那一刻，孙锡在余凯旋那毫不掩饰的调侃和嫌弃语气中，忽然感受到一股奇异的感动。

是他自小就羡慕的来自平等包容家庭的玩笑，是他自小就缺失的来自长辈饱含温暖的呵斥，是他从未体验过的，被看见、被接纳的感受。

他羞涩、害怕，却也惊喜、震动。

他用了二十几年逼自己习惯孤独和冷漠，可此刻，突然想尽可能地去拥抱更多的温暖，去与这个世界热热腾腾打一仗。

刚巧葛凡攒了个雪团要过来，孙锡大步向前，弯腰拾起一大把雪，狠狠迎上去，一躲，一砸，全糊在葛凡脸上。

葛凡惊呼：“我的眼睛，把我的眼睛打瞎了！”

祝多枚跟过来，加入葛凡：“谁！谁打我弟眼睛了？”

余九琪自动站在孙锡那边：“打得好，孙哥！就打他，打的就是他！”

祝多枚招呼温雯：“雯姐，过来，一起干他们俩。”又大大咧咧地补了一句，“新仇旧恨今天一起报了！”

余九琪招呼孟会红：“红姨，红姨，你不是早就想教训这俩败家孩子了吗？我帮你！今天咱们不把他们打服了，以后这个家就得乱套！”

祝多枚叫嚣：“行，等会儿打起来，你别跑！”

余九琪回：“跑啥？怕啥？谁没有医保啊！”

小富总和三叔在中间，等了半天，见没有任何战队叫他们，小富总就绅士地冲三叔伸伸手，意思让三叔先选。

不知是不是大雪模糊了孙锡的脸，三叔居然没再害怕他，犹豫了一下，站在了孙锡身后。

战争一触即发，积雪四溅，尖叫不断。余凯旋站在那儿，兴奋地拿出手机，一边念念叨叨地指挥战术，一边录视频。

视频里混乱一片，没一个人身上是干净的，往雪里埋，在地上拽，早就分不清输赢了。

余凯旋正看得起劲时，突然一个暗器过来，重重地打在他脑门上，险些把他打个趔趄。他忍痛扶了扶腰，看过去，看向雪球的方向，是孙锡。

已经完全融入家庭团战的孙锡见自己无意中打了余凯旋，惊慌失措，站在那儿。

葛凡就起哄：“废了，他废了，还没咋的就敢打老丈人，以后没他好日子了！”

孙锡立刻走过去，边走边道歉：“叔，叔，对不起，我不是故意的，我没看清楚，失手了。”见余凯旋不理，他更蒙了，开始语无伦次地胡说，“叔，我今天本来是给你拜年的，这整得，我还带东西了呢……没啥值钱的玩意，要不行……”

情急之下，他突然想起二凯哥心心念念的东西：“……我把 KTV 送你。”

余凯旋一听，眼睛一亮：“KTV 送我？”

孙锡说：“对。”

余凯旋盯着他：“真送？送我可要啊。”

孙锡不识逗，一脸认真：“送！真送！”

余九琪听不下去了，过去戳破：“爸，你差不多得了，你也好意思，凭啥 KTV 给你？”

余凯旋也破功了，笑起来，指着余九琪喊：“我算是白养你了。”

余九琪也跟着笑，然后转头，隔着依旧连绵的大雪，看向身后的温雯。见妈妈披着一身雪花，红唇在黑色衣服和白色大雪下，微微抿起，笑得疏淡，却美艳。

不知怎么，余九琪痴痴地看了片刻。

天空灰蒙蒙地低垂，近得仿佛伸手就能触及。暴雪不知从何落下，纷纷扬扬地笼罩着整个世界，他们置身于其中，热血沸腾，内心滚烫。

没有人提起，但所有人都感受到，或许暴风雪并不一定凛冽，严冬也并不等于残酷。

当人心向暖时，哪怕置身于凌寒，也可以携着手融出一片火光来。

过了中午，大家才准备走，各自低头收拾身上的雪，天地安静了片刻。

然后忽然，不知从哪里传来一阵细弱的哭声。

是温雯先听到的。

她停下手中动作，忽然仰起头，下意识地看了眼低垂朦胧的天空。大朵大朵的雪花悄悄地落在她脸上，缓缓融化。她闭上眼睛，细细地辨别，听到那哭声并不是来自天空，而是一个明确的方向。

她朝着那个方向走去，走过人工湖，穿过一小片荒草枯枝，顺着越来越清晰的哭声，走到一个野坡前，看过去，看到一个女孩。

那女孩也就二十岁上下，一身白色的羽绒服，散着染过的黄色长发，坐在野坡的石头上，攥着手机，茫然地看着前方，像是早就哭累了，“呜呜”地低泣，时断时续。

“哎。”

温雯叫了一声，后面余九琪和全家人也都围过来。

那女孩小心翼翼地回头，是一张极为清丽的脸，窄小、立体。虽然哭肿了眼睛，却依然有一双干净清澈的眸子。只不过眼底混沌着，裹着浓浓的悲伤和绝望。

余凯旋走路费劲，落在后面，隔着一家人的脑袋看过去，看清那张脸，竟有一瞬遥远的恍惚。

温雯定定地看了她一会儿，才轻轻地问："你怎么啦？"

那女孩不说话，怯生生地看着他们。

温雯又问，语气温柔："要帮忙吗？"

女孩还是不说话。

温雯忽然袭来一阵莫大酸楚，不再问了，只说："没关系的，会过去的。"

那女孩一下子流出眼泪，咬着唇。

温雯又说，像是哄劝，也像是承诺："都会过去的，什么都会过去的。"

女孩抬手抹了抹眼泪，看着她："是吗？"

温雯重重地点头。

她又问："那要怎么过去呢？"

温雯说："就挺过去。"

"怎么挺过去？"

温雯沉默，蹙着眉，似乎在回忆、在总结，然后开口："就一头扎进去，闭着眼睛扎进去。"

"扎到哪里去？"

"生活。"她说，"扎到生活里去。"

然后她又花了点时间，分别看了眼余九琪、孙锡、小富总，以及身后的余凯旋、孟会红和老三，胸膛翻涌着这二十几年的复杂情绪，不知不觉也红了眼眶，再回头，忍了忍情绪，才大声冲那没有名字的陌生女孩喊着说：

"就热热闹闹的，回家，该吃吃，该喝喝，该爱就爱，该恨就恨，就闷着头，一头扎进这沸腾生活里去！"

扎进去，热热腾腾地扎进去，生活自然会给你答案。

那些曾经中伤你的、折磨你的、摧毁你的，随着时间，也会慢慢抚平你。

要有耐心啊，要坚持啊。

要相信爱啊。

这世上从不缺伤心的人，可缝补过的心才更坚韧。

活下去，请活下去。

请一定要张扬肆意地痛快活下去。

冬风终会过去。

相信我。

你也会等来春天。

番外一

/

谢谢你来找我

余九琪是在大三那年春天与孙锡重逢的，星期四，阴天，晚上八点半。

第一眼，余九琪是没敢认的。

当时她正跟尹瑶在北京西三环一家商场做调查问卷。尹瑶是余九琪的大学室友，她们共同选修了品牌营销课，被分到一个小组，学期内的小组作业就是做原创设计品牌调研，无非发问卷、填问卷。两人上午来的，一口气跑了整个商场。结束时，天都黑透了，尹瑶口干舌燥，就说去买两杯喝的。

余九琪抱着一摞问卷，站在一楼那间饮料店外面等她。透过靛蓝色的玻璃窗，她随意一瞥，看到尹瑶前面站着一个高个子男人，眸光微怔。

她并没有看清他的脸，他侧着身子，一身黑，刘海虚虚地遮住眉眼，只依稀可见锋利的侧颜。店员将一杯冰饮递给他，他顿了下，掌心向内，修长手指微屈，稳稳握住。

就在他握住饮料杯的那一瞬，不知怎么，余九琪胸口像是被蜇了一下似的微疼。

遥远的、寒冷的、似曾相识的记忆毫无预兆地卷来。

她站在温和的春夜里，惶惶不安，打了个冷战。

直到尹瑶端着两杯果汁过来，随意地谈起刚才站在前面的那个陌生男人，小九才理清楚那蔓延着几乎吞噬她的不安从何而来。

“刚才我前面站了一个帅哥，你注意到没？”

余九琪没吱声。

“那人有点奇怪。”尹瑶啜了口果汁，自顾自地说，“他手指上有好大一圈疤，特别吓人，把店员都吓一跳。”

余九琪一顿，转头问：“左手还是右手？”

“右手。”

“哪根手指？”

“食指。”

脑子“嗡”地炸开，她立刻转头往回跑，跑向那家饮料店。手里花费一整天攒的调查问卷散落下来，铺了满地，她匆忙回头跟尹瑶道了个歉，让尹瑶帮忙收拾，跑到原地，四周找了一圈。

早已不见人影。

她就站在商场人群中，看着人流的方向，心底“隆隆”震动。灵魂坠入自责的谷底，她用最激烈的词汇默默责怪自己，责怪自己为什么不相信刚才那一刻的直觉。

那就是他，一定是他。

他并不是什么有点奇怪的陌生男人，他是她的挚友、她的初恋，她敏感压抑的年少时代见不得光的唯一陪伴，和她共同经历过生死，却无法维护的最大遗憾。

余九琪攥着拳，知道徒劳，可还是站在那里，轻声叫了一声那个名字，那个自从 2014 年残酷的跨年夜之后，被她用最郑重的方式刻在心里五年的名字。

“孙锡。”

没人应。

再次听到孙锡的消息，还是从尹瑶那里。

尹瑶自大三开始就在外面实习，两周后，在一节无聊的公开课上，她偶然提起在公司旁边的室外吸烟区见过那个手指骇人的男人，听他跟别人聊天，似乎是旁边主题酒店的老板。他那么年轻就能开酒店，长得还帅，真是优秀。

余九琪本来在赶专业课作业，停下手中的笔，不动声色地问是哪家酒店。

尹瑶说了一个她有点耳熟的名字，又报出一个她们同区域的地址。

以那样狼狈的姿态离开石城后，孙锡刻意切断了与所有人的联系，只在第二年跨年夜给余九琪打了个电话。电话很短暂，他什么也没说，像重复某种对他们意义重大的仪式一般，共同熬过零点，他说了句新年快乐，就挂了电话。自那之后，他音信全无。

但余九琪通过那个电话号码，和旁敲侧击询问孙家人，猜到他在北京。所以整个高中阶段，她铆足了劲儿，打定主意要考到北京的大学。

她并没有计划将来，只是想离他近一点，能确定他过得好，就够了。

可讽刺的是，他那家四层楼的独栋酒店离她的学校并不远，公交车七站地，打车二十分钟，她甚至曾经从门口路过，却从没有碰到他。

直到她循着地址，准确地去到那里，才真正见到孙锡。

他就站在酒店外面，跟几个朋友闲聊天，而余九琪就坐在对面露天咖啡厅的一角，躲在一把阳伞下。天黑，他注意不到这里，她借着酒店门口橘色的灯光，越过狭小的街道，将他看得一清二楚。

看到他换了一件黑衬衫，袖子卷至小臂，插着兜，专注地听别人说话。有人递给他一根烟，他摇摇头，而后眸光垂在地上，微风吹乱他的头发。他跷了跷脚尖，盯着鞋面，直到有人似乎讲了个笑话，才抬头，随着大家抿唇浅笑。

五年的时间，将青春期瘦削阴郁的少年变成高大成熟的男人，褪去敏感和青涩，变得从容而硬朗。单单看背影和身材，确实变化很大，可那张她恨过又爱过的脸，他举手投足的淡漠自持，哪怕时光再漫长些，她也能一眼将他认出来。

她没有去与他相认，而是在他转身回酒店后，一路走回学校。

走回去花费了一个半小时，她也哭了一个半小时。

起初只是抹了几次眼泪，而后低头哽咽，最后不顾周遭眼光地号啕大哭。她理不清楚自己为什么崩溃，但相比回忆过去的酸痛，她想喜悦应该更多。

喜悦他还健康，还积极地活着，有不错的工作，和不会用上一代的罪名审判他的新圈子。

喜悦她最爱的卑微了整个青春的男孩，已经长成了成熟、优秀、有魅力的男人，拥有崭新的人生。

没有什么比这更好了，我不能去破坏他的新生活，用自私的感情再次将他拖回去，余九琪这样告诉自己。

可她一夜未眠，始终有个心结让她耿耿于怀。

第二天上午，她去了一趟西三环那家商场，从一家小众设计饰品店里买了一枚戒指，一厘米多宽，古铜配银的偏厚材质。她选了线形纹路的款式，据说是夜幕下的乌云。想起他们共同经历过的无数个雾霭沉沉的冬日，他们携手闯入的深冬阴霾，没有什么比它更适合遮住那圈伤疤。

她不想去打扰他的生活，但不忍心看到他再因为那根手指，受人非议。

她把那枚戒指放在文件袋里，上面只写了他的名字，打算用匿名的方式送给他。

可送出的过程一波三折，并不顺利。

那天下着雾蒙蒙的小雨，余九琪依旧躲在对面咖啡厅的阳伞下，隔着酒店半截透明的窗户，看到孙锡就站在小吧台前看手机。余九琪就拜托咖啡厅的服务员帮忙送到对面，可那年轻服务员毛里毛躁的，加上文件袋没有密封好，在他晃悠着走过去时，戒指滑落出来，掉在地上，他却浑然不知。

余九琪顶着小雨，赶紧小跑过去。好不容易找到戒指，却见那服务员已经走进酒店了，她不敢大声喊，喊也来不及了。来往的车一阵叫嚣，她情急之下猫着腰也过去，躲在酒店窗外。

她小心翼翼地往里看，看到孙锡接过文件袋，瞅了瞅字迹，又掏了掏里面，冲那服务员问了句什么。余九琪早就交代过他啥也不许说，自然不担心暴露，于是看到孙锡蹙起眉，沉默片刻，把那空荡荡的文件袋丢到一旁，离开，上楼。

在他消失了一会儿后，猜测他似乎没那么快回来，余九琪思来想去，还是决定把戒指送给他，一咬牙，转身走进去。她在门口的礼品区，拿了个礼品袋，把戒指扔进去，径直去前台，让对方转交给孙锡。

前台笑着看余九琪，问怎么称呼您。余九琪想了想，提到过去指向太明显，心一横，说我是他的仰慕者。

那前台意味深长地瞄着她，看样子不是第一次遇到这种情况了。余九琪也就无所谓了，说没错，我暗恋他，你就这么跟他说。

然后她转头就走，在门口就听到前台冲楼梯喊了一句"锡总"。余九琪闷着头，冒着小雨，随便选了一个方向扎进北京朦胧的夜里。

大概走了不到一分钟，那条街还没走出去，就听到身后响起一道熟悉的声音。他的声音比过去沉稳许多，可辨识度依旧在。

"你等一下。"

她知道他在叫她，但假装听不到。

"你站住。"

身后的人语气加重了些，脚步也跟上来，余九琪踩着细雨，步伐加快。

"你不是暗恋我吗？跑什么？"

她咬着牙，希望他真的只把自己当成落跑的花痴，躲远点。

"余九琪，你站住！"

恍如遭受雷击般，她真的站住，一步也动不了。

他过来得很快，像一堵墙一般挡住她的视线。恍然发现他们的身高差已经足足有一头了，原来男生成年后还在长个是真的，她不合时宜地出了个神。

然后她垂眸，余光落在他起伏的胸膛上，毛毛细雨洒在黑色衬衫上，洇湿斑驳的几块，随着他急促的呼吸，似散着热一般腾起缕缕水蒸气。

"不跑了？"他压着嗓音，却也能听出在抖。

余九琪没回应，而是忽然有个问题浮在脑海中，不得其解。

"你可真行。"他的声音从头顶砸下，带着鼻音。

没等余九琪说话，下巴突然被捏住，抬起，手掌覆在脸上。

猝不及防地，很近的距离内，看清了他的脸，和他依旧如动物一般幽深的、此刻却波光粼粼的眼睛。

"孙锡……"余九琪看着他。

"你别说话。"他拧着眉头，打断。

然后那幽深的眼神在她脸上细细地打量，寸寸不放，用力认真地描摹，像是要把她如今的容貌透过眼睛镌刻在脑子里，可嘴上只是说："让我看一会儿。"

余九琪就这样任他捏着、捧着，见他眸光渐渐向下，滑到唇，她刚要开口，他就仿佛恳求一般又说了一遍：“让我看一会儿。”

余九琪没拒绝，只是锁着他的眸子，小声问出那个问题：“孙锡，你怎么知道是我？”

孙锡抿唇，像是挣扎了片刻，慢慢回视她的眼睛，然后低头，用额头蹭了蹭她的额头。

他依旧不爱正面回答问题，只是温柔地、带着一丝窃喜地说：“这可是你来找我的。”

余九琪是在大三那年春天与孙锡重逢的，那是她以为。

对孙锡来说，他们更早重逢，早在她大二的秋天就相遇了。

带着伤疤和罪名灰溜溜地离开家乡时，孙锡曾以为人生自此再无翻盘的希望，直到巧合地认识了富二代陈木霖，跟着他去南方待了一年，以一种浑不懔的恶犬姿态帮他在一场家族斗争中争取了足够的利益，获得他的信任和资助，又花时间在成人大学修了酒店管理，才真正在北京扎根下来。

可即便如此，他有了全新的看起来光鲜的身份，骨子里依然为割不掉的过去深深自卑。

想找到余九琪并不难，石城高中能查到每年毕业生的大学录取信息，大学的院系活动也能在网上找到蛛丝马迹，更简单的是，余九琪的微博名称就是用真名，除了照片，隔一段时间还会发一些带定位的状态。

像是在等着谁找她，像是怕对方找不到。

孙锡足足忍了一年多，于一个喝得半醉的傍晚，按照她微博上的定位，来到一家户外体育馆，看到她在跟同学打网球。本来他计划直接走过去，认出她，像那年在公交站一般死死按着她的手再不松开。可他隔得远远的，看了她一会儿，犹豫了。

他忽然发现，长大后的小九变得如此阳光、开朗，她毫无遮掩地热情笑着，充满活力地奔跑着。她在全国排名前几位的大学里学习，她有着善良的灵魂和优越的美貌，更有一片大好的前途。

那个他曾经深爱过的、用性命维护的女孩，已经长成了乐观、优秀、前程似锦的大人，没有什么比这更好的了。

所以我不应该去破坏她的生活，再让她陷入过去那般无解的爱恨拉扯中。孙锡转头离开时，狠狠在心底垒起一道墙。

理智和情感从那一刻起在他身体里掀起一轮轮恶战，他用尽全力克制自己不去认她，却无法不关注她，甚至偷偷见她。

那年春天商场里的偶遇，并不完全是巧合。他偶然看到她发的微博动态，恰好他也在附近，于是鬼使神差地走进了商场。他从不相信命运会关照他，没指望见到人，可就在他去买饮料时，余光看到她就站在窗外，但依旧没想认。

直到她认出了他，跑回来。孙锡就躲在一堵墙后面，看到她怔然地望着人流的背影，听到她小声念出自己的名字，那道坚硬的墙轰然崩塌。

溃不成军。

如果再有一次，孙锡默默地与捉弄他多年的命运打了一个赌，如果我们能再相遇一次，我一定不会再让你走。这一生，哪怕再来一遭年少时的磋磨，我也认了。

于是，当他拿到那个空荡荡的文件袋，看见上面熟悉的字迹时，就知道，赌赢了。

所以他故意上楼，等她进来，等到那句话、那枚戒指，他再没有任何理由犹豫和卑微，冒着春夜的蒙蒙细雨，追出去，追上她。

把错过的时光，争分夺秒地夺回来。

把亏欠的感情，成倍地还回去。

在他们黏黏腻腻混在一起两周后的一个夜里，时间太晚，余九琪回不去宿舍，孙锡在酒店给她开了一间房。她问他愿不愿意留下，他走了，却又马上回去。

一刻也不想再等了。

那天晚上他们做了两次。第一次结束得很仓促，两个人谁也没有经验，却都装成老练的样子，结果一个中途叫停，一个没停下来，差点打起来，狼狈地收场。

第二次是在天快亮的时候，他把她搂在怀里，他们看了一会儿电影，然后也不知怎么，她的手揽上他的腰，他就凑过去，吻轻轻地落在她薄薄的眼皮上，然后沿着脸颊，滑到唇，温柔地撬开。他把人放平，耐心又深入地吻了很久。

小九搂上他的脖子，无师自通地学会了回应和挑逗，感觉自己慢慢化成一摊水，潮湿韧软，而他唇齿和手上的力度越来越重，像是淬炼中的铁。

孙锡不敢再冒进，直到小九手上暗示，又贴在他耳边吻了下耳郭，他才凝视着她的眼睛，徐徐地确认她接纳自己。

这次没有人喊停，更没有人想停，直到阳光透过窗帘洒满了屋子，他们把所有力气全用在对方身上，精疲力竭后，身体豁然空空荡荡。

然后是长久的沉默。

余九琪那时候才体会到，在一场足够酣畅的性爱之后，人会变得敏锐脆弱，会随着身体的疲惫和松弛，卸下日常防备，暴露最本质的需求和恐惧。

他们就躺在床上，看着酒店房间内贴着浅蓝色壁纸的天花板，看着春日阳光在上面绕成一圈圈的线，昏昏沉沉的，各自整理着此刻缠在心里的结。

“孙锡。”是余九琪先开口的。

“嗯。”

“你害怕吗？”

“不怕。”

她没说怕什么，但孙锡捏着她几根软软的手指，握在手心里揉揉搓搓，就是懂，她指的是未来。

余九琪拇指蹭过去，蹭着他食指上那枚素戒，描摹着上面的纹路、下面的疤痕，顺延着联想起那疤痕背后的依旧横亘在他们之间的一切。

她浅浅地吸口气，又轻轻地问：“如果过去再来一遍呢？”

“也不怕。”

“如果我们再分开呢？”

“我会去找你。”

“如果是我放弃了呢？”

“我没那么好说话。”

“我要是坚持呢？”

“我也会坚持。”

余九琪鼻腔酸涩，眼泪顺着眼角淌下来，说：“好。”

孙锡停下手上的动作，眸光凝重几分。

余九琪却慢悠悠地、似梦话一般继续说：“如果真有那么一天，你一定要来找我，一定要来找我，不管我用什么理由跟你分开，孙锡，我一定不是真心的，你不要信，算我求你，你一定要来找我。”

他顿了顿，斩钉截铁道：“好。”

余九琪横躺在大床上，腿就搭在孙锡身上，只凌乱地盖了一床毯子，看着晃动的阳光，眨眨眼，昏昏欲睡，徐徐闭上眼。

在闭上眼睛之前，她气若游丝般地说：“谢谢你。”

他问：“谢什么？”

“不知道。”

余九琪觉得累极了，累到灵魂飘忽，此刻变得不再真实，像是来自未来的说不清的情绪袭进身体里，引导她说出那句她当时无法解释的话。

她说：“谢谢你来找我。”又说，“辛苦了。”

醒来时，余九琪睁开眼睛，看着眼前的卧室愣了好久，渐渐苏醒，意识到她此刻在石城，在自己的新房。

她刚刚做了一场梦，梦到她已经遗忘的一段对话。

床动了动，微微塌下去，身边的人翻了个身，她转身，撑着胳膊，看着他。

知道他醒了，她轻轻地叫了声：“孙锡。”他没应。

她又叫了声：“孙哥。”他蹙了蹙眉，没答应。

她抿唇，低头凑近他的耳朵，叫了声“老公”。

孙锡嘴角不受控地扬起，脸颊腾地红了，像是怕她看见，怕她笑话，依旧闭着眼睛，把人搂在怀里，不肯松。

他揉着闹了闹，闹到她求饶，闹到她笑。

余九琪窝在他怀里，想起刚刚梦里那句她曾经说过的超越现实的话，用力地把他抱紧。

谢谢你来找我。

谢谢你的坚持。

我们相识、相爱，我们克服万难走到这里，就是结束那段苦难的意义。

今天是 2024 年，立秋，是他们结婚后的第二天。

番外二

/

冬日神迹

Dong feng chui you sheng

聚会散场时，还不到十点钟，今天的酒喝得早，又喝得急，除了孙锡和祝多枚，一伙人陆陆续续都上了头。

孙锡安排了两辆车，把温雯、小富总及余凯旋、红姨分别送回家，又让林晖开着他的车送祝多枚和葛凡。待最后一辆车开走后，他略略转头，看到始终在他视线内的、坐在酒楼门口的小凳子上的女孩，嘴角温柔地扬起。

他绕到她身后，两只手轻轻地捏着她的耳朵。耳尖泛红，有点烫，她喝了酒总是会这样，他又在那温热的耳尖上揉了揉，俯身低声问：“还好吗？”

余九琪仰起头看他，眼里像是藏着漫天星辰，笑嘻嘻地闹：“孙哥。”

孙锡像是溺在那星辰里，半天不动。余九琪目光涣散开来，散向四周，忽地赞叹：“今晚星星好漂亮啊！”

他们同时朝天空看去，秋高气爽的北方深夜里，繁星璀璨。

“要走走吗？”他提议。

“好啊。”

孙锡的胳膊搭在她的肩上，余九琪轻轻揽着他的腰，他们像任何一对吃饱喝足后沿街散步的普通情侣或夫妻一样，没怎么说话，就闲散地顺着石城西郊大街向前走，走过公园，走过天桥，走过他们年少时偷偷喝奶茶的旧商场，最后走到靠近郊区的河边。

余九琪忽地停步了。

孙锡随着她，站在已经被开发成生态公园的河边甬路。路灯明亮，河水黝黑，旁边夜跑的人三三两两经过，卷来一阵微风。

余九琪缓缓地说："好像就是在这里。"

孙锡不解："嗯？"

余九琪带着一丝酒气答："我妈就是在这里捡到我的。"

孙锡忽地转头，没等看清她的神情。余九琪用力搂紧他，脑袋蹭着贴过去，不等他问，趁这温柔夜色下难得的幸福心情，说起她不曾对任何人讲过的一件事。

关于她如何揭开和面对自己身世秘密的那个下午。

余九琪很早就知道她并不是父母亲生的。周围邻居亲戚闲言碎语一向不少，温雯和余凯旋又都不是细心的人，加上她偏偏是个敏感剔透的孩子，自懂事起，只需简单结合几个可疑信息，再一番巧妙试探和考证，八岁左右，她就将自己并不寻常的身世拼凑了出来。

可她没有哭、没有闹，连提都没有提起，只是于沉默中，用她幼小却磅礴的力量暗暗发誓，她要从此做一个懂事的孩子。

从没有人对她灌输这个理论，可她就是认为，只有乖巧、听话、有价值，才不会将生命的磨难重演一次。

才不会再次被抛弃。

直到小学五年级的那个盛夏下午，当她挣脱温雯的手，从医院逃出来，一路狂奔跑回澡堂，找到余凯旋，才第一次惊恐地说出所有人心照不宣的身世秘密。

其实那天温雯只是要带余九琪做血常规检查，学校最近闹乙肝，她不放心，单独挂了个号要查查。可小九不知从哪里听说过那个秘闻，说取血后验 DNA 是孤儿弃婴找到亲人最有效的方法，以为温雯要给她找亲生父母。

她很少那样对温雯哭闹、嘶吼，甚至趁温雯不备偷偷跑掉，跑回家，一头钻进澡堂男浴池，扯着正准备去搓澡的余凯旋，顾不上周围叔叔、大爷们惊乱的眼光，求助一般地说："爸，你快救救我，我妈不想要我了！"

余凯旋被整蒙了，拎着小九肩上的书包带，把她揪到外面，问她怎么了。她仰着脖子喊："我妈带我去抽血了！"余凯旋说："那又怎么了？"

小九突然一震，意识到余凯旋对此也知情，委屈加倍，泪眼汪汪却小心翼翼地问："是我做错什么了吗？你们不想养我了吗？你们也要把我扔了吗？"

余凯旋不免惊愕，立刻明白眼前这个整天看似乖顺的女孩，其实心里早就藏着个巨大的秘密，而这个秘密衍生出来的恐惧和不安，早已不是一个十岁的孩子能承担得住的。

更让他心酸自责的是，身为一个父亲，尽管当时他并不认为自己足够胜任这个角色，却在这种基本的安全感和价值感上，让自己的女儿如此惶恐和惴惴不安。

于是他立刻扔下澡堂里的事，带小九去街对面买了两桶最贵的冰激凌。父女俩坐在街边的长椅上，一人一桶，慢悠悠地吃。

那是一个盛夏晴天，气温又攀新高，夏日午后的阳光从头顶茂密的榕树下零散地洒在他们脚下。他们坐在阴影里，虽然有冰激凌消暑，却仍然热气蒸腾。

而在这蒸腾的暖意中，余凯旋望着马路对面的老温浴池，和浴池背后层层叠叠的、正在崛起的石城市中心，不知怎么，忽地莫名感受到一阵熟悉的萧瑟冷风。可他并不意外，甚至知道那阵风从何而来，只是顺着它，主动谈起那一段被冰冻住的往事。

就是在那一天，余凯旋几乎花了一下午的时间，与余九琪聊起了她的身世。

那是余九琪生命中难以忘怀的一个下午，她与爸爸各自吃了一大桶冰激凌，听着他用平静的语气谈起笼罩在全家人头顶的那场悲剧，以及悲剧之后这个家庭的起源。那是她第一次觉得自己被当成一个大人对待。

似乎是在一瞬间，她有了长大甚至变老的错觉。

就在那个下午，仿佛是站在人生末路回望他所经历的山川河流的人，年仅十岁的余九琪突然理解了，她与爸爸、妈妈之间的缘分牵绊是如何云诡波谲，又不可违抗。

恍惚着，她也明白了命运是怎么回事。

将那个残酷案件简单一语带过后，余凯旋详细讲述了 2000 年年初那个他无处可去的寒冷清晨，在派出所看到温雯抱着大病初愈的小九跟一群人吵架的事。

尽管那场酷寒暴雪已经过去了，可冬天还没有结束，春天遥遥无期，老三第二次手术失败后落下终身残疾，父母悲愤之下将余凯旋赶出家门。温老爷子闭门不出，澡堂关门歇业，二十出头的余凯旋在医院走廊凑合住了一宿后，裹着一件薄棉衣，游荡在冷瑟街头。行人寥寥，天色晦暗，他觉得整个世界都要废了，毁灭吧，好不了了。

这时候，也不知溜达到哪里，忽然听到一个熟悉的、他曾经牵绕过的声音，清脆响亮地隔着一堵厚厚砖墙骂了句脏话，划破所有萧寂。

他绕过那堵墙，走到一个小门脸派出所前，远远地就认出了温雯的背影。她一身黑色，剪短了头发，瘦瘦高高，挺拔地站在那儿。尽管面前围了一群跟她吵架的男男女女，可谁也没有她气势足、嗓门亮。

余凯旋就纳闷了，同样是在那场磨难中生里来死里去脱过一层皮的人，他一个大小伙子都颓了，怎么她还有这以一打十的生命力，是什么给她的力量？

他带着好奇走进去，绕过来，一眼看到温雯怀里抱着一个紫色绒被裹着的孩子。那孩子被她稳稳托着，紧紧按在怀里，像是拼命守护幼崽的母豹子一般，她冲对面对她苦口婆心的一群公职人员撂下一句狠话。

她说：“你们要是敢抢，你看我敢不敢把你们这地儿炸了！”

一个中年妇联干部呵斥：“你这人还讲不讲理了？”

温雯说：“不讲。”

另一个穿警服的男民警站出来：“法你也不守了？”

温雯说：“不守。”

见大事不妙，余凯旋快走两步过去。虽说都不是什么好脾气的，但他遇事多少比温雯稳重些，便两边安抚，从中说和说和。

来回几句话，他就理清了缘由。大概是温雯想给孩子上户口，派出所说她不符合领养条件没法上。僵持了好几天，就反映到了妇联，妇联了解情况后就劝温雯先把孩子送福利院，温雯死活不肯，他们就强制，结果闹大了。

余凯旋知道温雯捡了个女婴，甚至在医院见过一次，也听说她带孩子到处看病，还带回家照顾，但没想到温雯要认这孩子当女儿，不免意外，认真打量她。

那妇联干部误以为余凯旋也不同意，怂恿他劝两句：“你跟她说说，国家规定的未婚女性未满三十岁不能单独领养孩子，你看她，也就二十岁吧？这不闹嘛。年纪轻轻的，就不为以后考虑考虑？”

“我用不着你操心。”温雯把余凯旋扒拉到一边去，“二十岁咋了？二十岁就不能养孩子？外面二十岁当妈的也不少。”

“那你得先结婚啊！”

温雯突然怔住，眼神犀利地定定看着对方。

那妇联干部又苦口婆心：“跟你说过多少次了，你这个年纪如果非得领养，必须得先结婚，你得给孩子提供稳定的成长环境啊。”

温雯叹口气：“行。”说完转身就走。

那男民警怕闹出新的乱子，赶紧叮嘱一句：“姑娘，你别犯傻，听句劝，就一捡来的孩子，一个弃婴……”

“她不是弃婴！”温雯突然回头，狠狠瞪着对方，神色肃穆，坚定地说，“她是我女儿。”

男民警笑了笑，像听了句疯话：“净扯淡，她怎么是……”

“就是！”温雯冷声强调。

而后挑起的眼尾轻轻扫了一圈，在所有人脸上点了点，最后带上余凯旋，她用平静的语气字字郑重地说：“她怎么不是我女儿？她的命是我给的，我的命是她给的。”

她哽咽着，似自言自语般重复一遍：“她怎么不是我女儿？”说完，抱着那始终裹在绒被里的、沉默的孩子，坚定地离开。

余凯旋踉跄两步，追出去。

或许是外面骤然而起的风太大，或许是这段日子的磋磨和疲惫累人，或许只是刚刚温雯那句话里暗藏的汹涌沉重地拖住了他的脚步，余凯旋顶着风，费劲地追了两条街，才跟上抱着孩子的温雯。

他想去扯住她，失手，干脆冲她喊："温雯！"

她没停下，只是换了一只手抱孩子。

余凯旋又喊："温雯，你等会儿！"

温雯没回头："你跟着我干啥？"

"你去哪儿？"

"不用你管。"

余凯旋索性大声问："你是不是要找人结婚去？"

温雯脚步明显一滞，没回答。他没任何犹豫，凭本能说："要不我跟你结婚！"

温雯脚下一顿，余凯旋见她肩膀抖了抖，以为她会停下，赶紧又说："行吗？咱俩结婚。"

可温雯很快抬腿继续走。

余凯旋咬牙，快跑两步，跑到前面，堵住她，低头盯着她的脸，本想吼两句骂两句让她给一句痛快话，可突然就怔在那里，什么也说不出来。

他看到温雯站在冷风中，脸颊和鼻尖冻得通红，唇紧抿，眼皮向下耷拉，眼泪扑簌簌滑下来。一阵风吹过，吹起她剪短的齐耳发，发梢粘在脸上。

温雯侧了侧头，用肩膀蹭了蹭头发，闷声说："我就当什么也没听见，这事你别管了。"

余凯旋看着她，只问："你觉得我不行吗？"

温雯听出来他认真了，抬起脸，直视他。她当然知道整个世界除了眼前的人没有第二个好人选，可刚刚发生不久的那场将他们生活毁于一旦的惨剧还在，余震还在，血腥味还在，仇恨与痛苦还在，并且她非常清楚，或许永远也不会消退。

而让她此刻更煎熬的是，从某种程度上她将这一切归罪于自己，她不忍心也不能再将无辜之人拉进来。

于是她坦诚地说："哥，我不能再坑你了，我把你们坑得够惨了。小雅没了，我妈没了，老三又好不了了，我爸到现在都不跟我说话。哥，你还是……"

余凯旋不忍再听，打断她："我问你！你是不是还觉得我不行？"

"不是。"温雯哭出声来，狠狠心继续，"不是你不行，是我不行！我知道自己什么德行，你最好别蹚这浑水，离我远点吧。"

余凯旋沉默片刻，冷不防笑了笑："离你远点……去哪儿？"

温雯恍惚地看着他。余凯旋躲着她的目光，眼神略略扫了扫眼前晦暗的他们的家乡，扫了扫每条街道和砖瓦他几乎都很熟悉的石城，一向刚毅的脸突然落寞下来，小声嘟囔了两句话：

"我应该去哪儿？

"还能去哪儿……"

温雯忽地听懂了他的话，有那么一刻，她似乎透过皮肤和血肉窥见了余凯旋的灵魂，不再是之前的刚强乐观，而是与她一样，一样伤痕累累，一样锈迹斑斑。

一样无家可归。

隔了一会儿，温雯主动说：“你能帮我抱一会儿吗？”

余凯旋反应慢了半拍，没明白。

温雯看了眼怀里的孩子：“我胳膊酸了。”然后又说，“她越来越沉了，长得太快了。”

余凯旋小心翼翼地接过孩子，哪里沉？分明轻飘飘的一小只，轻到他都不知该怎么抱住，笨手笨脚地蹭开了绒被一角，那孩子的脸露出来。

余凯旋低头看了眼，正好撞见那大病初愈的女婴像琥珀一般明亮的眼睛，眼球灵巧地转了转，转向自己。

像是被某种难以解释的力量吸引着，余凯旋紧了紧手臂，就低着头回应那女婴褐色瞳孔里闪烁的光亮，蔓延着，随着她转动，眨眼，长睫毛上下扇动，心底涌起一股磅礴且酸涩的力量。那力量太过陌生和强大，以至于他完全忽略了旁边正在说话的温雯。

直到温雯说了第三遍，说“走吧，回家，太冷了”，余凯旋才把被子盖好，抱着孩子，随着温雯向前走，然后莫名问了一句：“她叫什么？”

温雯说：“小九。”

“就叫小九吗？”

温雯看了眼旁边的人：“你给她取个大名吧。”

余凯旋有点慌：“我取啊？”

“你取。”

“行。”他笑了笑，“那我可得好好想想。”

温雯也笑笑，笑着看看绒被下的小九，又忍不住伸手隔着被子摸了摸。小九回应着，用头蹭了蹭她的手。

在太阳拨开阴沉密云泄出丝丝缕缕光线的时刻，并不宽敞的冬日街上，两个衣着单薄、千疮百孔的人，抱着一个终于有名有姓的孩子，组成一个崭新的家庭。

他们被命运捉弄着、牵引着，彼此牢牢抓住，彼此生生复活。

那些在他们生命中流经过的痛苦，在此后的日子里，交织着汇成一股奇异的能量。

赋予他们生的勇气，爱的勇气，接受分离和各自成长的勇气。

直至此刻。

此刻已经长大的余九琪站在她人生的起点处，依偎在她的爱人身旁，在与家人酣畅聚餐后，微醺着走到这里，回忆起童年那个美好的盛夏下午，尽管记忆模糊，尽管她的叙述磕磕绊绊，却仍然感受到巨大的充盈和幸福。

她很想笑，也想流泪，更想跟身边同样历经万难走到这里的人分享。

于是她灵巧地钻进孙锡的怀里，两只手揽着他的腰，抬头细细看他。看他映在漫天星辰下的轮廓，看他回视自己时真挚缱绻的眼神，她此刻想用最华丽、最甜腻，甚至最夸张的词汇告诉他，告诉他，她很爱他，更深深地感知到被爱。

告诉他那些冬日里的爱并不比恨少。
告诉他或许这人世间真的有神迹。
可最终只化成一句话，她说：“孙锡。”
“嗯。”
“你开心吗？”
孙锡笑着，低头蹭了蹭她的额头，又在她鼻尖上轻轻地吻了下。
他如实回答：“开心。”
余九琪也笑，知道他什么都懂。
初秋的夜风骤然刮起，卷乱了她的长发。孙锡把外套脱下，反手搭在她肩上。
余九琪顺势窝在他心口，没头没脑地闷声说：“冬天好像过去很久了。”
孙锡将衣服紧了紧，把人往怀里揽了揽。
又听到她说：“但也会再来的。”
孙锡低头，温柔地问：“怕吗？”
怕吗？
怕冬天再来吗？
余九琪回答：“不怕。”
再也不怕了。